JENNIFER BLAKE
Wie Feuer im Blut

Buch

Durch eine Fügung des Schicksals treffen Lorna Forrester, eine junge Schönheit aus New Orleans, und Ramon Cazenave, ein wagemutiger Blockadebrecher, auf einer verlassenen Plantage in Louisiana aufeinander. Und wie in einem plötzlichen Rausch verbringen sie einen leidenschaftlichen Nachmittag miteinander. Von Stunde an sind sie einander verfallen.

Doch ihre Liebe ist vielen Widrigkeiten unterworfen: Lorna ist, um eine alte Schuld ihres Onkels zu begleichen, gezwungen, den perversen Sohn eines reichen Plantagenbesitzers zu heiraten. Und Ramon setzt in den Wirren des amerikanischen Bürgerkriegs täglich sein Leben aufs Spiel.

Doch schließlich finden die beiden Liebenden unter Todesgefahr ihren gemeinsamen Weg, und der führt sie mitten in die schwüle Pracht Nassaus, der Hauptstadt der Bahamas ...

Autorin

Jennifer Blake wurde in der Nähe von Goldonna, Louisiana, auf der Farm ihrer Großeltern geboren. Mit fünfzehn heiratete sie, mit zwanzig begann sie Romane zu schreiben. Seitdem hat sie über dreißig Bücher veröffentlicht und gehört zu den erfolgreichsten Unterhaltungsautorinnen der Vereinigten Staaten. Auch im deutschsprachigen Raum hat Jennifer Blake sich mit ihren Romanen eine begeisterte Leserschaft erobert.

Von Jennifer Blake außerdem bei Portobello lieferbar:

Bitteres Paradies. Roman (55302)
Feuerlilien. Roman (55319)
Nacht über Louisiana. Roman (55278)
Taumel der Sinne. Roman (55354)
Verheißung der Nacht. Roman (55380)

JENNIFER
BLAKE
WIE FEUER
IM BLUT

Roman

Deutsch von Sabine Beckmann

PORTOBELLO

Die Originalausgabe erschien unter dem Titel
»Surrender in Moonlight«
bei Ballantine Books, New York

Umwelthinweis:
Alle bedruckten Materialien dieses Taschenbuches
sind chlorfrei und umweltschonend.

Portobello Taschenbücher erscheinen im Goldmann Verlag,
einem Unternehmen der Verlagsgruppe Random House GmbH

Einmalige Sonderausgabe September 2005
Copyright © der Originalausgabe 1984
by Patricia Maxwell
Copyright © der deutschsprachigen Ausgabe 1991
by Wilhelm Goldmann Verlag, München,
in der Verlagsgruppe Random House GmbH
Umschlaggestaltung: Design Team München
Umschlagfoto: Agentur Schlück/Pino Daeni
Druck: GGP Media GmbH, Pößneck
An · Herstellung: WE
Made in Germany
ISBN 3-442-55440-3
www.portobello-verlag.de

10 9 8 7 6 5 4 3 2 1

*Für meinen Agenten Donald MacCampbell,
einen großen Kenner der Geschichte des amerikanischen
Bürgerkrieges, der mich auf die Bedeutsamkeit der Verbindung
nach Nassau hingewiesen hat.*

1. KAPITEL

Das Geräusch der schnellen Schritte, mit denen Lorna Forrester durch den großen Flur eilte, wurde durch den dicken Kirman-Läufer gedämpft. Ohne langsamer zu werden, ließ sie den an ihrem linken Handgelenk befestigten, weiten Rock ihres blaugrauen Popelinreitkleides fallen, klemmte sich die Reitpeitsche unter den Arm und begann, ihre Kalbsleder-handschuhe überzustreifen. Um ihren feingeschwungenen Mund spielte ein aufrührerischer Zug, und in ihren grauen Augen lag finstere Entschlossenheit. Sie würde nicht vor dem Abendessen ruhen und sich mit einem warmen Milchpunsch müßig auf ihr Bett legen.

Der Flur lag im Halbdunkel des Spätnachmittags; es herrschte ein Zwielicht, das auch durch den dunkelbraunen Brokat an den Wänden und das eigenartig grünliche Dunkel der Gewitterwolken am Himmel, die durch die Fenster am anderen Ende zu erkennen waren, nicht wesentlich aufge-hellt wurde.

Nach dem schweren Mittagessen hatten die kühle Feuch-tigkeit und das frühe Halbdunkel alle anderen in ihre Schlaf-zimmer getrieben – so schien es wenigstens. Lorna war nicht müde, obwohl sie erst gestern die lange Fahrt mit dem Dampfschiff den Fluß herauf überstanden hatte. Genauge-nommen war sie zu nervös, um sich auszuruhen. Wenn sie Beau Repose und all den Menschen in diesem großen Her-renhaus auf der Plantage – einschließlich ihrem Onkel und ihrer Tante – jetzt nicht entfloh, würde sie sich womöglich doch noch ihrem dringenden Bedürfnis hingeben, zu schreien und mit Dingen zu werfen. Und das wäre doch wirklich kein angemessenes Benehmen für eine zukünftige Braut.

Ein irres, hohes Kichern, das jedoch aus einer männlichen Kehle kam, drang durch die unbewegte Luft. Es drang aus einer offenstehenden Tür ein paar Meter vor ihr. Lorna erkannte die Stimme sofort. Ein Zucken wie von Widerwillen oder Abscheu überflog ihr bleiches Gesicht, aber ihre Schritte wurden nicht langsamer.

Als sie sich dem Schlafzimmer näherte, aus dem dieses kreischende Lachen zu hören war, vermischte sich das Geräusch mit einem leisen Stöhnen. Die vollen, weichen Seufzer aus einer weiblichen Kehle wurden lauter. »Halt, Master Frank, das tut aber weh. Tut das nicht, Master Frank, bitte seid nett zu mir. Bitte, ich – o nein, bitte nicht!«

Die Bedeutung der Geräusche und der Worte wurde Lorna nicht sofort bewußt. Erst als sie in die Nähe der Tür kam, begriff sie, was da vor sich ging. In diesem Augenblick sah sie in das Zimmer und stieß mit einem erschreckten Ächzer die Luft aus. Dann faßte sie sich wieder.

Auf dem zerwühlten Laken des Himmelbettes in diesem Zimmer wanden sich ein Mann und eine Frau in einem Gewirr aus weißen und schwarzen Gliedern umeinander. Es war Franklin Bacon, der Mann, den sie heiraten sollte, mit einem der Dienstmädchen. Daß er dem Mädchen weh tat, indem er seine Finger in ihre Hüften grub und sie zwang, seinen harten, bestialischen Stößen standzuhalten, war sofort offensichtlich.

Das leise Geräusch, das Lorna von sich gegeben hatte, ließ das Paar auf der Matratze aufmerksam werden. Franklin richtete sich ganz plötzlich auf und starrte sie an, so daß seine hellblauen Augen vor lauter verblüffter Überraschung hervorstanden. Er reagierte langsam, dann befreite er sich mit einem unterdrückten Schrei und ruckartigen Bewegungen von seiner Partnerin und stieß sie von sich. Er stürzte sich auf dem Bett in seiner obszönen haarigen Nacktheit hastig zur Seite, und seine faßförmige Brust und sein dicker Bauch lagen genauso offen vor ihren Blicken wie seine kurzen, kraftvollen Beine und seine feuchte und steife Männlichkeit.

»Lorna«, krächzte seine Stimme hinter ihr, als sie sich abwandte. »Komm zurück! Ich tu ja gar nichts. Ist schon gut. Du hättest mich so nicht sehen sollen, wirklich nicht. Du hättest dich hinlegen und schlafen sollen wie die anderen! Lorna? Was wird Papa nur sagen – Lorna!«

Sie schaute nicht zurück, obwohl sie hörte, wie er hinter ihr auf den Flur herausstürmte. Mit erhobenem Kinn und beherrschtem Gesichtsausdruck ging sie weiter den düsteren Gang entlang. Mag sein, daß ihre Schritte eine Spur zu schnell waren und ihr fester Griff um die Reitpeitsche die Handschuhe zu sprengen drohte, aber sonst deutete nichts auf die Anspannung hin, die sie erfüllte.

Als sie sich dem Fuß der Treppe näherte, kam ein Mann aus einer Tür links von ihr, die zu der holzgetäfelten Bibliothek mit den vielen Reihen von Büchern führte. Er blieb stehen, sah sie herunterkommen und runzelte die Stirn, wobei er eine zusammengefaltete Zeitung in einer Hand hielt, als sei er beim Lesen unterbrochen worden.

»Mein liebes Mädchen«, sagte er, als sie die unterste Stufe erreicht hatte. »Was ist denn da nur los? Was ist das für ein Geschrei?«

Seine Stimme klang besänftigend, salbungsvoll und deutete klar darauf hin, daß er erraten hatte, was geschehen war. Nathaniel Bacon war ein Mann von durchschnittlicher Größe mit groben Zügen und massiger Gestalt, aber erst Anfang Vierzig. Er trug sein Haar, das von einem undefinierbaren, silbergesträhnten Braun war, glatt nach hinten gekämmt und im Pompadourstil mit Pomade geglättet, aber ein kleines bißchen länger, so daß es zu seinem bis in die Koteletten verlängerten Schnurrbart paßte und er aussah wie ein ältlicher Staatsmann. Lorna sah ihn aus ihren klaren grauen Augen gequält an. »Ich muß mit Euch sprechen –«, begann sie.

»Ja, aber vielleicht solltest du besser hereinkommen«, unterbrach er sie, als Franklin, immer noch unbekleidet und Entschuldigungen winselnd, auf der Treppe über ihnen erschien. Eine kurze harte Geste brachte den Protest seines Sohnes zum Verstummen und ließ ihn wieder außer Sichtweite verschwinden. Dann drehte Nathaniel sich mit einem verbindlichen Lächeln um und geleitete Lorna in die Bibliothek.

»Es scheint, Ihr habt unglücklicherweise meinen Sohn in einem, sagen wir einmal: wenig schmeichelhaften Licht gesehen. Bedauerlich, bedauerlich; aber ich kann Euch versichern, daß Ihr nicht zu befürchten braucht, das könnte noch einmal geschehen.«

»Das ist natürlich ein wirklicher Trost«, antwortete Lorna und wandte sich dem Mann zu, der bald ihr Schwiegervater sein würde, wobei sie eine Hand auf die Rückenlehne eines ledernen Sessels legte, aber kaum bemerkte, was sie überhaupt sagte.

»Aber es ist die absolute Wahrheit. Franklin wird treu zu seinen Ehegelübden stehen. Das schwöre ich.«

»Es wäre mir eigentlich lieber, wenn er – Ihr – eine andere fändet, die meine Stelle einnimmt.«

»Ihr wißt genausogut wie ich, daß das zu diesem Zeitpunkt zu spät ist«, erwiderte Bacon und ging an ihr vorbei zu einem großen Walnußtisch, der prächtig mitten im Zimmer stand.

Sie hätte eigentlich wissen müssen, daß er auf ihre Bitte nicht eingehen würde. Sie biß die Zähne zusammen, um nicht noch eine ebenso sinnlose Bitte auszusprechen, und sah sich um. Das weiche Karmesin, Gold und Braun der Bibliothek mit der darin herrschenden Atmosphäre stiller Gelehrsamkeit paßte nicht recht zu Nathaniel Bacon. Und als wollte er diese Tatsache noch unterstreichen, hatte er gerade in einer jener Zeitungen gelesen, die für ihren schwerfälligen Humor und ihre Beschäftigung mit wirtschaftlichen Themen bekannt waren, anstatt in einem der neuen und teuer wirkenden, in Kalbsleder gebundenen Bände, die die Regale seines Refugiums hier schmückten. Zigarrenrauch hing in einer dichten Wolke im Zimmer, dazu kam das Aroma des Brandys, der in einem Glas auf dem Tisch stand, gemischt mit dem Duft der feinen Ledereinbände. Nathaniel Bacon – für seine engeren Freunde einfach nur Nate –, dessen Statur der seines Sohnes sehr ähnlich war, zeigte an seinem rundlichen, kurzbeinigen Körper die gleichen Auswirkungen des üppigen Lebensstils wie an den deutlich erkennbaren Adern auf seiner dicken Nase, die Bände sprachen.

Er zog eine Schublade des Schreibtisches auf, kramte darin herum und kam schließlich wieder zu ihr zurück, wobei er ihr eine Schachtel entgegenhielt, die mit mitternachtsblauem Samt bespannt war. »Ich wollte Euch dies hier heute abend beim Essen überreichen oder besser gesagt: Franklin es Euch überreichen lassen, aber ich denke, der Augenblick jetzt ist genauso passend wie jeder andere.«

Als Lorna keine Anstalten machte, die Schachtel zu nehmen, ließ er den Verschluß aufschnappen und enthüllte dabei das Glitzern von Saphiren und Diamanten. Es war ein Armband, das hier am Mississippi, wo die Traditionen der französisch sprechenden Bevölkerung noch aufrechterhalten wurden, als Symbol der Verlobung galt. Lornas Augen weiteten sich beim Anblick der herrlichen Juwelen. Gleichzeitig war sie sich ganz genau des befriedigten Lächelns des Mannes vor ihr bewußt, als er ihre Reaktion bemerkte.

»Glaubt Ihr«, sagte sie entschieden, »daß dieser Flitterkram ausreicht, um mich vergessen zu lassen, was ich gerade gesehen habe?«

»Nein, nein«, protestierte Nate Bacon, und sein Lächeln schwand, während ruhige Bestimmtheit seine Stimme färbte. »Mir ist durchaus klar, daß eine solche Angelegenheit für eine empfindsame Dame unmöglich zu vergessen ist; vor allem für eine, die so sorgfältig erzogen wurde wie Ihr. Ich hatte nur gehofft, daß Ihr darüber nachdenken würdet, daß Ihr versuchen würdet, zu verstehen, wie groß die Dankbarkeit meines Sohnes über Euer Opfer sein wird – und seine Achtung vor eurer zukünftigen Verbindung. Wenn er nicht so viel Angst hätte, mit einer so schönen und anmutigen Frau verheiratet zu sein, wäre er nicht gezwungen, nach einer Stärkung seines geringen Selbstwertgefühls zu suchen, da ja der Tag der Hochzeit herannaht.«

»Ihr sprecht in beredten Worten für Euren Sohn, Sir, aber ich kann mich kaum von Gefühlen beeindrucken lassen, die ich bei Franklin nicht beobachten konnte.«

Zwischen Lorna und dem Vater ihres Verlobten lag das Wissen, daß es Nathaniel Bacon selbst war, und nicht sein Sohn, der das übernommen hatte, was Leute mit einem Hang zum Sarkasmus vielleicht Werbung um sie nennen würden. Sie war, und das war eine nüchterne Tatsache und trotzte allen anderen Vorspiegelungen, dem halbirren Sohn dieses Mannes versprochen worden – als teilweiser Ausgleich für einen größeren Betrag, den ihr Onkel Sylvester dem Eigentümer von Beau Repose schuldete. Der Anschein von Normalität, den ihr zukünftiger Schwiegervater diesem Arrangement zu geben versuchte, widerstrebte Lorna zutiefst und wirkte irgendwie gemein auf sie.

Nate Bacon schien etwas von ihren Gefühlen aus dem angespannten Ausdruck auf ihren klassischen Zügen und der Steifheit ihrer Haltung zu erraten. »Ich bitte Euch, es wird schon nicht so schlimm werden. Franklin kann manchmal sehr nett sein. Mit Eurer Intelligenz sollte es Euch möglich sein, ihn ganz leicht zu beherrschen. Das ist eigentlich der Hauptgrund, warum ich Euch Euren Cousinen, den eigentlichen Töchtern Eures Onkels, vorgezogen habe. Sie alle sind reizende Wesen, aber ich wage zu behaupten, daß keine von ihnen mit Klugheit oder Willenskraft allzu großzügig ausgestattet ist.«

»Ihr schmeichelt mir, Sir«, erwiderte sie und senkte den Blick, um den Widerwillen zu verbergen, den sie gegen seinen allzu deutlichen Versuch empfand, an ihre Eitelkeit zu appellieren.

»Nicht im geringsten.« Er legte den Kopf schief, um unter dem Rand ihres Hutes, den sie tief in die Stirn gezogen hatte und der sich an ihrem Hinterkopf über dem glatten, zu einer Acht gerollten Knoten ihres wildseidenfarbenen Haars wölbte, einen Blick auf ihr Gesicht werfen zu können. »Nein, wirklich! Ihr wart die beste von allen. Ihr werdet meinen Sohn durch Eure Schönheit anziehen und halten können, und Ihr werdet ihn unter Kontrolle haben, weil Ihr seine Bedürfnisse und Gelüste klar erkennen werdet. Er ist ein ganz normaler Mann, abgesehen von dem Unfall, der ihn eines Teils seiner Geisteskraft beraubt hat.«

Sie wußte genau, was er damit meinte; ihre Tante hatte es ihr vorsichtig und zurückhaltend erklärt. Gleichzeitig hatte man ihr auch klargemacht, daß es nicht möglich war, die schmeichelhafte, stellvertretende Werbung dieses Mannes – eines der reichsten Männer unter den wohlhabenden Plantagenbesitzern am Fluß – zurückzuweisen, weil er ihren Onkel durch einen Schuldschein in der Hand hatte.

»Ja«, sagte sie und ließ ihren Blick zu den Fenstern wandern, von denen aus man den Fluß überblicken konnte und die einen Teil des fließenden Wassers vor dem Haus mit den weißen Säulen umrahmten. »Ja, das ist mir völlig bewußt.«

Er streckte den Arm aus und nahm ihre Hand, legte die samtene Schachtel in ihren spannungslosen Griff. »Bitte nehmt also dies als Zeichen meiner Wertschätzung und als

Pfand dafür, daß mein Sohn seine Pflichten Euch gegenüber anerkennt. Betrachtet es, wenn Ihr wollt, als Sicherheit für sein zukünftiges Benehmen. Ich verspreche Euch, daß sein Verhalten in Zukunft genauso sein wird, wie Ihr es in bezug auf Respekt und Ehre erwarten würdet, und daß Ihr von Eurem Hochzeitstag an keinen Grund haben werdet, Euch über ihn zu beklagen – keinen Grund, das gute Geschäft zu bereuen, das Ihr gemacht habt.«

Aus dem Ton seiner Stimme schloß Lorna, Franklins Vater habe die Vorstellung, daß sie fürchte, ihr zukünftiger Ehemann könne das Bett seiner braunen Geliebten dem ihren vorziehen. Wie sehr er sich doch täuschte! Aber eigentlich hätte er es ja besser wissen müssen, denn erst am vergangenen Abend hatte er gerade noch eingreifen können, als Franklin sie nur wenige Stunden nach ihrer Ankunft auf der Galerie in die Enge getrieben hatte. Ihr Bräutigam hatte sie gegen eine der großen, aufragenden Säulen gedrückt, versucht, mit seinem feuchten, offenen Mund ihre Lippen einzufangen, und ihre Brüste mit schmerzenden, ungeschickten Griffen betastet. Ihre schaudernde Abscheu mußte für jeden klar erkennbar gewesen sein, der nicht absichtlich wegsah. Aber ihr Widerwille dagegen, die Verlobung anzuerkennen, war nicht der einzige Grund, warum sie das Armband nicht annehmen wollte, das Nate ihr aufdrängte.

»Ich kann und darf es nicht annehmen«, sagte sie bestimmt.

»Aber bitte, ich bestehe darauf!«

»Das wäre nicht richtig, nicht jetzt, wo alle Frauen der Südstaaten ihre Juwelen, sogar ihre Eheringe hingeben, um die Sache der Konföderierten zu unterstützen, damit dieser Krieg endlich aufhört.«

»Solche Angelegenheiten sollten ein hübsches Ding wie Euch nicht beunruhigen.«

»Nein, ich könnte mich nicht überwinden, es zu tragen.«

»Dann müßt Ihr es wegschließen, bis Euer zartes Gewissen es zuläßt, daß Ihr etwas anderes damit anstellt.«

»Das wird erst der Fall sein, wenn dieser Konflikt zu Ende ist und unsere Männer wieder nach Hause kommen können – wenn ich es dann noch besitze.«

Ein undeutbarer Blick kroch in Nate Bacons hellblaue Augen, die denen seines Sohnes so ähnelten. »Gibt es womöglich einen speziellen jungen Mann, auf den Ihr gerade wartet?«

»Nein, nichts dergleichen«, antwortete sie, ohne zu zögern.

»Gut«, sagte er und lächelte wieder. »Gut.«

Sie bemerkte plötzlich, daß er ihre Finger immer noch in seinem warmen, feuchten Griff hielt. Sie zog sie vorsichtig zurück, konnte sich jedoch nicht von ihm befreien. »Bitte entschuldigt mich jetzt, ich hatte vor, reiten zu gehen.«

Er ließ sie los, und obwohl es den Anschein hatte, daß er seinen Griff nur ungern löste, hielt er die Schachtel mit den Juwelen fest und nahm sie wieder in seinen Besitz. »Wie Ihr wollt, obgleich es so aussieht, als ob wir ein Gewitter bekommen würden. Wenn ich Euch einen guten Rat geben darf, überlegt Euch das noch einmal.«

»Ich . . . ich möchte es lieber riskieren.«

Es sah einen Augenblick so aus, als würde er sie abhalten wollen. Lorna sah ihn mit einem kleinen Anflug von Widerstand in ihren ruhigen grauen Augen an. Schließlich zuckte er mit den Schultern.

»Ich werde jemanden zu den Ställen schicken, damit ein Pferd für Euch gesattelt wird und ein Bursche sich bereit hält, um Euch zu begleiten.« Seine dicken, formlosen Lippen hoben sich in einem nachgiebigen Lächeln. »Ich denke, Ihr werdet sehr froh sein, wenn Ihr Euch beim ersten Donner ganz schnell in Sicherheit bringen könnt.«

Sie hatte befürchtet, er könne vielleicht die Absicht haben, sie selbst zu begleiten; in seinem bleichen Gesicht war einen Augenblick der Ausdruck gewesen, als überlege er sich das, als wäge er das Vergnügen ihrer Gesellschaft gegen die Mühe ab, die es kosten würde, sich in Bewegung setzen zu müssen. Doch die Bequemlichkeit seines Studierzimmers, die Zeitung, die Zigarre und das Glas Brandy, die ihn erwarteten, siegten, und Lorna gelang es, ihm zu entkommen.

Allerdings konnte sie ihm nicht wirklich entfliehen. Sie war außerhalb des Hauses genauso eine Geisel für den geschäftlichen Mißerfolg ihres Onkels wie innerhalb. Wenn sie sich auf dem Reitweg hielt, der durch die Hügel und Felder von Beau Repose führte, und dabei an die sittsame, aber unbequeme Würde eines Damensattels gebunden war, mit einem Burschen, der immer zehn Schritte hinter ihr blieb, dann würde das ihre Sehnsucht nach Freiheit nicht befriedigen – das Problem lag in ihrer Person begründet: Als Frau gab es für sie nichts, was dem näherkommen konnte. Sie würde das Beste daraus machen müssen, genauso wie sie würde lernen müssen, die Ehe zu ertragen, deren Beginn sie am nächsten Tag erwartete. Es war ebenso unmöglich, der Ehe und allen damit verbundenen Pflichten zu entkommen, obwohl sie sich eigentlich lieber jedem anderen Mann hingegeben hätte, nur nicht diesem hirnlosen und gemeinen Wesen, mit dem sie verheiratet werden sollte. Wirklich absolut jedem Mann.

Indem sie eine Hälfte ihrer Unterlippe zwischen die Zähne nahm, dachte Lorna darüber nach, ob sie nicht zu ihrem Onkel gehen und ihn bitten sollte, diese Verlobung zu lösen. Aber schon während ihr die Idee kam, wurde sie wieder verdrängt vom Bild ihrer Tante: streng, beherrschend, mit den tiefen Einkerbungen der Enttäuschung auf beiden Seiten ihrer langen Nase. Onkel Sylvester würde auf Tante Madelyn hören und tun, was sie sagte; es war die Überzeugung ihrer Tante, daß Frauen dazu geboren wurden, in Sorge und

Furcht vor ihren ehelichen Pflichten zu leben, ganz egal, welchen Mann sie auch heiraten mochten. Ihre Tante hielt es für einen besonderen Glücksfall, daß sie keinen armen Mann heiraten sollte, daß es für Lorna nie nötig sein würde, sich einzuschränken und ewig sparsam zu sein, damit sie ihre Kinder ernähren und kleiden konnte, und daß es nicht womöglich noch irgendein fremdes, unglückliches Kind gab, das man ihr aufdrängen würde.

Bei diesem letzten Gedanken meinte Lorna sich selbst – sie war vor etwa zehn Jahren zu ihrem Onkel und ihrer Tante gekommen. Sie war mit ihrer Mutter und ihrem Vater auf die Einladung ihres Onkels Sylvester – des Bruders ihres Vaters – hin von Georgia nach Louisiana gereist. Der Plan hatte so ausgesehen, daß die beiden Männer auf einer neuen Pflanzung von etwa dreitausend Morgen Größe Partner werden sollten, die Sylvester Forrester schon gekauft hatte. Sie waren per Schiff nach New Orleans gekommen, wo sie ihren gesamten Haushalt auf einen Dampfer hatten verladen wollen, um damit flußaufwärts zu fahren. Aber als sie in der Stadt angekommen waren, der größten, die es im Süden gab, entschlossen sie sich, ein paar Tage dort zu bleiben, einzukaufen und ins Theater zu gehen. Und genau da waren Lornas Eltern der Cholera erlegen – in einer jener plötzlich auftretenden Epidemien, die Hafenstädte häufiger überrollen. In der Verwirrung jener schrecklichen Zeit, als die Krankenhäuser, Wohnungen und sogar die Straßen mit Toten und Sterbenden überfüllt waren, war ihr Geld – das Gold, das sie mitgebracht hatten, um es zu investieren – verschwunden. Ob es die Dienerschaft in ihrem Hotel gewesen war, die Männer, die die Toten auf die Wagen geladen hatten, um sie zum Friedhof zu transportieren, oder einfach einer der Gauner, die das Risiko der Seuche auf sich nahmen, um die Erkrankten zu berauben, wurde nie herausgefunden.

Statt also zusätzliches Kapital zu bekommen, um seine

neue Pflanzung auf die Beine zu stellen, mußte Onkel Sylvester die Bestattungskosten tragen und bekam obendrein noch ein hungriges Kind, Lorna. Doch die Anklage, sie sei eine zusätzliche Last, hatte durch die ständige Wiederholung schließlich ihre verletzende Wirkung verloren. Das Beunruhigendste, was bei ihrem Gespräch mit ihrer Tante schließlich enthüllt worden war, bestand darin, daß sie Franklin Bacons Kinder würde bekommen müssen, daß der Erbe für Beau Repose genaugenommen einer der wichtigsten Gründe dafür war, daß eine Braut für Franklin gefunden werden mußte. Denn obwohl er nicht in der Lage war, die großen Ländereien zu leiten, die Nate Bacon aufgebaut hatte, konnte er zumindest doch einen Sohn zeugen, der das dann übernehmen würde. Es gab keine andere Möglichkeit, denn Franklin hatte keine Geschwister. Seine Mutter, Nates Frau, war seit Franklins Geburt gesundheitlich in schlechtem Zustand gewesen, der sich dann noch verschlimmert hatte nach jenem Ereignis in der Kindheit ihres Sohnes, als er von seinem Pony gegen den Kopf getreten worden war, weil er versucht hatte, sich gewaltsam Gehorsam zu erzwingen; jener Unfall, der den Verlust seiner geistigen Fähigkeiten zur Folge hatte. Damals war Nates Frau bettlägerig geworden und hatte ihr Zimmer seither nicht mehr verlassen.

Obwohl Lorna wußte, daß sein Geisteszustand kein angeborener Defekt war, konnte sie den Widerwillen dagegen nicht überwinden, daß sie sein Kind in ihrem Körper würde tragen müssen. Und wenn ihr bei dem Gedanken daran schon elend wurde, wie würde dann die Wirklichkeit erst werden?

»Miss Lorna! Könntet Ihr etwas langsamer gehen, Miss Lorna? Ich muß kurz anhalten!«

Sie zügelte ihr Pferd und ließ es zurück zu der Stelle gehen, wo der Reitbursche abgesessen war und mit der Hand über das Vorderbein seines Pferdes strich. Der rotbraun gefleckte

Wallach wieherte und warf den Kopf hoch, seine Mähne und sein Schweif flatterten in dem aufkommenden Wind.

»Was ist los?« rief sie.

»Das dumme Pferd hat gerade vor einem Kaninchen gescheut – ist auf einen Holzklotz neben dem Weg getreten. Ich glaube, es hat sich weh getan.«

Obwohl er nicht zu den Familienpferden gehörte, war der Wallach doch ein gutes Reitpferd, das für Gäste gehalten wurde, und der Stallgefährte von Lornas Stute. Sie durften kein Risiko mit seiner Gesundheit eingehen.

»Hinkt er?«

»Ja, Madam, ein bißchen«, gab der Stallbursche zu, der schon älter war, und schüttelte seinen grauen Kopf.

Lorna zögerte, und ihre Augenbrauen, die wie dunkelbraune Flügel wirkten und viel dunkler waren als das bleiche Blond ihrer Haare, zogen sich zusammen. »Ich weiß, daß du mit dem Pferd zurückgehen mußt, aber ich werde noch weiterreiten, glaube ich.«

»Ich kann Euch nicht verlassen, Miss Lorna, das wäre genauso schlimm wie der Verlust meines Pferdes. Außerdem wird es bald ein Gewitter geben.«

»Mir macht ein bißchen Regen nichts aus. Und bestimmt würde Mr. Bacon doch dir nicht die Schuld geben, wenn ich allein weiterreite, oder?« Der Wind entriß ihr die Worte.

»Ihr kennt diesen Mann nicht. Er ist nicht wie unser alter Herr, M'sieur Cazenave. Master Bacon lacht nie. Er ist ein harter Mann, mächtig hart.«

Mit einem Seufzer nickte Lorna. Sie durfte nichts tun, was dazu führen würde, daß der Bursche bestraft wurde. Diese Sorge, zusammen mit der gesellschaftlichen Regel, die ihr vorschrieb, daß sie nicht allein reiten durfte, war zu groß, als daß sie sie ignorieren konnte. Trotzdem blieb sie auf ihrem Pferd sitzen, der lange Rock ihres Reitkleides hob sich und flatterte im Wind, und ihre Augen verengten sich. Der Bursche drehte sich um und begann, den hinkenden Wallach über den Weg zurückzuführen, den sie gekommen waren. Sie schaute den Reitweg entlang, der zurück nach Beau Repose führte, und drehte sich dann zur anderen Seite, um den gewundenen Weg zu betrachten, der noch vor ihr lag. Da sie zurücksah, blieb der Bursche stehen und wartete.

»Geh du nur voran«, rief sie ihm zu. »Ich werde noch ein kleines Stück weiterreiten, dann hole ich dich wieder ein.«

»Geht bitte nicht mehr so weit, Miss Lorna, ja? Ich sage Euch, es wird bald regnen!«

Als wollte er diesen Worten Nachdruck verleihen, rollte in der Ferne ein Donner. »Ja ja!« rief sie über die Schulter, während sie ihrem Pferd die Fersen in die Seite stieß. »Ich weiß!«

Ihre Idee war natürlich sinnlos, das wußte sie. Was gewann sie schon durch ein paar kurze Augenblicke ohne Bewachung, ohne Gesellschaft, ohne das düstere Wissen um das, was sie erwartete? Aber egal, die Freude, sich in dieser Einsamkeit aufhalten zu können – nur unterbrochen von dem schrillen Ruf eines Vogels, der ihr von dem immer stärker werdenden Wind zugetragen wurde, von dem Peitschen der Äste über ihrem Kopf und den hallenden Hufschlägen ihres Pferdes –, lief wie ein Schauer durch ihre Adern. Der Wind peitschte Farbe auf ihre Wangen und zerrte an der gebogenen Feder, die auf der Krempe ihres Hutes lag. Die hereinbrechende Dunkelheit hatte nicht die Macht, sie zu ängstigen, auch nicht das kurze Aufflammen der Blitze über ihrem Kopf. Sie wollte immer nur weiterreiten, sowohl ihre Vergangenheit als auch ihre häßliche, unsichere Zukunft hinter sich lassen und nie mehr zurückkehren. Nie, nie, nie mehr.

Kalte Regentropfen, die ihr Gesicht trafen, riefen sie aus dem kurzen Traum in die Wirklichkeit zurück. Sie zügelte das Pferd, und die Stute fiel aus dem mühelosen Trab in

Schritt. Während der Windstille vor dem herannahenden Gewitter hörte sie das Klatschen der Regentropfen auf der Krempe ihres Hutes und das leise Rauschen auf den Blättern der Bäume. Sie war nicht sicher, wie weit sie gekommen war, wieviel Zeit verstrichen war, seit sie den Burschen verlassen hatte. Sie mußte eigentlich umkehren. Und sie würde es auch ganz bestimmt gleich tun.

Ein Blitz zuckte schwefelgelb über den Himmel. Direkt danach donnerte es genau über ihr. Der Wind erhob sich in einer scharfen Bö. Ihr Pferd versuchte sich aufzubäumen und wieherte furchtsam. Während sie darum kämpfte, die Kontrolle über das Tier wiederzuerlangen, hörte sie das bedrohliche Splittern von Holz, dann ertönte hinter ihr das Knacken und Knirschen eines fallenden Baums.

Er fiel mit einem mächtigen Krachen nur wenige Meter hinter ihr auf die Erde. Sein Aufprall trieb einen Wirbel von kleinen Rindenstücken zu ihr herüber, die sich auf ihrer Haut nadelspitz anfühlten, und der Geruch der zerquetschten Blätter drang in ihre Nase. Ihr Pferd machte einen Satz und raste vorwärts den Pfad entlang. Sie wurde nach hinten geschleudert und wäre beinahe aus dem Sattel gehoben worden. Ihre Reitpeitsche flog ihr aus der Hand, als sie nach dem Sattelknauf griff. Sie stemmte sich gegen den Wind, den der rasende Galopp des Pferdes erzeugte, und nahm die Zügel wieder kurz, aber die Stute reagierte nicht darauf. Sie hatte die Trense fest zwischen den Zähnen und raste davon, als könne sie ihrer Angst entkommen, wobei sie Lorna noch weiter von Beau Repose forttrug.

Es dauerte nur wenige Sekunden, bis sie das Pferd wieder unter Kontrolle bekam, aber in dieser kurzen Zeit endete der Reitweg und mündete in eine Wagenspur, die wiederum auf die Straße am Fluß zuführte. Die große, gewundene Wasserfläche, die fast bis zur Hochwassergrenze angestiegen war, lag direkt vor ihr, als sie die Stute schließlich wieder zügeln konnte. Eingefaßt von Weiden und riesigen Eichen, die sich bis über die Straße beugten, dehnte sich der Fluß grau und gefährlich bis in das Zwielicht hinein.

Und dann, als sie den offenen Himmel über dem wogenden, regengefleckten Strom überblickte, sah sie ihn, den daherfegenden Regenvorhang des Gewitters, der schnell auf sie zukam. Er brachte die Wasseroberfläche zum Aufschäumen, ließ die Bäume sich wild unter seinem Ansturm neigen und nahm dem Himmel sein letztes Licht. Mit einem kalten Windstoß erreichte sie der Schauer, sturmgepeitscht und eisig, und brachte die winzigen scharfen Schläge von Hagel mit. Die kleinen Eiskugeln prasselten auf sie herab, sprangen von der Straße wieder hoch, wurden größer, als sie durch die Blätter der Bäume über Lorna herabhämmerten und auf ihre Schultern trommelten.

Sie mußte einen Unterstand finden. Ihr Pferd, das sowieso schon nervös war, würde sich ein derartiges Gewitter nicht sehr lange gefallen lassen, und sie selbst auch nicht. Die Bäume am Straßenrand boten nur wenig Schutz, aber wenn sie sich hindurchdrängen könnte bis tiefer in den Wald, dann würde sie vielleicht einen geeigneten Platz finden.

In diesem Augenblick sah sie das Haus. Es lag etwas zurückgesetzt von der Straße am Ende einer Allee aus dunklen, windgepeitschten, immergrünen Eichen, von denen lange Bartflechten herabhingen, die ebenfalls vom Wind zerzaust wurden. Das Haus war grau und geisterhaft, kein Licht war zu sehen, und es stand behäbig dort, ein großes Landhaus, im sogenannten Westindienstil gebaut, zweigeschossig mit einem weitausladenden Dach, das breite, balkonartige Galerien überdeckte, die im unteren Stockwerk mit Ziegelsäulen und im oberen Stockwerk mit weißen, gedrechselten Balken gestützt wurden. Der Baustil des Hauses war so, wie ihn hier am Fluß der kreolische Landadel bevorzugte – diejenigen Bewohner Louisianas, deren Vorfahren französische und spanische Kolonisten gewesen waren. Bequem und so angelegt, daß das heiße, feuchte Klima möglichst erträglich wurde für die Bewohner, stand es in scharfem Kontrast zu der klassizistisch-griechischen Pracht solcher Häuser wie Beau Repose, die von Angehörigen der englisch sprechenden Bevölkerung gebaut wurden. Die Kreolen waren bekannt für ihre Gastfreundschaft, und obwohl es so aussah, als wäre die Familie nicht zu Hause, würden sie doch vielleicht nichts dagegen haben, wenn ihre Dienerschaft Lorna vorübergehend in ihrem Haus aufnahm, bis das Gewitter vorüber war.

Als sie vor dem Haupteingang vom Pferd stieg, sah sie, was ihr bei besserem Licht schon früher aufgefallen wäre: Die Familie würde nicht zurückkehren, das Haus stand leer. Die mit einem fächerförmigen Fenster versehene Tür im oberen Stockwerk, die der Eingang zu den Hauptwohnräumen war, stand offen. Läden hingen schief vor den Fenstern, und der weißgewaschene Putz, der die weichen, handgefertigten Ziegel bedeckte, fiel in großen, moosbedeckten Brocken herunter. Unkraut und Winden wuchsen bis hinauf auf die untere Galerie, sprossen durch die Ritzen dazwischen, wanden sich um die Geländerpfosten der außen liegenden Treppe, die unter der Galerie begann und zum oberen Stockwerk hinaufführte. Das untere Stockwerk, ein erhöhtes Erdgeschoß, das als Unterkunft für die Bediensteten und als Lager für Lebensmittel gedient hatte, wurde jetzt noch als Lagerraum für die großen Baumwollballen genutzt.

Sie hatte keine Zeit, sich das alles genauer anzusehen. Sie führte das Pferd am Zügel und trat auf den schmutzigen Ziegelboden der unteren Galerie. Die verrottete obere Galerie würde ihr wenigstens etwas Schutz vor dem vom Wind getriebenen Hagel bieten, und das Tier konnte hier nur wenig Schaden anrichten, da sowieso alles kaputt war. Sie sah sich um und entdeckte einen rostigen Metallring, der in die Wand eingelassen war und einst dazu gedient hatte, eine

Fackel zu halten, die den Eingang erhellte. Er würde sich hervorragend dazu eignen, das Pferd daran anzubinden.

Als sie die Zügel der Stute befestigt hatte, stand Lorna ruhig da, rieb dem Pferd die weichen Nüstern und betrachtete den vom Wind getriebenen Regen und Hagel. Sie dachte an den Burschen irgendwo da draußen auf dem Reitweg und hoffte, daß ihn das Wetter nicht auf der freien Strecke ereilt hatte. Bald würde sie wieder zurückreiten müssen; sie wollte den Mann wirklich möglichst nicht in Schwierigkeiten bringen. Aber vielleicht würde er ja auf sie warten, wenn er wirklich so viel Angst vor Nate Bacon hatte, wie er vorgab.

Was hatte der Mann wohl gemeint, als er von dem alten Herrn, M'sieur Cazenave, sprach? Es war eine ganz beiläufige Bemerkung gewesen, als glaubte er, sie würde sie schon verstehen. Vielleicht wäre es auch so gewesen, wenn es sich hier um eine normale Verlobung handeln würde, obwohl es ihr unwahrscheinlich erschien, daß ein Paar, das freudig seiner kommenden Heirat entgegensah, seine Zeit damit verbringen würde, über den ehemaligen Besitzer eines älteren Reitburschen zu sprechen.

Der Hagel wurde weniger und hörte schließlich auf, aber der Regen dauerte noch an, prasselte von Himmel herunter, fiel in Strömen von dem breiten Dach und klatschte auf den Boden der unteren Galerie. Der Saum ihres Kleides wurde davon naß, und die feuchten Windstöße ließen sie erschauern. Sie sah sich nach einem besseren Unterstand um.

Sie stieß die Tür zu den unteren Zimmern des Hauses weiter auf und sah hinein, trat dann zögernd über die Schwelle. Baumwollballen, fest gepreßte Baumwolle in großen Jutesäcken, standen überall. Alles war voller Baumwolle – die Ballen waren bis zu der niedrigen Decke hinauf gestapelt, Haufen in Weiß und Braun, zwischen denen es nur noch tunnelartige Durchgänge gab, die zu anderen Zimmern führten, in denen ebenfalls Ballen auf Ballen lagerten, und hier und da blieb ein Fenster offen, damit Licht hereinkam. Es war auch etwas Platz um die schmale Tür an einer Seite, die den Zugang zu der engen Wendeltreppe für das Personal darstellte.

Warum lud ein leeres Haus nur so sehr dazu ein, es zu erkunden? War es das Gefühl, daß hier noch die Spuren des Lebens anderer zu erkennen waren, eine Gelegenheit, die ewige Neugierde des Menschen zu befriedigen, wie andere Menschen gelebt hatten und gestorben waren, oder nur die Chance, daß es hier noch irgendwelche Schätze geben mochte? Lorna wußte es nicht, aber sie konnte der Versuchung nicht widerstehen, die Treppe hinaufzusteigen. Obwohl sie sich bemühte, möglichst leise Schritte zu machen, klangen sie immer noch sehr laut in ihren Ohren.

Die oberen Zimmer waren groß und schön proportioniert. Möglicherweise waren sie deswegen nur teilweise mit Baumwolle gefüllt, weil es sehr mühsam war, sie den langen Weg über die äußere Treppe heraufzuschaffen. An den Dekken befanden sich wunderbar gearbeitete Stuckverzierungen, und um die Wände herum führten geschnitzte Holzfriese. Zart gefärbte Wandbehänge hingen immer noch an Ort und Stelle, verblichen, aber ohne Makel. Obwohl keine Möbel in den Zimmern standen, hingen noch staubschwere Vorhänge an den Fenstern, und an einer Tür gab es noch einen heil gebliebenen Porzellanknopf, der mit verblaßten Rosen und Veilchen so sorgfältig bemalt war, daß er fast einem Kunstwerk glich.

Donner rollte über Lornas Kopf, und Blitze flackerten vor den Fenstern. Ganz versunken in die Betrachtung ihrer Umgebung, bemerkte sie das jedoch kaum. Sie entdeckte ein paar Stockflecken an der Wand, große Spinnweben, die harten kleinen Lehmnester von Schlupfwespen an den Wänden und die gelbbraunen Flecken an der Decke, wo das Dach darüber undicht war und der Regen hindurchsickerte; dennoch schien mit dem Haus eigentlich alles in Ordnung zu sein. Warum war es wohl verlassen worden? Wer benutzte ein so schönes Wohnhaus für die Lagerung von Baumwolle, wenn jede andere Scheune oder ein beliebiger Schuppen den gleichen Zweck erfüllte? Es schien einfach sinnlos. Außer vielleicht wenn irgendeine Tragödie hier geschehen war. Manchmal kam so etwas vor – der Tod einer ganzen Familie nach einer Epidemie, einem gefährlichen Fieber zum Beispiel. Ohne Erben und Verwalter verfielen die Häuser dann langsam, und die Natur eroberte sich gnadenlos ihren Raum zurück: Farne und Unkraut wuchsen auf den mit Holzschindeln gedeckten Dächern, Schlingpflanzen krochen die Galerien hinauf, Vögel fanden ein Schlupfloch und bauten ihre Nester im Innern an den sorgfältig ausgearbeiteten Stuckdekken, oder Waschbären und Opossums kamen mit ihren Jungen herein.

Sie stand in dem Zimmer, das früher wohl einmal der Damensalon gewesen war, soweit sie das aus den in Stuck geformten Rosen und Farnen schließen konnte, die in fließenden Reihen angeordnet waren – da hörte sie plötzlich den Klang einer Gitarre. Das Stück, das da gespielt wurde, war ihr unbekannt; eine weiche Melodie mit einer Spur von leidenschaftlicher Melancholie in ihren langsamen, komplizierten Klängen. Die Musik schien sich mit dem Trommeln des Regens über ihrem Kopf zu vermischen, bildete den Kontrapunkt dazu. Sie verband sich auch mit einem Geräusch, das wie ein sanft prasselndes Feuer klang.

Ein Schaudern, das sowohl von Angst als auch von Erregung herrühren konnte, überlief sie. Sie spürte den Impuls, sich zurückzuziehen, wehrte sich dann aber mit einem Kopfschütteln dagegen. Sie war nicht feige, und sie wollte auch nicht dafür gehalten werden. Vielleicht war die Person, die sich ebenfalls hier aufhielt, jemand, dem sie Dank schuldete für den Schutz vor den Naturgewalten, den sie in Anspruch genommen hatte; und falls dem nicht so war, konnte es vielleicht wichtig sein, von der Anwesenheit eines Menschen im Haus Mitteilung zu machen, wenn sie nach Beau Repose zurückkehrte.

Die Musik schien aus einem Zimmer zu kommen, das früher einmal eines der hinteren Schlafzimmer gewesen sein mußte. Sie hörte aufmerksam zu, wurde gegen ihren Willen von den Klängen gefesselt und machte sich auf den Weg.

Zuerst sah sie das Licht, einen flackernden, orangefarbenen Schein. Er tanzte in dem düsteren Zimmer, schien sie einzuladen. Es war Wahnsinn, noch näher heranzutreten, das wußte sie; irgendein Dieb oder Mörder hatte vielleicht sein Lager in dem verlassenen Haus aufgeschlagen. Dennoch konnte sie nicht anders, versuchte es nicht einmal.

Als sie ihn zuerst sah, flammte gerade ein Blitz – kaltes, hartes Licht – hinter seinem Kopf auf. Er saß vor dem Feuer auf einem Baumwollballen, einem von mehreren, die in dem Zimmer verstreut waren. Er hatte ein Knie hochgezogen und den Knöchel über das andere gelegt, darauf stützte er den Hals seiner Gitarre, während er spielte. Er sah wachsam auf, als sie in der Tür stehenblieb, obwohl sie an seinem Verhalten erkennen konnte, daß er sich schon einige Zeit der Gegenwart eines anderen Menschen im Haus bewußt gewesen war. Er trug eine zweireihige Twilljacke mit einem braunen Samtkragen über rehbraunen Hosen. Die Jacke stand offen und zeigte seine Weste aus beige und weiß gestreifter Seide. Sein Halstuch war zimtfarben und bildete einen angenehmen Kontrast zu dem feinen Leinen seines Hemds; all das waren Details, die bewiesen, daß es sich um einen Gentleman handelte. Unmerklich entspannte sich Lorna, erlaubte ihrem Blick, sein Gesicht zu berühren.

Sie holte erstaunt Atem. Dieser Mann hatte die kräftigen Züge und die dunkle Hautfarbe, die man in Louisiana bei den Menschen kreolischer Herkunft fand. Er mochte Anfang

Dreißig sein. Sein Haar lag in festen Wellen um seinen Kopf, aber eine vorwitzige Locke fiel in seine Stirn. Sein Gesicht hatte den bronzenen Schimmer eines Menschen, der oft in der Sonne war, sein Nase war gerade, von klassisch-römischer Form, um seinen Mund und seine Nase lag klar gemeißelte Entschlossenheit. Seine Lippen waren fest, die Unterlippe von sinnlicher Fülle, und an den Mundwinkeln sah sie die eingefurchten Spuren eines wohl humorvollen und heiteren Temperaments. Jetzt gerade lächelte er jedoch nicht. Seine schwarzen Augen unter dichten Augenbrauen und Wimpern sahen sie hart und räuberisch an, als erkenne er sie.

Lorna machte eine plötzliche Bewegung, als wolle sie fortgehen.

»Geht nicht.«

Seine Stimme war zwingend, kräftig, tief und mit warmer Herzlichkeit, mehr nicht. Er hörte auf zu spielen, und der letzte klingende Ton erstarb. Als sie zögerte, stand er auf. »Kommt ans Feuer. Ihr seht erfroren und naß aus.«

Es ärgerte sie, daß sie sich plötzlich um ihre Erscheinung sorgte statt um die Gefahr. Allerdings machte er keine Bewegung in ihre Richtung, und sein Blick war so offen und freundlich, sein Benehmen so höflich, daß ihr Eindruck vielleicht nur durch ein Flackern des Feuers oder in ihrer Einbildung entstanden sein mochte.

»Ich möchte mich nicht aufdrängen«, preßte sie schließlich hervor und trat einen Schritt zurück.

»Das könnt Ihr auch unmöglich.«

»Ja?« fragte sie mit klar erkennbarem Interesse. »Das Haus gehört also nicht Euch?«

Seine Antwort war von einer leichten Bewegung seiner Schultern begleitet. »Ich habe früher hier gelebt.«

Sie hatte den Eindruck, als beobachte er sie unter seinen dunklen, dichten Wimpern hervor – so als erwarte er eine Reaktion, eine Erwiderung auf das wissende Glitzern, das seine Augen erhellte; Augen, die so dunkel waren wie tiefes, stehendes Wasser im Mondlicht, schwarz und undurchsichtig und unbeweglich wie ein Bayou, ein Seitenarm des Mississippi. Er sprach mühelos englisch, als gebrauche er diese Sprache schon seit einiger Zeit wie selbstverständlich, aber in seiner Betonung lag eine ganz kleine Spur von Akzent. Sie schluckte, wurde sich der Enge in ihrer Kehle bewußt. »Es ist ein Jammer, daß ein solches Haus leersteht – oder als Speicher benutzt wird wie ein Lagerhaus.«

»Ja«, stimmte er ihr zu, und sein dunkler Blick glitt über die Baumwollballen rundum. »Das Zeug ist jedoch auch recht nützlich. Hier, ich ziehe Euch einen Ballen als Sitz herüber.«

Lorna sah ihm zu, als er mit geschmeidigen Bewegungen aufstand, die Gitarre neben den Kamin stellte, in dem das Feuer brannte, sich vorbeugte und die Juteumhüllung eines Ballens ergriff, an der er ihn näher zum Feuer zog. Dann zog er noch einen zweiten dahinter und warf mühelos einen dritten als Rückenlehne darauf. Bevor sie ihn daran hindern konnte, bevor ihr klarwurde, was er vorhatte, zog er seine Jacke aus und legte sie über den groben Stoff, um es ihr bequemer zu machen. Mit einer kurzen Verbeugung und einer graziösen Geste deutete er auf die Lagerstatt, damit sie sich setzte.

Mit langsamen Schritten bewegte sie sich auf ihn zu. Sie nahm den Platz ein, den er für sie zurechtgemacht hatte, und sagte: »Ich kann nur einen Augenblick bleiben. Ich mußte mich vor dem Gewitter in Sicherheit bringen. Mein . . . mein Reitbursche wird sich fragen, was aus mir geworden ist.«

»Also seid Ihr nicht allein geritten? Für eine Frau, die so aussieht wie Ihr, wäre mir das auch sehr unvernünftig erschienen. Ist Euer Diener noch unten?«

Sein Kompliment war so unprätentiös gewesen und so schnell von der folgenden Frage abgelöst worden, daß sie keine Zeit hatte, etwas dabei zu empfinden. Sie schüttelte den Kopf und erzählte ihm – allerdings nicht ganz vollständig –, was geschehen war.

Während sie sprach, griff er nach einer kleinen Flasche, die neben ihm stand. Sie war aus Silber, und der Verschluß konnte, wenn er losgeschraubt war, als kleiner Becher verwendet werden. Sein Inhalt entsprach vielleicht einer halben Tasse. Er schraubte ihn ab, goß eine dunkle Flüssigkeit hinein und reichte ihn ihr, als sie zu Ende erzählt hatte.

Mitfühlend fragte er sie: »Möchtet Ihr Kaffee? Leider enthält er etwas Brandy, aber dadurch wird es Euch vielleicht etwas schneller warm.«

Seine Geste war einfach nur höflich, sein Lächeln etwas schief. Der Kaffee duftete herrlich, und selbst ihre Tante Madelyn verwendete Brandy bei solchen Gelegenheiten. Sie streckte die Hand aus und nahm den Becher an. Ihre Finger berührten die seinen, und das verursachte eine so heftige Reaktion ihrer Nerven, als hätte sie glühende Kohlen angefaßt. Ihre Hand machte einen kleinen Ruck, und sie blickte erstaunt den Mann an, der über ihr stand; dann erholte sie sich jedoch so schnell wieder, daß sie den Kaffee nehmen konnte, ohne etwas zu verschütten.

Das Gebräu war heiß und süß. Sie nippte vorsichtig daran und war dankbar dafür, daß die Wärme sich sofort in ihr ausbreitete. Sie war erleichtert, als ihr Wohltäter wieder einen Schritt zurücktrat und sich, mit den Händen hinter dem Rücken, vor das Feuer stellte. Gleichzeitig wurde sie sich heftig der Intensität seines Blickes, der auf ihr ruhte, bewußt. Sie befeuchtete die Lippen.

»Ihr wohnt wohl in der Nähe, daß Ihr eine solche Erfrischung mitgebracht habt.«

Er schüttelte amüsiert den Kopf angesichts ihres deutlich erkennbaren Versuchs, etwas über ihn in Erfahrung zu bringen. »Ich war in der Nähe zu Besuch, habe aber heute nachmittag meine Gastgeberin wieder verlassen – auf meinem Weg nach . . . Hause.«

»Ich verstehe.« Es schien ihr verwunderlich, daß er vor dem letzten Wort so gezögert hatte. »Also habt Ihr Euch vermutlich auch hier vor dem Regen in Sicherheit gebracht. Aber ich möchte Euch nicht Eures Reiseproviants berauben.«

Als sie ihm den kleinen Becher, der immer noch halb voll Kaffee war, entgegenhielt, lächelte er. »Macht Euch darüber keine Gedanken. Ich betrachte es als eine Ehre und eine Freude, daß es mir möglich ist, einer Dame behilflich sein zu können.«

Das war natürlich die reine Höflichkeit, aber dennoch lag etwas in seinem Benehmen, in dem Klang seiner Worte, das sie beunruhigte. Trotz ihrer vorsichtigen Frage hatte er nicht versucht, sich ihr vorzustellen. Sie streckte ihm noch einmal den Becher entgegen. »Ich muß jetzt wirklich gehen.«

»Ich verstehe, daß Ihr Euch auf den Weg machen wollt«, sagte er und trat vor, um den Becher entgegenzunehmen, wobei er ihn so drehte, daß er, absichtlich oder zufällig, seine Lippen genau an derselben Stelle berührte, an der auch ihr Mund gelegen hatte, als sie den Inhalt austrank. Er lächelte ihr zu, und sein Gesicht zeigte einen Ausdruck von umwerfendem Charme, als er den Becher wieder senkte. »Aber es wäre doch Wahnsinn, zu gehen, solange es noch regnet, oder? Und Ihr seid völlig aufgeweicht. Es wäre sicher das beste, wenn Ihr hierbleiben und Eure Jacke ausziehen würdet, damit sie trocknen kann – vielleicht wenigstens den Hut? Ich bin sicher, daß diese Kreation auf Eurem Kopf Euch einst sehr gut gestanden hat, aber im Augenblick tropft Farbe von der Feder auf Eure Schulter.«

Mit einem ärgerlichen Ausruf griff sie nach oben und fühlte an der triefenden Feder. Sie hob die Hände, zog die mit einem Jettknopf verzierte Nadel heraus, die ihren kleinen Hut hielt, und riß ihn sich vom Kopf. Die Feder, die vorher noch so schön und zartblau wie ein Rotkehlchenei ausgesehen hatte, war jetzt zweifellos ruiniert. Wie er richtig bemerkt hatte, war das Wasser von der Feder in ihren Nacken heruntergetropft, obwohl er so höflich gewesen war, es nicht so direkt auszudrücken. Bei dem Gedanken daran, wie sie in ihrer triefenden Würde ausgesehen haben mußte, drang ein leises Lachen aus ihrer Kehle. Sie sah zu ihm auf, und ein vergnügtes Strahlen stand in ihren grauen Augen.

Er starrte sie an, auf seinen markanten Zügen lag ein Ausdruck von Faszination. Seine schwarzen Augen wirkten unergründlich, erfüllt mit gefährlichen Strömungen. Aber schon einen Augenblick später senkten sich seine Wimpern wieder, und ein Lächeln zuckte um seine Mundwinkel. Er streckte die Hand aus, nahm ihr den Hut ab und ging zurück zum Kamin, auf dessen Sims er sowohl den Hut als auch den kleinen Becher stellte.

Dann wandte er sich ihr wieder zu und meinte: »Und die Jacke?«

»Die werde ich anbehalten«, erwiderte sie.

»Warum?«

»Weil mir das lieber ist. Muß es noch einen anderen Grund dafür geben?«

Er schüttelte den Kopf, als könne er ihr nicht glauben. »Ihr könnt doch nicht wirklich Lust haben, etwas so Nasses und Klammes zu tragen. Denkt an Eure Gesundheit.«

»Also, wenn Ihr es unbedingt wissen wollt: Diese Jacke ist nicht dazu gedacht, daß man sie auszieht, nicht –«

»– nicht in männlicher Gesellschaft oder in der Öffentlichkeit? Was für eine seltsame Eitelkeit. Ihr habt doch bestimmt ein Hemd darunter an, oder?«

»Nur eine Attrappe, bestehend aus Vorder- und Rückseite«, sagte sie mit zusammengebissenen Zähnen, aber auch erstaunt darüber, welche Wendung ihr Gespräch genommen hatte. Aber wenn sie erwartet hatte, sie würde ihn damit entmutigen, dann wurde ihr diese Hoffnung bald wieder ausgetrieben.

»Ach so, Euer Schamgefühl hindert Euch daran, die Jacke auszuziehen. Was ist Euch denn wichtiger: Euer empfindliches Schamgefühl zu bewahren oder Euer Wohlbefinden und Eure Gesundheit? Ich bitte Euch, seid doch nicht so zimperlich. Ich werde mich umdrehen.«

Und genau das tat er auch; er wandte sich ab und ging hinüber zu einem Baumwollballen auf der anderen Seite des Feuers. Der fest gepreßte Ballen war aufgerissen, so daß die fedrige, weiße Baumwolle herausquoll wie die Füllung aus einem Kissen. Er beugte sich mit der geschmeidigen, geradezu animalischen Gewandtheit eines Menschen, der sich viel im Freien aufhält, hinunter und griff sich zwei Hände voll von der weißen, wattigen Masse. Während er hier und da kleine Flocken fallen ließ, drehte er sich dem Feuer zu und warf die Baumwolle hinein. Seine Hosen aus rehbraunem Wollstoff saßen so eng, daß sie die Bewegung seiner Muskeln an den Schenkeln und Hüften genau erkennen konnte, als er sich bückte. Schnell sah sie wieder zur Seite, als sie sich einer seltsamen Hitze im Bauch bewußt wurde. Sie konzentrierte ihren Blick auf seine Tätigkeit.

»Ihr . . . Ihr verbrennt ja Baumwolle«, rief sie verwundert. Bis zu diesem Augenblick hatte sie noch nicht bemerkt, daß die Flammen im Kamin nicht mit Holz brannten.

»Niemand wird sie vermissen.«

»Aber denkt doch an das Geld! Baumwolle ist wie weißes Gold.«

»Dieses Geld«, sagte er und warf dabei noch eine Handvoll in die Flammen, »wird auch niemand vermissen.«

Sie runzelte die Stirn, während sie versuchte, die verborgene Bedeutung seiner Bemerkung zu verstehen. »Weil es jetzt während der Blockade kaum Absatzmöglichkeiten dafür gibt? Aber wenn der Krieg zu Ende ist –«

«Wenn der Krieg zu Ende ist, dann kann man sich über so etwas wieder Gedanken machen. Aber im Augenblick gibt es Wichtigeres.«

Sie folgte seinen Bewegungen, als er zu ihr zurückkehrte und vor ihr stehenblieb, sich dann mit beherrschter Grazie vor ihr auf ein Knie herabließ und begann, die grauen Perlmuttknöpfe aufzuknöpfen, mit denen ihre Jacke geschlossen war, wobei er sehr sicher und entschieden vorging. Seine Stimme klang weich, als er sagte: »Soll ich Euch helfen, *ma chère*?«

Mit einem schnellen Ausruf schloß sie die Hände um seine Handgelenke, um sie festzuhalten. Die Wärme seines Körpers, sein männlicher Geruch nach sauberem, gestärktem Leinen, die sehnige Kraft seiner Muskeln unter ihren Fingern, einfach die überwältigende Präsenz dieses Mannes bestürmte ihre Sinne, und die scharfe Zurückweisung auf ihrer Zunge blieb unausgesprochen. Eine heiße Röte stieg bis zu ihrem Haaransatz empor und wurde noch tiefer, als ihr klar wurde, daß das weiche französische Kosewort, das er gesagt hatte, nur ›meine Liebe‹ bedeutete und oft gebraucht wurde, um Kinder, Verwandte und Freunde anzusprechen. Bei ihren nächsten Worten vernahm sie beschämt den etwas heiseren Klang ihrer Stimme.

»Ich komme schon zurecht.«

Er ließ seinen Blick zu ihrem Gesicht hinaufwandern, und seine Mundwinkel zeigten ein leichtes Lächeln, als seine dunklen Augen die ihren trafen. »Das glaube ich Euch, aber werdet Ihr es auch tun?«

»Es . . . scheint mir das Vernünftigste zu sein.« Sie hatte die doppeldeutigen Worte schon ausgesprochen, bevor sie es verhindern konnte.

»Ja, vernünftig seid Ihr, das stimmt zweifellos.«

Sie hatte keine Zeit, sich zu fragen, warum sein Gesicht plötzlich so kühl wirkte und seine Stimme so ausdruckslos klang. Als sie ihre Finger an die Knöpfe legte und sie zu lösen begann, hob er die Hände, um an dem sorgfältig befestigten Knoten ihres Haars zu fühlen, und zog schnell die Nadeln heraus. Sie machte einen Satz zur Seite, der schwere Knoten ging auf, und ihr Haar fiel über ihren Rücken. Er ließ seine Finger durch die langen, feuchten Strähnen gleiten, breitete sie aus, zog sie in ihrer seidigen Länge über ihre Schultern, wo sie dann wie zarter Satin im Licht des Feuers schimmerten.

»Es ist feucht«, sagte er als Antwort auf den Schrecken und die stumme Frage in ihrem Blick. »Und mir scheint, Ihr friert immer noch. Ihr zittert ja!«

Einen Augenblick später hatte er sich neben sie gesetzt und preßte sie an seine warme, kräftige Brust, zog ihr die Jacke aus und warf sie zur Seite. Es stimmte schon, sie fror, aber das war nicht der Grund für das intensive Schaudern, das sie überlief, als sie die strahlende Hitze seiner Arme spürte; sie wußte, daß sie fest und sicher waren. Verwundert durch seine Dreistigkeit, die ihr bei einem Gentleman seiner Art einer wohlerzogenen Frau gegenüber so unvorstellbar erschien, hielt sie einen Augenblick lang still. Sein dunkler Blick wanderte über ihr Gesicht, und er hob eine Hand, um ihre Wange zu berühren. Noch ein Schauder überlief sie, als seine warmen Finger über die glatte und zarte Rundung ihres Kinns hinunterwanderten bis zu ihrem Halsansatz, wo die Schlagader pulsierte. Einen Moment lang bewegten sie sich nicht, vergaßen die Zeit; dann – beinahe so, als könne er nicht anders – berührte er ihren Mund mit dem seinen.

Ein Blitz flackerte, erhellte weiß und feurig grell das Zimmer. Seine bebende Spannung erfüllte Lornas Sinne, verbannte ihr Frösteln und lähmte gleichzeitig ihren Willen. Unter dem wilden, suchenden Feuer seines Kusses erwärmten sich ihre kühlen Lippen, schienen festzuhängen. Er neckte ihre feuchten, zarten Ränder, erst den einen, dann den anderen, strich über ihre empfindliche Oberfläche mit ruhigem Genuß. Sie murmelte einen Protest, versteifte sich, aber er nahm keine Rücksicht darauf, zog sie nur noch näher zu sich heran, vertiefte seinen Kuß. Seine Finger zogen eine prickelnde Spur von ihrem Kinn aus über den Hals bis zu der Wölbung ihrer Brust unter dem dünnen, in Falten gelegten Hemd. Seine Hand legte sich um ihre runde Fülle, und sein Daumen strich zärtlich über die Spitze.

Sie war noch niemals so behandelt worden, hatte noch nie eine so intime Berührung gespürt. Lorna ballte ihre Hand an seiner Brust zur Faust, stieß ihn von sich, entzog ihm mit einem erstickten Atemzug ihren Mund. Als sie sich wieder etwas erholt hatte, fragte sie: »Was – was tut Ihr da?«

Er lächelte, seine Augen lagen im Schatten, doch das Licht aus ihrer Tiefe glitzerte herausfordernd und sinnlich, aber trotzdem in einer gewissen Anspannung. »Ich möchte dich lieben, *chérie*.«

»Das könnt Ihr doch nicht tun!« Ihre Worte, die ein Ausruf hätten werden sollen, waren nicht lauter als ein Flüstern. *Liebste* hatte er gesagt.

»Darf ich das nicht?«

Es gab viele Dinge, die sie jetzt hätte tun können: schreien, ihn schlagen, sich aus seiner Umarmung reißen und weglaufen. Statt dessen starrte sie ihn nur in verwunderter Sorge an, und plötzlich stahl sich unbeabsichtigt der Gedanke in ihr Bewußtsein, daß bald ihre Hochzeitsnacht kommen und welcher Mann dann in ihrem Bett liegen würde; und daß sie erst vor kurzer Zeit einen wirklich von Herzen kommenden Wunsch gehegt hatte – nämlich den, daß sie sich lieber jedem beliebigen anderen Mann hingeben würde. Jedem beliebigen anderen Mann . . .

»Das ist Wahnsinn«, gelang es ihr zu sagen. Der Druck seiner Finger auf ihrem Arm war nur leicht und fühlte sich warm an, brachte aber doch eine so gespannte Kraft zum

Ausdruck, daß sie instinktiv spürte, wie beinahe unmöglich es sein würde, seinem Griff zu entkommen.

»Ja«, pflichtete er ihr mit tiefer Stimme bei.

»Dann laßt mich gehen.«

Sein dunkler Blick glitt suchend über ihr Gesicht und verweilte schließlich auf der verletzlichen rosenroten Weiche ihres Mundes. »Das kann ich nicht – werde ich nicht – tun. Nicht einmal, wenn du das wolltest, was ich, ganz ehrlich gesagt, aber auch nicht glaube.«

Ein heißes Erröten überströmte ihr Gesicht bis zum Haaransatz, und sie öffnete den Mund, um seine Behauptung zurückzuweisen. Aber die Worte blieben ungesagt. Lorna hatte sich noch nie selbst belogen, und sogar zu ihrer eigenen Sicherheit würde sie jetzt nicht damit anfangen. Ein betroffener Ausdruck stahl sich in ihre grauen Augen und mischte sich mit der Verzweiflung, die dort zum Vorschein kam.

»*Dieu m'en garde*«, flüsterte er, und seine Stimme klang rauh, als er sie an sich zog. Ihre Lider schlossen sich, als seine Lippen auf die ihren trafen, und mit einem Seufzer gab sie den Widerstand auf, drückte sich enger an ihn. Sein kosender, zärtlicher Mund schmeckte nach mit Brandy gemischtem Kaffee, würzig, bittersüß. Seine Lippen waren fest, brachten den ihren eine pochende Hitze, als sie ihre fein geschwungenen Kanten und Formen erkundeten, ihre Süße kosteten, sich lockend zwischen sie drängten, um ihre feuchte innere Oberfläche zu erforschen. Sie berührte seine Zunge mit der ihren, schüchtern zunächst, dann mit plötzlichem Mut. Seine Hände faszinierten sie in ihrem Suchen und Necken. Sie spürte die zurückgehaltene Kraft seines Körpers, als er sich an sie schmiegte, fühlte das tiefe Pochen seines Herzens. Es war, als würden sie bezwungen von verzweifeltem Drängen und Verlangen, entstanden in einer zarten Unentrinnbarkeit, die alle Wünsche – seien es nun seine oder ihre – unbeachtet ließen.

Die Anspannung ihres Schamgefühls verklang, wurde ersetzt durch das flackernde Aufbranden der Erregung. Wärme strömte durch ihre Adern. Die Erwartung der Lust entfaltete sich tief in ihrem Innern, strömte nach außen, durchdrang ihren Körper. Mit einem Verlangen, das ihr beinahe angst machte, das sie schockierte, wollte sie seine Berührung auf ihrer nackten Haut spüren.

Er drückte sie nach hinten, schob den Baumwollballen, der ihnen als Rückenlehne gedient hatte, zur Seite, so daß er dumpf auf dem Boden aufschlug und die Fläche der beiden anderen sich vor dem Feuer ausbreitete. Das spitzenbesetzte Jabot an ihrem Hals löste sich unter seinem entschlossenen Griff. Er lockerte die Bänder und zog sie auseinander, legte dadurch die schlanke Säule ihres Halses frei und die weiche Vertiefung an seinem Ansatz. Er drückte seine Lippen in diese Mulde, kostete ihre süße Zartheit, berührte mit seiner Zunge den Pulsschlag, der dort pochte, und löste zugleich die Knöpfe ihres Hemdes. Als er die zarten Batistfalten zur Seite zog, spürte sie seine Liebkosung wie brennende Hitze bis hinunter zu den sanften Wölbungen ihres Busens über ihrem spitzenbesetzten Unterhemd. Dann hob er den Kopf, hakte ihren Rock los, zog den Saum ihres Unterhemdes hoch, streifte es ihr zusammen mit dem Hemd über den Kopf und ließ beides auf den Boden fallen. Der schwere Popelin ihres Überrockes verursachte ein leises, gleitendes Geräusch, als er abgestreift und zu den anderen Dingen auf den Boden geworfen wurde.

Lorna brauchte unter ihrem Kleid kein Korsett zu tragen, so schlank war ihre Gestalt. In einem fernen Winkel ihres Gehirns spürte sie ein Glücksgefühl, als sie jetzt nur noch mit ihren gefältelten, spitzenumrandeten langen Unterhosen dalag und in träger Erwartung des Kommenden harrte, während sie unter gesenkten Wimpern hervor beobachtete, was als nächstes geschehen würde.

Er wand sich aus seiner Weste und seinem Hemd und legte dabei die gebräunte Fläche seiner Brust mit den dunklen Haaren darauf frei; dann seine breiten Schultern, von denen aus sein Körper zur Mitte hin schmaler wurde. Die festen Muskelstränge, die sich im Licht des Feuers vorwölbten, deuteten darauf hin, daß er oft körperlich hart arbeitete, was den ersten Eindruck eines untätigen Gentleman Lügen strafte. Er löste seine Hose und zog sie aus. Von ihrer Neugierde gelenkt, erlaubte sie ihrem Blick, seinen Bewegungen zu folgen. Doch schon einen Augenblick später sah sie schnell wieder hinauf zu seinem Nabel, verwirrt von der starken Schönheit seines männlichen Körpers und in der festen Überzeugung, daß es unmöglich war, ihn mit dem ihren zu vereinigen, absolut unmöglich.

Er wandte sich ihr zu, drückte sie wieder eng an sich. Sein Gesicht war ganz konzentriert, nur zwei Lichtpunkte vom Widerschein des Feuers tanzten in den Tiefen seiner Augen, und er breitete eine Hand auf ihrem Bauch aus, ließ sie langsam hinaufgleiten. Zuerst umfaßte sie die eine weiße Brust, dann die andere, nahm jede der sich zusammenziehenden rosigen Spitzen in die feuchte Hitze seines Mundes, und dabei schwollen die festen Hügel unter seinem Griff, füllten seine Hand aus. Sie hielt mit einem rauhen Laut die Luft an, als seine Finger in langsamen Kreisbewegungen abwärts glitten und sich unter das Taillenband ihrer Unterhosen schoben. Er breitete seine Hand ganz über ihren leicht gerundeten Bauch aus, knetete ihn, glitt noch tiefer, bis er die Stelle erreichte, wo sich ihre Beine teilten.

Ihre Muskeln spannten sich bei dieser ersten, unerträglich intimen Berührung. Sie schloß fest die Augen und versuchte gleichzeitig, auch die Beine zusammenzudrücken, doch er ließ es nicht zu. Dann spürte sie die erste Regung der reinen Lust. Ganz langsam entspannte sie sich. Das angenehme Gefühl wuchs ins Grenzenlose und löschte Zweifel und Angst völlig aus. Einen kurzen Moment lang spürte sie plötzlich genau den festen Halt seiner Arme, das Rasen des Bluts in ihren Adern, die Berührung ihrer Haut mit dem Seidenfutter seiner Jacke unter ihrem Rücken, die Reibung der Haare auf seiner Brust an der Wölbung ihrer Hüfte, die verlockende Spur seiner Zunge, als er die Spitzen ihrer Brüste damit umkreiste, bevor er sie wieder eine nach der anderen in der heißen Leidenschaft seines Mundes umfing. Sie war in einer Weise lebendig, wie sie es noch nie gewesen war, ertrank in den steigenden Fluten ihrer Sinne. Dann zog sich das Bewußtsein langsam zurück und wurde von dem geschmolzenen Strom der Lust abgelöst. Es gab nichts mehr auf der Welt außer ihnen beiden und der hallenden Leere des alten Hauses, dem Klang des Regens und dem unendlichen Halbdunkel der Dämmerung.

Sie berührte sein Haar, griff mit den Fingern in seine lebendige Spannung, ließ sie über die kräftigen Sehnen seines Halses hinuntergleiten bis zu den gespannten Muskeln seiner Schultern. Sie breitete ihre Handflächen darauf aus, spürte die machtvolle Bewegung darunter mit Freude und reinem sinnlichen Vergnügen. Ihre Lippen öffneten sich bebend. Es kam ihr vor, als stehe ihr Blut in Flammen, als brenne ihre Haut von einer inneren, verzehrenden Hitze. In ihren Lenden war ein Gefühl von Fülle und in ihrem Innern eine schmerzende Leere, die niemals gefüllt oder besänftigt werden konnte. Mit einem leisen Ächzen in der Kehle drehte sie sich um, wölbte sich dem Mann entgegen, der sie in den Armen hielt.

Er griff ihre Taille, ließ seine Hand über die schlanke Wölbung ihrer Hüfte gleiten und zog sie der unnachgiebigen Lanze seiner Männlichkeit entgegen, indem er sich neben ihr ausstreckte. Sie wich ihm nicht aus, sondern bewegte sich mit bebender Lust etwas zur Seite, um sein brennendes, pulsierendes Eindringen zu ermöglichen.

Der durchdringende Schmerz nahm ihr den Atem. Sie versteifte sich, und plötzlich standen Tränen in ihren Augen. Ein Schauder überlief sie, als er an dieser plötzlichen, bisher unbeschrittenen Schwelle haltmachte, aber sie konnte keinen Ton herausbekommen. Sie klammerte sich an ihn, ihre Fingernägel drangen tief in seinen Arm, weil sie so unendlich enttäuscht war.

Das Zischen seines unterdrückten Fluchs bewegte die Haare an ihrer Schläfe, sein Griff wurde fester. Dann drang er mit einer kurzen Drehung seiner Hüften in sie ein, drängte sich tief in ihr Inneres, durchbrach den engen Kreis des Schmerzes und brachte sie der Seligkeit näher.

Danach verharrte er einen langen Augenblick still und bewegte sich schließlich ganz langsam und sanft in ihr, bis die Spannung verschwand und kribbelnde Lust ihren Platz einnahm. Jetzt war es geschehen, und ihre Freude darüber erhob sich zusammen mit dem warmen, feuchten Gleiten der Ekstase. Als er sich auf sie legte und sie auf den Rücken drehte, hob sie die Wimpern und starrte ihn an.

In das Glutlicht des Feuers getaucht, mit Glanz versehen von seinem goldenen Schein, sah er aus wie ein heidnischer Gott, in sich ruhend und machtvoll. Sie strich mit ihren Händen über seine Brust abwärts, glitt mit den Fingerspitzen durch das haarige Dreieck, das hinunterführte über die harte Oberfläche seines Bauches. Sie begegnete seinem dunklen Blick, sah sich selbst winzig klein und doppelt in den spiegelnden Flächen seiner Augen.

»Wer bist du?« flüsterte sie.

Ein kurzer Schatten flog über sein Gesicht und verschwand sofort wieder. Er senkte seinen Mund, bis er gerade noch um Haaresbreite über dem ihren war. »Ist das denn wichtig, *ma chère*?«

»Nein«, murmelte sie, hob ihre Hände und legte sie um seinen Kopf, zog seine Lippen ganz zu sich herunter. »Nein«, sagte sie noch einmal, als er in sie hineinsank, sie in seinen Stößen mit sich fortnahm in das blutrote Herz der Leidenschaft.

2. KAPITEL

Das Feuer war zu glimmender Asche heruntergebrannt. Das Gewitter war in der Ferne verklungen, und nur der weich fallende Regen hinter den Fenstern war zurückgeblieben. Sie lagen immer noch da, ihre Glieder umeinandergeschlungen, ruhig atmend. Lornas Haar war getrocknet. Es lag über den Baumwollballen ausgebreitet, schimmerte blaßgolden in dem vom Feuer kaum noch erhellten Halbdunkel. Ihre Wange lag an seiner Brust, und seine Lippen berührten ihren Scheitel. Sie hielten einander im Nachhall der beinahe unerträglichen Lust in den Armen und sahen mit weit geöffneten Augen in die sich herabsenkende Dunkelheit.

Plötzlich stutzte er und hob den Kopf. Lorna richtete sich auf und fragte erstaunt: »Was ist los?«

»Horch.«

In der Ferne hörten sie leise ein Pferd wiehern. Lornas Stute unten am Haus antwortete, dann hallten Hufschläge die Allee herauf.

Er stieß einen leisen Fluch aus, rollte sich von ihrer Seite und sprang auf. Dann sammelte er ihre Kleider zusammen, gab sie ihr hastig und blieb dann stehen, um seine Hose aufzuheben. Er zog sie hoch und sah sich dabei schon nach seinem Hemd um, und Lorna, die es zwischen ihren Sachen entdeckte, hielt es ihm stumm entgegen.

»Lorna?«

»Onkel Sylvester –« Lorna schnappte nach Luft.

Der Ruf klang von unten durch das stille Haus herauf. Mit einem unterdrückten Ausruf stürzte sie sich eilig in ihr Unterhemd, zog es in zitternder Hast herunter, suchte nach dem Bund ihres Reitrockes. Die weite Stofffülle wurde ihr aus der Hand gerissen, herumgedreht und über ihren Kopf geworfen. Mit einem verzweifelten Lächeln für den Mann, der ihr geholfen hatte, stand sie auf, ordnete die Falten des Stoffes und sah sich gleichzeitig nach ihren Strümpfen und Schuhen um.

Sie hatte gerade ihr mit Schlamm verschmiertes Hemd gefunden, als sie schwere Schritte auf der Treppe hörten. Es klang wie eine ganze Armee, also war ihr Onkel nicht allein. Ein Blick zeigte ihr, daß der Mann neben ihr, der sich gerade das Hemd in die Hose steckte, ebenfalls genau wußte, was von einer so großen Gruppe zu halten war. Sein Gesicht wirkte angespannt, doch als er ihren besorgten Blick sah, lächelte er ihr in einer Weise zu, die zeigte, daß er sich selbst nicht allzu ernst nahm.

»Ich schlage vor«, sagte er leise, »du schreist um Hilfe und behauptest, du seist vergewaltigt worden.«

Direkt nach diesen Worten ertönte das Donnern von Schritten in Stiefeln in dem nebenan liegenden Zimmer. Lornas Onkel erschien in der Tür, wurde aber schon beinah im selben Moment von Nate Bacon zur Seite gestoßen. Hinter den beiden Männern versammelte sich ein halbes Dutzend Feldarbeiter, von denen einer eine Laterne in der Hand trug.

Lorna wandte sich zu ihnen um und hielt sich das Hemd, das sie gerade umgekrempelt hatte, vor die Brust. Noch Augenblicke zuvor hatte sie nichts Unangenehmes dabei empfunden, halb nackt zu sein; jetzt stieg die Scham in einer heißen, roten Welle in ihr Gesicht. Ihr Haar hing lose um sie herum wie ein dünner Vorhang, durch den hindurch der perlengleiche Schimmer ihrer Haut zu erkennen war. Doch selbst wenn sie den Rat hätte annehmen wollen, den sie gerade bekommen hatte – sie hätte kein Wort herausbekommen können.

»Hundesohn!« Nate Bacons Stimme klang ganz erstickt vor Wut, während er an Lorna vorbeistarrte. »Hundesohn. Cazenave!«

»Lorna!« rief gleichzeitig ihr Onkel froh und erleichtert, ging um seinen Gastgeber herum und trat ein paar Schritte weit ins Zimmer. Doch als der Schein der Laterne etwas weiter vorrückte und den zerzausten Zustand seiner Nichte und des Mannes hinter ihr enthüllte, blieb er ganz plötzlich wieder stehen.

»Ramon Charles Darcourt Cazenave, zu Euren Diensten, M'sieur Bacon.« Der Mann, der sie erst vor so kurzer Zeit noch in den Armen gehalten hatte, nannte seinen Namen und trat einen Schritt vor, um eine Verbeugung anzudeuten, die alles andere als respektvoll war. Er neigte den Kopf auch in Richtung auf ihren Onkel. »Sir.«

»Cazenave«, sagte Nate noch einmal, und seine Stimme war erfüllt von Haß.

»Ich bin erstaunt, daß Ihr mich wiedererkennt.«

»Ich müßte blind sein, um nicht Euren alten Herrn in Euch zu erkennen.«

»Ich bin froh, daß es so ist.«

»Er ist ein stolzer Herr und ein Ehrenmann, Euer Vater. Glaubt Ihr, es würde ihm gefallen, seinen Sohn in dieser Situation zu sehen: als Vergewaltiger?«

Ramon ließ seinen Blick über Lorna streifen, die immer noch wie erstarrt neben dem Kamin stand. Ein dunklerer Farbton mischte sich in das Braun seiner Haut, aber seine Züge waren unbewegt, als er antwortete: »Er ist tot.«

Nate folgte der Richtung seines Blicks, und seine vorstehenden Augen starrten mit harter Gier auf Lornas weiche weiße Schultern unter dem Schleier ihres Haars und auf die zarten Wölbungen ihrer Brüste über dem Rand ihres Hemdchens. Er grunzte angespannt. »Aber es ist schon gut. Für das, was Ihr der zukünftigen Braut meines Sohnes angetan habt, gedenke ich Euch den vollen Preis zahlen zu lassen. Packt ihn, Jungs!«

Mit einer wilden Geste in Richtung auf Ramon trat er zur Seite. Die an der Tür wartenden Feldarbeiter stürmten vor, der Mann mit der Laterne stellte diese auf den Boden, bevor er es den anderen gleich tat. Sie stürzten sich auf Ramon, versuchten, seine Arme zu ergreifen. Er trat einen Schritt zurück und versetzte dem Anführer einen kräftigen Schlag, der diesen nach hinten schleuderte. Dann duckte er sich unter einem Schwinger hindurch und rammte dem Mann seinen Ellbogen in den Magen, während er schon wieder herumwirbelte, um einen Angriff von hinten abzuwehren. Die Feldarbeiter kamen immer näher, scharrten mit den Füßen, grunzten, fluchten, und Nate Bacon stachelte sie schreiend noch weiter auf.

Ramon kämpfte wie ein Wilder, aber bei der Überzahl der Gegner und ohne Platz zum Manövrieren gab es keine Hoffnung, daß er sich hätte freikämpfen können. Einen Augenblick später verschwand er unter einem Wirbel von schlagenden Fäusten und tretenden Füßen.

»Nein«, flüsterte Lorna, dann rief sie lauter: »Nein!« Sie wandte sich ihrem Onkel zu und packte seinen Arm. »Sie sollen aufhören, Onkel Sylvester. Er hat mir nicht weh getan, er hat es nicht getan!«

Sylvester Forrester runzelte die Stirn und wandte seinen Blick von dem Handgemenge ab. »Du meinst, er hat – dir nichts zuleide getan?«

»Ich meine, es war nicht . . . er hat nicht . . . es war keine . . .« Der strenge Ausdruck im Gesicht ihres Onkels, die Verdammung in seinem Blick – das alles nahm ihr wertvolle Sekunden lang die Fähigkeit, sich richtig auszudrücken. Sie holte tief Atem. »Was ich sagen will, ist, er hat mich nicht –«

»Sie meint, er hat sie nicht gezwungen«, unterbrach Nate, und seine Stimme klang rauh.

»Aber meine liebe Lorna, ich verstehe nicht«, sagte ihr Onkel, aber der harte Klang seiner Stimme zeugte vom Gegenteil.

»Sie meint, es gab keine Vergewaltigung, weil es für ihn nicht nötig war, Gewalt anzuwenden, nicht wahr, Lorna, meine liebe zukünftige Schwiegertochter?«

Lorna starrte von Nate zu ihrem Onkel. Es wirkte jetzt plötzlich so häßlich, wie eine tierische, sündige Vereinigung, wenn sie es vom Standpunkt der beiden Männer aus betrachtete, die auf eine Antwort warteten. So war es nicht gewesen. So war es überhaupt nicht gewesen.

Plötzlich hörten sie hinter sich das Klatschen von Fleisch auf Fleisch, dann war alles still. Als sie sich umdrehten, sahen sie, wie Ramon Cazenave wieder auf die Beine gestellt wurde. Er stand schwankend da, Blut rann von seinem Mundwinkel herab, und ein Auge schwoll langsam zu. Sein Hemd war zerrissen und stand offen, da es keine Knöpfe mehr hatte – sie waren auf dem Boden verstreut. Sein Atem klang keuchend, als ob ihm jedes Heben und Senken der Brust Schmerzen bereite. Die Männer, die sich so grimmig an seinen Armen festklammerten, waren ebenfalls nicht ungeschoren davongekommen. Nur vier der sechs Männer, die sich auf ihn gestürzt hatten, standen noch auf den Beinen. Der fünfte kümmerte sich um seine gebrochene Hand, und der sechste saß auf einem Baumwollballen und spuckte ein paar Zähne aus.

Nate ging langsam zu Ramon hinüber, bis sein Gesicht nur noch wenige Zentimeter von dem des dunkelhaarigen Mannes entfernt war. »Ist das wahr, was sie da sagt, Cazenave? Hat sie Euch freiwillig –«

Der Ausdruck, den er jetzt gebrauchte, war beleidigend in seiner Rohheit, aber sehr bildhaft. Obwohl Lorna ihn noch nie vorher gehört hatte, verstand sie ihn sofort. Sie hob das Kinn, als Ramon langsam den Kopf wandte, um ihren Blick einzufangen. In der Tiefe seiner dunklen Augen lag offene Überraschung, aber auch die Spur eines Gefühls, das man vielleicht als Bedauern hätte bezeichnen können.

Er sah zurück zu Nate, sein verletzter Mund verzog sich zu einem mühsamen Lächeln. »Mir scheint, ich tue ihr leid. Ist das nicht schmeichelhaft? Aber trotzdem: Wenn sie sagt, sie hätte es freiwillig getan, dann lügt sie.«

»Ihr seid doch ein wirklicher Gentleman, nicht wahr?« sagte Nate höhnisch. »Aber man sieht ihr gar nicht an, daß sie zu etwas gezwungen worden ist.«

Lorna trat einen Schritt vor. »Bin ich auch nicht, was immer er sagen mag.«

Die Strafe für das Verbrechen, das Ramon so unbekümmert begangen haben wollte, war Tod durch Hängen. Es war möglich, daß die Strafe sofort vollzogen wurde, wenn man das gemeine und arrogante Wesen Nate Bacons in Betracht zog. Und unter den gegebenen Umständen würde es nur wenige Leute geben, die es ihm wirklich übelnehmen konnten.

»Was sagt Ihr dazu, Cazenave?« fragte ihn der Besitzer von Beau Repose. »Werdet Ihr uns sagen, was wir wissen wollen, oder sollen wir der Sache genauer nachgehen? Vielleicht wäre es einfacher, die Wahrheit herauszubekommen, wenn wir das Mädchen auf einen Baumwollballen legen und ihr die Röcke hochheben, damit wir uns die Sachlage genauer ansehen können?«

Ramon versuchte, Nate einen Schlag zu versetzen, wurde aber wieder niedergerungen. »Das würdet Ihr nicht schaffen; ihr Onkel würde das nicht zulassen.«

Nate warf über seine Schulter hinweg Sylvester Forrester einen Blick zu. »Oh, ich glaube kaum, daß er etwas dagegen haben würde, schließlich geschähe ja alles im Namen der Gerechtigkeit.«

Lorna sah ihren Onkel an, aber er wich ihrem Blick aus. Es

stimmte, was Nate da gesagt hatte, dachte sie in ungläubiger Verwirrung. Er hatte so viel Angst vor Bacon, stand so sehr in seiner Schuld, daß er es nicht wagte, dagegen zu protestieren, selbst wenn er nicht damit einverstanden war.

»Das würde Euch gefallen, nicht wahr?« sagte Ramon wütend zu Nate. »Ihr könnt es kaum erwarten.«

Der Herr von Beau Repose leckte sich die Lippen, bevor er sich zu einem Stirnrunzeln durchrang. »Ich würde nicht zögern, meine Pflicht zu tun.«

»Ist Euch denn nicht klar, daß das schlimmer wäre als alles, was ich vielleicht getan haben könnte?«

»Also gebt Ihr es zu, daß sie sich Euch hingegeben hat!«

Ramon starrte ihn an. »Denkt, was Ihr wollt. Das werdet Ihr ja sowieso tun.«

Seine Worte waren kein Eingeständnis, aber seine eher nachdenkliche Ruhe konnte man fast als solches interpretieren, wenn man wollte. Und Nate Bacon wollte es.

»Mir scheint, diese Begegnung ist doch etwas seltsam«, sagte Nate mit einer Stimme voller Befriedigung. »Vielleicht war das gar nicht die erste dieser Art, vielleicht habe ich gebrauchte Ware für meinen Sohn als Braut eingekauft.«

»Nein, ich habe sie bisher erst einmal gesehen, und das nur ganz kurz auf der *Biloxi Belle*, auf der wir beide den Fluß heraufgefahren sind.«

»Ihr wollt, daß ich Euch glaube, sie sei Euch in dem Augenblick, als sie Euch sah, in die Arme gefallen?« fragte Nate, und sein formloser Mund verzog sich zu einem spöttischen Grinsen.

Ramon lächelte. »Wenn man bedenkt, wen – oder besser gesagt: was – sie morgen heiraten wird, kann man ihr das doch eigentlich nicht übelnehmen, oder?«

Nates Hände ballten sich zu Fäusten. Er warf Lorna einen schnellen Blick zu, und sah deutlich die Bestätigung für diese Behauptung auf dem bleichen Oval ihres Gesichts. Sein

Mund zuckte, und ein Ausdruck von gemeiner Berechnung trat in seine blassen Augen. Als er sich Ramon wieder zuwandte, sagte er: »Vielleicht hat sie Euch erlaubt, es mit ihr zu treiben, aber Ihr habt sie kaltblütig verführt, obwohl Ihr wußtet, daß sie Franklin als Braut versprochen ist. Ihr habt sie genommen, Euch mit vielen süßen Worten unter ihre Röcke gemogelt, nur weil Ihr Euch rächen wolltet, rächen an mir und den Meinigen. Das ist die Wahrheit, nicht wahr, Cazenave? Genau das war es, und nichts anderes.«

Der Zweck dieser Beschuldigung war ausschließlich der, Lorna zu demütigen, sie für ihre Untreue seinem Sohn gegenüber herabzusetzen, indem er ihr deutlich machte, was für einem Mann sie ihre ersten zarten Küsse und ihre Jungfräulichkeit geschenkt hatte. Lorna spürte eine wirbelnde, schmerzende Übelkeit in ihrem Innern, während sie auf die Antwort wartete, die jetzt kommen mußte.

Ramon schwankte, seine dunklen Augen leuchteten, und seine verletzte Lippe verzog sich zu einem höhnischen Grinsen. »Einmal das«, sagte er leise, »und weil sie mir ihre unberührte Süße mit einer so wunderbaren, unwiderstehlichen Hingabe geschenkt hat –«

Jetzt schlug Nate zu, mit einem Wucht, in die er seine gesamte an einen Eber erinnernde Kraft gelegt hatte. Festgehalten von seinen vorherigen Gegnern, konnte Ramon ihm nicht ausweichen. Nate traf genau an der Stelle, auf die er gezielt hatte, direkt auf den blauen Schatten und die weiche Schwellung unter seinem Herzen, die Anzeichen für eine gebrochene Rippe waren.

Ramon schnappte vor Schmerz heftig nach Luft. Seine Knie gaben nach, so daß er in die Arme der Männer sackte, die ihn hielten, und sein dunkler Kopf fiel nach vorn. Lorna stieß einen Schrei aus und machte eine Bewegung auf ihn zu, aber ihr Onkel packte ihren Arm und hielt sie fest.

Nate trat zurück und rieb sich mit der anderen Hand seine

Knöchel. »Bringt ihn nach Beau Repose und sperrt ihn ein«, grunzte er. »Ich werde mich später um ihn kümmern.«

Der Regen, der sie bei ihrem angespannten Ritt zurück nach Beau Repose durchnäßt hatte, fiel am folgenden Nachmittag immer noch. Lorna stand am Fenster ihres Schlafzimmers und sah zu, wie er unaufhörlich vom grauen Himmel strömte und das Fenster traf, als seien es Tränen, die nicht aufhören wollten. Ein schlechtes Omen für einen Hochzeitstag, hatte die Zofe gesagt, die vor einiger Zeit hereingekommen war, um ihr Kaffee und Brötchen zu bringen, und hatte sich dann bekreuzigt. Lorna kam das eigentlich recht passend vor.

Am vergangenen Abend hatten sie Ramons Pferd auf der Rückseite des Hauses angebunden gefunden. Er hatte sich ausreichend erholt, um im Sattel sitzen zu bleiben – schwankend, aber mit geradem Rücken –, als sie ihn wegführten. Sie hatten ihm jedoch seine Jacke nicht zurückgegeben, auch nicht seinen breitrandigen Hut. Lorna, die in der immer noch feuchten Jacke ihres Reitkostüms fror, mußte daran denken, wie kalt es Ramon wohl in den Resten seines zerrissenen Hemdes war.

Sie und ihr Onkel waren, zusammen mit ihrem zukünftigen Schwiegervater, nicht mit den anderen geritten, sondern folgten ihnen in einiger Entfernung. Dennoch erreichten sie Beau Repose auf einem Weg, der an der Rückseite des Hauses entlangführte, rechtzeitig genug, um noch sehen zu können, wie einer der Feldarbeiter Ramon in das Gefängnis der Pflanzung stieß und die Tür hinter ihm abschloß. Er war stolpernd hineingefallen, und sie hatte sich sehr zusammennehmen müssen, um nicht dagegen zu protestieren und zu fordern, daß man ihn verband. Aber die Haltung der beiden Männer neben ihr war so einschüchternd, daß sie den Eindruck hatte, jedes Eingreifen ihrerseits würde alles nur noch schlimmer machen, falls das überhaupt noch möglich war.

Sie hatte eigentlich erwartet, man würde sie noch weiter ausfragen, sobald sie das große Haus erreicht hatten, aber nichts dergleichen war geschehen. Ihr Onkel hatte ihr befohlen, in ihr Zimmer zu gehen, und ihr Gastgeber hatte sie beobachtet, wie sie die Treppe zum oberen Stockwerk hinaufgestiegen war. Während sie den Flur entlangging, glaubte sie noch, ihre Stimmen zu hören – die ihres Onkels in entschuldigendem Ton, die von Nate Bacon höhnisch geifernd. Aber sie war von den aufregenden Ereignissen des Abends zu erschöpft gewesen, um sich weiter darum kümmern zu können.

Sie hatte nach einer Zofe geklingelt und sich ein heißes Bad erbeten, und in einem Versuch, ganz vernünftig zu sein, hatte sie sogar die heiße Milch mit Brandy getrunken, die ihr die Zofe zusammen mit dem heißen Wasser gebracht hatte. Das eine oder das andere hatte schließlich das Zittern in ihrem Innern gestillt, aber keines von beiden hatte dazu beigetragen, daß sie später schlafen konnte.

Sie lag mit weit offenen Augen im Dunkeln und dachte immer wieder über all die Ereignisse nach, die heute stattgefunden hatten, von dem Augenblick, als sie ihr Schlafzimmer verlassen hatte, um reiten zu gehen, bis zu dem Moment, wo sie wieder in Beau Repose angekommen war. Innerlich hatte sie sich gewunden vor Scham über ihr Benehmen, ohne sich erklären zu können, was eigentlich geschehen war – all die Lust und die große Nähe, die sie mit einem fremden Mann verbunden hatten –, und das angesichts der Erziehung, die sie genossen, und der Vorstellungen von gutem Benehmen, die sie erworben hatte. Schließlich war sie kurz vor Morgengrauen doch eingeschlafen und dann erst spät am Vormittag mit schweren, rotgeränderten Augen und belastenden Gedanken wieder erwacht. Und dasselbe Gefühl von Unglauben hatte sich wieder eingestellt.

Auch jetzt verfolgte es sie, während sie dastand und in den

Regen starrte. Wie hatte sie es nach einem Leben voll pflicht-
bewußten Gehorsams wagen können, allen Konventionen
zum Trotz allein fortzureiten? Was war nur in sie gefahren,
daß sie es einem Mann – einem Mann, den sie noch nie zuvor
gesehen hatte – erlaubt hatte, sie in seine Arme zu nehmen,
sie zu küssen und noch viel, viel mehr? Und doch: wenn das
keine Konsequenzen gehabt, wenn niemand sie gefunden
hätte? Wenn sie einfach ihre Kleider hätte anziehen und
fortreiten können, sei es auch, ohne den Namen des Mannes
zu erfahren, der sie verführt hatte? Sie glaubte nicht, daß sie
dann irgendein Bedauern empfunden hätte. Und das war
das Schlimmste von allem.

Hinter ihr öffnete sich die Tür. Sie wußte, ohne sich umzudrehen, daß es ihre Tante Madelyn war. Die Zofe, die ihr den
Kaffee gebracht hatte, hatte ihr auch ausgerichtet, ihre Tante
werde bald kommen und ihr dabei helfen, sich für die Hochzeit anzuziehen. Und außerdem hatte ihre Tante noch nie so
etwas wie Respekt für die Privatsphäre anderer – weder die
ihrer eigenen Kinder noch ihrer Nichte – gehabt und klopfte
deshalb auch nie an.

»Hast du gebadet?«

Diese Worte kamen ohne weitere Bemerkung, der Ton
ihrer Stimme enthielt keinerlei Wärme oder Höflichkeit. Ihre
Tante wußte alles.

Lorna drehte sich um, ihr Gesichtsausdruck war bemüht
ruhig. »Guten Morgen, Tante Madelyn. Ja, ich habe gebadet.«

»Warum stehst du also noch in deinem Morgenrock herum? Der Priester ist gekommen. Die ersten Gäste sind schon
da, auf der Vordertreppe liegt ein unglaublicher Schlamm,
und in der Eingangshalle hängen Unmengen von triefenden
Regenumhängen. Unten stehen schon Männer auf der Galerie und verlangen nach Getränken. Und ich habe mich schon
vor zwei Stunden umgezogen.«

»Ich dachte . . . ich dachte, vielleicht wird die Hochzeit abgesagt.«

Die Lippen ihrer Tante, die von Natur aus schon sehr schmal waren, verschwanden fast völlig, als sie sie zusammenpreßte. Ihr Kopf mit der spitzenbesetzten Musselinhaube schoß plötzlich in die Höhe. Sie bewegte sich mit ruckartigen Schritten zum Bett, so daß ihr drei Jahre altes Kleid aus pflaumenfarbener Seide um den Reifrock schwankte, und dann stand sie vor dem Hochzeitskleid und der dazugehörigen Unterwäsche, die dort ausgebreitet worden waren. Über ihre Schulter hinweg sagte sie: »Genau das hättest du eigentlich verdient, aber Gott sei Dank konnte dein Onkel Mr. Bacon davon überzeugen, daß du vermutlich nur den Kopf verloren hattest und nicht wirklich dafür verantwortlich zu machen warst. Wenn du vernünftig bist, wirst du dich bemühen, uns daran glauben zu lassen. Und es wäre auch keine schlechte Idee, wenn du dich für die Großzügigkeit deines Bräutigams und seines Vaters dankbar zeigen würdest.«

»Hat man es Franklin gesagt?« Sie hätte eigentlich nicht sagen können, warum ihr dieser Gedanke so beunruhigend erschien.

»Ich bin nicht sicher, aber ich glaube schon. Schließlich ist es keine Sache, die man vor einem zukünftigen Ehemann geheimhalten kann.« Sie nahm das Korsett aus reinem Batist mit den Fischbeinstäben darin, drehte sich um und hielt es Lorna entgegen.

»Ich bezweifle, ob er den Unterschied würde erkennen können«, meinte Lorna, und aus ihrer Stimme klang Bitterkeit.

»Du warst immer schon sehr verschlossen, Lorna. Das war keine sehr angenehme Eigenschaft, als du noch ein Kind warst, und wird es noch viel weniger sein, wenn du Ehefrau bist. Bald wirst du mit Franklin vereint werden und wirst dich natürlich bemühen, daß sein Glück dein einziger Ge-

53

danke ist. Das heißt, du wirst keinen Gedanken haben, der nicht auch seinen Gedanken entspricht.«

Es war nicht sehr schön, daran erinnert zu werden. »Und angenommen«, meinte Lorna trocken, »der liebe Franklin hat für den Rest seines Lebens nicht einen einzigen Gedanken?«

»Sei nicht so unverschämt! Ich sage das alles nur zu deinem Besten. Und übrigens: Es ist ein Zeichen von Respekt, und zwar ein einer Gattin sehr wohl anstehendes, wenn du von deinem Gatten mit seinem Nachnamen sprichst. Ich tue das jetzt seit zwanzig Jahren, und ich bin sicher, daß Mr. Forrester es zu schätzen weiß.« Noch einmal hielt sie Lorna das Korsett entgegen.

Eigentlich zweifelte Lorna daran, aber es würde keinen Sinn haben, ihre Tante noch länger zu provozieren. Sie löste die Satinschleife, die ihren Morgenrock vorne zusammenhielt, ließ den baumwollenen Mantel über ihre Schultern fallen und legte ihn über den Stuhl vor ihrem Ankleidetisch. Dann nahm sie das Korsett, breitete die Bänder, die auf der Rückseite durch Ösen gezogen waren, auseinander, stieg hinein und zog es nach oben bis über die Unterhosen und das Hemdchen, die sie schon angezogen hatte. Sie hielt es an ihren Körper, drehte ihrer Tante den Rücken zu und hielt sich dann mit beiden Händen am Bettpfosten fest.

Ihre Tante zog kräftig an den Bändern, bis das Korsett ganz fest saß. Da Lorna jedoch schon seit einiger Zeit keinen rechten Appetit gehabt hatte, war es nicht sehr schwierig, das Korsett zu schließen, so daß sie den von der Mode vorgeschriebenen Taillenumfang von knapp fünfzig Zentimetern erreichte. Tante Madelyn knotete die Bänder zusammen und griff dann nach der Krinoline und den steifen Unterröcken, die als nächstes kamen. Als sie Lorna wie die Blätter einer großen weißen Blüte umstanden, nahm die Tante das Hochzeitskleid aus feinster Schweizer Baumwolle. Es hatte gebügelte Fältchen am Hals und an den Ärmeln, war mit weißen Seidenbändern und am Saum mit weiten Volants geschmückt. Als sie es hochwarf, so daß es über Lornas Kopf segelte, wirkte ihr Gesicht ungeduldig, und sie zerrte an dem feinen Musselin und ordnete den vollen Rock mit heftigen, ruckartigen Bewegungen.

»Du hättest das hier aber doch eigentlich nicht zu tun brauchen«, meinte Lorna. »Eine der Zofen hätte mir doch in das Kleid helfen können.«

»Ich denke wohl, ich kenne meine Pflicht als deine nächste weibliche Verwandte.«

Wenn ihre Tante eine Zofe gehabt hätte, die zur Bedienung von Damen erzogen gewesen wäre, dann hätte diese Lorna möglicherweise angekleidet, und ihre Tante hätte nur zugesehen, und ebenso wäre es auch gewesen, wenn Lorna selbst eine Bedienstete gehabt hätte. Aber für so etwas hatte es im Haus ihres Onkels kein Geld gegeben. Sie hatten sich glücklich geschätzt, daß sie eine Köchin, ein Mädchen für die Hausarbeit und dazu einen Butler und einen Gärtner halten konnten, der sich auch um den Stall kümmerte. Lornas Cousinen, die vier Töchter von Tante Madelyn und Onkel Sylvester, hatten das als sehr hart empfunden. Sie hatten gelernt, einander gegenseitig die Haare hochzustecken, und hatten sich daran gewöhnt, mit einem Lockenstab umzugehen. Es war auch immer jemand da, der einem die Knöpfe auf der Rückseite zumachen konnte. Manchmal, wenn sie sich ärgerten, pflegten sie zu sagen, es läge nur an der Sparsamkeit ihrer Mutter, daß sie keine persönliche Bedienung hatten.

Aber es waren ganz sicher wirtschaftliche Gründe gewesen, die es nicht zuließen, daß sie an der Hochzeit teilnahmen. Die vier Mädchen im Alter zwischen neun und siebzehn Jahren waren aus ihren Festtagskleidern herausgewachsen, und Stoffe für eine derartige Gelegenheit waren im Augenblick teuer, solange der Krieg noch andauerte,

denn sie mußten durch die Blockade nach New Orleans gebracht werden. Lornas Kleid war, der Himmel weiß, auf
welche Weise, von Nate Bacon beschafft worden, aber er
hatte sich nicht dazu verpflichtet gesehen, auch ihre Cousinen auszustatten. Doch die Mädchen waren in ihrer Schule,
einem ausgewählten Institut in Baton Rouge, sowieso besser
untergebracht, anstatt sich hier in Beau Repose herauszuput-
zen, das behauptete zumindest ihre Mutter. Also war die
Tante Lornas einzige Hilfe, denn es mußte auch jemand zur
Stelle sein, um ihren Brautstrauß zu halten, während sie
ihren Ehering empfing.

Lorna drehte sich um, so daß ihre Tante an die Haken kam,
mit denen das Kleid geschlossen wurde. Sie zögerte und
sprach dann den Gedanken aus, den sie schon seit Stunden
in ihrem Gehirn wälzte. »Gehe ich recht in der Annahme,
daß du nicht weißt, was mit Ramon Cazenave geschehen ist,
was sie mit ihm machen werden?«

»Das braucht dich nicht zu kümmern.« Die Finger ihrer
Tante zwickten sie, als sie heftig einen Haken schloß.

Lorna zuckte leicht zusammen, gab aber kein Geräusch
von sich, so wichtig war ihr das, was sie sagen wollte. »Ich
glaube, er braucht einen Arzt. Und außerdem hat Mr. Bacon
kein Recht, ihn festzuhalten. Er hat nichts Unrechtes getan.«

»Nichts Unrechtes?« Ihre Tante schnappte nach Luft. »Er
hat dich beschämt und befleckt, hat dich wie eine Hure zu
seinem Vergnügen gebraucht, und du sagst, er hätte nichts
Unrechtes getan?«

»Das ist nur eine Frage der jeweiligen Moral.«

»Nur?«

»Ja, Tante Madelyn! Er ist kein Verbrecher, er . . . er hat mir
nicht weh getan. Ich mache mir Sorgen, was man wohl mit
ihm anstellen wird.«

»Was immer es sein wird, es ist genau das, was er auch
verdient«, sagte ihre Tante in scharfem Ton.

»Es wird einfach nur Rache sein!«

Ihre Tante war fertig mit dem letzten Haken, ging hinüber zu der Klingelschnur neben dem Kamin und zog kräftig daran, damit die Friseuse hereinkam, die Bacon extra zu diesem Zweck unter Aufwendung hoher Kosten aus New Orleans hatte kommen lassen. Danach eilte sie zurück und stellte sich wieder vor Lorna. »Wenn du einen Rat befolgen würdest – was du, wie mir jetzt klar wird, bisher nur sehr selten getan hast, meine liebe Nichte –, dann schlägst du dir am besten diese ganze Angelegenheit aus dem Kopf. Du wirst nicht mehr an Ramon Cazenave denken; tu, als wäre er tot.«

Die Kälte dieser Worte ließ Lorna vor Unruhe erschaudern. Sie starrte ihre Tante an, und ihre grauen Augen schimmerten silbrig vor Verzweiflung. »Tot?« flüsterte sie.

Es klopfte. Ihre Tante wandte sich um, ohne ihr zu antworten, um die französische Friseuse ins Zimmer zu lassen.

Lornas Haar wurde in weichen Wellen aus der Stirn gekämmt und in einem Sturzbach von Locken zusammengefaßt, der von ihrem Scheitel herunterrieselte. Kleine Sträußchen aus weißen Rosenknospen wurden zwischen die Wellen gesteckt, und an ihnen wurde der Rand eines Schleiers aus reiner Seidenspitze mit Haarnadeln befestigt.

Tante Madelyns Lippen waren fest aufeinandergepreßt, als sie dieses Symbol der Reinheit auf Lornas Kopf feststeckte, aber vor der Friseuse sagte sie kein Wort. Aus einer Tasche in ihrem umfangreichen Rock zog sie eine Schmuckschachtel aus Samt hervor. Als sie sie öffnete, kam das Armband aus Diamanten und Saphiren zum Vorschein, das Nate Bacon Lorna schon am vergangenen Tag hatte geben wollen.

»Mr. Bacon hat mich gebeten, mich darum zu kümmern, daß du dies zur Trauung anlegst. Es ist ein sehr schönes Geschenk, auf das du gebührend stolz sein solltest.« Sie faßte

Lornas Handgelenk und befestigte das Armband mit schnellen Bewegungen daran. Es fühlte sich kühl und schwer an, wie eine Fessel.

»Ja, wirklich«, rief die Friseuse aus, und ihre Augen weiteten sich beim Anblick der wertvollen Steine. Sie zog den Frisierumhang herunter, der während der Prozedur an den Haaren Lornas Kleid geschützt hatte, und reichte ihr den Strauß aus Orangenblüten und weißen Rosenknospen, der auf einer Seite des Ankleidetisches lag. »Jetzt erhebt Euch bitte, *ma chère*, damit wir Euch betrachten können.«

Gehorsam stand Lorna auf. Sie ging in die Mitte des Zimmers, damit die ungeheure Weite ihres Kleides nicht eingeengt wurde, und drehte sich langsam mit bauschenden Röcken im Kreis, wobei die Volants über den türkischen Teppich strichen. Mit widerwilliger Anerkennung in der Stimme sagte ihre Tante: »Sehr schön.«

»*Très magnifique!*« verbesserte sie die Französin und legte ihre Hände vor der Brust zusammen. Dann neigte sie den Kopf auf eine Seite. »Aber ist sie nicht ein wenig blaß? Einen kleinen Moment!«

Sie bückte sich zu ihrer Tasche mit Kämmen, Haarnadeln und Pomaden und hob den Deckel von einem Extrafach, in dem kleine Töpfchen mit Reispuder und Rouge zum Vorschein kamen. Sie nahm eine Hasenpfote, tauchte sie in das Rougetöpfchen, und dann, Tante Madelyns empörten Ausruf ignorierend, strich sie damit ganz vorsichtig über Lornas Wangenknochen. Sie trat mit einem zufriedenen Seufzer zurück. »So, jetzt. Lächelt doch, um der Liebe des Himmels willen! Dies ist doch keine Tragödie!«

Lorna bemühte sich, aber ihre Lippen zitterten. Verzweifelt sah sie zu ihrer Tante, die mit so unnachgiebiger Steifheit vor ihr stand. »Tante Madelyn –«

»Ja, einen Augenblick. Madame Hélène, meine Nichte und ich danken Euch für Eure Dienste. Ihr habt sehr gute Arbeit geleistet, aber ich bin sicher, Ihr möchtet Euch jetzt einen Platz suchen, von dem aus Ihr der Zeremonie zuschauen könnt.«

»Aber natürlich«, rief die Friseuse und nahm mit einem Schulterzucken ihre Entlassung entgegen. An der Tür blinzelte sie Lorna zu. »Viel Glück, *ma petite*.«

Als die Tür sich hinter der Frau geschlossen hatte, wandte sich die Tante wieder Lorna zu. »Nun, du wolltest etwas sagen?«

»Ich . . . ich kann das einfach nicht tun. Ich kann es nicht, nicht jetzt!« Ihre Stimme klang leise und rauh und hatte einen Unterton von Verzweiflung.

»Ich hatte schon so etwas Dramatisches erwartet; deshalb habe ich auch diese Frau zuerst fortgeschickt. Ich denke, du hättest ihr diese Narrheit präsentiert, damit sie sie in ganz New Orleans verkünden und darüber tratschen kann, wenn ich es nicht verhindert hätte!«

»Was würde das denn schon ausmachen? Es wird sowieso bald jeder erfahren.«

»Das wird es nicht«, stellte ihre Tante mit harter Stimme fest. »Oh, ich weiß schon. Du denkst daran, wie peinlich es dir sein wird, dem Mann entgegenzutreten, den du heiraten sollst, oder wenn hinter deinem Rücken getuschelt wird, trotz der Mühe, die sich Mr. Bacon gegeben hat, um das zu verhindern. Es ist typisch, daß du nur an deine eigene Bequemlichkeit denkst, statt an das Wohlergehen deines Onkels.«

»Nein, das ist es nicht. Hast du schon einmal mit Franklin gesprochen, seit wir hier sind, Tante Madelyn? Er ist . . . er ist ein Schwachsinniger, der nicht mehr Denkvermögen besitzt als ein Kind. Und doch hat er vorgestern abend versucht, mich . . . er hat seine Hände auf . . .«

Ein Ausdruck von Abscheu überzog den Mund ihrer Tante. »Die Leidenschaften von Männern sind unberechenbar.

Du mußt sie hinnehmen als eine der vielen Verpflichtungen, die eine Ehefrau trägt.«

»Aber da war er noch nicht mein Mann!«

»Er war dein Verlobter, was eigentlich schon so ziemlich dasselbe ist. Aber wie auch immer. Du wirst in der Lage sein, Franklin völlig zu beherrschen, wenn du deinen Kopf gebrauchst. Du wirst Reichtum besitzen und eine Stellung haben, die alles, was du dir nur wünschen kannst, übersteigt, und das ganz unabhängig davon, wie dumm du dich benommen hast. Du solltest deinem Schicksal danken, daß Franklin etwas schwach im Geiste ist, meine Liebe, sonst hätte man dich vielleicht deinem Onkel als gebrauchtes Handelsgut zurückgegeben.«

»Das würde ich dieser Ehe bei weitem vorziehen. Ich habe dir noch nicht alles erzählt. Gestern nachmittag habe ich Franklin mit einem der Dienstmädchen gesehen. Sie waren im Bett und –«

»Halt! Ich verbiete dir, mit mir über so etwas zu sprechen. Es ist kein passendes Thema für eine Braut, und genaugenommen geht es dich auch nichts an.«

»Es geht mich nichts an?« wiederholte sie erstaunt.

»Genug, Lorna. Du wirst jetzt hinuntergehen und dich wie vorgesehen mit Franklin Bacon verheiraten. Du wirst lächeln und dein Bestes geben, um wie eine jungfräuliche Braut auszusehen. Jede andere Möglichkeit ist undenkbar.«

»Aber ich kann es nicht tun!«

»Du kannst und wirst es tun, denn wenn du es nicht tust, wirst du der Grund dafür sein, daß dein Onkel und deine Cousinen ruiniert sind, ganz abgesehen von mir. Nathaniel Bacon hat die Macht, uns unser Land zu nehmen, unsere Sklaven und das Dach über unserem Kopf, selbst die Kleider vom Leib und das Essen von unseren Tellern. Er war schon außerordentlich großzügig; eigentlich kann ich mir kaum vorstellen, warum. Aber wenn du ihn noch weiter herausforderst, wird er zweifellos doch noch all das zerstören, was dein Onkel sich in den letzten Jahren erarbeitet hat. Ich nehme nicht an, daß du gern der Grund für unsere Vernichtung sein möchtest.«

»Das wäre aber doch nicht meine Schuld!« protestierte Lorna. »Wenn Onkel Sylvester gar nicht erst Geld bei ihm geliehen hätte –«

»Oder die Baumwollernte, die zur Rückzahlung gedacht war, nicht gebrannt hätte? Wünschen wird in diesem Falle nicht helfen. Komm, es ist Zeit zum Gehen.«

»Wenn ich deine Tochter wäre, würdest du nicht so gefühllos mit mir umgehen«, rief Lorna verzweifelt, und ihre Augen schienen dunkler zu werden.

»Wenn du meine Tochter wärst, hättest du keinen Grund, so aufgewühlt zu sein, denn du hättest niemals meine Seite verlassen, um allein mit deinem Verlobten auf der Galerie zu bleiben, hättest nie die Sicherheit deines Zimmers verlassen, in dem du hättest ruhen sollen, und hättest ganz sicher auch keinem fremden Mann erlaubt, sich irgendwelche Freiheiten herauszunehmen. Wenn du mich also jetzt für gefühllos hältst, dann höre gut zu: Wenn du deinen Onkel und mich noch durch weitere Szenen entehrst, wirst du in unserem Hause nie wieder willkommen sein. Und das meine ich wörtlich. Genaugenommen gibt es, meine liebe Nichte, eigentlich keinen anderen Ort mehr für dich als Beau Repose.«

Lorna starrte die andere Frau eine Weile an. Es gab keinen Ausweg, das hätte sie wissen müssen. Sie hob den Kopf in einer unbewußten Haltung von Würde, die auch verhinderte, daß die Tränen in ihren Augen über ihre Wimpern quollen, und ging auf die Tür zu.

»Nur noch eines«, sagte Tante Madelyn. »Mr. Bacon hat sich einverstanden erklärt, deinem Onkel seine Schuldscheine nach der Feier zurückzugeben. Mr. Forrester und ich werden danach noch so lange bleiben, um auf dein Glück anstoßen zu können, aber es heißt, ein Dampfer sei auf dem Weg flußabwärts, der auf Grund dieses schrecklichen Krieges später fährt, als es der Fahrplan vorsieht, und wir haben die Absicht, ihm melden zu lassen, daß wir an Bord gehen wollen. Es ist natürlich unnötig, genauer zu erklären, daß wir wegen der unangenehmen Ereignisse von gestern abend und der möglichen Folgen, die sich aus der Gefangennahme deines – Angreifers ergeben, unsere Abreise vorverlegt haben. Den anderen Gästen wird man sagen, wir könnten deswegen nicht zum Hochzeitsessen bleiben, weil ich dringend wieder zurück nach Hause zu meinen Kindern möchte.«

»Ich verstehe.« Lorna öffnete die Tür und drückte mit einer Hand ihre Röcke zusammen, als sie in den Flur hinaustrat. Von dort aus konnte sie schon deutlich die Klänge des Hochzeitsmarsches aus Wagners *Lohengrin* hören.

Angesichts der Tatsache, daß man wußte, Franklin werde seine Aufmerksamkeit nur eine begrenzte Zeit auf trockene Formalitäten beschränken können, war die Trauung kurz. Lorna war währenddessen wie in Trance, starrte direkt vor sich auf den Boden, bemerkte kaum etwas von dem unruhig hin und her zappelnden Bräutigam an ihrer Seite. Und sie achtete auch kaum auf Nate Bacon, der seinem Sohn zur Seite stand und ihn im richtigen Augenblick zu den richtigen Antworten bewegte.

Schließlich war es vorüber. Ihr Schwiegervater umarmte sie und drückte ihr einen harten Kuß auf die Lippen. Sie zwang sich, ein Lächeln vorzutäuschen, und stand unbeweglich da, schüttelte Hände und empfing Gratulationen. Als jemand ihr ein Glas Champagner in die Hand drückte, trank sie ihn durstig; dann schien ein zweites Glas das erste zu ersetzen. Mit dieser Hilfe schaffte sie es, auch noch die Runde von Trinksprüchen zu überstehen, die folgte, die zahlreichen Menschen, die ihr vorgestellt wurden, und die scheuen und frechen Blicke, die man ihr immer wieder zuwarf.

Von ihrem Standpunkt am Ende des Zimmers aus konnte sie die in weiße Röcke gekleideten Diener sehen, die in ununterbrochener Reihe aus dem Anrichtezimmer kamen. In diesem kleinen Raum standen die großen Kübel mit Eis, in die die Flaschen mit perlendem, goldenem Champagner gestellt worden waren. Das Eis war schon vor Monaten den Fluß herunter aus St. Louis und den Staaten im Norden gebracht und in einem besonderen Kühlkeller in Sägemehl aufbewahrt worden. Seine kluge Voraussicht brachte Nate Bacon im Laufe des Nachmittags viele Glückwünsche ein; diese Art von kostspieliger Geste, bei der Geld keine Rolle spielte, war noch vor einem Jahr ganz normal gewesen, jetzt aber eine Seltenheit geworden. Alle waren sich darüber einig, daß dies zweifellos das letzte Eis sein würde, das sie für eine ganze Weile zu sehen bekämen, und der letzte Sekt bis zum Ende des Krieges.

Auch die großen silbernen Kannen mit Tee und Kaffee wurden viel gelobt; ebenso die großen Stücke Rindfleisch und gebratenes Schweinefleisch, die vor den Augen der Gäste aufgeschnitten und auf kleinen Brötchen serviert wurden, das glasierte Fleisch im Brotteig, die gebrannten Mandeln, die weichen Stücke Nougat, die Baisers und natürlich der turmhohe Hochzeitskuchen, der reich mit Nüssen und Datteln und kandierten Früchten gefüllt war. In letzter Zeit waren wegen der Blockade solche Dinge selten geworden – und vor allem unglaublich teuer.

Anfangs hatten sie über Lincolns »Papierblockade« gelacht, wie man sie allgemein in den Zeitungen genannt hatte. Es schien unmöglich, mit kaum mehr als einhundertfünfzig Schiffen in der Marine der Union, von denen nur weniger als zwei Drittel fahrtüchtig waren, die dreitausend Meilen lange Küstenlinie von Virginia bis zum Rio Grande wirksam zu überwachen, an der es mehr als ein Dutzend wichtiger Häfen gab. Aber jetzt lachte niemand mehr. In den Monaten, seit der Krieg begonnen hatte, hatten die Nordstaaten die ursprüngliche Anzahl der Schiffe durch Ankauf neuer Schiffe verdoppelt, indem sie jedes verfügbare Fischerboot, jede Fähre und jedes Flußschiff dafür verwendeten. Es gab ein Gerücht, nachdem sie auch mehr als fünfzig Panzerschiffe und Kriegsschiffe zu bauen begonnen hatten, um die Bewegungsfreiheit der Südstaaten einzuschränken.

Und es funktionierte. Es gab von Monat zu Monat weniger Blockadebrecher, die den Fluß hinauf bis nach New Orleans fuhren. Viele wurden versenkt, viele kehrten um. Und diejenigen, die ankamen, wurden immer öfter von den Schiffen der Union beschädigt, die innerhalb der Mississippimündung stationiert waren und den Fluß langsam auf und ab fuhren wie hungrige Katzen vor einem Mauseloch. In den vergangenen zwei Wochen hatten es weniger als zwei Dutzend geschafft, nämlich diejenigen, deren Kapitäne am meisten riskiert oder die die dringendsten Aufträge für die Stadt zu erledigen hatten. In letzter Zeit hieß es auch immer öfter, daß die Geschäftsleute, die die meisten der Blockadebrecher finanzierten, es nicht für angemessen gehalten hatten, das Risiko einzugehen, einen so gut bewachten Hafen überhaupt anzulaufen; schließlich brachte eine Sendung, die auf dem Grund des Golfs von Mexiko lag, ihrem Eigentümer sicher keinen Gewinn.

Der Krieg, der jetzt ins zweite Jahr ging, näherte sich Louisiana immer mehr. Männer aus diesem Staat waren bei Bull Run gefallen, bei Fort Henry und bei Fort Donelson, und erst vor einigen Wochen bei Shiloh. Es war mehr als eine Frau in Schwarz im Zimmer. Die meisten der Männer unter den Bediensteten waren jung, fast noch Knaben – obwohl sie schon den kantigen Ausdruck von schwerer Verantwortung auf ihren Gesichtern trugen –, oder alte Männer, Großväter. Es gab nur wenige, die wie Nate und Franklin andere dafür bezahlt hatten, für sie zu kämpfen, indem sie vorgaben, sich um ihre Familien kümmern zu müssen. Irgendwie schienen sie eine defensive Stimmung zu verbreiten, dachte Lorna.

Trotzdem sprachen alle dem Wein zu und aßen die erlesenen Speisen mit offensichtlichem Vergnügen, erfreuten sich an dem Fleisch, das mit dem Leben von Menschen teuer erkauft war: mit dem Leben der Blockadebrecher, die, wenn sie schon sterben mußten, für die Beschaffung von Waffen und Munition für die Konföderierten ihr Leben hätten lassen sollen und nicht für den Transport von Luxusgütern für die Reichen.

Lorna fühlte sich ein kleines bißchen beschwipst. Sie ging zu einem der langen, mit Speisen beladenen Tische, die im Eßzimmer aufgestellt worden waren, um sich etwas zu essen zu holen. Am Kopf des Tisches stand Nate in vertraulichem Gespräch mit einem anderen Mann, aber sie beachtete ihn nicht. Eigentlich hatte sie nicht wirklich Hunger. Sie stand da mit einem Teller in der Hand und versuchte, sich zu überlegen, was sie nehmen sollte, als plötzlich ihre Aufmerksamkeit vom Gespräch der beiden Männer geweckt wurde.

»Das habe ich wenigstens gehört«, sagte gerade der Mann neben ihrem Schwiegervater. »Die Union soll mehr als eines der neuen Panzerschiffe an der Flußmündung postiert haben, manche behaupten sogar diesseits der Sandbänke. Der junge Cazenave hat diese Information mitgebracht, als er das letztemal von Nassau aus die Blockade gebrochen hat.«

»Es würde sich für die Union bestimmt auszahlen, wenn sie ihre Schiffe zusammenzögen und versuchten, den Fluß zu erobern, weil sie damit den Südstaaten in den Rücken fallen könnten«, antwortete Nate mit deutlicher Stimme, »aber wir wissen ja beide, daß sie nicht hoffen können, an Fort Jackson und Fort St. Philip an der Flußmündung vorbeizukommen. Wenn sie nachdenken, werden sie zu derselben Überzeugung gelangen. Und ich weigere mich, mein Herr, einer so unzuverlässigen Quelle Glauben zu schenken.«

»Unzuverlässig? Aber Cazenave soll der beste Blockadebrecher sein, der von Nassau aus fährt. Und das wird man nur, wenn man schnell ist, klug und genauso gut wie das Wort, das man gibt.«

»Und wenn man Glück hat. Vergeßt das nicht«, sagte Nate mit einem Schnauben. »Wer weiß, vielleicht hat das Glück des jungen Cazenave eines Tages ein Ende?«

Lorna, die den beiden Männern den Rücken zukehrte, hörte das Geräusch von schweren Schritten sich entfernen, als ihr Schwiegervater sich um andere Gäste kümmerte; dann ertönte das Rascheln von Röcken, als wäre eine Frau zu dem allein gebliebenen Mann getreten.

»Aber, mein Lieber«, sagte die ruhige Stimme einer älteren Frau, »war das klug, vor Mr. Bacon Cazenave zu erwähnen? Du weißt doch, wie er ist.«

»Ich habe nicht mehr daran gedacht«, sagte die Stimme des Mannes mit einem müden Seufzer, »es ist doch schon mindestens zehn Jahre her.«

»Er ist trotzdem in dieser Angelegenheit noch sehr empfindlich.«

»Man könnte meinen, die Cazenaves, sowohl der Vater als auch der Sohn, hätten ihm etwas zuleide getan, dabei war es doch genau umgekehrt.«

»Bitte sprich jetzt nicht davon, mein Lieber«, sagte die Frau, die zweifellos die Ehefrau des Mannes war. »Man sagt, seine Bediensteten werden dafür bezahlt, daß sie ihm solche Dinge zutragen, wenn sie davon hören.«

Ihre Stimmen verklangen. Lorna drehte sich um und sah hinter dem Paar her, ihre geschweiften Brauen bildeten eine unruhige Linie über ihren Augen. In den Worten, die sie gehört hatte, war ein Unterton gewesen, den sie nicht verstanden hatte. Und etwas Ähnliches war in den kurzen Worten zwischen Nate und Ramon zum Anklang gekommen Daß das auch etwas mit dem zu tun hatte, wie Ramon sich ihr gegenüber verhalten hatte, war aus ihrem Gespräch offensichtlich geworden. Und weil das so war, spürte sie plötzlich ein ganz intensives Bedürfnis, mehr darüber zu erfahren, so stark, daß sie es nicht einfach ignorieren konnte.

Sie sah sich um und bemerkte Franklin in der Eingangshalle, auf der anderen Seite der beiden schweren Hälften der Schiebetür zum Empfangszimmer, die jetzt ganz zur Seite geschoben waren. Er lachte rauh, während er sich mit einer Gruppe von Männern unterhielt, die alle jünger waren als er, und dabei Kuchenkrümel vorn auf seinem Frack verstreute. Sie fragte sich, ob er wohl den Grund der Feindschaft zwischen seinem Vater und den Cazenaves kannte und, wenn er ihn kannte, ob sie ihn wohl so lange würde fesseln können, bis er ihr gesagt hatte, was sie interessierte. Sie holte tief Atem, setzte ein Lächeln auf und ging zu ihm hinüber.

Er sah sie von der Seite her genau an, als sie herantrat, und ein dumpfer Ausdruck trat auf sein Gesicht. Als Antwort auf ihre Frage, ob er wohl etwas Zeit für ein Gespräch mit ihr habe, grunzte er nur.

»Es wird ganz schnell gehen«, sagte sie und zwang sich mit sehr großem Willensaufwand, ihre Hände auf seinen Arm zu legen und ihn zur Seite zu ziehen.

»Was willst du?« fragte er fordernd. »Mir hat das gerade Spaß gemacht.«

»Ich möchte mit dir sprechen«, sagte sie besänftigend.

»Ich will mich nicht unterhalten, und ich brauche nichts mit dir zu tun zu haben, bis wir ins Bett gehen. Das hat Papa zu mir gesagt.«

Lornas Gesicht wurde hart, aber sie gab nicht auf. »Ja, und auch dann nicht, wenn du es nicht wünschst, aber jetzt möchte ich –«

»Doch, dann muß ich. Papa hat gesagt, ich muß mit dir schlafen, wenigstens so lange, bis ich ein Kind in dir gemacht habe. Dann kann ich wieder zurück zu Lizzie.«

Lizzie war zweifellos das Hausmädchen, mit dem sie ihn gesehen hatte. »Sprich bitte etwas leiser«, zischte sie scharf.

»Sag mir nicht, was ich tun oder lassen soll! Ich bin dein Ehemann, ich kann mit dir machen, was ich will, selbst wenn ich nicht der erste bin, wie Papa es gesagt hat.«

Gerade ging einer der Bediensteten mit einem Tablett voller Gläser mit Champagner vorbei. Erleichtert griff Lorna nach einem Glas, als der Mann vor ihnen stehenblieb, schnappte sich Franklins Kuchenteller und drückte ihm das Glas gleich in die freigewordene Hand. Dann stellte sie den Teller auf das Tablett des Bediensteten und schickte ihn wieder fort.

»Ich versuche gar nicht, dir zu sagen, was du tun und lassen sollst«, sagte sie hastig, während er trank. »Ich wollte nur, daß du mir etwas über Beau Repose erklärst. Wie ist es dazu gekommen, daß dein Vater hier Land besitzt, wo das doch eine französisch-kreolische Gegend ist? Und warum gibt es unangenehme Gefühle zwischen ihm und den . . . den früheren Besitzern?«

»Du meinst die Cazenaves?« Ein ganz ähnliches Grinsen wie das seines Vaters zog über seine schweineähnlichen Züge, dabei konnte sie ein Stück von der Innenseite seiner dikken Lippen sehen. »Ich weiß, was du mit Ramon gemacht hast. Lizzie hat es mir erzählt, und sie weiß es, weil ihr Bruder auch da war. Man sollte dich bestrafen für das, was du getan hast. Ich habe Papa gefragt, und er hat gesagt, das würde schon in Ordnung gehen, weil du meine Frau wirst und ich alles mit dir tun kann, was ich möchte.«

»Ja, ja«, sagte sie hastig und achtete kaum auf sein Geschwätz, während sie sich stumm Vorwürfe darüber machte, daß sie dieses Gespräch überhaupt angefangen hatte, besonders deshalb, da gerade, als sie vorübergingen, ein paar mit Turbanen geschmückte Matronen, die auf Stühlen in einer Ecke saßen, zu ihnen aufschauten, woraufhin sie einander, nachdem sie noch hinter dem Brautpaar hergestarrt hatten, mit hochgezogenen Augenbrauen ansahen. Ein kriegerischer Ausdruck trat in Lornas graue Augen, während sie einfach weiterging und nach dem einfachsten Weg suchte, wie sie von ihm erfahren würde, was sie wissen wollte. »Aber wie kommt es, daß Ramon deinen Papa nicht leiden kann?«

»Er denkt, Papa hätte ihn aus Beau Repose vertrieben. Es waren Spielschulden, weißt du. Der alte Cazenave hat das Haus und das Land bei einem Pokerspiel verloren.« Er kicherte. »Und kurze Zeit später hat er dann ins Gras gebissen und ist gestorben.«

Das war keine ungewöhnliche Geschichte. Große Vermögen waren schon in den Spielhöllen von New Orleans und auf den Dampfschiffen, die den Mississippi hinauf- und herunterfuhren, gewonnen und verloren worden. Männer hatten ihre letzte Karte ausgespielt, hatten mit den Schultern gezuckt und waren fortgegangen. Wie gewonnen, so zerronnen, so hieß es in dem reichen Land um die Flußmündung, wo ein Gentleman seine Ehre verlor, wenn er solche Dinge nicht in der kürzestmöglichen Zeit regelte, wo ein Mann mit geringem Kapital und risikofreudigem Charakter früher ohne weiteres die Möglichkeit gehabt hatte, seine Verluste auszugleichen, indem er ein anderes Stück Land rodete und zur Plantage machte. Manche Männer hatten mehrmals ein Vermögen gewonnen und verloren. Manche Plantagen waren mehrmals gewonnen und verloren worden. Und jedesmal waren es dann die Frauen, die weinten und ihre Sachen für den Umzug packten.

»Wenn das so ist«, sagte sie und runzelte die Stirn, »dann war das zwar Pech, aber ich verstehe nicht, welche Schuld dein Vater daran haben soll.«

»Das stimmt. Er hat auch keine.«

»Aber war er denn nicht überrascht, als Ramon ihn doch dafür verantwortlich machte?«

Das laute Tuten eines Dampfers durchschnitt die Unterhaltung und verhinderte jede Antwort, die Franklin hätte geben können. Sein Gesicht erhellte sich, und mit heftigen Bewegungen begann er, zur Vordertür zu laufen. Lorna folgte ihm langsamer, zusammen mit der Mehrheit der anderen Gäste, und schließlich sah sie das große weiße Schiff, dessen Signalpfeife sie gehört hatten. Es kam um die weite Flußbiegung vor dem Haus gefahren und näherte sich rasch der Landungsbrücke von Beau Repose, an der ein Schwarzer stand und eine große weiße Signalfahne als Zeichen dafür schwenkte, daß hier Passagiere an Bord zu gehen wünschten.

Der Dampfer hatte drei Decks, die durch ihre Holzfiligrangeländer wie mit Spitzen besetzt wirkten – fast wie ein riesiger Hochzeitskuchen. Seine großen Schornsteine, die am oberen Rand in der Form von Kronen ausgesägt waren, stießen dicke Rauchwolken aus, die sich hinter dem Schiff mit dem Dunst vermischten, der vom Fluß aufstieg. Durch die Art, in der das Ufer angelegt war – ein Damm aus Erde, der den Windungen des Flusses folgte und sich vier Meter und höher über die Fläche des umliegenden Landes erhob –, befand sich das Schiff im Strom auf gleicher Höhe mit dem großen Haus auf seiner künstlichen Erhebung.

Beim Anlegen an der Brücke versetzte der Dampfer das Boot der Plantage, einen schmalen Kahn mit eingesetztem Mast, wie ihn die meisten Häuser am Fluß entlang besaßen, der dazu da war, bei Besuchen schnell den Fluß hinauf- und hinuntergelangen zu können, in kräftige Schaukelbewegungen, so daß er an seinem Tau zerrte, mit dem er an einen Pfahl auf der Landungsbrücke gebunden war. Der schwarze Handlanger an Bord des Dampfers sprang herunter auf die Brücke und legte die Landetrosse des großen Schiffes um den gleichen stumpfen Pfahl, an den auch der Kahn gebunden war, und schob dann den Laufsteg heraus.

Es hatte vorübergehend aufgehört zu regnen. Das bleiche und wäßrige Licht des frühen Abends erzeugte auf den weißen Geländern der *General Jackson* unterschiedlich getönte Reflexe in Graurosa und Grün, schimmerte auf dem vergoldeten Adler, der an einem Draht zwischen den Schornsteinen hing, und brachte besonders gut die ergreifende Darstellung der Schlacht von New Orleans, die in lebhaften Farben auf die Radkästen gemalt war, zur Wirkung.

Lornas Tante und ihr Onkel schienen nicht die einzigen zu sein, die die Gelegenheit wahrnahmen, mit dem verspäteten Dampfer zu fahren. Auch eine ganze Menge anderer Gäste wollte mitreisen. Die Männer hatten immer noch Cocktailgläser in den Händen, die Frauen hielten krampfhaft flatternde Taschentücher, und junge Mädchen trugen ein Stück von dem Hochzeitskuchen bei sich, das sie zu Hause unter ihr Kopfkissen legen wollten, damit sie von ihren zukünftigen Ehemännern träumten. Onkel Sylvester und Tante Madelyn winkten mit angestrengtem Lächeln einmal kurz vom oberen Deck herüber und wandten sich dann ab, um in ihre Kabine zu gehen.

Die Glocke des Dampfers klingelte dreimal; ein melodisches Läuten, das über das Wasser hallte und von den Bäumen am anderen Ufer zurückschallte. Die Pfeife gab noch einmal einen langen Ton von sich, einen zweiten, dann einen dritten. Fröhliche Abschiedsrufe erfüllten die Luft. Das Schiff setzte langsam rückwärts, und seine großen seitlichen Schaufelräder wirbelten das gelbbraune Wasser des Mississippi zu einer schlammigen Brühe auf.

»Zu breit zum Lenken und zu schmal zum Bepflanzen«, sagte Nate Bacon, der sich neben Lorna gestellt hatte.

Es war eine alte Redensart, aber Lorna lächelte höflich. Ihr Blick hing an dem Dampfer, während er hinaus in die Strömung fuhr.

»Sollen wir zum Haus zurückgehen?« fragte Nate.

Sie sah kurz zu ihm hin und bemerkte, daß er ihr mit ironischer Galanterie seinen Arm bot. Neben ihnen kletterten andere, die ihre Bekannten zum Dampfer gebracht hatten, den geneigten grünen Rasen hinauf zu dem Haus mit den weißen Säulen. Es würde sehr unhöflich wirken, wenn sie seine Hilfe beim Überqueren des feuchten Rasens zurückwies. Sie erklärte sich einverstanden, indem sie ihre Finger auf seinen Ärmel legte, und sagte: »Ich nehme an, die Fahrt meiner Tante und meines Onkels den Fluß hinunter wird durch das Wetter nicht allzusehr verzögert werden.«

»Ja«, stimmte er ihr mit abwesendem Gesichtsausdruck zu, während er sich umsah und den bleifarbenen Himmel betrachtete. Seine Schritte waren sehr langsam, und seine Augen kehrten wieder zu ihrem abgewandten Gesicht zurück. »Ich habe dir noch nicht gesagt, wie wunderbar du aussiehst. Es ist wirklich bedauerlich, daß du das Fest verlassen mußt. Ist dir klar, daß du allein mit Franklin zu Abend essen wirst?«

»Nein, das hatte mir niemand gesagt«, antwortete sie mit etwas erstickt klingender Stimme.

»Ein Versehen, da bin ich sicher. Ich nahm an, deine Tante hätte es dir gesagt; und auch, daß eine Reihe von Zimmern ausgestattet wurden, damit ihr darin wohnen könnt, sobald ihr verheiratet seid. Dort befinden sich auch deine Sachen jetzt. Auf jeden Fall – so haben wir es arrangiert. Ich nehme an, du wirst dich bald zurückziehen wollen, um dich auf die Ankunft deines Bräutigams vorzubereiten.«

»Ja.« Es lag etwas in der Art, wie er sie ansah, in der Art, wie er hinter den anderen zurückgeblieben war, das sie beunruhigte. Es war, als wolle er sie damit, ohne es zu erwähnen, an die Situation erinnern, in der er sie etwa um die gleiche Zeit des vergangenen Tages angetroffen hatte.

»Ich fürchte«, sagte er bedächtig, »du wirst vielleicht enttäuscht sein von dem, was heute nacht geschehen wird.«

Sie sah ihn mit einem kühlen Blick an, aber ihr Herzschlag schien kurz auszusetzen. »Ich bitte um Verzeihung, aber ich glaube, ich habe Euch nicht richtig verstanden.«

Er lachte. »Charmant. Es wird sicher ein Vergnügen sein, dich in den nächsten Wochen um mich zu haben. Ich habe von Franklins Fähigkeiten im Bett gesprochen. Er hat besonders gern Jungfrauen, verstehst du? Angesichts der Tatsache, daß sie nicht wissen, was sie erwarten wird, können sie auch nicht enttäuscht sein. Also kann er sich so egoistisch benehmen, wie es ihm gefällt. Erfahrene Frauen – und das habe ich einmal herausgefunden, als ich ihn in ein Freudenhaus mitnahm – machen ihn impotent. Ausgenommen natürlich die Negerfrauen, auf deren Meinung über seine Männlichkeit er keine Rücksicht zu nehmen braucht.«

»Ich möchte lieber nicht davon sprechen!«

»Ach, sei doch nicht so prüde, das paßt nicht zu dir«, grunzte Nate, und seine Stimme klang hart vor Ärger. »Ich versuche doch nur, dich vor dem zu warnen, was dir vielleicht passieren wird.«

»Wenn Ihr erwartet, daß ich dankbar dafür bin«, sagte sie in plötzlicher Wut, »dann werde ich Euch wohl enttäuschen müssen, fürchte ich.«

»Ich dachte, du könntest dir diese Information vielleicht zunutze machen. Du kannst die Angelegenheit etwas beeinflussen, wenn du wenigstens ein bißchen mädchenhafte Schüchternheit zeigst, vielleicht ein wenig Widerstand oder ein paar Anzeichen für Angst. Ich bin sicher, das würde Wunder wirken.«

Ein Schauder überlief sie, und sie schaute zur Seite, wobei sie sich auf die Unterlippe biß, um nicht etwas zu sagen, das sie später bedauern würde. Sie hätte jetzt gern ihre Hand von seinem Arm genommen und wäre fortgelaufen, aber es gab niemanden, zu dem sie laufen, keinen Ort, an den sie sich flüchten konnte.

Schließlich antwortete sie, da er darauf zu warten schien, daß sie etwas sagte: »Macht Euch keine Gedanken. Ich bin sicher, es wird schon klappen.«

Nate blieb am Fuß der Treppe stehen. Er sah sich um, und da niemand in Hörweite war, sagte er leise: »Wenn nicht, kannst du jederzeit zu mir kommen.«

»Zu Euch kommen?« wiederholte sie und wandte den Kopf um, damit sie ihn ansehen konnte. War es möglich, daß sie ihn falsch eingeschätzt hatte? Bei dem Gedanken zogen sich ihre Augenbrauen zusammen.

»Ich denke, ich kann dir garantieren, daß ich Franklins mangelnde Leistungen als Ehemann ausgleichen kann. Und wenn irgendwelche Kinder dabei entstehen, kann man es immer noch so arrangieren, daß Franklin als der Vater gilt.«

»Kinder?« Sie ließ ihn plötzlich los und trat einen Schritt zurück.

»Bei dem Gedanken brauchst du gar nicht so überrascht dreinzuschauen. Ich bin erst in den Vierzigern, weißt du, knapp sechsundvierzig. Es haben schon ältere Männer Familien gegründet. Das ist ganz und gar nicht unmöglich.«

Sie ergriff ihre Röcke und hob sie, um die Stufen hinaufzugehen. »Ihr irrt Euch«, sagte sie mit einer Stimme, die vor lauter Abneigung etwas schwankte. »Es ist deswegen unmöglich, weil Ihr . . . weil ich Euer Angebot nie annehmen werde. Die Beziehung, die uns im Augenblick verbindet, ist das Äußerste, was je zwischen uns sein wird!«

Er sah sie mit einem breiten Lächeln an, seine hellblauen Augen glänzten, und sein formloser Mund zuckte vor Vergnügen. »Wir werden ja sehen. Eine Frau mit Erfahrung wie du muß im Bett mehr erwarten, als du wahrscheinlich bei Franklin bekommen wirst. Schon bald, in einer Woche, einem Monat, wirst du endlos gelangweilt sein. Dann werden wir ja sehen!«

3. KAPITEL

Der knöchellange Morgenrock ihres neuvermählten Ehemannes war aus blauem Satin und mit lebensgroßen Applikationen von Scotchterriern in schwarzem Samt verziert. Sie saßen an einem kleinen Tisch, der vor den Kamin gestellt worden war, und Lorna bemühte sich, den Mann auf der anderen Tischseite nicht anzusehen. Statt dessen schaute sie in das Feuer, das im Kamin prasselte und bewirkte, daß das Zimmer trotz des kühlen, regenfeuchten Abends überhitzt war. Sie sah auch auf das Muster des teuren Porzellans in roséfarbenen Streifen, das den Tisch zierte, auf die spuckende Gaslampe aus Messing über ihren Köpfen mit den geschwungenen Armen und Kristallkugeln aus Bleiglas. Sie vermied es allerdings sorgfältig, in die Richtung zu sehen, in der das große Himmelbett stand.

Sie war nicht nur von Franklins Geschmack in bezug auf Morgenröcke entsetzt. Auch seine Tischmanieren waren unglaublich roh. Sie waren ihr bisher noch nicht direkt aufgefallen, möglicherweise deshalb, weil Nate dabeigewesen war und ihn korrigiert oder mit einem strengen Blick auf ihn eingewirkt hatte, als sie zusammen gegessen hatten. Von dieser Einschränkung befreit, zerriß Franklin das gebratene Huhn mit der Hand, schleckte sich die Finger ab, verschüttete Wein auf seinen samtigen Hunden und kaute mit offenem Mund, so daß aus seinen Mundwinkeln immer wieder Speisebrei herauslief.

Lorna fühlte sich elend. Die Hitze des Feuers, der Geruch der Speisen, die Geräusche, die Franklin machte, während er das Huhn kaute, die Enge des Zimmers und dazu die Fülle ihrer inneren Ängste verbanden sich zu einem Gefühl, das sich immer weiter zu einem beinahe unkontrollierbaren Bedürfnis nach Flucht steigerte. Sie versuchte, dagegen anzugehen, indem sie an ihrem Weinglas nippte und sich bemühte, an nichts zu denken.

Franklins Kaubewegungen wurden langsamer. Er starrte sie mit einem zum Mund erhobenen Stück Apfelkuchen in der Hand an. »Hast du keinen Hunger?«

»Ich glaube, ich habe zuviel Kuchen gegessen«, antwortete sie mit einem Kopfschütteln.

»Ich habe gar nicht gesehen, daß du welchen gegessen hast.« Er biß in den Kuchen und trank einen Schluck Wein. Wenn er sprach, klangen seine Worte undeutlich und verschwommen.

Sie hatte das Gefühl, daß er äußerst stur sein konnte, entschlossen, bei einem Gedanken zu bleiben, wenn er ihn erst einmal gefaßt hatte. In einem Versuch, dem Thema auszuweichen, sagte sie: »Er war köstlich.«

»Das war er wirklich. Aber jetzt habe ich das ganze Huhn gegessen, das sie uns zum Abendessen gebracht haben. Du hast gar nichts davon bekommen.«

»Nein, ich . . . ich mag Huhn nicht so besonders gerne.« Das stimmte nicht, aber vielleicht würde es helfen.

»Du hast auch nichts von dem Schinken gegessen.«

»Nein.«

»Und nichts von den gekochten Kartoffeln.«

»Nein.«

»Und auch kein Brot mit Butter.«

Sie schüttelte den Kopf.

»Und auch nichts von den Appetithappen mit eingelegtem Kohl.«

Er zählte noch ein paar andere Speisen auf, bevor er zum Dessert kam. In ihrem Bemühen, ihn abzulenken, sagte sie: »Aber ich trinke meinen Wein.«

»Ich habe mehr getrunken als du.«

Daran konnte man wohl kaum zweifeln. Wenn sie die Angelegenheit richtig einschätzte, hatte er seit der Hochzeit ohne Pause getrunken, selbst während er sich umzog. Sein Bursche hatte ihm geholfen, sich für ihr intimes Dinner zu zweit umzukleiden, wobei sie sich im Umkleideraum ihrer Suite aufgehalten hatten, zu der auch das Schlafzimmer und ein kleines Wohnzimmer gehörten. Lorna selbst hatte sich schon früher umgezogen, ihr Hochzeitskleid abgelegt und sich widerwillig und mit größtmöglicher Hast in den erwarteten halbbekleideten Zustand begeben. Eine Zofe hatte ihr dabei aufgewartet. Die Frau hatte gesagt, der Herr des Hauses habe sie geschickt, und Lorna erkannte sie als Franklins Lizzie. Und das Beunruhigendste an der Anwesenheit der Frau war ihre Einstellung gewesen. Sie hatte keine Anzeichen von Eifersucht oder Abneigung gezeigt, nur ruhiges, unausgesprochenes Mitgefühl.

»Das habe ich doch, oder nicht?« fragte Franklin.

»Was?« Sie starrte ihn einen Augenblick verwirrt an. »Ach so, ja, du hast mehr Wein getrunken.«

»Und ich werde auch noch etwas Brandy trinken.« Er beobachtete sie mit kriegerisch geschürzten Lippen, seine Hände verkrampften sich um sein Weinglas und den Rest von seinem Apfelkuchen.

»Wie du möchtest«, murmelte sie.

»Du kannst mich nicht daran hindern. Du bist nur meine Frau, nicht mein Papa.«

Der Blick, mit dem er sie betrachtete und genüßlich die Schichten von dünnem Baumwollstoff über ihren Brüsten abschätzte, machte ihr klar, wie unzureichend bedeckt sie mit ihrem Morgenrock und ihrem Nachthemd war. Ihre Bemerkung entsprach genau der Wahrheit, als sie sagte: »Ich habe nicht den Wunsch, dich von irgend etwas abzuhalten.«

»Den solltest du auch lieber nicht haben. Du wirst mir nicht sagen, was ich tun soll, sondern ich sage es dir. Klingle jetzt nach der Zofe.«

Er starrte sie herausfordernd an, so als wolle er sie auf die

Probe stellen. Sie spürte instinktiv, daß es unklug sein würde, ihn noch mehr trinken zu lassen, aber man hatte ihr nicht aufgetragen, sich darum zu kümmern, was er tun durfte und was nicht. Und ohne Auftrag schien es nicht angebracht zu sein, sich in seine Vergnügungen einzumischen – ihr war es ohnehin lieber, wenn er sich heute abend sinnlos betrank.

»Sofort!« bellte er, hob die Fäuste und ließ sie so hart auf den Tisch donnern, daß der Stiel des Weinglases zerbrach. Er warf die Scherben, zusammen mit dem Rest von seinem Apfelkuchen, auf den Boden und hob dann schnell seine Hand an die Lippen, wo er an der kleinen Stelle zu saugen begann, an der er sich geschnitten hatte.

Er konnte ja nichts dafür, daß er so war, versuchte Lorna sich in Erinnerung zu rufen; sie durfte es nicht zulassen, daß er sie provozierte. Sie sah ihn mit einem kühlen Blick an, stand auf und ging hinüber zu der Klingelschnur an der anderen Seite des Kamins. Als sie zu ihrem Stuhl zurückgekehrt war, nahm sie ihre Serviette, streckte die Hand aus und drückte eine Ecke auf den kleinen Schnitt in seiner Hand.

Auf das Klingelzeichen hin kam Lizzie sofort. Als sie Franklins Befehl hörte, legte sie den Kopf zur Seite. »Ihr wißt doch, Master Franklin, daß sie Euch keinen Brandy bringen werden, selbst wenn ich ihnen sagen würde, was Ihr wünscht.«

»Du kannst ihn mir bestimmt besorgen«, sagte er schmeichelnd.

»Wer, ich? Ich habe keinen Schlüssel zum Weinschrank.«

»Er ist nicht eingeschlossen. Ich habe eine Flasche in der Bibliothek stehen sehen.«

»Aber ich kann doch nicht nach unten gehen! Wollt Ihr, daß ich ausgepeitscht werde?« Die Stimme des jungen Mädchens klang beleidigt.

»Keiner wird dich sehen. Sie sind alle im Eßzimmer. Du würdest höchstens eine Minute brauchen, um deinen Hintern nach unten und wieder zurück zu bewegen. Verdammt noch mal, ich will Brandy!«

»Regt Euch doch nicht so auf, Master Franklin, so mag ich Euch gar nicht.« Der Ausdruck auf dem Gesicht der jungen Frau war eher mißtrauisch, als sie sich auf den Weg zur Tür machte; sie schien aber über seine vulgäre Ausdrucksweise nicht überrascht zu sein.

»Dann tu, was ich dir sage!«

»Ist gut, ist gut, ich gehe ja schon. Ich hoffe nur, daß mich niemand sieht, denn Euer Papa wird wütend sein, wenn er herausfindet, was Ihr hier oben vorhabt.«

»Er wird es nicht herausfinden, wenn du jetzt den Mund hältst und dich in Bewegung setzt.«

Die Zofe nickte kurz und schlüpfte zur Tür hinaus. Als sie fort war, warf Franklin Lorna einen zufriedenen Blick zu. »Ich werde meinen Brandy doch noch bekommen.«

»Das scheint mir auch so«, sagte sie trocken.

»Ich wette, daß Cazenave jetzt keinen Brandy trinkt.«

Sie sah plötzlich auf, betrachtete sein geistloses Gesicht und versuchte herauszufinden, was er meinte. »Nein?«

»Und auch keinen Wein. Kein Abendessen.«

»Ich verstehe. Er wird also hungrig ins Bett gehen müssen«, sagte sie gleich darauf.

»Gestern abend auch schon.« Dieser Gedanke schien ihn mit ungemeiner Befriedigung zu erfüllen.

»Man hat ihm gestern abend auch schon nichts zu essen gegeben?«

Er schüttelte als Antwort auf ihre Frage nur schnell den Kopf. »Und heute morgen und heute mittag auch nicht.«

»Das ist barbarisch! Du irrst dich bestimmt.«

»Ich irre mich gar nicht. Bin vor der Hochzeit bei ihm gewesen. Er hat mich um Wasser gebeten. Habe ihm keins gegeben.«

Lizzie, die mit einer Karaffe aus geschliffenem Kristall und einem Glas auf ihrem Tablett zurückkam, zog seine Aufmerksamkeit auf sich. Er sah ihr zu, als sie drei Finger hoch Brandy in das Glas goß. Noch bevor die Zofe das Zimmer verlassen hatte, wobei sie das Geschirr vom Abendessen mitnahm, hatte er den Brandy halb ausgetrunken. »Kein Brandy, kein Wein, kein Wasser«, murmelte er.

»Warum?« Bei Franklin schienen einfache Fragen das beste zu sein.

Seine Antwort war ein Grunzen, während er den Rest des Brandys austrank und gleichzeitig schon die Hand nach der Karaffe ausstreckte, um sich noch mehr einzugießen.

»Hat denn jemand den Befehl gegeben, daß man ihm nichts zu essen und zu trinken geben soll?« fragte sie weiter. »Oder ist einfach keinem gesagt worden, sich um seine Mahlzeiten zu kümmern?«

Nichts zu essen und zu trinken, keiner kümmerte sich um seine Verletzungen, er hatte kein Feuer, um seine Kleider zu trocknen, und keine Decke, um sich in der Kühle der Nacht zu bedecken; nur den feuchten Erdboden in einer Zelle, der sich niemand näherte. Ramon mußte im Laufe des Tages von ferne die Musik und die ankommenden und abfahrenden Leute gehört haben. Was mochte er wohl empfunden haben, da er wußte, daß man ihn – wenn er um Hilfe rief – nur für einen zur Strafe eingesperrten Sklaven halten würde, und da er außerdem wußte, daß ganz in seiner Nähe ein fröhliches Fest gefeiert wurde, dessen Düfte er möglicherweise sogar riechen konnte, während man ihm nichts brachte.

»Machst du dir Sorgen?« fragte Franklin mißtrauisch und legte den Kopf schief. Seine blassen Augen glitzerten böse.

»Nicht mehr als um jedes andere Lebewesen, das leiden muß.«

So sollte es eigentlich auch sein, wenn sie bedachte, wie dieser Cazenave sie benutzt hatte, um seine Ziele zu verfolgen. Es war kein angenehmer Gedanke, daß er sie auf jeden

Fall genommen hätte, ob sie sich nun von ihm angezogen fühlte oder nicht. Aber hatte sie ihn nicht auf eine ganz ähnliche Art benutzt – in dem Verlangen nach Vergessen und einer Erfahrung von Leidenschaft, mit der sie sich in den vielen trostlosen Jahren der Zukunft würde trösten können, wobei sie für ihn als Person nur ganz oberflächliches Interesse gehabt hatte?

»Du lügst«, sagte Franklin, und seine Worte waren fast unverständlich, denn seine Zunge wurde immer schwerer, und er bekam während des Sprechens einen Schluckauf. »Ich wette, du möchtest gerne wissen, was sonst – was mit deinem . . . deinem Liebhaber sonst noch passieren wird.«

Sie versuchte nicht, sich einfach herauszureden. Und er hatte ja auch recht, sie wollte es wirklich gern wissen. Trotzdem schien es ihr, als sie Franklins gerötetes Gesicht anstarrte, das von einem häßlichen Grinsen verzerrt war, daß es wahrscheinlich der unfruchtbarste Weg war, an die Wahrheit zu gelangen, wenn sie es zugab.

Sie zuckte in gespieltem Desinteresse die Schultern. »Ich bin ziemlich sicher, daß dein Vater schon entscheiden wird, was mit ihm geschieht.«

»Er hat's schon entschieden.«

»Wie fleißig von ihm, wenn man bedenkt, daß er noch so viele andere Dinge im Kopf haben muß, wie zum Beispiel sich um seine Gäste zu kümmern und die Hochzeit zu organisieren; und das alles ohne die Hilfe einer Gastgeberin. Übrigens, wie geht es deiner Mutter? Ich war enttäuscht, daß sie nicht bei der Hochzeit war.«

»Sie ver . . . verläßt ihr Zimmer nie.«

»Das habe ich mir auch gedacht. Ich hoffe, ich werde sie bald einmal besuchen können.«

Franklin schaute finster, verwirrt von ihrem Geplapper. »Das hättest du gestern abend tun sollen, aber du hast dich nicht wohl gefühlt.«

»Nein«, stimmte sie ihm ehrlichen Herzens zu. »Vielleicht morgen. Ich werde bestimmt genug Zeit haben, wenn dein Vater mit seinem Gefangenen beschäftigt ist.«

»Und ich. Ich werde nämlich zuschauen.«

»Ach, wirklich?« Sie zwang sich zu einem Lächeln, als spräche sie mit einem Kind, das ihr von einer Überraschung erzählt hatte.

»Ich wette, er wird heulen und schreien. Die jungen Eber tun das auch immer, und die Hengste und die Stierkälber auch. Man verwendet dazu manchmal ein besonderes Werkzeug, wußtest du das? Oder auch nur ein Messer. Man hält sie am Boden fest und schneidet ihre –«

Übelkeit stieg bei seiner Beschreibung in Lornas Kehle auf. Eine Plantage war ein großer, sich selbst versorgender Bauernhof, und sie hatte auf dem Land ihres Onkels genug gesehen und erfahren, um zu wissen, daß man männliche Tiere oft kastrierte, um ihren Fortpflanzungstrieb zu beseitigen, wenn er in Konflikt mit ihrer Nützlichkeit geriet. Es gab eigene Namen für solcherart behandelte Tiere: Ochsen, Wallache, Hammel. Gab es eine solche Bezeichnung auch für einen Mann? Bestimmt, nur hatte sie noch nie davon gehört.

Sie stand so plötzlich auf, daß sie den Tisch streifte und die Karaffe mit Brandy vor Franklin beinahe umgefallen wäre, hätte er nicht schnell genug zugepackt. Sie wandte sich ab, die Hand auf den Mund gedrückt.

»Macht dir das Sorgen, was ich gerade gesagt habe? Gefällt dir das nicht?« Er grinste hinter ihr her.

Mit großem Willensaufwand senkte sie die Hand und sprach, ohne sich umzudrehen. »Ich hatte das Gefühl, Ramon Cazenave ist ein Mann, der jeden umbringen würde, der so etwas versucht. Er . . . wird gefährlich sein, wenn er wieder gesund ist.«

»Falls er wieder gesund wird, vielleicht.«

»Was meinst du damit?«

»Er kann ja nicht mehr so sehr viel tun, wenn er am Grund des Flusses liegt.«

Sie drehte sich um und starrte ihn an. Seine Worte hatten so verschwommen geklungen, daß sie nicht sicher war, ob sie ihn richtig verstanden hatte. »Was?«

»Wenn wir mit ihm fertig sind, setzen wir ihn in ein Boot und lassen es treiben.«

»Auf dem Fluß? Das könnt ihr nicht tun, das wäre ja Mord!«

»Er muß aber bestraft werden. Du warst mir versprochen; du müßtest eigentlich auch bestraft werden.« Er stellte sich mühsam auf die Beine und kam auf sie zu. »Das kann ich machen. Ich kann jetzt alles mit dir machen, was ich will.«

Sie trat unfreiwillig einen Schritt zurück, blieb dann stehen und hob den Kopf. »Es ist lächerlich; es ist lächerlich, überhaupt davon zu reden. Heute ist unsere . . . unsere Hochzeitsnacht.«

»Aber du hast nicht auf mich gewartet. Du hast einfach nicht gewartet.« Seine Hände bewegten sich langsam, öffneten und schlossen sich, und in seinen Augen stand ein tierisches, freudiges Glitzern.

»Wenn du mich berührst, schreie ich um Hilfe.«

»Das wird keiner hören. Sie sind alle draußen vor dem Haus und hören den Banjos zu. Hörst du sie denn nicht?«

Es stimmte. Es war eine besonders beliebte Zerstreuung nach dem Abendessen, wenn Musikanten aus den Sklavenhütten geholt wurden, die für die Gäste auf der Veranda eine Serenade spielten. Außer den Banjos gab es vermutlich noch selbstgemachte Baßfideln und Rasseln aus getrockneten Kürbissen. Es war wirklich gut möglich, daß niemand sie hören würde.

»Und Papa wäre es sowieso egal; er sagte, man müßte dir mal den Hintern versohlen. Und alle wissen, daß ich dein Mann bin.«

Auf seine besondere Art war er recht schlau. Das war das wirklich Beunruhigende. Aber sie würde sich nicht von ihm züchtigen lassen. Sie hatte sich von niemandem mehr schlagen lassen, seit ihre Eltern tot waren; sie hatte während ihrer späteren Kindheit ihrer Tante großen Widerstand entgegengesetzt, um ihr die Ruten und Rohrstöcke abzunehmen, die sie gegen sie hatte zum Einsatz bringen wollen – worüber diese Dame ziemlich verärgert gewesen war. Ihrem Mann dieses Privileg jetzt einfach kampflos zuzugestehen, das konnte sie nicht verkraften, was auch immer die Allgemeinheit über seine Rechte sagen mochte.

Sie befeuchtete die Lippen und dachte fieberhaft darüber nach, womit sie ihn ablenken konnte, denn es war ihr klar, daß sein massiger Körper zwischen ihr und der Tür stand und daß er ihr an Kraft und Gewicht zweifellos überlegen war. »Wenn du das tätest, würdest du dich dann eher wie ein Mann fühlen?«

Das hätte sie nicht sagen dürfen. Sein Gesicht verfärbte sich dunkelrot, und er stürzte sich auf sie, packte ihren Unterarm und schloß seine Finger mit eisernem Griff darum. Sie roch seinen stinkenden Atem und den sauren Geruch von verschütteten Speisen auf seiner Kleidung. Sie riß den Arm hoch und befreite sich aus seinem Griff, entfloh ihm, aber seine Finger bekamen den Batist ihres Ärmels noch zu fassen. Er riß mit einem leisen Ratschen ein, löste sich aber nicht von ihrem Morgenrock. Stolpernd wurde sie wieder zu ihm zurückgezogen.

Doch während sie sich ihm näherte, griff sie nach der Satinschleife am Dekolleté, die in ihre Haut schnitt, und löste sie mit einem Ruck. Als sie sich lockerte, schnappte sie nach Luft, dann duckte sie sich, bewegte sich hin und her und wand sich, um ihre Arme aus den weiten Ärmeln zu ziehen. Als der lose Mantel von ihr abfiel, wich sie Franklins schwerfälligem Sprung aus, trat zu Seite und entkam ihm wirbelnd.

Sie bewegte sich rückwärts, der Vorhang ihres Haars umflatterte sie. Voller Anspannung sah sie zu, wie er ihren Morgenrock auf den Boden warf und darauf herumstampfte; dann breitete er die Arme aus und schoß wie ein wilder Stier auf sie zu.

Im letzten Augenblick sprang sie zur Seite und drehte sich, um seinem zupackenden Griff zu entkommen. Ihr Arm traf mit schmerzhaftem Schwung einen Stuhl, der krachend gegen die Wand flog. Sie verlor das Gleichgewicht und stolperte, fiel auf ein Knie. Jetzt warf er sich auf sie und packte sie im Fallen um die Hüften. Lornas Schulter prallte so heftig auf den teppichbelegten Boden, daß sie einen Augenblick lang voller Schmerz nach Luft schnappte. Sie spürte, wie sich Franklins Finger tief in ihr Fleisch gruben und sie kniffen, als er versuchte, sie unter sich zu ziehen. Sie trat nach ihm und traf ihn in den Bauch, so daß die Luft in einem pfeifenden Ächzen aus seinen Lungen strömte.

Sie trat ihn noch einmal, und als sein Griff sich lockerte, kam sie krabbelnd hoch, war aber durch die Länge ihres Nachthemdes behindert. Plötzlich war eine Tür vor ihr – sie führte ins Wohnzimmer. Sie rappelte sich auf, warf sich gegen die Tür und fiel in das andere Zimmer.

Es hatte keine Tür hinaus auf den Flur. Der einzige Zugang zu diesem Wohnzimmer war die Tür, durch die sie hereingestürmt war. Sie wirbelte herum und sah, wie Franklin sich in der Türöffnung aufrichtete, wobei er sich am Rahmen festhielt. Sie trat zur Seite und hinter ein Sofa, das mit weinrotem Brokat bezogen war.

In diesem kleinen Zimmer gab es so wenig Platz, daß sie dem Mann, der jetzt ihr Ehemann war, kaum entkommen konnte. Der Raum war vollgestopft mit Tischen und Kommoden, Vasen, Spucknäpfen, Marmorbüsten auf Sockeln und gewundenen Louis-XIV-Stühlen. Den Mittelpunkt dieser Ansammlung bildete ein schwerer, hoher schwarzer Walnußschrank mit vielen Regalfächern, in denen alle Arten von Porzellan-Nippes standen.

»Du hast mir weh getan«, grollte er. »Ich werde dir auch weh tun, sehr weh sogar. Ich weiß, wie das geht, wirklich. Ich werde dir so weh tun, daß du weinst. Lizzie mag es nicht besonders, wenn ich es so mit ihr mache, sie fleht mich dann an, ich soll sie in Ruhe lassen. Ich werde dafür sorgen, daß du mich auch anflehst, aber ich werde es dann trotzdem tun.«

»Du bist verrückt« sagte sie mit gepreßter Stimme.

»Bin ich nicht«, rief er und entfernte sich langsam von der Tür. »Bin ich nicht!«

Der schwarze, monströse Porzellanschrank erhob sich hinter ihr. Sie trat einen Schritt zurück, ohne sich umzudrehen, und schloß ihre Hand um eine Porzellanfigur mit scharfen Kanten. Als Franklin in ihre Richtung stolperte, warf sie die kleine Schäferin mit aller Kraft nach ihm.

Er versuchte, ihr auszuweichen, aber es war zu spät. Sie traf ihn über dem Auge, und eine rote Blutspur sickerte über sein Gesicht. Beim nächstenmal war er aufmerksamer, und beim drittenmal ebenfalls; jedesmal wich er den Geschossen aus, während er unablässig näher kam.

Sie kippte bei ihrem Rückzug Tische und Stühle um und bewegte sich in einem Halbkreis durch das Zimmer, um sich der Tür ins Schlafzimmer zu nähern. Sie hatte sie schon beinahe erreicht, als Franklin sich plötzlich bückte und einen Fußschemel packte. Ihre Angriffe mit gleicher Münze heimzahlend, schlug er mit dem Schemel nach ihr.

Er traf sie in die Rippen, und sie stolperte. Die Kante des Sofas war plötzlich hinter ihren Beinen, und sie fiel rückwärts darüber und landete mit ausgebreiteten Röcken. Das Sofa schwankte und stabilisierte sich wieder, dann schwankte es noch einmal, als er sich auf sie warf. Bevor sie sich rühren konnte, hatte er ihre Taille gepackt und zog sie unter sich, preßte die harte Schwellung zwischen seinen Beinen an sie und zeigte ihr, daß er unter dem blauen Satinmorgenrock nackt war. Ein böses Grinsen zog die Lippen von seinen Zähnen, und das Blut, das von seiner Augenbraue über sein Auge herunterrann, gab ihm ein wildes, tierisches Aussehen.

Sie schlug auf ihn ein und schnappte nach Luft, denn sein Gewicht drückte auf ihre Brust. Er packte ihre Handgelenke, drehte sie zur Seite und verstärkte seinen Griff so sehr, daß sie vor Schmerz ächzte und schließlich stillhielt.

Er nahm eine ihrer Hände und schob sie unter sich, so daß er darauf lag. Dann holte er aus und schlug sie ins Gesicht, erst auf die eine Wange und dann mit dem Handrücken auf die andere.

Tränen stiegen in ihre Augen und glitzerten, flossen über ihr Gesicht, das erfüllt war von Schmerz und Demütigung, und sickerten langsam in ihre Haare. Hilfloser Zorn flackerte plötzlich zusammen mit unkontrollierbarem Haß in ihren grauen Augen auf. Als er das sah, lachte er.

Während er jetzt versuchte, die Knöpfe ihres Nachthemdes aufzumachen, beobachtete er sie vorsichtig. Als ihm das nicht gelang, griff er mit allen Fingern in den Stoff und zerrte daran; dabei wurden die Perlmuttknöpfe des vorderen Verschlusses abgerissen. Ohne auf ihre Versuche zu achten, ihn von sich zu stoßen, legte er seine Hand auf den weichen weißen Hügel einer ihrer Brüste, die er freigelegt hatte, und schloß langsam die Finger darum, drückte sie immer fester zusammen, wobei sein Daumen und sein Zeigefinger die Brustwarze kniffen. Sie schrie erstickt auf, und ein erregtes, hohes Kichern drang aus seiner Brust.

War es ihr Schmerz oder sein abartiges Vergnügen daran, das sie plötzlich wieder ganz klar und vernünftig denken ließ? Sie wußte es nicht, aber ganz plötzlich konnte sie es wieder. Sie ignorierte die Grausamkeiten, die er ihr zufügte, und zwang sich, sarkastisch zu lächeln. »Ich dachte«, sagte sie, »du hättest Angst vor Frauen wie mir.«

»Ich? Ich habe vor niemandem Angst«, prahlte er, ließ ihre Brust los und griff nach der anderen.

»Nicht? Das mußt du mir beweisen. Schlafe mit mir. Laß mich etwas spüren, das noch kein Mann mich hat spüren lassen. Ich will sehen, wie gut du bist im Vergleich zu Ramon Cazenave. Ich will sehen, ob du es besser kannst.«

Unbehagen überflog sein Gesicht. »Das muß ich nicht.«

»Wovor fürchtest du dich?« höhnte sie. »Vielleicht davor, daß ich herausfinde, was für eine Enttäuschung du im Bett bist? Dein Papa hat mich gewarnt, daß es vielleicht so sein würde. Möglicherweise kannst du nichts anderes, als Frauen weh zu tun?!«

Bildete sie es sich ein, oder wurde das Drängen unter dem hochgeschobenen Saum seines Morgenrocks wirklich geringer?

Er fluchte, rutschte wie ein Krebs auf ihr nach unten bis auf ihre Schenkel. Er packte den weiten Saum ihres Kleides und schob ihn nach oben. Dann griff er nach seiner Männlichkeit, drückte ihr eine Faust zwischen die Beine, auf denen er sicherheitshalber saß, und versuchte, in sie einzudringen.

»Halt still«, murmelte er, als sie sich wand, indem sie ihre Fersen in das Sofa stemmte.

»Warum denn?« Ihre Antwort klang schneidend, und sie schnaubte in ungespieltem Abscheu. »Du fummelst ja nur herum. Selbst kastriert würde Ramon noch ein besserer Liebhaber sein als du!«

Er stieß sich von ihr ab, und zwar mit so viel Kraft, daß das Sofa nach hinten kippte. Eines der Beine brach mit splitterndem Knirschen. Die geschnitzte Rückseite krachte auf den Holzfußboden. Lorna kippte aus dem Sofa und rollte mit hochgeschlagenem Nachthemd herunter. Sie kroch in die Ecke zu einer Kommode und lag da, verblüfft, daß sie plötzlich frei war.

Sie hörte, wie Franklins Schritte sich entfernten, durch das

Schlafzimmer und in den daneben liegenden Ankleideraum. Als sie kurz darüber nachdachte, glaubte sie, er suche sich vielleicht etwas, womit er das Blut aus seinem Gesicht wischen könnte. Langsam setzte sie sich auf und schob ihr Nachthemd nach unten. Sie kam auf die Füße und richtete sich zentimeterweise auf, wobei sie sich an der Armlehne des umgekippten Sofas festhielt. Dann ging sie zu einem Stuhl und setzte sich darauf. Mit zitternder Hand strich sie sich die Haare aus dem Gesicht und schob sie nach hinten. Auf ihrer Brust war es kühl. Sie sah an sich herunter und bemerkte, daß ihr Mieder offenstand. Mit großer Sorgfalt begann sie, die Knöpfe wieder in die ausgerissenen Knopflöcher zu schieben.

Als sie ein schlurfendes Geräusch hörte, sah sie auf. Franklin stand in der Tür. Er hatte seinen Morgenrock nicht wieder zugebunden, so daß er lose hing und seinen korpulenten Körper entblößte: die dicke Brust, den kugeligen Bauch und die kurzen Beine. Er war von einem dichten Haarpelz bedeckt, der unter seinem Bauch nicht mehr so dicht war und deshalb den schlaffen Zustand seiner Männlichkeit nicht verbarg. Er stand breitbeinig da, und sein Gesicht wirkte hart vor wilder Entschlossenheit. In den Händen hielt er einen Streichriemen, jenes breite Lederband, an dem man Rasiermesser vor dem Rasieren schärft.

Die Muskeln an seinem Bauch wurden hart, als er auf sie zutorkelte. Sie konnte ihren Blick nicht von dem Gurt abwenden, den er immer wieder in eine Hand klatschte. Sie befeuchtete ihre Lippen und stand auf. Als er vor ihr stehenblieb, sah sie ihn direkt an und hob das Kinn. Ihre Stimme schwankte, als sie sprach, trotzdem zwang sie die Worte durch ihre angespannte Kehle.

»Berühre mich mit diesem Ding«, sagte sie, »und ich bringe dich um.«

Er lachte mit einem hohen, erfreuten Quietscher. »Ich werde dich berühren. Ich werde es dir geben, du wirst schon sehen.«

Der Ledergurt zischte, als er ihn durch die Luft schwang und herunter auf ihre Hüften sausen ließ. Aber er traf sie nicht. Wie eine Tänzerin wirbelte sie herum und sprang zur Seite.

Er fluchte und stolperte hinter ihr her, peitschte die Luft mit dem Riemen, seine Sprünge waren wild und unkontrolliert. Während sie ihm wieder und wieder auswich, wurde seine Wut immer größer, und er beschimpfte sie wüst.

Sie wurde langsam müde. Die Muskeln ihrer Beine zitterten durch die Anstrengung, mit der sie versuchte, außerhalb seiner Reichweite zu bleiben, und das auf dieser Hindernisstrecke zwischen umgekippten Möbelstücken hindurch, wobei sie noch darauf achten mußte, daß er sie nicht in einer der Zimmerecken stellte. Ein- oder zweimal stolperte sie und spürte den Luftzug des zischenden Riemens auf der Haut.

Es geschah so plötzlich, daß sie keine Zeit mehr hatte, es zu verhindern. Sie trat auf die Scherben eines zerbrochenen Porzellanhundes und stolperte gegen den Schrank. Die Erschütterung, mit der ihr Körper ihn traf, ließ Glas- und Porzellangegenstände mit lautem Klirren und Scheppern zu Boden regnen. Franklin, der dicht hinter ihr war, griff in ihr Haar und zerrte sie zu sich heran. Sie fiel zur Seite, drehte sich dabei um und fing sich mit den Unterarmen ab, als sie auf dem Boden aufprallte. Er beugte sich mit einem Triumphschrei über sie. Der Riemen zischte herab, traf sie, schnitt in ihre Haut ein, und ein scharfer Schmerz durchfuhr sie. Franklin ließ sich neben sie auf den Boden herab, beugte ein Knie und stemmte es ihr in den Rücken. Grunzend schlug er mit dem Riemen immer wieder zu.

Sie wurde wild, wand sich, griff mit ihrem Arm nach hinten und krallte ihre Finger in seinen verletzlichen Schoß. Als ihre Fingernägel sich in ihn bohrten, heulte er auf und wich zur Seite. In diesem Augenblick drehte sie sich etwas unter ihm hervor und kam auf ein Knie hoch. Da schlug er noch einmal zu.

Der brennende Schmerz, der über ihre Schultern fuhr, gelangte bis in ihr Gehirn. Sie richtete sich auf und brachte ihn dabei aus dem Gleichgewicht. Er schlug mit der Faust nach ihr, weil er nicht genügend Platz hatte, um den Lederriemen zu schwingen, und traf sie neben dem Kinn, so daß es in ihren Ohren sauste. Sie erhob sich noch weiter und griff mit der linken Hand nach dem Riemen. Ihre rechte Hand berührte auf dem Boden einen kalten, unregelmäßig geformten Gegenstand und schloß sich instinktiv darum. Dann kam sie hoch auf die Knie, obwohl er versuchte, sie wieder herunterzudrücken, und holte in weitem Bogen mit der rechten Hand aus. Sie traf ihn mit der ganzen Kraft ihres Zorns im Gesicht.

Das Ding in ihrer Hand war eine kleine Büste aus parischem Marmor mit einem Messingfuß. Die Kante des Messingfußes traf seine Schläfe und drang in sie ein. Er gab ein eigenartiges Geräusch von sich, etwas zwischen einem Seufzer und einem Krächzen, kippte nach hinten und fiel mit einem dumpfen Poltern auf den Boden. Der Riemen fiel aus seinen schlaffen Händen. Seine Muskeln zuckten krampfhaft, dann bewegte er sich nicht mehr.

Lorna saß mit geneigtem Kopf da, ihre Brust hob und senkte sich schwer, während sie nach Atem rang. Sie zitterte, das Zittern überlief sie immer wieder in Wellen. Jede Faser ihres Körpers schien ihr weh zu tun, und die Stellen, an denen sie der Riemen getroffen hatte, brannten wie Feuer. Ihr Knie strahlte stechende Schmerzen aus, und als sie hinuntersah, bemerkte sie mit dumpfer Überraschung, daß sie in zerbrochenem Glas kniete.

Langsam wurde ihr die Stille bewußt. Sie strich sich die Haare aus dem Gesicht und sah zu Franklin hinüber. Er lag unbeweglich da. Nackt, sein Morgenrock unter ihm zusammengeknüllt, war er kein reizvoller Anblick, aber trotzdem konnte sie die Augen nicht von ihm abwenden. Unbewußt wurden ihre schweren Atemzüge flacher, als sie sich bemühte, etwas zu hören. Es gab kein Geräusch. Sie sah auf seine Brust. Die faßförmige Erhebung rührte sich nicht.

Es fiel ihr schwer, sich zu bewegen, sich zu zwingen, zu ihm hinüberzukriechen. An seiner Seite kniend, legte sie ihre Hand zögernd auf das drahtige Fell, das seine Brust bedeckte, und drückte dann leicht darauf, um seinen Herzschlag fühlen zu können. Sie spürte nichts. Erst jetzt sah sie in sein Gesicht. Seine Augen standen weit offen, blicklos und glasig wie die des Kätzchens, das sie einmal gesehen hatte, nachdem es von einer Kutsche überfahren worden war.

Er war tot.

4. KAPITEL

Lorna stand auf. Sie machte ein paar Schritte zur Seite, stand dann da und starrte an die Wand. Es vergingen einige Augenblicke, dann schüttelte sie plötzlich den Kopf, so als könne das die dumpfen Empfindungen vertreiben, die sie erfüllten. Sie mußte jetzt nachdenken, unbedingt.

Eigentlich sollte sie um Hilfe rufen, irgend jemandem sagen, was geschehen war. Aber es war zu spät, um Franklin noch zu helfen. Sie war eine Mörderin. Sie konnte erklären, daß es ein Unfall gewesen war, daß sie es nicht gewollt hatte, daß sie ihn nur daran hindern wollte, ihr weiter weh zu tun. Aber würde man ihr das glauben? Würden sie nicht sagen, er habe das eheliche Recht gehabt, sie zu bestrafen, sie zu schlagen, wenn er das wollte; sie jedoch habe kein Recht gehabt, ihn daran zu hindern? War das vielleicht richtig? Möglicherweise hätte sie es verdient – nach den Freiheiten, die sie Ramon Cazenave zugestanden hatte. War es möglich, daß die wenigen Minuten der Zügellosigkeit am vergangenen

Nachmittag nur bewiesen hatten, zu welchen Verbrechen sie fähig war?

Nein. Sie hob die Hände an die Schläfen und drehte den Kopf heftig von einer Seite zur anderen. So würde ihre Tante Madelyn darüber denken, das würde sie sagen, wenn sie hier wäre. Aber sie war nicht hier. Sie und Onkel Sylvester waren fort. Und Lorna war allein.

Was würde Nate Bacon sagen, wenn er wüßte, daß sie seinen einzigen Sohn getötet hatte? Er hatte Franklin auf seine Art geliebt, da war sie sicher. Er hatte seine Wünsche erfüllt, Entschuldigungen für ihn gefunden, ihn der Öffentlichkeit präsentiert, eine Hochzeit arrangiert, um ihn zu festigen und ihm jemanden zur Führung zu geben. Möglicherweise war er aber damit auch verantwortlich für das brutale, undisziplinierte Verhalten seines Sohnes. Andererseits war es ihm vielleicht auch nur unmöglich gewesen, zu akzeptieren, was nach dem Unfall aus Franklin geworden war, und er hatte ihn deshalb so behandelt, als wenn alles beim alten geblieben wäre.

Es war egal. Seine Sorge um Franklin hatte ihn nicht davon abgehalten, dessen Braut unzüchtige Angebote zu machen. Selbst wenn es Nate möglich sein sollte, ihr Franklins Tod zu verzeihen, würde sie in Beau Repose nicht mehr sicher sein. Ihr Schwiegervater hatte erwartet, daß er sich der Gunst der neuen Frau seines Sohnes würde erfreuen können; um wieviel mehr würde er das erst von seiner Witwe erwarten?

Er würde sie doch wohl nicht etwa zwingen wollen, oder?

Sie senkte die Hände und ballte sie vor der Brust. Ihre grauen Augen waren weit geöffnet, während sie über diese Frage nachdachte. Der Gedanke war nicht allzu unwahrscheinlich, angesichts der Tatsache, welche Vorstellung von ihrem Mangel an Tugendhaftigkeit er hatte. Es war gut möglich, daß er das, was sie gerade getan hatte, als Druckmittel gegen sie verwenden und sie dazu zwingen würde, ihm zu

Willen zu sein, damit sie nicht als Gewaltverbrecherin ange-
klagt und eingesperrt werden würde. Warum sollte er das
nicht tun? Hatte er nicht von Anfang an fast dieselbe Taktik
gebraucht, um sicherzugehen, daß sie Franklin heiratete?
Selbst wenn er diese Methode nicht anwenden würde – seine
Zudringlichkeit, seine lüsternen Blicke und seine Ausflüchte,
um sie berühren zu können, würden ihr das Leben unerträglich machen.

Sie würde das nicht aushalten. Sie wollte es auch nicht.
Und daher konnte sie nicht in Beau Repose bleiben. Sie mußte fort, jetzt gleich, noch bevor Franklins Tod entdeckt wurde. Sie würde noch heute abend gehen, und zwar sofort.

Sie machte drei schnelle Schritte auf das Schlafzimmer zu
und blieb dann stehen. Wo sollte sie hingehen? Ihre Tante
hatte ihr schon angekündigt, daß sie, falls sie den Namen
Forrester noch weiter beschmutzen würde, in ihrem Hause
nicht mehr willkommen sein werde. Was blieb ihr da noch?
Sie hatte kein Geld, nichts, was sie verkaufen konnte, um
Geld für die Reise oder ihren Unterhalt aufzutreiben, bis sie
entschieden hatte, was sie tun würde.

Plötzlich hob sie den Kopf, und ihre Augen weiteten sich.
Einen Moment. Das stimmte nicht! Sie hatte das Verlobungs-
armband. Würde sie es wagen? Wirklich?

Sie mußte es tun, es gab keine andere Möglichkeit. Nachdem sie sich entschieden hatte, ging sie mit schnellen Schritten ins Schlafzimmer. Sie bemühte sich, die Leiche im Wohnzimmer nicht anzusehen, und zog die Tür hinter sich zu.
Dann drehte sie sich um, atmete tief ein und ging zum
Schrank, dessen Tür sie schwungvoll öffnete.

Ihre Kleider brauchten trotz der Stoffülle nur sehr wenig
Platz in dem geräumigen Schrank. Es waren nur wenige, und
den meisten Platz nahmen ihre weiten Unterröcke ein; der
zusammengeklappte Reifen ihrer Krinoline stand dahinter.
Es würde sehr unvernünftig sein, wenn sie versuchte, in

derartigen Kleidern zu entkommen. Sie griff sofort nach ihrem Reitkostüm, das heute morgen frisch gesäubert und gebügelt worden war und jetzt auf einem Messingbügel hing.

Dann warf sie es auf das Bett und zog in fieberhafter Eile das zerrissene Nachthemd aus. Sie suchte sich Unterwäsche, zog sich eilig an und nahm dann den langen Popelinrock. Erst als sie die Schärpe zuhakte, fiel er ihr wieder ein.

Ramon Cazenave. Sie konnte ihn nicht dem Schicksal von Nate Bacons Rache überlassen. Als Gefangener war er zu wehrlos und angreifbar, wenn Nates furchtbarer Zorn über den Tod seines Sohnes losbrechen würde. Sie mußte irgend etwas tun. Aber was?

Sie dachte über das Problem nach, während sie sich fertig anzog und sich die Haare aufsteckte. Franklin war irgendwann im Laufe des Tages bei Ramon gewesen, das hatte er ihr ja unbedingt erzählen müssen. Aus der Art, wie er es erzählt hatte, schloß sie, daß sein Vater nichts von diesem Besuch wußte. Bedeutete das, daß der Schlüssel zum Gefängnis der Pflanzung nicht von Nate selbst aufbewahrt wurde?

Wo konnte er sonst noch sein? Den Gedanken, daß die Wachen ihn haben könnten, die den Gefangenen beaufsichtigten, verwarf sie sofort. Der einzige Diener, dem normalerweise Schlüssel anvertraut wurden, war der Butler oder Haushofmeister, und das waren stets nur die Schlüssel zum Weinkeller, zum Räucherhaus, zu den Lagerräumen und den Schränken, in denen das Silber aufbewahrt wurde. Ihre Tante hatte diese Schlüssel selbst mit einer silbernen Kette an ihrer Taille bei sich getragen, zusammen mit den Schlüsseln zum Gewürzschrank, dem Teewagen und den Kästen mit den Messern. Ihr Onkel selbst hatte den Schlüssel zum Gefängnis aufbewahrt. Da er zu einem schweren Vorhängeschloß gehört hatte und dementsprechend groß gewesen war, wollte ihr Onkel ihn nicht immer am Körper tragen. Daher hatte der Schlüssel an einem Haken in einem Schränkchen seines Arbeitszimmers gehangen. Niemand hatte es gewagt, sich daran zu schaffen zu machen.

Sie hörte immer noch Musik vor dem Haus, als sie die Tür des Schlafzimmers öffnete. Die Klänge des Liedes »Jeanie mit dem hellbraunen Haar« tönten über das Treppenhaus und durch den schwach beleuchteten Flur herauf. Es schien ihr fast unglaublich, daß so viel geschehen war, ohne daß sich bei der friedlichen Versammlung auf der Veranda in der hereinbrechenden Dämmerung etwas bemerkbar gemacht hatte.

Niemand war zu sehen. Sie trat hinaus auf den Flur und schloß die Tür mit allergrößter Vorsicht hinter sich. Ganz dicht an einer der Wände entlang glitt sie die Stufen hinunter. Sie bemühte sich, langsame Schritte zu machen, und blieb oft stehen, um zu horchen. Das Haus war erfüllt von einer Vielzahl gedämpfter Geräusche – das ferne Klirren von Geschirr, das leise Summen der Gespräche zwischen den Gästen draußen, die Musik. Sie fühlte sich sehr ausgeliefert dort auf der Treppe, wo sie sich nirgends verstecken und nirgendwo hinlaufen konnte, sollte jemand plötzlich die Eingangshalle betreten. Sie mußte sich nachdrücklich zwingen, weiter hinunter zu gehen. Dann, fast schon am Fuße der Treppe, hörte sie das Geräusch von Stimmen im Eßzimmer; es waren die Bediensteten, die die Reste des Abendessens wegräumten. Plötzlich verlor sie die Geduld, hastete eilig die letzten Stufen hinunter und schlüpfte ins Arbeitszimmer. Dort stand sie einen Augenblick, den Rücken an die Tür gelehnt und mit klopfendem Herzen, dann machte sie sich in fieberhafter Eile auf die Suche.

Der Schlüssel war nicht im Bücherschrank mit den Glastüren, auch nicht in der schmalen Schreibtischschublade. Schließlich fand sie ihn durch Zufall. Als sie sich vom Schreibtisch abwandte, war sie gegen den Stuhl gestoßen, der dahinterstand. Der Rock des Mannes, der über die Rükkenlehne gehängt gewesen war, fiel mit einem dumpfen Geräusch zu Boden. Sie schob ihre Hand in eine Tasche und zog den Schlüssel an seinem eisernen Ring heraus.

Im Eßzimmer am anderen Ende des Flurs war es still, als sie aus der Bibliothek kam. Die Tür stand halb offen. Sie konnte den abgeräumten Tisch sehen, auf dem nur noch die Tischdecke lag. Dahinter stand eine Anrichte, auf der immer noch Mengen von Kuchen und Gebäck auf hohen Silber- und Kristallständern bereitgehalten wurden. Das Aroma der Speisen hing in der Luft, voll und fruchtig und so intensiv, daß sie fast Übelkeit verspürte. Es erinnerte sie jedoch daran, daß Franklin gesagt hatte, Ramon habe nichts zu essen bekommen, seit man ihn eingesperrt hatte. Plötzlich kam ihr ein Gedanke. Bevor sie ihn noch richtig zu Ende gedacht hatte, war sie schon in das Zimmer geschlichen. Sie ging vorsichtig zu der Anrichte und griff sich einen Silberständer mit einem fast noch vollständigen Beerenkuchen darauf.

»Aber Miss Lorna, was tut Ihr denn hier?«

Sie wirbelte herum, als sie die Stimme hinter sich hörte, und stand plötzlich einem Bediensteten in einer weißen Jacke gegenüber. Sie erinnerte sich daran, daß er einer der Männer war, die den Gästen aufwarteten und ihre Koffer und ihr Gepäck ins Haus getragen hatten, aber auch manchmal bei Tisch half. Sie sah sofort, daß er sein Gesicht in besorgte Falten gelegt hatte, aber nicht vorwurfsvoll wirkte.

Als sie nichts sagte, meinte er: »Ihr hättet nach jemandem klingeln sollen, damit Euch der Kuchen gebracht wird.«

Sie sah von dem saftigen Kuchen in ihren Händen zurück zu seinen glänzenden braunen Augen und deutete dann mit dem Kopf zur Seitentür, die vom Haus zu einem überdachten Durchgang führte, der die Villa mit der außerhalb gelegenen Küche verband. »Ich . . . ich habe geklingelt. Aber ich nehme an, ihr wart gerade alle draußen.«

Er sah sie verwirrt an. »Die Glocke ist auf der hinteren

Veranda, eigentlich hätte sie jemand hören müssen. Na ja – soll ich Euch das jetzt nach oben bringen und vielleicht etwas frischen Kaffee dazu?«

»Nein! Nein, du . . . du könntest Franklin aufwecken. Keine Sorge, ich werde ihn einfach selbst mitnehmen.«

Er antwortete erst einen kleinen Augenblick später, einen Augenblick, in dem sein Blick auf der Seite ihres Gesichts ruhte, die von einem Schlag einen blauen Fleck trug. In diesem Blick lag ein kleines Flackern, das möglicherweise Verständnis, wenn nicht sogar Mitgefühl ausdrückte. Er senkte die Wimpern. »Wie Ihr wünscht, Miss Lorna.«

Ob die Bediensteten wohl etwas von ihrem Kampf mit Franklin mitbekommen hatten? Aber eigentlich war es egal, solange sie den Ausgang nicht errieten. Und wie sollten sie auch? Nur weil sie das Gefühl hatte, als trage sie das Brandzeichen der Mörderin in feurigen Lettern auf der Stirn, bedeutete das noch lange nicht, daß auch alle anderen es sehen konnten.

»Gute Nacht«, sagte sie, nickte ihm kurz zu und ging hinaus.

»Gute Nacht«, erwiderte er.

Trotzdem blieb er stehen und sah ihr nach, also mußte sie sich im Flur der Treppe zuwenden und sie sogar ein paar Stufen hinauflaufen. Sobald sie hörte, wie seine Schritte verklangen, schlich sie auf Zehenspitzen wieder herunter. Unten angekommen, eilte sie der Rückseite des Hauses zu und durch die hohen Fenstertüren, die offenstanden, um die Nachtluft hereinzulassen.

Ihre Erleichterung, als sie draußen vor dem Haus und sicher im Schutz der samtschwarzen Nacht angekommen war, war so groß, daß sie stehenblieb und ein paar tiefe Atemzüge machte; erst als der Atem erfrischend in ihre Lungen strömte, merkte sie, daß sie seit einiger Zeit die Luft angehalten hatte. Sie roch den schweren, feuchten Duft der

Rosen und das schärfere Aroma des Geißblatts. Es war eine kühle Frühlingsnacht, die nach dem Regen mild und von üppigem Wachstum erfüllt zu sein schien – eigentlich zu mild, als daß unter ihrer wohlwollenden Dunkelheit irgendwelche grausamen Dinge hätten geschehen dürfen. Es waren keine Sterne und kein Mond zu sehen, denn der Himmel schien immer noch bedeckt. Dafür war sie sehr dankbar.

Ein kleiner Schauder überlief sie, wie es in der vergangenen halben Stunde immer wieder geschehen war, aber jetzt bemühte sie sich angestrengt, sich zu beherrschen. Sie richtete sich ganz gerade auf, hielt mit einer Hand ihren Rocksaum über das taufeuchte Gras und die Regenwasserpfützen und in der anderen Hand mit festem Griff den Kuchen, dann machte sie sich auf den Weg, der zu den Ställen, der Küferei und dem Gefängnis der Plantage führte.

Die beiden Wachen hockten in der Nähe der Tür des kleinen Gebäudes, gegen den Stamm einer Eiche gelehnt, deren Zweige schwere Schatten warfen. Als sie herbeieilte, standen die Männer auf, einer griff sich seine Muskete, der andere einen kräftigen Prügel aus Hickoryholz. An einem am Baum befestigten Metallkreuz hing eine Laterne. Ihr Licht gab den Blick frei auf einen Aufseher und einen der Feldarbeiter, deren Gesichter leer wirkten, als sie versuchten, ihre Überraschung angesichts Lornas Erscheinen hier zu dieser späten Stunde zu verbergen.

Sie war bisher keinem von beiden begegnet, aber ihre tiefen Verbeugungen bei der Begrüßung bewiesen, daß sie wußten, wen sie vor sich hatten. Der Aufseher hielt sein Gewehr locker, da er in ihrer Gegenwart keine Bedrohung sah. Sein Blick, mit dem er sie in dem flackernden Licht betrachtete, zeigte einen Anflug von Frechheit, der sie daran erinnerte, was Franklin von den Gerüchten bei den Sklaven erzählt hatte. Der Aufseher, der in engem Kontakt mit den Sklaven lebte, mußte davon gehört haben. Er war ein dünner

Mann mit eng zusammenstehenden Augen; Männer wie ihn hatte sie seit ihrer Kindheit immer wieder gesehen und sie so zu akzeptieren gelernt, wie sie waren: Männer, denen es lieber war, sich von jemand anderem bezahlen zu lassen, als mühsam ihr eigenes Land zu bestellen. Warum dieser hier nicht in der Armee war, wußte sie nicht. Die meisten waren fort, waren losmarschiert, als ob sie nur zur Jagd gehen würden.

»Ich habe erfahren«, sagte sie so ruhig, wie sie es nur schaffte, »daß der Mann im Gefängnis bisher kein Essen und kein Wasser bekommen hat. Ich habe ihm etwas zu essen gebracht.«

Die beiden sahen einander an, dann wieder zu ihr. Der Aufseher fragte: »Hat Mr. Bacon das erlaubt?«

»Wäre ich denn sonst hier?« Sie trat einen Schritt vor, ließ ihre Röcke fallen und zog den Schlüssel aus ihrer Tasche.

Sie konnten zur Seite gehen oder ihr den Weg verstellen, sie hatten die Wahl. Der Aufseher machte einen schnellen Schritt in ihre Richtung und griff nach ihrer Hand, als sie versuchte, den Schlüssel in das Schloß zu stecken. Sie schrak zurück, aber der Aufseher nahm nur den Schlüssel, steckte ihn in das Schloß und sagte: »Wenn Ihr erlaubt.«

Als sich die Tür öffnete, zögerte sie und trat dann ein. Es war dunkel in der kleinen Zelle. Der Schein des Laternenlichts, der durch die Öffnung hereinfiel, warf ihren langen Schatten auf den gestampften Erdboden, reichte aber nicht bis in die dunklen Winkel. Er beleuchtete undeutlich die Umrisse einer hölzernen Pritsche ohne Laken oder Matratze und das Viereck eines vergitterten Fensters. Das war alles.

»M'sieur Cazenave?«

Sie hörte ein leises Geräusch, das Rascheln von Kleidung ganz dicht neben ihr.

Er sprach in ihr linkes Ohr und war dabei so nah, daß sie den warmen Hauch seines Atems spürte. »Ist diese Anrede nicht ein wenig förmlich, wenn man bedenkt, wie gut wir uns kennen?«

Sie beherrschte sich gerade noch, um nicht erschreckt aufzufahren angesichts der Tatsache, daß die Umrisse der beiden Wächter sich ihrem Schatten auf dem Boden zugesellten, wobei die Muskete des Aufsehers deutlich zu erkennen war. »Ich habe Euch etwas zu essen gebracht.«

»Ja, wirklich? So früh spielt Ihr schon die Dame des Hauses?«

Getroffen von dem Sarkasmus, der aus seinen Worten tönte, und verwirrt von der Anspannung des bisherigen Abends sowie einem Widerwillen dagegen, daß er vielleicht glauben würde, ihre Handlung entspringe einem persönlichen Gefühl, fuhr sie ihn an: »Ich glaube, Eure Lage ist zu bedenklich, als daß Ihr Euch darüber Sorgen machen solltet!«

»Also, ich muß sagen«, meinte er, als sei ihm der Gedanke bisher noch nicht gekommen, »da habt Ihr wahrhaftig recht.«

Sie trat etwas weiter in die Enge der Zelle hinein. Ihre Stimme war kaum mehr als ein Hauch, als sie sagte: »Also wirst du auch die Wortklaubereien lassen, wo ich doch gekommen bin, um dich zu befreien?«

Es war völlig still, bis der Aufseher einen schlurfenden Schritt über die Schwelle machte. »Mrs. Bacon?«

Ramon sprang mit der konzentrierten Kraft eines Panthers, griff sich den Lauf der Muskete und zerrte den Aufseher in die Zelle. Gleichzeitig holte er mit geballter Faust und eiserner Muskelkraft aus und traf den Mann hinter dem Ohr. Lorna trat hastig zur Seite, als der Mann der Länge nach umfiel und seine Muskete rasselnd auf dem Boden landete. Der zweite Wächter stieß einen Schrei aus und kam mit erhobenem Prügel hereingestürmt. Ramon wirbelte herum, um sich ihm entgegenzustellen, packte den Hickorystock mit beiden Händen, entriß ihn dem Mann und holte mit einem kräftigen Schlag gegen ihn aus. Das untere Ende traf ihn, und er flog schwankend gegen die Wand. Dann fiel er schlaff um und blieb bewegungslos liegen.

Hinter Ramon sah Lorna den Aufseher den Kopf schütteln und nach seiner Muskete greifen, während er sich auf die Knie aufrichtete. Es war keine Zeit mehr, eine Warnung zu rufen. Als er die Waffe über seine Schulter hob, warf sie mit einem kräftigen Stoß den silbernen Kuchenständer nach dem Mann. Er traf seitlich sein Gesicht und verschmierte es mit Beerensaft, der ihm in die Augen rann, als er abdrückte.

Orangefarbenes Feuer schoß zur Decke hinauf. Das Krachen des Schusses klang wie eine Explosion in dem kleinen Raum und erfüllte ihn mit dem blaugrauen und beißenden Rauch brennenden Schießpulvers. Die Kugel traf mit einem Schlag auf das Holz der Decke und wirbelte kleine Splitter wie scharfe Pfeile durch die Luft.

Fluchend und schwankend kam der Aufseher auf die Beine und wischte mit dem Ärmel über sein Gesicht, um den Saft zu beseitigen. Ramon wandte sich zu ihm um und entwand ihm die nutzlos gewordene Waffe. Er schwang sie in einem Halbkreis durch die Luft, so daß sie den Mann an der Kinnlade traf und ihn taumelnd zu Boden schickte.

Ramon wartete nicht ab, um festzustellen, ob er liegenbleiben würde. Er packte Lornas Handgelenk mit stählernem Griff und stürzte dann zur Tür, wobei er sie mit sich riß. Draußen blieb er genausolange stehen, bis er die Laterne gelöscht hatte. In diesem kurzen Moment hörten sie die Rufe von Männern, die der Schuß alarmiert hatte; Hunde bellten, und Frauen schrien wild durcheinander. Dann rannten sie los, stürzten sich Hals über Kopf in die Dunkelheit.

Wohin sie liefen, wußte Lorna nicht. Sie hatte keine Zeit, sich umzusehen oder nachzudenken. Sie konzentrierte sich ganz darauf, daß ihr Rock sie nicht zum Stolpern brachte und daß sie Ramons Tempo hielt. Der Boden war aufgeweicht, und Wasser spritzte dort hoch, wo sie entlangrannten, aber er war auch weitgehend eben und glatt. Sie nahm an, sie liefen am Rand des Rasens entlang, so daß sie in gebührendem Abstand vom Haus blieben. Aber sicher war sie sich nicht.

Der Saum ihres Kleides wurde naß und schwang schwer um ihre Füße. Sie hatte das Gefühl, blind in die Gefahr hineinzurennen, gezogen von einer Kraft, der sie nicht widerstehen konnte, nicht in der Lage, ihre Bewegungen richtig zu beherrschen, weil der Griff um ihr Handgelenk sie ebenso daran hinderte, ihr Gleichgewicht zu halten, wie er ihre fliegenden Schritte noch beschleunigte. Sie versuchte, ebensolange Schritte zu machen wie er, aber das war ihr nur ganz kurze Zeit möglich. Ihr Atem klang keuchend. Das Blut dröhnte in ihrem Kopf. Sie bemühte sich sehr, vor sich und auf der rechten Seite etwas zu sehen, konnte aber nichts erkennen und war sich auch nur undeutlich des großen Hauses rechts hinter ihnen bewußt, während sie weiterrannten.

»Warte«, sagte sie ächzend und zog ihre Hand zurück. »Ich kann nicht mehr.«

»Wir können nicht warten.« Er ließ sie nicht los und verlangsamte auch seinen Lauf nicht.

»Lauf allein weiter.«

»Dann würde ich dich ja Franklin überlassen. Willst du das etwa?«

»Nein. Nein, er ist tot«, sagte sie und schnappte nach Luft. »Ich . . . ich habe ihn getötet.«

»*Mon Dieu*«, schnaufte er, »dann kann ich dich auf keinen Fall zurücklassen, koste es, was es wolle.«

Die schreckliche Sicherheit in seinen Worten ließ sie vor Grauen erschaudern; ein Grauen, das sie bisher noch nicht empfunden hatte. Sie verdoppelte ihre Bemühungen. Durch das Klopfen in ihren Ohren und das Stampfen ihrer Schritte hörte sie die Rufe, als Ramons Flucht entdeckt wurde, danach die ersten Schreie organisierter Verfolgung.

»Sie . . . sie werden Pferde nehmen«, sagte sie, »und Hunde.«

»Das ist egal.«

Sie war froh, daß wenigstens *er* das dachte, sagte sie sich in aufblitzendem Zorn. Sie glaubte nämlich, daß es in wenigen Minuten überhaupt nicht mehr egal sein würde.

Plötzlich bremste er heftig und starrte in die Richtung zurück, aus der sie gekommen waren. Sie folgte seinem Blick und sah das große Haus, das Licht der Laterne, die vor dem Eingang hing, und die Lichter aus den Zimmern. Die Veranda war jetzt leer. Es wurde jedoch jede Tür und jedes Fenster des Hauses geschlossen, so als fürchteten die Gäste, die sich im Innern versammelt hatten, der geflohene Mann würde möglicherweise versuchen einzubrechen.

Auf der Einfahrt vor dem Haus stand eine Kutsche, scheinbar auf jemanden wartend, der sich entschlossen hatte, so spät noch nach Hause zu fahren. Die Pferde waren unruhig, verwirrt von dem Lärm um sie herum, warfen die Köpfe hoch und zerrten an ihrem Geschirr. Eine gedrungene Frau stieg mit der Hilfe eines Mannes, der vermutlich ihr Gatte war, ein, während der Kutscher vorne versuchte, das Gespann ruhig zu halten. Noch bevor die Frau richtig in ihrem Sitz saß, sprang ihr Mann hinter ihr in die Kutsche und gab schreiend den Befehl abzufahren. Der Kutscher ließ die Zügel locker, und die Pferde stürmten die Einfahrt hinunter. Die beiden Laternen an den Seiten der Kutsche verbreiteten immer wieder blitzend etwas Licht.

Ramon drehte Lorna um wie ein Kind, das ein anderes bei einem Spiel dreht. Sie brauchte keine weitere Aufforderung, um sich in den Schutz einer überhängenden Reihe von Rosenbüschen zu stürzen. Dort ließ sie sich auf die Knie herunter, konnte kaum noch atmen durch den intensiven Blumenduft, spürte ihre Dornen und den feuchten Boden an den Knien, als sie sich unter die überhängenden Zweige duckte.

104

Die Kutsche kam immer näher. Sie erwartete beinahe, Ramon werde sie anhalten, um sie zu ihrer Flucht einzusetzen, aber er ließ sie passieren. Geschmeidig und ohne sich um die Dornen zu kümmern, stand er sofort auf und hielt die hängenden Rosen zur Seite, bis Lorna stolpernd wieder auf die Beine kam. Dann nahm er noch einmal ihre Hand, und sie flüchteten weiter.

Es hatte eine Zeit gegeben – als sie noch ein Kind gewesen war –, wo sie lange Strecken hatte rennen können, ohne stehenzubleiben, wo sie sich einer scheinbar unermüdlichen Ausdauer erfreut hatte. Wann hatte das aufgehört? Wann war sie so steif und ans Haus gefesselt geworden, daß sie diese Fähigkeit verloren hatte, die Fähigkeit zum Durchhalten? Sie würde nicht mehr viel weiter laufen können. Jeder Atemzug fühlte sich in ihrer Brust an wie ein Messerstich. Da sie hörte, daß in der Ferne die Hunde auf ihre Spur angesetzt wurden, hielt sie es für möglich, daß sie nicht mehr sehr lange würde rennen müssen. Die Hunde würden nicht viel Zeit brauchen, um sie einzuholen, es würde sehr schnell gehen.

Sie waren über die offene Straße gelaufen und steuerten direkt auf den Fluß zu. Die erste sanfte Steigung des Deiches lag schon unter ihren Füßen, dann wurde sie schnell steiler. Ramon drängte weiter, zog sie hinter sich her, als sie aufzugeben drohte, zwang sie den Hang hinauf.

»Jetzt ist es nicht mehr weit«, sagte er mit leiser Stimme, die von seinem heftigen Atem unterbrochen war.

Sie wußte es. Es wurde ihr plötzlich klar, so deutlich, daß sie sich wunderte, es nicht von Anfang an verstanden zu haben. Der Kahn. Der Kahn am Landungssteg. Der Kahn auf der Strömung des Mississippi, der beinahe Hochwasserstand erreicht hatte.

Sie blieb stehen und sagte schwer atmend: »Können wir das schaffen?«

»Wir müssen.«

Und sie mußten wirklich. Es gab keine andere Möglichkeit. Zu Fuß hatten sie keine Chance, berittenen Verfolgern zu entkommen. Sie konnten sich vielleicht in den Sümpfen jenseits der Äcker verstecken, aber es war unwahrscheinlich, daß sie den Hunden lange würden entkommen können. Und selbst wenn ihnen das gelang, mußten sie erst zahlreiche Meilen zurücklegen, bevor sie die Hoffnung hegen konnten, Unterstützung oder ein Transportmittel zu finden; viele Meilen unwirtlicher Umgebung, die wimmelte von Schlangen und Alligatoren und Mücken, mit Panthern und Wildkatzen und ab und an einem Bären. Selbst wenn sie wieder bis in die Zivilisation gelangen könnten, würden sie doch Flüchtlinge bleiben, auf deren Köpfe womöglich auch noch ein Preis ausgesetzt würde. Dafür könnte Nate bestimmt sorgen, darüber brauchten sie sich keine Illusionen zu machen.

Ein Schrei gellte durch die Dunkelheit. Lorna wandte den Kopf um und sah das verschwommene Leuchten von näher kommenden Fackeln wie gelbe Augen in der Schwärze der Nacht. Das Bellen der Hunde wurde lauter. Sie konnte ihre dunklen Schatten aus der Richtung des Gefängnisses laufen sehen. Hinter ihnen kamen die Männer auf den Pferden, die beim Reiten Fackeln trugen. Sie hörte die scharfen Rufe der jüngeren Männer und die rauhen Stimmen der älteren.

Sie glaubte, Nate Bacon in vorderster Front ausmachen zu können, wie er die anderen anspornte. Was hatte er ihnen gesagt? Was glaubten sie, wen sie jagten, diese mit Speisen vollgestopften Hochzeitsgäste, die nicht gerade gehen konnten vor lauter Weinseligkeit – Speisen und Wein, die durch die Blockade geschmuggelt worden waren. Einen entlaufenen Sklaven? Wußten sie, daß sie einer Mörderin auf der Spur waren? Wenn Franklin gefunden worden war, wäre es ein leichtes, Ramon als Mitschuldigen zu bezeichnen; daß er schon vorher gefangen gewesen war, würde keine Bedeutung mehr haben. Und wenn nicht, würde Nate sicher einen Grund finden, um sofort seine Rache zu üben, wenn er sie gefaßt hatte.

Ihre Verzweiflung mußte sich Ramon mitgeteilt haben, denn er zog sie herum und schüttelte sie kurz. Mit harter Stimme sagte er: »Schau nicht zurück. Jetzt nicht. Niemals.«

In seinem Griff lag viel Kraft und in seiner hohen Gestalt Sicherheit, jetzt, wo er im Dunkeln so nah bei ihr war. Als Reaktion darauf spürte sie, wie ihr eigenes Selbstvertrauen zurückkehrte, wie die Angst, die sie gepackt hatte, sich wieder etwas löste. Ihre Stimme hatte wieder ihre normale Festigkeit bekommen, als sie ihm antwortete. »Ja.«

»Dann komm.«

Ihre Schritte hallten laut von den Brettern der Landungsbrücke wider. Die Sprossen einer Leiter führten hinab zu der Stelle, wo der Kahn im Wasser lag; ein schwarzgrauer Schatten, der in der Flußströmung schaukelte und mit einem hohlen, rhythmischen Dröhnen gegen die Stützpfähle der Landungsbrücke prallte. Ramon sprang zuerst hinein, drehte sich dann um, hielt sich an der Landungsbrücke fest, so daß das Boot nicht so schaukelte, und reichte ihr seine andere Hand hinauf, um ihr beim Herabsteigen zu helfen.

An dieser Stelle war die Strömung sehr stark und der Wasserstand nah an der Hochwassermarke. Aber sie hatten keine Zeit, um sich darüber Sorgen zu machen. Sie hörten schon das Geräusch von schnellen Hufen hinter sich und das Bellen der Hunde auf ihrer noch frischen Spur. Lorna legte ihre Hand in die von Ramon Cazenave und kletterte in das Boot hinunter.

Sofort löste er das Seil, das den Kahn gehalten hatte, und stieß ihn mit einem langen Ruder von den Stützpfählen ab, wobei er das Boot mit großer Kraft in die Strömung hinausschob. Lorna setzte sich hastig auf eine Ruderbank und klammerte sich am Dollbord fest, dann wandte sie den Kopf, um zurückzusehen. Sie entdeckte ihre Verfolger gerade noch in dem Augenblick, bevor sie durch die Höhe und Breite des Deiches verborgen wurden. Ramon ließ sich auf ein Knie herunter und begann das Ruder wie ein Paddel zu gebrauchen, wobei er den Kahn von der Landungsbrücke fortlenkte und versuchte, ihn bis in die Hauptströmung hinauszusteuern, um mehr Abstand zwischen den Kahn und das Ufer zu bringen. Der Fluß schlürfte und gurgelte um sie herum, und während Lorna sich mit schmerzender Brust bemühte, zu Atem zu kommen, nahm sie tief die angenehm feuchte Luft in sich auf und den dumpfen Geruch nach Fisch und Schlamm, den der Mississippi trug, der sie nun rauschend, wirbelnd von Beau Repose fortbringen würde.

»Da sind sie! Ich sehe sie! In dem Boot!«

Der Ruf klang mit scharfer Deutlichkeit über das Wasser. Er wurde von dem Krachen eines Schusses gefolgt.

»Runter!« rief Ramon, und trotz seines leisen Tons war es ein eindeutiger Befehl gewesen.

Direkt nach seinen Worten erklang ein scharfes Zischen, dann ein Aufklatschen im Wasser hinter dem Boot. Lorna ließ sich auf die Knie nieder und duckte sich am Boden des Kahns. Noch ein Gewehrschuß krachte. Sie sah auf und beobachtete, wie Ramon sich kurz bückte, als die Kugel mit einem Zischen am Bug vorbeiflog, aber er ging nicht in Deckung, und die stetige Bewegung seines Paddels ließ nicht nach.

»Duck dich doch!« sagte sie in einem plötzlichen Anflug von Sorge um ihn. Sie glaubte zu sehen, wie er sie kurz anlächelte, aber er antwortete nicht und verließ auch seinen Platz nicht.

Auf dem breiten Kamm des Deiches sah man das Leuchten der Fackeln, als die Männer sich versammelten. Ihre Flüche und Rufe wurden immer dünner, als der Abstand zum Boot sich vergrößerte. Das Krachen einer Gewehrsalve schien nicht mehr bedrohlich, obwohl in ihrer Umgebung dadurch das Wasser aufspritzte. Als sie erst etwas weiter vom Ufer entfernt waren, schob sie auch der Wind voran, unterstützte Ramons kräftige Paddelstöße und den Sog der Strömung. Sie hatten keine Zeit, das Segel zu setzen, und der böige Wind auf dem Wasser ließ es auch nicht angebracht erscheinen.

Der Lärm des Flusses um sie her wurde lauter, umgab sie, hüllte sie ein in einem eigenartig drängenden Eindruck von Intimität. Eine einzelne Gewehrkugel traf die Seite des Kahns, aber sie hatte nur noch so wenig Kraft, daß sie kaum mehr bewirkte als eine Delle im Holz. Trotzdem folgten Nate und seine Gefährten ihnen feuernd, wild rufend im Galopp noch meilenweit flußabwärts über den Deich. An der Landungsbrücke der benachbarten Pflanzung fanden sie noch ein Boot. Aber es sah so aus, als ob zu viele aus der Gruppe versuchten, sich hineinzuzwängen, denn plötzlich verschwand das kleine Fahrzeug in einem Wirbel von Schreien und Flüchen im Fluß, so daß die Männer um Hilfe rufend im Wasser zurückblieben.

Der Kahn mit Ramon und Lorna trieb schnell weiter. Die Nacht schloß sich kühl und feucht und still um sie. Sie waren auf dem Fluß allein. Die Zeit hatte bald keine Bedeutung mehr für sie. Lorna saß verkrampft auf einer Ruderbank und wagte kaum, sich zu bewegen, weil sie Angst hatte, wenn sie ihr Gewicht verlagerte, würde das Boot in dem wirbelnden, strudelnden Wasser kentern. Ramon arbeitete scheinbar unermüdlich mit dem Paddel, hielt Schritt mit der Strömung, wehrte im Wasser treibende Stämme und Kisten und Fässer ab, die das Hochwasser mit sich gerissen hatte. Ein ganzer Baum, in dessen über dem Wasser treibenden Zweigen der Wind rauschte, trieb eine Weile neben ihnen, bis er auf einer Sandbank strandete. Ein andermal versuchte ein Opossum an Bord zu klettern. Lorna empfand kurz Bedauern, als es ihm mißlang und es hinter ihnen im Wasser verschwand.

Der Wind wurde stärker, trieb die Wasseroberfläche zu Wellen auf, die an ihr Boot klatschten und einen kleinen sprühenden Nebel hinter sich ließen. Der Popelin ihres Kleides wurde feucht und schwer und klebte an ihrer Haut. Sie beklagte sich nicht. Ramon in seiner Ruderhaltung mußte noch nasser sein als sie. In seiner Entschlossenheit wirkte er beinahe, als habe er ein bestimmtes Ziel, das er ansteuere. Das konnte natürlich nicht sein, und doch empfand sie diesen Eindruck als tröstlich. Sie hätte ihn gern einmal abgelöst und für ihn gepaddelt, aber sie war nicht sicher, ob ihre Kraft der Anforderung gewachsen sein würde, sie auf Kurs und in ausreichendem Abstand von dem Treibgut in dem wirbelnden Wasser um sie her zu halten.

Das erste Anzeichen für die Rückkehr des Regens waren Blitze. Das blauweiße Feuer flackerte immer wieder hinter ihnen auf. Dann folgte der Donner, ein fernes Rollen. Wieder zog ein Blitz eine Silberspur direkt über den Baumwipfeln. In dem kurzen hellen Schein sah sie das feingemeißelte Profil von Ramons Gesicht, als er sich umdrehte, um den Himmel zu betrachten und zu horchen. Das Licht glitzerte in seinen dunklen Augen, zeigte ihr aber nur einen Ausdruck von fester Entschlossenheit ohne eine Spur von Unruhe. In einem Winkel ihres Gehirns stellte sie fest, daß sie zwar kalt und naß war und abgeschnitten von allem, was sie kannte, daß sie aber dennoch keine Angst hatte.

Das Gewitter holte sie ein. Donner krachten, Windböen, die nach Regen schmeckten, bliesen sie an, und ständig flackerten Blitze über ihren Köpfen. Im kalten weißen Licht des Gewitters lenkte Ramon den Kahn in die sanftere Strömung an der Westseite des Flusses. Als sie um eine Biegung kamen, entdeckten sie ein Dickicht von halbversunkenen Weiden, die am Ufer wuchsen. Er steuerte darauf zu, streckte die Hand aus, als sie sich den Bäumen näherten, und packte einen der schmalen Stämme. Der Kahn schwang herum wie angebunden. Als er sich bemühte, das Boot gegen den Sog des Flusses zu halten, nahm Lorna das Seil vom Boden des Kahns auf, das in einem wirren Haufen am Fuß des Mastes lag. Sie rutschte etwas vor und reckte sich, um ihm das Ende in die Hand zu legen. Er warf ihr einen Blick voll Überraschung und Dankbarkeit zu, fast als hätte er vergessen, daß sie da war, dann drehte er sich um und befestigte die Leine.

»Es wird wohl das beste sein, wenn wir uns etwas in Sicherheit bringen, bis dies hier vorüber ist«, sagte er und nickte zu dem wilden Gebrodel am Himmel hinauf. »Wenn es so regnet, wie ich glaube, daß es regnen wird, werden wir noch weniger erkennen können, wo zum Teufel wir hinfahren, als wir es jetzt schon tun.«

Sie nickte. »Du solltest auch aufhören, bevor du erschöpft bist.«

»Ich bin nicht müde«, sagte er mit einem schnellen Lächeln, »aber daß der Kuchen weg ist, tut mir schon leid.«

Im hellen Aufflackern eines Blitzes begegneten sich ihre Blicke, und sie lächelte ein wenig zum Ausdruck ihres Vergnügens über seine Worte. Daß sie etwas Derartiges noch empfinden konnte nach alldem, was geschehen war, verwunderte sie, entsetzte sie sogar etwas.

Er streckte die Hand aus und ließ seine Finger zärtlich über ihre geschwollene Wange gleiten. »Quäle dich nicht, es gibt genügend Leute, die das für dich tun werden. Du lebst, und das ist jetzt das Wichtigste. Komm, wir bringen uns in Sicherheit.«

Was für eine Sicherheit meinte er? Sie konnte nichts sehen. Aber Ramon fand etwas. Er wickelte das dichte Segel von dem kurzen Mast ab und zerrte es herunter, dann breitete er es über den Boden des Bootes aus. Er hielt es im Kampf gegen den Wind fest und drückte sie darauf. Dann legte er sich auch hin, der Länge nach neben sie, zog das Segel über ihre Körper und stopfte es an der Seite fest, ließ dabei aber etwas Luftraum über ihnen, so daß das steife Segeltuch sie nicht berührte. Die ersten Regentropfen klatschten herunter, während er noch dabei war, ihren Wetterschutz abzudichten. Sie trafen das Segeltuch mit dumpfen Schlägen, erst einzeln, dann immer zahlreicher, bis das Geräusch zu einem gleichmäßigen Prasseln geworden war. Das Boot schwang zur Seite, glitt noch tiefer unter die überhängenden Weidenzweige. Es schaukelte und schwankte, so daß Lorna von einer Seite zur anderen geworfen wurde. Eine ganze Weile lag Ramon aufmerksam da und horchte. Dann legte er sich mit einem Seufzer eng an ihrer Seite zurecht.

Es gab nicht viel Platz in dem kleinen Schutzraum an der Seite des Mastes. Seinen Arm konnte er nirgendwo hinlegen außer über seinen Kopf. Sie hatte das Gefühl, er zuckte leicht zusammen, als sie gegen seine Rippen gedrückt wurde.

»Du . . . du bist verletzt«, sagte sie, und ihr Mund lag dabei ganz nah an seinem Ohr. »Ist es die Rippe, an der du gestern getroffen worden bist?«

Sein Grunzer hätte eine Zustimmung sein können. »Sie ist nur etwas angeknackst, nichts Ernstes.«

»Aber das viele Paddeln heute abend hat sicher nicht dazu beigetragen, daß es besser wird.«

»Ich kann ganz gut damit leben.«

Der Ton seiner Stimme ließ weitere Fragen nicht sinnvoll erscheinen. Er lag auf der Seite und hatte nicht genug Platz, um sich ganz auszustrecken. Sie versuchte auszuweichen, um ihm etwas mehr Raum zu lassen. Da streckte er eine Hand nach ihr aus und zog sie eng zu sich heran, legte einen Arm unter ihren Kopf. Ihr Gesicht war ihm zugewandt, und zuerst lag sie etwas steif, dann entspannte sie sich ganz langsam.

Durch die heftigen Bewegungen, die er die ganze Zeit beim Paddeln hatte ausführen müssen, war er warm – sehr warm. Die Hitze seines Körpers schien zu ihr herüberzusikkern. Sie empfing sie mit reinem körperlichem Genuß. Sie spürte das starke Pochen seines Herzens in den Adern seines Arms, der unter ihrer Wange lag. Seine Brust hob und senkte sich mit dem gleichmäßigen Rhythmus seiner Atmung. Sie lag an die ganze muskulöse Länge seines Körpers geschmiegt. Durch die Schaukelbewegung des Bootes wurden sie noch enger aneinandergedrückt, und die sehnigen Muskeln seines Arms, der um ihre schmale Taille lag, spannten sich an, um sie festzuhalten.

Er legte seine Hand flach über ihren Rücken, ließ sie sanft über ihre Schulterblätter gleiten. Seine Stimme klang amüsiert, als er sagte: »Mir scheint, jedesmal wenn ich dich anfasse, bist du naß.«

»Ja, sieht ganz so aus«, stimmte sie ihm mit nicht ganz fester Stimme zu.

»Das ist ein netter Zug an dir.«

Sie rückte etwas von ihm ab und versuchte, sein Gesicht in der Dunkelheit ihrer Segeltuchbehausung zu erkennen. Es war unmöglich. »Warum?«

»Weil es mir einen so guten Vorwand liefert, dich auszuziehen«, murmelte er, und sein warmer Atem streichelte ihre Lippen.

Einen Augenblick lang stand jenes erste Mal, auf das er anspielte, lebhaft vor ihren Augen, aber auch die Anschuldigung, die darauf gefolgt war. Der Gedanke wurde jedoch ertränkt, fortgespült von dem wilden Strom des Blutes in ihren Adern, von ihrem Wunsch, festgehalten zu werden, die Ereignisse des heutigen Abends zu verdrängen. Das Bedürfnis war so stark, daß es sie beinahe schmerzte.

»Du bist auch naß«, flüsterte sie.

»Stimmt. Wenn ich dich von deinen nassen Sachen befreie und mich um deine Bequemlichkeit bemühe, willst du dann meine Zofe sein?«

5. KAPITEL

Ihre Antwort blieb unausgesprochen, eine Geste mit zitternden Fingern. Sie strich mit der einen Hand, die zwischen ihren
Körpern eingeklemmt war, über seine Brust und ließ sie in
sein offenes Hemd hineinschlüpfen, das nur noch in der Nähe
des Gürtels zwei Knöpfe hatte. Mit unsicherer Behutsamkeit
öffnete Lorna sie. Sie hörte, wie er tief einatmete, und dann
spürte sie seine Lippen ganz zart ihre Augenbraue berühren.
Sein Mund zog eine feurige Spur über ihre Schläfe abwärts.
Er berührte zärtlich ihr Ohr und hielt kurz inne, um vorsichtig
an ihrem Ohrläppchen zu knabbern, dann wanderte er weiter
hinab und erforschte die zarte Haut an der Biegung ihres
Halses. Jetzt rückte sie etwas von ihm ab, so daß sie den
Verschluß seiner Hose erreichen konnte. Seine Hand glitt
über ihre Rippen und umfaßte den festen Hügel eines Busens,
dann wanderte sie zwischen ihre Brüste, die den Stoff spannten, der sie bedeckte. Sie spürte, wie das feste Material nach-
gab, als er die vielen Knöpfe von oben nach unten öffnete. Als
er sie schließlich aus ihrer Kostümjacke und dem Unterhemd
geschält hatte, bebte sie vor Freude und in Erwartung des
Gefühls, wenn er zum erstenmal warm die Haut ihrer ent-
blößten Brust berühren würde.

Dann geschah es, und als sie langsam und mit leicht geöffneten Lippen einatmete, nahm er ihren Mund mit dem seinen in Besitz. Dieses Eindringen war eine süße und willkom-
mene Empfindung, und wirbelnde Erregung stieg auf in ihre
Gedanken. Mit seiner Zungenspitze koste er die feuchte,
empfindliche Innenseite ihrer Lippen; seine Bewegungen
waren bedächtig und ohne Hast. Er erforschte die herrlichen
Tiefen ihrer Zustimmung, lockte eine Reaktion aus ihr hervor mit dem sinnlichen, beweglichen Spiel seiner Zunge in
ihrer beider gemeinsamem Atem.

114

Als sich ihre Lust erhob, erinnerte sie sich wieder an die Knöpfe seines Hemdes. Sie waren störrisch und gaben ihren unerfahrenen Fingern nur ungern nach. Sie zog sein Hemd aus der Hose, als sie das Band in der Taille gelöst hatte, und streckte die Arme hoch, als sie es ihm über den Kopf zog, wobei sie die Hand über die harten, gespannten Muskeln seiner Schultern und seiner Arme hinaufgleiten ließ. Er wand sich aus dem einen Ärmel, dann aus dem anderen und befreite so seine Hände, dann half er ihr ebenfalls mit ihren Ärmeln, so daß sie oberhalb der Taille nackt war. Ihre Lippen begegneten sich noch einmal und preßten sich aufeinander. Sie ließ ihre Hände wieder zurück zu den letzten Knöpfen an seinem Hosenbund wandern, während er mit einer Hand versuchte, ihren Rock in der Taille zu öffnen.

Ein weicher Laut zwischen Lachen und Verwünschung kam aus seiner Kehle. Er zog sich etwas zurück und entledigte sich kurzerhand seiner übrigen Kleidung und der Stiefel. Lorna tat es ihm gleich, indem sie das Band in der Taille ihres weiten Rocks löste, ihn sich über die Hüften herunterzog, sich aus seinen schweren Falten und den langen Unterhosen darunter wand und schließlich ihre Reitstiefel abschüttelte.

Ihre Haut schien zu brennen, mit ihm zu verschmelzen, als sie einander wieder berührten. Freude strömte durch Lornas Adern, verbunden mit einem zarten, beinahe leichtsinnigen Entzücken. Das Trommeln des Regens über ihnen verband sich in ihren Ohren mit dem Pochen ihrer Herzen. Sie wollte ein Teil dieses Mannes sein, ihn zu einem Teil von sich machen. Die Tiefe ihres Verlangens war, gemessen an der kurzen Zeit, die sie ihn erst kannte, beschämend; Lorna war froh, von Dunkelheit umgeben zu sein – sie verbarg ihre Gesichter, und so blieben sie in ihrem wilden Begehren anonym.

Sein Knie glitt zwischen ihre Schenkel. Seine Hand wanderte sacht über die schlanke Wölbung ihrer Hüfte und an

ihrem Bein entlang, folgte den weichen Kurven, als wolle er
sie seinem Gedächtnis einprägen. Dann zog er ihr schmales
Bein höher an seiner Hüfte empor und versuchte, Lorna
dichter an sich zu schmiegen. Seine Fingerspitzen bewegten
sich dann aufwärts, verweilten auf ihrem samtenen Bauch
und wanderten wieder hinunter, um über die seidige Innen-
fläche ihrer Schenkel zu streichen, dann fanden sie die zarte,
feuchte und verborgene Tiefe ihres Schoßes. Das zärtliche
Streicheln, mit dem er sie dort berührte, spürte sie in jeder
Faser ihres Körpers. Es war eine herrliche Empfindung, an
der Grenze zum Schmerz, und sie lag still und atmete kaum,
ihre Hände öffneten und schlossen sich um die festen Muskeln seiner Schultern. Er beugte den Kopf, und sie spürte das
heiße Saugen seines Mundes, als er die Spitze einer ihrer
Brüste umfing.

Sie war hingerissen von Gefühlen, von klingender Empfindung, erfüllt von der glühenden Hitze der sinnlichen
Freude, die durch ihr Blut strömte, und von der vollen und
sehnsüchtigen Verletzlichkeit in der Mitte ihres Seins. Die
Verzückung wurde so groß, daß sie die Kontrolle über sich
verlor. Ein langsames Stöhnen drang aus ihrer Kehle. An
ihrem Schenkel spürte sie das harte Drängen seines Verlangens, das er fest beherrschte. Aber das war nicht der Ort, an
dem sie es haben wollte.

»Bitte«, flüsterte sie.

Sein Kopf kam hoch. Ramon streifte ihre Lippen und zog
sie näher zu sich heran. Mit Rücksicht auf ihren fast noch
jungfräulichen Zustand drang er vorsichtig in sie ein. In ihrer
hitzigen, feuchten Bereitschaft spürte sie keinen Schmerz,
sondern unendlichen Genuß. Sie drückte sich an ihn, drängte
ihn tiefer in sich, brauchte, verlangte nach dem Gefühl seiner
Kraft und Zärtlichkeit.

»Chérie«, ertönte sein rauhes Flüstern.

Er antwortete auf ihre Bewegung, drehte sie auf den Rükken, hob sich über sie und ließ dem treibenden Begehren seiner Leidenschaft freien Lauf. Sie nahm ihn in sich auf, umhüllte ihn, hielt ihn, empfing die Stöße seines Drängens nach Erfüllung, das ihr eigenes Drängen noch verstärkte und formte.

Es war ein unbeherrschbares Gefühl, so elementar und zeitlos wie der Fluß um sie her, und ebenso unmöglich aufzuhalten. Auf seinen Fluten getragen, trieb es sie aufwärts; sie wurden von der starken Strömung herumgewirbelt, aufgepeitscht von ihrer Gewalt, bis an den Rand eines rauschenden, glitzernden Wasserfalls. Mit umschlungenen Gliedern strebten sie zueinander, und das Rauschen und Dröhnen des Wassers um sie klang in ihren Adern wider; dann erfaßte es sie, zog sie kopfüber hinein in die wilde und beinahe unerträgliche Lust.

Das Boot schwankte an seinem Seil hin und her. Der Regen erstarb mit einem letzten Donnerrollen. Immer noch lagen sie unbeweglich, trieben in einer Dämmerwelt dahin zwischen Unbewußtheit und klarem Denken. Lornas Gesicht war in der Mulde an seinem Hals vergraben, und das Haar, das sich dort ringelte, kitzelte ihre Lippen, aber sie konnte sich nicht aufraffen, sich dadurch gestört zu fühlen. Sein Mund ruhte an ihrer Schläfe, und sie glaubte zu spüren, wie er einen Kuß auf die weiche Locke drückte, die dort lag. Sein Gewicht lastete nicht auf ihr, sondern auf seinen Ellbogen und Unterarmen.

Schließlich bewegte er sich. Seine Stimme klang gleichzeitig amüsiert und verwirrt, als er murmelte: »Was ist das nur an dir, was meinen gesunden Menschenverstand so außer Kraft setzt?«

»Ich weiß es nicht.«

»Ich auch nicht, *ma chère*, aber ich glaube, es wäre zweckmäßig, wenn ich es herausfinden würde. Es war wirklich hirnlos, daß wir uns so verhalten haben.«

»Du hättest lieber . . . es wäre dir lieber gewesen, wenn wir es nicht getan hätten?« fragte sie mit gedrückter Stimme. Sie nahm ihre Hand von seiner Schulter und schob vorsichtig die Haare an seiner Halsgrube zur Seite, die sie kitzelten.

»*Mon Dieu*, nein! Aber ich möchte auch ungern splitternackt in einem Ruderboot zwischen den Schiffen der Blockadeflotte im Delta landen!«

Das Bild ließ sie leise lachen. »Ich glaube, das würde mir auch nicht besonders gefallen.«

»Nein, nicht wahr? Aber die Männer der Flotte wären begeistert, wenn ihnen der Kapitän eines Blockadebrechers in die Hände fiele, doch wenn sie dich dann sähen, würde mich sicher keiner mehr nach irgendwelchen Papieren fragen.«

»Falls das ein Kompliment sein soll«, sagte sie, »nehme ich es dankend an.«

Er hob sich etwas und lehnte sich vor, um ihr einen kurzen Kuß auf die Lippen zu drücken, dann meinte er: »Das soll es sein, aber es ist die nächste Verrücktheit, denn eigentlich müßte ich mich jetzt darum kümmern, daß wir wieder weiterkommen.«

Sie schoben ihren Segeltuchschutz zur Seite und setzten sich auf. Der kalte Wind vom Wasser und die Regentropfen, die von den Weiden über ihren Köpfen herunterfielen, bewirkten, daß sie eine Gänsehaut bekamen, als sie in ihre zerdrückten und nassen Kleider stiegen. Jeder Rest Wärme war bald in der feuchten Kühle der Nacht verschwunden. Ramon versuchte sie dazu zu bringen, daß sie sich wieder hinlegte und mit dem Segel zudeckte, aber sie zog es sich nur als Windschutz über. Trotzdem mußte sie die Zähne kräftig zusammenbeißen, damit sie nicht so laut klapperten, und als sie Ramon berührte, spürte sie, wie auch er schauderte, ohne es verhindern zu können. Sie würden bald einen Unterschlupf brauchen, einen dauerhaften, festen Unterschlupf

118

und ein Feuer, um sie zu wärmen. Sie glaubte zwar nicht, daß die Kälte sie umbringen würde – so kalt war es in dieser Frühlingsnacht spät im April denn doch nicht –, aber eine Lungenentzündung konnten sie sich möglicherweise schon holen.

Der Regen hörte nur vorübergehend auf. Als sie die Hauptströmung wieder erreicht hatten, setzte ein leichter Nieselregen ein, der möglicherweise noch Stunden anhalten oder aber sich in kurzer Zeit zu einem kräftigen Platzregen entwickeln konnte. Er wurde quälend und ohne Unterbrechung in ihre Gesichter getrieben: feine, kalte Tropfen, die sich auf ihrer Haut und in ihren Haaren zu größeren Tropfen sammelten und dann in ihre Augen hinunterrannen. Lorna kniff die Lider zusammen und versuchte, etwas zu erkennen, dabei bemerkte sie, daß Ramon, der vorn im Boot saß, mit seinem Körper einen großen Teil des Regens von ihr fernhielt. Sie konnte sich nicht vorstellen, wie er sich auf dem Wasser zurechtfand, aber er tauchte das Paddel mit regelmäßigen, unermüdlichen Bewegungen immer wieder ein und konzentrierte sich dabei völlig auf das Stück Wasser direkt vor dem Kahn.

Einige Zeit später fuhren sie um eine weite hufeisenförmige Biegung des Flusses. Vor ihnen erschien ein winziges Licht. Es wurde größer, teilte sich in mehrere Vierecke und entwickelte sich schließlich zu einem Dampfschiff. Sie näherten sich ihm langsam, und das konnte nur eines bedeuten: Das Schiff lag für die Nacht vor Anker, um genau jenen Gefahren aus dem Weg zu gehen, mit denen sie sich in den letzten Stunden hatten auseinandersetzen müssen.

Ramon hörte auf zu paddeln. Er beobachtete ebenfalls den Dampfer. Seine aufmerksame Unbeweglichkeit wirkte wie eine Warnung auf sie. Sie hob die Stimme, um das Rauschen und Gurgeln des Wassers zu übertönen, und fragte: »Ist das die *General Jackson?*«

»Nein, dafür ist es nicht groß genug.«

Ohne sich länger Gedanken über die Erleichterung zu machen, die sie empfand, als ihr klar wurde, daß das nicht das Schiff war, auf dem ihre Tante und ihr Onkel flußabwärts fuhren, fragte sie: »Meinst du, es wäre sicher, wenn wir an Bord gehen würden?«

»Vielleicht, vielleicht auch nicht. Aber wir haben keine andere Wahl. Wir müssen beide so schnell wie möglich nach New Orleans. Dieser Dampfer wird uns rascher und sicherer als jedes andere Fahrzeug hinbringen.«

Als sie näher herantrieben, erkannten sie ganz deutlich den Namen des Dampfers, der auf den Radkasten an seiner Seite gemalt war. Es war die *Rose von Sharon*, ein vertrauter Name, denn es handelte sich um einen kleinen Dampfer, der regelmäßig zwischen Natchitoches oben am Red River und New Orleans verkehrte. Zweifellos war er früher am Abend in Beau Repose vorbeigekommen, vielleicht als sie gerade ihr Hochzeitskleid abgelegt hatte. Man hatte ihn einmal für einen guten Dampfer gehalten, aber inzwischen war er von den größeren Schiffen übertroffen worden, die in den vergangenen zehn Jahren die Bezeichnung »schwimmende Paläste« bekommen hatten. Die *Rose von Sharon* war jedoch als »glückliches« Schiff bekannt, denn sie fuhr immer noch regelmäßig ihre Tour, während Dutzende der schickeren, schnelleren Schiffe abgebrannt oder von den oft halb im Wasser verborgenen Stämmen der Flößer aufgeschlitzt worden waren. In letzter Zeit wurden die größeren Schiffe auch häufig von der Regierung der Konföderierten befehligt, so daß nur noch die kleineren Dampfer den Menschen am Fluß zum Transport zur Verfügung standen. Der gute Ruf des Schiffes ging zum großen Teil auf seinen Kapitän zurück, der bekannt war für seine Umsicht, denn er hatte es sich, wie auch jetzt, zur Gewohnheit gemacht, bei schlechtem Wetter während der Nacht vor Anker liegenzubleiben.

»Und wenn jemand an Bord ist, der uns kennt?«

»Das Risiko müssen wir eingehen«, antwortete Ramon mit tiefer Stimme. »Aber wir sollten uns doch besser auf eine Geschichte einigen, die wir erzählen werden, wenn uns jemand fragt. Ich habe ein paar Goldstücke in meinem Stiefel, die die Wachen in Beau Repose mir nicht zusammen mit meiner Börse abgenommen haben. Ich denke, damit können wir den Fahrpreis bezahlen, aber vermutlich nicht in mehr als einer guten Kabine.«

»Ich . . . ich habe noch das Armband von Franklin. Wenn der Kapitän das akzeptiert, kann ich meine eigene Fahrkarte bezahlen.«

»Wenn du ihm etwas Derartiges anbietest, wird er sich bestimmt Gedanken machen, woher das kommt.«

»Es scheint mir relativ wahrscheinlich«, sagte sie mit einer leichten Spitze in der Stimme, »daß, wenn wir vor dem Morgengrauen mitten im Nichts aufgesammelt werden und dabei auch noch aussehen wie ersäufte Ratten, der Kapitän sowieso ungewöhnlich schwer von Begriff sein müßte, wenn er sich dabei nicht so seine Gedanken machen würde.«

»Also ist es auch egal, ob wir in einer oder zwei Kabinen wohnen, oder?« Er drehte sich um und sah sie an. Das Licht von dem Dampfer beleuchtete die eine Seite seines Gesichts, während die andere im Schatten lag. Sie erkannte deutlich die Besorgnis in den Tiefen seiner dunklen Augen.

Als sie das sah, mußte Lorna sich einer Tatsache stellen, die ihm von Anfang an klar gewesen sein mußte: Sie würden ihre gemeinsame Flucht und ihre Verbindung mit Franklins Tod kaum lange verbergen können. Bald würde die Neuigkeit am ganzen Fluß bekannt werden, und wenn das geschah, würde es kaum noch etwas ändern, ob sie sich auf ihrer Fahrt mit der *Rose von Sharon* untadelig benommen hatten oder nicht.

»Stimmt«, sagte sie.

»Wenn du erlaubst, werde ich mir also eine Geschichte ausdenken, die den Kapitän zumindest vorübergehend zufriedenstellen wird. Du brauchst dazu nur zu lächeln und . . . jämmerlich auszusehen.«

Angesichts der Tatsache, daß der Regen ihr Haar an ihren Kopf geklebt hatte und über ihren Nacken herunterrann, und angesichts des traurigen Zustands ihrer Kleidung – der zu einem nicht unwesentlichen Anteil auf den Mann neben ihr zurückzuführen war –, bedachte sie ihn mit einem schnellen Blick. Ihre Stimme klang plötzlich matt vor Erschöpfung, als sie sagte: »Das dürfte kein Problem sein.«

Lorna wußte nicht genau, was Ramon dem Kapitän des Dampfers erzählte, obwohl sie etwas von Durchbrennen hörte und von einem Vormund, der nicht wollte, daß sein Mündel einen Soldaten heiratete, der in den vergangenen Wochen Krankheitsurlaub gehabt hatte, jetzt aber wieder zu seinem Regiment zurückmußte. Sie wurde in eine Luxuskabine mit dem Namen »Missouri« über der Tür geführt. Der junge Offizier, der als ihr Führer fungiert hatte, versprach ihr, bevor er ging, ihr sofort eine Kanne mit heißem Wasser zu schicken.

Sie trat an den kleinen, marmorgedeckten Waschtisch und sah in den Spiegel, der voller Stockflecken war. Mit einer schnellen Grimasse für das, was sie dort sah, wandte sie sich ab und hob die Hände, um ihren völlig durchnäßten Haarknoten zu lösen.

Ein Doppelbett mit schweren, gedrechselten Pfosten nahm den meisten Platz in dem engen Raum ein. Es stand auf einem Teppich mit rotblauem Rautenmuster, und vor ihm war gerade genug Platz für die Tür, die hinaus auf das Deck führte. Eine Messinglampe mit einem dicken Fuß hing von der Decke herab, und ihr Messingschirm beschränkte den Lichtkegel darunter auf einen kleinen Fleck am Fußende des Bettes. Und dennoch, so klein und dunkel der Raum auch war, gefiel er ihr doch deutlich besser als die einfache Kabine, die sie auf ihrer Fahrt flußaufwärts auf dem Weg zur Hochzeit mit ihrer Tante und drei anderen Frauen geteilt hatte.

Ein Klopfen an der Tür kündigte das Eintreten der schwarzen Zofe an, die die versprochene Kanne mit dampfendem Wasser brachte. Dicht hinter ihr trat Ramon in den Raum, der einem Steward mit einem Tablett die Tür aufhielt. Er hatte offensichtlich ihre Fahrt bezahlt und noch ein paar Münzen zurückbekommen, denn er drückte jedem der Bediensteten eine davon in die Hand, bevor sie gingen.

»Das war sehr großzügig von dir.« Lorna wandte sich ab, als sie sprach. Ihr Haar war in einem glänzenden Strang über ihre Schulter und bis auf eine Brust heruntergefallen. Sie fühlte sich plötzlich etwas unbehaglich und versuchte nicht, den Zopf noch weiter zu lösen, sondern legte nur vorsichtig ihre Haarnadeln auf den Waschtisch, wobei sie Ramon den Rücken zugekehrt ließ.

»Vor allem, wenn man meine finanzielle Lage bedenkt, meinst du? Nein, eigentlich nicht. Wir werden in wenigen Stunden in New Orleans sein, wenn das Schiff erst losfährt. Und wenn wir dort sind, werde ich sowohl meine Börse auffüllen als auch meine Garderobe wechseln können.«

»Ich verstehe.«

Er betrachtete sie einen Augenblick lang und ging dann hinüber zu der Messingkanne mit dem Wasser. »Komm, laß uns die nassen Sachen ausziehen und das Wasser benutzen, solange es noch heiß ist. Wir können dann später im Bett essen.«

Er fing an, sein Hemd auszuziehen. Lorna machte keine Anstalten, seinem Beispiel zu folgen. Seine Bewegungen wurden langsamer. Er trat vor sie hin und streckte die Hand aus, so daß er mit einem Finger ihr Kinn zu sich herüberdrehen konnte. »Was ist los?«

»Ich – nichts.« Warme Röte stieg in ihre Wangen auf. Sie hielt die Wimpern gesenkt und wollte ihn nicht ansehen.

»Das ist doch wohl kein Anfall von Schamhaftigkeit – nach alldem, was zwischen uns gewesen ist?«

Sie entzog ihm ruckartig ihr Kinn. Dann wandte sie sich von ihm ab und sagte: »Wäre das denn so erstaunlich? Ich kenne dich ja kaum. Es ist eine ganz andere Sache, davon zu reden, daß wir eine Kabine teilen, als jetzt hier allein mit dir zu sein.«

»Du bist doch jetzt schon seit Stunden mit mir allein«, meinte er ziemlich einleuchtend.

»Irgendwie ist es aber doch etwas anderes.«

»Wenn du andeuten willst, daß ich woanders schlafen soll, zum Beispiel an Deck –« begann er mit harter Stimme.

»Nein!« Sie drehte sich schnell um, und ihre grauen Augen weiteten sich, als ihr klarwurde, daß sie auf keinen Fall allein sein wollte. »Nein, das könnte ich nicht von dir verlangen.«

Er starrte sie an, sein dunkler Blick lag auf der Blässe, die sich auf ihrem Gesicht ausgebreitet hatte, bewegte sich zu den klaren Linien ihrer Lippen, die leicht bläulich waren, und zu den feuchten Strähnen ihres Haars über ihrer Brust, das im schnellen Heben und Senken ihres Atems seidig schimmerte. Er runzelte die Stirn und sagte: »Wenn das nötig ist, um dir einen Gefallen zu tun –«

»Nein«, sagte sie noch einmal, »aber würdest du dich vielleicht umdrehen?«

Er hatte ihr schon einmal angeboten, das zu tun. Diesmal hatte sie das Gefühl, als könne er es ihr abschlagen, als werde er sie eindeutig zwingen, ihm ganz nah zu sein. Dann drehte er sich mit einer heftigen Bewegung um und ging zur Tür. Eine Hand auf die Klinke gelegt, sah er sie lange an. »Ich werde in fünf Minuten zurückkommen. Wenn du dann nicht gewaschen bist und im Bett liegst, werde ich dich selbst hineinlegen, Schamgefühl hin oder her.«

Er kam erst nach mehr als zehn Minuten zurück. Ihre Kleider lagen über einen Stuhl ausgebreitet. Die schwere Porzellanschüssel stand auf dem Waschtisch; Lorna hatte genau die Hälfte des heißen Wassers gebraucht und es dann in den Schmutzeimer gegossen. Ihr Haar hatte sie, so gut sie konnte, mit den Fingern gekämmt und auf ihrem Kopfkissen ausgebreitet, und die Bettdecke war hinaufgezogen bis zu ihrem Kinn.

Er machte die Tür hinter sich zu, sein Blick streifte sie und ruhte dann auf dem Bett, in dem sie lag. »Ist es bequem?«

»Ja, aber kalt.«

Es gab eine ganz bestimmte Erwiderung auf diese Worte, das wußte sie, sobald sie sie ausgesprochen hatte. Aber er sagte nichts. Er ging zum Fußende des Bettes, setzte sich hin und zog die Stiefel aus, dann stand er wieder auf, zog das Hemd aus seiner Hose, löste die Kragenknöpfe und warf alles auf den Waschtisch. Schließlich nahm er die Messingkanne und goß Wasser in die Schüssel.

Lorna hatte ihn angesehen und dann schnell weggeschaut, als er begann, sich auszuziehen. Jetzt ließ sie ihren Blick wieder zurück zu der breiten Fläche seines nackten Rückens wandern, der gebeugt war, weil Ramon sich das warme Wasser ins Gesicht spritzte. Sein Körper war dunkel gebräunt, so als sei er oft ohne Hemd in der Sonne. Bevor sie sich daran hindern konnte, ertappte sie sich bei der Überlegung, ob der Rest seines Körpers wohl auch so braun war. Seine Muskeln streckten und bewegten sich geschmeidig unter seiner Haut, als er nach der Seife und dem Waschlappen griff. Während sie sein Spiegelbild betrachtete, fiel ihr ein großer blauer Fleck an seiner Taille auf und ein zweiter weiter oben in der Gegend seines Herzens – das war die Stelle, wo Nate Bacon ihn getroffen hatte. Daß dieser Mann ihr so unglaublich nah gewesen war, nicht einmal, sondern zweimal, schien ihr plötzlich erstaunlich. Daß sie es zugelassen, daß sie es sogar gewollt hatte, war einfach unfaßbar. Und wenn er sich jetzt umdrehen würde, wenn er zu ihr ins Bett käme und sie noch einmal an sich ziehen würde, wäre sie sich nicht sicher, ob sie den Willen haben würde, es ihm zu verweigern.

Was war das für eine Macht, die er über sie hatte? War sie einfach Sklavin ihrer Sinne, oder entstammte ihr Verlangen der Verzweiflung? Oder war es möglicherweise mehr als das?

Sie schaute auf sein Gesicht in dem graufleckigen Spiegel und stellte fest, daß er sie beobachtete. Sie wandte ihren Blick schnell ab und sah den Bettpfosten am Fußende an, als wäre er der interessanteste Gegenstand, der ihr je unter die Augen gekommen war. Sie sah auch nicht auf, als er seine Hose auszog und sich neben ihr unter die Bettdecke legte.

»Hier«, sagte er, »nimm das.«

Er hielt das Tablett mit ihrem Abendessen in den Händen. Sie richtete sich umständlich auf, hielt krampfhaft die Bettdecke fest, um sich zu verhüllen, und klemmte sie unter ihre Achseln, dann streckte sie die Hände aus. Er stellte das Tablett statt dessen auf ihren Schoß und nahm dann sein Kopfkissen, um es ihr noch in den Rücken zu stopfen. Dann stützte er sich auf einen Arm auf und nahm das Tuch von dem Tablett.

Es gab gebratenes Huhn und gekochte Kartoffeln, dazu einen kleinen Laib Brot, ein paar eingemachte Pfirsiche in einem Schüsselchen und eine halbe Flasche Wein. Es war kein Festmahl, aber mehr als appetitanregend und angesichts der zur Zeit herrschenden Verhältnisse besser, als Lorna um diese Tageszeit erwartet hatte. Sie nahm den Teller mit dem Huhn und gab ihn Ramon.

Sie hatte vergessen, wie hungrig er sein mußte. Seine Selbstkontrolle, als er ein Stück nahm und hineinbiß, kam ihr vor wie ein Tadel. Sie hatte plötzlich das Bedürfnis, sich dafür zu entschuldigen, daß sie ihn die paar Minuten länger als nötig hatte warten lassen. Aber sie sagte nichts. Sie brach ein Stück von dem Brot ab und begann zu essen, wobei sie bemerkte, daß sie selbst auch völlig ausgehungert war, so hungrig wie schon seit Wochen nicht mehr.

Es blieb kein Stückchen übrig, als sie fertig waren, nicht einmal ein Krümel. Ramon legte den Knochen von einem Hühnerflügel weg und nahm eine Serviette, um sich die Hände abzuwischen. Er betrachtete den Haufen Knochen auf seinem Teller mit einem reuevollen Blick und fragte dann: »War es auch genug für dich?«

Sie nickte, hob dann das Glas mit dem Rest von ihrem Wein an die Lippen und schluckte ihn herunter, bevor sie es wieder auf das Tablett stellte. Im Laufe des Essens hatte er sich im Schneidersitz in die Mitte des Bettes gesetzt und die Decke wie ein Zelt über seine Knie gelegt. Jetzt stand er wieder auf, nahm das Tablett in eine Hand und stellte es auf den Waschtisch.

Lorna, die ihm zusah, ertappte sich dabei, wie sie ihn mit den Abbildungen von griechischen Statuen verglich, die sie in der Bibliothek ihres Onkels gesehen hatte. Sein Körper besaß dieselbe muskulöse Grazie und die vollendeten Proportionen, allerdings fürchtete sie, ein Feigenblatt würde wohl etwas unzureichend sein als Bedeckung . . .

Sie sah schnell weg und sagte das erste, was ihr in den Sinn kam. »Ich . . . ich habe über morgen nachgedacht.«

»Kann ich dich irgendwo hinbringen, gibt es jemanden, der dir helfen wird?« Er trat ans Fußende des Bettes und griff zu der Lampe hinauf, um den Docht herunterzudrehen, so daß es dunkel im Zimmer wurde.

Sie schüttelte den Kopf, und als ihr dann klar wurde, daß er das nicht sehen konnte, sagte sie: »Nein, es gibt niemanden.«

»Freunde, Verwandte?«

»Niemanden.«

»Auch nicht der Onkel, der dich gestern abend gesucht hat?«

»Der auf keinen Fall.« Er fragte nicht weiter, und weil er es nicht tat, sondern nur schweigend und wartend im Dunkeln stand, erzählte sie ihm kurz von Onkel Sylvester und Tante Madelyn, und wie wohl ihre Reaktion auf das, was sie getan hatte, aussehen würde.

»Also, was wird dann morgen?« fragte er.

»Ich dachte, du könntest mich vielleicht ins Kloster der Ursulinerinnen bringen; vielleicht nehmen sie mich auf.«

»Weißt du, daß du ihnen sagen müßtest, warum und wovor du wegläufst?«

»Müßte ich das? Daran hatte ich nicht gedacht.«

»Es wäre einfach ungerecht, ihren Schutz zu erwarten, wenn sie nicht wissen, worum es geht. Und selbst dann glaube ich kaum, daß es ihnen möglich sein würde, dir Nate Bacon vom Leib zu halten – beziehungsweise den Hüter des Gesetzes, den er vielleicht mitbringt, wenn er dich ausfindig gemacht hat.«

»Vielleicht denkt er nicht daran, mich dort zu suchen.«

Er zögerte kurz, bevor er antwortete, und dann klang seine Stimme leise und nachdenklich: »Mir wird immer klarer, daß das vielleicht der Ort ist, an dem er zuerst suchen wird.«

»Aber was gäbe es sonst noch für eine Möglichkeit?« fragte sie, und ihre Stimme klang besorgt. »Ich habe nur geringe Chancen, Arbeit zu finden; die Schneiderinnen und Putzmacherinnen von New Orleans haben die Arbeit eingestellt, denn sie haben keine Materialien und keine Kundinnen, die etwas kaufen würden. Die Leute haben ihre Häuser verriegelt und ihre Dienerschaft als Putzfrauen vermietet – falls sie noch eine solche Stellung für sie gefunden haben. Und in schlechten Zeiten wie jetzt denkt niemand daran, seinem Kind Zeichen- oder Musikunterricht geben zu lassen –«

»Nicht!« sagte er streng. «Versuche, nicht daran zu denken. Es wird dir jetzt sowieso nichts nützen.«

Das Bett quietschte, als er hineinstieg. Sie wandte ihm den Kopf zu. »Aber wie soll ich das machen?«

»Leg dich schlafen. Die Probleme sind morgen früh immer noch da, aber du wirst sie dann mit anderen Augen sehen.«

»Das kann ich nicht!« sagte sie, und eine Spur von Verzweiflung wurde in ihrer Stimme hörbar. »Ich sehe immer wieder Franklin, wie er dalag, nachdem ich ihn getroffen hatte. Sein Kopf –«

Das Bettzeug raschelte, als er sich ihr zuwandte. »Vielleicht kann ich dir helfen.«

Ihre Muskeln spannten sich an, als er sie berührte. »Was meinst du damit?«

»Ich möchte dich nur wärmen.«

»Nein, ich bin nicht – mir ist nicht kalt.« Die Nähe dieses Mannes, die ihr vor so kurzer Zeit noch so natürlich erschienen war, war ihr jetzt unangenehm, kam ihr irgendwie unerlaubt vor.

»Lügnerin«, sagte er mit einem weichen Lachen, als er die Hand unter sie schob, den Arm um ihre Taille legte und sie über das Bett zu sich herüberzog. Er drehte sie mit dem Rücken zu sich, so daß sie an seinen Körper geschmiegt lag, ihre Hüften an seinem Becken und die straffen Muskeln seiner Schenkel an ihren Schenkeln. Sorgfältig steckte er die Bettdecke unter ihr Kinn, so daß sie von ihrer Schulter gehalten wurde und keine Kälte mehr hereindringen konnte.

Sie hatte nicht bemerkt, wie kalt es ihr war, bis sie neben seiner lebendigen Wärme lag. Sie bekam am ganzen Körper eine Gänsehaut, und als er einen Arm um sie legte und die Hand um den weichen Hügel einer ihrer Brüste schloß, zog sich die Brustwarze unter seinen Fingern zusammen. Ihre Worte klangen gepreßt, als sie sie aus der Kehle zwang: »Das . . . ist nicht nötig.«

»Doch, für mich schon.«

Sie lag still und erwartete plündernde Zärtlichkeiten, körperliches Eindringen. Aber nichts geschah. Ihre Atmung wurde langsamer, ihre Anspannung löste sich Stück für Stück. Sie bewegte sich etwas und legte sich bequemer hin, kuschelte sich an ihn. Sie schloß die Augen, als die Kälte von ihr wich. Selbst ihre Füße, die an seinen Knöcheln lagen, waren nicht mehr so eisig. Sie hätte nie geglaubt, daß menschliche Wärme so einschläfernd sein könnte. Kurz bevor sie einschlief, machte sie eine Entdeckung: Er hatte sie tatsächlich abgelenkt.

Sie rannte. Sie trug ihr Hochzeitskleid. Es war zerrissen und blutbefleckt. Ihr Schleier verwirrte sich mit ihrem gelösten Haar, das hinter ihr flatterte. Sie schaute über die Schulter und sah Franklin, der sie verfolgte. Er grinste und hielt eine Marmorbüste in der Hand. Hinter ihm in einer Kutsche folgte ihre Tante, sie streckte den Kopf aus dem Fenster und schrie. Der Kutscher auf dem Kutschbock war Nate Bacon, und er war nackt. Franklin kam näher. Er streckte die Hand aus und griff sich den Schleier und die Enden ihrer Haare, verdrehte sie und zog daran, so daß sie stehenbleiben mußte. Sie schrie auf und versuchte, nach ihm zu schlagen und zu kratzen, um sich zu befreien.

»Lorna, wach auf! Um Himmels willen, *chérie* –!«

Ramon hielt ihre Handgelenke und schüttelte sie, als er sich über sie beugte. Seine Augen waren voller Besorgnis, und eine steile Falte stand zwischen seinen Augenbrauen. Eine Vibration erschütterte das Bett, und sie hörte das dumpfe und regelmäßige Rollen der Maschinen; das Schiff fuhr. Gleich nach dieser Entdeckung fiel ihr auf, daß Tageslicht durch das kleine Fenster der Kabine fiel.

»Geht's dir gut?« Seine Stimme klang beunruhigt.

Sie sah wieder in sein Gesicht und senkte dann die Wimpern. »Ja, bis auf . . . auf meine Haare. Ich glaube, du liegst darauf.«

Er ließ sie mit einer schnellen Bewegung los und stemmte sich etwas hoch, um sein Gewicht von seinem Ellbogen zu nehmen, der auf ihrem Haar gelegen hatte. »Entschuldige bitte.«

»Es ist nicht so schlimm. Ich . . . ich muß geträumt haben. Habe ich dich geschlagen?«

»Du hast es versucht«, antwortete er, und sein Gesichtsausdruck hellte sich auf. Er streckte die Hand aus, um die Decke hochzuziehen, die durch ihren kleinen Kampf durcheinandergeraten war. Die gesteppte Decke in der Hand, hielt er auf einmal inne. Seine plötzlichen Flüche waren nur leise, aber ebenso grausig und langgezogen wie die eines Hafenarbeiters.

Erst jetzt wurde ihr klar, daß die Decke hinuntergerutscht war bis unter ihre Taille. Sie folgte Ramons Blick und sah, was ihn so betroffen gemacht hatte und was am vergangenen Abend auf Grund ihrer Eile und des Halbdunkels nicht so gut zu erkennen gewesen war. Der helle Perlschimmer ihrer Haut war von großen blauen und violetten Flecken gezeichnet. Sie liefen über ihre Hüften und ihre Taille bis hinauf zu ihrer Brust; dunkle, bedrohlich aussehende Verletzungen. Sie wurde rot, griff nach der Decke und zog daran, um sich zu verhüllen.

Aber er ließ sie nicht los. Seine Flüche verstummten. Dann sagte er nur ein Wort: »Franklin?«

»Ja«, flüsterte sie.

»Er muß noch viel mehr einem wilden Tier geähnelt haben, als alle glaubten. Wenn du ihn nicht getötet hättest, hätte ich es tun müssen, denke ich.«

»Er . . . er dachte, er hätte das Recht dazu, weil ich unrecht getan habe.«

Er ließ sie die Decke hochziehen, obwohl sein Gesicht einen grimmigen Ausdruck angenommen hatte, als er ihr zusah. »Also ist es meine Schuld.«

Sie schüttelte den Kopf. Dann legte sie sich zurück auf das Kopfkissen und betrachtete ihre Finger, die über die Decke glitten, als sie ihm antwortete. »Nein. Wenn das nicht gewesen wäre, hätte er einen anderen Grund gefunden, glaube ich. Es machte ihm Freude, Menschen weh zu tun – Frauen. Er fühlte sich dann männlicher.«

Als er sprach, klang seine Stimme heftig: »Warum?«

»Es war ein Unfall, das schwöre ich. Ich hatte solche Angst!«

»Das meine ich nicht«, sagte er mit einer kurzen Geste seiner geballten Faust. »Warum hast du ihn geheiratet? Ich dachte, es war wegen des Geldes, besonders als ich herausfand, daß die Hälfte der Luxusgüter, die ich beim letztenmal durch die Blockade gebracht habe, für Bacon bestimmt waren, einschließlich deines Hochzeitskleides. Selbst als ich dich auf dem Dampfer flußaufwärts sah, im Schlepptau deines Onkels und deiner Tante, schien es mir noch plausibel. Du warst so überlegen, so kühl, und deine Tante ein offensichtlicher Snob. Ich stand eines Morgens in der Tür meiner Kabine, nachdem ich eine ganze Nacht Poker gespielt hatte, und du bist an mir vorbeigegangen, als würdest du mich nicht sehen – die zukünftige Gräfin, die das einfache Volk ignoriert, die junge Frau, von der alle sagen, sie sei die Braut des reichsten Mannes am ganzen Fluß.«

»Ich habe dich nicht gesehen. Ich war zu sehr damit beschäftigt, nach einem Ausweg zu suchen – ich meine, einem Ausweg aus dieser Heirat. Es gab keinen. Aber ich hatte bei dem alten Haus das Gefühl, du würdest mich erkennen. Darum hast du es getan, nicht wahr? Genau wie Nate Bacon es gesagt hat. Du wußtest, wer ich war, und hast mich benutzt, um ihm eins auszuwischen.«

»Ich kann es nicht verleugnen.«

Sie hatte sich gewünscht, er täte es, und als sie sich das eingestand, wurde ihr Zorn noch angeheizt. Sie warf sich zu ihm herum und starrte ihn an. »Es war wirklich eine furchtbare Idee. Was hättest du getan, wie weit wärst du gegangen, wenn ich nicht gewollt hätte?«

Er starrte sie einen Moment lang mit ruhigem Blick an, ehe er sagte: »Ich weiß es nicht, um ehrlich zu sein. Ich hatte die Vorstellung von einer amüsanten Spielerei, wollte dich so lange belagern, bis du vielleicht bereit wärst, deinem zukünftigen Ehemann Hörner aufzusetzen, oder dich zumindest so weit bringen, daß du mit deinem Handel unzufrieden sein würdest, so daß Zwietracht in die Ehe geraten würde. Ich hatte keinen festen Plan; es war nur ein Impuls, der mich in dem Augenblick überkam, als ich dich sah.«

Sie wandte sich im Bett um und stützte sich auf einen Ellbogen, während sie ihn zornig anfunkelte: »Du Hund! Du hast einfach so die Hand ausgestreckt und mein Leben zerstört.«

»Es mag schon sein, daß ich ein Hund bin«, entgegnete er, und ein hartes Lächeln lag auf seinen Lippen. »Aber ich habe noch nie eine Frau genommen, die das nicht wollte. Wir wollen doch daran denken, daß Ihr, Mrs. Bacon, keinerlei Widerstand geleistet habt. Würdet Ihr mir wohl dieses kleine Versehen erklären?«

Sie warf sich zurück auf ihr Kissen und legte den Unterarm über die Augen. »Nein.«

»Soll ich es für dich sagen?« fragte er ruhig und beugte sich näher zu ihr. »Du hast deinen Handel bereut, du hattest etwas an deinem Bräutigam entdeckt, das dir nicht gefiel, etwas, das dir angst vor der Hochzeitsnacht gemacht hat.« Er griff nach ihrem Arm und zog ihn weg, zwang sie so, ihm in die dunklen Augen zu sehen. »Im Vergleich dazu wäre dir doch alles andere lieber gewesen, stimmt's nicht?«

Tief aus ihrem Innern stiegen Tränen auf. Über die immer

größer werdende Enge in ihrem Hals hinweg flüsterte sie: »Es gab keinen Handel.«

»Warum denn dann? Sag mir, warum?«

Sie sagte es ihm, die Worte brachen aus ihr heraus, und sie fühlte sich so erleichtert, daß ein Teil der Anspannung in ihr verschwand, weil sie sich jemandem mitteilen konnte. Schließlich verstummte sie. Mit einer Hand wischte sie die Tränen aus ihrem Augenwinkel.

Er sagte nicht sofort etwas. Er setzte sich auf, griff nach dem Klingelzug neben dem Bett und zog kräftig daran. Als ein Steward kurze Zeit später an der Tür klopfte, bestellte er Kaffee und Brötchen und gab ihm ihre Kleider zum Reinigen und Bügeln. Seine Bewegungen waren kurz und entschlossen. Er war ein herrlicher Anblick in seiner Nacktheit, schien sich dessen aber nicht mehr bewußt zu sein, als jemand anderer sich vielleicht seines Lieblingsrocks bewußt war. Er wandte sich wieder dem Bett zu, als der Steward gegangen war, und setzte sich auf die Kante neben sie. Zum erstenmal war eine Spur von Unsicherheit in seinem Verhalten.

»Legst du Wert auf eine richtiggehende Entschuldigung, oder wäre das eine Beleidigung? Es tut mir leid, wenn ich etwas zerstört und dir Schmerzen verursacht habe, aber ich kann nicht behaupten, daß ich die Zeit bedaure, die wir miteinander verbracht haben.«

Das tat sie auch nicht. Aber als ihr das klar wurde, konnte das ihre Selbstachtung ebenfalls nicht heben. In gedrücktem Ton sagte sie: »Du hast mir geholfen, aus Beau Repose zu entkommen. Das ist genug.«

»Wohl kaum. Wenn du mich gelassen hättest, wo ich war, hättest du in Ruhe fortgehen können, und niemand hätte das bemerkt, bis – nun, bis heute morgen. Statt dessen hast du dich entschlossen, mich zu befreien. Da du keinen Grund hattest, dir Gedanken darüber zu machen, was aus mir werden würde, verstehe ich das nicht so ganz.«

Sie zuckte mit den Schultern und senkte ihren Blick auf ihre Finger, die an der Decke zupften. »Nenn es eine Laune, wenn du willst.«

»Das will ich nicht.«

Da sie stur schwieg, sprach er weiter: »Ich kann ja immer noch annehmen, daß du es wegen meiner schönen Augen getan hast – oder wegen etwas anderem an mir, das dir gefallen hat.«

Sie sah ihn mit einem kurzen Blick an und entdeckte ein kleines, schelmisches Glitzern in seinen Augen. »Nichts Derartiges!« sagte sie und schnappte nach Luft. »Es war nur, weil Franklin mir gesagt hatte, was sie mit dir vorhatten!«

Er sah sie genau an. »Du errötest immer so charmant, wenn es um etwas Unanständiges geht. Kann ich daraus schließen, daß mir der Plan unseres Freundes Bacon nicht besonders gut gefallen hätte?«

»Nein, aber das macht nichts. Es ist ja nicht dazu gekommen.«

6. KAPITEL

Sie wurden von der Ankunft ihres Frühstücks unterbrochen. Eine vorsichtige Frage Ramons ergab, daß es jedoch schon Nachmittag war; der dunkle Himmel ließ den Eindruck entstehen, als wäre es noch dämmrig. Der Steward verbeugte sich und teilte ihnen mit, daß das Dampfschiff seit dem frühen Morgen ein gutes Stück vorangekommen sei. Und er meinte, es werde jetzt nicht mehr als zwei, vielleicht zweieinhalb Stunden dauern, bis sie New Orleans erreichen würden. Ob M'sieur und Madame wohl Wert darauf legten, wenn ihnen etwas von dem späten Mittagessen gebracht würde, das im Augenblick im großen Salon serviert werde?

Sie lehnten ab, und der Mann verschwand mit einer weiteren Münze von Ramon, die ihn dazu bringen sollte, das Bügeln ihrer Kleidung etwas zu beschleunigen und ihnen einen sauberen und garantiert neuen Kamm zu besorgen.

Als sie wieder allein waren, stellte Lorna ihm die Frage, die sie die ganze Zeit beschäftigt hatte: »Was wirst du jetzt tun?«

Er kam und warf sich wieder neben sie auf das Bett. »Ich kehre zurück auf die *Lorelei*, das ist mein Schiff. Es wartet in New Orleans auf mich. Dann werde ich durch die Blockade zurück nach Nassau fahren.«

»Durch die Blockadeflotte an der Flußmündung?«

»Das ist die einzige Möglichkeit.«

»Es heißt aber doch, die Gefahr sei jetzt so groß, daß kaum noch jemand hindurchkommen könnte.«

»Es ist keine Vergnügungsfahrt. Ich habe bei der Fahrt flußaufwärts einen Mann verloren, einen Heizer, der an Deck kam, um etwas frische Luft zu schnappen, als gerade eine Parrott-Granate einen Teil der Reling wegriß. Die Verzögerung durch die Reparatur war einer der Gründe, warum ich zurück nach Beau Repose gekommen bin. Ich hatte Zeit, und ich wollte das alte Haus noch einmal wiedersehen.«

»Hattest du es denn schon seit längerer Zeit nicht mehr gesehen?«

»Seit zehn Jahren. Ich war auf der Marineakademie, als mein Vater starb. Er hatte mir nie von seinen Schwierigkeiten mit Bacon geschrieben. Das erste Mal, daß ich davon hörte, war, als ich nach dem Tode meines Vaters von seinem Rechtsanwalt Unterlagen zugeschickt bekam, die den Besitzwechsel belegten. Ich schrieb Briefe, stellte Nachforschungen an, aber alles schien legal gewesen zu sein.«

»Also bist du dann im Norden geblieben?«

»Ich hatte keine Familie, meine Mutter starb, als ich noch klein war, und mein Vater hat nie wieder geheiratet. Selbst nachdem ich die Akademie abgeschlossen und meinen Abschied genommen hatte, gab es keinen Grund, zurückzukehren.«

Sie hob die Augen und sah ihn an. »Also bist du einer von jenen Marineoffizieren, die ihr Patent zurückgaben, um für die Konföderierten zu kämpfen. Das wußte ich nicht.«

»Nicht für die Konföderierten«, verbesserte er sie.

»Vielleicht nicht im eigentlichen Sinne des Wortes, aber jeder weiß, daß der Süden nicht überleben könnte ohne die Männer, die durch die Blockade brechen; und ihr riskiert euer Leben, um die Waffen und die Munition hierher zu transportieren, damit unsere Armee kämpfen kann.«

»Das hat auch seinen Preis.«

Sie runzelte die Stirn. »Aber dann bist du –«

»Ein Kriegsgewinnler? Genau. Und das ist auch vernünftig. Diesen Krieg können wir nicht gewinnen. Ich war nördlich der Mason-Dixon-Linie, und ich weiß es. Sie haben die Fabriken, das Eisenerz, die Kohle, den Stahl, die Ausgangsmaterialien für den Krieg, und wir haben –«

»Die besten Kämpfer, die die Welt je gesehen hat!«

»O ja, da stimme ich dir zu. Das ist auch zu erwarten, denn die meisten von ihnen haben den größten Teil ihres Lebens im Freien verbracht, auf der Jagd, zu Pferd, bei der Arbeit in jedem Wetter. Aber Fleisch und Blut und Mut haben keine Chance gegen Kugeln und Stahl und explodierende Granaten. Die Armee der Konföderierten wird sich versammeln und auf uns herabkommen wie ein Moloch, wobei sie alles zerstören wird, das sich ihr in den Weg stellt; und die Marine der Union wird zusammen mit der Blockadeflotte im Golf dafür sorgen, daß wir nichts mehr haben, um uns zu verteidigen.«

Seit der Krieg begonnen hatte, hatte sie kaum etwas anderes gehört als Beteuerungen über den kommenden Sieg der Konföderierten. Selbst diejenigen, die nicht der Meinung waren, daß der Krieg bald vorüber sein würde, waren sicher, daß der Süden, mit seinen überragenden Anführern und seiner überlegenen Kampfkraft, den Krieg für die Regierung in Washington so teuer machen würde, daß es keinen Sinn hätte, ihn weiterzuführen. War es denn möglich, daß er zu ihren Ungunsten ausging?

Sie wandte den Kopf ab. »Der Gedanke, was geschähe, wenn wir den Krieg verlieren würden, ist einfach zu schrecklich.«

»Genau aus diesem Grunde habe ich die Absicht, ein Vermögen in Gold zu besitzen, wenn der Krieg vorüber ist. Ländereien wie Beau Repose werden wie reife Pflaumen in die Hände derer fallen, die dort sind, um sie aufzufangen. Die Heimat der Cazenaves wird wieder an ihren rechtmäßigen Eigentümer zurückgehen. Ich werde dieses pseudogriechische Monstrum verbrennen und die Wespennester und Spinnennetze aus dem Haus räumen, in dem ich geboren wurde. Dann wird mein Vater vielleicht in Frieden ruhen.«

Sie billigte seine Handlungsweise nicht; doch sie hatte das alte Haus mit den breiten, schattigen Galerien und Veranden im französischen Stil gesehen und konnte seinen Zorn verstehen. Die Spur von Bitterkeit in seiner Stimme ließ sie aufhorchen. »Glaubst du, daß etwas nicht gestimmt hat an der Art, in der Nate Bacon an den Besitz gekommen ist?«

»Zuerst habe ich es nicht geglaubt, aber jetzt, wo ich ein paar Tage hiergewesen bin, bin ich ganz sicher. Kennst du die Geschichte, in der es heißt, mein Vater habe in einem Kartenspiel sein Geld an Bacon verloren?« Als sie nickte, sprach er weiter: »Das ist die offizielle Erklärung. Was nicht so allgemein bekannt ist, ist die Tatsache, daß er ausgeraubt wurde, als er auf dem Weg war, seine Schulden zu bezahlen. Eine Bande von Männern lauerte ihm keine zwei Meilen entfernt von der heruntergekommenen Plantage auf, die Nate Bacon damals bewohnte. Bacon gab vor, viel Verständnis zu haben, und sie einigten sich dahingehend, daß mein Vater ihm einen Schuldschein auf sein Land gab und sich verpflichtete, seine Schulden plus Zinsen zu bezahlen, sobald die gerade gepflanzte Baumwolle geerntet sein würde.«

Als er schwieg, fragte Lorna: »Und was geschah dann?«

»Es gab einen Dammbruch am Fluß, der die Felder in Beau Repose unter Wasser gesetzt hat. Die junge Baumwolle wurde unter Tonnen von Schlamm begraben.«

Ein Dammbruch war eine furchtbare Sache, denn er bewirkte eine wilde, donnernde Überschwemmung, die ganze Familien vertrieb oder sie dazu zwang, auf die Dächer zu klettern, um ihr zu entkommen. Menschen und Tiere ertranken, und die aufgetriebenen Leichen wurden vom Fluß fortgetragen und brachten Krankheiten über das Land. Da es so flach war, gab es kaum eine Möglichkeit für das Wasser, wieder abzufließen, und so bildete sich ein großer See, und der Schlick, den der Fluß mit sich trug, setzte sich ab und hinterließ eine dicke Schlammschicht, wenn das Wasser versickert war. Im kommenden Jahr würde dann der Boden unglaublich fruchtbar sein, aber das half jenen nicht, die die Arbeit eines ganzen Jahres dadurch verloren und die ihr Geld in Saatgut und Feldarbeiter investiert hatten.

»Solche Dinge geschehen, dagegen kann man nichts machen.«

»Das mag sein, aber vielleicht auch nicht. In den letzten ein bis zwei Jahren hörte ich verschiedene Geschichten. Freunde aus New Orleans, die ich ab und zu traf, wenn ich als Schiffsoffizier unterwegs war in den Häfen von Neuengland und Europa, erzählten mir von anderen Männern, die keine Gelegenheit gehabt hatten, ihre Schulden an Nate Bacon zu bezahlen – Verfallserklärungen; Ländereien, die für Lasten gekauft wurden, die auf unerklärliche Weise unbezahlt geblieben waren. Der Fall deines Onkels ist auch so ein Beispiel. Es war ein wirkliches Unglück für alle, daß die Baumwolle im Lagerhaus verbrannte – für alle außer Bacon, der

Schwierigkeiten hatte, auf normalem Wege eine Frau für seinen Sohn zu finden.«

»Ja«, sagte sie und runzelte die Stirn, »daran hatte ich noch gar nicht gedacht.«

»Überlege es dir einmal genau. Vielleicht kommst du dann auch darauf, daß du das Opfer bist, nicht die Täterin.«

»Und dein Vater?«

»Die Sklaven in Beau Repose behaupten, daß der Damm an jener Stelle in jenem Frühling in hervorragendem Zustand gewesen wäre, daß jemand ihn mit Absicht zerstört hat. Und sie sagen auch, es seien von Nate Bacon gedungene Männer gewesen, die meinen Vater ausgeraubt haben.«

Lorna antwortete nicht, sondern starrte nur vor sich hin ins Leere, während sie an ihrem Kaffee nippte. Dem Geschmack nach hielt sie das Gebräu eher für einen Zichorienwurzeltee als für Bohnenkaffee, und er war mit Melasse gesüßt, aber würzig und heiß. Noch bevor sie und Ramon die Kanne geleert und ihre Brötchen aufgegessen hatten, kam der Steward mit ihren Kleidern zurück. Sie waren nicht gewaschen, sondern nur abgebürstet und die Flecken entfernt worden, bevor man sie gebügelt hatte, also sahen sie jetzt zumindest deutlich gesellschaftsfähiger aus als vorher.

Ramon schien es mit dem Anziehen nicht so eilig zu haben. Er lag auf dem Bett, redete, betrachtete den Ausdruck auf ihrem Gesicht und neckte sie, bis ein Lächeln in ihren Augen entstand und etwas Farbe in ihre Wangen gekommen war. Es schien, als versuche er, sie beide abzulenken, zu vergessen, daß das Ende ihrer Reise schnell näherkam. Es war eine seltsam friedliche Zeit, in der sie von seinen Reisen an die verschiedensten Ecken der Welt erfuhr, die er gesehen, und von den Abenteuern, die er erlebt hatte. Und sie erzählte ihm von ihrer Kindheit und auch einige der komischeren Erlebnisse aus dem Haus voller Mädchen, in dem sie unter dem strengen Blick ihrer Tante gelebt hatte. In stummer Übereinkunft sprachen sie nicht mehr von der näheren Vergangenheit oder der Zukunft.

Es überraschte sie, als jemand an die Tür klopfte und der Steward den Kopf hereinstreckte. »Kann ich Euer Frühstückstablett mitnehmen, M'sieur? Der Kapitän hat gern alles aufgeräumt, wenn wir im Hafen einlaufen, und wir werden New Orleans in einer halben Stunde erreichen.« Als sie sich einverstanden erklärten, kam er herein. Mit dem Tablett in der Hand eilte er wieder hinaus. »Seltsame Sache. Vor uns in Richtung der Stadt steigt Rauch auf. Glaubt Ihr, daß sie womöglich wieder jemand in Brand gesetzt hat?«

»Was?« rief Ramon aus. Er sprang aus dem Bett und zur Tür, dann hinaus auf das Deck, wo er sich über die Reling lehnte und den Himmel vor dem Schiff betrachtete.

Der Steward ging hinter ihm her. Gerade als Lorna anfing, etwas unruhig zu werden, weil die Tür offenstand, während sie unbekleidet war, ertönte ein erstickter weiblicher Schrei weiter hinten auf dem Deck. Ramon drehte sich mit einem ungeduldigen Blick auf seine Nacktheit und einer leichten Röte unter der Bräune seines Gesichts um, kam zurück ins Zimmer und machte die Tür hinter sich zu.

»Du solltest dich jetzt besser anziehen«, sagte er und griff nach seinen Hosen. »Ich werde nachsehen, was da los ist.«

Sie warf die Bettdecke zurück. »Glaubst du, daß der Steward recht hatte, oder hältst du es für möglich, daß irgend jemand die Stadt angreift?«

Als er nicht antwortete, sah sie auf und stellte fest, daß er sie betrachtete, wobei sein Blick auf den leicht aufwärts gekehrten Spitzen ihrer Brüste und der seidigen Haut ihres Bauches ruhte. Vielleicht war es seine Mißachtung jeder Scham, die sie in so kurzer Zeit beeinflußt hatte, vielleicht auch die Tatsache, daß die Zeit drängte, auf jeden Fall spürte sie nicht das Bedürfnis, sich zu verhüllen. Sie sah ihm in die Augen und sagte: »Nun?«

»Er . . . vielleicht«, antwortete er aufs Geratewohl. Dann wandte er den Blick ab, schloß seine Hose und begann, nach seinen Stiefeln zu suchen.

Sie war immer noch in ihrer Unterwäsche, als er fertig war zum Gehen. Er zog den Kamm, den er so teuer bezahlt hatte, durch seine braunschwarzen Locken, warf ihn auf den Waschtisch und ging hinaus. Sie folgte ihm, sobald sie konnte, aber es dauerte doch eine ganze Weile, bis sie Ordnung in ihr vom Wind zerzaustes Haar gebracht und es im Nacken zu einem Knoten befestigt hatte. Als sie hinaustrat, war das Schiffsdeck voller Leute, die die Hälse reckten, um etwas sehen zu können. Sie machte sich auf den Weg zum Bug. Als sie Ramons dunkles Haar in der Nähe der Reling entdeckte, wand sie sich durch die Menge, bis sie an seiner Seite stand.

Sie kam genau rechtzeitig, denn der Dampfer hatte gerade die weite Flußbiegung vor dem alten Teil der Stadt, der bei den amerikanischen Einwohnern »französisches Viertel« und bei denen französischer Abstammung »Vieux Carré« – altes Stadtviertel – hieß, umfahren. Er ließ die weite Kurve hinter sich und steuerte durch die Mitte des breiten, gelbbraunen Stroms. Grauer, beißender Rauch wurde ihnen flach über dem Wasser entgegengetrieben. Durch die wirbelnden Massen leuchtete das dumpfe Orangerot von Flammen. Sie schienen auf den Bereich in der Nähe des erhöhten Ufers konzentriert zu sein, in dem die Werften und Lagerhäuser angesiedelt waren, brannten aber auch an verschiedenen Stellen direkt auf dem Wasser. Jenseits der Stadt in Richtung auf den Bayou St. John, wo einige große Pflanzungen lagen, stiegen in großen Spiralen gelbe Rauchsäulen auf wie von gerade erst entzündeten Feuern.

Es fiel wieder ein feiner, sprühender Nieselregen, der gegen die über die Reling des Dampfers hängende Menge von Menschen getrieben wurde. Dieser Regen war auch, zusätzlich zu der schweren Nässe der vergangenen Tage, der

Grund dafür, daß die dicken Rauchwolken so tief über der Stadt liegenblieben, nachdem sie von den Feuern aufgestiegen waren.

Lorna hörte, wie in der Menge um sie herum über die Ursache des Feuers spekuliert wurde. Sie sah zu Ramon und bemerkte sein grimmiges Gesicht, wobei sich seine Aufmerksamkeit auf die Schiffe konzentrierte, die am Deich entlang vor Anker lagen. Als sie sich wieder der Stadt zuwandte, fiel ihr am gewundenen Ufer eine ziemliche Unruhe auf. Kutschen fuhren hierhin und dorthin, und Menschen standen in Gruppen herum und schwangen im Düstern Fackeln. Männer rollten große Fässer mit Zucker und Oxhoftfässer mit Melasse aus den Gebäuden. Sie brachen sie mit Äxten auf und ließen den Inhalt auf die Straßen laufen, und Frauen und Kinder schöpften in Eimer und Körbe, Schürzen und Töpfe, was noch zu retten war, und beachteten bei dieser Tätigkeit den Regen gar nicht. An einer Stelle weiter unten am Deich wurden Verwundete mit rotfleckigen Verbänden aus einem Dampfer geschafft – entweder auf Bahren getragen oder an Krücken gestützt – und oben auf der Promenade in Krankenwagen verfrachtet.

»Was ist los? Was machen die da?« fragte Lorna und griff nach Ramons Arm.

»Ich vermute, das bedeutet, daß die Flotte der Union sich an den Forts an der Flußmündung vorbeigekämpft hat und stromaufwärts unterwegs ist. Es sieht so aus, als hätte jemand befohlen, die Kohlen und das Holz der Dampfer, aber auch die Baumwolle und die anderen Waren aus den Lagerhäusern zu verbrennen und zu vernichten, damit sie dem Feind nicht in die Hände fallen.«

Er hatte recht. Sie erfuhren das von Dutzenden hallender Stimmen, als sie an der hölzernen Landungsbrücke anlegten, die vom Deich aus ins Wasser ragte. Besorgte Freunde und Verwandte, die gekommen waren, um die Passagiere des

Dampfers abzuholen, erzählten, daß die Flotte der Yankees, die aus etwa zwanzig Kanonenbooten und mit Mörsern bewaffneten Schonern bestand, dazu siebzehn Kriegsschiffe mit insgesamt dreihundertundfünfzig Kanonen, unter dem Kommando von Kapitän Farragut Fort Jackson und Fort Philipp angegriffen hatten. Die Garnisonen der Forts waren nicht eingenommen worden, aber es war den Unionsschiffen gelungen, die als Hindernis durch den Fluß gelegte Kette zu durchbrechen und trotz heftigen Beschusses an der ersten und einzigen Verteidigungslinie für die Stadt New Orleans vorbeizukommen.

Farraguts Flotte war von den Rammschiffen der Konföderierten im Kampf beschädigt worden, aber ihre Überzahl hatte die Entscheidung herbeigeführt, und der Kommandant der Union fuhr nun mit seiner Flotte langsam auf New Orleans zu. Es war nur noch eine Frage von Stunden, bis er ankam.

Es schien unmöglich. Die Schiffe der Unionsflotte hatten schon seit so vielen Monaten unterhalb der Stadt vor der Küste gelegen. Erst waren sie nur ärgerlich, dann, mit wachsender Wirksamkeit der Blockade, ein Problem, aber eine wirkliche Bedrohung waren sie eigentlich nie gewesen.

New Orleans würde fallen. Die Menschen in der Menge – manche, die redeten, manche, die einander schockiert anstarrten, ein paar Frauen, die in ihre Taschentücher weinten – glaubten das, ohne zu fragen. Angesichts der flachen Landschaft der Umgebung und des Mangels an Befestigungsanlagen war die Stadt nicht zu verteidigen. Das Beste, was die dort stationierte Garnison tun konnte, war, sich zurückzuziehen, um der Gefangenschaft zu entgehen – in der Hoffnung, sich der Armee im Westen wieder anschließen zu können, damit sie später New Orleans zurückerobern konnten. Wenn sie fortgingen, würden die Einwohner der Stadt ohne Verteidigung der Invasion der Unionstruppen ausgesetzt sein. Was sie tun und wie sie die Menschen in der Stadt behandeln würden, wußte man nicht. Es war möglich, daß sie die Stadt ausrauben und plündern würden; und nur der Himmel wußte, was für ein Schicksal die Frauen erwartete.

Ramon kümmerte sich nicht um das Chaos. Sein Blick war auf ein Schiff ein paar Meter weiter hinten am Deich gerichtet. Es war ein mit großen Schaufelrädern an der Seite ausge-.stattetes Segelschiff, aber das war seine einzige Ähnlichkeit mit so plumpen Dampfern wie der *Rose von Sharon*. Es war lang und schmal und hatte den spitzen Bug eines Seeschiffs; seine Masten waren stumpf, und der einzelne Schornstein konnte zusammengeschoben werden wie ein Fernrohr, wenn die Segel gesetzt wurden. Die Kästen, in denen die Schaufelräder untergebracht waren, schienen wirklich riesig, über sie hinweg führten Stufen und ein Teil der Reling, so daß man darauf entlanggehen konnte. Das Schiff war nicht weiß, sondern in einem schmutzigen Nebelgrau gestrichen. An seinem Heck flatterte die britische Fahne, der Union Jack. Sein Name war nicht großspurig in riesigen Buchstaben und mit bunten Bildern darum herum auf die Radkästen gemalt, sondern stand statt dessen in geschwungenen Goldbuchstaben vorn am Bug geschrieben. Es war die *Lorelei*.

Ramon ging als erster über die Laufplanke, als sie endlich heruntergelassen wurde. Lorna, die neben ihm halb ging, halb trabte, fragte sich, ob er sich überhaupt noch daran erinnerte, daß sie da war. Und ein paar Minuten später war sie sicher, daß er sie vergessen hatte, als er von einem Mann an Deck des Schiffes ausgemacht wurde, der mit einem Gewehr auf dem Arm über das Deck patrouillierte.

Ein freudiger Aufschrei schallte über die Promenade, gefolgt von dem scharfen Befehl, die Laufplanke herunterzulassen. Der junge Mann, der ihn gegeben hatte, war klein und schlank, sein braunes Haar verschwand unter einer Uniformmütze, die hinunterreichte bis zu seinen Augenbrauen und dem Rand der Nickelbrille, die er trug. Er schwang sich auf die an Deck vom Heck bis zum Bug gestapelten Baumwollballen und rief stehend: »He, Käpt'n, ich habe mit Frazier gewettet, daß Ihr vor Einbruch der Dunkelheit auftauchen würdet. Er hat in sich hineingemurmelt wie ein alter Großvater, aber die Maschinen stehen seit zwei Stunden unter Dampf, seit wir einen Haufen von diesem Gesindel abgewehrt haben, das versucht hat, bei uns Feuer zu legen. Wir hätten die *Lorelei* auf den Fluß hinausgefahren, wenn sie es noch mal versucht hätten.«

»Guter Mann, Chris«, rief Ramon. »Sind alle Mann an Bord?«

»Ohne Ausnahme!«

»Und die Reparatur?«

»Fertig, seit gestern! Brechen wir die Blockade?«

»Was glaubst du denn?« rief Ramon, und auf seinem Gesicht stand ein Grinsen der Vorfreude. Seine Worte wurden von einem Schrei der sich versammelnden Mannschaft des Dampfers beantwortet.

Entgegen Lornas Vermutung hatte er sie nicht vergessen. Als die Laufplanke sanft auf die Promenade aufschlug, wandte er sich ihr zu und fragte: »Sag mir schnell, ob ich dich noch irgendwohin begleiten kann. Gibt es irgendeinen Ort, an dem du glaubst, daß du sicher sein könntest?«

Sie sah das wartende Schiff an, dann schaute sie wieder in sein Gesicht, in dem die Ungeduld, die Stadt zu verlassen, überlagert wurde von seiner Sorge um sie. »Nein. Du solltest jetzt schnell ablegen. Du willst doch nicht hier gefangen werden.«

Er war Gentleman genug, seine Erleichterung nicht zu zeigen oder diesen Vorschlag einfach anzunehmen. »Wir haben bisher noch gar nicht entschieden, was du tun und wohin du gehen würdest.«

»Ich denke . . . ich werde doch ins Kloster gehen. Es ist

nicht weit von hier, du brauchst dir keine Sorgen zu machen.«

Er sah mit einem scharfen Blick hundert Meter die Promenade abwärts, wo eine Horde von Betrunkenen grölend
Whiskyfässer aus einem Schuppen rollte und sie auf der
Straße zertrümmerte, noch während der Schuppen über ihren Köpfen anfing zu brennen. Er nahm ihren Arm. »Komm,
ich gehe mit dir.«

Sie schüttelte ihn ab und streckte die Hand aus. »Nein, das
ist nicht nötig. Du schuldest mir nichts. Ich werde mich jetzt
von dir verabschieden.«

»*Ma chère*«, sagte er und nahm langsam mit seinem kräftigen, warmen Griff ihre kühlen Finger. »Dir hier auf diese Art
Lebewohl zu sagen und dich einfach zurückzulassen, gefällt
mir nicht.«

Sie zwang sich zu lächeln und sah von seinem Gesicht
hinüber zur *Lorelei*, die sich mit der Strömung des Mississippi hob und senkte, während der Regen die Wasseroberfläche
aufrauhte. Ihr Kleid wurde langsam wieder naß, aber sie
bemerkte es kaum. Sie versuchte, ihm ihre Hand zu entziehen, und sagte: »Das ist nicht nötig.«

Er ließ sie aber nicht los. »Ich wünschte . . .«, fing er mit
leiser, angespannter Stimme an, »ich wünschte, ich könnte
etwas für dich tun. Ich würde dich mitnehmen, wenn das
Risiko nicht so groß wäre und wenn ich glauben würde, daß
du mitkämst.«

Sie sah ihm kurz in die Augen und wandte den Blick dann
wieder ab. »Nein, das verstehe ich.«

Er wandte sich um und rief: »Chris, hast du Geld bei dir?
Was immer du hast, bring es her.«

»Ich will dein Geld nicht«, sagte sie, und ihre Stimme
klang ärgerlich. »Ich werde es nicht annehmen!«

»Sei doch nicht so dumm«, sagte er scharf, als er sich ihr
wieder zuwandte. »Du weißt, daß ich es dir nicht für irgend-

welche Dienste gebe. Du wirst etwas brauchen, von dem du leben kannst, bis du eine Stellung findest oder jemanden, der sich um dich kümmert.«

Sie hob das Kinn. »Ich kann mich selbst um mich kümmern. Ich brauche dein Geld nicht. Ich brauche dich nicht und auch sonst niemanden.«

Der Offizier, den er angesprochen hatte, kam über die Laufplanke und blieb neben Ramon stehen, wobei er ihm eine lederne Börse hinstreckte. Ramon nahm sie, griff nach Lornas Hand und legte sie klatschend in ihre Handfläche.

»Nimm es und gib es aus, um Himmels willen! Laß mich wenigstens dies für mein schlechtes Gewissen tun, wenn ich schon nichts anderes tun darf!«

Sie willigte nicht ein, aber sie wies das Geld auch nicht noch einmal zurück. Ihre Finger schlossen sich um das harte Leder und spürten seine rauhe Oberfläche ganz deutlich. Ramon ließ ihre Hand los, erfaßte beinahe gegen seinen Willen ihre Unterarme und zog sie zu sich heran. Sein Kuß war warm und innig, ein leicht von Zichorie aromatisiertes Lebewohl von so unendlicher Zärtlichkeit, daß sie in der Kehle spürte, wie die Tränen in ihr aufstiegen. Er gab sie mit einem rauhen Seufzer frei und trat zurück. Seine dunklen Augen hielten ihren grausilbernen Blick, und seine Stimme klang heiser, als er sagte: »Auf Wiedersehen, Lorna.«

Sie bemühte sich zu lächeln, obwohl ein dünner Schleier von Tränen ihren Blick trübte. »Auf Wiedersehen.«

Er drehte sich heftig um, trat auf die Laufplanke zu, schritt hinüber. Der Befehl zum Ablegen wurde gegeben, und Männer eilten ans Ufer, um ihn auszuführen. Dumpf dröhnten ihre Schritte über die Laufplanke. Ein zweiter Befehl erscholl, und sie hörte das Rasseln und Knirschen der Kette, als die Planke eingezogen wurde. Der tiefe Ton einer Dampfpfeife erschütterte die Luft, erklang ein-, zwei-, dreimal. Die Schaufelräder begannen sich zu drehen. Das Schiff bewegte sich ganz langsam rückwärts. Über die immer breiter werdende Wasserfläche zwischen Schiff und Land hinweg sah sie nach Ramon, der mit auf die Reling gestützten Händen dastand. Warme Tränen tropften von ihren Wimpern, und sie wandte sich schnell ab.

Hinter sich glaubte sie seinen rauhen Fluch zu hören. Das Rasseln der Ketten erscholl noch einmal. Sie drehte sich um, blinzelte mehrmals und sah, wie Ramon auf die über das Wasser hinausragende Planke lief und ans Ufer sprang. Er kam auf sie zu, bückte sich, schob einen Arm unter ihre Knie und hob sie hoch an seine Brust. Bevor sie sich bewegen oder Widerstand leisten konnte, wandte er sich im Laufschritt dem Schiff zu und sprang mit einem Satz über das Wasser auf die Laufplanke des Blockadebrechers.

Er landete hart. Eifrige Hände wurden ausgestreckt, um ihm zu helfen, ihn zum Deck herüberzuziehen. Er sah sich mit einer hochgezogenen Augenbraue um, und die Männer verschwanden eilig, erinnerten sich plötzlich der wichtigen Aufgaben, die ihrer Aufmerksamkeit bedurften, während das Schiff auf die Mitte des Stroms hinausfuhr.

Dann sah er zu Lorna herunter, und sein Blick war unergründlich. Die Muskeln in den Armen, die sie hielten, waren stahlhart. Regentropfen hingen in seinen Wimpern und waren über sein Haar verteilt, so daß es sich auf seinem Kopf lockte und ihm in die Stirn fiel. Der Regen umgab sie in einem Nebel aus Dunst, sanft, schützend. Ein langsames Lächeln erzeugte weiche Furchen in den Flächen seines Gesichts und Fältchen an seinen Augenwinkeln. Ganz vorsichtig stellte er sie wieder auf die Füße. Er sah auf und suchte mit dem Blick den Offizier, der das Geld gebracht hatte, den jungen Mann mit der Brille, der gerade in einiger Entfernung das Aufrollen des Ankertaus überwachte.

»Chris«, rief er mit sicherer, tiefer Stimme, »bringe diese Dame in meine Kajüte, und dann auf nach Nassau.«

Was Ramon in diesem Falle nicht erwähnt und seine Männer mit so viel Freude akzeptiert hatten, war die Tatsache, daß sie jetzt nicht nur versuchen mußten, der Blockadeflotte an der Mündung des Flusses auszuweichen, sondern daß die *Lorelei* die Unionsflotte auf ihrem Weg durch den Mississippi passieren mußte, um den Golf von Mexiko erreichen zu können. An dreißig bewaffneten Schiffen vorbeizukommen, von denen jedes sie regelrecht aus dem Wasser pusten konnte, würde kein reines Vergnügen werden. Die Farbe des Schiffes, die den Sinn hatte, es in Nebel und Dunst möglichst unsichtbar zu machen, würde schon in dem Nieselregen ein Vorteil sein, ebenso die früh hereinbrechende Dunkelheit; aber das Risiko war jetzt hundertmal größer als vorher.

Lorna, die in der Kajüte des Kapitäns allein zurückgeblieben war, sah die Gefahr ganz deutlich. Aber sie beunruhigte auch sie nicht mehr als Ramons Mannschaft. Sei es aus Vertrauen in seine Fähigkeit, ein schwieriges Hindernis zu überwinden, auf Grund ihrer Unfähigkeit zu begreifen, daß sie selbst auch sterblich war, oder einfach auf Grund ihrer Weigerung, den Sieg der Yankees zu akzeptieren – sie hatte keine Angst. Sie wünschte nur, sie hätte etwas zu tun, irgendeine Möglichkeit, die vor ihr liegenden Stunden hinter sich zu bringen.

Sie sah sich mit einer gewissen Neugierde in Ramons Quartier um. Es schien geeignet, auf engem Raum allen Erfordernissen gerecht zu werden. Eine breite, niedrige Koje nahm die eine Wand ein, darüber hing in einem Doppelbügel eine Öllampe, und darunter stand eine große, messingbeschlagene Seemannskiste. Eine zweite Lampe war an der Wand über dem Tisch befestigt, der unter zwei Bullaugen von angenehmer Größe stand. Sie beleuchtete die auf dem Tisch ausgebreiteten Seekarten sowie einen Behälter aus Silber und Messing, der ein Salzfäßchen mit einem kleinen silbernen Salzlöffelchen beinhaltete, dazu einen Pfefferstreuer und dickbauchige Fläschchen für Essig und Öl. An dem Tisch standen zwei schwere Stühle mit gedrechselten Beinen, und auf dem Fußboden darunter lag eine Matte aus gewobenem Stroh bis an alle vier Wände ausgebreitet, die in den tropischen Häfen für etwas Kühle sorgen sollte.

Schon wenige Minuten nachdem das Schiff den Hafen verlassen und die rauchende, von Panik heimgesuchte Stadt hinter sich gelassen hatte, wurde in der Kapitänskajüte eine Besprechung der Schiffsoffiziere abgehalten. Ramon kam als erster herein und erklärte ihr in wenigen kurzen Sätzen, was gleich stattfinden würde. Er machte nicht den Eindruck, als wolle er, daß sie hinausgehen solle, trotzdem konnte er sich wohl kaum wohl fühlen, als die Männer nacheinander in den kleinen Raum kamen.

Als erstes erschien der Erste Offizier, der in der Rangfolge direkt hinter Ramon stand. Er war ein großer, schlaksiger Mann mit sandfarbenen Haaren und himmelblauen Augen und hieß Earnest Masters, obwohl er allgemein Slick genannt wurde. Als er vorgestellt worden war, sprach er mit ihr in der langsamen, selbstbewußten, etwas langgezogenen Art der Leute aus Nordlouisiana. Nach ihm kam Frazier, der Ladungsaufseher, ein älterer Mann, kurz, dickbäuchig, mit glänzend polierter Glatze, die umrandet war von einem Kranz aus graumeliertem Haar, das sich bis zu seinem Kinn in Form ungeheuer breiter Koteletten hinunterzog. Er war ein Inselbewohner und stammte von den Bahamas, in deren Gewässern er auch der Lotse war. Schließlich kam noch der Zweite Offizier, der auch Steuermann war. Es war Christopher Sanderly, den Lorna schon gesehen hatte. Er war still und reagierte beinahe schüchtern, als sie ihm seine Börse zurückgab, und aus seinen haselnußbraunen Augen hinter der Brille blitzte ein intelligenter Blick – ein Eindruck, der sich bestätigte, als Ramon von ihm behauptete, er sei genial im Umgang mit Zahlen.

Es war kaum mehr Zeit als für ein kleines Lächeln und ein grüßendes Nicken für jeden der Männer, da öffnete sich die Tür plötzlich wieder mit einem Krachen.

»*Mon Capitaine*! Sie sagen, daß Ihr wieder zurück seid, aber ich muß es sehen mit meinen eigenen Augen! Ja, Ihr seid mir wirklich sehr willkommen, wahrhaftig, das sage ich Euch. Warum seid Ihr geblieben fort für so lange Zeit?«

Der Neuankömmling war ein kleiner, lebhafter Franzose, der das wilde Aussehen und den zerfransten Bart der Seeleute aus Marseilles besaß, zusammen mit der fröhlichen Stimmung der Akadier von Louisiana. Sein Name war Cupido, und er war schon seit fast dreißig Jahren Seemann – die meisten hatte er vor dem Mast verbracht, dann allerdings war er wegen einer verletzten Schulter, durch die sein Arm die Kraft eingebüßt hatte, zum Schiffskoch geworden. Er warf sich in die Brust, als er Lorna vorgestellt wurde, und um seine Zustimmung zu ihrer Erscheinung erkennen zu geben, rollte er, zu Ramon gewandt, ausdrucksvoll die Augen. Als nächstes bot er allen Anwesenden Schinkenbrötchen und heißen Kaffee an, um sie für die kommende Nacht zu stärken. Als Ramon dankend annahm, verließ der Franzose den Raum und zwinkerte vorher noch schnell Lorna zu.

Sie nahm einen der beiden Stühle, die die Kajüte aufzuweisen hatte, und stellte ihn in eine Ecke, bevor sie sich hinsetzte. Ramon nahm den anderen, drehte den Sitz zu sich herum, stellte einen gestiefelten Fuß darauf und lehnte sein Handgelenk auf ein Knie.

Es war nicht nötig, die Lage zu charakterisieren – jeder kannte sie. Die Einzelheiten, die Lorna nicht kannte, hatte Ramon ihr erklärt, bevor die anderen in die Kajüte gekommen waren. Sie fuhren mit halber Kraft, die Sicht betrug nur ein paar Meter, der Regen wurde vom Wind landeinwärts getrieben. Und als ob das nicht schon selbstmörderisch genug gewesen wäre – auf einem Fluß, der bekannt war dafür, daß seine Sandbänke sich über Nacht verschoben, und der jeden Tag genug Bruchholz mit sich trug, um daraus eine mittlere Stadt zu bauen –, wurde das Ganze noch gekrönt durch die Tatsache, daß sie keinen Flußlotsen an Bord hatten und genau auf die besten Kriegsschiffe zuhielten, die der Norden zu bieten hatte. Mit ihrer gegenwärtigen Geschwindigkeit, wenn man die Wirkung der Strömung mitrechnete, und vor allem, wenn sie Glück hatten, würden sie die etwa zweihundert Kilometer bis zum Golf in ungefähr fünfzehn Stunden schaffen – gerade rechtzeitig, damit die Wachschiffe in der Nachhut von Farraguts Flotte, die zweifellos an der Flußmündung patrouillierten, sie in der Morgendämmerung als Ziel zum Üben verwenden konnten. Und davor mußten sie erst noch an Farragut selbst vorbeikommen.

»Die Sitzung ist eröffnet«, sagte Ramon mit einem Lächeln. »Hat irgend jemand eine Vorstellung davon, wann wir eventuell dem Hauptteil der Flotte begegnen?«

Der Ladungsaufseher Frazier räusperte sich. »In den Docks hieß es, daß Farragut in den frühen Morgenstunden die Forts passiert hat. Wenn er direkt nach dem Kampf weitergefahren ist, mußte er jetzt schon fast vor den Toren von New Orleans sein.«

»Er würde mit der Geschwindigkeit des langsamsten Schiffes in der Flotte fahren müssen, also sagen wir vielleicht neun oder zehn Knoten, denn sie fahren ja flußaufwärts gegen die Strömung«, sagte der Zweite Offizier. »Außerdem ist anzunehmen, daß er nur langsam vorankommt, denn er kennt den Fluß vermutlich nicht und kann es sich nicht leisten, irgendeinem Südstaatenlotsen ganz zu trauen, den er vielleicht anheuern konnte. Unter diesen Umständen, und wenn man die Anzahl der Schiffe bedenkt, mit der er unterwegs ist, wäre es Wahnsinn, auch nachts zu fahren – das Risiko wäre zu groß, daß sie einander rammen, wenn es irgendeinen Unfall gibt.«

»Außerdem sind da noch die Geschütze in Chalmette. Die wird er ja wahrscheinlich gegen Morgengrauen passieren wollen, so wie die Forts.« Diese Überlegung stammte von Slick, dem Ersten Offizier, der seine schlaksige Gestalt an die Wand gelehnt hatte.

Ramon nickte kurz und kniff dann nachdenklich die Augen zusammen. »Also, wir können ziemlich sicher annehmen, daß wir ihm zwei bis drei Stunden flußabwärts begegnen, wenn wir langsam fahren oder für die Nacht ankern. Die Frage ist: Was machen wir dann?«

Einen Augenblick herrschte Schweigen. Christopher Sanderly sah von Ramon zu Slick und wieder zurück. Er öffnete den Mund, schloß ihn wieder und sagte schließlich: »Jetzt im Augenblick treiben viele brennende Schiffe auf dem Fluß, dazu eine ganze Reihe Baumwolltransporter, die die Blockade durchbrechen wollen wie wir. Dann noch einmal so viele Flußdampfer, sogar ein konföderiertes Panzerschiff. Und was wir so gehört haben, werden es noch mehr werden. Ich würde vorschlagen, wir stellen ein paar Fässer oder etwas Ähnliches mit feuchter Baumwolle auf, um eine Rauchwolke über uns zu erzeugen, in der wir aussehen wie einer von den anderen brennenden Kähnen. Wenn wir die Maschinen stoppen und einfach auf die Unionsflotte zutreiben, werden sie uns ausweichen und einfach vorübertreiben lassen.«

»Guter Gedanke, Chris«, lobte Ramon, und als dann der Zweite Offizier zu grinsen begann, sprach er weiter. »Er hat nur zwei kleine Fehler. Der erste ist, daß uns irgendeins von den Feuern außer Kontrolle geraten könnte, und der zweite, daß Schiffe wie die *Lorelei* für die Marine der Union von unwiderstehlicher Anziehungskraft sind. Sie brauchen immer noch jedes Schiff, dessen sie habhaft werden können, und nichts würde sie glücklicher machen, als sich einen schnellen Blockadebrecher zu schnappen, um ähnliche Schiffe damit jagen zu können. Solange keine richtigen Flammen oder ernsthaften Schäden an dem Schiff zu sehen sind, wenn es vorübertreibt, ist es einfach zu wahrscheinlich, daß sie eine Entertruppe aussenden würden. In dem Augenblick, in dem der Kampf beginnen würde, wären wir ihnen ausgeliefert, und sie würden Verstärkung schicken.«

Der Ladungsaufseher schüttelte den Kopf, so daß das Licht der Lampe auf seiner polierten Glatze glitzerte. »Das stimmt, ganz sicher. Ich sage, wir sollten diesen Fluß runterfahren, bis wir die Unionsschiffe sichten. Angenommen, sie sind dann noch in Bewegung, schlüpfen wir ans Ufer und machen da fest. Schließlich regnet es und ist dunkel, die sehen uns nie. Diese blauen Jungs würden einfach an uns vorbeifahren, und wenn der letzte um die Kurve ist, könnten wir die Leinen losmachen, und dann ab zum Golf.«

Ramon sah seinen Ersten Offizier an. »Na, Slick?«

Der große Mann zuckte die Schultern. »Ich schätze, die werden Unmengen von Wachen auf den Decks der ganzen Flotte haben – angesichts der vielen brennenden Schiffe, die ihnen begegnen, und weil sie ja auch in feindlichen Gewässern sind und nicht wissen, was sie da erwartet. Was passiert, wenn eins von diesen Dingern, die brennen wie die Fackeln und hell sind wie die verdammte Hölle, gerade dann an uns vorbeitreibt oder wenn der Herr im Himmel es so will und gerade einen Blitz schickt, der alles beleuchtet, wenn irgend so ein adleräugiger Yankee auf dem gerade vorbeifahrenden Kanonenboot in unsere Richtung sieht, der dann eine Kalziumrakete hochschicken kann, um sich das Ganze ein bißchen genauer anzusehen? Wir würden fünf Minuten brauchen, um wieder genügend Dampfdruck zu bekommen, damit wir weiterfahren können. In dieser Zeit wären wir genauso leicht zu treffen wie eine lahme Gans bei der Geflügeljagd. Ich glaube, es wäre ein Fehler anzuhalten.«

»Die anderen haben hauptsächlich Seeschiffe mit viel Tiefgang«, sagte Ramon langsam. »Es ist wahrscheinlich, daß sie in einer Reihe hintereinander flußaufwärts fahren und sich dabei in der Hauptströmung halten, also über eine Strecke von zehn oder fünfzehn Kilometern verteilt sein werden. Wenn wir entdeckt werden und ein Schiff anfängt, auf uns zu schießen, werden die anderen in der Reihe gewarnt. Wir müßten dann sozusagen Spießruten laufen.«

»Das stimmt«, sagte Slick. »Die Yankeeschiffe weiter hinten in der Reihe würden bereit sein und schon auf uns warten, und es gäbe keine Möglichkeit, ihnen zu entkommen. Aber wenn ich die Wahl hätte, würde ich lieber versuchen, mit Geschwindigkeit zu entkommen. Die *Lorelei* macht vierzehn Knoten, vielleicht mit Volldampf noch etwas mehr, und die Flußströmung hier wird das noch ein Stück verbessern. Ich würde sagen, wir rasen voll auf sie zu und sind schon an ihnen vorbei, bevor sie die Hand umdrehen können, geschweige denn ihre Kanonen in Anschlag bringen.«

Lorna sah die anderen an, in ihren Gesichtern lag schweigende Zustimmung mit den Überlegungen des Ersten Offiziers. Aus dem Lächeln auf Ramons Gesicht schloß sie, er sei auch damit einverstanden. Er stand auf und drehte seinen Stuhl wieder unter den Tisch.

»Also werden wir es so machen«, sagte er.

Einen Augenblick später kam Cupido mit dem Kaffee und den Brötchen zurück, die mit dicken Schinkenscheiben belegt waren. Die Männer unterhielten sich beim Essen, besprachen noch die Einzelheiten des Plans, mit dem sie in der kommenden Nacht vorgehen wollten, und Cupido stand mit dem Tablett in der Hand neben ihnen und hörte zu, zufrieden, daß es ihm gelungen war, genau rechtzeitig zum Ende der Besprechung zu kommen. Als sie fertig waren, gingen sie ebenso formlos, wie sie gekommen waren, wieder hinaus, und Ramon kehrte mit den anderen an Deck zurück.

Lorna stand auf, machte eine Runde durch die Kajüte, blieb stehen, um sich die Seekarten auf dem Tisch anzusehen, wandte sich dann hinüber zu dem kleinen Fenster und starrte hinaus. Draußen sah sie in einiger Entfernung das orangefarbene Leuchten brennender Schiffe, die flußabwärts getrieben wurden.

Es war einfach lächerlich, so empfindlich zu sein. Wahrscheinlich war es so normal, daß in dieser Kajüte eine Frau war, daß er es nicht für nötig gehalten hatte, etwas dazu zu sagen. Da Ramon der Kommandierende war, würde es unhöflich, wenn nicht gar ungehorsam wirken, wenn seine Offiziere ihr zuviel Aufmerksamkeit widmeten. Wenn sie sich fühlte wie ein Eindringling, war das eigentlich nicht verwunderlich, denn genau das war sie auch. Wenn man sie behandelte wie eine Ausgestoßene, dann war das ihre eigene Schuld, denn sie hatte Ramon zu gut erkennen lassen, daß sie sich hier in New Orleans verloren fühlte und nicht wußte, was sie tun oder wohin sie gehen sollte.

Sie hätte einfach nicht zulassen dürfen, daß er sah, wie der Abschied von ihm sie verwirrte. Sie hätte gegen seine plötzliche Entführung protestieren sollen, die Stellung zurückweisen, die er ihr zugewiesen hatte. Sie hatte nichts dergleichen getan, konnte sich also jetzt auch nicht beklagen.

Warum hatte sie es nicht getan? Warum hatte sie zugelassen, daß er für sie entschied? Sie konnte ihre Erschöpfung und ihr Entsetzen angesichts des wilden Aufruhrs in ihrem bisher so ereignislosen Leben dafür verantwortlich machen. Sie konnte sagen, ihr sei nicht klar gewesen, was er vorgehabt habe, daß es so schnell geschehen war, daß sie keine Zeit zum Denken gehabt hatte. Keines von beiden war wirklich wahr, obwohl beides sicher eine Rolle gespielt hatte. Aber eigentlich war es so, daß in ihr bei dem Gedanken daran, wie Ramon frei und ungehindert den Fluß hinunterfuhr, dabei die entwürdigenden Ereignisse der vergangenen Tage und deren beunruhigende Konsequenzen hinter sich ließ, der Wunsch entstanden war, mit ihm zu fahren, und das

Verlangen danach war so stark gewesen, daß es sie wirklich verwirrte. Zu entkommen, in den blauen Himmel und den Sonnenschein hinauszusegeln, weg von allem, was sie je gekannt hatte, weg von ihrer trostlosen Kindheit und den häßlichen Erinnerungen, die ihr gefolgt waren, jenseits der Reichweite des Gesetzes und Nate Bacons, das war plötzlich ein absolut brennender Wunsch gewesen. Sie hatte gewußt, daß Ramon diesen Wunsch würde erfüllen können, deswegen hatte sie mit ihm gehen wollen. Das hatte nichts damit zu tun, was für ein Mann er war oder was sich zwischen ihnen beiden ereignet hatte.

Natürlich hatte es das nicht! Wie hätte es schon eine Anziehung zwischen ihnen geben sollen, die mehr war als nur vorübergehender fleischlicher Genuß – schließlich kannten sie sich erst seit ein paar kurzen Stunden, und das auch noch unter äußerst widrigen Umständen. Er hatte sie benutzt, und jetzt benutzte sie ihn. Es war ganz einfach.

Und nun, wo sie hier war auf dem Blockadebrecher in voller Fahrt – war das wirklich das, was sie gewollt hatte? Sie wußte es nicht. Es war so schwierig, sich über ihre Gefühle klarzuwerden. Nicht nur ihr Leben änderte sich, war in seiner bisherigen Weise zerstört, sondern die ganze Welt, die sie gekannt hatte. Sie war darüber nicht unglücklich; sie war sogar erleichtert, wenn auch etwas ängstlich, was die Zukunft betraf – und den Mann, der sie aus New Orleans mit sich genommen hatte.

Aber schließlich war doch alles ganz einfach. Es gab niemanden, bei dem sie lieber sein wollte, keinen anderen Ort, an dem sie lieber gewesen wäre.

7. KAPITEL

Die Zeit verging kriechend. Das Schiff schien nur endlos langsam voranzukommen. Regen klatschte auf die Decks über Lornas Kopf, und der Donner rollte. Der hölzerne Schiffsrumpf mit der dünnen Eisenschicht darauf quietschte, weil der Dampfer in der windgepeitschten Strömung schwankte. Die Lampen schwangen hin und her und warfen unsichere Schatten an die Wände. Lorna konnte sich nicht entschließen, sich auszuziehen und hinzulegen. Falls die *Lorelei* getroffen wurde, wollte sie nicht unbekleidet und im Halbschlaf sein. Sie ging in der Kajüte herum, setzte sich auf die Koje und sprang wieder auf. Als sie ihr eigenes Abbild im Spiegel des Waschtisches sah, zog sie eine Grimasse angesichts des ungekämmten Kopfes, den sie erblickte. Um sich zu beschäftigen, blieb sie schließlich vor der Seemannskiste am Fuß der Koje stehen und streckte die Hand aus, um den Deckel zu heben.

Darin lag, auf dem oberen Koffereinsatz, die Jacke einer dunkelblauen Uniform mit grauen Klappen an den Taschen, Epauletten mit Goldfransen und Messingknöpfen, die ein geprägtes Abbild eines unter Dampf stehenden Schiffes und das verschnörkelte Wort *Lorelei* darunter trugen. Passend zu der Jacke waren auch noch ein Paar graue Hosen mit einem dunkelblauen Streifen an jeder Seite dabei. Unter dem obersten Koffereinsatz lag Kleidung, die eher alltäglich war: Jakken und Hosen in dunklen Farben, helle Westen, Seidenkrawatten und steif gestärkte Hemden.

Diese Kleidungsstücke sah sie auf den ersten Blick, aber dann bemerkte sie einen Segeltuchbeutel, der achtlos unter das Leinen geschoben war. Als sie vorsichtig mit einem Finger darauf drückte, spürte sie, wie der Inhalt wegrutschte, und hörte das feste, metallische Klingen von Gold. Sie nahm an, daß weiter unten noch mehr solche Beutel lagen, aber sie forschte nicht weiter nach. In dieser Seemannskiste, unverschlossen in der ebenfalls unverschlossenen Kajüte, lag ein Vermögen in Gold. Kein Wunder, daß es Ramon nichts ausgemacht hatte, ein paar Münzen für den Service an Bord der *Rose von Sharon* auszugeben.

Sie ließ den Deckel der Kiste zufallen und wandte sich heftig ab. Blockadebrechen war ein einträgliches Geschäft, das wußte sie. Aber als sie das harte Gold sah anstatt der konföderierten Kriegsanleihen – Papierscheine, die seit ihrer Ausgabe ständig an Wert eingebüßt hatten –, kamen ihr plötzlich gewisse Dinge zu Bewußtsein, die ihr durch etwas anderes wohl kaum so klar geworden wären. Sie dachte an all das Gold aus dem Süden, das in die Hände der Blockadebrecher und deren Lieferanten floß – und von da aus in die Truhen der englischen Zulieferer, von denen die Waren stammten, die hereingebracht wurden. Plötzlich war sie entsetzt. Die Staaten des Südens waren reich gewesen, unglaublich reich, bevor der Bürgerkrieg begonnen hatte; aber wie lange würden sie es sich noch leisten können, so viel Geld zu investieren, während die Baumwoll- und Zuckerrohrfelder, die es erwirtschaftet hatten, brachlagen? Und wenn das Geld verbraucht war, würde das dann die Niederlage bedeuten?

Der Süden mußte gewinnen, bald; er mußte einfach. Die Verluste, die Veränderungen, die jedes andere Ergebnis bewirken würde, schienen ihr undenkbar. Also mußte die *Lorelei* durchkommen. Egal, wieviel Gewinn die Blockadebrecher machten – Männer wie Ramon waren immer noch die große Hoffnung des Südens.

Sie konnte sich, während sie dort in der warmen, trockenen, sicheren Kajüte stand, einfach nicht vorstellen, daß das Schiff noch vor dem Morgen vielleicht zerstört werden und auf den Grund des Flusses sinken würde. Ihr Gehirn ließ diesen Gedanken in einem Akt des Selbstschutzes einfach nicht zu. Und dennoch erkannte sie mit Furcht, wie schnell der Augenblick näher kam, in dem das erste Schiff der Unionsflotte gesichtet werden würde.

Es gab ein Regal mit ordentlichen Reihen von Büchern über der Koje. Lorna sah sich die Titel an: Es waren Scotts *Ivanhoe*, ein dicker Band mit Geschichten berühmter Seeschlachten, gesammelte Gedichte von Edward Young und Alexander Pope, Defoes *Robinson Crusoe*, Michauds *Geschichte der Kreuzzüge*, Thierrys *Geschichte Frankreichs*, eine Abhandlung von Chateaubriand und Werke von Dumas, Flaubert und anderen. Sie nahm *Die drei Musketiere*, ging zu einem der Stühle, setzte sich hin und begann darin zu blättern.

Sie las hier ein paar Zeilen und dort ein paar, fing wieder von vorn mit den ersten Zeilen an, aber die Worte schienen keine Bedeutung zu haben. Sie warf das Buch zur Seite, legte die Arme übereinander auf den Tisch und lehnte sich vor, um die Stirn darauf zu stützen. Ihre Augen brannten, und ihr Kopf schmerzte. Als sie so dasaß, drang der Duft des Kaffees und des Essens herüber, das noch auf dem Tablett an der anderen Seite des Tisches stehengeblieben war, nachdem die Männer sie verlassen hatten. Sie war nicht hungrig, hatte auch vorher kaum mehr als ein paar Schlucke Kaffee getrunken, aber eine gewisse Schwäche in den Knien sagte ihr, daß es an der Zeit war, etwas in den Magen zu bekommen. Sie richtete sich auf, griff nach einem Brötchen mit einer dicken Scheibe Schinken darin und goß sich eine Tasse lauwarmen Kaffees ein.

Und es war eine gute Idee, daß sie etwas gegessen hatte, denn kurze Zeit später kam der französische Koch herein, nachdem er geklopft hatte. Er war gekommen, so sagte er, um abzuräumen. Das war so üblich. Der *capitaine* wolle nicht, daß irgendwelche Gläser herumflogen, wenn es zum Beschuß kam.

»Ich glaube, Euer Name ist Cupido«, sagte sie mit müdem Lächeln, als ihr klar wurde, wie schwach ihr Versuch war, den Schiffskoch durch ein Gespräch noch etwas am Gehen zu hindern.

»*Oui, Mademoiselle.*« Er trat zum Tisch und begann, die Überreste des improvisierten Mahls auf das Tablett zu stellen. »Ich entschuldige mich, daß ich so spät komme, um diese Sachen abzuholen. Ich wollte genug zu essen vorbereiten, damit im Falle eines Kampfes alles bereit ist. Dann kann ich nämlich kein Feuer machen, Ihr versteht. Ich hatte beinahe vergessen, daß ich Euch den Kaffee hiergelassen hatte. Wir sind nicht an Frauen gewöhnt – an Bord dieses Schiffes, nein, wirklich nicht.«

Sie schüttelte mit einem kleinen Lachen den Kopf. »Ihr denkt doch wohl nicht, daß ich das glaube.«

»Aber ja!« Er hob eine Augenbraue und sah sie erstaunt an. »Es ist nicht erlaubt. Ramon, er sagt immer, daß die Frauen nur Schwierigkeiten machen. Was ein Mann an Land tut, ist seine Sache, aber keiner bringt seine *amours* mit an Bord, nicht in Gestalt einer schönen Frau.«

Seine Entrüstung war amüsant, aber sie erlaubte sich nicht, noch einmal zu lächeln. »Er . . . ist ein harter Kapitän, M'sieur Cazenave?«

»*Non, mais non*, habe ich das etwa gesagt? Er ist immer fair, immer großzügig, aber es gibt gewisse Dinge, die verlangt er von uns. Ein sauberes Schiff, heißes Essen, einen straffen Tagesplan; manche Dinge erlaubt er nicht: die Frauen, lose Teller und Tassen in gefährlichen Situationen . . . und wenn man hinter seinem Rücken über ihn spricht.«

Die Rüge war deutlich, selbst wenn ein Schulterzucken und ein Augenzwinkern sie begleiteten. Sie reagierte sofort und änderte das Thema. »Gehe ich recht in der Annahme, daß die Unionsflotte noch nicht gesichtet worden ist?«

»*Oui, Mademoiselle*. Das hättet Ihr am Geräusch der Maschinen gehört – und an der Stille und der Dunkelheit bemerkt. Aber bald, denke ich, wird es soweit sein.«

Als Cupido fort war, ging Lorna zu den Lampen und drehte den Docht herunter, um nicht die Unionsleute durch Licht in den Bullaugen aufmerksam zu machen. Danach begann sie wieder, auf und ab zu gehen. Etwa eine halbe Stunde später hörte der Regen auf. Er erstarb so langsam, daß sie kaum hätte sagen können, wann er wirklich vorüber war. Er war in den vergangenen paar Tagen zu einem so beständigen Hintergrundgeräusch geworden, daß es nur wenige Augenblicke dauerte, bis Lorna bemerkte, daß er aufgehört hatte. Warum verließ er sie gerade jetzt, wo sie seinen Schutz für das Schiff so nötig gebraucht hätten? Es erschien ihr wie ein Verrat.

Zum hundertstenmal ging sie zu einem der Bullaugen und sah hinaus. Aber es war immer noch nichts zu sehen, kein Lichtschimmer, keine Andeutung von Bewegung im Dunkel. Sie fühlte sich hier in der Kajüte unter Deck so furchtbar eingeschlossen. Dann und wann konnte sie hören, wie sich die anderen über ihr bewegten, ihre gedämpften Stimmen, das leise Weitergeben eines Befehls. Es war stickig in der Kajüte, die Luft schwer vom Geruch des Petroleums und dem Ruß der ausgelöschten Lampen. Das Bedürfnis nach frischer Luft, der Drang zu erfahren, was gerade geschah, waren zu stark, um sie noch länger verleugnen zu können. Sie drehte sich plötzlich um, durchquerte den Raum und ging hinaus. Der Gang war kühl und finster. Links lagen die Kajüten der anderen Offiziere und die Mannschaftsquartiere, rechts, wenn sie sich recht erinnerte, lag die Kajütentreppe, über die sie heruntergeführt worden war. Sie ließ im Dunkeln eine Hand an der Wand entlanggleiten und ging langsam auf die Treppe zu. Dann stieß ihr Fuß in den Reitstiefeln gegen die unterste Stufe der leiterähnlichen Treppe. Sie hob ihre Röcke und begann hinaufzusteigen.

Das Stampfen der mächtigen Kolben, die die großen Schaufelräder antrieben, klang wie ein ungeheurer Herzschlag, ein donnerndes Geräusch, dessen Echo aus dem Klatschen des Wassers zu tönen schien, das von den Rädern in den Fluß zurückrauschte. Es füllte die Nacht, war wie betäubend in der Stille. Obwohl der Regen aufgehört hatte, war das Deck noch naß – die Blitze hinter ihnen im Nordwesten spiegelten sich darin. Der Blockadebrecher hatte nur wenig Tiefgang und drückte sich so dicht wie möglich an das östliche Ufer am Rand der Fahrrinne entlang. Lorna konnte gerade noch den dichten Schatten der Bäume am Ufer erkennen und den Wind durch die Zweige rauschen hören. Er bauschte auch ihre Röcke, drückte den Kragen ihrer Jacke gegen ihre Wange und warf die Gischt des Flusses in ihr Gesicht, so daß sie, erschreckt durch die Frische, tief einatmete.

Sie wollte niemandem im Weg sein; trotzdem wollte sie etwas sehen. Sie hielt sich dicht an den Deckaufbauten und bewegte sich langsam auf den Bug zu. Sie hörte das leise Murmeln von Stimmen. Noch ein paar Schritte weiter, und sie hatte den Schutz der Deckaufbauten verlassen. Der Wind traf sie wie ein Schlag, und sie schwankte ein paar Schritte lang, erreichte die Reling, bevor sie ihr Gleichgewicht wiedergewonnen hatte.

Vor ihr lag der Fluß wie eine riesige schwarze, gewundene Allee. Das Wasser schien eine Spur heller zu sein als die Ufer an der Seite, vielleicht weil es die winzigen Spuren von Helligkeit aus dem wolkigen Nachthimmel widerspiegelte. Das Flackern der Blitze erzeugte ein unheimliches, plötzliches Licht, schien aber gleichzeitig der Landschaft die Farbe zu entziehen und sie in Grau und Schwarz zu hinterlassen. Sie hatten die brennenden Schiffe wohl überholt, denn keines war in der Umgebung zu sehen. Der Fluß erstreckte sich klar und leer; während der Blitzschläge konnte sie sehen, daß die Wasseroberfläche vom Wind geriffelt war und kleine

Schaumkronen trug. Ohne Vorwarnung kam plötzlich der Regen wieder und schloß sich um sie wie eine dichte, dunkle Decke. In diesem plötzlichen Gegensatz sah sie ihn, den winzigen Lichtpunkt, der wankte und hüpfte und sich langsam näherte. Im selben Augenblick ertönte ein leiser, aber weit tragender Ruf über ihr.

»Schiff voraus! Tod droht!«

Sie hatte irgendeine heftige Reaktion erwartet, ein Gewirr von Befehlen, Leute aus der Mannschaft, die hierhin und dorthin rannten, um Posten zu besetzen. Statt dessen wurden nur die Maschinen ruhiger, es ertönte das leise Gurgeln von Dampf, der unter Wasser abgelassen wurde, und die Schaufelräder verlangsamten ihren Rhythmus. Irgendwo in ihrer Nähe wurde das Licht einer Laterne mit einem durchlöcherten Tuch gedämpft. Der einzige Lichtschimmer auf dem Oberdeck kam vom Ruderhaus, war aber durch einen festen Holzschirm abgeblendet.

Donner rollte, und Regen klatschte herunter. Das orangefarbene Licht auf der Mastspitze des Kriegsschiffes kam durch das Dunkel langsam näher. Lorna stand an der Reling, die Hände fest um den Rand geschlossen, und Regen wurde in ihr Gesicht getrieben.

Ein Schritt ertönte dicht hinter ihr. Sie wirbelte herum und sah einen Mann aus der Mannschaft neben sich stehen, sein Körper war angespannt, als habe er eine Erscheinung gesehen. Er wandte sich ab und verschwand schnell aus ihrem Blickfeld. Einen Augenblick später hörte sie seine Stimme in einer leisen Warnung: »Käpt'n!«

Fast im selben Augenblick tauchte Ramon aus der Dunkelheit auf. Seine Stimme klang scharf, als er fragte: »Was tust du hier oben?«

»Ich brauchte nur etwas frische Luft.«

»Ich muß dich bitten, sofort wieder unter Deck zu gehen. Lege dich in die Koje und decke dich zu, auch den Kopf.

Bewege dich nicht von der Stelle, bis jemand kommt und dich holt.«

Sie zögerte und stellte dann die Frage, die sie beunruhigt hatte: »Und wenn wir getroffen werden, wenn die *Lorelei* versenkt wird?«

Er verstand sofort, was sie meinte. »Es wird auf jeden Fall genug Zeit sein, dich an Deck zu bringen, bevor sie untergeht. Die allergrößte Gefahr sind explodierende Geschosse, fliegendes Glas und Holzsplitter. Ich habe keine Zeit für Diskussionen oder sanfte Überredungskunst. Gehst du jetzt freiwillig, oder muß ich dich tragen?«

»Ich gehe natürlich«, sagte sie mit ruhiger Stimme als Gegengewicht zu der scharfen Ungeduld in seinem Ton. »Ich möchte dir auf keinen Fall hinderlich sein.«

»Da du immer noch wach bist – gehe ich recht in der Annahme, daß die Lampen in der Kajüte noch brennen?«

Sie hatte sich umgedreht und war einen Schritt zurück in die Richtung gegangen, aus der sie gekommen war. Sie wandte sich kurz um und sagte: »Nein, selbst ich sah die Notwendigkeit, sie auszumachen.«

Als sie wieder fortgehen wollte, sagte er: »Warte.«

»Was ist denn?«

»Möchtest du gern Farraguts Flaggschiff sehen?«

»Du meinst . . .?« Sie sah ihn im Dunkeln an und schaute dann wieder unsicher zu dem Licht auf dem Fluß.

»Dort drüben ist sie, die *Hartford*, Farraguts Lieblingsschiff, das erste in der Reihe. Es sieht aus, als wenn sie für die Nacht festgemacht hätten.«

Sie trat einen Schritt vor und strengte ihre Augen an, um etwas zu erkennen. Dabei bemerkte sie kaum, daß Ramon sich neben sie stellte, den Rücken dem Wind zugewandt, um sie etwas vor dem Regen zu schützen. Das Licht wuchs, schien aufzublühen, teilte sich in zwei Laternen, die in der Takelung des Schiffes hingen, dann in drei. Ihr Leuchten ließ die Sparren und Masten erkennbar werden, die immer noch zum Kampf abgetakelt waren bis auf die Vorder-, Haupt- und Besamtopsegel. Die anderen Segel waren aufgegeit und tropften vom Regen. Das Schiff, das dort vor Anker lag, war eine schraubengetriebene Schaluppe mit vierundzwanzig Geschützen und zwei Schornsteinen, besaß aber die anmutige Gestalt eines Segelschiffes.

»Sie ist eine Schönheit«, sagte Ramon, und aus seiner Stimme klang Bewunderung.

Ein schönes Ding, das der Zerstörung dient, dachte Lorna, sagte es aber nicht. »Also wirst du sie zu passieren versuchen?« fragte sie schließlich, als die *Lorelei* langsam weiterfuhr.

»Ich hoffe, wir können uns sozusagen vorbeischleichen – und auch noch an denen, die hinter ihr liegen.«

»Hoffentlich bleibt der Regen.«

»Ja«, antwortete er, doch seine Stimme klang etwas abwesend, da er Lorna neben sich in der feuchten Dunkelheit betrachtete.

Sie hatten das Schiff beinahe erreicht. Lorna hatte das Gefühl, sie müßte jetzt etwas tun, anbieten, unter Deck zu gehen, aber sie brachte es irgendwie einfach nicht fertig. Sie stand wie angewurzelt da und beobachtete, wie das Flaggschiff durch das Dunkel näher kam, wartete auf den Ruf, der bedeuten würde, daß sie gesichtet worden waren, bereitete sich innerlich auf das Brüllen der Geschütze vor. Nichts geschah. Das Schiff lag ruhig da und schwang an den Ankerketten hin und her, ertrug den klatschenden Regen in dumpfer Stille. Die Männer darauf waren vermutlich erschöpft von der Schlacht, die sie an diesem Tag geschlagen hatten, und von den Reparaturarbeiten, die danach nötig gewesen waren; sie schliefen wahrscheinlich im Vorschiff wie die Toten. Außerdem mußte sich jemand um die Verletzten kümmern, die Toten mußten für die Bestattung entweder zu Wasser oder an Land vorbereitet werden, die dann vorgenommen werden würde, wenn sie New Orleans erreicht hatten. Vermutlich erwartete niemand, daß ein Blockadebrecher mit Baumwolle verrückt genug sein würde, in der sturmgepeitschten Gefahr der Nacht an ihnen vorbeifahren zu wollen.

Der kreolische Blockadebrecher neben ihr schwieg, gab ihr seine Gegenwart, seinen Schutz, ohne großes Trara, verkörperte den Mut eines jeden der Männer auf dem Schiff. Lorna wurde sich plötzlich eines Gefühls von Gemeinsamkeit bewußt – eines Gefühls der Gefahr, die sie teilten und die sie alle einander näherzubringen schien, so nah, wie sie nie einem Menschen bisher gewesen war. Es war eine beunruhigende Empfindung, die sie eigentlich nicht so recht zulassen konnte, denn sie fürchtete, daß sie sich nach deren Verlust noch viel einsamer fühlen könnte als zuvor.

Sie waren vorüber, ließen die *Hartford* hinter sich. Vor sich sahen sie die nächste Laterne, den Bug des nächsten Schiffes. »Ich glaube, ich gehe jetzt besser hinunter«, sagte Lorna leise, »aber ich bin dir sehr dankbar, daß ich so lange bleiben durfte.«

Seine Stimme klang kurz angebunden, beinahe so, als bedauere er den Gedanken, als er antwortete: »Gern geschehen.«

Die Minuten und Stunden waren vorher schon nur langsam vergangen – jetzt schienen die Zeiger der Uhr überhaupt nicht mehr zu wandern. In der Kajüte stand Lorna eine Weile an einem der Bullaugen; sie konnte jedoch nichts sehen, denn es befand sich auf der Backbordseite des Schiffes, während die Unionsflotte an Steuerbord der *Lorelei* vor Anker lag. Es war kein Geräusch auf dem Dampfer zu hören, außer dem langsamen Stampfen der Kolben, das sich mit dem Donner und dem Prasseln des Wassers von den Schaufelrädern mischte. Nach einer Weile bemerkte sie, wie angespannt ihre

Muskeln waren, so als erwarte sie einen Schlag. Sie konnte weder sehen noch hören, war auf tatenloses Warten beschränkt, und so schien es ihr das beste, zu tun, was Ramon ihr empfohlen hatte. Sie ging zur Koje und legte sich hinein, starrte in die Dunkelheit, die Hände steif an ihre Seite gelegt und zu Fäusten geballt.

Vor ihrem inneren Auge stand das Bild des Dampfers, der wie ein Spuk an einer endlosen Reihe von Schiffen vorbeiglitt – schwarzen, schattenhaften Gebilden in der Mitte des Mississippi, von Regen gepeitscht, nur durch ihre schwankenden Lichter genau auszumachen. Nach einiger Zeit hatte sie den Eindruck, als könne sie hören, wenn die *Lorelei* eines der Schiffe passierte; die Geräusche der Nacht veränderten sich dann, bekamen einen eigenständigen Charakter – wie das hohle Klingen eines Echos. Als es wieder und immer wieder kam, ohne daß die *Lorelei* dabei in Gefahr geriet, begann sie sich zu entspannen. Das sanfte Heben und Senken des Schiffes im Wasser war beruhigend. Während sich ihre Spannung löste, stieg gleichzeitig eine ungeheure Müdigkeit in ihr auf. Ihre Beine und Arme waren so schwer, zogen sie regelrecht in die Koje hinein. Ihre Augen brannten, und sie senkte die Lider für einen Augenblick.

Die Nacht explodierte mit einem berstenden Krachen, das von einer Uferlinie zur anderen hallte. Gleich darauf hörte sie über sich ein Knirschen und das Klirren von zerbrechendem Glas. Das Schiff schwankte von dem Schlag, so daß Lorna gegen die Wand geworfen wurde. Das Schaufelrad an Steuerbord hob sich aus dem Wasser und drehte sich wild in der Luft, bevor sich das Schiff wieder mit einem Rumpeln ins Wasser senkte. Während Lorna sich an den Seiten der Koje festhielt, hörte sie das schrille Pfeifen, mit dem Luft durch die Röhren hintergeblasen wurde, die die Verbindung zum Maschinenraum bildeten. Sofort beschleunigte sich der Rhythmus der Schaufelräder wieder.

Erneut ertönte das erschütternde Krachen großer Geschütze, und das Geräusch rollte über das Wasser. Die Geschosse klatschten in der Nähe in den Strom, als wären die Schüsse zu kurz gewesen. In der Pause, die dann folgte, schien es Lorna, als könne sie das ferne Hallen von Befehlen an Bord des Unionsschiffes weit rechts drüben hören, dann erfolgte der dritte Kanonenschuß.

Das Geschoß kam singend herüber, ein hohes, tödliches Pfeifen, das, ohne Schaden anzurichten, über sie hinwegzischte. Ihr Bedürfnis aufzuspringen, etwas zu tun, was immer es auch sei, raste wie wütend in ihrem Innern. Sie fühlte sich so nutzlos, da sie hier lag, eine lästige Verantwortung, denn sie war weder für sich noch für die Männer an Bord von Nutzen oder eine Hilfe.

Würde jetzt alles hier in dieser nassen Aprilnacht enden? Es war schon möglich, daß sie es nicht anders verdiente. Die Mühlen der Götter mahlten vielleicht doch nicht immer langsam. Mit weitgeöffneten Augen sprach sie ein stilles Gebet und wartete auf den nächsten Schuß. Er kam nicht. Mit wirbelnden Schaufelrädern tauchte die *Lorelei* in die regendurchtränkte Nacht, unbeirrbar auf ihrer wilden und doch genau berechneten Fahrt zum Meer.

Vielleicht war es die Sonne, die Lorna weckte, vielleicht auch das Geräusch von Schritten draußen auf dem Gang. Sie lag noch etwas verwirrt, aber mit geöffneten Lidern da, als Ramon hereinkam. Er sah ihr in die Augen, als er die Tür hinter sich schloß. Dann ließ er die Klinke los, zog sich einen Stuhl unter dem Tisch hervor und ließ sich mit der Schwere der Erschöpfung hineinfallen. Einen Augenblick saß er still, dann begann er langsam, seine Stiefel auszuziehen.

»Also sind wir jetzt in Sicherheit?« fragte sie mit rauher Stimme.

»So sicher, wie wir hier sein können, wo die Marine der Union überall ihre Schiffe hat.«

170

»Sind wir schon im Golf?«

»Wir kommen gerade aus der Mississippimündung ins tiefblaue Wasser, aber am gefährlichsten Punkt sind wir vorbei.« Er ließ mit einem Krachen einen Stiefel auf den Boden fallen und begann, an dem anderen zu ziehen.

Er schien kaum zu bemerken, was er sagte. Das überraschte sie nicht. Außer den wenigen kurzen Stunden an Bord des Flußdampfers hatte er in den letzten drei Tagen kaum geschlafen. Ihre nächste Frage folgte, ohne daß sie darüber nachdachte; entsprang, so nahm sie an, lediglich einem natürlichen Gefühl der Sorge um ein anderes menschliches Wesen. »Hast du schon etwas gegessen?«

»Mit den Männern, ja.« Er stellte den anderen Stiefel weg und stand auf, begann, das Hemd aus der Hose zu ziehen.

Sie senkte die Wimpern. »Ich habe das Krachen gehört und hatte das Gefühl, daß wir getroffen worden sind, stimmt das?«

»Ja.«

»Ist jemand verletzt worden?«

»Nur ein paar Kratzer. Ein Geschoß hat das Gehäuse des Schaufelrades getroffen, nichts Ernstes.«

»Also haben wir Glück gehabt.« Aus dem Augenwinkel sah sie, wie er sein Hemd über den Stuhl warf, auf dem er gesessen hatte.

»Es war eines der letzten Kanonenboote, das auf uns geschossen hat«, sagte er. »Dahinter kamen noch zwei, Flußdampfer, die zu Kanonenbooten umgebaut worden sind, aber sie konnten nicht bis zu uns schießen, vielleicht haben sie uns auch nicht richtig gesehen.«

Sie hörte das Rascheln seiner Twillhose, als er sie auszog und zu seinem Hemd warf. Die Koje senkte sich etwas, als er sich auf die Kante setzte. Lorna rückte mit einer schnellen Bewegung zur Seite und machte ihm Platz, und er schlüpfte unter die Decke. Seine breite Gestalt nahm fast drei Viertel des Platzes in Anspruch. Seine Wade berührte die ihre, und sie wich ihm aus, drückte sich auf ihrer Seite gegen die Spanten und sah ihn an, als wäre sie in Verteidigungsstellung.

Er roch nach frischer Salzluft mit einer Grundnote warmer Männlichkeit. Seine Augen waren blutunterlaufen, und seine Bartstoppeln bildeten einen dunklen Schatten auf seiner braunen Haut. Als sie ihn ansah, ließ er die Augen zufallen, und sie schlossen sich so fest, daß seine Wimpern, dunkel und geschwungen, sich ineinanderlegten. Sie spürte die Wärme, die sein Körper ausstrahlte, und wurde sich dadurch der Tatsache bewußt, daß sie immer noch ihr Kleid trug, dessen langer Rock um ihre Knie und Schenkel gewickelt war. Sie hatte sich nicht entschließen können, sich auszuziehen, nicht einmal als sie das Gefühl hatte, sie könnten vielleicht in Sicherheit sein. Jetzt, wo sie den Regen hinter sich gelassen hatten und die Sonne schien, war die Luft in der Kajüte drückend und von Wärme aufgeheizt..

»Können wir nicht ein wenig Luft hereinlassen?« fragte sie.

Seine Antwort war ein undeutliches Geräusch, aber sie wertete es als Zustimmung. Sie kletterte über ihn hinweg, stand mühsam auf und schüttelte ihren Rock aus. Dann ging sie hinüber zum Bullauge, drehte den schweren Bolzen, der den Rahmen geschlossen hielt, und schwenkte das Fenster weit auf.

Die Brise aus dem Golf strömte in die kleine Kajüte, füllte sie mit Seetanggeruch und der schläfrigen Hitze des Tages. Sie schmeichelte mit einer sanften Berührung über Lornas Gesicht, hob weiche Löckchen und ließ sie über ihre Wangen flattern. Sie griff in ihren Nacken und lockerte ihr Haar, breitete die seidene Fülle mit den Fingern aus, so daß es wild über ihren Rücken herunterhing wie ein glänzender Vorhang. Sie versuchte, eine verwirrte Stelle zu lösen, und schaute dabei aus der Öffnung, durch die sie das Wasser sehen konnte, das in sonnengebadeten Wellen dahintanzte und bis zum Horizont reichte. Es war so tief und undurchdringlich blau wie spanische Tinte oder wie die gemalten Augen einer Puppe, die sie als Kind gehabt hatte. Es war kein Land mehr zu sehen – nichts außer endlos weitem Wasser. Louisiana, die besetzte Stadt New Orleans und Nate Bacon lagen weit hinter ihr.

Bei diesem Gedanken spürte sie, wie ihr leichter ums Herz wurde, wie sich ihre aufgestaute Angst löste. Sie warf in einer spontanen Geste der Freiheitslust ihr Haar zurück und schüttelte es mutwillig, so daß der weiche Wind es flattern ließ. Plötzlich mußte sie gähnen, und sie streckte sich und reckte einen Arm nach hinten, um die verspannten Nackenmuskeln zu massieren, während sie gleichzeitig ihre Lungen mit sauberer, warmer Luft füllte.

Wie herrlich wäre es, die warme Brise auf der Haut zu spüren. Sie drehte sich um und warf einen kurzen Blick auf Ramon, aber er lag unbeweglich da, seine Augen waren geschlossen. Mit scheuen Fingern knöpfte sie ihre Jacke auf und wand sich heraus. Dann warf sie sie zu Ramons Kleidern auf den Stuhl und begann, ihren Rock zu lösen.

Als sie dann in Hemd und langer Unterhose dastand, streckte sie sich noch einmal, wünschte sich, sie würde es wagen, sich nackt zum Schlafen zu legen, so wie Ramon. Sie hätte es vielleicht getan, wenn sie allein gewesen wäre, aber sie war es nun einmal nicht, und die Gewohnheiten langer Jahre waren schwer zu durchbrechen. Sie betrachtete den Platz neben ihm, haßte den Gedanken, ihn wecken oder sich zu ihm legen zu müssen, und so fragte sie sich, ob es wohl noch einen anderen Platz gäbe, an dem sie hätte schlafen können.

»Hörst du jetzt auf mit diesem unentschlossenen Rumgetanze und kommst bitte in die Koje?«

Sie erschrak so sehr durch seine plötzliche Frage, daß ihre Antwort schärfer ausfiel, als sie beabsichtigt hatte. »Ich bin nicht sicher, ob ich das überhaupt will.«

»Das ist egal. Es ist im Augenblick der sicherste Platz für dich.«

»Sicher? Welche Gefahr könnte es hier schon geben?«

»Auf diesem Schiff sind sechsundzwanzig Männer, sechsundzwanzig gute Männer. Ich will nicht behaupten, daß dich einer anfallen würde, wenn du aus dieser Tür trittst, aber du wärst eine echte Verführung. Ich möchte nicht die Einigkeit unter meinen Männern aufs Spiel setzen und gefährden, nur weil du nicht mehr müde bist.«

Sie schnappte ärgerlich nach Luft. »Wenn du glaubst, daß es meine Gewohnheit ist, meine . . . Gunst . . . jedem beliebigen Mann zu schenken, nehme ich mir die Freiheit, dich davon in Kenntnis zu setzen, daß du dich täuschst!«

»Nein.« Seine Augen öffneten sich, und er legte sich auf eine Seite und stützte sich auf einen Ellbogen. »Das habe ich nicht gesagt und auch nicht gemeint. Meine Sorge ist, daß meine Mannschaft in dem Bemühen, deine Aufmerksamkeit zu erregen, ihre Pflichten vergessen könnte. Wenn die Konzentration des Mannes auf dem Ausguck abgelenkt wird, oder der Mann am Steuer oder ein Heizer, der unten bleiben und die Kessel versorgen sollte, dann könnte das eine Katastrophe bedeuten. Ich kann nichts dafür, wenn du empfindlich bist, was deine Gunst betrifft, aber ich habe das Thema nicht angesprochen.«

Sie spürte, wie eine Welle von Röte bis zu ihrem Haaransatz hinaufstieg. Er hatte recht, sie war wirklich empfindlich in diesem Punkt, und sie hatte geglaubt, er hätte in seinen Worten darauf angespielt. Das wollte sie jedoch nicht gern zugeben. »Wie auch immer«, sagte sie mit zusammengebissenen Zähnen, »ich kann mir nicht vorstellen, wie du annehmen konntest, ich würde in dieser Kleidung hinausgehen!«

Ein Lächeln spielte um seine Mundwinkel. In schmeichelndem Ton sagte er: »Ich hätte eigentlich daran denken können, aber da etwa drei Viertel der Männer auf diesem Schiff heute morgen noch weniger bekleidet sind, ist es mir einfach entgangen.«

»Ja, wirklich?« Sie kniff die Augen etwas zusammen und versuchte sich zu entscheiden, ob er sich absichtlich über sie lustig machte. Der Gedanke war ihr neu. Solche Dinge waren im Haus ihrer Tante immer abgelehnt worden – ebenso wie grober Unfug und Streiche aller Art.

»Vielleicht sollte ich sagen, daß ich nicht in einem Zustand bin, der zuläßt, daß ich so etwas bemerke«, verbesserte er sich, und ein Lächeln stand in seinen Augen. »Hast du wirklich schon genug geschlafen?«

Sie schüttelte den Kopf. »Eigentlich nicht.«

»Dann komm her.«

Er rutschte dichter an die Kante und machte etwas mehr Platz für sie zwischen sich und den Spanten, dann legte er sich wieder zurück auf sein Kissen und verschränkte die Arme hinter dem Kopf. Sie näherte sich der Koje und betrachtete seine hochgewachsene Gestalt mit einem mißtrauischen Blick. Er beobachtete sie genau, und sein Blick ruhte auf ihrer Brust. Als sie hinunterschaute, bemerkte sie, daß der geraffte und spitzengesäumte Musselin ihres Hemdes nicht so viel verbarg, wie sie geglaubt hatte. Deutlich sah man durch das weiche und schon häufig gewaschene Material die rosaroten Spitzen ihrer Brüste.

Sie drehte mit einer schnellen Bewegung den Kopf, und ihr Haar fiel nach vorn über ihre Schulter und bedeckte ihren Busen wie mit einem dichten, seidigen Vorhang. Sie stemmte ein Knie auf die Kante der Koje und beugte sich über ihn. Dann legte sie die Hände auf die nachgiebige Oberfläche der weichen Baumwollmatratze und lehnte sich darauf. Als sie das andere Knie hob und über seinen Körper zog, berührte die Innenseite ihres Schenkels sein Becken. Plötzlich wurde sie sich bewußt, daß ihre langen Unterhosen im Schritt offen waren, denn diese Kleidungsstücke wurden immer mit offener Naht belassen, um den Bedürfnissen der Natur besser nachkommen zu können. Sie wollte ihn nicht ansehen, um festzustellen, ob er es bemerkt hatte. Statt dessen stürzte sie über ihn hinweg, hob gleichzeitig die Decke und schlüpfte darunter.

Eigentlich hatte sie erwartet, daß er irgend etwas über ihre ungewöhnliche Hast sagen würde. Aber er sagte nichts. Eine ganze Weile lag er still und starrte die dicht aneinandergefügten Bretter der Decke an. Dann warf er einen Blick auf sie, die da so steif neben ihm lag, und ein Ausdruck kroch in sein Gesicht, der eine Mischung aus Amüsement, Besorgtheit und Verwirrung zu sein schien. Er senkte seine Arme und streckte die Hand aus, legte sie um die weiche Rundung ihrer Schulter und zog sie näher zu sich heran. Als er ihren Kopf auf seine Schulter bettete, klang seine Stimme an ihrem Haar tief und rauh.

»Es ist schon gut. Ich verspreche es dir vor Gott. Schlaf jetzt.«

Ihr war heiß. Sie fühlte sich, als ob ihre Haut schmelzen würde. Die Luft, die sie atmete, schien ofenheiß zu sein. Lorna wurde beinahe erdrückt von der Decke, war so fest darin eingewickelt, daß sie sich kaum bewegen konnte. In ihrem Kopf klopfte das Blut, und sie befand sich in einer schaukelnden Bewegung, die kein Ende zu nehmen schien. Es war seltsam, aber sie spürte keine Übelkeit.

Sie bewegte den Kopf, hob den Arm aus den feuchten Haarsträhnen, die ihn zu umwickeln schienen, und wurde sofort wach. Sie öffnete die Augen, und die Kajüte um sie herum begann sich zu stabilisieren, schwankte nur noch mit der Bewegung des Schiffes, während das stetige Geräusch der Schaufelräder einen normalen Klang annahm. Sie drehte den Kopf auf dem Kissen, und Schweiß tropfte von ihrem Haaransatz herunter. Sie lag allein in der Koje, aber der Platz neben ihr war noch so feucht, daß sie wußte, Ramon war noch nicht lange weg.

Ein klingendes Geräusch lenkte ihre Aufmerksamkeit ans Fußende der Koje. Der Deckel der Seemannskiste, die dort stand, war geöffnet. Darüber sah sie gerade noch ein Stückchen von Ramons Kopf, der davor kniete. Aus den Geräuschen schloß sie, daß er nach etwas suchte. Es schien ihr offensichtlich, daß er sich frische Kleider herausholen wollte, aber dann schlug der Deckel zu und Ramon stand auf. In der Hand hielt er nicht ein frisches Hemd oder eine saubere Hose, sondern eine Rolle mit einer Bandage. Seine Bewegungen waren steif, und er hielt einen Arm krampfhaft vor seine Brust.

»Was ist los?« fragte sie beunruhigt, warf die Decke zurück, zog mit einer ungeduldigen Geste ihr Haar unter sich hervor und richtete sich in der Koje auf.

»Meine Rippe«, sagte er kurz. »Ich bin letzte Nacht, als wir getroffen wurden, gegen das Schaufelrad geworfen worden. Es muß dieselbe Stelle sein, an der mich dein lieber Schwiegervater verletzt hat.«

»Kann ich irgend etwas tun?«

»Wenn du mich so fragst, *ma belle*, dann ja. Dieses Ding kannst du mir umbinden.«

Er kam heran und setzte sich auf die Kante der Koje. Die eine Augenbraue hatte er herausfordernd gehoben und streckte ihr die Rolle mit der Baumwollbinde entgegen. Sie nahm sie unsicher. »Ich würde dir ja gern helfen, aber ich bin nicht sicher, ob ich weiß, wie das geht.«

»Das ist nicht besonders schwierig. Wickle das einfach um mich herum, ordentlich und stramm, und ziehe es fest an.« Er betrachtete sie, während er sprach, und das Glänzen in seinen Augen erinnerte sie an ihren zerzausten Zustand, an die Schweißtropfen auf ihrer Oberlippe und daß das feuchte Hemd an ihrem Oberkörper klebte.

Sie setzte sich auf, zog die Beine unter sich und kniete sich hin. Dann warf sie ihr Haar über eine Schulter zurück, konzentrierte ihre Aufmerksamkeit auf das, was sie tat, und begann die Binde abzurollen. Er drehte sich zu ihr um und hob entgegenkommend die Arme. Sie griff in der Höhe seines Herzens um ihn herum, schnappte das Ende der Binde und wickelte vorsichtig die Rolle ab, glättete den Stoff mit den Fingern auf der wie von einem Bildhauer gemeißelten Fläche seiner Brust. Er hatte einen vielfarbigen Fleck, der ihr zeigte, wo sie ihn verbinden und wo der Verband am dicksten sein mußte. Sie bedeckte die Mitte des Flecks und wickelte weiter zu seinem Rücken, wo sie, indem sie sich so weit vorbeugte, daß ihr Scheitel sein Kinn berührte, das Ende feststeckte und die nächste Runde begann.

Seine Brust hob und senkte sich in gleichmäßiger Atmung. Seine Haut schien unter ihren Fingerspitzen zu vibrieren. Sie bemerkte plötzlich, daß sie langsamer geworden war, ihre Handflächen über die Muskeln seines Rückens gleiten ließ, während eine seltsame Unruhe in ihr aufwallte und das Blut in ihren Adern zu rauschen begann. Er betrachtete sie sehr aufmerksam.

Sie schluckte schwer. »Tut es weh?«

»Nur beim Atmen.«

Er sagte das ohne besondere Betonung, als einfache Feststellung der Wahrheit. »Mache ich es zu eng?«

Er schüttelte den Kopf. »Fühlt sich schon besser an.«

Sie vermutete, daß das eine verborgene Bedeutung hatte, wollte aber nicht genauer nachfragen – aus Angst, daß sie recht haben könnte. »Es schien dir gestern abend, oder besser gesagt: heute morgen, nicht so viel auszumachen.«

»Ich denke, es war einfach zuviel los, als daß ich mir Sorgen darum hätte machen können.«

Angesichts der Anspannung der vergangenen Nacht erschien ihr diese Erklärung plausibel. Kurz darauf sagte Lorna auf der Suche nach einem ablenkenden Thema, das wenigstens oberflächlich den Eindruck der entspannten Atmosphäre zwischen ihnen aufrechterhalten würde: »Ich habe heute nacht gar nicht gehört, wie die *Lorelei* das Feuer erwidert hat.«

»Hat sie auch nicht.«

Lorna sah ihn mit einem schnellen Stirnrunzeln an. »Warum nicht?«

»Das Schiff ist nicht bewaffnet.«

»Was?«

»Kein Blockadebrecher ist bewaffnet.«

»Aber – das verstehe ich nicht. Ist das denn nicht gefährlich?«

»Nicht so gefährlich, wie wenn man mit Waffen an Bord gefangengenommen wird. Bei einer Blockade wird jedes Schiff, das einen blockierten Hafen verläßt oder in ihn einläuft, als feindlich betrachtet und begibt sich in die Gefahr, als solches behandelt zu werden. Falls das dazu führt, daß das Schiff gekapert wird, sperrt man die Mannschaft ein. So lautet die Regel für die Kriegsführung auf See, und so hat sie schon seit Jahrhunderten gelautet. Wenn ein Schiff jedoch bewaffnet ist und sich mit den Waffen verteidigt, wird seine Mannschaft dadurch zu Piraten und kann ohne weiteres gehängt werden.«

»Sie können jeden Mann an Bord umbringen und dein Schiff versenken, und du darfst keinen Schuß erwidern? Das muß einen doch wahnsinnig machen!«

»Das kann schon geschehen, ja, aber unser Ziel ist es, Waren in die Häfen zu transportieren, nicht Schiffe der Unionsflotte zu bekämpfen. Wenn wir uns mit dem Feind anlegen wollten, könnten wir uns mit dem Schiff für die Marine der Konföderierten melden als Kaperschiffe, dann könnten wir aufbrechen und Schiffe der Nordstaaten versenken, seien es Handels- oder Marineschiffe.«

»Aber das würde keinen Profit bringen«, kommentierte sie mit einer Spur von Hohn in der Stimme.

»Nein.«

»Aber hast du denn nie das Bedürfnis, zurückzuschlagen? Hast du nicht ungeheure Lust, die Schiffe zu versenken, die dich zu versenken versuchen?«

Er antwortete erst nach einer kleinen Pause und lachte dann etwas grimmig. »Manchmal würde ich nichts lieber tun.«

Es war erstaunlich, wie zufrieden sie war, daß er ein solches Gefühl hatte. Sie schwieg, während sie darüber nachdachte. Sie beendete eine zweite, weiter unten liegende Runde an dem Verband und begann die dritte; dann erst sagte sie: »Wie lange dauert es, bis wir in Nassau sind?«

»Etwa sechs Tage, wenn wir keine Schwierigkeiten haben.«

»Schwierigkeiten?« Sie warf ihm einen beunruhigten Blick zu, während sie begann, die Verbandreihen doppelt zu legen, damit der Verband besser hielt.

»Ein Sturm. Oder ein Unionskreuzer, dessentwegen wir vom Kurs abweichen müssen.«

»Was . . . was wirst du tun, wenn du dort ankommst?«

Falls ihre Fragen ihn ungeduldig machten, ließ er es sich auf jeden Fall nicht anmerken. »Dasselbe, was ich in den vergangenen sechs Monaten getan habe: Ich kümmere mich um neue Ladung und warte wahrscheinlich danach ab bis zum Neumond, während das Gehäuse des Schaufelrades repariert wird.«

»Bis zum was?« An dem unteren Teil des Verbandes mußte sie sich bücken, um die Rolle hinter ihm hindurchzuführen. Jedesmal, wenn sie das tat, streifte die warme Fülle ihrer Brust seine Seite, und nur der dünne Musselin ihres Hemdes verhinderte den direkten Kontakt mit seiner bloßen Haut. Sie versuchte, diese Berührung zu vermeiden, indem sie ihre Arme ganz lang machte, aber er lehnte sich nur weiter zu ihr herüber, als glaube er, sie hätte Schwierigkeiten, ganz um ihn herumzufassen. Seine tiefe Stimme brummte neben ihrem Ohr, als er sprach.

»Schiffe sind zu leicht zu erkennen, wenn der Mond auf das Wasser scheint. In der Anfangszeit der Blockade liefen die Blockadebrecher in die Häfen ein, ohne sich Gedanken darüber zu machen, aber seit die Reihe der Unionsflotte um Charleston und Wilmington, Savannah und Mobile dicht geworden ist, fahren die meisten nur noch bei Neumond los.«

»Die meisten?«

»Es gibt ein paar, die immer noch Fahrten bei Mondschein machen.«

»Du zum Beispiel«, sagte sie, und ihre Überzeugung wurde bestärkt durch einen besonderen Klang seiner Stimme.

»Wenn das Geld stimmt, ja. Der Unterschied ist eigentlich für mich nicht so sehr groß, die Zeiteinteilung muß nur besser sein. Man fährt die Küste an und sucht eine Einfahrt zur Zeit zwischen Dämmerung und Mondaufgang, um den Unionsschiffen auszuweichen, oder in den Stunden zwischen Monduntergang und Morgengrauen.«

»Und wenn du keine passende Einfahrt findest?«

»Das tue ich, wenn ich einen guten Lotsen habe.« Er zuckte die Schultern. »Wenn nicht, ist das, als ob man nackt geschnappt würde, sei es bei Mondlicht oder wenn es hell wird. Man betet, einen geschützten Platz zu finden, bevor einen jemand sieht.«

»Also macht ein vorsichtiger Kapitän nicht so viele Fahrten in einem Monat.«

»Das stimmt, aber die Gefahr ist größer, also kostet es auch mehr –«

»– also bleibt das Geld dasselbe«, beendete sie seinen Satz.

»Sehr gut«, lobte er in schmelzendem Ton und ignorierte ihren Sarkasmus. »Vielleicht haben Lansing und Kompanie noch eine Stellung für dich in ihrem Rechnungsbüro, da du ja so begabt bist in geschäftlichen Dingen.«

»Frauen bekommen keine Stellungen in Rechnungsbüros«, informierte sie ihn mit zusammengebissenen Zähnen.

»Du wärst überrascht, was heutzutage in Nassau alles möglich ist. In den Docks gibt es eine schwarze Stauerin, die es beim Laden mit jedem Mann aufnehmen kann, Ballen für Ballen und Faß um Faß. Es gibt eine Frau, die frische Eier und Butter und Früchte und Gemüse produziert und an die Mannschaften der Dampfer verkauft – sie verdient damit mehr als manch ein Blockadekapitän. Ich schwöre, daß ich gesehen habe, wie sie ein Goldstück für einen Sack Orangen bekommen hat, als ich das letztemal im Hafen war. Vielleicht bekommt sie jetzt schon zwanzig Dollar für jede.«

Lornas graue Augen waren voller Mißtrauen, als sie seinem ernsten braunen Blick begegnete. Ihre Stimme klang matt, als sie sagte: »Ach wirklich?«

»Wirklich, ich könnte mit John Lansing über eine Stellung für dich reden, wenn du möchtest. Er würde darüber nachdenken, um mir einen Gefallen zu tun.«

»Auf die Art könntest du mich leichter loswerden, nicht wahr?« Sie zog an der Binde und zerrte etwas daran.

»Autsch«, rief er und zuckte zusammen .

»Entschuldige.« Sie spürte, wie er sie betrachtete, wollte aber nicht aufsehen.

»Du brauchst dir keine Gedanken über Nassau zu machen. Es ist ein schöner Ort, und zur Zeit einer der aufregendsten der Welt. Die Stadt blüht und entwickelt sich, die Straßen sind voller Spekulanten und Kommissionsagenten aus der Hälfte der Länder Europas. Es sind konföderierte Offiziere und Unionsdiplomaten; und Höflinge und Staatsmänner geben sich in den Pensionen und Hotels die Klinke in die Hand. Auf den Straßen sind Seeleute aller Nationen, die dir auch nur einfallen, und Frauen ebenso. Jeden Tag macht irgendwo jemand ein Vermögen, und ein anderer gibt eines aus. Neue Häuser, große Villen, entstehen an jeder Straßenecke. Ständig findet irgendein Spektakel zur Unterhaltung der Leute statt: Segelpartien, Dinners, Bälle und Picknickausflüge.«

»Ich kann mir aber nicht vorstellen, daß irgend etwas davon mich betreffen könnte, denn es hört sich kaum nach einer Stadt an, in der eine Frau auf den Straßen sicher ist, und ich werde nicht Teil der Gesellschaft sein.«

»Die einzige Art, wie du es schaffst, dich nicht daran zu erfreuen, ist, indem du so stur bist, dich zu weigern. Ich habe Witze gemacht, was die Stellung betrifft, aber Edward Lansing ist ein Freund und Geschäftspartner von mir. Er ist einer der bekanntesten Männer der Inseln, ein Londoner, der vor ein paar Monaten hier angekommen ist und sich in der Zwischenzeit ein Haus oberhalb des Hafens gebaut hat. Seine beiden Töchter sind die Schönheiten von Nassau – ich bin sicher, daß Charlotte und Elizabeth sich um dich kümmern und dafür sorgen würden, daß du einen Platz findest.«

»Sie werden außer sich sein vor Freude, daß sie sich um eine Frau kümmern können, die ihren Mann ermordet hat.«

»Das liegt in der Vergangenheit«, sagte er, und seine Stimme wurde härter, »und man sollte es vergessen. Ich sehe keinen Grund, etwas zu erwähnen, das nicht mehr als eine unerfreuliche Episode war. Du bist jung und schön. In Nassau gibt es so viele Männer und so wenige Frauen, daß die Männer in Zehnerreihen um jedes nur andeutungsweise ansehnliche Mädchen herumstehen. Bevor der Monat um ist, solltest du schon so viele Heiratsanträge bekommen haben, daß es dir schwerfallen dürfte, dich zu entscheiden.«

»Das wird wunderbar sein für dich, denn dann bist du die Verantwortung für mich los.«

Sie war schon beinahe am Ende der Rolle angekommen. Mit Gewalt riß sie die letzten Zentimeter in zwei Teile, machte einen Knoten in jedes Ende und wickelte eines dann rückwärts, so daß sie es unter seinem Brustbein mit dem anderen Ende zu einem flachen Knoten verbinden konnte. Er wartete, bis sie fertig war, bevor er wieder etwas sagte.

»Ist es das, was dir Sorgen macht, die Tatsache, daß ich nicht vorhabe, dich bei mir zu behalten?«

Sie wandte sich ab und legte sich in der Koje zurück. »Natürlich nicht! Warum sollte ich das Bedürfnis haben, bei einem gewinnsüchtigen Blockadebrecher zu bleiben, dessen einziges Interesse an mir darin besteht, daß er mich gebrauchen konnte, um sich an seinem Feind zu rächen, und besonders da du ja höchstwahrscheinlich von der nächsten Fregatte der Yankees, die am Horizont vorbeikommt, aus dem Wasser gesprengt werden wirst!«

»So betrachtet«, meinte er ernst, »scheint es wirklich völlig schwachsinnig.«

»Trotzdem hättest du mir ja die Freude machen können, deinen Antrag zurückzuweisen«, sagte sie spitz und sah ihn schneidend an. »Unter den gegebenen Umständen wäre das die einzig ehrenhafte Lösung gewesen.«

Er antwortete erst nach einer kurzen Pause, und dann klang seine Stimme scharf. »O ja, laß uns auf jeden Fall ehrenhaft sein.«

Sie spürte, wie die Koje sich bewegte, hörte die Bänder knirschen, die sie hielten, dann hatte er sich vor ihr auf ein Knie herabgelassen und nahm ihre Hand. Er führte sie an seine Lippen, und sie spürte ihre warme Berührung an den empfindlichen Fingerspitzen. Ein Beben strömte durch ihren Arm, und sie brachte es nur mit Mühe unter Kontrolle. »Ramon –«

Ohne ihr atemloses Wort zu beachten, sagte er: »Würdest du mir die große Freude machen, meine Frau zu werden?«

8. KAPITEL

Da sie auf der niedrigen Koje saß, war ihr Kopf jetzt fast genau auf der gleichen Höhe wie seiner. Sie starrte in seine Augen und sah in ihren dunkelbraunen Tiefen ein wenig Selbstironie, aber zweifellos auch Schmerz. Einen Augenblick später waren sie ausdruckslos, während er immer noch dort kniete und in völligem Gleichgewicht die Schaukelbewegungen des Schiffes ausglich. Sie hörte das Klatschen und Rauschen des Wassers an den Spanten hinter sich, und es klang für sie, als würde sie ausgelacht.

»Es würde dir recht geschehen, wenn ich jetzt annähme, aber ich lehne natürlich ab.« Sie hatte vorgehabt, ihre Worte beißend klingen zu lassen; statt dessen aber klangen sie nur zittrig und unsicher.

»Natürlich.« Er atmete tief ein und langsam wieder aus, dann stand er mit einer weichen, geschmeidigen Bewegung wieder auf.

»Was ich nicht verstehe«, sagte sie langsam, fast als spräche sie mit sich selbst, »ist, warum du zurückgekommen bist, um mich zu holen, warum du mich mit dir nimmst.«

Ein paar Sekunden vergingen, bevor er antwortete. »Nach dem, was du für mich getan hast – wie hätte ich dich da zurücklassen können?«

»Ohne weiteres«, nahm sie seinen Gedanken auf. »Aber was macht es schon aus, ob ich in New Orleans oder in Nassau bin? Ich kenne in beiden Städten niemanden.«

»Du siehst also keinen Unterschied zwischen einer eroberten Stadt und einer, die in voller Blüte steht? Aber wie auch immer – wie ich dir schon sagte, habe ich Freunde, die sich um dich kümmern werden. Ich kann das selbst nicht tun; ich habe eine Aufgabe, die Verpflichtung, Beau Repose zurückzugewinnen. Männer rechnen mit mir, wie zum Beispiel Edward Lansing und meine Mannschaft. Ich habe in meinem Leben noch nie mehr Platz gehabt für eine Frau als in einer Affäre für einen Tag oder eine Nacht; und jetzt, während der Norden und der Süden einander an der Gurgel gepackt haben, ist es unwahrscheinlich, daß ich einen Platz schaffen kann. Das soll nicht heißen, daß ich nicht auf dich achtgeben werde und mich darum kümmern, daß es dir gutgeht. Ich stehe in deiner Schuld; und nicht nur das – ich habe dir viel Schlimmeres angetan, als ich mir hätte träumen lassen oder als ich an jenem Nachmittag beabsichtigt hatte. Ich möchte dich nicht mit noch mehr Entschuldigungen beleidigen, aber ich schwöre dir ganz ernsthaft, daß ich dich dafür entschädigen werde. Ich werde es tun.«

Pflicht. Das war es, was am Schluß dabei herauskam. Er hatte sie nicht auf sein Schiff geholt, weil er sie bei sich haben wollte, sondern weil er sich schuldig fühlte und das Bedürfnis hatte, diese Schuld zu tilgen – aus Pflichtgefühl.

Was sonst hatte sie denn erwartet? Sie hätte es nicht sagen können, und doch tat ihr der Gedanke weh. Mit ruhiger Stimme sagte sie: »Ich verstehe.«

»Ich werde mich um deine Bedürfnisse kümmern, um einen Platz, an dem du wohnen kannst, neue Kleider, Hüte, Schuhe; was immer auch nötig ist, um dich *à la mode* auszustatten. Ich werde deine Rechnungen bezahlen, bis . . .« Er hielt inne, zuckte dann mit den Schultern und sprach weiter. »Bis ein anderer Mann mir diese Ausgaben abnimmt. Ich glaube kaum, daß das lange dauern wird.«

»Es sieht so aus, als hättest du schon alles geplant.«

»Ich habe versucht, vorauszudenken«, stimmte er ihr zu.

»Zweifellos kam dir der Gedanke in allen seinen Einzelheiten, kurz bevor du von der *Lorelei* gesprungen bist.«

Er richtete sich ganz auf und runzelte die Stirn. »Willst du damit andeuten, daß es einen anderen Grund gibt, der mich bewegt hat, dich zu holen?«

Ermutigt vom gepreßten Klang seiner Stimme sah sie zu ihm auf. »Gibt es den denn nicht?«

Tief in seinen braunen Augen blitzte es plötzlich golden auf, und ein angespanntes Lächeln formte seinen Mund. »Wenn du meinst, daß ich dich besitzen wollte«, sagte er, und seine Worte waren sorgsam gewählt, »dann hast du recht. Das dürfte dich doch eigentlich nicht überraschen. Ich wollte dich besitzen von dem Augenblick an, als ich dich zum erstenmal sah, und seitdem habe ich dich kaum noch aus meinen Gedanken vertreiben können.«

Das war es nicht, was sie gemeint hatte – oder vielleicht doch? In der Verwirrung ihrer Gedanken war sie nicht ganz sicher. Sie wußte nur, daß die Vorstellung, er wolle sie an einen anderen Mann abtreten, ihr unerträglich war.

»Das macht nichts«, sagte sie, und ihre grauen Augen waren dunkel wie die Gewitterwolken aus dem Nordwesten. »Ich brauche nichts von dir. Ich will nichts. Du brauchst nichts gutzumachen, das versichere ich dir. Es tut mir nicht leid, daß meine Ehe zu Ende ist, egal, wodurch dieses Ende zustande gekommen ist, obwohl ich Franklins Tod zutiefst bedauere. Wenn du in meiner Schuld stehst, dann stehe ich auch in deiner, denn du hast mir geholfen, aus Beau Repose zu entkommen. Aber jetzt möchte ich die ganze Sache lieber vergessen. Wenn wir in Nassau sind, werde ich meiner Wege gehen – und du deiner.«

Er griff nach ihrem Arm und zog sie mit einem Ruck hoch, so daß sie stolperte und gegen ihn fiel. Bevor sie ihr Gleichgewicht zurückgewinnen konnte, zog er sie noch näher zu sich heran, drückte die schlanken Kurven ihres Körpers durch Hemd und Hosen an die muskulöse Härte seiner Gestalt.

»Selbst wenn ich einem solchen Vorschlag zustimmen könnte«, sagte er mit tiefer Stimme, »was ich nicht kann und nicht werde, wären da doch immer noch die Tage, bis wir die Bahamas erreichen.«

Er ließ seine Finger durch ihr Haar gleiten, schloß sie um ihre seidene Fülle und zog ihren Kopf nach hinten. Sein fester Mund senkte sich, um die weichen Linien ihres Mundes seinem harten Fordern zu nähern. Seine Hände auf ihr, gleitend und forschend, wirkten wie der Funke im Zunder. Sie spürte die beginnende Flamme, fühlte ihr eigenes Drängen nach seiner verzehrenden Hitze.

Sie entwand sich ihm in verzweifeltem Bemühen, befreite ihren Mund, stemmte ihre Hände gegen seine Brust. Daß sie wußte, wie nah sie daran gewesen war, nachzugeben, ließ eine Welle von feurigem Rot in ihr Gesicht steigen. »Nein!« rief sie aus und haßte es, wie das Wort in ihrer Kehle zitterte. »Du kannst doch nicht so tun, als ob nichts von dem, was wir gesagt haben, irgendeine Auswirkung hätte.«

»Hat es auch nicht«, murmelte er und zog sie noch näher zu sich heran, knabberte an der zarten Haut in ihrem Nakken, als sie den Kopf abwandte.

Hatte er womöglich recht? Unfreiwillig erinnerte sie sich an den Augenblick, als sie der Macht der Unionsflotte getrotzt hatten, die so nah gewesen war; an die Stunden in dem sturmgebeutelten Kahn und an das gefahrvolle Rennen gegen die Hunde und die Reiter in Beau Repose. Gemeinsam überstandene Gefahr bildete ein starkes Band zwischen ihnen – und eine machtvolle Triebkraft für das Verlangen.

»Du kannst doch nicht –«, rief sie am Rande ihrer Vernunft. »Ich kann nicht –«

Seine Lippen zogen einen brennenden Pfad an ihrem Hals entlang bis zu ihrer Schulter, wo er den schmalen Träger ihres Hemdes zur Seite schob und über ihren Arm hinunterfallen ließ. »Betrachte es«, schlug er vor, während er den dünnen Stoff weiter hinunterschob und dabei eine rosarote Brustspitze unter seinen Blicken freilegte, »als den Preis für die Überfahrt.«

Das war eine Entschuldigung, wurde ihr noch in den hinteren Winkeln ihres Gehirns klar. Aber sie besaß eine gewisse Logik. Sie hatte nichts anderes, womit sie hätte bezahlen können, und sie hatte kein Recht, von diesem Mann etwas kostenlos haben oder erwarten zu wollen. Und sie wollte ihm auch nicht verpflichtet sein.

Er spürte den Augenblick, als ihr Widerstand nachließ. Er hob sie hoch an seine Brust, stand einen Augenblick da, so daß sie durch die Bewegungen des Schiffes in seinen Armen gewiegt wurde.

»Deine Rippe«, flüsterte sie, legte ihre Hand auf seine Brust, spürte den Verband und darunter das starke Klopfen seines Herzens.

»Ich pfeife auf meine Rippe.«

Er stellte ein Knie auf die Koje, lehnte sich vor und legte sie sacht auf die Matratze, bevor er sich neben ihr ausstreckte. Er nahm eine ihrer Haarlocken und hob sie an seine Lippen. Seine Augen waren aufmerksam, beinahe schwarz, als sie auf ihrem Gesicht ruhten. Dann legte er die Locke über seine Schulter, so daß sie eine Verbindung zwischen ihnen beiden herstellte wie ein Satinband, nahm Lorna in seine Arme und barg sein Gesicht in den seidigen Wellen, die auf dem Kissen um sie her ausgebreitet waren. Blind suchte er nach ihren Lippen, fand sie, und der Ton, der in seiner Kehle klang, hätte ein Murmeln sowohl des Triumphes als auch der Verzweiflung sein können.

Nassau war der beliebteste Hafen bei den Blockadebrechern, vor allem, weil er als nächstgelegener neutraler Hafen zu Wilmington in North Carolina lag, was wiederum der naheliegendste Hafen mit dem besten Eisenbahnanschluß zur Hauptstadt der Konföderierten, Richmond, war. Die Entfernung nach Wilmington betrug sechshundertundvierzig Meilen, die Entfernung nach Charleston nur fünfhundertundsechzig, wobei der Golfstrom noch etwas zusätzlichen Schub bei den schwer beladenen Hinfahrten gab. Darüber hinaus erstreckte sich die Kette der Inseln, die zu den Bahamas gehörten, noch mehr als hundert Meilen in Richtung auf die südlichen Häfen und gab den Schiffen den Schutz ihrer Neutralität für diese Strecke.

Bermuda war ebenfalls ein bei den Blockadebrechern sehr beliebter Hafen, doch es lag weiter von den wichtigen Atlantikhäfen des Südens entfernt und hatte weniger direkten Kontakt mit England. Ein weiterer Nachteil waren die starken Winde, die es oft in jenen Breiten gab, wenn die Schiffe nordwärts fuhren. Wenn sie sehr schwer beladen waren mit Kriegsmaterialien und besonders mit den ungeheuren Mengen von Kohle, die sie für die ganze Strecke brauchten, fürchteten sie die Stürme mehr als jede Fregatte der Union.

Auch Havanna wurde von vielen Blockadebrechern angefahren, die Handel mit den Golfstädten – Mobile, New Orleans und Galveston – trieben, aber da die Entfernung zu den Orten, wo im Augenblick die meisten Kämpfe stattfanden, so groß war, bestanden die Transporte hauptsächlich aus Waren für den zivilen Bereich. Die spanische Regierung verhielt sich kooperativ, wenn die Beamten auch bestechlich waren. Dennoch fehlten den Handelsfirmen die zügige Handlungsweise und der Antrieb, den die englischen und bahamischen Gesellschaften in Nassau auf der Insel New Providence hatten.

Die Summe derartiger natürlicher und kommerzieller Vorteile war ein Hafen, der so voll war, daß man nicht glaubte, noch ein Schiff könnte hineinpassen, selbst wenn man Gewalt anwendete. Es gab Fregatten, Dreimaster und Brigantinen, Yachten und Jollen, Schoner und Schaluppen und hier und da ein paar kleine, schnelle Segler mit orangefarbenen, blauen und grünen Segeln. Die hohen Masten zeichneten ein wildes Muster in das Tiefblau des Himmels, zwischen ihnen dräuten die Schornsteine der Dampfer; die bleifarbenen

Schiffe wirkten wie graue Geister zwischen den bunteren. Sie ankerten wirklich so dicht nebeneinander, daß es aussah, als könnte man von Deck zu Deck den Hafen durchqueren.

Lorna stand am Bug der *Lorelei* und hielt sich an der Reling fest, ihre Augen verengten sich gegen den Wind, der ihre Röcke flattern ließ und in der Takelung über und hinter ihr summte. Sie hatte zugesehen, als die Bahamas langsam aus dem Meer aufgestiegen waren, flache Erhebungen, die anfangs durch die Entfernung graublau wirkten und sich dann zusehends leuchtend jadegrün färbten, gesäumt vom Weiß der Strände. Sie hatte beobachtet, wie das dunkle Violettblau des Meeres langsam bräunlich wurde und schließlich türkis, je näher sie dem Land kamen. In der Nähe der cremeweißen Küste, an der sie entlangfuhren, wirkte es oft auch aquamarinblau und lichtgrün. Sie hatten sich an die Hauptfahrrinne gehalten und dabei zahllose kleine Inselchen hinter sich zurückgelassen – oft nur Punkte mitten im Meer, von deren kahlen Stränden Palmen winkten – oder auch etwas größere Landflächen, die dünn besiedelt waren. Schließlich waren sie zwischen den Ufern des flachen Hog Island zur Linken und New Providence zur Rechten hindurchgefahren.

Jetzt lag der Hafen von Nassau vor ihr, eine langgezogene, halbkreisförmige Bucht, dicht bebaut mit Lagerhäusern aus verwittertem Sandstein oder groben, frischgesägten Brettern, hinter denen Häuser mit breiten Veranden den Hügel bevölkerten. Kirchtürme erhoben sich und leuchteten im Sonnenlicht, aber auch die graziösen Kronen der Königspalmen, Wollbäume, hoher Meerampfer in starken Büschen und dunkelgrüne Aleppokiefern wiegten ihre Zweige über kühlen, verborgenen Gärten, die von Sandsteinmauern umgeben waren. Vor den weißen Steinen und dem Grün der Bäume sah Lorna bunte Flecken in Lila und Orange, Karmesinrot, Gelb und Blaßblau, wo tropische Blumen blühten.

In der Ferne entdeckte sie ein Gewirr von Kutschen und

Leuten auf der Straße, die zum Ufer führte. Je näher das Schiff dem Ufer kam, desto unruhiger schienen die Bewegungen zu werden. Sie sah Stauer, deren schwarze Oberkörper über ihren Kniehosen in der Sonne glänzten. Sie beluden und entluden die Schiffe, die an den Docks angelegt hatten. Männer in Fräcken und hohen Zylindern schritten von einem stuckverzierten Gebäude zum anderen, redeten, gestikulierten dabei mit ihren Spazierstöcken, und zwischen ihnen liefen Angestellte mit Lieferscheinen herum, die in ihren Händen flatterten.

Ein Trupp von Männern in roten britischen Uniformen mit geschulterten Flinten, die bajonettbewehrt waren, marschierte vorbei. Eine Zofe in weißer Schürze und buntbedrucktem Kopftuch mit einer silbernen Kaffeekanne in der Hand eilte vor ihnen über die Straße. Frauen trugen mit träge schaukelndem Gang geflochtene Tabletts mit Früchten und Gemüse von einem Kai zum nächsten. Auf einem Boot reinigten die Fischer ihre Fische und hebelten Muscheln aus ihren braunen und roséfarbenen Gehäusen, den Abfall warfen sie ins Wasser. Damen in üppigen Krinolinen, die zarte Satin- und Spitzenschirme drehten, um sich vor den kräftigen Strahlen der Morgensonne zu schützen, wurden in offenen Landauern hierhin und dorthin gefahren. Hunde waren in kleinen Meuten unterwegs, und wühlende Schweine beobachteten sie sorgsam. Möwen kreisten über dem Hafen, kreischten, wenn sie um den im Wasser treibenden Abfall stritten, und über ihnen flatterten die viereckigen, schwarzen Umrisse der Fregattvögel.

Über die Bucht hinweg hörte man auch den Arbeitsgesang der Gruppen von Stauern, das Bellen der Hunde und das Quieken der Schweine, die von ihnen gejagt wurden, das rauhe Kratzen von Sägen und das Schlagen von Hämmern, wo neue Gebäude aus dem Boden gestampft wurden, das Scharren von Füßen und das Rasseln von Kutschen. Der

Geruch des frisch gesägten Holzes trieb scharf und harzig in Richtung Meer; dazu das volle, reife Aroma von Blumen und faulenden Früchten, von Fisch und üppigem Grün und von Abwässern.

Die *Lorelei* wurde von einem Schiff nach dem anderen mit Rufen begrüßt, als sie sich ihrem Ankerplatz näherte. Andere, weiter entfernte Schiffe hißten zur Begrüßung ihre Signalflaggen. Die Schiffsmannschaft, die sie mit erfahrener Leichtigkeit hereinmanövrierte, rief den anderen in übermütiger Stimmung ihre Begrüßung zu, so als fühlten sie sich eigentlich jetzt erst wirklich sicher. Die Pfeife, die in das Rohr vom Ruderhaus in den Maschinenraum hinunterreichte, ertönte. Das Schiff verlor an Fahrt. Die Maschinen blieben rüttelnd stehen, und Dampf strömte in den Himmel, als der Druck von den Kesseln abgelassen wurde. Die Schaufelräder hörten mit einem letzten Sturzbach auf, sich zu drehen. Ketten rasselten, und das Schiff lag vor Anker. Sie waren angekommen.

Es dauerte endlos lange, bis die Hafenbeamten wieder von Bord gegangen waren. Später stieg Ramon hinunter in ein Boot und wurde an Land gerudert, wo er Verhandlungen führen wollte, um die Abnahme der Baumwolle, die er mitgebracht hatte, und das Entladen zu regeln. Es war schon Nachmittag, als er zurückkam.

Lorna sah vom Deck aus zu, als er zum Schiff zurückgerudert wurde. Er saß entspannt im Boot, die landeinwärts wehende Brise zerwühlte sein dunkles Haar, sein Gesicht war gelöst, während er mit den Männern an den Rudern scherzte. Eine Veränderung war mit ihm vorgegangen.

Während der letzten paar Tage ihrer Fahrt war er immer angespannter geworden, und die Fältchen um seine Augen hatten sich vertieft, während sie die Gewässer durchfahren hatten, die bekanntermaßen regelmäßig von Kriegsschiffen der Unionsflotte durchsucht wurden. Zweimal hatten sie Segel gesichtet, sofort abgedreht und nur noch mit der rauchlosen Anthrazitkohle geheizt, bis die Segel sicher hinter dem Horizont verschwunden waren, bevor sie ihren Kurs wieder aufgenommen hatte. Auch die Fahrt zwischen der langen Kette der Bahamainseln hindurch war nicht viel besser gewesen, denn sie waren gesäumt von den scharfen und tödlichen Zacken alter Korallenriffe, die sogar die eiserne Umhüllung eines gepanzerten Dampfers aufschlitzen konnten, als wäre sie nur ein dünnes Bonbonpapier.

Während dieser Zeit war Ramon kein besonders bequemer Gesellschafter gewesen. Seine Stimmung war unsicher geworden, sein Benehmen oft so barsch, daß es schon unhöflich gewesen war. Alles, was er von ihr wollte, so war es ihr manchmal vorgekommen, war der seine Unruhe dämpfende Trost, den ihr Körper ihm geben konnte, Augenblicke des Vergessens, die ihn nur kurz von den Erfordernissen seiner Pflicht ablenken konnten. Einmal war er mit dem Kopf auf ihrer Brust, die Hände in ihrem Haar vergraben, eingeschlafen, ein andermal war sie im Morgengrauen wach geworden, als er, fertig angezogen, um zurück an Deck zu gehen, neben der Koje gekniet und sie angesehen hatte, nur angesehen, im bleichen Licht des kommenden Tages. Danach war er seltener zu ihr gekommen, und wenn er sie in die Arme genommen hatte, dann so, als würde er von einem unwiderstehlichen Drang und dem Zorn der Selbstverachtung getrieben.

Wie würde er jetzt sein, wo sie ihr Ziel erreicht hatten? Sie betrachtete, nach einer Antwort suchend, sein Gesicht, als er die über die Seite des Schiffes hinuntergelassene Strickleiter heraufkletterte. Er lächelte ihr kurz zu, bevor er auf das Deck stieg. Er benahm sich, als wäre er in Gedanken versunken; trotzdem blieb er bei ihr stehen.

»Gehe ich recht in der Annahme, daß es dich drängt, an Land zu gehen?« fragte er.

»Ich glaube schon.«

»Es dauert jetzt nicht mehr lange. Ich möchte gern, daß du vor Anbruch der Dunkelheit im Hotel untergebracht bist, und zwar im Royal Victoria, dem neuesten auf der Insel. Ich habe an Land Edward Lansing getroffen. Wir sind für heute abend zum Essen eingeladen und zu der musikalischen Soirée, die danach stattfindet.«

Sie sah ihn ungläubig an. »Eine Pension wäre doch völlig ausreichend gewesen. Und für heute abend mußt du mich leider entschuldigen. Du solltest doch wissen, daß ich nur dieses Kleid hier besitze. Es wäre schon in seinen besten Zeiten nicht passend gewesen, aber jetzt ist es absolut unmöglich.«

Sie hatte schon vor einiger Zeit ihre Kostümjacke gegen eines von Ramons Hemden vertauscht, das in dem warmen Wetter bequemer war. Der Kragen stand offen, und zwar so weit, daß die Vertiefung zwischen den cremefarbenen Wölbungen ihres Busens deutlich erkennbar war. Die Ärmel hatte sie bis zu den Ellbogen aufgerollt, und daher eignete sich das Hemd kaum als Abendkleidung, selbst wenn ihr etwas formlos gewordener Kostümrock nicht vom Schlamm des Stroms und dem Meerwasser dauerhafte Flecken bekommen hätte.

»Das habe ich nicht vergessen«, sagte er mit einem kurzen Lächeln. »Wir müßten eigentlich genug Zeit haben, um auf dem Weg zum Hotel noch bei einer der besten Schneiderinnen Nassaus vorbeizugehen. Ich bin sicher, es wird sich etwas finden.«

Lorna hatte das Gefühl, daß die Chancen, angesichts der geringen Größe der Hauptstadt der Bahamas, nicht allzu gut waren; dennoch verließ sie einige Zeit später neben Ramon das Schiff. In einer kleinen Gasse abseits vom Ufer blieben sie vor einem kleinen, im westindischen Stil gebauten Haus stehen, das verputzt und rosa angestrichen war. Das Mädchen, das zur Tür kam, hatte aufgefädelte Nadeln in den Latz ihrer

Schürze gesteckt und ein Stecknadelkissen am Handgelenk. Nach einer kurzen Verbeugung bat sie sie in breitem Londoner Cockney-Akzent herein und goß ihnen eine Tasse Tee ein, die sie tranken, während sie auf die Besitzerin des Ladens warteten.

Die Leiterin der Schneiderei war eine verblühte Frau mit glänzendem schwarzem Haar, die schnell lachte und kluge Augen hatte. Als ihr gesagt worden war, daß sie ein Abendkleid bräuchten, verschränkte sie die Arme vor der Brust, schürzte die Lippen und begann nachzudenken. Das würde so kurzfristig unmöglich sein, menschliche Hände könnten ein Kleid nicht in weniger als drei Tagen nähen. Männer seien ja so launenhafte Wesen, aber Kapitän Cazenave müsse verstehen –

Ramon nahm eine mit Goldstücken gefüllte Börse aus seiner Jacke und legte sie schweigend auf den Tisch neben seinen Stuhl. »Diese Dame«, sagte er, »kann nicht warten, und ich auch nicht.«

»Ich verstehe.« Die Frau, die sich trotz der Tatsache, daß sie keinen Ring am Finger trug, als Mrs. Carstairs vorgestellt hatte, sah von dem Gold zu Lorna. »Ich verstehe«, wiederholte sie, und ihr Mund verzog sich zu einem breiten Lächeln. »Ich denke, ich könnte da etwas machen. Ich habe ein paar Kleider, die schon gesteckt sind und nur noch der endgültigen Anprobe bedürfen. Wenn die junge Dame bitte mit mir kommen würde?«

Sie ging durch die Tür, zu der sie hereingekommen war, hielt die bleichgelben Seidenportieren zur Seite, die um die Öffnung drapiert waren, und wartete darauf, daß Lorna vorangehen werde.

»Habt Ihr möglicherweise etwas in Schwarz?« fragte Lorna ruhig.

»Schwarz?« Die Stimme der Frau klang, als könne sie es nicht glauben.

»Nicht schwarz«, sagte Ramon gleichzeitig.

Lorna drehte sich zu ihm um. »Aber sicher . . .« begann sie.

»Nein, dafür gibt es überhaupt keinen vernünftigen Grund. Leute, die Trauer tragen, müssen bereit sein, den Grund dafür zu erklären.«

Ihre grauen Augen begegneten seinem festen, undurchsichtigen Blick. Sie bemerkte, daß die Schneiderin sie voller Neugierde beobachtete, und war sich auch der warnenden Bedeutung von Ramons Aussage bewußt. Sie wählte für ihre Erwiderung die Worte mit Bedacht: »Glaubst du auch, daß es eine Farce wäre?«

»Ich glaube, es wäre ein Sakrileg. Nur diejenigen tragen Trauer, die auch trauern. Wenn du das nicht tust, brauchst du dich auch nicht schwarz anzuziehen.«

Ihr kam der Gedanke, daß sie, wenn er sie loswerden wollte, für andere Männer attraktiv sein mußte. Man konnte kaum erwarten, daß jemand sie beachten würde, wenn sie Trauer trug, schließlich mußte man befürchten, daß sie schon bei der ersten Gelegenheit in Tränen ausbrechen könnte. Sie nickte in kühler Zustimmung, drehte sich um und ließ sich das Ankleidezimmer zeigen.

Ihre Gedanken verwirrten sie so sehr, daß sie kaum auf die Kleider achtete, die aus einem Hinterzimmer geholt wurden. Sie nahm nur wahr, daß sie alle nach der neuesten Mode entworfen waren, die noch nicht bis nach Louisiana vorgedrungen war. Als die Frau eines davon hochhielt, nickte sie nur und stand dann da, während die Schneiderin und ihre Assistentin sich an ihr zu schaffen machten, ihr aus ihren Kleidern halfen, ihr die Reitstiefel auszogen und durch ein Paar weiche Wildlederschuhe ersetzten, um die Länge des Kleides besser beurteilen zu können. Sie bemerkte die genauen Blicke der Frau auf den Flecken, die immer noch gelb und grün auf ihren Armen und dem Rücken oberhalb des Hemdes zu sehen waren, aber Mrs. Carstairs wandte sich mit geschlossenen Lippen ab und fragte nichts, und Lorna wollte nichts erklären.

Als sie nur noch die Unterwäsche anhatte, wurde ihr ein neues Victoria-Korsett mit Korsettstangen aus Stahl und Haken an der Vorderseite, damit es leichter an- und auszuziehen war, gebracht und eng um ihre Taille gelegt. Als nächstes wurde eine Krinoline der Firma Douglas und Sherwood, die aus Federstahl bestand, über den Kopf gezogen, gefolgt von drei Unterröcken aus Musselin und einem aus Taft, die alle mit Spitzen gesäumt waren und am Bund mit einem Band geschlossen wurden. Dann zog die Schneiderin vorsichtig ein Kleid über Lornas Kopf und zupfte es zurecht. Sie stellte sich in einigem Abstand auf und gab ihrer Gehilfin Anweisungen, wo sie das überschüssige Material feststecken sollte. Als sie fertig waren, drehte die Ältere Lorna langsam um sich selbst, damit sie sich in dem großen Standspiegel aus vergoldetem Mahagoniholz betrachten konnte, der in einer Ecke stand.

Das Kleid bestand aus pflaumenfarbener Seide und hatte kurze Ärmel, die unter Epauletten aus Bänderrosetten verborgen waren. Es hatte ein spitzes Mieder über einem vollen Rock, der am Saum mit noch mehr Bänderrosetten verziert war. Die Farbe war für Lornas Geschmack zu grell, aber der Ausschnitt schien ihr besonders problematisch. Er begann erst unter den Schultern und öffnete sich weit und tief herunter bis auf die Brüste, die bis knapp an die rosaroten Spitzen freiblieben.

»Ich glaube nicht . . .«, begann sie.

»Vielleicht sollten wir den Herrn das entscheiden lassen?« schlug Mrs. Carstairs vor, wobei sie den Kopf auf eine Seite gelegt hatte und ein schelmisches Lächeln um ihre Lippen spielen ließ.

Sie meinte damit, daß angesichts der Tatsache, daß Ramon bezahlte, er auch entscheiden sollte, wie sie aussah. Der Gedanke war unangenehm, aber in ihm lag eine gewisse zynische Weisheit.

»Na gut«, sagte Lorna.

Die Gehilfin hielt die Portieren zurück, die während der Anprobe wie ein Vorhang geschlossen gewesen waren. Den Kopf hoch erhoben und das Gesicht etwas bleich, rauschte Lorna durch die Öffnung, wobei sie die Krinoline zusammendrückte. Dann ließ sie sie wieder los, so daß die Röcke in volle Breite aufsprangen, während sie sich langsam in majestätischer Haltung vor Ramon drehte. Als sie ihm wieder gegenüberstand, hob sie das Kinn, als rechnete sie mit einem Schlag, und erwartete sein Urteil. Mrs. Carstairs stand mit vor der Brust verschränkten Hände an ihrer Seite, machte ein erwartungsvolles Gesicht, und die Gehilfin stand daneben.

Ramon runzelte die Stirn und betrachtete Lorna langsam und sorgfältig von Kopf bis Fuß. Sein dunkler Blick ruhte auf den weichen Wölbungen ihrer Schultern. Seine Augen verengten sich.

»Nein.«

Lorna, die die Luft angehalten hatte, atmete langsam aus. Er warf ihr einen schnellen Blick zu, und sie sah zur Seite, damit er ihre Dankbarkeit nicht bemerkte. Sie hatte gefürchtet, er wolle sie als eine wenig tugendhafte Person präsentieren, um ihre enge Beziehung so deutlich zu machen, daß andere Männer angezogen wurden, um – wie er es so elegant ausgedrückt hatte – zukünftig ihre Rechnungen zu bezahlen.

»Natürlich nicht, Sir, wenn Ihr es nicht wünscht«, sagte Mrs. Carstairs, und in ihrer Stimme klang etwas Besorgnis, wobei sie einen Blick auf die Börse mit den Goldstücken warf. »Eigentlich steht es der jungen Dame nicht sehr gut. Ich habe noch ein anderes, das sicher viel angemessener sein wird.«

Als sie wieder im Ankleidezimmer waren, half Mrs. Carstairs dem jungen Mädchen dabei, die Stecknadeln zu entfer-

nen. Sie schalt sie für ihre Ungeschicklichkeit und ließ sich
auf die Knie herab, um den Saum wieder zu lösen, dann
richtete sie sich ächzend auf.

»Ich möchte mich entschuldigen, meine Liebe«, sagte sie
zu Lorna, als sie ihr das Kleid über den Kopf hob. »Ich habe
das mißverstanden. Solche Fehler mache ich nicht sehr oft,
aber jetzt sind schwierige Zeiten, und alles geht drunter und
drüber. Ein Toter weiß nicht, wo oben und unten ist, könnte
man sagen, wenn man sieht, wie das verschlafene, alte Nassau von diesem rücksichtslosen, rechtlosen Volk überschwemmt wird, das sich immer dort versammelt, wo Gold
zu holen ist. Aber ich muß aufpassen, daß ich nicht zuviel
rede. Ich werde Euch dieses hier anziehen. Ich denke, Ihr
werdet feststellen, daß das eher dem entspricht, was der
Herr gemeint hat.«

Es entsprach wirklich mehr dem, was Lorna erwartet hatte. Es war tatsächlich ein echtes Abendkleid, nicht so sehr ein
Ballkleid, und der Ton der Seide war eigenartig, die Schneiderin nannte ihn perlfarben. Eigentlich war es aber eher
grau, ein bleicher, silbriger Farbton mit einem Schimmer von
Rosé in den Falten, als es über die Reifen von Lornas Krinoline glitt. Dieser Farbton wiederholte sich auf ihren Wangen,
als sie sich in dem Spiegel ansah.

Noch niemals hatte sie ein so teures, elegantes Kleid getragen. Es hatte zwei Röcke, der untere besaß zwei Volants und
endete in einem *plissé* oder einer Rüsche aus perlfarbenem
Satinband. Das Mieder war glatt, hatte am Hals eine Art *gilet*,
wie bei einer Weste, das mit Rüschen besetzt war, und am
Hals lag ein schmaler Rand aus Spitzen. Die Ärmel waren
voll und lang mit *demi-revers* am Ellenbogen, die die Unterär-
mel aus feiner Spitze sehen ließen.

»Es ist vollendet«, sagte sie leise.

»So soll es auch sein«, bestätigte die Frau mit einem Zwin-
kern zum Spiegel hin. »Es wurde nach dem Vorbild einer

Modepuppe gemacht, die erst letzte Woche aus Frankreich angekommen ist. Worth selbst hat es entworfen, der Schneider der Kaiserin Eugénie.«

»Ihr meint, Ihr habt es kopiert? Wie geschickt!«

»Man tut, was man kann, um sich den Lebensunterhalt zu verdienen.« Die andere hob eine gut gepolsterte Schulter und wandte sich dann einem neben ihr stehenden Tisch mit Seidenblumen und Bändern, Fächern, Spitzenhäubchen und kleinen Schirmen zu. Sie nahm aus dem Haufen ein kleines Sträußchen roséfarbener Rosenknospen auf samtenen moosgrünen Blättern, eingebettet in eine kleine Rüsche aus feiner, handgemachter Spitze. Das hielt sie seitlich an Lornas Kopf, murmelte dann etwas vor sich hin und nahm noch ein Stück perlfarbenes Band, mit dem sie eine Schleife mit vielen Schlingen um das Sträußchen band. Sie drückte die Blumen fest in den weichen Haarknoten in Lornas Nacken. Dann trat sie zurück und betrachtete zufrieden ihr Werk.

»Gefällt es Euch?«

»O ja!«

»Möchtet Ihr es dann dem Herrn zeigen?« Lornas Lächeln verblaßte. »Na gut, gehen wir also.«

Die Frau sah sie vorsichtig an. »Er scheint ein großzügiger Mann zu sein. Ich habe hier noch ein Tageskleid aus Seide in einem Goldton, der gerade eine Idee dunkler ist als Euer Haar, meine Liebe, an den Manschetten, dem Kragen und der Taille abgesetzt in Grau. Es gibt auch noch ein cremefarbenes Popelinkleid mit einem herrlichen Überwurf aus schwarzer Seide, eingefaßt in cremefarbenem Satin und auch damit bestickt. Wenn Ihr lächelt und Euch dankbar zeigt für das Kleid, das Ihr gerade tragt, würde er vielleicht –«

»Das kann ich nicht tun«, erwiderte Lorna ausdruckslos.

»Das wird sie nicht tun«, ertönte es wie ein Echo in einer tiefen Stimme von der Tür her. Ramon ließ die Portiere fallen, die er zur Seite gezogen hatte, und kam herein. »Das wird sie nicht tun«, wiederholte er, »aber wir nehmen die Kleider trotzdem, vorausgesetzt, Ihr könnt sie innerhalb von zwei Tagen beim Royal Victoria abliefern.«

»Zwei Tage? Unmöglich!«

»Ja, wirklich? Vielleicht hält eine andere Schneiderin so etwas doch für möglich.«

»Das bedeutet, daß wir die ganze Nacht arbeiten müssen . . .« begann die Frau, und ihre Entschlossenheit gab unter seinem unnachgiebigen und charmanten Lächeln nach.

»Eine Schwierigkeit, für die Ihr gut bezahlt werdet.«

Mrs. Carstairs schloß mit einem hörbaren Geräusch den Mund. »Ja, Sir, natürlich, Sir.«

»Bitte fügt noch an Unterwäsche und, äh, sonstigen weiblichen Ausrüstungsgegenständen hinzu, was Ihr für nötig haltet.«

»Hauben, Sir? Eine Freundin von mir macht schöne Hauben mit Stroh und Bändern und Spitze.«

»Hauben werden zweifellos auch nötig sein«, stimmte er ihr gleichgültig zu.

»Und Wildlederschuhe, vielleicht Taschentücher, ein Dutzend Paar Seidenstrümpfe, Schleier gegen die tropische Sonne, einen Schirm für Ausflüge, Haarschmuck; dann wären da noch Nachthemden und eine Reihe von Unterziehärmeln, um die Kleider von den unangenehmen Nebenwirkungen zu bewahren, falls es der Trägerin zu warm wird . . .«

»Wie Ihr meint«, stimmte ihr Ramon in etwas ungeduldigem Ton zu. »Ich werde draußen warten. Denkt bitte daran, daß wir zwar zwei Tage auf den Rest der Kleidung warten werden, das Kleid dort, das sie trägt, aber in einer Stunde fertig sein muß.«

»In einer Stunde!« Mrs. Carstairs unterbrach ihren ideenreichen Schwall an Accessoires, um diese Worte auszurufen.

»In einer Stunde«, wiederholte er fest, drehte sich um und verließ das Ankleidezimmer.

Irgendwie schafften sie es. Das Seidenkleid wurde geliefert, dazu drei Paar Unterhemden und -hosen aus feinstem Musselin, mit Alençonspitze und blaßblauen Bändern besetzt, das neue Korsett und die Krinoline mit den Reifen. Es war auch ein Morgenrock dabei, der mit einer Fülle von Watteaufalten in weißem Batist gefertigt war, und ein dazu passendes Nachthemd, das Lorna an die Überzeugung ihrer Tante Madelyn erinnerte, daß schöne Nachtwäsche ein Zeichen von Verderbtheit war. Zwischen den Falten des Morgenrocks lag noch ein seidenes Umschlagtuch, ein Beuteltäschchen aus schwarzem, seidenem Netzmaterial, ein Fächer aus Elfenbein und Spitze und eine kleine Phiole Parfüm, die den Duft von Madonnenlilien enthielt. Schließlich gab es noch ein Schächtelchen mit Reispuder für das Gesicht und ein Milchglastöpfchen mit französischem Karneolrot. Als sie die Dinge eines nach dem anderen aus dem kleinen Strohkoffer zog – geflochten hier auf der Insel –, den die Gehilfin der Schneiderin gebracht hatte, dachte Lorna, Mrs. Carstairs habe doch Ramons Anweisung sehr gründlich befolgt.

Er war nicht da, um etwas einzuwenden. Nachdem er sich um ihre Unterbringung in einem Hotelzimmer gekümmert hatte, war er zurück auf sein Schiff gegangen. Er würde sich an Bord umziehen und sie dann mit einer Kutsche abholen. Danach würden sie zum Haus der Lansings fahren.

Sie hätte eigentlich erleichtert sein müssen, daß sie endlich allein war, und es war auch wirklich eine Erleichterung, Platz zu haben und wieder für sich sein zu können. Aber irgendwie wurde sie das Gefühl nicht los, als sei sie verlassen worden. Sie wußte eigentlich nicht, warum; für Ramon Cazenave war sie nichts anderes als eine Last, eine Quelle nagender Schuldgefühle. Und er war für sie sicher nicht mehr als der Mann, der ihr die Jungfräulichkeit genommen hatte.

Es war ein lächerlicher Gedanke, zu glauben, sie müßten

zusammen sein, besonders, nachdem er auch nur die entfernteste Möglichkeit dazu klar von sich gewiesen hatte. Sie hatte nicht den Wunsch, ihn zu halten, überhaupt nicht. Und doch war er der einzige Mensch – außer den Offizieren und der Mannschaft der *Lorelei*, Männer, mit denen sie an Bord kaum gesprochen hatte –, den sie in Nassau kannte, die einzige Verbindung zu allem, was sie je gekannt hatte. Das war es natürlich, weshalb sie sich jetzt so verlassen fühlte.

Das Royal Victoria besaß für seine Gäste große, mit Süßwasser gespeiste Badezimmer. Lorna verließ ihr Zimmer und machte sich mit ihrem Morgenrock über dem Arm und einem Stück kastilischer Seife in der Hand auf die Suche danach. Sie lagen an der Südseite des Gebäudes, am Ende eines langen Weges über mit Geländern versehene Veranden und jenseits einer langen Brücke, die zu einem Nachbargebäude führte. Ausgestattet waren sie mit in Mahagoni eingelassenen Zinkbadewannen – und sie wirkten äußerst luxuriös. Ein Bediensteter füllte die Wanne mit erwärmtem Wasser und legte Handtücher für sie bereit, dann zog er einen Vorhang um die Badenische und ließ Lorna allein zurück.

Sie legte sich lange in das Wasser, ließ die Wärme ihre Muskeln durchströmen, die Spannung abspülen, und die verschiedenen kleinen schmerzenden Stellen verschwanden wie die unsichtbare Schicht auf ihrer Haut, die vom Baden in Salzwasser an Bord des Schiffes zurückgeblieben war. Schließlich setzte sie sich auf und seifte sich mit der frisch duftenden Seife ein, rieb den Schaum in ihre Haut, genoß die Sauberkeit. Zuletzt machte sie ihr Haar naß und bedeckte es mit dichtem Schaum, knetete die von Erschöpfung und Salzluft matt gewordene Fülle kräftig durch. Sie hatte noch mehrere Stunden Zeit und nicht die Absicht, sich zu beeilen.

Aber es wäre besser gewesen, wenn sie es getan hätte. Als Ramon einige Zeit später zum Hotel zurückkam, kämpfte sie immer noch mit den zahllosen kleinen Haken am Rücken des perlgrauen Seidenkleides. Sie öffnete ihm die Tür mit einer Hand hinter dem Rücken, um zu verhindern, daß das Oberteil auseinanderklappte und der Ausschnitt herabfiel. Ihre grauen Augen zeigten einen Anflug von Zorn, und ihre Wangen waren leicht gerötet von ihren Bemühungen.

»Fertig?« fragte er, sein Blick lag auf ihrem Gesicht, seine Stimme klang ungezwungen.

»Sehe ich so aus?« Ihre Worte klangen genervt, und sie drehte sich um, damit er verstand, worum es ging, bevor sie sich ihm wieder zuwandte. »Ich wollte gerade nach einem Zimmermädchen klingeln.«

»Vielleicht kann ich dir behilflich sein.« Er trat ins Zimmer und machte die Tür hinter sich zu. Dann legte er seinen hohen Hut, den Stock und die Handschuhe zur Seite, legte seine Hände auf ihre Schultern und drehte sie sanft in ihren weiten Röcken herum, so daß sie ihm den Rücken zuwandte.

Diese Woge von Schwäche, die sie überströmte, als er sie berührte, war einfach ungerecht. Seine Finger fühlten sich an ihrer Haut warm an, seine Bewegungen waren schnell und geschickt. Als Ausgleich zu den Gefühlen, die sie empfand, sagte sie: »Du machst das wirklich gut; du mußt ja ziemlich viel Übung haben.«

Er hielt inne, und seine Knöchel lagen an ihrem Rücken dicht über ihrem Hemdchen. »Ein wenig.«

»Ich würde sagen, mehr als nur ein wenig.« Sie hatte das Gefühl, als ertränke sie in dem würzigen Aroma des Bayrums, den er verwendet hatte, um die kleinen Verletzungen durch sein scharfes Rasiermesser zu behandeln.

Aus seiner Stimme klang entspanntes Vergnügen, als er antwortete, und seine Finger begannen wieder, sich zu bewegen, allerdings in einer langsameren, genüßlicheren Berührung. »Du bist wohl schlecht gelaunt, wie? Mach dir keine Gedanken, die Lansings werden dich willkommen heißen, wie sie es in den vergangenen Monaten schon bei Hunderten von anderen Leuten getan haben.«

»Besonders die Lansing-Schwestern?«

»Charlotte und Elizabeth sind reizende junge Damen. Ich glaube, sie werden dir gefallen, und ich sehe keinen Grund, warum ihr nicht gute Freundinnen werden könntet.«

»Zweifellos, wenn du darum bittest!« Sie schien das Bedürfnis zu haben, ihm etwas Giftiges zu sagen, während sie gleichzeitig aber auch verwirrt war durch seinen warmen Atem, der über ihre Schultern streifte.

Er schloß den letzten Haken, nahm ihren Arm und drehte sie zu sich herum. »Was ist denn los mit dir? Was macht es schon aus, wenn du heute abend meinetwegen eingeladen bist? Du brauchst diese Leute, damit sie dir helfen, hier einen neuen Anfang zu machen, die Art von Anfang, nach dem du eine respektable Verbindung eingehen kannst.«

»Respektabel? Bist du da sicher? Mrs. Carstairs war sich heute nachmittag nicht so sicher, ob ich respektabel bin, nur weil ich mit dir zusammen war! Was willst du den Lansings sagen als Erklärung dafür, daß du meine Rechnungen bezahlst? Daß ich deine Schwester bin oder vielleicht deine Kusine? Und denkst du wirklich, daß sie dir das glauben werden?« Sie hatte vorher gar nicht bemerkt, wie viele Zweifel in ihrem Inneren schwärten, bis sie unter dem Druck ihres Zorns herausgesprudelt kamen.

Er sah sie finster an. »Ich werde sagen, daß du die Nichte eines alten Freundes von mir bist, eine Waise, natürlich alleinstehend, die meinem Schutz anvertraut wurde, um sie aus New Orleans zu schaffen, bevor es den Yankees in die Hände fiel. Ich kann mir nicht vorstellen, warum die Frage deiner Rechnungen aufkommen sollte, aber falls sie das tut, können wir immer noch sagen, daß ich dein Geld für dich verwalte. Ob sie es glauben oder nicht, ist egal, solange niemand behauptet, die Geschichte sei nicht wahr.«

»Das ist ja alles gut und schön«, sagte sie mit einem giftigen Blick, »aber warum ist mein lieber Onkel denn nicht mit mir geflohen?«

»Er ist natürlich dort geblieben, um sich um seine Geschäfte und seinen Besitz zu kümmern. Deine Tante konnte einfach nicht alles verlassen. Ihre eigenen Kinder sind verheiratet und leben nicht mehr bei ihnen. Sie haben sich um deine Sicherheit gesorgt, und angesichts deiner Schönheit, deines lebhaften Glaubens an die Sache der Konföderierten und deines etwas feurigen Temperaments hatten sie Angst, du könntest die Aufmerksamkeit der Unionssoldaten auf dich ziehen.«

Die Ironie seiner letzten Worte überhörte Lorna nicht. »Ich war die ausgeglichenste aller Frauen – bis ich das Pech hatte, dir zu begegnen!«

Einen kurzen Moment lang lag in seinen Augen ein Ausdruck, als hätte sie ihn geschlagen. Mit harter Stimme sagte er: »Da ich dir ja bald nicht mehr im Wege bin, wirst du es vielleicht wieder sein.«

Es war wohl besser, nichts weiter dazu zu sagen. Sie wandte sich von ihm ab und wunderte sich gleichzeitig über die Gedanken, die er sich gemacht hatte, um sich eine Geschichte für sie auszudenken. Sie trat zum Waschtisch und prüfte ihre Erscheinung im Spiegel, bemerkte ohne größere Überraschung ihr erregtes Gesicht und die Dunkelheit in ihren Augen. Sie steckte ein Löckchen, das sich gelöst hatte, in ihren tief im Nacken sitzenden Knoten zurück, bevor sie wieder etwas sagte.

»Beunruhigt es dich denn nicht, eine Mörderin unter deinen Freunden zu haben?«

»Zum letztenmal: Du bist keine Mörderin«, antwortete er mit Nachdruck, machte einen schnellen Schritt auf sie zu und drehte sie zu sich herum. »Es war ein Unfall, und du hast keine Schuld. Denk nicht mehr daran. Vergiß es.«

»Das . . . das kann ich nicht«, sagte sie mit leiser Stimme. »Es ist immer da, in meinem Hinterkopf, in meinen Träumen.«

»Du kannst und du wirst es vergessen, wenn ich irgendeinen Einfluß darauf nehmen kann.« Er schüttelte sie ein wenig, sein Griff wurde fester, und seine Daumen strichen über die seidenbedeckte Rundung ihrer Arme.

Sie hob die Wimpern, legte ihre Hände an seine Brust, trat einen Schritt zurück und versuchte, seinem Griff zu entkommen. Mit leiser Stimme sagte sie: »Aber es ist ja nicht deine Sache, nicht wahr?«

Sein Blick ruhte auf den zarten Linien ihres Mundes, bis er einmal tief eingeatmet hatte. Plötzlich ließ er sie los. »Nein, ist es nicht.«

Was hatte sie erwartet? Genauer gesagt: Was hatte sie gewollt? Sie schob das Wissen von sich, entfernte sich mit einer entschlossenen Drehung aus seiner Nähe. Sie glitt zum Waschtisch, wobei sie sich ihrer Bewegungen sehr deutlich bewußt war, nahm ihren Fächer und das bereitliegende Täschchen, das ihren Zimmerschlüssel und ein Taschentuch enthielt. Dann hob sie den Kopf und sagte: »Ich bin bereit.«

9. KAPITEL

Wie versprochen, hatte Ramon eine Kutsche gemietet, um sie zum Haus der Lansings zu bringen. Es war eine Victoria-Chaise, und das Verdeck war heruntergelassen, so daß sie offen fuhren und die milde Nachtluft genießen konnten. Der Kutscher ließ die Pferde langsam gehen. Sie fuhren in östlicher Richtung durch ruhige, dunkle Straßen oberhalb des Hafens, jenseits der Reichweite der wenigen Gaslaternen, die vor kurzem am zentralen Platz der Stadt aufgestellt worden waren. Zu ihrer Rechten erhoben sich am Hügel große Häuser, und das Licht der Lampen glühte schwach durch die Jalousien, die die Fenster unter den breiten Veranden bedeckten. Auf der linken Seite zog sich eine lange Sandsteinmauer hin, die die Gärten hinter den Häusern unterhalb der Straße begrenzte. Leise Stimmen tönten durch die Nacht, Musik erklang, und der schwere Duft der blühenden Zitronenbäume mischte sich mit dem Geruch von Staub.

Lorna warf einen Blick auf den Mann neben sich. Im Licht der Kutschenlampen erschien er männlich und dunkel anziehend. Jetzt hatte sie zum erstenmal Muße, seinen gut geschnittenen Abendanzug aus schwarzem, leichtem Wollstoff, die Weste aus cremefarbenem Satin und die graue Krawatte, die vor dem makellosen Weiß seines Hemdes glänzte, zu betrachten. Abwesend, in Gedanken versunken, schaute Ramon in die Nacht hinaus.

Sie sah weg, ihre Aufmerksamkeit wurde durch eine Kutsche auf sich gezogen, die auf sie zukam. Als sie auf gleicher Höhe waren, erstarrte Lorna plötzlich, und als die Kutsche verschwand, drehte sie sich in ihrem Sitz um und starrte hinterher. Dann wandte sie sich Ramon zu und rief aus: »Das war ein Marineoffizier, ein Marineoffizier der Unionsflotte!«

»Genau.«

»Ich weiß, daß diese Insel zu Großbritannien gehört und deshalb neutral ist, aber es scheint doch seltsam, daß er hier friedlich seiner Beschäftigung nachgeht, nachdem andere wie er erst vor ein paar Tagen versucht haben, uns zu töten.«

»Es ist seltsamer, als du denkst. Ich nehme an, der Mann ist heute abend offiziell beim Gouverneur eingeladen. Normalerweise steht die Marine der Vereinigten Staaten auf nicht allzu gutem Fuße mit den Regierenden und den Bürgern der Bahamas.«

»Nein? Warum nicht?« Sie war erleichtert, als sie den gleichmäßigen Klang seiner Stimme hörte, das schien zu belegen, daß er bereit war, ihren Streit zu vergessen.

»Dafür gibt es verschiedene Gründe, vor allem den, daß der Hafen von Nassau selbst sich auch beinahe in einem Belagerungszustand befindet, da die Schiffe der Union versuchen, Schiffe aus fremden Ländern, die zum Beispiel aus Europa hierherkommen, ebenso zu behindern wie diejenigen, die zu den Häfen der Südstaaten auslaufen – alles, was sie außerhalb der neutralen Gewässer kriegen können. Außerdem ist da noch die *Trent*-Affäre. Ein Kapitän der Unionsmarine mit Namen Wilkes ging auf hoher See an Bord des britischen Postdampfers *Trent* und nahm zwei Diplomaten der Konföderierten in Gewahrsam, die aus Havanna gekommen und auf dem Weg zu ihren Posten waren, der eine nach Frankreich, der andere nach England. Aus lauter Wut über den Umgang der Union mit einem Schiff Ihrer Majestät hätte England beinahe die Konföderierten anerkannt. Und der letzte Grund ist einfach der, daß ohne die Südstaaten und die Blockadebrecher, die ihre Armee und ihre Bevölkerung versorgen, Nassau kaum mehr wäre als eine verschlafene Stadt auf einem Sandhaufen mitten im Meer, wo die Nachkommen von Piraten, Schiffbrüchigen und amerikanischen Loyalisten irgendwie zu leben versuchen.«

»Also bist du nicht gezwungen, jeden Tag etwas mit Unionsleuten zu tun zu haben?«

»Glaubst du, das würde mir Schwierigkeiten bereiten?« fragte er und wandte ihr den Kopf zu, so daß sein dunkler Blick auf ihren traf. »Warum sollte es? Manche von ihnen kenne ich seit meiner Zeit an der Militärakademie, anderen bin ich während der Jahre im Mittelmeer begegnet. Sie sind Männer, sonst nichts. Ich habe mit einigen von ihnen gesprochen, und sie haben gesagt, daß, wenn sie nicht der Unionsflotte unterstünden, sie selbst gern ein Baumwollschiff kommandieren und Blockadebrecher werden würden.«

Sie wandte ihren Blick nach vorn und starrte auf den Rükken des Fahrers. »Wenn du das sagst, klingt es so vernünftig – so zivilisiert. Wie kann es nur kommen, daß Männer wie du und sie sich gegenseitig umbringen?«

»Der Grund ist eine Idee, eigentlich nichts weiter. Das ist die übliche Ausgangsbasis für Kriege.«

»Ein dummer Grund!« rief sie aus.

»Das stimmt, aber es sind eben gerade Ideen, die den eigentlichen Unterschied zwischen Leben und Existieren ausmachen; warum sollten Männer nicht auch für sie sterben?«

»Manche tun das«, sagte sie, bevor sie es unterdrücken konnte. »Und andere leben und sterben für Gewinn.«

Sie dachte, er würde jetzt mit ihr streiten, sie daran erinnern, wofür er das Geld einsetzen würde, das er hier verdiente. Statt dessen wurden seine Lippen schmal, und er wandte sich ab.

Sie sprachen nicht mehr, bis die Kutsche vor einem in Terrassen angelegten Haus angekommen war. Es war ein Neubau und lag mitten in der tropischen Vegetation, die nicht in die Form eines englischen Gartens zu bringen gewesen war, obwohl es offensichtlich jemand versucht hatte. Ein Diener in Frack und Glacéhandschuhen wartete, um ihnen beim Aussteigen zu helfen, und vertraute sie dann der Betreuung des würdevollen Bediensteten an, der am Eingang vor dem Haus stand.

Edward Lansing gehörte zu der Gruppe von Briten, die die Gelegenheit erkannt hatten, die der amerikanische Bürgerkrieg ihnen bot, und war hierhergezogen, um sie wahrzunehmen. Viele der Investoren hatten sich zu Gesellschaften zusammengeschlossen und Repräsentanten ausgesandt, die sich um ihre Interessen kümmern sollten. Lansing hatte sich dafür entschieden, seine Interessen selbst zu vertreten. Wenn er erst einmal ein Vermögen verdient hatte, konnte er immer noch nach London zurückkehren und den Platz unter den Adligen einnehmen, auf den er durch seine Herkunft ein Anrecht hatte, allerdings dann unter wesentlich besseren Bedingungen. In der Zwischenzeit hatten er und seine Familie nichts dagegen, die Führungsrolle in der Gesellschaft des schnell wachsenden tropischen Hafens zu übernehmen; nur der Gouverneur und seine Frau standen in der Hierarchie über ihnen. Mrs. Lansing genoß ihre Rolle als Gastgeberin, deren Einladungen sehr gesucht waren, und die Töchter des Hauses waren natürlich auch sehr gefragt.

Das alles hatte ihr Ramon schon auf ihrer Fahrt von New Orleans hierher erzählt, aber er hatte sie nicht darauf vorbereitet, wie weit die Gastfreundschaft der Lansings gehen würde. Der Butler, steif und korrekt, Kragen und Krawatte gestärkt und so weiß, daß sie auch zu einem Lord gepaßt hätten, verbeugte sich und begrüßte Ramon mit würdevoller Vertrautheit, bevor er sie zu der massiven Eingangstür führte, wo er sie der Obhut eines der Bediensteten übergab, die in der Eingangshalle warteten. Einer von ihnen, im Abendanzug eines altmodischen Gentleman, schrieb sich ihre Namen auf und bat sie, ins Empfangszimmer weiterzugehen.

Der Fußboden der Eingangshalle bestand aus schwarzweißem Marmor im Schachbrettmuster, die Wände waren verputzt und mit Palmen, blauem Meer und alten spanischen Galeonen bemalt. Eine geschwungene Freitreppe führte nach oben zu den privaten Zimmern des Hauses. Rechts lag eine Bibliothek, in der es dunkel war, das Zimmer links war hell erleuchtet, die Wände mit gelber Seide bespannt, die Böden poliertes Parkett, auf dem hier und da ein Brüsseler Teppich lag – dort versammelten sich die Gäste des Dinners.

Als sie in der Tür stehenblieben, wurden ihre Namen laut ausgerufen. Hier endeten jedoch die Formalitäten, denn direkt nach dem Ausruf ertönte der freudig-spitze Aufschrei eines jungen Mädchens. Die junge Dame wirbelte in ihren ungeheuer weiten Röcken aus blaßgrünem Musselin herum und stürzte sich auf Ramon.

Sie war eine ausgelassene Range, das konnte man auf den

ersten Blick erkennen. Ihr Haar, von einem erbarmungslosen
Rot, war in einer Weise nach hinten gelegt, die für ihr Alter
und ihre reizvollen Züge viel zu streng wirkte. Sie verdrehte
ihre sherrybraunen Augen und lächelte frech, wobei sie keinen Zweifel über die Ernsthaftigkeit ihrer Begrüßung aufkommen ließ.

»Ramon«, rief sie, »ich konnte es kaum glauben, als Papa
sagte, daß Ihr heute abend kommen würdet! Ihr wart schon
so lange fort, daß ich Angst hatte, Ihr würdet auf dem Grund
des Meeres liegen und die Fische füttern.«

»Was für eine widerliche Vorstellung«, tadelte er sie, aber
in seinen Augen lag Sympathie, als er ihre Hände nahm.
Lorna sah zu und dachte, diese Geste hätte vermutlich nicht
nur den Zweck, die Wärme seiner Begrüßung zu zeigen,
sondern auch zu verhindern, daß sich das Mädchen in seine
Arme warf.

»Das hat Elizabeth auch schon gesagt«, gab das Mädchen
zu. »Sie sagt, ich sei gefühllos, aber ich glaube, daß es besser
ist, über solche Dinge zu lachen, denn je mehr man das
Schlimmste fürchtet, desto eher geschieht es wirklich! Glaubt
Ihr nicht auch?«

»Immer«, pflichtete er ihr locker bei und wandte sich dann
Lorna zu, um sie einander vorzustellen. Als sie sich begrüßt
hatten – voller Anmut von Seiten Lornas, jedoch mit reiner
Höflichkeit bei Charlotte Lansing –, fragte Ramon: »Und wo
sind Euer Vater und Eure Schwester?«

»Ach, Papa treibt sich auf der Terrasse herum und be-
spricht irgend etwas Geschäftliches mit dem netten Mr. Lafitt von Trenholm und Fraser und Kompanie. Ich werde
dieses Gespräch aber sowieso bald unterbrechen, denn ich
habe aus der Küche gehört, daß das Essen in fünf Minuten
fertig sein wird. Und hier ist Elizabeth.«

Trenholm und Fraser, die Namen kamen Lorna bekannt
vor. Sie suchte in ihrem Gedächtnis und meinte, sich an eine

Import-Export-Firma aus den Südstaaten zu erinnern, die so hieß. Die Stempel und Aufschriften dieser Firma hatte sie öfter auf Kisten und Fässern in New Orleans gesehen. Es leuchtete ihr ein, daß die Firma aktiv daran beteiligt war, Waren durch die Blockade transportieren zu lassen.

»Wie erfreulich, daß Ihr wieder bei uns seid, Ramon«, sagte die zweite Lansing-Schwester, als sie sie erreicht hatte. Ihre Stimme klang melodiös, ähnlich wie eine Glocke, eine vollendete Ergänzung zu ihrer makellosen Erscheinung. Sie war eine dunkle Schönheit, bewußt elegant, ihr Verhalten kühl. Ihr Haar war von einem Mittelscheitel aus nach hinten gekämmt und zu einem schweren, kunstvollen Knoten geschlungen. Das Kleid, das sie trug, bestand aus hellblauer Seide mit einem breiten Band in grün-blau-schwarzen Schottenkaros über der einen Schulter, das in ihrer Taille von einer Brosche gehalten wurde und von da aus über ihre weiten Röcke herunterfiel – in der Art, wie Königin Victoria sie mit ihrer Begeisterung für Balmoral eingeführt hatte.

Ihre Worte klangen als Echo aus dem Mund eines großen, blonden Engländers, der hinter Elizabeth herbeigeschlendert kam. »Bei allen Heiligen, es ist gut, dich wiederzusehen. Wir haben gehört, daß New Orleans gefallen ist, und hatten befürchtet, du wärst in dieses Fiasko irgendwie verwickelt.«

»Ihr habt davon gehört?« fragte Lorna. »Aber wie denn?«

Der Blick des blonden Mannes ruhte interessiert auf ihr. »Per Kabel nach Washington, dann per Schiff und Signal durch die Blockadeflotte, die es nicht abwarten konnte, es uns auch hierher mitzuteilen. Ramon, alter Freund, willst du mich nicht diesem charmanten jungen Wesen vorstellen?«

»Ich würde es nicht tun, wenn ich es verhindern könnte«, sagte Ramon mit finsterem Amüsement, »aber da das unmöglich ist – Lorna, darf ich dir als erstes Elizabeth Lansing und dann noch Peter Hamilton-Lyles vorstellen, der auch als Kapitän Harris bekannt ist.«

Lorna begrüßte die beiden und fragte dann mit einem Blick von einem Mann zum anderen: »Auch als?«

»Mein *nom de guerre*«, sagte der Engländer und neigte den Kopf, »obwohl man sich ein schlechter gehütetes Geheimnis kaum vorstellen kann.«

»Ich weiß nicht, ob ich das richtig verstehe.«

Ramon erklärte es ihr: »Peter ist auf Urlaub von der königlichen Marine. Da England offiziell neutral ist, wäre seine Gefangennahme als Blockadebrecher ein Affront gegen die Regierung Ihrer Majestät. Da das so ist, segelt er unter einem Pseudonym in dem Einverständnis, daß er keine Hilfe erwartet, wenn er in Schwierigkeiten kommt.«

»Schaut nicht so besorgt«, sagte Peter schnell. »Weder ich noch irgendein anderer wie ich hat die Absicht, sich von den Yankees fangen zu lassen.«

Charlotte sagte mit gedämpfter Stimme: »Ich bin sicher, daß keiner der Männer, deren Schiff gesunken ist oder die gefangengenommen worden sind, wollte, daß es so enden sollte.«

»Ich glaube, es ist an der Zeit, daß du Papa holst«, sagte ihre ältere Schwester, und ein Stirnrunzeln beeinträchtigte das Ebenmaß ihrer Züge. Das Mädchen wurde dunkelrot aus Scham darüber, daß sie einen solchen Fehler gemacht und in ernstem Ton vom Tode gesprochen hatte – vor Männern, die ihm ständig ins Auge sehen mußten, wenn sie hinausfuhren; dennoch wollte sie nicht gehen. Als sie jedoch den Mund aufmachte, um zu widersprechen, hob Elizabeth eine Augenbraue, und Charlotte machte sich auf den Weg, um ihren Auftrag auszuführen.

»Könnten wir vielleicht von etwas Angenehmerem reden?« fragte Peter nachdenklich, obwohl in den Tiefen seiner Augen sein Humor deutlich zu erkennen war. »Zum Beispiel, Elizabeth, wer uns heute abend unterhalten wird?«

»Ich denke, er wird uns nicht enttäuschen: Ich habe ange-

nommen, daß unsere Gäste der üblichen Tenöre und Streich-
quartette müde sein würden«, antwortete sie und erzählte
weiter, sie habe einen Mann aus einem der berühmtesten
Varietétheater engagiert, der bekannt sei sowohl für seinen
Scharfsinn als auch für seine Singstimme. Zu Ehren der Sache der Südstaaten werde er ihnen ein Potpourri aus Balla-
den von Stephen Forster darbringen. Sie sprachen über Sän-
gertruppen, die sie kannten, und über Lieblingslieder, über
Vergnügungsdampfer auf dem Mississippi und das französische Opernhaus in New Orleans, über den Covent Garden in
London und über das Victoria-Theater. Die Unterhaltung
war interessant, aber das Lächeln der jungen Engländerin
angesichts der amerikanischen Vergnügungsveranstaltun-
gen war so herablassend und ihr Verhalten, als sie von Ver-
gleichbarem in ihrer Heimat sprach, so begeistert, daß Lorna
erleichtert war, als angekündigt wurde, daß das Essen jetzt
angerichtet sei.

Peter schwatzte ungehemmt mit Lorna, als er sie zu Tisch
führte und ging hinter Ramon und der älteren der beiden
Lansing-Schwestern her – eine Anordnung, die sie mit schel-
mischem Lächeln getroffen hatte. Er wollte wissen, wie es
dazu gekommen sei, daß sie in Nassau war, und hörte mit
schmeichelhaftem Interesse zu, als sie ihm die abgesproche-
ne Geschichte erzählte, während sie ihre Plätze einnahmen.
Daß er rechts neben ihr am Tisch saß, war eine angenehme
Entdeckung für Lorna, denn Ramon saß etwas entfernt in der
Nähe des Kopfes der Tafel, mit Elizabeth an einer Seite und
Charlotte, deren gute Laune zurückgekehrt war, an der anderen. Es war amüsant, zuzusehen, wie die Schwestern sich
um die Aufmerksamkeit des dunklen und gutaussehenden
Kreolen bemühten, indem sie einander unterbrachen und
sich über ihn hinweg scharfe Blicke zuwarfen, die eigentlich
allzu offensichtlich waren, dachte Lorna.

»Armer Ramon«, sagte Peter und lehnte sich zu ihr herüber. »Was meint Ihr, welche der beiden das Schwert führen würde, wenn ein Salomon entschiede, daß er zwischen ihnen geteilt werden sollte?«

Sie lächelte kurz und antwortete dann: »Sicherlich würden sie nicht so weit gehen, oder?«

»Das scheint mir doch sehr wahrscheinlich! Wartet nur, bis es um die Verteilung der Sitze bei der Darbietung später geht. Ich bin sicher, Ramon wird versuchen, sich hinter Euren Röcken zu verstecken. Und in diesem Falle hoffe ich, daß er kein Glück haben wird, denn ich habe die Absicht, Euch für den Rest des Abends mit Beschlag zu belegen.«

Er hatte das so leicht dahingesagt, daß es unmöglich war, ihm böse zu sein. Dennoch machte sie einen kleinen Versuch, ihn in seine Schranken zu weisen, indem sie sagte: »Mit meiner Erlaubnis oder ohne sie?«

»Oh, natürlich mit, wenn Ihr sie mir gebt. Wenn nicht, werde ich mich an Eure Spuren heften wie ein treuer Hund, mit ganz traurigen Augen, bis Ihr Mitleid mit mir habt.«

Sie lachte und war überrascht, wie weich das Geräusch klang, so lange war es schon her, seit sie in gehobener Stimmung gewesen war. Ihre Antwort kam ebenfalls humorvoll: »Aber ich bitte Euch, seid nicht albern!«

»Warum nicht, wenn Ihr mir dann zulächelt? Aber vielleicht habe ich Euch mißverstanden, und Euer Lächeln ist für Ramon reserviert?«

»Überhaupt nicht«, sagte sie und sah den Tisch hinunter zu dem anderen Mann.

»Gut«, reagierte Peter sofort. »Ich bin froh, daß wir das erledigt haben. Jetzt können wir uns darauf konzentrieren, wie ich Euch unterhalten werde, während Ihr in Nassau seid. Was haltet Ihr von einem *al fresco*-Essen in einer einsamen Bucht oder einer Segelfahrt bei Mondschein?«

Der Ausdruck in seinen meerblauen Augen war warm und schamlos schmeichelnd, als er sie ansah. Es dauerte

217

einen Augenblick, bis sie bemerkte, daß seine Schultern die ihren berührten. Sie rückte etwas zur Seite. »Ihr müßt verrückt sein. Ich kenne Euch ja kaum.«

»Dem kann man ja abhelfen, wenn Ihr mir Gelegenheit dazu gebt.«

»Ich bin nicht sicher, ob ich das auch will!«

Ein Ausdruck unendlicher Traurigkeit glitt über sein Gesicht. Er seufzte dramatisch. »Ich bin zutiefst beleidigt.«

»Natürlich seid Ihr das, und zweifellos blutet auch Euer Herz. Ich bin sicher, Ihr würdet langsam vergehen, wenn Ihr nicht einen so guten Appetit hättet.«

»Grausam, grausam«, klagte er. »Wie kommt es nur, daß die schönsten Frauen so viel Freude daran haben, uns arme, schutzlose Männer zu verletzen?«

Sie öffnete weit die Augen. »Weil Ihr das von uns verlangt, und weil es keine andere Möglichkeit gibt, Euch loszuwerden.«

»Falls es Euch unangenehm ist, wenn ich Euch den Hof mache . . .«, sagte er und richtete sich in verletzter Würde auf.

»Wenn Ihr mir den Hof macht?« fragte sie leise.

»Also gut, also gut, wenn ich Euch meine Aufmerksamkeit zuwende«, verbesserte er sich und ersetzte den gekränkten Ausdruck durch ein schmerzliches Seufzen.

Sie lachte entspannt und frei. Als Ramon das hörte, schaute er zu ihr herüber und sah kurz zwischen ihrem erfreuten Gesichtsausdruck und dem Mann neben ihr hin und her. Er runzelte die Stirn, und obwohl Charlotte mit ihm sprach und er ihr auch antwortete, wandte er seinen Blick nicht ab.

Sei es, wie Peter vorgeschlagen hatte, weil er den Nachstellungen entgehen wollte, oder aus Pflichtgefühl – Ramon kam tatsächlich zu ihr, als sie das Eßzimmer verließen. Er ging rechts und Peter links neben ihr, als sie zurück in das Empfangszimmer kamen, das während des Essens in ein

Musikzimmer verwandelt worden war, mit einem Pleyel-Klavier an der einen Seite und mehreren Reihen von kleinen, vergoldeten Stühlen davor.

Zusätzliche Gäste, die nicht das Glück gehabt hatten, zum Essen eingeladen worden zu sein, hatten sich versammelt und saßen in Gruppen hier und da. Es gab einige freie Stühle am Ende einer der mittleren Reihen in der Nähe der Tür, und Ramon führte sie in diese Richtung. Peter, der seinem im Scherz gemachten Versprechen treu blieb, schlenderte neben ihnen her. Als Ramon sie bis zu ihrem Platz gebracht und sich auf den äußersten Stuhl neben sie gesetzt hatte, ging der Engländer um die Reihe herum und setzte sich auf den Platz an ihrer freien Seite. Der Blick, den er dem anderen Mann zuwarf, war freundlich. Ramon erwiderte ihn durch einen deutlich giftigeren Blick, aber schon nach wenigen Augenblicken hatten sie alle drei eine lebhafte Unterhaltung begonnen, während sie darauf warteten, daß sich das Zimmer füllte. Sie sprachen über Ladungen und ungeheuer hohe Frachtraten und über die Dinge, bei denen die Versorgung am schlechtesten war, Dinge, die Frauen, wie Lorna sie kannte, am meisten vermißten. Sie sprachen von Lafitt von Trenholm und Fraser und von seinem Bedarf an erfahrenen Kapitänen, damit die Waffen und die Munition, die durch diese Firma von der Regierung der Konföderierten bestellt worden waren, sicher in den Hafen von Wilmington gelangten. Sie diskutierten auch das Vermögen, das ein kluger Schiffskommandant auf einer einzigen Fahrt gemacht hatte, der auf eigene Rechnung eine Ladung von Zahnbürsten, Kalomel-Pillen und Korsetts transportiert hatte.

Sie wurden von Edward Lansing unterbrochen, der neben ihnen erschien und darum bat, Lorna vorgestellt zu werden, wobei er sich dafür entschuldigte, daß er nicht dagewesen sei, als sie eingetroffen waren. Er war ein sehr schlanker Mann mit einem außerordentlich gut geschnittenen Abendanzug und der Ausstrahlung eines Aristokraten. Er stellte als seine Frau die Dame vor, ziemlich füllig und ungeheuer wohlgelaunt, die gerade neben ihm stehenblieb. Sie sagte etwas und lächelte, aber man konnte klar erkennen, daß sie ganz konzentriert auf ihre Rolle als gute Gastgeberin war, und so eilte sie bald in einer Wolke karamelfarbener Röcke von dannen. Ihr Gastgeber stellte keine Fragen zu der Fahrt, die die *Lorelei* gerade hinter sich gebracht hatte. Er lud Ramon für den folgenden Tag zu einem Drink ein und deutete an, daß sie dabei alles Geschäftliche besprechen würden, aber das schien eher eine höfliche Geste zu sein als von seinem großen Interesse an dem Profit getrieben, den das Schiff gemacht hatte, in das er neben anderen investiert hatte.

»Du kannst von Glück sagen, daß du mit Lansing zusammenarbeitest und nicht mit meiner Firma«, sagte Peter mit einer Spur von Neid in der Stimme. »Du kannst doch im wesentlichen tun, was du willst, und mußt dich nicht mit Leuten auseinandersetzen, die genau auf jeden Pfennig schauen, als ob es Damenhintertei . . . äh, Verzeihung, Miss Forrester, als ob ihr Leben davon abhinge. Kannst du dir vorstellen, daß sie sich über den Anthrazitpreis beschwert haben? Sie haben ein wunderschönes kleines Merkblatt ausgegeben, in dem sie vorschlugen, wir sollten etwas bituminöseres Anthrazit verwenden. Das wäre ja wie die Rauchsignale, mit denen die Indianer sich verständigen, wenn man außerhalb des Hoheitsgebiets der Bahamas so viel Rauch durch den Schornstein schickt - Rauchsignale, mit denen man den Yankeekreuzern zu verstehen gibt, wo sie hinkommen und uns abholen müssen.«

In diesem Augenblick gesellte sich Charlotte zu ihnen, lachend und munter, setzte sich auf einen Stuhl vor Ramon, drehte sich um und stützte ihre Arme auf die Rückenlehne. Das junge Mädchen schwatzte vergnügt über dieses und

jenes Thema. Ihre Mutter hatte mehrere Zufallsbekannt-
schaften eingeladen, ohne es Elizabeth oder den Angestellten
zu sagen, deswegen herrschte jetzt Mangel an Stühlen. Sie
erfuhren auch, daß ihre Schwester heute abend die Begleitung am Klavier übernehmen würde, eine ehrenvolle Aufgabe, denn schließlich begleitete sie einen Berufssänger, und
auch die dazugehörigen Musiker waren unter großen Kosten
aus London hierhergebracht worden. Sie hatte schon seit
Tagen geübt, bis der ganze Haushalt die Stücke, die gespielt
werden sollten, nicht mehr hören konnte, aber ihre Schwester war nicht nervös. Elizabeth war niemals nervös.

Kurz nachdem sie diese letzte Feststellung gehört hatten,
kam die dunkelhaarige Lansing-Schwester ins Zimmer und
setzte sich ans Klavier. Die anderen Musiker kamen mit ihren Instrumenten herein, zwei Geigen und ein Waldhorn.
Die Musik begann.

Zwei Stunden später war die Darbietung zu Ende. Auf der
Rückfahrt zum Hotel schwieg Ramon. Lorna betrachtete ihn
ein- oder zweimal aus dem Augenwinkel. Er saß da, sein
Arm ruhte auf der Tür der offenen Kutsche, und er starrte in
die Nacht hinaus. In der Dunkelheit war es ihr unmöglich,
festzustellen, ob ihn Erschöpfung oder Nachdenklichkeit
zum Schweigen gebracht hatte. »Du hättest mich nicht zum
Hotel zurückzubringen brauchen.«

»Ja, ich weiß«, sagte er, und seine Stimme klang ironisch,
als er ihr einen schnellen Blick zuwarf. »Peter wäre glücklich
gewesen, wenn er es für mich hätte tun können.«

»War das denn nicht das, was du wolltest, daß ein anderer
Mann die Verantwortung für mich übernimmt?«

»Mit Peter, vermute ich, würde das nur vorübergehender
Natur sein.«

»Ja, wirklich?« rief sie aus. »Das ist ja nicht sehr schmeichelhaft!«

»Soll es auch nicht sein. Peter genießt Frauen, die Unterschiedlichkeit von Frauen, und obwohl du die interessanteste Frau bist, die heute abend dort war und er vielleicht halb die Absicht haben könnte, sich in dich zu verlieben, wird er sicher nicht vergessen, daß er der zweite Sohn eines Pair ist und von ihm erwartet wird, daß er eine Frau aus seiner eigenen Klasse heiratet.«

»Das . . . das hat er mir gegenüber gar nicht erwähnt.«

»Es ist ja auch nicht sehr wahrscheinlich, daß er mit seinem Adel angibt.«

»Oder ihn noch besonders wichtig nähme«, sagte Lorna erhitzt, »wenn er eine Frau lieben würde.«

Es dauerte einen Augenblick, bevor Ramon antwortete, und dann klang seine Stimme steif. »Das mag schon sein, aber die Wahrscheinlichkeit ist so gering, daß ich dir raten würde, vorsichtig mit ihm umzugehen.«

»Na gut. Ich hoffe, du wirst es mir rechtzeitig mitteilen, wenn ich jemandem vorgestellt werde, den du für geeignet hältst!«

Er drehte sich in seinem Sitz um, damit er sie ansehen konnte. »Du brauchst dich gar nicht so aufzuregen, nur weil ich dir einen guten Rat geben wollte.«

»Rat? Das hört sich so an, als wenn du für mich wählen wolltest«, fuhr sie ihn an und betrachtete ihn verärgert. »Ich habe schon einige Erfahrung damit, daß andere Leute für mich wählen, vielen Dank! Und diesmal ziehe ich es vor, das selbst zu tun.«

Er sah sie eine ganze Weile an, ohne etwas zu sagen, und zwang sich schließlich, sich abzuwenden. Mit Nachdruck stellte er fest: »Wie du möchtest.«

Das Royal Victoria Hotel war ein eindrucksvolles Gebäude in dem hier vorherrschenden neoklassizistischen Stil in warm wirkendem cremefarbenem Putz auf Sandsteingemäuer. Es war drei Stockwerke hoch, deren untere beiden von luftigen Balkonen umgeben waren, die man in Louisiana als Galerien kannte. Auf der Ostseite reichten sie um das Hotel herum, dessen Ecken abgerundet waren wie der Bug eines Dampfers, und gingen auf der Rückseite weiter. Es stellte eine der vielgepriesenen Attraktionen der Stadt dar, denn hier gab es mehr als dreihundert Meter Promenade an einem Haus. An der Westseite war das Hauptgebäude auf der Höhe des zweiten Stocks durch einen überdachten Gang in der Art einer Brücke mit einem älteren Haus verbunden, in dem die Badezimmer lagen. Auf der gleichen Seite befand sich eine breite Treppe vom ersten Stock bis hinunter in den Garten, der rings um das Gebäude lag. Der Haupteingang war geziert von einem vorn giebelförmig konstruierten Portalvorbau, um dessen vier Seiten gewölbte Arkaden im romanischen Stil herumführten und über dem ein offenes Herrenzimmer lag, das wiederum von einer mit Bögen umgebenen, nach oben offenen Veranda im zweiten Stock gekrönt wurde. Oben auf dem Dach des langen Gebäudes gab es noch einen achteckigen Aussichtsturm, von dem aus man einen guten Blick über das Meer hatte und über die Schiffe, die in den Hafen einliefen.

Die Kutsche blieb vor den Arkaden stehen. Ramon stand auf und half Lorna auszusteigen, bat den Fahrer zu warten und trat mit ihr in das Hotel. Sie durchschritten die mit Ziegelboden ausgelegten Arkaden und die geöffnete Eingangstür und kamen dann in die Empfangshalle mit dem großen türkischen Teppich darin, die von Gaslichtern unter Halbkugeln aus Kristallglas erleuchtet war. Um diese Zeit war die Empfangshalle sozusagen leer. Ein paar Männer saßen in einer Ecke und spielten Domino, und ein Hotelangestellter sah ihnen dabei über die Schulter. Das war alles.

Am Fuß der Treppe, die nach oben zu den Zimmern führte, hob Lorna an einem Stahlring der Krinoline ihre Röcke ein Stückchen und setzte den Fuß auf die erste Stufe. Ramon machte einen Schritt auf sie zu und legte ihren Ellbogen in seine starke Hand. Diese Berührung wirkte selbst durch die Seide ihres Ärmels hindurch noch beunruhigend. Sie widerstand dem Drang, den Arm wegzuziehen, und bemühte sich, ein distanziertes Gesicht zu machen – als Ausgleich für die plötzliche Beschleunigung ihres Herzschlags –, und ging neben ihm die Treppe hinauf.

Nie war ihr ein Treppenhaus so gewunden und verschachtelt erschienen oder ein Flur so voller hallender Leere. Der Moment, als sie an ihrer Tür im zweiten Stock ankamen, wirkte irgendwie erleichternd für sie. Sie entzog sich ihm, indem sie vorgab, in ihrem Täschchen nach dem Schlüssel zu suchen.

»Erlaube mir«, sagte er mit leiser, tiefer Stimme.

Er nahm das Täschchen und holte den Schlüssel heraus, steckte ihn ins Schloß, drehte ihn herum und öffnete die Tür. Er trat nicht zur Seite, um sie vorgehen zu lassen, wie sie erwartet hatte, sondern ging statt dessen voraus ins Zimmer hinein. Er nahm das Gaslicht von dem marmorbelegten Waschtisch, zündete es an und drehte die Flamme in die richtige Höhe, dann sah er sich im Zimmer um. Schließlich ging er hinüber zu den hohen Fenstertüren, die auf die Veranda hinausführten. Er stellte fest, daß sie geschlossen waren, drehte am Griff und öffnete sie weit, befestigte die verglasten Rahmen innen an der Wand, zog darüber die jalousienartigen Fensterläden zu und legte den Riegel vor.

Ohne sich umzudrehen, fragte er: »Beunruhigt es dich, daß du allein hier bist?«

»Nein, ich glaube nicht«, erwiderte sie.

»Diese Türen gefallen mir nicht. Jeder Mann, der auf diesem Stockwerk ein Zimmer hat, könnte leicht die Läden aufbrechen und so hereinkommen.«

»Daran . . . hatte ich noch nicht gedacht.«

»In gewöhnlichen Zeiten müßte man sich darüber keine Sorgen machen, aber im Augenblick gibt es in Nassau eine

ganze Menge dunkler Charaktere, Aasfresser, die hierherkommen, um aufzusammeln, wo die Leute mit dem Geld so
um sich werfen.«

Sie trat zu einem Rosenholztischchen an der Wand, legte
ihr Täschchen und den Fächer darauf und begann, die Handschuhe aufzuknöpfen. Über ihre Schulter hinweg sagte sie:
»Wenn du versucht haben solltest, mir angst zu machen,
dann ist dir das gelungen.«

»Es wäre besser, wenn du nicht mit diesen offenen Türen
schlafen müßtest.«

»Aber anders geht es nicht«, antwortete sie und sah ihn
unter den Wimpern hinweg mit einem Stirnrunzeln an.
»Sonst ersticke ich.«

»Stimmt.« Ein finsteres Lächeln stand auf seinem Gesicht,
als er sich umdrehte und auf sie zukam. »Aber natürlich
wäre jemand, der dich bewacht, genauso effektiv.«

Sie hielt inne, während sie gerade einen Handschuh auszog, und sah in sein Gesicht. Mit sorgfältig gewählten Worten sagte sie: »Ich bezweifle, daß die Leute, die dieses Hotel
leiten, eine derartige Notwendigkeit sehen.«

»Man braucht sie ja nicht zu fragen.«

Die Wärme des Verlangens strahlte aus seinen Augen,
aber das Lächeln um seinen Mund schien Selbstbeherr-
schung auszudrücken. Es war kaum mißzuverstehen, was er
vorhatte. Sie wandte sich so plötzlich ab, um ihm auszuweichen, daß ihre Röcke in einem weiten Kreis um sie herum-
schwangen. Ein paar Schritte entfernt blieb sie stehen und
sah ihm aus der Mitte des Zimmers entgegen. Ihre Brüste
hoben und senkten sich in einer Art von Ärger, der mit
seltsamem Schmerz verbunden war. Mit großer Mühe beherrschte sie ihre Stimme und sagte: »Das Risiko ist zu groß.
Ich dachte, es sei wichtig, daß kein Anzeichen von Intimität
zwischen uns erkennbar wird. Und außerdem erinnere ich
mich undeutlich daran, daß du keine Verwendung für mehr

als eine kurze Affäre hattest – eine, die länger dauert als einen Tag oder eine Nacht.«

»Vielleicht habe ich mich getäuscht.«

Der Klang seiner Stimme war rauh, obwohl sein angespanntes Lächeln verführerisch war. Lorna widerstand ihm.

»Ich glaube nicht. Ich bedeute dir nichts, und . . . und du mir auch nicht. Wir haben uns einander zugewandt, weil wir in einer Lage waren, die nicht mehr besteht. Ich bin dir dankbar –«

»Es ist nicht Dankbarkeit, worauf ich Wert lege.«

»Das ist alles, was ich dir geben kann! Wie du ja schon gesagt hast –«

»Hörst du jetzt auf, mir immer meine Worte vorzuhalten? Ich weiß, was ich gesagt habe, aber ich möchte –«

»Ich aber nicht! Du hast ganz klar zu verstehen gegeben, daß ich bei dir nicht bleiben könnte, wenn wir erst hier angekommen sind. Also gut. Jetzt sind wir angekommen. Du hast mir die Möglichkeit gegeben, einen neuen Anfang zu finden, und genau das werde ich auch tun.« Sie schwieg einen Augenblick verkrampft und sagte dann mit leichtem Beben in der Stimme: »Es wäre mir lieber gewesen, kein Geld von dir annehmen zu müssen, aber wie du so richtig gesagt hast, war es nötig. Trotzdem möchte ich nicht, daß du deswegen glaubst, ich schuldete dir –«

»Halt!« Seine Züge wirkten hart, als er diesen Befehl rief. »Du schuldest mir nichts, und ich will nichts von dir, das du mir nicht freiwillig gibst.«

»Nein?« fuhr sie ihn an, und ihr Blick blieb fest. »Ich kann mich an so etwas wie einen Preis für die Überfahrt erinnern.«

Er machte einen Schritt auf sie zu und blieb dann stehen, als sie sich hastig etwas zurückzog. Breitbeinig dastehend, sagte er: »Das hätte eine Geste sein sollen, eine Möglichkeit für dich, deine Bedürfnisse anzunehmen, ohne deinen Stolz zu verletzen. Ich dachte, du hättest das verstanden. Um Himmels willen, Lorna! Was ich dir schulde, geht weit über alles hinaus, was ich gutmachen könnte, aber die Zerstörung –«

»So sehe ich das nicht!« rief sie und hob die rechte Hand, die, immer noch in dem grauen Handschuh, zu einer Faust geballt war. Als er nicht antwortete, schaute sie über seine Schulter und spürte, wie der Zorn in ihr verflog. Als sie gleich darauf weitersprach, war ihre Stimme wieder ruhig. »Ich glaube, es wäre das beste, wenn wir alles vergessen, was zwischen uns gewesen ist, außer dem Geld, das du für meine Kleider ausgegeben hast. Das werde ich dir zurückzahlen, sobald ich . . . sobald es möglich ist.«

»Das Geld ist mir völlig egal. Wenn du versuchst, es zurückzubezahlen, werde ich es ins Meer werfen.«

»Es gehört dir. Wenn es soweit ist, mußt du damit tun, was du willst.«

Er war ihr so nah, daß sie die strahlende Intensität seiner Persönlichkeit spürte, eine Kraft, die sie zu ihm hinzuziehen schien. Sie wollte ihr nachgeben, sich in seine Arme legen und dort bleiben, aber das war ein Impuls, den er nicht erraten durfte. Vielleicht war es die Anstrengung, dem zu widerstehen, die sie so auslaugte. Sie atmete einmal tief und zwang sich, langsam zu den offenen Fenstertüren hinüberzugehen.

»Ich muß dich bitten, jetzt zu gehen«, sagte sie.

»Warum glaubst du, daß ich damit einverstanden sein könnte?«

Ihr Mund verzog sich zu einem traurigen Lächeln, das er nicht sehen konnte. »Du bist ein Blockadebrecher und ein Opportunist, auch ein Abenteurer mit einer Tendenz zur Wirklichkeitsflucht, aber vor allem bist du ein Gentleman.«

Er stand lange, angespannte Sekunden still. Plötzlich lachte er kurz, und seine Schritte bewegten sich fort in Richtung auf die Tür. Als er sie öffnete, hörte sie seine Antwort: »Das tut mir auch wirklich leid.«

Die Tür schloß sich hinter ihm. Sie ließ ihre Schultern sinken, machte einen Schritt zu der Öffnung einer der Fenstertüren und lehnte ihren Kopf an den Türrahmen. Sie hatte das Richtige getan, da war sie sicher. Es konnte nur Schmerz und Bedauern bringen, wenn sie sich Ramon Cazenave noch einmal hingab. Diese Anziehung würde vergehen. In ein paar Tagen oder Wochen würde sie vergessen haben, wie es sich anfühlte, in seinen Armen zu liegen, ein Teil von ihm zu werden – und er ein Teil von ihr. Sie mußte versuchen, es zu vergessen.

Sie richtete sich auf und ging ins Zimmer zurück. Sie würde nicht daran denken. Sie würde nicht an ihn denken. Sie würde einfach gar nicht denken.

Das war ein guter Entschluß, aber in den folgenden Stunden stellte sich heraus, daß sie ihn unmöglich einhalten konnte. Der Rest der Nacht war eine lange Zeit der Dunkelheit, in der sie sich auf ihren Laken hin und her warf, eine Beute der Bilder vergangener Freuden, die sich in ihre Gedanken stahlen. Die Reaktionen ihres Körpers, die Ramon hervorrief, waren tief eingegraben. Sie sehnte sich nach seiner Berührung, und schon traten sie ein, und sie erwachte immer wieder aus Träumen, nicht schrecklichen Alpträumen, sondern dunklen Séancen der Lust, die sie in einem Gefühl der Verzweiflung zurückließen, als sie jedesmal feststellte, daß sie allein war. Erst die kühlen Lüfte der Morgendämmerung, die in ihr Zimmer drangen, ließen sie wirklich einschlafen.

Sie schlief bis weit in den Tag hinein. Als sie schließlich aufstand, ließ sie sich ein Essen bringen, das sowohl als Frühstück wie auch als Mittagessen dienen sollte. Sie zog sich gar nicht erst an, sondern verbrachte die Zeit in ihrem Morgenrock, lag auf dem Bett und starrte das Moskitonetz an, das sie umgab, versuchte sich darüber klarzuwerden, was sie jetzt tun sollte; oder sie stand an den Fenstertüren. Von dort aus schaute sie hinaus auf die ewig wechselnde Farbe des Meeres und die durch die Luft wirbelnden Möwen mit der Sonne auf den Flügeln, die über den Wellen dahinsegelten. Die Seevögel folgten den kommenden und gehenden Schiffen, Handelsschiffen unter Wolken von Segeln aus England, kleineren Schiffen, die die Verbindung zwischen den Inseln her stellten, und Fischerbooten, die von sonnengebräunten Einheimischen gelenkt wurden.

Die zweite Nacht war nicht besser als die erste. Sie erwachte spät am Vormittag durch die Rufe der Straßenverkäufer, die Bananen und Orangen und Ananas feilboten. Diese Früchte waren auch Teil ihres Frühstücks, und sie genoß sie sehr. Danach zog sie ihren Reitrock und Ramons Hemd an, ging aber nicht hinaus. Statt dessen las sie die *Bahamian Guardian* und die *Londoner Illustrierten Nachrichten*, die ihr zum Frühstück gebracht worden waren. Anschließend saß sie da und sah den Menschen vor dem Hotel zu, die kamen und gingen: die Zofe, in Kopftuch und Schürze über einem Kalikokleid, das von einfachen Reifen aus Rattan gespannt wurde, die mit königlichem Schritt vorbeiging, ihr Kopf gekrönt von einem Korb mit Wäsche; die Verkäuferinnen von Strohwaren, Frauen, die die Kunst des Flechtens aus Stroh von ihren Müttern und Großmüttern gelernt hatten und die täglich ihre Waren in der Hotelarkade anboten; die Invaliden in großen Rollstühlen, die hierhin und dorthin geschoben wurden. Sie hatte von ihrem Zimmer aus auch einen schönen Blick in den Garten und sah den Gärtner, der die Wege rechte, verwelkte Blüten absammelte und die Hecken stutzte. Eine seiner regelmäßigsten Beschäftigungen schien die Reinigung des baumhausähnlichen Balkons zu sein, der in einem der großen Gartenbäume angelegt worden war. Obwohl sie mehrmals sah, wie er begann, daran zu schrubben, schien er damit doch nie fertig zu werden.

Während der Tag weiterging, erschienen aufrechte Män-

ner mit sonnenverbrannten Gesichtern und vom vielen Aus-
schauen über große Entfernungen sonnengleißenden Meeres
hinweg schmal zusammengezogenen Augen, Männer, die
vielleicht die Kapitäne der anderen Blockadebrecherschiffe
in der Bucht waren. Einmal sah sie, wie Peter Hamilton-Lyles
sich dem Hotel näherte. In der Sorge, daß er vielleicht gekommen war, um sie zu besuchen, eilte sie zum Spiegel über
dem Toilettentisch, steckte ihr loses Haar auf, rückte ihren
Rock zurecht und rieb erfolglos an den Flecken, die darin
waren.

Aber ihre Vorbereitungen waren unnötig. Niemand kam,
um sie in die Empfangshalle zu bitten, und nach einer Weile
sah sie, wie der Engländer in der Begleitung zweier Männer
das Hotel wieder verließ. Sie war erleichtert, aber gleichzeitig auch enttäuscht. In ihrem gegenwärtigen Zustand wollte
sie niemanden sehen. Dennoch zeigte ihr der Vorfall ganz
deutlich, daß sie mit ihrer selbstauferlegten Einsamkeit nicht
zufrieden war. Sie war in letzter Zeit zuviel allein gewesen,
zu viel ihren Gedanken und Erinnerungen ausgeliefert. Das
Meer schien sie anzuziehen, sie wollte gern am Ufer entlanggehen, es berühren, es schmecken, vielleicht sogar ins Wasser gehen. Sie wollte gern die Insel kennenlernen, sehen, was
hinter der Stadt lag, auf der anderen Seite des Hügels, vielleicht sogar, was es auf der kleinen Insel vor der Hafenein-
fahrt zu sehen gab. Sie war es müde, die Gefangene ihrer
eigenen morbiden Ängste zu sein, war auch ihres Zimmers
mit der hohen Decke, den Rosenholzmöbeln und Porzellan-
knöpfen müde. Morgen würde sie sich mit oder ohne korrek-
te Kleidung auf den Weg machen, ob Ramon das wollte oder
nicht.

Glücklicherweise erschien die Gehilfin von Mrs. Carstairs
am Morgen des dritten Tages mit einem Stapel von Schachteln auf dem Arm. Nachdem sie die Kleider aufgehängt hatte, bot das junge Mädchen ihr an, zu bleiben und ihr beim

Anziehen zu helfen. Ihre Herrin hatte noch drei Musselin-
kleider eingepackt, falls Lorna sie brauchen sollte. Sie nahm
das Angebot an und wählte das goldbraune Ausgehkleid,
nachdem ihr versichert worden war, daß die Damen von
Nassau genau so etwas trugen, wenn sie morgens ausgingen.

Als das Mädchen dann fort war, bürstete Lorna ihr Haar
von einem Mittelscheitel aus nach hinten und befestigte es
mit einem braunen Chenillenetz. Zufrieden mit ihrer gefälli-
gen und modischen Erscheinung, nahm sie ihr Täschchen,
ließ ihren Schlüssel hineinfallen und verließ das Zimmer.

Sie hörte die Männer schon reden, bevor sie sie sah. Schon
als sie aus ihrem Zimmer trat und auf die Treppe zuging,
ertönten das Gemurmel vergnügter Stimmen, das Klingen
von Münzen und im Hintergrund eine fröhliche Melodie.
Das Geräusch kam von dem großen Balkon, der über dem
Hoteleingang lag. Dort waren ungefähr zwanzig Männer
versammelt, die in Rattanstühlen mit Spucknäpfen daneben
saßen. Einige waren in Uniform, doch die meisten trugen als
Zugeständnis an den heißen Tag in die Hosen gesteckte, am
Hals offene Hemden und Sandalen aus geflochtenem Stroh
an den Füßen. Hier und da wedelte einer der Männer mit
einem Fächer aus gewobenen Palmblättern, doch der ge-
bräuchlichste Gegenstand, um damit die Luft kühlend zu
bewegen, schien ein Strohhut mit buntem Band zu sein. Das
Klingen von Münzen, das sie gehört hatte, stammte von
einem Pokertisch, der auf der Veranda aufgestellt war, und
daneben gab es einen zweiten, an dem die Männer Domino
spielten. Am anderen Ende der Veranda war ein schnelles
Spiel im Gange, bei dem mit Pfennigen gefuchst wurde.

Die Musik kam von einem Trio von Bahamesen, die, mit
breitem Grinsen in ihren braunen Gesichtern, auf den Stufen
hockten. Einer von ihnen spielte eine alte kastenförmige Gitarre, ein zweiter schlug eine kleine fellbespannte Trommel,
und der dritte schüttelte ein paar Kürbisrasseln in einer

Hand und ein münzengefülltes Tablett in der anderen, während er sang. Ihre Musik hatte einen so ansteckenden Rhythmus, daß Lorna sich automatisch in ihrem Schritt darauf einstellte, so daß ihre Röcke leicht im Takt schwangen. Als sie hereinkam, entdeckte sie der Mann mit den Rasseln. Seine Augen hellten sich auf, und er nickte kurz. Ohne daß das Tempo und die Melodie seines Liedes sich änderten, improvisierte er ein Lied für sie:

> *Eine Dame mit Haar wie die Sonne im Sand,*
> *Der Blick regengrau wie aus dem gelobten Land,*
> *Mit engelsgleichem Kleid, und an ihrer Hand,*
> *Seh' ich nichts von 'nem Verlobungsband!*

Ein Lachen stieg in ihr auf, und leises Rot tönte ihre Wangen angesichts der offensichtlichen Schmeichelei und der sofort ihr zugewandten Köpfe der Männer, die in Rattansesseln am Geländer saßen. Drei sprangen auf, um sie zu bitten, sich zu ihnen zu setzen, und ihr ihren Sessel anzubieten, darunter war auch Frazier, der Mann, der von den Bahamas stammte und Ladungsaufseher der *Lorelei* war, mit den graumelierten, langen Koteletten. Sein Lächeln war warm, vielleicht ein wenig zu vertraut. Als er es übernahm, sie den Männern vorzustellen, fragte sie sich, was er wohl von ihrem kurzen Zusammensein mit seinem Kapitän hielt und was er, falls er es überhaupt täte, wohl hier auf der Insel davon erzählen würde.

Sie setzte sich neben den Ladungsaufseher in einen gepolsterten Korbsessel, und man drängte ihr ein Glas Limonade auf, das auf einem Tablett an der Seite gestanden hatte. Die Männer kehrten, allerdings mit vielen unauffälligen Blicken zwischendurch, zu ihren Beschäftigungen zurück, die sie unterbrochen hatten. Erst da fiel ihr auf, daß die Münzen, die die Männer beim Fuchsen so geschickt durch die Luft hin-

und herwarfen, Goldmünzen waren, von denen jede einen Wert von zehn Dollar hatte, und daß die Stapel auf dem Pokertisch nebenan aus doppelt so wertvollen Münzen bestanden. Angesichts des fallenden Werts des Papiergelds der Konföderierten war das, als verspielten sie Fünfzig- und Hundertdollarscheine, nur um sich die Zeit zu vertreiben.

Ihr Gesichtsausdruck mußte ihr Staunen verraten haben, denn der Ladungsaufseher lehnte sich mit auf die Knie gestütztem Unterarm vor und folgte ihrem Blick. »Ein erstaunlicher Anblick, nicht wahr? Aber macht Euch keine Sorgen, Ihr werdet Euch daran gewöhnen.«

»Das kann ich nicht. Wenn ich an die Dinge denke, die man in den Südstaaten mit dem hier herumliegenden Geld kaufen könnte, fühle ich mich etwas . . . elend.«

Mit ernstem Gesicht sagte Frazier: »Ich gebe zu, es sieht so aus, als ob es viel wäre, aber sie haben es verdient, wißt Ihr.«

»Ich weiß, daß die Arbeit, die Ihr alle tut, sehr gefährlich ist, aber so viel kann es doch sicher nicht einbringen.«

«Ihr wärt erstaunt, wenn Ihr wüßtet, wie viel es wirklich ist. Ein guter Kapitän verdient heutzutage mehr als dreitausend pro Fahrt, und es wird jeden Monat mehr. Manche sagen, in einem Jahr werden es vielleicht fünftausend sein, wenn der Krieg so lange weitergeht, und dabei habe ich noch nicht in Betracht gezogen, was ein Mann verdienen kann, wenn ihm sein Schiff selbst gehört oder wenn er Ladung in seiner Kajüte transportiert.«

»Kapitäne wie Ramon?« fragte sie.

Er stimmte ihr mit einem Lächeln und einem Schulterzucken zu, bevor er weitersprach. »Ein Lotse zum Beispiel, der nach dem Kapitän der zweitwichtigste Mann an Bord ist, bekommt vielleicht drei Viertel von diesem Betrag, und so geht es immer weiter durch die Hierarchie abwärts bis zur Mannschaft. Ein gutes Schiff macht zwei Fahrten im Monat, manchmal drei. Wenn man bedenkt, daß wenige Schiffsoffiziere in Friedenszeiten in fünf Jahren so viel verdienen wie hier in einem Monat, dann könnt Ihr verstehen, warum sie jetzt etwas freier damit umgehen.«

»Das hört sich nicht so an, als bliebe noch viel übrig für die Leute, die in die Ladung investieren«, meinte sie.

»Sie verdienen hervorragend, glaubt mir. Es ist nichts Ungewöhnliches, wenn der Profit einer einzigen Fahrt mehr als siebenhundert Prozent beträgt. Es gibt Männer, die jedesmal ein Vermögen, wirklich ein Vermögen, verdienen, wenn ein Schiff durch die Blockade kommt, und sie riskieren nichts außer ihrem Geld.«

Mit leiser Stimme fragte sie: »Ist die Gefahr wirklich so groß?«

»Je mehr Geld wir bekommen, desto gefährlicher wird es. Die großen, langsamen Segelschiffe, die umgebauten Schlepper und viereckigen Flußdampfer werden immer seltener. Schiffe wie die *Lorelei* haben die besten Ergebnisse, aber selbst sie wird in nicht allzulanger Zeit veraltet sein. Ich habe gehört, daß auf dem Clyde ein neues Schiff gebaut wird, das mit einer sich drehenden Schraube angetrieben wird und einen stählernen Rumpf hat. Diese Art von Schiff wird demnächst am schnellsten sein.«

Lorna nippte an ihrer Limonade und starrte auf das Fruchtfleisch, das in der sauren Flüssigkeit schwamm. Dann betrachtete sie die Musiker, die ein langsames und wehmütiges Lied über das Meer und die Sonne spielten. »Was ist das, was sie da spielen? Diese Art von Musik habe ich noch nie gehört.«

»Das ist die Musik der Inseln, manches Goombay, manches Kalypso. Sie stammt hauptsächlich von den Nachkommen der Sklaven, die aus Afrika gekommen sind. Sie geht einem irgendwie ins Blut, nicht wahr? Das war ein schöner Text, den der Sänger auf Euch gedichtet hat. Ich kenne diese Art von Musik schon mein ganzes Leben, und es ist immer wieder erstaunlich, wie es ihnen gelingt, eine Person oder einen Gegenstand mit wenigen Reimen zu beschreiben, so als holten sie sie aus der Luft. Scheinen Dinge zu sehen, die anderen Menschen nicht auffallen. Ich weiß nicht, wie das kommt, vielleicht sehen sie genauer hin.«

»Vielen Dank für das Kompliment, aber das kann ich nicht gelten lassen.«

»So habe ich es nicht gemeint«, sagte er mit beunruhigtem Blick.

»Ach, das war bestimmt mein Fehler«, sagte sie leichthin.

Ein mattes Ziegelrot erschien unter seiner braunen Haut bis hinauf zu seinem haarlosen Scheitel. »Das soll nicht heißen, ich glaubte nicht, was der Sänger gesagt hat, nur –«

»Macht Euch keine Gedanken, ich sollte Euch nicht necken, aber der Tag ist so wunderschön heute. Stammt Ihr von dieser Insel? Mir war gar nicht klar, daß es so viele gibt, bis wir hier ankamen.«

»O nein, ich stamme aus Eleuthera, das heißt, ich bin eine richtige Ohrmuschel, wie man uns Inseleingeborene nennt«, antwortete er, und Lorna mußte sich ganz genau erklären lassen, was für ein Paradies diese Insel in der Kette der Bahamas war.

Nach einiger Zeit schwieg er. Lorna trank den Rest ihrer Limonade, sah zur Seite und betrachtete einen Haufen trockener Blätter von den Palmen an der Ecke des Hotels, deren tiefeingeschnittene Wedel im Meerwind schwankten.

»Ich . . . ich nehme an, Euch und den anderen Männern auf dem Schiff kommt es seltsam vor, daß Ramon sich entschlossen hat, mich nach Nassau zu bringen, oder?«

»Eigentlich nicht. Jeder, der darüber nachgedacht hätte, hätte gewußt, daß es gefährlich gewesen wäre, Euch dortzulassen.«

Sie machte eine kleine Bewegung mit den Schultern. »Aber New Orleans sollte doch nicht geplündert und niedergebrannt werden wie bei den barbarischen Kriegen im Mittelalter.«

»Aber Ihr wart einfach nicht sicher dort, und Euer Onkel wollte eben, daß Ihr in einer so unruhigen Zeit an einem sicheren Ort seid. Das ist doch ganz natürlich.«

Das war die Geschichte, auf die sie und Ramon sich geeinigt hatten. »Ich verstehe«, sagte sie langsam, »Ihr seid von Ramon ins Vertrauen gezogen worden.«

»So könnte man es auch ausdrücken. Er hat es uns allen erklärt, den Offizieren und den Männern von der *Lorelei*, zusammen mit einer Warnung, daß jeder, der dabei erwischt würde, wie er über die Angelegenheiten der Passagiere spekuliert, entlassen werden würde. Das ist eine deutliche Anregung, sich um diese Sache nicht zu kümmern, das kann ich Euch sagen. Niemand will seine gute Arbeit verlieren.«

Sie hatte sich nicht klargemacht, daß ihre Befürchtungen so offensichtlich waren. Trotzdem war sie dankbar für seine Versicherung und Ramons Weitblick, sich darum zu kümmern, daß ihr Ruf von seiner Mannschaft nicht geschädigt wurde. Sie hatte gerade den Mund aufgemacht, um Frazier zu danken, als hinter ihnen eine klare Stimme mit stahlhartem Klang ertönte.

»Tauscht ihr Geheimnisse aus?«

10. KAPITEL

Es war Ramon mit Peter, dem sogenannten Kapitän Harris, neben sich, die aus der Tür hinter ihnen auf die Veranda gekommen waren.

»Nein, Sir, um Himmels willen, nein!« sagte Frazier, sprang aus seinem Sessel auf und wandte sich den beiden Männern zu.

»Kein Grund, gleich in Verteidigungsstellung zu gehen.

Du wärst nicht der erste Mann, der zuviel zu einer schönen Frau sagt, die zuhören kann.«

»Es war nichts Derartiges.«

In diesem Augenblick mischte sich Peter in das Gespräch ein, und sein beunruhigter Blick lag kurz auf Ramons Gesicht, bevor er dem Ladungsaufseher zu Hilfe kam. »Dann habt Ihr wahrscheinlich die Aufmerksamkeit der armen Miss Forrester damit strapaziert, ihr die Geschichte Eurer unglaublichen Familie zu erzählen.« Er blinzelte Lorna zu. »Ich weiß nicht, wie das kommt, aber er scheint zu glauben, daß es ihn unwiderstehlich macht, daß an den Ästen seines Stammbaumes ein oder zwei Piraten baumeln.«

Frazier scharrte unruhig mit den Füßen und wurde noch einmal rot. »Schiffsplünderer und Schwammfischer sind es eigentlich eher gewesen, obwohl es eine Ur-Ur-Großmutter gegeben hat, die behauptete, sie hätte Teach, den alten Schwarzbart, persönlich etwas besser gekannt, als es hätte der Fall sein dürfen.«

»Wie interessant«, sagte Lorna und versuchte auch etwas dazu beizutragen, damit die Spannung verschwand, die Ramon hereingebracht hatte, und ihre zufällige kleine Versammlung auf die freundliche Ebene zu bringen, die eigentlich angemessen war.

»New Providence war der Heimathafen der meisten Piraten in der Karibik im späten siebzehnten und frühen achtzehnten Jahrhundert. Sie wurden schließlich so ungefähr vor hundertundvierzig Jahren vertrieben. Seitdem ist es uns auf die eine oder andere Art gelungen, hier auf den Inseln zurechtzukommen.«

»Die eine oder andere Art«, sagte Peter in gespielt vertrauter und gedämpfter Stimme zu Lorna, »bedeutet, sie haben ahnungslose Schiffe mit Laternen, die sie an die Hälse von Ziegen gebunden haben, auf die Korallenriffs gelockt.«

»Na ja«, sagte Frazier mit einem reuelosen Grinsen, »ich

habe ja zugegeben, daß sie Schiffsplünderer waren, oder? Und zu ihrer Verteidigung muß ich noch vorbringen, daß die Männer, die sich um die Wracks kümmern, schon einigen das Leben gerettet haben.«

»Männer, die sich um die Wracks kümmern?« fragte Lorna. »Ihr meint, daß es immer noch Schiffsplünderer gibt?«

»Schließlich gibt es ja auch immer noch Wracks, nicht wahr?« meinte Frazier sehr einleuchtend.

»Einen Lotsen wie Euch braucht man wirklich«, sagte Peter. »Einen Inselbewohner, der die Inseln im Nordwestkanal so gut kennt wie die Bay Street. Gehe ich recht in der Annahme, daß Ihr kein Interesse habt, beim nächstenmal mit mir zu fahren – natürlich gegen höhere Bezahlung?«

»Und dann von Piraten reden!« beschwerte sich Ramon mit einem zornigen Blick auf seinen Freund. »Deine Vorfahren sind nicht zufällig mit Sir Francis Drake unterwegs gewesen?«

Da Peter nur grinste, sagte Frazier: »Ich glaube, ich werde bei der *Lorelei* bleiben, Sir. Sie ist ein prima Schiff. Aber es steht fest, daß wir jetzt, wo Krieg zwischen dem Norden und dem Süden ist, unsere beste Chance seit langem haben, zu sehen, welche Farbe Gold hat.«

»Und andere nutzen das aus«, erklärte Peter. »Zum Beispiel gab ich gestern ganz arglos einer Wäscherin ein Dutzend Hemden zum Waschen. Und wie viele brachte sie mir zurück? Acht! Sie schwor, ich hätte mich verzählt, aber es ist mehr als wahrscheinlich, daß sie auf dem schwarzen Markt ordentlich damit verdient hat. Es gibt eindeutig zu viele Männer in Nassau und nicht genügend Schneider, die sich um sie kümmern.«

Während Peter sprach, hatte Ramon Stühle für sich und seinen Freund herangezogen und einem Ober ein Zeichen gegeben, er solle ihnen etwas zum Trinken bringen. Er winkte Frazier, er solle sich wieder setzen, und als er sich selbst setzte, sagte er zu Peter: »Also, was die Schneider betrifft, hast du ganz sicher recht. Habe ich gestern abend nicht auch wieder deinen Frack beim Empfang im Haus des Gouverneurs herumlaufen sehen?«

»Das stimmt tatsächlich«, sagte der Engländer bitter. »Auf drei verschiedenen Rücken, samt der dazugehörigen Rosenknospe, einer der wenigen auf der Insel, die ich an der Mauer eines Gartens für mein Knopfloch gepflückt hatte.« Zu Lorna gewandt, erklärte er: »Mein Frack ist einer der wenigen seiner Art auf dieser Insel und erfreut sich bei formellen Gelegenheiten großer Popularität. Ich bezweifle, daß ich bei einem der Empfänge des Gouverneurs mehr als zehn Minuten verbracht habe, seit ich hier bin. Von irgendeinem Fenster aus werde ich jedesmal entdeckt und meines Fracks entledigt, damit die anderen auch ihre Aufwartung machen können. Auch meine Hemden muß ich ständig verleihen, oder sie werden mir entwendet. Ich fürchte, daß ich, wenn ich zurück in meine Wohnung komme, auch keines mehr haben werde, das ich heute abend anziehen kann!«

Ramon schüttelte den Kopf, als er die Getränke bezahlte, die er bestellt hatte, und lehnte sich dann bequem in seinen Sessel zurück. »Du bist einfach zu gutmütig. Warum verleihst du sie denn auch?«

»Das tue ich ja gar nicht!« protestierte Peter. »Mein Diener tut das. Er glaubt jede Geschichte, die ihm ein britischer Marineoffizier erzählt, und meine Freunde hier gehören zu den größten Lügnern, die es in der Marine je gegeben hat! Wenn das so bleibt, wird meine Wäscherechnung astronomisch werden, oder ich muß, ich bitte um Verzeihung, Miss Forrester, in dem Anzug herumlaufen, in dem ich geboren wurde.«

»Das würde die Bay Street einen Abend lang sicher sehr beleben«, stellte Ramon fest.

»Ha! Du glaubst doch wohl nicht, daß zwischen den ganzen Spelunken, Kneipen und Bordellen dort das jemand bemerken würde! Dafür würde ich alles mögliche verwetten.«

»Du könntest ja dein Glück immer noch auf der East Hill Street versuchen.«

»Die Vorhänge und Spitzengardinen würden sicher ziemlich wackeln, aber ich bezweifle, ob irgendwelche, äh, Signale gegeben werden würden.«

Ihr Gespräch ging in dieser Art weiter. Lorna war froh darüber, denn so bekam sie Zeit, sich von der Befangenheit zu erholen, die sie in Ramons Gegenwart empfand. Sie spürte seinen dunklen Blick, der auf ihr ruhte, selbst während er Scherze mit den anderen Männern machte, sie spürte auch, wie genau er ihre Worte abwog, als sie ebenfalls am Gespräch teilnahm. Sie wünschte, sie könnte etwas Lockeres, Vergnügliches zu ihm sagen, um die Anspannung zu vertreiben, die zwischen ihnen stand, aber es fiel ihr nichts ein.

Statt dessen wandte sie Peter ihre Aufmerksamkeit zu. Jedesmal, wenn sie sich begegneten, gefiel ihr der Engländer besser. Sein Humor und die Art, sich selbst nicht allzu ernst zu nehmen, waren sehr anziehende Eigenschaften. Außerdem war er auf eine elegante, verfeinerte Art ein gutaussehender Mann. Seine Züge waren zwar kantig, aber sehr klar, mit einer kräftigen Nase und einem breiten Mund. Trotz der allgemein beliebten Angewohnheit – die bei den anwesenden Männern nur allzu deutlich erkennbar war –, einen Bart zu tragen, war er, wie Ramon, glatt rasiert.

Auch Lorna blieb von den Neckereien nicht verschont. Frazier erzählte den anderen von dem bildhaften Lied, das der Sänger auf Lorna gedichtet hatte, und die Musiker mußten herbeigerufen und gebeten werden, ihr Lied zu wiederholen. Unter dem Einfluß von einer Runde Getränke wurde der Text gegen ihren lachenden Protest noch beträchtlich erweitert, als ein fröhliches Rufen von der Auffahrt heraufschallte.

Es waren die Lansing-Schwestern, die in einer offenen

Kutsche mit einem Fahrer auf dem Kutschbock vorbeifuhren. Charlotte winkte und rief herauf, während Elizabeth vergeblich versuchte, sie zurückzuhalten. Auf den klaren Befehl der jüngeren Schwester hin blieb das Fahrzeug vor dem Hotel stehen. Ohne auf Hilfe zu warten, sprang Charlotte herunter und betrat das Hotel. Elizabeth folgte ihr mit mehr Würde.

»Also hier habt Ihr Euch versteckt, Ramon!« begrüßte Charlotte ihn, als sie die Treppe heraufgekommen war. »Wir haben uns schon Sorgen gemacht, warum Ihr gestern abend nicht zum Essen gekommen seid.«

»Charlotte, bitte«, sagte Elizabeth, die ebenfalls heraufgekommen war. »Man stellt jemanden, den man eingeladen hat, nicht zur Rede, warum er nicht gekommen ist.« Mit gewissenhafter Grazie begrüßte sie zurückhaltend die anderen, gab Lorna ihre behandschuhte Hand und danach auch den Männern, die sich erhoben hatten, als ihre Schwester und sie hereingekommen waren. Schließlich wandte sie sich Ramon zu. »Charlotte hat jedoch recht; wir haben uns tatsächlich Sorgen gemacht. Im Augenblick sind eine ganze Reihe von Leuten in der Stadt krank, weil so viele Schiffe aus fremden Häfen kommen.«

Das stimmte wirklich. Der »gelbe Hans«, das gefürchtete Gelbfieber, aber auch die asiatische Cholera, Typhus und ein halbes Dutzend andere, weniger gefährliche Krankheiten tauchten immer wieder in der Stadt auf. Krankheiten, die in einem tropischen Hafen immer eine Gefahr darstellten, besonders bei Leuten, die das Klima nicht gewöhnt waren. Seit sie angekommen waren, war schon in verschiedenen Schiffen Schwefel verbrannt worden, eine der vielen Möglichkeiten, die man einsetzte, um die Verbreitung der Krankheiten einzudämmen.

»Wie angenehm es hier ist«, sagte Charlotte ungekünstelt. »Man kann alles sehen, was geschieht, die Schiffe und die

Leute, die kommen und gehen, und jeder weiß natürlich, daß sich die Kapitäne hier versammeln, wenn sie es morgens endlich geschafft haben, aus dem Bett zu kommen.«

»Charlotte!« warnte Elizabeth.

»Möchtet Ihr Euch nicht setzen?« lud Frazier sie ein und bot mit einem bewundernden Blick auf die flammend roten Locken der jüngeren Schwester, die unter dem Rand ihrer Haube herausschauten, den Damen seinen Stuhl an. »Ich muß zurück zum Schiff und mich um das Material für die Zimmerleute kümmern, die an ihm arbeiten.«

»Vielleicht möchten die Damen sich zu uns setzen?« bot Lorna ebenfalls an.

Elizabeth antwortete, wobei sie die nächste Ermahnung fallenließ, bevor Charlotte sich setzen konnte. »Ich glaube nicht. Wir wollten gerade einkaufen gehen.«

Charlotte lächelte Frazier mit einem hübschen, entschuldigenden Lächeln zu, und als er ging, wandte sie sich lebhaft wieder an die anderen. »Eine tolle Sache! Ihr werdet es nicht erraten. Wir werden in zwei Wochen einen Ball feiern, einen Kotillon. Ich werde euch das Thema sagen, obwohl ihr alle versprechen müßt, niemandem ein Wort davon zu verraten. Es wird ein Neumond-Ball werden, und er wird in jener Nacht stattfinden, wo der Mond seine neue Phase beginnt. Ist das nicht eine wunderbare Idee? Ich habe sie gehabt!«

»Und weil nur noch so wenig Zeit ist, haben wir viele Einkäufe vor uns«, sagte Elizabeth.

»Und wir müssen unsere Kleider bestellen«, fügte Charlotte hinzu. »Etwas Geheimnisvolles, das zum Anlaß paßt, dachten wir. Wir würden Eure Meinung dazu sehr gern hören, Ramon, wenn Ihr Lust habt, uns zu begleiten.«

Mit einem strafenden Blick sagte ihre Schwester: »Und Ihr ebenfalls, Miss Forrester. Wir erwarten Euch alle auf dem Ball.«

Peter hob die Hände mit der Geste eines Kämpfers, der

einen Schlag abwehrt. »Einkaufen gehe ich nicht, aber zum Tanz komme ich. Beim letztenmal, als ich einer Frau riet, was sie anziehen sollte und was nicht, hat sie mir ihren Schirm über den Kopf gehauen.«

»Wahrscheinlich wart Ihr dabei noch ungeschickter als sonst«, murmelte Lorna.

»Eine Seele von Taktgefühl, das versichere ich Euch. Ich sagte nur, ich hätte noch nie eine Fuchsstute gesehen, die in einer roten Decke gut ausgesehen hat!«

Ramon ignorierte die beiden, nahm sein Glas vom Tisch und hob es kurz, bevor er sagte: »Ich hoffe, Ihr werdet mich ebenfalls entschuldigen, aber ich finde es hier viel zu angenehm, um einfach fortzugehen, aber vielleicht würde Lorna eine Fahrt durch die Stadt unterhaltsam finden?«

»Oh, aber Ramon«, rief Charlotte, bevor Lorna etwas sagen konnte, »wenn Ihr nicht mitkommt, werden wir die Kutsche behalten müssen, denn Papa erlaubt es uns nicht, ohne Begleitung durch die Straßen zu gehen.«

»Das ist sehr klug von ihm, obwohl jeder Mann, der dumm genug wäre, drei solche Amazonen wie Euch anzugreifen, schon eine ziemliche Katastrophe erleben würde.«

»Ramon«, sagte Charlotte beleidigt.

»Ramon!« beschwerte sich Elizabeth.

»Und außerdem«, sagte er rücksichtslos, »werdet ihr die Kutsche brauchen, um eure Einkäufe zu transportieren.«

Lorna sah ihn nachdenklich an, was er mit einem einfachen Lächeln erwiderte. Sie wandte sich Elizabeth zu und sagte: »Wenn es auch sehr interessant klingt, müßt Ihr mich sowohl beim Kotillon als auch beim Einkaufen entschuldigen. Ich bin auf derartige Feste nicht eingerichtet, und ich fürchte, ich muß auch ein wenig sparsam sein.«

»Hast du das Geld von deinem Onkel schon wieder verbraucht?« fragte Ramon und sprach sofort weiter, ohne ihr Zeit zum Antworten zu geben. »Aber das macht nichts. Für eine solche Gelegenheit hätte dein Onkel sicher nichts dagegen, wenn ich dir vorstrecke, was du brauchst.«

Sie drehte den Kopf und starrte ihn mit einem Stirnrunzeln zwischen ihren flügelförmigen Augenbrauen an. »Du bist wirklich zu großzügig. Das kann ich unmöglich annehmen.«

»Ich bestehe darauf.«

»Nein, wirklich, es ist nicht nötig.«

»Erlaube mir, wenn ich sage, daß ich schon weiß, was nötig ist und was nicht. Diese Angelegenheit hört sich ganz so an, als wenn sie die Hauptattraktion der Saison werden würde. Die möchtest du doch sicher nicht versäumen.« Er steckte die Hand in die Tasche und zog eine Handvoll Goldmünzen hervor. Er streckte den Arm aus und legte das Geld in ihre Hand.

Sie versuchte, sich seinem Griff zu entziehen, konnte das aber nicht ohne einen würdelosen Kampf tun, mit dem sie sich verdächtig machen würde, ohne daß sie wußte, ob es ihr etwas nutzen würde. Ein Beben durchlief sie, und sie gab es auf. Sie starrte ihn mit Widerwillen in ihren grauen Augen an und fragte sich, warum er das tat, hätte gern von ihm gewußt, was er damit zu kaufen glaubte. In seinem dunklen Blick sah sie seine Entschlossenheit, sich durchzusetzen, verbunden mit Vergnügen über ihren Widerstand – und noch etwas anderes, das ihr den Atem verschlug.

»Ach bitte, Ramon«, rief Charlotte fröhlich aus, »möchtet Ihr mich denn nicht begleiten und beschützen?«

Elizabeths Lippen wurden schmal, obwohl ihr scharfer Blick auf Lorna ruhte. »Da es so aussieht, als würdet Ihr mitkommen – Ihr solltet vielleicht Euren Schirm mitbringen. Die Sonne ist heute wirklich sehr hell, und Charlotte und ich gehen niemals ohne aus.«

»Ja, du wirst einen Sonnenschirm brauchen«, sagte Ramon, »und ein Täschchen.«

Nachdem er so das letzte Wort gehabt hatte, streckte er die

Hand nach der Gitarre des Musikers aus und begann, eine weiche und sinnliche Melodie zu spielen.

Die Lansing-Schwestern waren vielleicht dazu gezwungen worden, Lorna auf ihrer Einkaufsfahrt mitzunehmen, aber als sie erst einmal alle in der Kutsche saßen, nutzten sie diesen Umstand.

»Was für eine aufregende Fahrt müßt Ihr mit Ramon von New Orleans hierher gehabt haben«, sagte Charlotte mit weitaufgerissenen Augen. »Bitte erzählt uns doch davon.«

»Eigentlich gibt es da nicht viel zu erzählen«, begann Lorna vorsichtig und beschrieb ihnen kurz die Vorkommnisse.

»Wie gut mir das gefallen hätte, so viel Zeit mit ihm auf hoher See zu verbringen. Wie romatisch, ganz allein auf dem Ozean.«

»Wir waren nicht allein. Da waren noch die anderen Offiziere und die Mannschaft.«

»Aber Ihr müßt doch Zeit gehabt haben, die Ihr miteinander verbringen konntet, oder? Er ist von so fremdartigem Reiz, bei weitem der interessanteste Mann in Nassau. Ach, runzle doch nicht so die Stirn, Elizabeth. Du weißt doch, daß du ihn selbst auch so findest! Findet Ihr das denn nicht auch, Miss Forrester, oder darf ich Lorna sagen?«

Lorna war gleich dazu bereit, daß sie sich beim Vornamen ansprachen, und antwortete dann: »Natürlich ist Ramon sehr attraktiv, aber für mich nicht besonders fremdartig. Ich finde Peter ganz anders als die anderen.«

»Peter?« krähte Charlotte. »Oh, nein!«

Elizabeth lächelte und schlug vor: »Vielleicht findet Lorna Ramon deshalb nicht fremd, weil sie ihn schon seit längerer Zeit kennt?«

Die prüfenden Fragen, direkter von der einen Schwester und vorsichtiger von der anderen, gingen weiter, wurden nur kurz unterbrochen, als sie bei einer Modistin hielten, bei einer Parfümerie und einem Gemischtwarenladen, der sich auf Accessoires für Frauen spezialisiert hatte. In letzterem schauten sie sich Umschlagtücher und Fächer an, zarte kleine Schürzen aus Seide und Spitze, Handschuhschmuck für die obligatorischen Wildlederhandschuhe, Halstücher, die im weiten Ausschnitt von Kleidern getragen wurden, und viele Meter Band in passenden Farben. Lorna konnte einem Paar Unterziehärmel und einem Kragen aus cremefarbener Brüsseler Spitze nicht widerstehen, mit denen sie das Aussehen des Kleides verändern wollte, das sie gerade trug. Aber sie konnte nicht dazu überredet werden, das kirschfarbene, goldbestickte Halstuch zu kaufen, von dem Charlotte meinte, sie müsse es haben, und sie warf auch keinen genaueren Blick auf die Musselin-Nachthauben, die Abendkrönchen mit Sternen und Federn auf Steifleinen, oder ein Nachthemd, das nur bis zum Knie reichte. Charlotte selbst versuchte nicht, irgend etwas zu widerstehen, Elizabeth auch nicht. Es war fast besser, noch mehr Fragen zu ertragen, als der gedankenlosen Extravaganz der Lansing-Schwestern zuzusehen.

Als sie zur Kutsche zurückgingen, griff Charlotte plötzlich nach Lornas Arm und hielt sie fest. »Schaut, dort!«

Lorna starrte in die Richtung, in die Charlotte wies, und sah eine kleine, zarte Frau in schwarzer Kleidung, die auf ihrem kastanienbraunen Haar eine Haube mit Schleier trug. Sie betrat gerade eine Apotheke.

»Ja?«

»Das ist Sara Morgan, so nennt sie sich wenigstens. Man sagt, sie sei als Kurier für Mrs. Greenhow vor der Schlacht von Bull Run mit Nachrichten zwischen Washington und General Beauregard unterwegs gewesen.«

Rose Greenhow war eine Heldin, die im ganzen Süden verehrt wurde, eine Frau, die jetzt in Washington wegen ihrer Aktivitäten als gefährliche Spionin im Gefängnis war.

»Miss Morgan sieht nicht sehr gut aus«, sagte Lorna.

»Vielleicht wegen der langen Reise. Sie ist gerade erst aus

England gekommen, und man sagt, sie sei auf der Suche nach einer Überfahrt auf einem schnellen Blockadebrecher nach Wilmington. Könnt Ihr Euch vorstellen, ganz allein durch feindliches Gebiet zu reiten, mitten in der Nacht? Ich glaube, das ist das Tapferste, was ich je gehört habe! Ich fände es so herrlich, wenn ich auch so etwas tun könnte – Nachrichten in meinem Haar eingerollt transportieren.«

»Ich glaube nicht, daß das sehr gefährlich war«, sagte Elizabeth. »Es ist äußerst zweifelhaft, daß eine junge und attraktive Dame angehalten worden wäre, und schon gar nicht durchsucht.«

»Das ist doch egal, obwohl ich mir nicht vorstellen kann, daß das wirklich stimmt«, protestierte Charlotte. »Schau doch nur, wie es bei Mrs. Greenhow war. Und wenn es nicht gefährlich wäre, wäre es auch nicht halb so romantisch.«

»Steig in die Kutsche«, sagte Elizabeth mit angespannter Stimme, »und sei nicht albern.«

Ihr lockeres Zanken und Schwatzen ging weiter, bis sie vor dem Haus der Schneiderin waren. Als die Kutsche anhielt, erschrak Lorna – es war der Laden von Mrs. Carstairs, in dem sie auch mit Ramon gewesen war. Aber sie hätte sich keine Sorgen zu machen brauchen. Die Frau begrüßte sie als geschätzte Kundin gleich wie die Lansing-Schwestern und machte keine Anspielung auf die Umstände ihres letzten Besuchs.

Stoffballen wurden herausgebracht, dazu auch Ausgaben verschiedener Modezeitschriften. Sie brauchten viel Zeit, um Stoffe, Schnitte und Farben auszuwählen, aber schließlich hatten sie es geschafft.

Charlotte blätterte in einem der Journale, als Mrs. Carstairs sorgfältig aufschrieb, was sie ausgewählt hatten. Das junge Mädchen schrak plötzlich auf und rief: »Elizabeth, Lorna, kommt und schaut euch das an. Das muß ich einfach haben!«

Das Kleid bestand aus weißer Schweizer Baumwolle, gesprenkelt mit kupferfarbenen Punkten. Der Schnitt war einfach, mit einem viereckigen Ausschnitt, der mit einfarbigem, gerafftem Musselin gefüllt war, dazu ein geknöpftes Mieder, in Falten gelegte Ärmel bis zum Ellenbogen und ein durchbrochener Rock. Halsausschnitt, Ärmel, Rock und ein passendes Umschlagtuch waren mit kupferfarbenem Band eingefaßt, und eine kupferfarbene Satinschärpe zierte die Taille.

»Sehr hübsch«, meinte Elizabeth.

»Es ist perfekt!«, rief Charlotte begeistert. »So kühl, so leicht und wunderbar zu meinen Farben passend. Stell dir nur vor, wie göttlich es für ein Picknick wäre.«

»Wenn du damit andeuten willst –« begann ihre Schwester.

»Stell dir vor, wie unterhaltsam das wäre! Wir haben schon seit Ewigkeiten keines mehr gemacht.«

»Aber denk doch daran, daß der Ball schon bald sein wird! Mama wird niemals einverstanden sein.«

»Es braucht ja nichts Ausgefallenes zu sein, nur vier oder fünf Paare. Wir könnten hinaus zu den Höhlen fahren. Um diese Jahreszeit ist es dort besonders schön, später wird es vielleicht zu heiß sein. Sag, daß du mir helfen wirst, sie zu überreden, Elizabeth, ja?«

»Na gut, vielleicht«, gestand Elizabeth ihr mit einem kleinen Glitzern in den Augen zu. »Ein Picknick wäre schon schön, die Herren mögen es lieber formlos. Und wie du schon gesagt hast, brauchen wir ja nicht allzuviel Aufwand zu machen.«

Die Kolonne der Kutschen fuhr fünf Tage später los. Vorn fuhren drei Wagen mit den Gerätschaften für das Essen, dem Porzellan, den Gläsern und dem Besteck, den Tischdecken, Tischen und Körben mit Essen und Wein; es gab Segeltuchstühle zum Sitzen, große Sonnenschirme und die Ausrüstung zum Krockett- und Federballspielen. Auch drei Diener und eine Zofe zum Servieren und Wegräumen waren dabei und die Musiker aus dem Royal Victoria zur Unterhaltung. Hinter den Wagen – in sicherem Abstand, um dem Staub auszuweichen – kamen die Kutschen. Es waren sieben Stück, in jeder saßen mindestens zwei Damen, manchmal drei, und hier und da ein Herr, um ihnen Gesellschaft zu leisten. Die anderen Herren der Gesellschaft hatten sich entschlossen zu reiten. Einige blieben auf gleicher Höhe mit den Kutschen und unterhielten sich mit den Insassen, während die anderen zwischen dem vorderen und hinteren Ende des sich langsam bewegenden Zuges hin- und herritten.

Lorna fuhr mit Charlotte und Elizabeth auf dem Vordersitz ihres Landauers. Was ihr zuerst unangenehm vorgekommen war, da sie so mit dem Rücken zu den Pferden saß, erwies sich jetzt als Vorteil, denn sie konnte Ramon und Peter ansehen, die auf beiden Seiten der Kutsche ritten, und konnte mit ihnen sprechen, ohne ihren Hals verdrehen zu müssen, wenn sie unter dem weiten Rand ihres Hutes hervorschaute. Diese Schwierigkeit hatte Charlotte nicht vorausgesehen, als sie ihre Haube mit extrabreitem Rand ausgesucht hatte. Elizabeth war da in einer besseren Situation, denn da sie sich als Sonnenschutz auf ihren Schirm verließ, trug sie nur eine zarte Spitzenhaube in der Art der Stuarts, die auf ihrer Stirn in einer Spitze endete und in anmutigen, leichten Schleiern bis auf ihre Schultern fiel.

Es war ein strahlender Tag, einer aus der auf dieser Insel scheinbar endlosen Reihe solcher Tage. Lorna war froh, daß sie ihren Hut hatte, der ihre Augen vor dem grellen Licht bewahrte. Sie hatte ihn von einer der Inselfrauen gekauft, die ihre Waren in den Arkaden feilboten. Er war leicht, aber dicht, mit einem Musselinhutband zum Binden, und hatte einen Bruchteil von dem gekostet, was sie für einen ähnlichen Hut bei einer Hutmachererin hätte ausgeben müssen. Er war zwar nicht modern, aber ungeheuer praktisch, denn durch das Oberteil konnte Luft dringen, und zu ihrem einfa-

249

chen Musselinkleid paßte er recht gut. Ramon und Peter trugen ähnliche Kopfbedeckungen im Pflanzerstil, von derselben Verkäuferin.

Die beiden waren beschäftigt mit ihrer Unterhaltung mit den Lansing-Schwestern, Ramons Gesicht war entspannt und trug ein Grinsen, während er Charlottes Geplapper zuhörte, und Elizabeth wurde etwas weicher unter dem Einfluß ihres Gesprächs mit Peter. Lorna sah sich um. Sie hatte bisher die Stadt in westlicher Richtung noch nicht verlassen. Interessiert betrachtete sie das massive Fort Charlotte, das in der zweiten Hälfte des vergangenen Jahrhunderts gebaut worden war, um die Stadt gegen die Spanier zu verteidigen. Jenseits davon lag eine ganze Reihe von Häusern auf dem Höhenrücken, der durch die Mitte der Insel lief. Über die Sandsteinmauern konnte man das papierene Leuchtendrosa der Bougainvillien erkennen, dazu schwankende grüne Palmwedel, die vom Wind zerfetzten Blätter von Bananenstauden und hier und da das leuchtende Orangegelb der Caesalpinienbäume, die gerade aufzublühen begannen.

Die Sonne brannte heiß und unermüdlich herab. Die blendendweiße Straße verlor sich in Windungen hinter ihnen, während sie Schattenflecken durchfuhren und Staub sich erhob, der ihre Gesichter und Kleider puderte. Lorna bemerkte das kaum. Sie wandte sich von der Landseite ab und nach links, wo hier und da zwischen den dichten Meerampferbäumen und anderem Gebüsch, das den Wind vom Meer her abhielt, das Türkis und Smaragd des Ozeans zu erkennen war und die ferne blaue Linie des Horizonts.

Dieser Anblick langweilte sie nie, wurde ihr nie zuviel. Ihn zu betrachten, gab ihr ein Gefühl von Klarheit, von endlosem Raum und grenzenloser Zeit. Sie mußte das Meer als Kind gesehen haben, als sie von Georgia nach New Orleans gefahren waren, konnte sich aber nicht daran erinnern, und ganz bestimmt nicht an diese herrlichen, wechselnden Farbschattierungen zwischen Blau und Grün. Sich vorzustellen, daß sie ihr Leben vielleicht hätte verbringen können, ohne dies zu sehen, war ernüchternd. Das sollte nicht heißen, daß sie froh war, Louisiana verlassen zu haben, sondern daß sie mit jedem Tag, der verging, sicherer wurde, daß sie ihr Leben auch fern von seinen grünen und fruchtbaren Ufern neu beginnen würde.

»Lorna? Lorna, hört auf, vor Euch hin zu träumen!«

Sie schrak auf und wandte sich Charlotte mit einem kleinen Lächeln zu. »Entschuldigt.«

»Ich wollte Euch fragen, ob Ihr wohl den Platz mit mir tauschen würdet. Ich bekomme einen steifen Hals, weil ich versuche, Ramon zu sehen, während ich mit ihm rede.«

Bevor sie antworten konnte, mischte sich Ramon ein und sagte: »Gewissenlose Göre, warum sollte Lorna leiden, nur um Euch einen Gefallen zu tun?«

»Aber sie beteiligt sich nicht am Gespräch«, stellte Charlotte fest und war überhaupt nicht verärgert über die Bezeichnung, mit der er sie bedacht hatte.

»Vielleicht würde sie es tun, wenn Ihr ihr eine Gelegenheit dazu geben würdet.«

»Sie hat nie sehr viel zu sagen.«

«Oh, ich weiß nicht so recht«, antwortete Ramon und sein Blick ruhte auf Lorna. »Sie hat ihre eigene Art, ihre Wünsche und Meinungen zum Ausdruck zu bringen.«

»Und wenn sie den Mund aufmacht, kann man immer sicher sein, daß man etwas Vernünftiges zu hören bekommt«, fügte Peter hinzu, indem er sein Gespräch mit Elizabeth unterbrach, um sich an dieser Unterhaltung zu beteiligen.

»Nun gut, wenn man mich nicht hören will, werde ich eben schweigen!« Charlotte setzte sich voller Grimm in den Kutschensitz zurück, verschränkte die Arme und sah geradeaus. Einen Augenblick später sah sie eine schöne Eidechse am Straßenrand, rief erstaunt aus, wie groß sie doch sei, und versuchte Ramon dazu zu bewegen, sie als Haustier für den Sohn des Gärtners zu fangen. Als die beiden Männer in Gelächter ausbrachen, wurde sie rot, war aber souverän genug, sich an dem Gelächter auf ihre Kosten zu beteiligen.

Die Höhlen waren Sandsteinformationen, die die ständige Bewegung des Meeres in alten Zeiten hervorgebracht hatte, als die Insel noch weitgehend von Wasser bedeckt gewesen war. Es hieß, daß die früheren indianischen Ureinwohner, die Lucayer, sich bei großen Wirbelstürmen in ihren Schutz zurückgezogen hatten, aber auch noch später, als die Spanier gekommen waren, um sie zu versklaven. Es war sicher, daß auch vor nicht allzulanger Zeit jemand hier gewohnt hatte, denn die Decke der steinernen Vertiefungen war schwarz von Rauch, und auf dem Boden lag Abfall – Kohlen und Knochen, Muschelschalen und zerbrochene Flaschen. Im Innern war es kühl und trocken, trotz der Löcher in der Decke, durch die von oben Licht hereindrang. In der Regenzeit war es hier jedoch schon feuchter, denn die Bäume und Büsche, die über den Öffnungen wuchsen, schoben ihre Wurzeln durch sie herab wie dicke, sehnige Schlangen, und um den Eingang herum wuchsen kleine Farne.

Die Höhlen lagen in der Nähe der Stelle, wo der zentrale Höhenrücken der Insel aufhörte, und eine felsige Landzunge von etwa zehn Metern Höhe ins Meer hineinreichte. Darunter lag, in kleinen Buchten verborgen, der Strand. Die Anhöhe war mit dichtem, zähem Gras und hier und da mit Meerampferbäumen bewachsen, die der Wind zu kurzen, bizarren Gestalten verbogen hatte. Zwischen dem steilen Absturz zum Meer und den Höhlen lag eine von der staubigen Straße begrenzte offene Fläche, die im Schatten hoher Bäume lag. Hier konnten sie spielen, das Essen ausbreiten und die Stühle aufstellen, um die Brise in der Höhe zu genießen.

Mrs. Lansing und eine weitere freundliche Matrone, die

die jungen Ladies als Anstandsdamen begleiteten, ließen die Stühle aufstellen, nahmen ihr Strickzeug zur Hand und setzten sich, um ein genüßliches Schwätzchen zu beginnen. Die Musiker fanden ein paar bequeme Felsen, auf die sie sich setzen konnten, während sie spielten. Ein Feuer wurde gemacht, um das Wasser für Tee und Kaffee zu erhitzen. Krockettschläger, -bälle und -tore wurden ausgepackt und aufgestellt, so daß sie zum Spiel bereit waren. Ein Netz zum Federballspielen wurde aufgebaut, obwohl man den Wind im Augenblick für zu stark erklärte, um ein Spiel sinnvoll erscheinen zu lassen. Um die Teilnehmer an der langen Fahrt aus der Stadt zu erfrischen, wurden Limonade, Tee und Kaffee serviert, dazu Gebäck. Dann machten sich die Bediensteten an die ernste Aufgabe, das Essen auszubreiten.

Das Klopfen der Schläger auf die Holzbälle war weit zu hören. Die Rufe der jungen Männer und Frauen, die Bedauern, Triumph und Niederlage zum Ausdruck brachten, mischten sich mit dem fernen Rauschen der Brandung und den Schreien der Möwen, die dann und wann an der Küste entlangsegelten. Die Rhythmen der Musik gaben dem Tag etwas Leichtes und Frohliches. Herausforderungen wurden ausgesprochen und angenommen, Wetten gewonnen und verloren, Pfänder verlangt und bezahlt, das letztere jedoch ganz klar unter der Aufsicht vom Mrs. Lansing. Ein oder zwei Paare wanderten in Richtung auf den Pfad zum Strand zu oder unter die Bäume oberhalb der Höhlen. Nach einer Weile wurden andere Paare ausgeschickt, um sie zurückzuholen.

Als das Picknick schließlich ausgebreitet war, hatten alle wieder Appetit. Die vollen Schalen mit kaltem Fleisch und gebratenem Huhn, die Meeresfrüchte, gekochten Eier und Palmenherzen, die knusprigen Brotlaibe, die Würztunken und gesäuerten Gemüse, die großen, mit Zuckerguß überzogenen Kuchen und Tabletts mit Gebäck waren bald geleert.

Der auf Eis gelagerte Wein schmeckte köstlich, hatte jedoch eine etwas einschläfernde Wirkung auf manche, die dafür empfänglich waren. Einige begaben sich in den Schatten, legten über ihren Gesichtern Schleier, Hüte oder Taschentücher zurecht und gaben dem Bedürfnis nach einem Schläfchen nach. Andere versammelten sich um Ramon, der die Gitarre eines der Musiker genommen hatte und eine leise Melodie spielte.

»Hättet Ihr Lust, ein wenig spazierenzugehen?«

Es war Peter, der neben der etwas abseits sitzenden Lorna erschien. Er streckte die Hand aus, um ihr beim Aufstehen zu helfen. Sie lächelte und legte ihre Finger in seine Hand. »Das sollte ich vielleicht besser tun, bevor ich einschlafe.«

Sie schwankte etwas, als sie hochkam, und er stützte sie, seine Finger blieben noch etwas länger auf ihrem Arm liegen, und ein schiefes Lächeln lag auf seinem breiten Mund. »Ihr könnt jederzeit gern ein Nickerchen machen. Ich habe nichts dagegen.«

»Ich hoffe, daß ich Euch nicht in dieser Weise beleidige.«

»Im Gegenteil, ich wäre höchst geschmeichelt, denn das würde bedeuten, daß Ihr mir vertraut.«

Sie lachte leise. »Lieber Peter, Ihr wißt immer genau, was Ihr sagen müßt, damit eine Frau sich wohl fühlt.«

»Ich habe das gesagt, weil ich es so gemeint habe.«

Sie sah zu ihm auf und entdeckte einen ungewöhnlichen Anflug von Ernst in seinen dunkelblauen Augen. »Ich weiß«, sagte sie, »das macht Euch ja gerade so nett.«

»Nett! Nett, ich bitte Euch!« Sein Verhalten wurde sofort wieder komisch, indem er seine Faust in einer dramatischen Geste an seine Brust drückte. »Ihr hättet sagen können höflich, oder galant, oder elegant – alles, aber nicht nett!«

»Vergebt Ihr mir?« murmelte sie mit seelenvoll bittendem Blick.

»Alles, alles, wenn Ihr mich nur noch einmal so anseht!

Diebstahl, Piraterie, Mord, alles – Lorna, was habe ich gesagt?«

Sie erholte sich mühsam wieder und vertrieb den betroffenen Gesichtsausdruck, den sie nicht hatte verhindern können, suchte nach etwas, um seine Besorgnis zu vertreiben. »Nichts, wirklich, ich . . . ich muß mit der Seite meines Schuhs auf einen Stachel getreten sein.«

Er ließ sich sofort neben ihr auf ein Knie herunter. »Stellt Euren Fuß hierher auf mein Knie. Laßt mich sehen.«

Lorna warf einen schnellen Blick auf die anderen hinter ihnen. »Macht doch keinen Unsinn. Ich bin sicher, er . . . er ist nicht steckengeblieben. Bitte steht doch auf!«

»Womit ich die Chance verlieren würde, Euren Knöchel zu berühren? Ihr seid wohl verrückt. Laßt mich sehen.«

»Ihr seid hier der Verrückte«, sagte sie eingeschnappt, und als sie ihre Röcke ein paar Zentimeter hob, tat sie, was er verlangte.

»Nein«, sagte er leidvoll und ließ seine Finger über das Leder ihres Schuhs gleiten. »Er ist nicht steckengeblieben. Keine Gelegenheit, der Göttlichen meinen Dienst zu erweisen, indem ich ihretwegen leide, keine Belohnung.«

Einem Impuls folgend küßte sie die Spitze eines Fingers und berührte damit seine Nasenspitze. »Hier, betrachtet das als Eure Belohnung.«

Er erwischte ihren Finger, bevor sie ihn zurückziehen konnte, und führte ihn an seinen Mund. Er legte das feuchte Fleckchen, das ihre Lippen berührt hatten, an seine Lippen und sagte: »Jetzt kann ich glücklich sterben.«

»Jetzt könnt Ihr wieder aufstehen«, schnappte sie in gespielter Verärgerung und entzog ihm ihre Hand.

Er lachte, sprang wieder auf, und sie gingen weiter, aber hinter sich hörte Lorna die einfachen, leidenschaftlichen Klänge eines spanischen Flamenco von den Saiten einer Gitarre.

Der Pfad am nördlichen Abhang der Anhöhe entlang führte zur Bucht, parallel dazu wand sich ein anderer Weg langsam hangabwärts bis zu einem Strand, der etwas abseits lag. Sie wählten den weniger anstrengenden Seitenpfad und landeten dabei auf einem flachen Sandsteinvorsprung, auf dem ein einzelner Meerampferbaum stand, unter ihm ein Fleckchen Gras. Als sie stehenblieben, lehnte sich Lorna an den Baum und sah hinaus über das Meer, das sich unter ihnen ausbreitete.

»Stellt Euch nur vor«, sagte sie nach einer Weile, »daß hier vielleicht vor einhundertfünfzig Jahren ein Pirat gestanden haben könnte, der Ausschau hielt nach spanischen Galeonen, die mit geplündertem Gold aus Mexiko unterwegs waren.«

»Ich hoffe, er hatte dabei so schöne Gesellschaft wie ich.«

Sie sah ihn angestrengt an. »Ich spreche von Geschichte, Vergangenheit, jemandem, der gelebt hat und gestorben ist, bevor wir geboren wurden.«

»Ich nicht.«

»Ihr seid hoffnungslos!«

»Nicht ganz, obwohl Ihr manchmal etwas an Euch habt, wie zum Beispiel dieser Moment gerade vorher, der mich verzweifeln lassen könnte.«

Sie lachte etwas gehemmt und wich seinem Blick aus. »Ihr versteht mich falsch.«

»Nein, gar nicht«, sagte er bedächtig.

Sie drehte sich ihm zu, um ihn anzusehen, wie er so groß und sehr englisch an ihrer Seite stand. Die Meeresbrise wühlte sein feines blondes Haar auf und drückte sein Hemd dicht an seinen Körper. Sein blauer Blick war ganz direkt und ohne Komik.

»Ich glaube, ich verstehe nicht.«

»Nicht? Ihr seid eine Frau unter tausend, schön, klug, für die Liebe gemacht. Aber hinter Euren Augen verbergen sich

Grenzen und Geheimnisse. Ich würde gern diese Geheimnisse herausholen und die Grenzen niederreißen, aber sie sind
unberührbar. Noch. Wenn der Tag kommt, an dem Ihr sie
loswerden wollt, sollt Ihr wissen, daß ich immer für Euch da
bin.«

»Peter«, begann sie und sprach gegen den Druck an, der
sich in ihrer Kehle bildete. Sie hatte ihn in den letzten paar
Tagen oft gesehen. Er war fast jeden Morgen auf die Veranda
des Royal Victoria gekommen und üblicherweise geblieben,
um mit ihr spazieren oder am respektableren Ende der Bay
Street einkaufen zu gehen oder auch durch den Garten des
Hotels mit ihr zu wandern. Dennoch überraschte sie diese
Erklärung.

»Ich brauche und erwarte keine Antwort.« Er lächelte mit
einem traurigen Zug um den Mund. »Genaugenommen
könnte eine Antwort sogar alles verderben.«

»Es . . . es ist gut«, sagte sie, und ihr Mund lächelte mit
einem ganz kleinen Zittern, »denn ich weiß auch nicht, was
ich sagen soll.« Wenn die Zeit gekommen sein würde, an
einen anderen Mann zu denken, dann würde sie ihm ihre
Vergangenheit erklären, alles andere wäre nicht richtig. Aber
jetzt konnte sie sich nicht dazu entschließen.

»Ja, wirklich? Dann habe ich ja auch nichts Falsches gesagt, oder?«

Sie schüttelte den Kopf. Mit ernster Miene nahm er ihre
Hand und hob sie an seine Lippen. Als er sie losließ, lächelte
sie ein wenig und wandte sich dann wieder dem Meer zu. Er
legte seinen Arm in einer leichten Umarmung um ihre Schultern, als er sich neben sie stellte, und sie fühlte sich so einfach
an und ohne Bedrohung, daß sie nicht protestierte.

»Oh, da draußen ist ein Schiff«, sagte sie kurz darauf, als
ihr Blick den einzigen Punkt am blauen Horizont ausmachte.

»Eine Fregatte. Von der Unionsflotte.«

»Es ist doch so weit entfernt, wie könnt Ihr das sagen?«

»Durch die Form, und die Art, in der die Segel gesetzt sind.«

Das Thema war sicher; Lorna entspannte sich unmerklich. »Ich denke, es wartet ebenfalls auf den Neumond.«

»Wie die Geduld auf einem Monument, wie der Dichter sagt.«

Wie die Geduld auf einem Monument, lächelnd über Leid. Sie unterdrückte ein Schaudern, als sie sich an das Zitat erinnerte. »Macht Euch das Sorgen, zu wissen, daß sie da draußen sind und auf Euch warten?«

»Ich bekomme dabei eine sehr jungenhafte Lust, ihnen eine Nase zu drehen.«

Er ließ seinen Worten die Tat folgen, und sie lachten zusammen, während die Spannung verschwand. Sie hörten das Heben und Klatschen der Wellen unter ihnen an das Sandsteinufer. Die Meeresbrise streichelte sie, hob Lornas leichte Musselinröcke und bauschte sie um sie herum, raschelte mit einem trockenen, leisen Klappern in den runden, harten Blättern des Meerampferbaumes, der über ihren Köpfen schwankte. Rechts von ihnen erstreckte sich eine gewundene Landzunge hinaus ins Meer, und links unterhalb von ihnen lag eine kleine Bucht mit scharfen Korallenfelsen darum herum und ausgelegt mit weißrosa Sand. Der salzige Tanggeruch des Meeres mischte sich mit dem Duft des Grases, das sie beim Vorbeigehen niedergedrückt hatten, dem schwachen, scharfen Geruch nassen Sandsteins und dem zarten Duft nach Madonnenlilien, der von Lornas Haut aufstieg.

Peter atmete tief ein und sah dann hinunter auf Lorna. »Sollen wir uns ein paar Minuten hinsetzen?«

Sie nickte, und er holte ein großes Taschentuch hervor, das er auf das Gras dicht neben dem Stamm des Meerampferbaums legte, den sie als Rückenlehne verwenden würden. Als sie es sich bequem gemacht hatte, setzte er sich neben sie.

Er pflückte sich einen Grashalm und knabberte daran, während sie von diesem und jenem sprachen, verwendete ihn, um seine Gesten beim Reden zu unterstützen, kitzelte damit ihren Handrücken, der auf ihren vollen Röcken lag, damit der Wind sie nicht hochhob. Nach einer Weile legte er sich der Länge nach hin und plazierte seinen Kopf in einer hilflosen Geste auf den Saum ihres Rocks. Als sie sich ihm ein paar Minuten später zuwandte, um etwas zu sagen, bemerkte sie, daß seine Augen geschlossen waren, daß das zarte Gold seiner Wimpern auf seinen Wangen lag. Er war eingeschlafen.

Wie lange sie so dasaß und das veränderliche, bewegliche Gesicht des Meeres betrachtete, während der Sohn eines englischen Pairs zu ihren Füßen schlief, wußte sie nicht. Ihre Gedanken wanderten, kreisten, sie kam zu keinem Schluß. Dort im Schatten nahm sie den Hut ab und warf ihn zur Seite, so daß sie den Kopf an den rauhen Baumstamm hinter sich lehnen konnte. Vielleicht war sie ein wenig eingenickt, schläfrig geworden von dem unaufhörlichen Seufzen der Wellen und der Wärme des Nachmittags.

Sie wurde aufgeschreckt von dem Klang einer Stimme, weiblich und ziemlich atemlos. »Wie heftig Ihr seid, Ramon! Solche Eile ist unziemlich und auch ganz unnötig. Wir sind auf jeden Fall weit genug von den anderen entfernt. Warum sollen wir noch weiter gehen?«

Lorna drehte sich um.

Ramon näherte sich ihr mit Elizabeth, die sich an seinen Arm klammerte. Sein Gesicht war finster, und die Geschwindigkeit, mit der er sich bewegte, zwang die Frau neben ihm, sich ziemlich anzustrengen, um Schritt mit ihm halten zu können. Er ignorierte die Kommentare der älteren Lansing-Schwester und blieb etwa zwei Meter vor Lorna stehen. Er sah auf Peter herab, und als er sprach, waren seine Augen schwarz und seine Stimme hart.

»Dein Kavalier scheint ja einen anstrengenden . . . Spaziergang hinter sich zu haben.«

Die Anspielung war unmißverständlich. Mit kalter Stimme antwortete Lorna: »Wenn der Spaziergang etwas war, dann wohl eher langweilig.«

Von ihren Stimmen geweckt, öffnete Peter ein Auge und betrachtete Ramon. »Ach, du bist es.«

Ramon änderte seine Angriffsstrategie. »Wen hattest du denn erwartet? Mrs. Lansing? Oder ist dir überhaupt klar, daß du Lorna schon beinahe kompromittiert hast?«

Peter öffnete beide Augen und setzte sich dann schnell auf, als ob ihm plötzlich klargeworden wäre, wo er sich befand. »Nein!«

»Ich versichere dir, daß es so ist.«

Der Engländer schüttelte den Kopf, nicht als Verneinung, sondern um den Schlaf abzuschütteln. Er sah zu Ramon auf, der über ihm stand und von ihm zu Elizabeth, die die Lage betrachtete – mit einem Ausdruck sowohl von Ärger darüber, daß Ramon sie offensichtlich nicht aus dem Grund, den sie erwartet hatte, zum Spazierengehen eingeladen hatte, sondern als Vorwand, wie auch in erfreuter Erwartung des Streits zwischen dem Mann aus Louisiana und seinem Schützling.

»Was verlangst du, alter Freund, eine Entschuldigung? Oder wartest du auf einen förmlichen Antrag? Ich habe Schwierigkeiten, mir dich als den wütenden Bewacher vorzustellen, aber wenn ich glauben würde, daß Lorna annehmen könnte –«

»Das wird nicht nötig sein«, fiel ihm Ramon mit schneidender Stimme ins Wort. »Wenn du die Kraft aufbringst, Lorna beim Aufstehen zu helfen, gehen wir wieder zu den anderen. Sie sind bereit, in die Stadt zurückzufahren.«

Die Fahrt nach Nassau brachten sie zum großen Teil schweigend hinter sich, wie es bei den meisten Rückfahrten ist, wenn das Vergnügen vorüber ist und die müden Teilnehmer sich auf die Ruhe und Bequemlichkeit ihrer persönlichen Umgebung freuen. Charlotte war schläfrig und unterdrückte in ihrer Ecke der Kutsche ein Gähnen nach dem anderen. Elizabeth verbrachte die Zeit einerseits mit Sorgen um die Röte, die sich über ihre Wangen und Nase ausbreitete und die sie sich beim Krockettspielen zugezogen hatte, und andererseits mit giftigen Bemerkungen zu Peter, der taktlose Vorschläge machte, wie man beseitigen könnte, was sie als Entstellung empfand. Ramon ritt schweigend einher mit einer Falte zwischen den Augenbrauen. Lorna sah ihn von Zeit zu Zeit an und dachte an die Art, wie er sich vorher verhalten hatte.

Er nahm seine Verantwortung für sie sehr ernst. Aber wenn er entschlossen war, sie in einer »respektablen Verbindung« zu sehen, wie er es einmal genannt hatte, warum hatte er dann Peter nicht erlaubt, den Heiratsantrag auszusprechen, zu dem er angesetzt hatte? Trotz aller Erwartungen seiner adligen Familie glaubte sie doch, daß, wenn der Engländer seine Absichten erst einmal öffentlich bekanntgemacht hatte, er sie nicht mehr verleugnet oder die Folgen zu vermeiden versucht hätte. Das hatte Ramon doch sicher auch bemerkt, oder?

In diesem Augenblick auf der Landzunge hatte sie beinahe den Eindruck gehabt, als ob er eifersüchtig wäre. War das möglich? Es schien eigentlich nicht sehr wahrscheinlich angesichts der Leichtigkeit, mit der er sich von ihr getrennt hatte. Doch wenn es so war, fand sie es wirklich widersprüchlich. Welches Recht hatte er, sie zuerst einfach fallenzulassen und dann Peter daran zu hindern, um ihre Hand zu bitten? Sie war in der Stimmung, den Engländer mit allen Mitteln zu ermutigen, nur um Ramon zu trotzen. Aber Peter war natürlich zu nett, um ihn in dieser Weise zu mißbrauchen, doch sie stellte sich mit Vergnügen vor, wie Ramons

Gesicht aussehen könnte, wenn er von ihren Heiratsplänen erfuhr.

Sie wandte Peter ihren Blick zu, der das Lächeln der Schadenfreude nicht zu deuten wußte, das ihre Augen erhellte. Er grinste zurück und genoß es, selbst wenn er es nicht verstand. Ramon, der diese Verständigung sah, machte ein böses Gesicht.

In ihrem Zimmer im Hotel aß Lorna ein leichtes Abendessen und bereitete sich auf das Zubettgehen vor. Sie lag noch eine Weile wach und las einen Roman, den sie in einem Kasten mit gebrauchten Büchern vor einem Laden gefunden hatte. Aber er fesselte ihre Aufmerksamkeit nur teilweise, denn die Heldin war langweilig, der Held beherrschend und die Geschichte gefüllt mit unwahrscheinlichen Ereignissen und Zufällen. Aber trotzdem war ihr das lieber als die verwirrende Gesellschaft ihrer eigenen Gedanken. Die Stille der Nacht breitete sich aus. Eine ganze Menge Nachtfalter kam durch die offenen Türen zur Veranda hereingeflogen. Sie flatterten um das Gaslicht, umrundeten den Tod und einander in einem anmutigen Luftballett. Diese zarten, furchtlosen Geschöpfe lebten nur so kurz und waren so leicht zu zerstören.

Sie seufzte, legte ihr Buch zur Seite und stand auf, um das Licht auszumachen, so daß das Zimmer in Dunkelheit fiel. Der Mond nahm ab, in nur wenigen Tagen – etwas mehr als einer Woche – würde er verschwunden sein. Sein Leuchten lag bleich weit draußen auf der wogenden Meeresoberfläche. Einen Augenblick lang blieb sie in der Tür stehen, und der Nachtwind bewegte sanft die Falten ihres Nachthemdes und ihr loses Haar. Dann schloß sie die Fensterläden und ging zurück ins Bett.

Dann hörte sie es – die weichen Klänge einer Gitarre in einem alten andalusischen Liebeslied. Es kam, dachte sie, wohl aus dem Hotelgarten, eine melancholische und doch bewegende Melodie in Moll. Es sprach von Liebe und Verlangen, von Pflicht und Verlassen, ein endloses Klagen, das die Dunkelheit zu erfüllen schien.

Sie versuchte, es aus ihren Gedanken zu verbannen, als sie im Bett lag und durch die Gaze ihres Moskitonetzes auf die Streifen von Mondlicht schaute, die durch die Tür drangen, aber es drängte sich unausweichlich in ihr Inneres. Sie dachte an Ramon, und wie er Gitarre gespielt hatte an dem Nachmittag, als sie sich begegnet waren. War es dasselbe Lied gewesen? Sie konnte sich nicht erinnern. Sie warf sich im Bett herum und ließ die Gedanken zu; die Gefühle, der Geschmack, der Geruch, das heftige Crescendo der Lust, als sie sich geliebt hatten, drangen in ihr Gehirn ein. Sie wand sich vor unerfülltem Verlangen und Verlust, vor unterdrücktem Ärger und einer wachsenden Angst vor der Zukunft. Tränen drangen unter ihren Lidern hervor, befeuchteten ihr Kopfkissen und ihr Haar, und schließlich schlief sie ein, während die quälenden Klänge des Liedes immer noch in ihren Ohren nachhallten.

Am nächsten Morgen kam sie erst spät auf die Veranda. Durch die Tür sah sie Peter, und auch Slick und Chris, die Offiziere von der *Lorelei*, ebenso Frazier. Sie lächelte und ging auf sie zu und auf den Stuhl neben Peter, der für sie bereitstand. Sie hatte den offenen Raum schon halb überquert, als ein Mann sie ansprach, die Stimme etwas schleppend vor schwerer Ironie.

»Meine liebe Lorna, wollt Ihr mir nicht einen guten Morgen wünschen?«

Sie wußte es schon, bevor sie sich umdrehte, sie wußte es, und dieses Wissen machte sie steif und unnatürlich, ließ ihre Haut vor Furcht prickeln. Sie wußte es, konnte aber nichts anderes tun als antworten.

»Guten Morgen Mr. Bacon.«

Sein formloser Mund verzog sich zu einem Lächeln, das

nicht vordrang bis in seine bleichen Augen, als er sich breit in seinem Rattansessel zurücklehnte und einen Schluck von seinem Pfefferminzjulep trank, bevor er antwortete. »Eine solche Förmlichkeit ist doch zwischen uns eigentlich nicht nötig, nicht wahr, meine Liebe? Ihr könnt mich einfach Nate nennen.«

11. KAPITEL

Die Tanzkarten für den Kotillon der Lansings hatten die Form eines Vollmondes mit Platz darin für die Namen der Männer, die um die Tänze bitten würden. Meterweise marineblauer Netzstoff mit glitzernden Applikationen war gerafft und unter die Decke gehängt worden, um einen Sternenhimmel anzudeuten. Am Ende des Ballsaals, über dem langen Tisch mit der Bowle darauf hing ein riesiger Mond aus Pappmaché, der von hinten durch drei Laternen erhellt und zwischen Wolkenschwaden aus grauer Watte angeordnet war. Ansonsten sah der als Ballsaal gebrauchte Empfangssalon weitgehend unverändert aus.

Charlotte glühte vor Aufregung und der Befriedigung darüber, wie allgemein das Thema des Balls, das sie vorgeschlagen hatte, bewundert wurde, und erzählte wenigen Ausgewählten, darunter Ramon und Lorna, daß sie den Mond beobachten sollten. Mit fortschreitendem Abend würde er langsam immer dunkler werden, bis er schließlich zur bestimmten Stunde vollständig dunkel sein würde. Dann werde es noch einen Überraschungstanz geben, der den Abschluß des Balls darstellen werde.

Das junge Mädchen schimmerte in weißer Seide, die übersät war von Glitzersteinchen. Ihr ältere Schwester trug königsblaue Seide, nur eine Spur heller als der Deckenhimmel und ähnlich mit den kleinen Glitzersteinchen besetzt, die man *diamanté* nannte. Lorna hatte sich entschlossen, nichts Glitzerndes an ihrem Kleid zu tragen, statt dessen hatte sie als Stoff dafür einen weichen, lavendelblauen Tüll gewählt, die Farbe eines fernen Ufers, wenn man es bei Morgengrauen vom Meer aus sieht, und dazu trug sie, passend zum Thema, einen Kopfschmuck aus lavendelfarbigem Satin in der Form eines Krönchens, in dessen Mitte ein kleiner goldener Mond befestigt war, dessen Strahlen aus langen dünnen Glasstiften bestanden.

Als sich der lange Raum füllte, herrschte eine Stimmung der unterdrückten Erwartung und Erregung. Es war jedoch nicht die Aussicht auf den Abschluß des Balls, wie phantastisch er auch ausfallen mochte, die in der Luft lag, sondern das Wissen um die Gefahr, der sich die anwesenden Männer stellen mußten, wenn er vorüber war. Charlotte, die an Lorna vorüberkam, als sie gerade allein stand, drückte es am besten aus: »Die Männer sehen heute irgendwie anders aus, findet Ihr nicht? Man sieht es sogar an denjenigen, die keine Uniform tragen, obwohl sie nicht so phantastisch aussehen. Ich vermute, es liegt daran, daß sie wissen, sie könnten vielleicht nicht zurückkehren, daß sie aber glauben, daß das Spiel das Risiko wert ist.«

»Ja, das nehme ich auch an«, antwortete Lorna.

»Ich bewundere das an einem Mann«, sprach das junge Mädchen weiter, und ihre Augen leuchteten, »aber ich denke, das tun die meisten Frauen. Wir sind wirklich elementare Wesen, nicht wahr? Es ist wichtig, daß die Männer, die uns womöglich besitzen wollen, nicht nur dazu in der Lage, sondern auch willens sein müssen, uns zu beschützen.«

»Es folgt nicht immer automatisch, daß ein Mann, der sein Leben für Gewinn oder sogar für eine Sache riskiert, dasselbe dann auch für ein Frau tut«, stellte Lorna fest.

Charlotte riß die Augen weit auf. »Aber natürlich würde er

das tun! Ein Gentleman beschützt immer eine Dame, nur etwas . . . etwas gewandter als andere Männer.«

»Wenn das so ist: Vor wem müssen wir dann beschützt werden?«

»Vor Männern, die keine Gentlemen sind!« Mit einem fröhlichen Lachen und wirbelnden Röcken eilte das junge Mädchen fort.

Die Philosophie war einfach, Lorna war damit aufgewachsen, obwohl sie jetzt Gründe hatte, ihre Gültigkeit zu bezweifeln; sie hatte sie an jenem Abend vor zwei Wochen gegen Ramon angewandt. Ohne es zu bemerken, suchte sie seine hohe Gestalt und seinen dunklen Kopf in der wachsenden Menge. Sie entdeckte ihn bei Edward Lansing; sie waren sehr früh gekommen, damit Ramon noch ein paar abschließende Dinge über die bevorstehende Fahrt durch die Blockade mit seinem Partner besprechen konnte. Ramon gehörte zu denjenigen Männern, die ihre Uniform trugen. Sie ähnelte der Uniform, die er für die Offiziere der *Lorelei* entworfen hatte, damit er sie zu gegebener Zeit bequem in der Menge der Mannschaft erkennen konnte. Der blaue Rock ließ deutlich seine breiten Schultern erkennen, und der blaue Streifen an den Seiten der dunkelgrauen Hose ließ ihn noch größer und aufrechter erscheinen. Der strenge Schnitt und die dunkle Farbe verliehen ihm eine schlanke Grazie, die noch von den goldenen Tressen auf seinen Schultern und der goldgesäumten Schärpe um seine Taille, an der ein Zierdegen hing, erhöht wurde. Es war eigentlich ganz offensichtlich, an wen Charlotte gedacht hatte, als sie von Männern sprach, die in einer solchen Kleidung phantastisch aussahen.

Lorna holte tief Atem, um gegen die Enge anzukämpfen, die ihre Brust bedrängte. Es war lächerlich, sich von einem Kleidungsstück beeindrucken zu lassen, das eigentlich nichts anderes war als ein Kostüm, ohne Zusammenhang mit dem Ausdruck einer Nationalität oder Sache. Und was die Gefahr betraf, der Ramon entgegensah, war sie für ihn auch nicht größer als die, der die anderen anwesenden Männer entgegensahen, die um Mitternacht in See stechen würden.

Die Musiker, die hinter einer Reihe von Farnen und Palmen saßen, begannen jetzt mit einem lebhaften Stück von Chopin, um die ankommenden Gäste zu begrüßen. Lorna sah auf ihr Programm, aber da sah sie nur, was sie vermutet hatte: Der erste Tanz würde ein Walzer sein, gefolgt von einer Polonaise und einer Polka, darauf ein zweiter Walzer, um die Runde abzuschließen. Ramon hatte sich für den zweiten Walzer in ihre Tanzkarte eingetragen; am Tag des Picknicks war er in eine Situation geraten, wo er nicht anders konnte, als Elizabeth um den ersten zu bitten und Charlotte um die Polonaise.

»Gestattet Ihr bitte?«

Sie erstarrte, und ihr Griff um ihre Karte festigte sich automatisch, aber Nate Bacon zerrte sie ihr aus den Fingern. Er nahm den kleinen, daran befestigten Stift und schrieb seinen Namen neben die Polka.

»Hier«, sagte er und gab ihr die mondförmige Karte zurück. »Ich glaube kaum, daß Ihr mir ausweichen könnt, während Ihr auf der Tanzfläche in meinen Armen seid. Es gibt zwischen uns ein paar Dinge, die besprochen werden müssen.«

»Ich glaube kaum, daß dies der richtige Anlaß oder der richtige Zeitpunkt dafür ist«, sagte sie, und es gelang ihr nur mit Mühe, die kühle Lässigkeit ihrer Stimme zu bewahren.

»Oh, ich gebe zu, daß das nicht die Situation ist, die ich mir gewünscht hätte, aber Ihr habt meine Bitten um eine Verabredung zu einem privateren Gespräch nicht beantwortet und seid ansonsten immer von Bewunderern umgeben.«

»Auf jeden Fall«, sprach sie weiter, als ob er nichts gesagt hätte, »habe ich Euch nichts zu sagen.«

»Nein? Nun, ich habe Euch eine ganze Menge zu sagen und zu fragen – was den Tod meines Sohnes betrifft.«

Lorna sah sich mit einem schnellen Blick um, denn ihr war durchaus bewußt, daß der stämmige Mann überlaut gesprochen hatte, um sie nervös zu machen. »Ihr kanntet Franklin und wißt, wie er war. Könnt Ihr denn nicht erraten, was geschehen ist?«

»Erraten bedeutet nicht wissen.«

Sie sah ihn gequält an. »Er wurde gewalttätig. Wir kämpften. Sein Tod war ein Unfall. Was wollt Ihr sonst noch wissen?«

»Verschiedene Dinge«, sagte er, und seine Stimme bekam einen rauhen Klang, »zum Beispiel, ob die Ehe vollzogen wurde und ob Ihr jetzt schwanger von ihm seid.«

»Nein!« sagte sie mit einem Abscheu, den sie sich nicht zu verbergen bemühte.

Sein Gesicht bekam einen Hauch von Lilarot, und seine Brust schien zu schwellen. »Das ist sowohl eine gute als auch eine schlechte Nachricht. Ich wollte ein Kind, aber wenn es keines geben wird, gibt es keine Notwendigkeit, daß ich besonders sorgfältig mit Euch umgehe.«

»Umgehen? Was mich betrifft, wird es keinen Umgang zwischen uns geben.«

»O doch. Ihr werdet wegen Mordes gesucht, ich habe Euch selbst angezeigt. Was denkt Ihr, was feine Leute wie die Lansings sagen werden, wenn sie davon erfahren – und das werden sie, wenn Ihr nicht mit mir zusammenarbeitet. Nein, ich glaube, wir werden schon miteinander zu tun haben, und ich erwarte, daß diese Zusammenarbeit höchst erfreulich werden wird.« Der heiße Blick, den er über die weichen Rundungen ihrer Schultern gleiten ließ, war alles andere als erfreulich.

»Das . . . das ist Erpressung!«

»Tja, wißt Ihr, ich glaube, da habt Ihr recht. Aber eigentlich

268

sehe ich keinen Grund, warum ich besonders nett zu Euch sein sollte. Ihr habt mir schließlich einen recht üblen Streich gespielt, als Ihr mit Cazenaves Hilfe entkommen seid.«

»Ich bin nicht vor Euch weggelaufen.«

»Nein?« fragte er und lächelte mit seinen halboffenen Lippen.

Plötzlich wußte sie, daß er recht hatte. Franklins und Nates Hoffnungen auf einen Erben durch seinen Sohn hatten eine Distanz hergestellt zwischen ihr und ihrem lasziven Schwiegervater. Als der Sohn tot war, fehlte diese Distanz. Jetzt gab es sie auch nicht.

Diese Antwort mußte deutlich in ihr Gesicht geschrieben gewesen sein, denn er sprach weiter: »Das wißt Ihr auch, nicht wahr? Ich wollte Euch besitzen von dem Augenblick an, als ich Euch am Tisch Eures Onkels neben Euren langweiligen Kusinen sitzen sah. Ich hätte Euch heiraten können, wenn meine kranke Frau nicht gewesen wäre, und hätte selbst den Erben zeugen können und mich Eurer erfreuen. Das war nicht möglich, also habe ich es so eingerichtet, daß Ihr Franklin heiratetet, und habe mich darauf vorbereitet, eine angemessene Zeit zu warten, bevor ich mich Euch näherte. Ihr habt meine Pläne zunichte gemacht und meinen Sohn zerstört, aber das ist egal. Ich werde Euch doch noch bekommen. Nichts wird mich daran hindern, nichts! Versteht Ihr?«

Lorna kam, als sie seine leisen Drohungen hörte, der Gedanke, daß Franklins geistige Instabilität vielleicht doch nicht nur auf seinen Unfall in der Kindheit zurückzuführen gewesen sein könnte, vielleicht war ein Teil davon auch ererbt. »Ihr müßt wahnsinnig sein, wenn Ihr glaubt, Ihr könntet mit mir machen, was Ihr wollt. Ramon wird nicht zulassen, daß Ihr solche Drohungen in die Tat umsetzt.«

»Ich höre, Ihr seid ihm jetzt nicht mehr so eng verbunden, wie Ihr es wart. Ich gebe zu, daß ich nicht verstehe, warum, aber es kommt mir entgegen. Da er das Interesse an Euch verloren zu haben scheint, kommt er Euch vielleicht doch nicht so schnell zu Hilfe. Aber wie auch immer: Er wird Nassau in ein paar Stunden verlassen und erst nach mehr als einer Woche zurückkehren. Und dann wird es schon zu spät sein.«

Bevor sie sich eine Antwort überlegen konnte, verbeugte er sich plötzlich und ging fort. Er mußte Peter kommen sehen haben, der sie für den gerade beginnenden Walzer abholen wollte, denn ein paar Sekunden später stand der Engländer vor ihr.

»Ich mag diesen Kerl nicht«, sagte er und starrte hinter Nate her.

»Ich auch nicht«, antwortete Lorna aus voller Überzeugung, und als er sich daraufhin umdrehte, um sie anzustarren, zwang sie sich zu einem Lächeln und senkte die Wimpern, um ihre Verwirrung vor seinem zu klaren Blick zu verbergen, während er vorgab, ihre Tanzkarte genau zu lesen. »Nun, ich glaube, dies ist Euer Tanz, Sir.«

»So ist es!« stimmte er ihr in theatralischer Überraschung zu und führte sie zur Tanzfläche, sein Blick war jedoch sehr aufmerksam, als er sie in die Arme nahm.

Er hat gute Gründe, mißtrauisch zu sein, dachte sich Lorna mit einem unterdrückten Seufzen, als sie sich zu den Klängen eines Walzers von Strauß drehten. Während sie vorher meistens ihre Zeit gleichermaßen zwischen ihm und Frazier, Slick und Chris und bei manchen Gelegenheiten auch Ramon verbracht hatte, hatte sie ihn dazu auserwählt, sie vor Nates Versuchen zu beschützen, mit ihr allein zu sprechen. Ganz frei war ihre Wahl dabei nicht gewesen, denn die Offiziere der *Lorelei*, einschließlich Ramon natürlich, waren mit den letzten Vorbereitungen beschäftigt gewesen, die nach den Reparaturen am Schiff noch erforderlich waren, um es bereit zur Abfahrt zu machen.

Trotzdem fand sie es Peter gegenüber nicht fair, ihn so auszunutzen, auch wenn er es ihr wirklich schwermachte, es nicht zu tun. Er war immer da, so schien es, und er war auch ein so angenehmer Gesellschafter, daß es sie eine ungeheure Mühe gekostet hätte, ihn nicht irgendwie auszunutzen. Aber da Ramon im Augenblick anderweitig beschäftigt war, war ihr Bedürfnis nach Schutz zu groß gewesen, um derartige Skrupel zuzulassen.

Genaugenommen hatte sich Ramon in letzter Zeit so weit von ihr entfernt, daß es pure Anmaßung gewesen war, ihn Nate gegenüber als ihren möglichen Favoriten zu bezeichnen. Sei es, daß er verärgert war, weil sie seine Annäherung abgewiesen hatte, oder verwirrt wegen ihres Benehmens beim Picknick, er hatte in den letzten paar Tagen immer etwas Abstand gehalten. Sie hatte versucht, sich einzureden, daß nur das Schiff und die Vorbereitungen für die Fahrt nach Wilmington dafür verantwortlich waren.

Natürlich beschäftigte er sich ausgiebig damit, denn sein Leben und das Leben seiner Mannschaft, dazu die Pläne für seine Zukunft, hingen jetzt von seinen Bemühungen und seiner Umsicht ab.

Dennoch hörte sie oft in der Nacht den Gitarristen im Garten, der leise seine Lieder voller Liebe und Schmerz spielte. Sie war sich nicht sicher, ob es nur daher kam, daß sie wußte, daß Ramon auch dieses Instrument spielte, oder auch ein wenig von ihrer Eitelkeit, aber manchmal redete sie sich ein, der Gitarrist sei Ramon, der ihr ein Ständchen brachte, während sie einschlief. Sie hatte nie versucht, herauszufinden, ob das stimmte. Es war nicht möglich, von der Veranda vor ihrem Zimmer aus in der Dunkelheit des Gartens etwas zu erkennen, und sie hörte die Gitarre immer nur, wenn sie sich schon für die Nacht zurückgezogen hatte. Sie hätte damit warten und sich hinunterschleichen können, um nachzusehen. Und dann hatte sie sich entschlossen, es lieber nicht wissen zu wollen, falls der Mann ein Fremder oder die Musik überhaupt nicht für sie gedacht war.

»Werdet Ihr mich vermissen, wenn ich fort bin?«

Sie bemühte sich, Peter wieder ihre Aufmerksamkeit zuzuwenden. »Natürlich werde ich das. Es wird wirklich langweilig hier werden ohne unseren Hofnarren!«

»Ach ja«, sagte er klagend, »erst der Kuß und dann die Ohrfeige.«

»Ich habe Euch nicht geküßt«, sagte sie und zog sich in gespielter Herablassung etwas zurück.

»Nein. Würdet Ihr das tun? Ich meine, würdet Ihr mir erlauben, Euch zu küssen?«

Seine Scherze verbargen den Ernst seiner Frage, aber dort, in der blauen Tiefe seiner Augen, war er zu erkennen. Einen kleinen Augenblick lang erinnerte sie sich an Ramon an jenem Tag damals in dem alten Haus: Er hatte weder um Erlaubnis gefragt noch Wert darauf gelegt. In dem Bemühen, das Gespräch auf einer lockeren Ebene zu halten, fragte sie sittsam: »Zum Abschied?«

»Oder zur Begrüßung oder wann auch immer. Einen richtigen Kuß, meine ich, nicht so ein Küßchen auf die Wange oder gar die Nase.«

»Ich . . . werde darüber nachdenken müssen.«

Er stürzte sich auf ihr Zögern. »Wie lange?«

»Das weiß ich nicht so genau. Jetzt sagt mir doch noch einmal: Wann fährt Euer Schiff?«

»O herzlose, herzlose Frau, Ihr wißt doch ganz genau, daß die *Bonny Girl* mit den anderen fahren wird!«

»Ja, das weiß ich, und es war grausam, Euch zu verspotten. Natürlich dürft Ihr mich küssen, lieber Peter!«

Er starrte mit düsterem Gesicht auf sie herab und sagte: »Warum habe ich nur das Gefühl, daß ich wieder mit einem brüderlichen Schmatz abgefertigt werde? Ich bin niemandes Bruder – nur der eines großen Lümmels, der der achte Graf

sein wird, und einer Schar von Gören, die jünger sind als
ich.«

Über seine Schulter sah Lorna Ramon, der sich ruhig mit
der ältesten Lansing-Schwester drehte. Gleichzeitig beobachtete er sie mit einer steilen Falte zwischen den Augenbrauen.
Hatte er ihre lachende Erlaubnis gehört? Sie konnte es nicht
sagen, aber ein schmerzendes Gefühl unter dem Brustbein
sagte ihr, daß es möglich war, wenn nicht sogar wahrscheinlich. Doch darüber konnte sie sich jetzt keine Gedanken machen. Außerdem: Was ging ihn das schon an?

»Peter«, begann sie, und Besorgnis trat in ihrem Gesicht an
die Stelle des Lachens.

»Kümmert Euch nicht darum«, sagte er hastig. »Ich wollte
keine Wolken über Eure grauen Augen ziehen. Ihr könnt
mich küssen, wie immer Ihr es wollt – ist das nicht großzügig
von mir? Und auch zu jeder Zeit, zu der es Euch beliebt. Und
das meine ich von ganzem Herzen. Das ist einer meiner
vielen Vorzüge – ich hoffe, Ihr werdet ihn irgendwann zu
schätzen lernen. Ah, seht jetzt nicht hin, aber wir werden
beehrt durch die Gesellschaft der Heldin von Bull Run.«

»Ihr meint doch nicht Sara Morgan?«

»Keine andere. Ich frage mich, wie das zustandegekom-
men ist. Sie ist nicht viel ausgegangen, seit sie hier ist. Sie
leidet etwas unter dem Wetter, habe ich gehört.«

Lorna wußte, daß das mit sorgfältiger Berechnung geschehen war, denn sie war dabeigewesen, als die Angelegenheit
auf ihrer ersten Einkaufsfahrt mit den Lansing-Schwestern
ausgetüftelt worden war. Zuerst hatte man ihr eine Willkom-
mensbotschaft geschickt, zusammen mit einem Korb voll
Früchten und Gebäck und einem großen Blumenstrauß.
Nach drei Tagen hatte man ihr einen Besuch abgestattet, und
da die Dame tatsächlich krank war und sie nicht empfangen
konnte, wie der Tratsch der Dienerschaft schon angekündigt
hatte, hatten die Schwestern Blumen abgegeben, ihre Be-

wunderung und ihr Bedauern mitgeteilt und ihr eine Kutsche angeboten, um damit an einem Abend auszufahren. Später hatte man den Arzt, der gelegentlich Mrs. Lansing behandelte, zu ihr geschickt. Er hatte der Dame aus den Südstaaten ein Tonikum gegen ihre Indisposition verschrieben, die vermutlich Schwindsucht war, und ihr auch empfohlen, daß es ihr guttun würde, unter Menschen zu gehen angesichts ihrer melancholischen Veranlagung. Daraufhin hatten sie die Lansing-Schwestern noch einmal besucht, die Einladung zum Ball fest in den Händen. Die arme Frau, niedergerungen von dem ärztlichen Ratschlag und der Dankbarkeit für die Aufmerksamkeit, die man ihr entgegengebracht hatte, konnte kaum noch ablehnen, die Soirée mit ihrer Anwesenheit zu beehren.

»Sie sieht nicht sehr glücklich aus«, sagte Lorna.

»Trotzdem ist sie eine gutaussehende Frau.«

»Und ich dachte, Ihr zieht blonde Frauen vor«, sagte Lorna mit gespielter Beleidigung, und angesichts seiner schnellen Versicherung, daß es auch so sei, konnte sie ein Lachen nicht unterdrücken. Sie lächelte immer noch und befragte ihn gerade zu seinem berühmten, viel getragenen und gesellschaftsfähigen Frack, als die Musik endete.

Die Polonaise gehörte Ramons Erstem Offizier. Slicks Betragen auf der Tanzfläche war elegant, im Gegensatz zu dem, was man angesichts seiner langgliedrigen Gestalt, seines leicht gebeugten Gangs und seiner etwas hinterwäldlerischen Art hätte annehmen können. Er hätte fünf Schwestern, die alle das Tanzen liebten, so sagte er, und eine Schar von Kusinen, die mit Hingabe musizierten. Tanzen war die regelmäßige Beschäftigung an Samstagabenden gewesen im Hügelland von Nordlouisiana, oder zumindest in einigen Gegenden davon. Die Baptisten in der Stadt würden angesichts der Leute, die das Tanzbein schwangen, scharfen Alkohol tranken oder sich überhaupt amüsierten, ein strenges Ge-

sicht machen und behaupteten, das führe alles zur Sünde –
doch es hatte sie eher ferngehalten von den Gebüschen und
Sümpfen und ähnlichen Orten. Getanzt würde meistens
Squaredance, und die anderen, langsameren Tänze wären
dafür da, daß die Mädchen zwischendrin zu Atem kommen
könnten.

Nichtsdestotrotz war Lorna, als die Polonaise, ein polni-
scher Tanz, vorüber war, ziemlich außer Atem und froh, als
Slick ihr anbot, ein Glas Bowle für sie zu holen. Als er in der
Menge verschwand, um das zu tun, stellte sie sich an die
Wand. Sie breitete den Fächer aus, der von ihrem Handgelenk hing, und begann sich mit ihm Luft zuzufächeln. Aber
in diesem Augenblick hörte sie jemanden ihren Namen rufen, und Charlotte kam eilig auf sie zu.

»Kommt schnell mit mir«, sagte das junge Mädchen und
griff nach ihrem Arm, »bevor die Polka anfängt. Mrs. Morgan möchte Euch kennenlernen.«

Einen Augenblick später lag ihre Hand in den matten
Händen der Heldin des Abends. Ihr Blick lag auf dem bleichen und schmalen Gesicht von Sara Morgan, das durch ihre
Witwenkleidung noch betont wurde, während der kluge,
prüfende Blick der Frau über Lorna wanderte.

Sie tauschten die üblichen Grüße aus. Dann sagte Sara
Morgan: »Ja, es stimmt, ich kann mir vorstellen, daß Ihr
mitgefahren seid auf dem Blockadebrecher aus New Orleans; Ihr habt diesen standhaften Blick. Ich habe natürlich von
Miss Lansing davon gehört.« Sie hielt inne, um Charlotte
neben ihnen ein Lächeln zuzuwerfen. »Aber ich würde mich
freuen, bei Gelegenheit etwas mehr darüber zu erfahren.«

»Ich habe nichts anderes getan, als mich in meiner Kajüte
versteckt, um die Wahrheit zu sagen«, sagte Lorna mit einem
matten Lächeln. »Ich fürchte, dem Vergleich mit Euren
Abenteuern hält das in keiner Weise stand.«

»Ich stand nie unter Beschuß, und es war auch nie wahrscheinlich, und auch andere haben Nachrichten überbracht in jenen Tagen vor Bull Run.«

»Aber Ihr müßt doch auf Eurer Fahrt nach England ebenfalls die Blockade gebrochen haben«, meinte Lorna.

»Ja, das war aber vor ein paar Monaten, bevor die würgende Kette aus Schiffen enger zu werden begann. Damals waren mehrere Frauen und sogar Kinder als Passagiere an Bord, so gering betrachtete man die Gefahr. Wenn ich das richtig verstehe, ist das jetzt anders.«

»Es scheint so.«

Es gab keine Gelegenheit, mehr zu sagen, denn Nate Bacon näherte sich und nickte Charlotte und Sara Morgan zu, bevor er sich zu Lorna umwandte. »Ich glaube, Euer nächster Tanz gehört mir.«

»Ja, sicher«, stimmte ihm Lorna mit freundlichem Ton zu, »aber vielleicht könntet Ihr mich entschuldigen, denn ich bin dieser Dame gerade erst vorgestellt worden, und es gibt vieles, worüber wir gern sprechen möchten.«

Das Lächeln, das Nate Sara Morgan zuwarf, war freundlich und geschliffen, doch obwohl seine Worte mit einer Rüge an sich selbst getönt waren, klang seine Stimme eisern. »Ich bin sicher, die Dame wird mein Zögern verstehen, auf eine so schöne Tanzpartnerin zu verzichten. Ich bin kein geduldiger Mann, und ich habe auf diesen Augenblick schon ziemlich lange gewartet.«

»Natürlich«, stimmte ihm die Frau in Schwarz zu, die nicht so recht verstand, während sie von ihm zu Lorna schaute. »Wir werden sicher ein andermal noch Gelegenheit finden, uns zu unterhalten.«

In diesem Augenblick kam Slick wieder bei ihr an, der vorsichtig die beiden Gläser Bowle durch die Menge getragen hatte. Hinter ihm entstand etwas Unruhe, als die Tänzer ihre Plätze für die Polka einnahmen und die ersten Töne der Musik erklangen. Nate wandte sich triumphierend und ha-

276

stig Lorna zu. Sein Ellbogen traf eines der Gläser, und Bowle
ergoß sich in einem gelben Sturzbach über die Seite seiner
Hose bis auf die glänzenden Spitzen seiner Stiefel.

Slick schaffte es mit einem erstaunlichen Balanceakt, das
andere Glas zu retten. Charlotte stieß einen kleinen Schrei
aus und machte mit zusammengedrückten Röcken einen
Satz zur Seite. Lorna, die instinktiv einen Schritt rückwärts
gemacht hatte, wurde nur von ein paar Tropfen auf den
Saum ihres Rockes getroffen. Nate fluchte und wandte sich
dann mit einem bösen Blick dem Offizier zu, da er vermutete, Slick habe es absichtlich getan. Lorna, die den Ausdruck
übertriebener Besorgtheit im Gesicht des Mannes aus Nordlouisiana sah, war sich nicht ganz sicher, ob er damit unrecht
hatte.

Ramon kam haargenau im richtigen Augenblick, als er
jetzt zu ihnen trat. »Charlotte«, sagte er mit einer Spur von
Spott in der Stimme, »wenn Ihr fertig damit seid, auf Eurem
Rock nach Flecken zu suchen, könnt Ihr vielleicht einem der
Bediensteten ein Zeichen geben, sich um den Schmutz hier
zu kümmern, und jemanden damit beauftragen, den Gast
Eures Vaters zu reinigen. Die Bowle, die du noch in der
Hand hast, Slick, ist für dich. Mrs. Morgan, Lorna, darf ich
Euch in eine weniger klebrige Umgebung begleiten?«

»Einen Augenblick, Cazenave«, knurrte Nate. »Diese Polka gehört mir.«

»Ihr wollt mir doch wohl nicht sagen, daß Ihr einer Frau
zumuten würdet, sich an Eure feuchte Kleidung drücken zu
lassen?« Ramon sah mit einer hochgezogenen Augenbraue
an Nate herunter, in einer Art, die an sich schon eine Beleidigung war.

»Wir können uns solange setzen. Ich habe ein oder zwei
Dinge mit meiner . . . äh, mit Miss – Forrester zu besprechen.«

»Später«, antwortete Ramon, reichte der Frau in Schwarz

seine Hand, um ihr beim Aufstehen zu helfen, damit sie nicht in den klebrigen Teich vor ihren Füßen treten mußte. »Wenn Ihr in einem Zustand seid, der einem Gespräch angemessener ist.«

Er reichte Lorna seinen anderen Arm und führte sie fort. Sie gingen an der Tanzfläche entlang auf die langen Fenster an der Frontseite des Hauses zu, die sich zur Terrasse hin öffneten. Mrs. Morgan brach nach einem kurzen Blick auf Lorna das Schweigen. »Vielen Dank, daß Ihr zu unserer Rettung gekommen seid, Kapitän Cazenave.«

»Es war mir ein Vergnügen«, antwortete er und lächelte den beiden zu. »Und es ist mir ein Gewinn. Ich habe heute nachmittag Eure Koffer an Bord bringen lassen. Gehe ich recht in der Annahme, daß Ihr bereit zur Abfahrt seid?«

»So bereit ich nur sein kann«, antwortete die Frau. »Es ist keine Reise, auf die ich mich besonders freue.«

»Das wäre zuviel verlangt, aber ich hoffe um Euretwillen, daß sie ruhig verlaufen wird.«

Lorna hatte nicht gewußt, daß Mrs. Morgan heute nacht abfahren wollte, obwohl sie es eigentlich hätte erwarten können. An jenem ersten Tag, als sie ihr begegnet war, hatte sie Charlotte sagen hören, daß sie auf der Suche nach einem Blockadebrecher war, der bereit sei, einen Passagier mitzunehmen.

»Um unser aller willen«, sagte die Frau leise. »Ich hoffe, ich werde Euch nicht hinderlich sein.«

»Das ist unwahrscheinlich«, antwortete Ramon, und das Lächeln, das die gebräunten Flächen seines Gesichts erhellte, war warm und ermutigend.

Neid erfaßte Lorna dunkel und beißend. Sie wünschte sich mit erstaunlicher Kraft, sie selbst könnte mit der *Lorelei* fahren, könnte teilhaben an den Abenteuern der Fahrt. Es würde sie wirklich hart ankommen, die Schiffe aus dem Hafen und in die Nacht fahren zu sehen, eines nach dem anderen – wie graue Geister, die vielleicht zurückkehrten, vielleicht auch nicht. Dann würde die Zeit des Wartens beginnen, des Hinaussehens aufs Meer. Das war in Kriegszeiten immer die Rolle der Frauen gewesen, aber jetzt erschien ihr das unerträglich. Sara Morgan würde dieses untätige Erdulden nicht zu ertragen brauchen, sie nicht.

Ein Gang durch die Nachtluft wurde vorgeschlagen und angenommen. Sie wanderten auf der Terrasse auf und ab, atmeten den Duft der Blumen aus dem Garten und des frisch gemähten Grases ein, gemischt mit dem allgegenwärtigen salzigen Seetanggeruch und dem Zigarrenrauch zweier Männer, die sich zum Rauchen hierherbegeben hatten. Während die fröhlichen Klänge der Polka hinter ihnen aus dem Raum drangen, sprachen sie von verschiedenen Dingen. Lorna, die ein seltsames Desinteresse an Allgemeinplätzen hatte, erlaubte es der Witwe und Ramon, die Unterhaltung zu bestreiten. Aber schließlich wurde doch noch ihre Aufmerksamkeit geweckt.

»Ich habe gehört«, sagte Mrs. Morgan, »daß es bei dieser Fahrt zwei Schiffe geben wird, die Schießpulver transportieren. Gehört das Eure dazu, Kapitän Cazenave?«

Lorna unterdrückte ein Ächzen und wandte sich ihm mit durchdringendem Blick zu. Es gab keine gefährlichere Ladung. Wenn das Schiff an der falschen Stelle getroffen wurde, wenn ein Funken von dem explodierenden Geschoß das Lager erreichte, würde das Schiff in Hunderte von Einzelteilen zerbersten, so daß kaum mehr als kleine Stückchen übrigblieben.

Er warf Lorna einen schnellen Blick zu, bevor er sich wieder der Witwe zuwandte, um ihr zu antworten. »So weit ist Eure Information richtig. Aber Ihr kennt doch bestimmt auch die Antwort auf Eure Frage?«

»Dann ist es so«, erwiderte die Frau mit Fassung. »Ich hatte gehofft, daß mein Informant recht hatte, aber so etwas darf man nicht voraussetzen. Präsident Davis und seine Generale werden sich freuen. Eine moderne Armee kann auf viele Dinge verzichten, aber Schießpulver gehört nicht dazu.«

»Und als Passagier beunruhigt Euch das nicht?«

Sie lächelte. »Ihr seid dafür bekannt, daß Ihr ein glückliches Schiff befehligt, Kapitän. Ich kann mir niemand anderen vorstellen, dem ich mich lieber anvertrauen würde. Und wenn ich mir Sorgen machen würde darüber, zusammen mit einem so wertvollen Beitrag zur Sache auf einem Schiff unterwegs zu sein, dann wäre ich wohl kaum eine gute Rebellin.«

Im Ballsaal endete die Polka mit einem Hopser. Mrs. Morgan bat darum, daß sie wieder ins Haus zurückkehren möchten. Als sie in einem Stuhl in der Nähe des Fensters saß, wandte sie sich Lorna zu. »Vielleicht sprechen wir etwas später über New Orleans, Miss Forrester. Ich bin sicher, im Augenblick sucht ein Tanzpartner nach Euch.«

»Er ist schon da, Madam«, sagte Ramon mit einer kleinen Verbeugung.

Die Witwe lachte. »Dann laßt Euch nicht von mir aufhalten.«

Es war tatsächlich Ramons Walzer. Er führte sie auf die Tanzfläche hinaus und zog sie in seine Arme, als der nächste Strauß-Walzer begann. Eine Weile lang drehten sie sich schweigend. Schließlich sah sie zu ihm auf und stellte fest, daß er sie beobachtete, seine dunklen Augen waren voll Aufmerksamkeit, während sein Blick auf den weichen Linien ihres Mundes lag. Ob er wohl wußte, fragte sie sich, wie überwältigend seine männliche Ausstrahlung auf sie wirkte, dieses Gefühl von Kraft und Entschlossenheit, das ihn zu umgeben schien? Ob er wohl wußte, wie leicht es für ihn sein würde, nach ihr zu greifen und sie zu nehmen, wenn er sie wollte, wie leicht er ihren halbherzigen Widerstand überwinden könnte? Er mußte es wissen, denn er hatte genau das schon einmal getan. Ein Schauder überlief sie.

Um die Richtung ihrer Gedanken zu ändern, sagte sie in schmeichelndem Ton, der beißend wirken sollte: »Es ist doch bestimmt ungeheuer angenehm zu wissen, daß du heute nacht eine so *wertvolle* Ladung transportieren wirst.«

»Irgend jemand muß sie transportieren.«

»Es wird doch sicher sehr gut bezahlt – angesichts der Tatsache, daß sie so wertvoll ist.«

»Die übliche Rate, und dazu eine große Prämie.«

»Ein paar solcher Fahrten, und du könntest die *Lorelei* zu einem Fischerboot umbauen lassen oder am Grund des Ozeans landen. Wie bedauerlich, daß ich deinen Heiratsantrag nicht angenommen habe, ich hätte in kürzester Zeit eine reiche Witwe werden können!«

»Sag mir doch bitte«, meinte er, und sein Ton wurde nachdrücklich und scharf, »hast du Peter diesen Vortrag auch gehalten?«

»Peter? Du meinst, er –«

»Seine *Bonny Girl* ist das andere Schiff, das Waffen und Munition für Trenholm und Fraser transportiert, die die Regierung der Konföderierten vertreten.«

»Oh.«

»Was ist los? Hast du geglaubt, unser englischer Freund mache das hier nur um des Ruhmes willen und ohne sich um eine so weltliche Sache wie Geld zu kümmern?«

Getroffen von seinem scharfen Sarkasmus hob sie den Kopf. »Zumindest ist er kein Südstaatler, der seinem Land das letzte Geld abnimmt!«

»Ich übernehme eine sehr wichtige Aufgabe, für die ich bezahlt werde. Was ist daran verkehrt?«

»Es gibt Tausende von Männern im Süden, die dasselbe unter weniger komfortablen Umständen tun, und das ohne die Hoffnung auf oder in Erwartung eines Gewinns.«

»Sie sind verrückt; mutig, das gebe ich zu, und großzügig mit ihrem Leben, aber trotzdem verrückt.«

»Würdest du wollen, daß sie sich dem Diktat des Nordens unterwerfen oder zulassen, daß eine fremde Armee auf dem Gebiet der Konföderierten bleibt, trotz der mehrmaligen Aufforderung, es zu verlassen?«

»Glaubst du, daß das der Grund für diesen Krieg ist? So ist es nicht. Der Grund ist Geld. Der Norden, der Angst hatte, und das zu Recht, vor dem Reichtum und der herrschenden Position des Südens, der an der Sklavenhaltung festhielt, versucht, ihn zu entmachten oder zumindest zu beugen. Die Männer des Südens, besonders diejenigen, die gerade neu begonnen haben, die aus Europa gekommen sind, wo es nicht mehr möglich ist, daß sie weiterkommen, sind entschlossen, ein System zu beschützen, das ihnen die Gelegenheit gibt, es durch eigenen Einsatz zu etwas zu bringen, in einer Generation etwas von Bedeutung aufzubauen. Der Rest ist patriotischer und moralistischer Unsinn.«

»Was ist mit den Rechten der Staaten?«

»Das in der Verfassung gegebene Recht auf Trennung von der Union ist so einfach, daß es jedes Kind versteht. Jeder, der es verleugnet, spuckt damit jenen Männern ins Gesicht, die es geschaffen haben. Zweifellos hat Lincoln recht, wenn er ein Chaos nach der Sezession der Union erwartet, aber wenn es ihm gelingt, diese Union zu erhalten, wird das auf Kosten der wahren Freiheit sein.«

»Die Sklavenfrage?«

»Jeder Südstaatler weiß, wenn er es zugibt, daß diese Einrichtung moralisch falsch ist, aber sie geht zurück, soweit die Geschichte reicht, und erfreut sich deshalb einer weitgehenden Respektabilität. Das Klima im Süden macht sie notwendig, wenn der Boden Ertrag bringen soll, und die Investitionen darin sind zu groß, um sie ohne weiteres liquidieren zu können, zu groß für einen gerechten Ersatz durch die Vereinigten Staaten. Die Sklaverei wird von Natur aus aufhören, wenn die Zeit dafür gekommen ist, und irgendeine andere Form der Arbeit, wie vielleicht die der Immigranten in den Nordstaaten, billiger sein wird als das Kaufen und Halten von Sklaven. Darüber hinaus ist sogar in manchen Nordstaaten Sklaverei noch vom Gesetz erlaubt, einschließlich des Staates Columbia – und das sieht so aus, als wenn ein Mann sich aufregt über die schmutzige Wäsche seines Nachbarn, während sein eigenes schmutziges Nachthemd hinten aus seiner Hose hängt. Die Sklaverei als Grund für diesen Krieg hochzuspielen ist einfach heuchlerisch.«

»Also würdest du sagen, wir haben recht, aber sie müssen gewinnen.«

»Das ist meine Überzeugung.«

Diese Überzeugung unterschied sich doch recht deutlich von allem, was sie in den letzten Jahren gehört hatte, wenn Männer mit der Faust auf den Tisch hauten und heroische Posen einnahmen. Unausweichlich in ihrer Einfachheit, schien sie auch bei weitem niederdrückender.

»Du bist ein ziemlicher Zyniker«, sagte sie langsam, »aber hast du denn keine Gefühle für den Ort, an dem du geboren bist, kein Bedürfnis zu kämpfen, damit er unberührt bleibt?«

Es war üblich, daß bei Strauß-Walzern wie diesem die Tänzer sich während der ersten Hälfte im Uhrzeigersinn drehten und daß dann bei der Wiederholung alle »umkehrten« beziehungsweise sich gegen den Uhrzeigersinn zu drehen begannen. Ramon wartete, bis die Wendung vorüber war, und antwortete dann erst. »Das empfinde ich schon manchmal, ja«, gab er zu, und ein abwesender Ausdruck trat in seine Augen, während er über ihren Kopf hinwegschaute. »Aber wenn ich es ignoriere, verschwindet es wieder.«

Was konnte sie auf eine solche Gefühllosigkeit erwidern? Sie sagte nichts. Vielleicht war das auch seine Absicht gewesen, denn er sah auf sie herab und wechselte das Thema.

»Hat dein Schwiegervater dir Schwierigkeiten gemacht? Slick und auch Peter haben mir erzählt, daß er sich dir im Laufe des Tages im Hotel aufgedrängt hat.«

»Sie haben sich sehr viel Mühe gegeben, ihn zurückzuhalten, besonders Peter. Aber heute am frühen Abend war er ziemlich unangenehm. Ich muß zugeben, daß es mich erstaunt hat, ihn hier zu sehen.«

»Er kam mit einem der Baumwollhändler, der Edward einen Gast angekündigt hat, ohne den Namen zu sagen.«

»Ich verstehe.« Seine Worte schienen darauf hinzuweisen, daß er die Lansings vor Nate gewarnt hatte. Es war gut zu wissen, daß er sich diese Mühe gemacht hatte.

»Und andere Probleme hat er nicht gemacht, zum Beispiel nachts?«

»Nein, keine, und das war ein unerwarteter Segen.« Der zufriedene Ausdruck, der über sein Gesicht huschte und wieder verschwand, machte sie aufmerksam. »Du weißt doch wohl nicht irgend etwas darüber, oder?« Als er nicht antwortete, sagte sie: »Ramon?«

»Es . . . war nur eine Vorsichtsmaßnahme, ich wollte dich nicht beunruhigen.«

»Was? Jetzt wo ich schon so viel weiß, kannst du mir ruhig auch den Rest erzählen.«

Seine Lippen verengten sich, dann sagte er: »Ein gutes Trinkgeld für die beiden Männer an der Rezeption, damit sie niemandem deine Zimmernummer sagen, und die Anweisung, daß wer auch immer dich zu deinem Zimmer begleitet, auf jeden Fall darauf achtet, daß man euch nicht folgt.«

»Und?« fragte sie nachdrücklich, als er innehielt.

»Ein Wächter nachts im Flur und noch einer auf der Veranda.«

Ein plötzliches Gefühl von sicherem Wissen erfaßte sie. Bevor sie sich bremsen konnte, sagte sie: »Und einer mit einer Gitarre im Garten?«

284

Sein dunkler Blick war undurchsichtig, und sein Stirnrunzeln zeigte leichte Verwirrung, als er auf sie herabsah. »Eine Gitarre?«

»Willst du behaupten, du seist es nicht gewesen?«

Was für einen Grund könnte er dafür haben, wenn er nichts anderes getan hatte, als sie zu beschützen? Es stimmte schon, sie hatte die Serenade zum erstenmal in der Nacht gehört, bevor Nate Bacon angekommen war. Möglicherweise könnte sie also seine Anwesenheit auch als Anzeichen seines Interesses für sie werten. Aber Ramon hatte an dem Abend, als sie ihn aus ihrem Zimmer gewiesen hatte, doch ganz offensichtlich zu erkennen gegeben, daß er sie begehrte. Warum sollte dies jetzt anders sein?

»Du willst doch wohl nicht behaupten, daß es einen liebeskranken Narren gibt, der nachts unter deinem Fenster sitzt und dir Ständchen bringt, und du warst nicht einmal so neugierig, herausfinden zu wollen, wer es ist?« Sein Blick war spöttisch, forderte sie dazu heraus, ihn zu beschuldigen.

»Ich wollte ihn nicht verjagen«, sagte sie mit einer Kühle, die sie nicht empfand. »Dazu gefiel mir sein Spiel einfach zu gut.«

»Wenn du ihn hereingebeten hättest, hätte dir seine Gesellschaft vielleicht noch besser gefallen.«

Sie sah über seine Schulter hinweg in die Menge. »Das mag sein, aber Männer scheinen der Dinge zu schnell müde zu werden, die sie leicht bekommen.«

Sein Griff wurde fester, und sie hörte seinen tiefen Atemzug, aber noch bevor er antworten konnte, war der Walzer plötzlich zu Ende. Die Paare um sie herum begannen mit behandschuhten Händen zu applaudieren, lachten, schwatzten, verließen die Tanzfläche. Als Lorna sich von Ramon löste, sah sie Elizabeth in ihrem dunklen Kleid durch die Menge auf sie zukommen.

»Lorna, könntet Ihr mit mir kommen? Es geht um

Mrs. Morgan. Sie ist krank geworden und möchte mit Euch sprechen.«

»Mit mir?«

»Sie bestand ausdrücklich darauf, daß Ihr so schnell wie möglich zu ihr kommen solltet.«

Diese Bitte war geheimnisvoll und schien der älteren Lansing-Schwester auch ziemlich unangenehm zu sein, was aus ihrer steifen Haltung deutlich zu erkennen war.

Lorna sah Ramon an. Sein Gesicht war ausdruckslos, aber seine leicht zusammengekniffenen Augen bewiesen, daß er nachdachte. Doch als Antwort auf ihre stumme Frage zuckte er nur mit den Schultern.

Obwohl sie die Frau eigentlich nicht kannte, konnte sie ihre Bitte unmöglich zurückweisen. Mit einer kurzen Geste der Zustimmung folgte sie Elizabeth über die Tanzfläche und aus dem Zimmer. Sie gingen durch einen langen Flur zur Rückseite des Hauses. An einer Tür in der Nähe des anderen Endes blieb die junge Frau stehen, klopfte leise und führte Lorna in einen kleinen Salon.

Sara Morgan lag auf einem Sofa aus Rosenholz mit hellgrünem Brokatpolster, ihr Kopf ruhte auf einem Kissen aus demselben Material. Ihr Augen waren geschlossen und ihr Gesicht farblos, fast grau. In einer Hand hielt sie eine kleine Flasche mit Silberdeckel, die Riechsalz enthielt, in der anderen ein rotgeflecktes Taschentuch. Eine Zofe hockte neben ihr und hielt ein Becken, in dem blaßrotes Blut mit Wasser schwamm.

»Mrs. Morgan?« sagte Elizabeth und ging hinüber zum Sofa. »Miss Forrester ist da.«

Die Frau öffnete die Augen. Ihre farblosen Lippen verzogen sich zu einem Lächeln, als sie Lorna sah. »Das ist wirklich nett von Euch, daß Ihr – gekommen seid«, flüsterte sie. »Ich muß mit Euch reden – könntet Ihr uns bitte alleinlassen?«

»Oh, seid Ihr sicher, daß es Euch gut genug geht?« fragte Elizabeth.

»Ich . . es muß sein. Würdet Ihr uns bitte alleinlassen?«

»Ja, natürlich, wenn Ihr das wünscht. Komm, Clara!«

Elizabeth wartete, bis die Zofe die Tür für sie geöffnet hatte, und rauschte dann mit ihr aus dem Zimmer. Doch zuvor warf sie Lorna noch einen hochmütigen und zornigen Blick zu.

»Bitte kommt näher, hierher an meine Seite.«

Lorna ging sofort hinüber und hockte sich in einer Woge lavendelblauer Röcke neben das Sofa. »Sagt mir, was ich für Euch tun kann«, meinte sie ruhig.

Mrs. Morgan nahm ihre Hand. Ihre braunen Augen betrachteten Lornas Gesicht mit großer Sorgfalt und prüfend, sahen ihr in die grauen Augen, hielten ihren Blick, als wolle sie in ihren Gedanken lesen. Schließlich sagte sie: »Ich brauche jemanden, dem ich vertrauen kann. Kann ich Euch vertrauen?«

»Ich weiß es nicht, aber ich hoffe es.«

Ein schwaches Lächeln trat auf das bleiche Gesicht der Frau. »Eine ehrliche Antwort, viel besser als jede Beteuerung, daß es so sei, denn Ihr wußtet ja nicht, worum ich Euch bitten würde. Ich – einen Augenblick.«

Als Mrs. Morgan mit Mühe versuchte, ihr Riechsalz zu öffnen, nahm Lorna das Fläschchen, öffnete es für sie und gab es ihr zurück. Die Frau atmete tief mit der Nase direkt über der Öffnung, hustete ein wenig und schob sich dann auf dem Sofa etwas höher. Sie lag still, atmete langsam und gleichmäßig und sah Lorna dann wieder an.

»Ich glaubte, ich wäre stark genug für dieses Unternehmen, aber ich habe mich getäuscht. Wenn nur dieser Anfall noch ein paar Tage gewartet hätte. Aber vielleicht ist es besser so. Ich hätte auf dem Schiff krank werden können, und das wäre für alle sehr unbequem geworden. Ich hätte keinen

Mann, der damit beschäftigt ist, unser aller Leben zu retten, darum bitten können, Krankenschwester für mich zu spielen, und ohne das hätte ich meine Mission nicht erfüllen können. Es ist ungeheuer wichtig, daß ich erfolgreich bin, wißt Ihr.«

Die Frau wartete, als rechne sie mit einer Reaktion von Lorna, während sie zu Atem zu kommen versuchte. Nach einer Pause sagte Lorna: »Verstehe ich Euch richtig, daß Ihr . . . eine Botschaft zu überbringen habt wie damals in Washington zu Mrs. Greenhow?«

»Ihr seid schnell von Begriff, das ist gut.« Die Frau schloß für einen Augenblick die Augen und lächelte schwach, dann sprach sie weiter. »Aber was ich zu überbringen habe, sind Depeschen von den Gesandten der Konföderierten in Großbritannien an Präsident Davis betreffend der Verhandlungen für die Anerkennung durch die Briten. Versteht Ihr, wie wichtig es ist, daß sie ihr Ziel erreichen?«

Die Anerkennung der Konföderierten durch Großbritannien konnte die internationale Anerkennung bedeuten, vielleicht auch militärische Hilfe, so ähnlich wie Frankreich den kämpfenden Vereinigten Staaten während des Revolutionskriegs militärische Hilfe geschickt hatte. Die Hilfe der britischen Flotte würde die Blockade unwirksam machen, vielleicht sogar aufheben. Dies, und zusätzliches Kriegsmaterial, würde fast sicher zum Sieg führen.

»Ja, das verstehe ich«, antwortete Lorna langsam. »Aber warum ich? Warum vertraut Ihr sie nicht zum Beispiel Kapitän Cazenave an?«

»Er ist ein Mann, und falls sein Schiff aufgegriffen wird, würde er sicher durchsucht und danach in ein Gefängnis der Nordstaaten gebracht werden. Ihr seid eine Frau und auch noch sehr attraktiv, wenn ich das so sagen darf. Man würde Euch nicht belästigen, und Ihr würdet sogar höchstwahrscheinlich, wenn Ihr es als Gefälligkeit von Gentlemen gegenüber einer Dame erbätet, auch an Land gebracht, wenn nicht sogar nach Carolina, auf jeden Fall aber zum nächsten Hafen des Nordens. Von dort aus könntet Ihr dann die Kontakte herstellen, die die Depeschen zu den richtigen Leuten weiterleiten.«

Ein langes Schweigen entstand. Die Frau wartete, ihre Augen waren auf Lornas Gesicht gerichtet, während diese darüber nachdachte. In der Stille glaubte Lorna, ein Rascheln zu hören, so als ob jemand atmete. Einen Augenblick lang starrte sie die andere Frau an, stand dann auf und ging zur Tür. Sie zögerte, fühlte sich dabei etwas lächerlich, legte dann aber doch ihre Hand auf den Türknauf und riß mit einer kurzen Bewegung die Tür auf.

Es war nichts zu sehen, dort war niemand. Hinter ihr sagte Mrs. Morgan: »Es ist immer das beste, wenn man sichergeht.«

»Ja«, sagte Lorna, runzelte die Stirn, horchte und fragte sich, ob sie sich dieses leise Geräusch eingebildet hatte, das so klang, als ob jemand eine Tür hinter sich zuzieht – irgendwo draußen im Flur. Das sind die Nerven, sagte sie sich, und das höre ich nur, weil Geheimhaltung in dieser Sache so wichtig ist. Sie drehte sich um und sagte: »Wenn ich Eure Stelle einnehme, werde ich heute abend fortmüssen, sozusagen in einer Stunde.«

»Ihr könnt einen Diener schicken, um Euren Koffer zu packen und zu Kapitän Cazenaves Schiff zu bringen, er kann dann auch gleich den meinen wieder abholen. Ich bin sicher, unser Gastgeber – oder besser gesagt: seine Tochter – würde dies ohne weiteres für Euch tun.«

»Ich weiß überhaupt nicht, was ich tun soll, wenn ich den Hafen von Wilmington erreiche, wem ich die Depeschen übergeben muß oder wo oder wann.«

»Das werde ich Euch sagen. Das ist nicht besonders schwierig.«

»Jemand muß Kapitän Cazenave mitteilen, daß sich der Plan und damit die Person der Passagierin geändert hat.«

»Ihr scheint den Gentleman ja recht gut zu kennen, also dürfte das weiter kein Problem sein; ob er nun die eine Frau transportiert oder die andere, dürfte für ihn eigentlich keinen Unterschied bedeuten.«

»Ich glaube nicht«, sagte Lorna langsam, »solange ihm klar ist, wie wichtig diese Depeschen sind.«

»Nein! Er darf auf keinen Fall von diesen Depeschen erfahren. Vielleicht weiß er etwas von meinen früheren Aktivitäten; die Geschichte scheint genaugenommen überhaupt sehr verbreitet zu sein, aber im Augenblick weiß er nur, daß ich eine Frau bin, die nach einem Besuch in Europa, wo sie verschiedene Ärzte konsultiert hat, wieder gern und bald zu ihrer Familie zurückkehren möchte.«

»Oh, aber es wäre doch sicher bequemer und fairer, wenn man es ihm sagen würde.«

»Auf keinen Fall! Wenn sein Schiff von einem Kreuzer der Union aufgebracht wird, hängt Eure Sicherheit und vielleicht auch seine eigene möglicherweise davon ab, daß er mit natürlicher und ehrlicher Verärgerung reagieren kann, wenn man ihm vorwirft, er helfe einem Kurier der Konföderierten. Es ist auch nicht ganz unwahrscheinlich, daß man ihn als Komplizen verurteilt, wenn zu beweisen ist, daß er informiert war, und die Strafe für dieses Verbrechen wird gleich auf See ausgeführt. Wir haben Krieg, und wenn jemand wie er gehängt wird, würde das kaum irgendeine Art von Bewegung in den Kreisen der Union bewirken angesichts der gegebenen Ursache.«

»Gehängt!«

»Bei einem Mann ist das nicht unwahrscheinlich. Für Euch wäre die Strafe Gefängnis, so wie auch bei Rose Greenhow, die immer noch in Washington gefangengehalten wird. Wenn ich Euch angst gemacht haben sollte, tut mir das leid, aber ich kann die Gefahr nicht deutlich genug betonen. Es ist viel besser für Euch, wenn Ihr Euch nur auf Euch selbst verlaßt und auf Eure Schwäche als Teil des schwachen Geschlechts. Ich denke, wenn Kapitän Cazenave je davon erfährt, wird er Euch sicher dafür danken.«

Was das betraf, war sich Lorna da nicht so sicher, aber mit diesem Problem würde sie sich dann zu gegebener Zeit auseinandersetzen, falls das nötig sein würde. Dann lächte sie voller Entschlossenheit und Aufregung im Innern, die ihre grauen Augen silbern färbten. »Ich kann mir keinen anderen Grund denken, der dagegen spräche, also werde ich wohl gehen müssen.«

»Gut.« Mrs. Morgan lehnte sich zurück und schloß erschöpft die Augen, dann öffnete sie sie wieder. Sie hob ihre Röcke hoch, bis ihre Unterröcke sichtbar wurden. Dann nahm sie ein in Wachstuch gewickeltes Päckchen aus einer in den Falten verborgenen Tasche und legte es in Lornas Hände. Sie roch noch einmal kräftig an ihrem Riechsalz und sagte dann: »Jetzt hört mir zu. Und paßt ganz genau auf.«

12. KAPITEL

Es herrschte erwartungsvolle Stille im Ballsaal, als Lorna wieder hereinkam. Als sie eintrat, sah sie Männer und Frauen mit Sektgläsern in der Hand, die sich alle dem anderen Ende des Raums zugewandt hatten. Der Mond aus Hausenblase war dunkel geworden, die Stunde des Abschieds war nah. Vor dem Mond stand jedoch Edward Lansing mit erhobenem Sektglas. Seine Stimme klang ganz klar, als er zu sprechen begann, es handelte sich scheinbar um einen wohlbekannten Trinkspruch.

»Ich trinke auf die Konföderierten, die die Baumwolle anbauen«, verkündete er.

»Hoch, hoch!« kam die Antwort aus der Menge in tiefen, männlichen Stimmen.

»Auf die Yankees, die die Blockade aufrechterhalten und den Preis für die Baumwolle mit ihr«, fuhr er fort.

»Hoch, hoch!«

»Und auf die Briten, die hohe Preise für die Baumwolle bezahlen!«

»Hoch, hoch!«

»Also dreimal hoch für alle drei – und lang lebe der Krieg, und Erfolg den Blockadebrechern!«

In den Hurrarufen, die folgten, erhoben sich die helleren Stimmen der Frauen, wurden lauter als die der Männer, indem sie ihrer Bewunderung Ausdruck verliehen für jene Männer, die bald in See stechen würden. Es dauerte einige Zeit, bevor es still genug wurde, damit sich der Gastgeber noch einmal Gehör verschaffen konnte.

»Ich möchte die Damen bitten, sich nebeneinander an den Wänden aufzustellen, während die Herren in der Mitte der Tanzfläche bleiben. Dieser letzte Tanz des Abends wird ein Wahltanz sein, der nicht mit auf dem Programm steht. Bei dem Signal werden die Herren versuchen, die Damen ihrer Wahl zu erreichen, bevor irgendein anderer Herr es schafft. Und ich möchte die Herrschaften daran erinnern, daß es sich hierbei nicht um meine Idee handelt – ich bin also auch nicht für irgendwelche Enttäuschungen verantwortlich! Im Sinne der Damen werde ich dazusagen, daß das Signal das völlige Verlöschen der Kerzen sein wird. Sind alle bereit? Also los.«

Dies war zweifellos Charlottes Überraschung, dachte Lorna, als die Kerzen langsam weniger wurden, während Bedienstete mit Kerzenlöschern an langen Stäben durch das Zimmer wanderten und alle flackernden Lichter löschten. Als die letzte Kerze verlosch, hörte man ein Scharren gestiefelter Füße, ein nervöses Lachen, eine ganze Reihe von Ausrufen und Ächzern. Dann wurde Lorna plötzlich in einem festen Griff gefaßt und aus der Reichweite anderer Hände gerissen, die nach ihr griffen. Ihre fliegenden Röcke streiften die Beine eines anderen Mannes, und über ihrem Kopf hörte sie ein leises Lachen.

»Peter«, sagte sie, so gut sie konnte, denn er hatte seinen Arm sehr fest um ihre Taille gelegt.

»Knapp daneben«, sagte er, die Lippen dicht an ihrem Ohr.

»Wer –«

»Bacon, glaube ich, ich habe gesehen, wie er in Eure Richtung geschaut hat. Und was den anderen betrifft, bin ich nicht sicher, aber ich kann es mir denken.«

Ob es Ramon gewesen war? Es gab keine Möglichkeit, das herauszufinden. Es hätte geradesogut auch Slick oder einer der anderen Blockadebrecher sein können, die sie in den vergangenen Wochen in Nassau kennengelernt hatte. Bevor sie nach einer Antwort fragen konnte, leuchteten am anderen Ende des Saals mehrere Kerzen vor den Musikern, und sie begannen, einen Walzer zu spielen.

Sie tanzten schweigend, drehten sich langsam, hielten inne, drehten sich wieder. Die wenigen schwachen Kerzen glitzerten im Kristall der Leuchter, schimmerten auf der Seide der Kleider und spiegelten sich im Glas der Fenstertüren. Sie beleuchteten die versunkenen und ernsten Gesichter der Männer und Frauen kaum, die an diesem besonderen Ritual teilnahmen. Man hätte annehmen können, daß dieser Tanz in fast völliger Dunkelheit aufregend sein könnte, statt dessen unterstrich er nur die Melancholie des kommenden Abschieds.

Der Mann, der sie in den Armen hielt, war rücksichtsvoll, er berührte sie nur zart, als er sie führte. Er sah sie an, und seine Gefühle standen eindeutig auf seinem Gesicht geschrieben. Lorna begegnete seinem dunkelblauen Blick und hielt ihn ein Weilchen, mußte ihm dann aber ausweichen. Da sah sie Ramon, der mit den Schultern an der Wand in der Nähe der Tür lehnte. Als sich ihre Blicke begegneten, stieß er sich von der Wand ab und ging hinaus.

Die Musik erstarb, und mit ihr zusammen das Kerzenlicht. Im Dunkeln wurde Peters Griff fester. Er hob ihr Kinn, und sein Mund senkte sich herab, legte sich warm auf ihre Lippen, öffnete sich, um den Kuß zu vertiefen, suchte nach ihrer Erwiderung. Mit gesenkten Wimpern gab Lorna nach, wünschte sich, eine Spur von Verlangen zu empfinden, eine Andeutung von Liebe. Aber statt dessen fühlte sie nur Süße und die leise Regung der Zuneigung.

Die Blockadebrecher, Kapitäne und Offiziere, gingen alle zusammen, ihre gestiefelten Füße donnerten über die Terrasse und hinunter zu ihren wartenden Pferden und Kutschen. Mit ihnen gingen auch jene Männer, die nicht die Absicht hatten, heute nacht in See zu stechen, teilweise wegen der lachend ausgesprochenen Drohungen gegen sie, was geschehen würde, falls sie blieben, und teilweise, weil sie wußten, daß ihr Bleiben für alle Teilnehmer die Wirkung des vorangegangenen Höhepunktes nur verringern würde. Es ertönten Abschiedsrufe, und Taschentücher wurden geschwenkt. Der Staub erhob sich in erstickenden Wolken in der Auffahrt, als die Pferde und Kutschen aufbrachen. Das Stampfen und Rasseln erstarb wieder, und alles war ruhig.

Mit hängenden Schultern und von Tränen getrübten Blicken gingen die Frauen zurück ins Haus. Sie suchten nach Umschlagtüchern und Abendtäschchen, kamen hier und da zusammen und ihre Stimmung hellte sich langsam wieder auf, als sie von dem gerade vergangenen Abend sprachen. In Zweier- und Dreiergruppen stiegen sie in die Kutschen, die Edward Lansing für sie organisiert hatte, und nachdem sie den Lansing-Schwestern noch einmal für den herrlichen Ball gedankt hatten, fuhren sie in die Nacht hinein.

Lorna gehörte zu den letzten, die abfuhren. Sie war noch

einmal zu Sara Morgan zurückgekehrt, damit auch ganz klar war, was sie zu tun hatte. Man hatte die Witwe dazu überredet, die Nacht im Haus der Lansings zu verbringen, um ihre Kräfte zu schonen, und Lorna saß an dem Bett, in das man sie transportiert hatte, und sprach ruhig mit ihr, versicherte der Frau, daß bestimmt alles gutgehen werde, bis die Kranke schließlich eingeschlafen war.

In der Kutsche wickelte sich Lorna fester in ihren schwarzen Seidenkapuzenmantel und fror ein wenig, da jetzt der große Augenblick gekommen war. Zum dutzendstenmal griff sie in die Tasche ihres Mantels und berührte das schmale, in Öltuch gewickelte Päckchen, um herauszufinden, ob es auch wirklich in Sicherheit war. Sie versuchte sich vorzustellen, was sie tun würde, wenn sie das Schiff erreichte, wie sie Ramon überreden würde, ihr zu erlauben, daß sie an Bord ging, ohne ihm den wahren Grund dafür zu nennen. Ihr fielen nur wenige Argumente ein, keines davon schien ihr überzeugend. Sie würde den Augenblick abwarten müssen und hoffen, daß ihr die Inspiration dann schon kommen würde, wenn sie ihm gegenüberstand.

Die *Lorelei* lag am Dock, wo sie heute am späten Nachmittag fertig beladen worden war und die Reparaturarbeiten den letzten Schliff bekommen hatten. Um sie herum herrschte rege Aktivität, Männer riefen und fluchten, rollten Fässer und Ballen auf Karren hierhin und dorthin, versuchten, ein oder zwei andere Schiffe noch zu beladen. Im Hafen dahinter lagen die grauen Dampfer in ihren hellen Spiegelbildern im Wasser. Sie waren von Bug bis Heck voll beleuchtet, während die letzten Vorbereitungen an Deck getroffen wurden, und Rauch stieg aus ihren Schornsteinen auf. Noch während Lornas Kutsche neben Ramons Schiff hielt, sah sie eines der Schiffe den Anker lichten und langsam hafenauswärts fahren, während alle Lichter an Deck verloschen. Während sie ihm kurz nachsah, fragte sie sich, ob es wohl nach Charleston oder nach Wilmington unterwegs war, und ob es, falls das letztere sein Ziel war, gemeinsam mit der *Lorelei* schließlich durch die Reihe der Unionsblockade zu brechen versuchen würde, die auch vor jenem Hafen lag.

Neben dem Laufsteg hing an einem Pfosten eine Laterne mit einem rauchigen Glasschirm. Als Lorna daran vorbeiging und über den hölzernen Rand des Schiffes trat, sah einer der Schiffsoffiziere, der am Bug stand, herüber zu ihr; es war Chris, dachte sie angesichts seiner Größe und Gestalt. Er erwartete jedoch einen weiblichen Passagier in Witwenschwarz, also deutete er nur mit einer Handbewegung zu seiner Mütze einen Gruß an und zeigte ihr die Kajütentreppe, die zu ihrer Kajüte hinunterführte.

Lorna neigte den Kopf, um ihren Dank zum Ausdruck zu bringen, denn sie befürchtete, ihr Stimme könnte sie verraten. Sie wandte sich von ihm ab, da erschien Ramon aus dem Ruderhaus. Sie erstarrte und zog instinktiv die Kapuze ihres Mantels, die ihr Haar bedeckte, dichter um ihren Kopf. Er nahm ihre Gegenwart mit einem Nicken zur Kenntnis und wandte sich wieder seinem Offizier zu, den er mit Schnellfeuerbefehlen überschüttete. Wenige Minuten später war Lorna sicher in ihrer Kajüte.

An Bord des Blockadebrechers war für Passagiere nicht sehr viel Platz vorgesehen, da die Ladung bei den Fahrten das Wichtigste war. Es gab im Vorschiff eine Gemeinschaftskajüte für die Männer und achtern eine für die Frauen, dazwischen lagen die Offiziersquartiere. Da Lorna die einzige Frau auf dieser Fahrt war, hatte sie die Frauenkajüte mit den schmalen Kojen, dem kleinen Waschtisch und dem Klappstuhl für sich alleine.

Sie entzündete die Lampe in ihrer Aufhängung über dem Waschtisch, zog ihren Mantel aus und hängte ihn an einen Haken an die Wand. Dann sah sie sich nach ihrem neuen Strohkoffer um – dem, in dem auch ihre neuen Kleider geliefert worden waren. Da es nichts anderes gab, was sie hätte tun können, setzte sie sich.

Die Erschöpfung machte sich in ihr breit, als wenn sie genau auf diesen Augenblick gewartet hätte, in dem Lorna aus eigenem Antrieb nichts mehr tun konnte, jetzt, wo die Aufregung des Abends vorüber und es zu spät war, es sich anders zu überlegen. Was hatte sie sich mit dieser Mission nur für eine Verantwortung – samt den entsprechenden Konsequenzen – aufgeladen?

Gefängnis. Hängen. Die Worte, die Sara Morgan gebraucht hatte, klangen noch in ihr nach wie Alarmglocken. Und doch hätte sie es nicht ablehnen können, es wäre unmöglich gewesen, selbst wenn sie es gewollt hätte.

Sie hielt sich eigentlich nicht für besonders mutig. Warum hatte sie also angenommen? Aus Liebe für das Land, in dem sie geboren worden war? Das Bedürfnis, etwas zu tun, um die Sache der Südstaaten zu befördern? Stolz, der es nicht zuließ, daß man sie vielleicht für feige hielt? Ein einfaches Bedürfnis, aus ihrem Hotelzimmer herauszukommen, etwas Nützliches zu tun? Jeder dieser Gründe konnte es sein, vielleicht alle zusammen. War das vielleicht das Gefühl, das Männer empfanden, wenn sie in den Krieg zogen, voller Zweifel und Ängste und sturer Entschlossenheit?

Wenn Ramon es gewußt hätte, hätte er gesagt, sie täte es, weil sie verrückt war. Aber er wußte es nicht, durfte es nicht wissen. Was würde sie ihm also sagen, um ihre Gegenwart an Bord zu erklären? Was?

Sie stand auf und ging bis ans Ende der Kajüte, drehte sich um, so daß ihre Röcke wie eine Glocke herumgewirbelt wurden, und ging wieder zurück. Die Schwierigkeit war eigentlich nicht, was sie sagen würde, sondern was er denken würde, wenn ihr nicht eine vernünftige Erklärung einfiel. Es würde so aussehen, als wolle sie auf diese Art ihre Beziehung nach seinen Regeln wieder aufnehmen, als gehe sie jedes

Risiko ein, um bei ihm zu sein. Und solange sie ihm nicht die Wahrheit sagen konnte, wäre er völlig im Recht, etwas Derartiges zu denken.

Natürlich hatte Sara Morgan diese Schwierigkeit nicht voraussehen können. Das war Lorna schon klar gewesen, aber zu diesem Zeitpunkt war es ihr nicht so unüberwindlich erschienen. Jetzt gab es nichts, womit sie ihre Anwesenheit an Bord erklären konnte, was nicht schwach und konstruiert klang, wie eine Ausrede.

Sie konnte nicht sagen, sie hätte die Absicht, sich in North Carolina niederzulassen, denn das war einfach nicht wahr; sie hatte keine Freunde dort, keine Bleibe und würde gezwungen sein, auch wieder zurückzufahren. Eine Nachricht an Mrs. Morgans Verwandte bezüglich ihrer Krankheit hätte sie viel besser aufschreiben und Ramon mitgeben können, um sie dem Postreiter zu übergeben. Ihre Ängste über die Drohungen Nate Bacons hatte er schon beruhigt. Was also blieb? Ihr Wunsch, Wilmington kennenzulernen? In Kriegszeiten reiste man nicht zum Vergnügen. Ihre Langeweile in Nassau? Das war dumm, denn sie war gerade erst angekommen.

Das Stampfen der Motoren und der langsame Rhythmus der Schaufelräder drängten sich in ihre intensive Konzentration. Das Schiff bewegte sich. Auf jeden Fall konnte Ramon sie jetzt nicht mehr ohne größere Schwierigkeiten von Bord schicken, wenn er sie als lästig empfand. Nach einer Weile, noch ein oder zwei Stunden, würde es für ihn günstiger sein, sie an Bord zu lassen, als die Zeit zum Umdrehen zu verlieren. Die Fahrt mußte sorgfältig vorausberechnet werden, damit das Schiff die Unionsflotte in der Nacht passieren konnte, und die Mündung des Cape-Fear-Flusses unterhalb von Wilmington mußte erreicht werden, bevor das Licht der Morgendämmerung es als deutliches Ziel markierte.

Sie trat an das kleine Bullauge der Kajüte und sah zu, wie

die Lichter von Nassau verschwanden, wie sie langsam immer schwächer wurden und eines nach dem anderen verloschen. Die dunkle Küstenlinie erstreckte sich weit, bezeichnet durch den weißen Rand der Brandung, den sie im Sternenlicht noch als grauen Streifen erkennen konnte. Als auch dieser Anblick in der Nacht verschwunden war, begann sie, sich zu entspannen, daran zu denken, daß sie vielleicht bis zum Morgen ungestört bleiben würde, zu überlegen, ob sie sich nicht ausziehen, sich waschen und ins Bett gehen sollte.

Es klopfte an der Tür. Sie wirbelte herum, hob ihr Kinn und ging hinüber, um sie zu öffnen. Es war Cupido, der davorstand. Er starrte sie mit vor Überraschung offenem Mund an, blinzelte und schloß den Mund wieder.

»Ja?«

»Mademoiselle Lorna! Ich kam, um zu fragen, ob die Dame etwas braucht, hatte mir der *capitaine* aufgetragen. Ich wußte nicht, daß Ihr diese Dame seid.«

Sie schaffte es, zu lächeln. »Nein, es war eine . . . plötzliche Änderung der Pläne. Aber ich brauche nichts, danke.«

»Seid Ihr sicher? Der *capitaine*, er hat gesagt, die Dame in der Kajüte ist krank gewesen, sehr krank, und ich muß mich besonders sorgfältig um sie kümmern. Ihr seht eigentlich nicht krank aus, aber ich würde so gern etwas für Euch tun.«

»Es ist sehr nett von Euch und Ram . . . ich meine, Kapitän Cazenave, daß Ihr Euch um mich sorgt, aber mir geht es gut.«

»Das denke ich auch, und das werde ich ihm auch sagen. Er wird bestimmt äußerst erleichtert sein.«

»Nein – das heißt, Ihr braucht ihn deswegen nicht zu stören. Ich bin sicher, daß er kein Interesse irgendeiner Art an meiner Gesundheit hat.«

»Das dürft Ihr nicht sagen, Mademoiselle; alles ist für ihn von Interesse, sogar Kleinigkeiten. Aber ich bin sehr, sehr froh, daß Ihr bei uns seid. Ich denke, jetzt wird es ihm wieder bessergehen.«

»Besser?« fragte sie, bevor sie die neugierige Frage unterdrücken konnte.

»Ich meine, er wird bessere Laune haben. Seit Ihr nicht mehr bei uns seid, war er wie ein Waschbär mit einer wunden Pfote. Vielleicht werdet Ihr ihn wieder etwas milder stimmen, ja?«

Mit einem Blinzeln und einem Nicken verließ er sie. Sie stand unentschlossen mitten in der Kajüte, war sich des Gefühls der drohenden Krise bewußt. Wenn es eine Möglichkeit gegeben hätte, zu fliehen, hätte sie es getan, aber es gab keine. Ihre Gedanken waren leer, ihre Knie steif. Sie rang die Hände vor der Brust und hatte die Finger so fest umeinandergeschlungen, daß die Knöchel weiß wurden. Sie starrte direkt vor sich, sah aber das kleine Bild von einem Kind mit Hund nicht, das direkt vor ihr an der Wand hing und mit der Bewegung des Schiffs gleichmäßig hin- und herschwang.

Als es wieder klopfte, erschrak sie und ging dann langsam zur Tür. Es war wieder Cupido. Sein Lächeln war fort, und seine dunklen Augen wirkten klug und aufmerksam, als er sprach.

»Der *capitaine* würde Euch gern in seiner Kabine sehen.«

Der Koch führte sie bis zur Tür von Ramons Kajüte, klopfte und zog sich dann zurück. Lorna atmete tief ein, drehte den Türknauf und trat ins Zimmer. Es war unverändert bis auf eine Gitarre, die auf seiner Seemannskiste lag, als Ersatz für die, die er in Beau Repose zurückgelassen hatte; alles war ordentlich, sauber und schmerzlich vertraut. Diesen Ort zu betrachten, gab ihr in den ersten beunruhigenden Sekunden eine Beschäftigung, aber schließlich mußte sie sich doch Ramon zuwenden.

Er stand auf und schob seinen Stuhl zurück. Er hatte hinter dem Tisch an einer Seekarte gesessen, die in dem Teich aus

300

blaßgoldenem Licht lag, den die Lampe warf. Er betrachtete sie mit einem harten Blick und warf dann seinen Stift auf den Tisch. Indem er auf den Stuhl vor ihr zeigte, sagte er: »Setz dich.«

Wenn sie das nicht tat, wäre er gezwungen, ebenfalls stehenzubleiben, und sie zog es vor, daß er nicht eine so beherrschende Position bekam. Also setzte sie ein kühles Lächeln auf, ging zu dem Stuhl, ordnete ihre Krinoline und ließ sich daraufsinken. Sie befeuchtete ihre Lippen und sagte: »Ich denke, du hattest wohl nicht erwartet, mich so bald wiederzusehen, nicht wahr?«

»Nein, das war das letzte, was ich erwartet hätte.« Seine Stimme klang trocken, unverbindlich, war ihr kein Hinweis auf seine Reaktion. Er kehrte zu seinem Sitz zurück.

»Gehe ich . . . recht in der Annahme, daß es dir nichts ausmacht?«

»Das kommt darauf an.«

»Ach ja?« Sie legte fragend den Kopf schief. »Worauf?«

Seine Antwort kam leise, aber stahlhart und unausweichlich. »Warum du gekommen bist.«

»Mrs. Morgan ist krank geworden und konnte deshalb nicht mitfahren«, sagte sie und senkte die Wimpern, nahm den Stift, den er hatte fallen lassen, und drehte ihn zwischen den Fingern. »Ich wußte, daß ihr Platz frei sein würde, also – entschloß ich mich, ihn einzunehmen.«

»Einfach so.«

Sie nickte und schluckte schwer. »Mehr oder weniger.«

»Charmant«, sagte er gedehnt. »Aber ein Grund ist das nicht.«

Sie sah auf und stellte fest, daß er sie anstarrte, daß sein Blick auf den weich schwellenden Hügeln ihrer Brüste lag, die verlockend durch die Tülldrapierung am Ausschnitt ihres Kleides zu erkennen waren. Sie spürte, wie langsam eine Welle von Hitze durch ihre Adern strömte. Sie warf den Stift auf den Tisch. Mit etwas rauherer Stimme sagte sie: »Muß es einen geben?«

Er stand so schnell auf, daß sein Stuhl kippte. »Willst du mich für dumm verkaufen, Lorna? Vor zwei Wochen hast du mich aus deinem Zimmer geworfen. Seitdem ist Peter dir nicht von der Seite gewichen. Vor nicht ganz zwei Stunden habe ich dich im Dunkeln in seinen Armen zurückgelassen. Was ist los? Hast du die *Lorelei* für die *Bonny Girl* gehalten?«

»Natürlich nicht!« rief sie und sprang ebenfalls auf, während sie errötete. »Wie kannst du so etwas glauben?«

»Ganz leicht, es steht mir deutlich vor Augen, in Bildern, die ich lieber nicht beschreiben möchte, wenn ich daran denke, wie ihr beiden zusammenseid.«

»Es war absolut nicht so. Ich .. . . ich bin nicht sicher, warum ich gekommen bin, es war ein Impuls, das ist alles! Ich bin schon einmal mit dir gefahren, warum sollte ich das nicht wieder tun wollen?«

»Wenn du die Antwort darauf nicht kennst . . .« begann er und hielt dann inne. Er machte einen Schritt auf sie zu, um den Tisch herum. »Aber vielleicht kennst du sie ja? Bist du womöglich genau deshalb gekommen?«

Er streckte die Hand aus, schloß seine Finger um ihren Unterarm und zog sie zu sich heran. Sie wollte protestieren, aber sie konnte keine Worte finden, konnte nicht die Kraft aufbringen, ihm zu widerstehen. Mit leicht geöffneten Lippen und weiten Augen sah sie ihn an, als er den Kopf senkte und sein Schatten über sie fiel.

Sein Mund berührte den ihren, strich über die empfindlichen Ränder. Sie spürte das warme Schnellen seiner Zunge auf der feuchten Innenseite ihrer Lippen, dann zog er sie dichter heran, drückte sie fester an sich, drang tiefer vor. Ein Sehnen stieg in ihr auf, und sie schloß die Hände um den Stoff seiner Uniformjacke, spürte den rauhen Stoff unter ihren Handflächen. Ihre Lippen wurden weicher, schienen zu brennen, und sie schmeckte die süße Wärme seines Begehrens. Sie schwankte, klammerte sich an ihn, berauscht von dem Versprechen der Auflösung, die ihr so lange vorenthalten geblieben war, und sie wußte, daß sie verloren war, daß ihr nichts mehr wichtig war.

Ein Seufzer erschütterte ihn, und er hob den Kopf, drückte einen Kuß zwischen ihre Augenbrauen, streifte sacht ihre Lider. Er hob die Hand an ihre Wange, strich mit dem Daumen leise an den Konturen ihrer Lippen entlang, schob sie weich auseinander und beugte sich wieder herunter, um ihre verletzliche Süße zu kosten.

Seine Hand wanderte zu ihrem Haar, und er schob seine Finger in die dichten Locken, suchte nach den Haarnadeln, mit denen das Krönchen mit dem kleinen goldenen Mond befestigt war, und löste sie zusammen mit den anderen, die ihr Haar hielten. Dann ließ er sie zu Boden fallen, wo sie mit leisem Klingen landeten, und ihr Haar fiel herab, ergoß sich über seine Hand und seinen Unterarm, lag mit blaßgoldenem Schimmer über ihrem Rücken. Er strich mit der Hand über die seidige Fülle, griff mit den Fingern hinein, wickelte sie um seine Faust und ließ sie dann wieder hinabfallen zu ihrer Taille.

Er nahm sie mit sich zu dem Stuhl, auf dem er gesessen hatte, und zog sie auf seinen Schoß. Mit einer zarten Berührung ließ er seine Finger über ihre Schultern und über die freiliegenden Rundungen ihrer Brüste gleiten. Er folgte ihren Konturen durch den Tüll ihres Kleides und fand den oberen Rand des Mieders, das sie nach oben drückte, umfaßte sie zärtlich, rieb die empfindlichen Spitzen mit vertrauter, wissender Vorsicht. Als er sich dem Tal zwischen ihnen zuwandte, ließ er seine Finger in ihren Ausschnitt gleiten, streichelnd, liebkosend.

Sein Mund zog eine sengende Spur über ihre Wange und hinunter zu der zarten Haut über ihrem Kinn. Er drückte sein Gesicht in ihre Halsgrube und atmete tief den Lilienduft, der sich dort sammelte und aus ihrem Haar aufstieg. Er legte seine freie Hand an ihre Taille und ließ seine Lippen mit warmen Küssen in die verführerische Mulde gleiten, die seine Hand gerade verlassen hatte. An ihrem Rücken unter ihrem Haar begann er einen nach dem anderen die Haken zu lösen, die ihr Kleid zusammenhielten. Als der Zug um ihre Brust nachließ, rutschte das Oberteil langsam herunter. Er machte sich das zunutze, zog den schmalen Träger ihres Hemdchens zur Seite und entblößte so die Wölbung der einen Brust, streichelte dann die Spitze mit der rauhen Feuchte seiner Zunge, bis sie sich aufrichtete.

Die Empfindungen, die das bewirkte, waren so köstlich, und seine Anziehungskraft auf sie war so zwingend, daß Lorna kaum bemerkte, wie er den letzten Haken öffnete, wie er die Schleifen löste, die ihre Krinoline und ihre Unterröcke hielten. Sie wurde sich dessen erst bewußt, als er die Ärmel ihres Kleides über ihre Arme herunterzog, ihre schweren Röcke über ihre Hüften schob und sie heraushob, während er den Haufen Stoff mit dem Fuß wegrückte. Zum erstenmal spürte sie auch die Messingknöpfe seiner Uniform, die sich in ihr Fleisch bohrten. Sie drehte sich etwas zur Seite, und mit gesenkten Lidern öffnete sie den ersten Knopf. Jetzt, wo nur noch das feine Leinen ihrer langen Unterhose ihren Körper von seinem trennte, wurde sie sich auch zum erstenmal der bebenden Härte seiner Männlichkeit unter sich bewußt.

Er achtete nicht auf das, was sie tat, noch weniger auf das Drängen seines Begehrens. Wie unter einem Bann erforschte er durch das feine Leinen die warmen Wölbungen und Mulden, die er entblättert hatte, schloß seine Hand um die Rundung ihrer Hüfte, spannte die Finger einer Hand um mehr als die Hälfte ihrer schmalen Taille in dem sie umfassenden Mieder. Die Träger ihres Hemdchens rutschten über ihre Arme, und er schälte den feinen Stoff von den schwellenden

Hügeln ihrer Brüste, entblößte sie im Lampenlicht. Sie schimmerten mit dem weichen Glanz von zartem Satin, die Adern zogen feine blaue Spuren unter der Haut, das Rosarot der himbeerförmigen Spitzen und der Höfe darumherum war eine Verführung, der er nicht zu widerstehen versuchte.

Ihre Hände zitterten ein wenig, als sie sie unter seine Jacke schob und die einfachen Knöpfe seines Uniformhemdes löste – eher hastig als vorsichtig. Als sie es geöffnet hatte, breitete sie es weit auseinander und drückte ihre Handflächen auf seine Brust. Das dichte Haar, das sich dort ringelte, kitzelte zwischen ihren Fingern, und ein verträumtes Lächeln spielte um ihren Mund. Sie rieb mit den Daumenballen über seine Brustwarzen und spürte, wie sich die harten Muskeln seiner Schenkel unter ihr anspannten. Sie spürte auch, wie seine Hand zwischen ihre Beine glitt und mit einnehmenden Fingern den offenen Schritt ihrer Unterhose fand.

Die Muskeln in ihrem Bauch schienen sich bei seiner ersten Berührung zu kräuseln und spannten sich dann straff an. Sie hielt die Luft an, und ihre Sinne weiteten sich. Ihr Herzschlag wurde schneller, und Hitze überströmte sie. Ihre Lenden schmerzten vor Fülle, doch tief in ihrem Innern fühlte sie sich leer, ungeheuer leer.

Eine Phantasie zog in Schattenbildern durch ihre Gedanken: Der Gitarrist mit Ramons Gesicht kletterte über die Veranda herauf zu ihrem Schlafzimmer, während sie schlief, trat ein, kam zu ihr, während sie ungeschützt dalag. Es war nur ein kurzes Gleiten in die Unwirklichkeit, doch ihre Lust steigerte sich so sehr, daß aus ihrer Kehle ein weicher Laut drang und sie ihr Gesicht in seine Halsmulde drehte.

Er streckte die Hand zu seinem Gürtel aus und löste ihn, öffnete die Knöpfe seiner Hose, streifte sie mit schneller Bewegung zusammen mit den Stiefeln ab und stieß sie von sich. Dann steckte er seinen Daumen unter ihr Strumpfband, das ihre aufgerollten seidenen Strümpfe hielt, die er mitsamt den weichen Schuhen von ihren Füßen schob. Sie ließ seine Jacke und sein Hemd von der Breite seiner Schultern rutschen und befreite seine Arme, als er sich aufrichtete. Sie zog ihn blind an sich, drückte ihren bloßen Busen an ihn, so daß er auf der unnachgiebigen Härte seiner Brust flachgedrückt wurde. Als er sich vorlehnte, um seine Arme um sie zu schlingen, zog sie die Jacke und das Hemd hinter ihm heraus und ließ sie auf den Boden fallen.

»Lorna, ma *chérie*«, flüsterte er. »*Mon Dieu*, wie habe ich dich vermißt!«

»Ach, Ramon, ich dich auch!«

Das Verlangen, ihn in ihrem Innern zu spüren, zu einem Teil ihres Selbst zu machen, wurde größer. Sie schob ihre Finger durch das weiche, lockige Haar in seinem Nacken und griff fest hinein. Sie öffnete die Lippen, strich damit über sein Ohrläppchen, berührte es mit ihrer Zungenspitze und atmete heftig, als er seine Hand wieder in die Öffnung ihrer Unterhose schob. Ihr Herz pochte schwer gegen ihre Rippen. Sie hörte das singende Rauschen ihres Bluts in den Ohren, spürte, wie es pulsierte, wo seine Finger sie mit warmen und unnachgiebigen Bewegungen berührten. Ihre Haut glänzte in feuchter Hitze. Die Intensität ihres Verlangens erstaunte sie, sie hatte nicht gewußt, daß sie so sinnlich war. Sie fühlte sich so lebendig, daß jedes Nervenende köstlich empfindlich war. Gleichzeitig war sie sich ihrer grenzenlosen Verletzlichkeit bewußt, so als hätte sie ihre Verteidigung aufgegeben und würde sie nie mehr zurückgewinnen können.

Sie ließ ihre Finger abwärts wandern über seine Brust bis zu seinem straffen Bauch mit dem schmalen Streifen von dunklem Haar, folgte ihm bis zu der Stelle, wo er sich zu einem Dreieck ausbreitete. Sein Körper mit den festen Flächen und seiner federnden Straffheit befriedigte eine ganz tiefe, fragende Erwartung in ihr. Seine Brust dehnte sich unter ihrer Berührung, er drehte den Kopf zur Seite, fand ihre Lippen, und sein Mund war hart von der Kraft seines Drängens.

Er schob seine Hand unter ihren Schenkel, breitete ihre Beine auseinander und zog sie sich rittlings höher auf den Schoß. Zärtlich öffnete er ihr heißes Fleisch, brachte sich in die richtige Stellung und drang sanft in sie ein. Er zog sie mit beiden Händen auf ihren Hüften noch näher zu sich heran und drang so tiefer vor. Sie griff nach seinen Schultern, nahm ihn mit einer kleinen Drehung in sich auf, sank ganz auf ihn nieder.

Er hielt sie in den Armen, glättete die langen Wellen ihres Haars auf ihrem Rücken, flüsterte ihren Namen an ihren Lippen, während das Schiff steigend und fallend, drückend und ziehend ihre Erregung immer mehr anheizte. Ihre Münder hingen aneinander, verschlingend, schmerzend. Der Druck seiner Arme verstärkte sich, bis sie kaum noch atmen konnte. Sie strich mit den Fingernägeln über seine Schultern, schabte ganz leicht darüber, so daß er schauderte vor Begehren, das er noch willentlich zurückhielt. Diese Bewegung erzeugte eine Erschütterung tief in ihrem Innern, und sie spürte, wie sich ihr ganzes Sein in Hitze konzentrierte, den dunklen, umfassenden Augenblick der Lust kurz vor dem Schmerz, das rhythmische Zusammenziehen der Erfüllung.

Sie stöhnte, drückte sich an ihn, ließ ihre Zunge sich um die seine winden. Er hielt sie fest in diesem Augenblick der Auflösung, dann stellte er die Füße auf den Boden und stand auf. Er ging hinüber zur Koje, setzte ein Knie auf die gepolsterte Kante, ließ sich voll beherrschter Kraft auf einen Ellenbogen herunter, wobei er sie mit sich trug, ohne sich aus ihr zurückzuziehen. Er drehte sich mit ihr um, hob sich über sie, stürzte sich in ihre warme Feuchte mit starken, tiefen Stößen.

Sie spürte, wie sich stürmisch ihr Verlangen erneuerte, noch lebhafter, noch überwältigender als zuvor. Sie hob sich ihm entgegen, hingerissen von dunkler Wildheit. Ihre Hände klammerten sich um seine Arme, spürten, wie sie bebten, als er versuchte, die Grenzen ihrer Leidenschaft auszuweiten, strichen feucht vor Hitze über die Tautropfen des Schweißes auf seiner Haut. Sie spreizte ihre Finger auseinander, ließ die empfindlichen Handflächen über die sehnigen Muskeln seiner Unterarme gleiten. Sie hob sich hoch, sank herab, flog und fiel, turmhoch und klaftertief, steigend und fallend. Sie ging beinahe unter vor unerträglicher Leidenschaft, aber sie wollte auch nicht, daß sie endete.

Sie explodierte mit durchdringender, atemberaubender Fülle, ein gewaltsames Crescendo, das über sie hereinbrach, sich nach außen ausbreitete in geschmolzener Freude. Klar, herrlich fleischlich, war es ein uraltes Erbeben, ein Wunder. Es endete ihr Streben, stillte ihre Bewegung in dem letzten, tiefen Stoß. Sie lagen wie im Traum in dieser magischen Kraft, verzaubert, wollüstig, einander ganz nah, und ihr Atem ging schwer vor Anstrengung. Ihre Augen, schwarz und grau, ließen einander nicht los, ihre Blicke waren ineinander versunken, ganz nah; so dicht an einer Berührung der Seelen, wie es ihnen nur möglich sein konnte.

Sie liebte Ramon. Sie hatte es schon seit einiger Zeit gewußt, es sich aber nicht eingestehen wollen. Sie konnte es jetzt nicht länger verleugnen. Aber sie wollte es ihm nicht sagen. Ramons Zuneigung zu ihr mochte zwar unleugbar vorhanden sein, war aber wohl rein körperlicher Natur. Er hatte keine Verwendung für ein tieferes Gefühl. Das würde er nur als Versuch auffassen, ihn an sie zu fesseln, und ihr Stolz ließ es nicht zu, auch nur den Anschein einer solchen Taktik erwecken zu wollen.

»Was ist los? Stimmt etwas nicht?« fragte er, als er die verschiedenen Empfindungen auf ihrem Gesicht gespiegelt sah.

»Nichts«, sagte sie sofort, aber er versuchte schon, ihr Haar hervorzuziehen, das unter ihnen beiden lag, um den Zug auf ihrer Kopfhaut zu verringern, den sie kaum bemerkt hatte. Zärtlich ließ er seine Finger durch die seidige Pracht gleiten. Seine Hände berührten das Mieder, das ihre Taille zusammendrückte, und er fluchte leise.

»Ich hätte wirklich daran denken sollen«, sagte er mit Bedauern. Er stemmte sich hoch und begann, die Stahlhaken zu lösen, die das Mieder vorn zusammenhielten, während seine Knöchel die Wölbung ihrer Brust berührten. »Ich kann mir schon normalerweise kaum vorstellen, wie du in so einem Ding atmest, erst recht nicht –«

»Ist nicht so schlimm«, protestierte sie, aber er achtete nicht darauf.

»Warum tragen Frauen überhaupt solche Dinge? Es verzerrt deine natürliche Gestalt, verhindert, daß du richtig atmest, und drückt die Organe zusammen, was dir jeder Arzt bestätigen würde, und ganz abgesehen davon ist es verdammt störend.«

»Ich sehe schon, du machst dir wirklich ausschließlich Gedanken um meine Gesundheit.« Sie schaute ihn unter gesenkten Lidern hervor an und gab sich Mühe, daß er ihre Erleichterung nicht bemerkte, aus diesem fischbeinernen Gefängnis zu kommen.

»Mit ganzer Überzeugung«, sagte er, zog das Mieder unter ihr hervor und warf es zur Seite, während er ihr auch gleich das Hemdchen über den Kopf streifte. Zärtlich rieb er die langen roten Druckstellen, an denen die Stäbe ihre Haut zusammengepreßt hatten.

Seine Berührung war lindernd, und sie glaubte nicht, daß sie sich Gedanken über seine Motive zu machen brauchte, nicht so bald. Obwohl es schon so lange her war, daß sie zum letztenmal nackt vor ihm gelegen hatte, wurde ihr das jetzt nicht bewußt. Sie entspannte sich und atmete tief, ein Bedürfnis, das sie schon seit einiger Zeit gehabt hatte. Er schnaubte im Ausdruck einer Empfindung, die nach Vergnügen über ihre Vorspiegelungen klang, oder nach Befriedigung darüber, daß sie sie endlich aufgegeben hatte.

Ein Gefühl von Trägheit ergriff von ihr Besitz. Sie beobachtete ihn unter gesenkten Lidern hervor, ihr Blick folgte den Bewegungen seiner glatten, gleitenden Muskeln, während seine Hände über ihre Seiten strichen. Ihre Aufmerksamkeit richtete sich auf die straffen Hautflächen über seinem Bauch, die ausgeprägte Formung der Muskeln dort und die scharfe Trennungslinie, wo das Braun seines Oberkörpers der elfenbeinernen Blässe darunter begegnete. Und doch hatte seine Haut eine Tönung, die dunkler war als die ihre, denn seine kreolischen Vorfahren hatten eine olivfarbene Haut gehabt. Die dünne Schicht aus Schweiß infolge der Anstrengungen und der tropischen Hitze der Nacht verlieh seinem Körper im Licht der Lampe einen goldenen Schimmer. Fast unbewußt streckte sie die Hand aus, um ihn zu berühren, folgte seinen Bauchmuskeln bis hinauf zu seiner Brust und ließ ihre Fingerspitzen über seinem Herzen liegen. Sein Schlagen war stark und stetig, durchdrang bebend ihre Nerven, bis es sich mit dem Rauschen ihres eigenen Blutes verband.

Sie ließ ihren Blick noch etwas weiter nach unten wandern. Dann schluckte sie schwer und sagte: »Ist deine Rippe gut verheilt?«

»Prima.«

»Das freut mich.«

»Und du machst dir natürlich nur Gedanken um meine Gesundheit?«

»Ausschließlich«, antwortete sie, konnte aber das Lächeln nicht unterdrücken, das wie ein silbriger Blitz über das Grau ihrer Augen flackerte.

»Das hatte ich befürchtet.« Er hatte die Bänder gefunden, die ihre Unterhosen festhielten, und die Schleife gelöst. Seine Finger strichen glättend über den roten Streifen in ihrer Taille, schoben das feine Leinen tiefer und tiefer herunter. Als es sich unter ihr bauschte, schüttelte er in gespieltem Ärger den Kopf und zog dann den Stoff langsam über ihre Hüften herab, wobei sein Blick über ihren Bauch wanderte, als das weizenstrohfarbene Dreieck erschien, in dem ihre Beine sich trafen.

Unter seinem warm bewundernden Blick fühlte sie sich jetzt wirklich nackt. »Ich – mein Nachthemd. Es ist in der anderen Kajüte bei meinen restlichen Kleidern.«

Er stieg aus dem Bett, seine Männlichkeit begehrend aufgerichtet, drehte sich um und ging hinüber, um die Lampe auszumachen. Aus seiner Stimme klang ein kleines Lachen, als er im Dunkeln wieder zu ihr zurückkam. »Mach dir darüber keine Sorgen«, sagte er. »Du wirst es – oder sie – nicht brauchen.«

13. KAPITEL

Ramon hatte recht. Sie brauchte bis weit in den Vormittag hinein, als sie schon längst den Schutz des Fahrwassers zwischen den Inseln verlassen hatten und aufs offene Meer hinausfuhren, weder Nachthemd noch Kleid. Um diese Zeit wurde dann ein Unionskreuzer gesichtet. Ramon zog sich schnell an, ging an Deck und gab unterwegs etwas widerwillig Cupido die Anweisung, ihren Koffer aus der Frauenkajüte in seine eigene bringen zu lassen. Als sie sich dann angezogen, die Haare zum Schutz gegen den Wind fest hochgesteckt hatte und ihm an Deck gefolgt war, waren sie in ein Gewitter geraten, und sie nutzten den Regen und die tiefliegenden Wolken, um den Kreuzer hinter sich zu lassen.

Es war eine rauhe Überfahrt. Die Maschine der *Lorelei* wühlte sich schwer durch die Wellen. Das Deck blieb ständig naß und glatt, und sowohl an Deck als auch an den Korridoren entlang wurden Leinen gespannt, um sich daran festhalten zu können. Aber die Männer meinten, dieses Wetter sei das sicherste. Die Unionsfregatten auf der Suche nach Blokkadebrechern hatten schlechte Sicht, also kam die *Lorelei* gut voran, denn sie mußte nicht dauernd den Yankeeschiffen ausweichen. Besonders bequem war es allerdings nicht. Lorna wurde von dem hohen Seegang nicht wirklich seekrank, aber sie fühlte sich auch nicht besonders wohl. Sie hielt sich die meiste Zeit in der Koje auf, las während der grauen Tage beim unsicheren Licht der schwingenden Lampen und starrte nach Einbruch der Dunkelheit, wenn keine Lichter mehr zu sehen sein durften, im Dunkeln an die Decke.

In ihrer Kajüte verbrachte sie ihre Zeit mit Hutschachteln. In jener ersten Nacht hatte sie nicht auf sie geachtet, aber wenn das Schiff schlingerte, hatten die mit Blumenpapier beklebten Schachteln die Tendenz, über den Boden hin- und herzurutschen, von den Stapeln zu fallen und durch die Kajüte zu rollen. Die in Seidenpapier gewickelten Hüte und Hauben fielen heraus, sie waren aus glänzendem Satin und Taft und Spitze, mit Federn, goldenen Bändern und Seidenblüten geschmückt. Lorna hatte sie aufgehoben und eine Weile in der Hand gehalten, bevor sie sie achtlos wieder in die Schachteln gestopft hatte. Je mehr sie von ihnen sah, um so größer wurde ihr Zorn über Ramon. Was nützten Hüte im Kampf gegen die Yankees oder für die Ernährung hungernder Menschen? Der Platz in der Kajüte wäre mit Stoff für Uniformen und guten Lederstiefeln oder Kardätschen zum Entfernen der Samen aus der Baumwolle, damit sie danach gesponnen werden konnte, viel besser genutzt gewesen - schlichtweg alles war eigentlich sinnvoller als Hüte, die nur der Eitelkeit einiger weniger Frauen dienten, die sich einen solchen Luxus noch leisten konnten.

Es stimmte schon, daß er dem Land einen großen Dienst erwies, indem er Schießpulver transportierte, das die Konföderierten so sehr brauchten, aber seine Motive waren rein

finanzieller Natur. Was konnte schon daran bewunderns-
wert sein, wenn er sein Leben und das seiner Männer nur um
des Gewinns willen aufs Spiel setzte? Diese Charakterschwä-
che machte Lorna zu schaffen, während sie allein in der Koje
lag, aber wenn er in die Kajüte kam, bei jenen wenigen Gelegenheiten, die ihm erlaubten, seinen Posten zu verlassen,
und wenn er auf sie zukam, die dunklen Augen voller Verlangen nach ihr, dann dachte sie nicht weiter an ihre Grübe-
leien.

Gegen Abend des dritten Tages klarte sich der Himmel
auf. Das rosarote Licht des Sonnenuntergangs lag über dem
Wasser, färbte es am Horizont in ein opalisierendes Purpur-
rot und verlieh der grauen Farbe des Schiffes einen zarten
rosa Schimmer. Östlich von ihnen zeichnete sich fern und
klein am Horizont deutlich ein zweites Schiff mit der gleichen Fahrtrichtung ab.

Lorna stellte sich neben den Ersten Offizier an die Reling,
wartete, bis er sein Fernglas gesenkt hatte, und fragte dann:
»Was ist es?«

»Auch ein Blockadebrecher, Madam«, sagte der Mann aus
Nordlouisiana und warf ihr einen schnellen Blick zu. »So wie
es aussieht, würde ich annehmen, daß es die *Bonny Girl* ist.«

Peters Schiff. Möglicherweise interessierte Slick ihre Reaktion, denn er wußte, daß der Engländer ihr einige Beachtung
geschenkt hatte, aber Lorna wollte nichts dazu sagen, wenn
es irgendwie möglich war. Doch ehrlich gestanden machte
sie sich etwas Sorgen um Peter. Die *Lorelei* und sich selbst
empfand sie als nicht so gefährdet. Sie vertraute völlig auf
Ramons Geschick und Einschätzungsvermögen, auch wenn
sie seine Prinzipien nicht mochte.

Um das Gespräch auf ein anderes Thema zu bringen, fragte sie: »Wie weit ist es noch?«

»Kaum mehr als eine Stunde. Wir fahren jetzt mit halber
Kraft – das hört Ihr, wenn Ihr auf die langsam laufende Ma-

schine horcht –, damit wir nicht vor Einbruch der Dunkelheit der Unionsflotte begegnen. Genaugenommen sind wir schon an der Mündung des Cape Fear vorbei.«

Der Fluß Cape Fear war, ähnlich wie weiter südlich der Mississippi für New Orleans, die Einfahrt nach Wilmington, allerdings lag die Stadt nur sechzehn Meilen flußaufwärts anstatt der hundertundfünfzig zwischen New Orleans und dem Golf von Mexiko. »Vorbei?«

Der Offizier drehte sich um und lächelte kurz, weil er ihr mit seinem Wissen gern imponieren wollte. »Der Fluß heißt so nach einer Landzunge oder einem Kap, das hier an der Küste ins Meer hineinragt. Irgendwann einmal hat sich der Fluß zwei Mündungsarme ins Meer geschaffen. Es gibt eine Insel, sie heißt Smith's Island, die so aussieht, als wäre die Spitze des Kaps abgebrochen und ein Stückchen davongeschwommen. Einer der Mündungsarme führt südlich davon entlang, der andere nördlich. Es gibt dort zwei Befestigungsanlagen, Fort Caswell im Süden und Fort Fisher im Norden, die diese Einfahrten beschützen. Die Blockadeflotte liegt vor beiden Mündungsarmen, wobei die Schiffe nah beieinander sind, wenn Ihr Euch das vorstellen könnt.«

»Ja, ich glaube schon«, sagte Lorna und runzelte die Stirn, während sie sich konzentrierte.

»Na gut. Im Laufe des Tages liegen die Unionsschiffe vor Anker, aber nachts patrouillieren sie, wobei sie in Kontakt mit dem Flaggschiff bleiben, das weiterhin vor Anker liegt. Die Batterien im Norden bei Fort Fischer sind so stark, daß sie die Yankeeschiffe wie sitzende Enten erwischen, wenn sie nicht sehr vorsichtig sind, also haben dort oben die Kriegsschiffe die Tendenz, weiter vom Ufer entfernt zu bleiben. Blockadebrecher wie wir fahren bis nördlich der beiden Mündungsarme, umrunden das Ende der Blockadeflotte und kommen innerhalb der Reihe von Wachschiffen wieder herunter, ganz dicht am Ufer entlang. Da wir weniger Tiefgang haben, können wir dichter am Land entlangfahren. Wenn wir uns der Flußmündung nähern, wo die Schiffe am dichtesten positioniert sind, fahren wir unter den Geschützen der Forts entlang und haben es geschafft.«

»Das klingt ja so einfach.«

Er schüttelte den Kopf. »Ist es, und ist es auch wieder nicht. Man braucht einen Lotsen, der im Dunkeln die Flußmündung finden kann, die nur eine halbe Meile breit ist; einen zweiten Lotsen, der den Grund auslotet und aus der Farbe des Sandes weiß, ob man zu weit nördlich gekommen ist oder vielleicht noch nicht weit genug. Man braucht einen Kapitän, der die Nerven hat, zu entscheiden, ob die beiden Lotsen recht haben, und ein Schiff mit einer guten Maschine, die nicht zum falschen Zeitpunkt Dampf abläßt oder versagt. Und vor allem braucht man Glück. Jedes Schiff, das das nicht hat, endet vierzig Faden unter dem Meer oder am Strand angespült, wo dann Möwen in den Spanten nisten können.«

Die Nacht brach ungeheuer schnell herein, vielleicht schien es ihr auch nur so wegen der Spannung, die die Worte des Ersten Offiziers in ihr bewirkt hatten. Die Schiffslaternen, die man normalerweise in der Dämmerung einfach auslöschte, wurden diesmal doppelt kontrolliert. Dichte Planen wurden über dem Einstieg zum Maschinenraum ausgebreitet, trotz der Höllenhitze und des Luftmangels, der darunter entstand. Das Ruderhaus wurde geschlossen bis auf eine schmale Öffnung, durch die der Mann am Steuer gerade noch den Kompaß erkennen konnte. Den wenigen männlichen Passagieren, die sich an Deck versammelten, wurde eingeschärft, daß sie auch nicht eine Zigarre anzünden durften. Das Feuer des Kochs war schon längst verloschen, und Cupido reichte kaltes Fleisch und Brot herum, dazu Wein zum Herunterspülen. Dann hielten sie an, loteten die Tiefe aus und fuhren schneller wieder weiter.

Die Nacht war ziemlich klar, aber über dem Meer lag

feiner Dunst. Ein leiser Nachtwind zog über die Decks. Lorna stand, in ihren schwarzen Mantel gehüllt und mit dem Rücken an das Ruderhaus gelehnt, im Schatten des Schornsteins. In ihrer Nähe hockten einige der Passagiere geduckt an der Reling, damit man ihre Silhouette nicht neben dem Grau des Schiffes erkennen konnte. Der Geruch des Kohlenrauchs zog warm durch die Luft, aber Lorna konnte nicht den leisesten Funken über sich erkennen, denn die Heizer verwendeten jetzt Anthrazit.

Sie wußte wohl, daß sie eigentlich unter Deck sein müßte. Aber in der Stille und Dunkelheit empfand sie die Kajüte als beengend, besonders da sie wußte, daß alle Männer jetzt an Deck waren, außer denen, die die Maschinen am Laufen hielten. Aber sie würde es draußen riskieren, was auch immer Ramon sagen mochte. Sie wollte nicht hinderlich sein, aber er hatte kein Recht, sie herumzukommandieren, vor allem, wenn er die anderen Passagiere nicht genauso behandelte.

Sie hörte ein leises Rascheln neben sich, dann zischte eine Stimme in ihr Ohr: »Schwarze Schlange!«

Sie wandte sich heftig um, während sie Ramons Stimme erkannte. Trotzdem klang ihre Stimme scharf, als sie fragte: »Was?«

»Schwarze Schlange«, wiederholte er, und ein Lachen klang aus seiner leisen Stimme. »So rufen die Wachen der Unionsschiffe, wenn sie einen Blockadebrecher sehen, statt 'Schiff voraus!'. Es bedeutet etwas Schleichendes, das auch schnell ist und einem entgleitet.«

»Und darf ich fragen, was das mit mir zu tun hat?«

»Das weißt du ganz genau.«

»Du meinst, daß ich hier bin, anstatt in der dunklen, erstickenden Kajüte?«

»Genau.«

»Ich gehe nicht«, sagte sie einen Augenblick später mit

ruhiger Stimme. »Und wenn du wirklich etwas für mich empfinden würdest, dann würdest du das auch nicht von mir verlangen.«

»Ich habe dir doch schon gesagt, daß das fliegende Glas, die Splitter und die Stücke von den Geschossen die größte Gefahr sind.«

»Das weiß ich, aber du riskierst es, und die anderen auch.«

»Ich bin keine Frau, und sie auch nicht.«

»Was hat das denn damit zu tun?«

»Die Folgen – Verstümmelung, Tod – sind nicht so wichtig.«

»Warum? Wir sind doch alle Menschen.«

»Ich habe keine Zeit, mich mit dir über Philosophie zu streiten. Es ist eben so, jeder Mann weiß das, und die meisten Frauen erkennen das gern an.«

Sie ignorierte seine Erklärung, weil ihr keine Antwort einfiel. »Ich werde dir nicht im Weg sein, das verspreche ich. Und ich werde auch nicht schreien oder ohnmächtig werden oder größere Schwierigkeiten machen als die anderen Passagiere, wenn wir beschossen werden.«

»Lorna –«

»Ja?«

Er antwortete nicht sofort, sondern dachte über ihre Bitte nach. Sie spürte eine gewisse Spannung in ihm, die, so glaubte sie, zum Teil durch das Gewicht seiner Verantwortung hervorgerufen wurde, durch seine Sorge um ihre Sicherheit, aber auch eindeutig dadurch, daß sie ihm Schwierigkeiten machte. Sie bewegte sich und wandte sich halb der Kajütentreppe zu, um hinunterzugehen, als er den Arm ausstreckte und ihre Hand nahm.

»Hier entlang«, sagte er, »zum Ruderhaus. Dann bist du wenigstens an meiner Seite.«

Der Lotse stand schon neben dem Steuermann und starrte in die Dunkelheit hinaus. Er war ein Mann aus North Carolina, der für diesen Teil der Fahrt Fraziers Aufgabe übernommen hatte. Er sah sich kurz nach Ramon und Lorna um und schaute dann wieder angespannt in die Dunkelheit vor ihnen hinaus. Dort war nichts zu erkennen außer einem Stück Wasser und dem bleichen Dunst, der wie ein weicher Seidenschal über dem Meer lag. Sie fuhren weiter, und das Drehen der Schaufelräder und das Rauschen des Wassers schienen immer lauter zu werden. Lange Minuten vergingen. Etwa eine Stunde später bewegte sich der Lotse unruhig.

»Wir loten besser noch einmal die Tiefe, Käpt'n.«

Der Befehl zum Anhalten wurde gegeben. Die Maschinen blieben stehen. Stille senkte sich über sie, während Lorna mit angehaltenem Atem auf das Zischen des abgelassenen Dampfes horchte, ein Geräusch, das meilenweit zu hören sein würde. Es kam nicht. Der Schattenriß eines Mannes bewegte sich nach vorn. Nach ein, zwei Minuten kam sein Bericht. Sie waren nicht mehr über schlammigem Grund, ein Zeichen dafür, daß sie weit genug nach Norden gekommen waren.

»Steuerbord«, befahl Ramon, »und kleine Fahrt voraus.«

Sie machten eine lange Kurve auf das Ufer zu und fuhren dann langsam die Küste entlang. Jetzt war kein Geräusch mehr zu hören außer dem regelmäßigen Klatschen der Schaufelräder, das gefährlich weit über das Wasser hallte, obwohl es sich auch etwas mit dem Rauschen der Brandung mischte, während sie im Schneckentempo voranfuhren. Rechts erkannten sie eine Reihe von Sanddünen, wie bleiche, geisterhafte Pyramiden in der Nacht. Die kurzen Masten des Schiffes, an denen jetzt keine Segel mehr aufgezogen waren, da sie sich vom offenen Meer entfernt hatten, reichten nicht über ihre sandigen Höhen hinaus.

Die Minuten verrannen. Eine Viertelstunde, dann eine halbe. Die Nacht verging im Fluge, und Lorna fragte sich, ob sie Wilmington noch rechtzeitig vor dem Morgengrauen erreichen würden – auf Grund der langsamen Geschwindigkeit, mit der sie vorankamen. Wenn sie in dieser Falle zwischen der Küste und der Blockadeflotte gefangen würden, wenn es begann, hell zu werden, würden sie genauso hilflos sein wie ein Boot, das als Übungsziel hinter einem Schiff hergezogen wurde.

»Dort, backbord vor dem Bug!«

Noch bevor die Stimme des Lotsen verklungen war, ertönte Ramons ruhiger Befehl: »Ein Strich steuerbord.«

Erst jetzt sah Lorna den langen dunklen Schatten im Wasser, der völlig ruhig lag. Er hatte keinerlei Lichter, nichts, was einen Blockadebrecher auf die Anwesenheit eines Unionsschiffes aufmerksam machen konnte. Es war eine Schaluppe, die keine hundert Meter neben ihnen sich mit der Dünung hob und senkte; ihre Masten schwankten, als würden sie ihr dabei helfen, das Gleichgewicht zu halten.

Sie glitten in absoluter Stille vorbei. Keiner schien auch nur zu atmen. Lorna stand ganz still, als könnte ihre Unbeweglichkeit ein Schutz sein. Ihre Hände waren zu Fäusten geballt, die Fingernägel schnitten in ihre Handflächen. Ramon stand neben ihr wie eine dunkle Statue. Der Kopf des Lotsen drehte sich langsam, während er die Augen auf das Blockadeschiff gerichtet hielt. Irgendwo unterdrückte ein Mann, vielleicht einer der Passagiere, ein Husten.

Die *Lorelei* passierte die Schaluppe um die halbe Länge, die ganze Länge, die doppelte Länge. Sie fuhren vierhundert Meter weiter, dann achthundert. Die Schaluppe wurde von Dunkelheit und Dunst verschluckt. Sie waren sicher an ihr vorbeigekommen. Aber niemand sprach oder brach gar in Jubel aus. Sie hatten gerade erst angefangen, die Blockade zu brechen.

Wo war Peters Schiff? Sie hatten die *Bonny Girl* seit einiger Zeit nicht mehr gesehen, seit kurz vor dem Sonnenuntergang. War sie vor oder hinter ihnen? Fuhr er überhaupt denselben Kurs? Es gab auch andere Möglichkeiten, nach Wilmington zu kommen, das wußte Lorna, denn sie hatte in den vergangenen Wochen die Männer davon sprechen hören. Dies war die sicherste, die bevorzugte Strecke, aber deshalb war sie vielleicht auch am besten bewacht.

Ihre Augen brannten, weil sie versuchte, die Dunkelheit zu durchdringen. Sie schloß sie fest und öffnete sie wieder. Eine kleine Bewegung im Dunst zog ihre Aufmerksamkeit auf sich, die sich schnell zu einem Schiff entwickelte, das direkt vor ihnen mit wenig Dampf fuhr. Sie streckte die Hand aus und ergriff Ramons Arm. Gleichzeitig sagte er ruhig: »Maschine stop!«

Die Maschinen verstummten, und man hörte das leise Blubbern des unter der Wasseroberfläche abgelassenen Dampfes. Die Schaufelräder blieben stehen. Ein kurzes Stück trieb das Schiff noch weiter, dann schwankte es nur noch ohne Fahrt in der Dünung. Vor ihnen tauchte ein Unionsschiff aus dem Dunkel der Nacht, das schräg vom unsichtbaren Ufer aus in See stach. Es erschien als schwarze Masse, aus deren Schornstein der Rauch, mit kleinen Funken gespickt, wie ein dunkler Schleier aufstieg – zweifellos ein guter Beweis dafür, warum es vernüftig war, daß die Blockadebrecher ihre Schiffe in geisterhaftem Grau anstrichen und wie wertvoll die gute Kohle aus Wales war.

Der Lärm der Schaufelräder des Yankeeschiffs war gedämpft, aber weit zu hören. Sie warteten und horchten darauf, noch einige Zeit nachdem es fort war, von der Dunkelheit verschluckt. Erst als Ramon den Befehl gegeben hatte, die Maschine wieder zu starten, atmete Lorna wieder normal und bemerkte, wie ihr Herz mit betäubenden Schlägen laut in ihren Ohren hämmerte, ganz ähnlich wie das Rauschen der Schaufelräder des Feindes.

Sie änderten den Kurs und fuhren so dicht am Ufer und der Brandungslinie entlang, wie sie es wagten. Einige Zeit später grunzte der Lotse und zeigte auf einen Hügel mit den Maßen eines großen Baums, der allgemein als Orientierungszeichen für die Entfernung zu Fort Fisher angesehen wurde. Er hieß Big Hill oder manchmal auch einfach »der Hügel«. Es würde jetzt nicht mehr lange dauern, bis sie mit der Hilfe der Geschützbatterien des Forts gegen die Schiffe in der Flußmündung rechnen konnten. In dieser Gegend waren sie immer dichter verteilt und stärker bewaffnet.

Minuten vergingen, und sie sahen nichts. Die Nacht war still, allerdings hörten sie schwach das Rauschen der Brandung an Steuerbord. Die Dunkelheit wirkte bedrückend, ein Gewicht, das sie ihrem Gefühl nach schon seit Stunden bekämpften. Die Spannung war spürbar. Trotz der nächtlichen Kühle hatte Lorna ein paar Schweißtropfen auf der Oberlippe. Sie war sich nicht ganz sicher, ob sie sich freuen oder es bedauern sollte, daß sie an Deck geblieben war. Vielleicht wäre es fast besser gewesen, nicht zu wissen, was geschah, wie nah sie der Gefahr waren. Aber nein, ihre Phantasie hätte ihr in wilden Bildern weit Schlimmeres gezeigt, und das vermehrt durch das Gefühl des Eingeschlossenseins, ohne zu wissen, was vorging.

Irgendwo vor sich hörten sie einen leisen Ruf, auf die große Entfernung nicht mehr als ein menschliches Geräusch ohne Worte. Ihm folgte ein rauhes, pfeifendes Geräusch. Licht flammte auf, eine große, gelbe Flamme, die zum Himmel hinaufschoß und dort in einer roten Flamme explodierte, von dem Dunst darunter in orangefarbenem Schimmer reflektiert. Es hing am Himmel und wurde nur langsam schwächer – eine Kalziumrakete, die die Szene unter sich beleuchtete.

Sie zeigte die Uferbefestigung von Fort Fisher, einem rauhen Gebäude über dem Fluß, das dem Meer zugewandt war. In respektvollem Abstand darum herum lagen sechs oder sieben Kanonenboote. Auf dem dazwischenliegenden Wasser bewegte sich ein Schiff, das gerade nach seiner langsamen Anfahrt Volldampf gab, denn die Schaufelräder wurden immer schneller, und Funken flogen aus dem Schornstein, weil frische Kohlen in die Öfen geworfen wurden. Ein donnerndes Krachen ertönte, bei den Kanonenbooten blitzte ein helles Licht auf und beleuchtete gerade noch das aufspritzende Wasser direkt vor dem Schiff, das jetzt möglichst schnell auf das Fort zusteuerte – den Blockadebrecher *Bonny Girl*.

»Es ist Peter«, flüsterte Lorna.

»Volle Kraft voraus!« rief Ramon laut, denn jetzt brauchte er seine Stimme nicht mehr zu senken. Zu ihr sagte er: »Das stimmt schon, es ist Peter, aber du solltest dir jetzt besser Sorgen um dich selbst machen. Hinunter!«

Seine Worte wurden direkt von einer erschütternden Explosion gefolgt und dann von einem hohen Pfeifen. Das Geschoß fiel vor dem Bug ins Meer, und Wasser spritzte bis auf das Deck. Die Kalziumrakete hatte einen größeren Bereich erhellt, so daß sie ebenfalls entdeckt worden waren. Lorna hatte nicht erst den harten Girff Ramons auf ihrer Schulter gebraucht, um auf die Knie herunterzugehen. Sie erinnerte sich noch zu gut an das Pfeifen und Zischen der Gewehrkugeln in der Nacht, als sie Beau Repose verlassen hatten. Der Lotse ließ sich neben sie fallen, als über ihnen ein zweites Geschoß explodierte und heiße Metallstücke klappernd auf das Deck des Dampfers herabregneten. Die Erschütterung durch die Explosion war heiß und betäubend. Lorna sah, wie sich Ramon an einem Messinggriff festhielt, um sich aufrechtzuhalten. Gleich nach dem Krach folgte ein zweiter. Holz knirschte, als das Geschoß das Deck traf. Splitter flogen herum und bohrten sich in das umgebende Holz. Lorna fühlte ein Zupfen an dem Stoff ihres Umhangs, kümmerte sich aber nicht darum. Ihre Gedanken waren, während sie auf dem unter ihren Händen vibrierenden Deck kniete, besonders auf die Ladung mit dem Dynamit gerichtet, die auf einen verirrten Funken zu warten schien.

Das Schiff wurde wieder schneller, die Schaufelräder wirbelten schäumend das Wasser auf, das Stampfen der Maschine beschleunigte sich. Sie rasten auf das Fort zu, das Schiff bemühte sich mit aller Kraft, es zu erreichen. Es war beinahe, als wäre die *Lorelei* lebendig und spüre die verzweifelte Notwendigkeit, sich in Sicherheit zu bringen; es war, als reagiere sie direkt auf die Stimme des Mannes, der sie befehligte, ohne dazu irgendwelcher mechanischer Hilfsmittel zu bedürfen. Hinter ihnen landete ein Geschoß im Wasser, und eine Breitseite kam mit betäubendem Krachen herüber, woraufhin rings um sie her kleine Fontänen aufspritzten, aber sie wurden nicht getroffen.

Eine zweite Kalziumrakete stieg zum Himmel empor. Lorna konnte dem Bedürfnis nicht widerstehen, die Entfernung abzuschätzen, die noch vor ihnen lag. Sie richtete sich auf und balancierte auf dem schwankenden Deck. Im selben Augenblick erscholl eine Salve von den Geschützen des Forts über ihren Köpfen und zischte an ihnen vorbei. Die *Bonny Girl* hatte es schon bis in die schützende Nähe des Forts geschafft und eilte weiter.

Die Lage der *Lorelei* war anders. Vor ihnen lag das weiß schäumende Wasser einer Untiefe, und obwohl Lorna den Befehl nicht gehört hatte, bewegten sie sich vom Ufer ein Stück weg und auf die Kanonenboote zu.

»Hart backbord, um Himmels willen!«

Da sah sie, was Ramon gesehen hatte. Es war ein Blockadebrecher, der vielleicht früher am Abend getroffen und halb versenkt worden war und jetzt dicht vor ihnen aus dem Dunst auftauchte. Er war nicht zu sehen gewesen, bis die Rakete das Wasser vor ihnen erhellt hatte, und lag jetzt genau in ihrem Fahrwasser. Es war keine Zeit mehr, um anzuhalten, und auch nicht, um ihm auszuweichen; sie würden hineinfahren und riskierten dabei, am emporstehenden Heck des Wracks den Kiel ihres Schiffes aufzureißen. Es war gerade genug Platz, wenn sie Glück hatten, zwischen dem gesunkenen Bug und der Untiefe an Steuerbord hindurchzukommen. Ramon hatte den einzig möglichen Befehl gegeben, und jetzt stand er mit unbeweglichem Gesicht in dem gelbroten Licht.

Sie glaubte, sie würden es schaffen, gerade noch vorbeischlüpfen, während auf einer Seite Zentimeter sie von dem Wrack und auf der anderen aufschäumendes Wasser sie von der Untiefe trennten. Die Kanonenboote schienen das auch anzunehmen, denn sie feuerten eine doppelte Breitseite auf sie ab, deren Geschosse um sie herum pfiffen und zischten, wobei der Heckmast gekappt wurde, der auf das Deck herunterstürzte. Ein Mann schrie vor Schmerz auf. Dann hörten sie ein flüsterndes, kratzendes Geräusch, ein Klingen des eisenbewehrten Kiels wie das dumpfe Knirschen an einem Blechkessel. Die *Lorelei* bebte. Sie liefen auf.

Lorna stürzte nach vorn, traf hart auf eine warme Brust. Starke Arme schlossen sich um sie, als sie über das Deck rollten und schließlich auf die Seitenwand aufprallten. Ramon knurrte, und als dann über ihnen ein Geschoß explodierte und Glas klirrte, zog er sie unter sich und beschützte sie mit seinem Körper.

Das Geschützfeuer hörte auf. Ramon rollte von ihr herunter und sprang auf. Er gab knappe Befehle, die Mannschaft solle gesammelt und eingeteilt werden, das auf Grund gelaufene Schiff wieder freizusetzen. Der Lotse und der Steuermann kam wieder auf die Beine, der letztere faßte sich an den blutenden Hals, während er das Steuer wieder ergriff. Lorna richtete sich auf und machte Platz. Um sie her lagen in der Dunkelheit abgerissene Deckteile und gesplitterte Stücke von der Reling. Das Heck des Schiffs wirkte irgendwie verkrüppelt mit dem heruntergebrochenen Mast, der in einem grotesken Winkel über die Seite hing. Irgendwo ächzte ein Mann, und sie verließ den Schutz des Radkastens in Richtung auf das Geräusch. Sie fand ihn. Es war einer der Passagiere, ein Mann aus Edinburgh. Sein rechter Arm war gebrochen, und er hatte eine Platzwunde am Kopf. Einen Moment lang kniete sie sich neben ihn und wischte wenig erfolgreich an dem Blut herum, das über sein Gesicht lief. Dann stand sie auf und sah sich nach einem der Offiziere um, nach jemandem, der ihr sagen konnte, wo das Verbandsmaterial war. Das Schiff hatte wie die meisten Blockadebrecher keinen Arzt an Bord.

In diesem Augenblick sah sie es, ein Boot mit einer Laterne mittschiffs. In ihm saß eine Abteilung blaugekleideter Soldaten, Gewehre im Anschlag, und am Bug ein Offizier mit glitzernden Abzeichen. Sie stand immer noch da und starrte es an, als Ramon neben ihr erschien.

»Wir werden Besuch bekommen«, sagte er kurz angebunden. »Du solltest besser nach unten gehen.«

Sie zeigte auf den ächzenden Passagier zu ihren Füßen. »Aber dieser Mann ist verletzt. Jemand muß sich um ihn kümmern.«

»Jemand wird ihn versorgen.«

»Ich – wenn sie an Bord kommen, willst du keinen Widerstand leisten?« Das würde Selbstmord sein, so dicht unter dem Beschuß der Feinde, außerdem würden sie dadurch von Händlern zu Piraten werden.

»Nein«, sagte er, und dieses einzige Wort brachte seine ganze Bitterkeit zum Ausdruck. »Aber man weiß nie, was geschehen kann.«

Dann nahm er ihren Arm, um jeglichem weiteren Argument zuvorzukommen. An der Tür zur Kajütentreppe verließ er sie und ging zum Heck, um sich mit seiner Mannschaft über die zu erwartende Situation zu unterhalten.

Lorna zögerte und hielt sich am Türrahmen fest, während

sie zu dem Verletzten zurücksah. Dann hörte sie das klappernde Auftreffen der Haken zur Befestigung der Strickleiter an der Seite des Schiffes. Einen Augenblick später hörte sie schon den Klang rauher, herrischer Stimmen.

Sie legte keinen Wert darauf, zu erleben, wie Ramon gedemütigt wurde, indem sie sein Schiff beschlagnahmten und ihn gefangen nahmen. In der Unruhe der Ereignisse wurde ihr erst jetzt langsam klar, was es bedeutete, daß das Schiff auf Grund gelaufen war. Sie waren gefangen. Die *Lorelei* würde nie wieder die Blockade brechen. Sie würden an Bord eines der Unionsschiffe gebracht werden, und Ramons elegantes Fahrzeug würde beschlagnahmt. Eine Taubheit ergriff Besitz von ihr, die ein Zeichen für den Schmerz war, der danach kommen würde. Sie drehte sich um und dachte abwesend daran, was sie alles würde tun müssen, bevor man sie von Bord brachte. Hinter ihr ertönte die arrogante Stimme eines Unionsoffiziers.

»Gehe ich recht in der Annahme, daß sich an Bord Eures Schiffes ein weiblicher Passagier namens Miss Lorna Forrester befindet, die als Kurier der Konföderierten bekannt ist? Ich habe Befehl, diese Frau zu durchsuchen und gefangenzunehmen, und ich fordere, daß man sie mir unverzüglich übergibt.«

Lorna hörte Ramons klaren Widerspruch, seine Fragen, aber sie wartete nicht auf Weiteres. Sie stürzte sich die Kajütentreppe hinunter und den Gang entlang bis zu ihrer Kajüte. Durchsuchung und Gefangennahme. Die Bedeutung dieser Worte war klar, aber in Zusammenhang mit ihrem Namen und von den Lippen eines Unionsoffiziers – das verstand sie nicht. Jetzt sah sie sich in dem kleinen Raum um. Sie zerrte das Wachspapierpäckchen aus ihrer Manteltasche. In ihrem Koffer würden sie zuerst suchen, und in Ramons Kiste als nächstes. Unter der Matratze war zu offensichtlich, auch unter der Strohbedeckung des Fußbodens. Wenn sie es zwischen Ramons Papiere legte, würde sie ihn damit belasten, und das wollte sie auf keinen Fall.

Draußen hörte sie harte Schritte auf der Kajütentreppe. Sie hatte keine Zeit für eine kluge Lösung. Sie trat einen Schritt vor, und ihr Schuh stieß an eine Hutschachtel, von denen mehrere durch die Erschütterung beim Auflaufen des Schiffes durch den Raum gerollt waren. Sie hatte sich so sehr an sie gewöhnt, daß sie sie im Dunkeln kaum bemerkt hatte. Jetzt bückte sie sich und hob eine Haube auf, die aus ihrem Seidenpapiernest gefallen war. Es war ein Stück aus schwarzer Spitze mit langem Schleier, besonders passend für Kriegszeiten, eine Trauerhaube. Sie schob hastig das Wachspapierpäckchen hinein, wickelte des Seidenpapier darum und stopfte es zurück in die Schachtel. Sie war gerade dabei, den Deckel wieder daraufzusetzen, als die Tür hinter ihr krachend aufging.

Sie wandte sich um und betrachtete mit bemüht erschrecktem Gesicht den Offizier vor seiner Abteilung blaugekleideter Männer, von denen einer eine Laterne trug. Sie zwang ihre Stimme, etwas höher zu klingen als normal, und sagte: »Oh, habt Ihr mich aber erschreckt.«

»Miss Lorna Forrester?« Der Offizier war hochgewachsen und sah insgesamt sehr gut aus, sein braunes Haar hatte einen mahagonifarbenen Glanz, und seine Augen waren nußbraun. Sie hielt ihn für nicht älter als sechsundzwanzig oder siebenundzwanzig.

»Ja, warum?«

»Ich muß Euch bitten, mit mir zu kommen.«

Nach dem ersten noch mit einer Idee von Bewunderung auf sie gerichteten Blick hatte er auf einen Punkt irgendwo über ihrem Kopf zu starren begonnen. Mit einer kleinen, hilflosen Geste fragte sie: »Aber warum denn nur?«

»Befehl des Kommandanten der Flotte, Kapitän Winslow, Madam.«

»Der Flottenkommandant? Ich fühle mich geehrt«, sagte sie und glättete mit einer Hand ihr Haar. »Aber ich bin so unordentlich, und diese Kajüte ist so durcheinander –«

»Hier entlang, bitte, Madam.«

Sie zuckte kurz mit den Schultern und stellte die Hutschachtel zur Seite. Immer noch beschäftigt mit ihrem Aussehen, ihr Haar zurechtrückend und ihren Mantel abbürstend, ging sie vor ihm aus der Kajüte.

Cupido stand draußen im Gang. Er drehte angesichts der Unionssoldaten den Kopf mit einem Ruck zur Seite und ging aus dem Weg. Als Lorna seinem dunklen Blick begegnete, blinzelte er vorsichtig, als wolle er ihr etwas sagen. Sie lächelte dankbar für die Ermutigung und wandte sich dann der Kajütentreppe zu.

Laternen waren angezündet und auf dem Deck verteilt worden. Soldaten mit Musketen waren an der Reling hinter dem Kommandanten der Unionsflotte aufgestellt, dem Ramon gegenüberstand. Die Schiffsoffiziere waren hinter Ramon, und die Mannschaft etwas abseits im Bug versammelt. Cupido, dem zweifellos befohlen worden war, den Weg zu der Kajüte zu weisen, in der Lorna sich aufhielt, folgte ihr jetzt an Deck und stellte sich zu den anderen. Lorna trat neben Ramon und sah den Kommandanten an. Der Marineleutnant blieb einen Schritt hinter ihr stehen, und seine Abteilung stellte sich an einer Seite auf.

Kapitän Winslow war ein Mann von mittlerer Größe mit einem schroffen Gesicht, das halb hinter einem braunen Bart verschwand, der in einem hochmütigen Winkel von seinem Kinn abstand. Seine Brust war geformt wie ein Faß, aber er stand sehr aufrecht und hatte die Hände hinter seinem Rükken verschränkt. Als er Lorna betrachtete, schienen seine Augen vor Eifer zu brennen, und in seinem Ausdruck lag etwas von der Unversöhnlichkeit eines Puritaners im Angesicht einer Frau, die man verdächtigte, eine Hexe zu sein.

»Miss Forrester, Sir«, sagte der Offizier.

»Hm.« Der Kommandant räusperte sich, bevor er sprach. »Meines Wissens, Miss Forrester, seid Ihr eine bekannte Kurierin der aufständischen Regierung der Konföderierten und habt Nachrichten an Davis bei Euch. Ich fordere Euch auf, mir diese Dokumente zu übergeben.«

»Ich würde gern Eurem Wunsch nachkommen, Sir, wenn ich im Besitz solcher Dinge wäre, aber ich fürchte, ich habe nicht die leiseste Vorstellung davon, was Ihr damit meinen könntet. Darf ich fragen, wer Euch etwas so Gemeines und Falsches über mich gesagt hat?«

»Das dürft Ihr nicht. Und ich warne Euch, keine Spielchen mit mir zu spielen, Miss! Ich werde mich nicht von einem koketten oder unschuldigen Aussehen täuschen lassen, sosehr Ihr Euch auch darum bemühen mögt. Ihr werdet mir die Papiere entweder freiwillig übergeben, oder ich werde danach suchen müssen. Habt Ihr das verstanden?«

Ramon trat einen Schritt vor. »Ihr überschreitet Eure Autorität. Ihr benehmt Euch äußerst ungewöhnlich. Wann ist die Regierung der Vereinigten Staaten dazu übergegangen, zum Zeitvertreib Damen zu belästigen?«

»Es handelt sich hier nicht um einen Zeitvertreib, das versichere ich Euch. Und die Damen aus dem Süden wären sicher vor jeder Belästigung, wenn sie bei ihren Stickereien bleiben und sich nicht in den Ablauf dieses Krieges einmischen würden. Was meine Autorität betrifft, versichere ich Euch, daß sie besteht, obwohl ich eigentlich keinen Grund sehe, warum ich mich auf Wortklaubereien mit einem ehemaligen Offizier der Marine der Vereinigten Staaten einlassen sollte, der zum Verräter geworden ist.«

»Was geschieht, Sir, wenn Ihr Euch täuscht?« fragte Lorna und runzelte verletzt die Stirn. »Wer wird meine Selbstachtung wiederherstellen, nachdem ich einer solchen Behandlung unterworfen worden bin?«

»Die Marine der Vereinigten Staaten wird sich bei Euch entschuldigen, Miss Forrester«, sagte der Kommandant mit schwerer Ironie, »aber ich glaube kaum, daß das nötig sein wird. Zum letztenmal: Gebt Ihr freiwillig die Depeschen heraus, die Ihr bei Euch habt, oder müssen wir danach suchen?«

»Ich habe Euch schon gesagt, ich bin nicht die, für die Ihr mich haltet. Man hat Euch etwas Falsches erzählt. Wenn ich Euch davon nicht überzeugen kann, werdet Ihr, fürchte ich, tun müssen, was Ihr für das Beste haltet.«

Während sie die kleine, wirksame Geste der Hilflosigkeit machte, die ihre Worte begleiteten, bemerkte sie Ramons scharfen Blick in ihre Richtung. Er wußte, daß es ihr eher entsprach, ärgerlichen Widerstand zu leisten, als auf diese zerbrechliche Art zuzustimmen. Ihm war natürlich nicht klar, wie wichtig es war, daß sie nur oberflächlich suchten – wenn überhaupt.

»Ihr laßt mir keine Wahl«, sagte der Kommandant mit harter Miene. Er nickte dem Offizier hinter ihr zu. »Lieutenant Donovan, kümmert Euch darum.«

»Nein.« Ramon trat zu ihr und legte ihr eine Hand auf den Arm. »Kann das nicht warten, bis Ihr an Land seid, wo sich eine Frau darum kümmern könnte?«

»So daß Miss Forrester Zeit hat, die Depeschen verschwinden zu lassen? Nein. Lieutenant?«

Der Lieutenant machte einen Schritt auf sie zu, blieb dann stehen und betrachtete fast verzweifelt ihre vielen Röcke.

»Sie wird sich ausziehen müssen«, sagte der Kommandant ungeduldig. »Nehmt sie mit unter Deck.«

»Ich werde mit ihr gehen«, sagte Ramon.

Das Gesicht des Kommandanten wurde hart, und er sagte mit hochgezogenen Augenbrauen: »Ich sehe nicht ein, wieso die Gegenwart eines zweiten Mannes Miss Forrester etwas nützen könnte. Nein. Ihr müßt hierbleiben. Wir müssen noch besprechen, was es mit Eurer Ladung auf sich hat, und dann

möchte ich mir das Schiff genauer ansehen, denn ich gedenke, es zu meinem Flaggschiff zu machen. Das heißt natürlich,
wenn sich seine Geschwindigkeit und Seetüchtigkeit als befriedigend erweisen, was sie zweifellos tun werden. Und
wenn alles in Ordnung ist, werde ich Euch brauchen, um es
von der Untiefe zu befreien.«

Ramon hörte nicht zu, sondern kam zu Lorna, als sie sich
der Kajütentreppe zuwandte. Nach einem scharfen Befehl
hoben die Soldaten an der Reling ihre Gewehre und zielten
in seine Richtung.

»Muß ich Euch daran erinnern, Kapitän Cazenave, daß Ihr
mein Gefangener seid?«

Lorna blieb plötzlich stehen. »Ich glaube, du solltest besser
tun, was er sagt«, meinte sie ruhig. »Ich komme schon zurecht.«

»*Chérie* –«

Sie machte eine schnelle Bewegung, um ihn zum Schweigen zu bringen. Sie konnte sich schon vorstellen, was für
Bilder jetzt in seiner Phantasie standen, aber dagegen war
sowieso nichts zu machen. Wenn die Papiere nicht gefunden
wurden, war alles in Ordnung, aber wenn man sie fand,
würde es besser sein, wenn er nicht dabei war. Sie erinnerte
sich jetzt nur zu gut an die Warnungen von Sara Morgan.
Man würde sie für einige Zeit ins Gefängnis bringen, Monate
oder Jahre, wenn man sie entlarvte. Für Ramon würde das
jedoch die Todesstrafe bedeuten. Sara Morgan hatte auch
gesagt, daß sie als Frau nicht durchsucht werden würde, und
sie hatte sich getäuscht. Worin sie sich sonst noch getäuscht
haben mochte, wollte sich Lorna lieber nicht ausdenken.

Als sie wieder bei der Kajüte waren, hielt der Offizier ihr
die Tür auf, damit sie hineingehen konnte. »Ich habe so
etwas noch nie gemacht, Madam«, sagte er, und seine braunen Augen wirkten beunruhigt, »aber ich denke, es wird das
beste sein, wenn Ihr Eure Sachen auszieht und sie mir her-

ausreicht. Wenn Ihr eine Lampe anzündet und mir gebt, werde ich meine Suche hier draußen vornehmen können.«

»Ja, das werde ich tun, Lieutenant Donovan«, sagte sie, und aus ihrer leisen Stimme sprach wirkliche Dankbarkeit. Es gab Männer, für die Frauen sofort Freiwild waren, wenn sie einmal die Grenzen überschritten hatten, die ihrem Geschlecht zugestanden waren. Die Angelegenheit, die sie erwartete, hätte viel unangenehmer werden können, wenn der Mann eine solche Einstellung gehabt hätte. Es kam ihr der Gedanke, daß seine Ritterlichkeit ihr viele Möglichkeiten gelassen hätte, ihn zu hintergehen, falls das nötig gewesen wäre, aber sie schob diese Idee von sich. Sie zog den Mantel aus, gab ihn dem Lieutenant und trat in die Kajüte.

Während sie die Knöpfe ihres Kleides öffnete, hörte sie schwere Schritte durch das Schiff hallen. Die Soldaten waren im Laderaum und untersuchten die Ladung, dachte sie. Die Armee der Union würde zweifellos das Schießpulver, die Waffen und die Munition gut gebrauchen können. Sie hoffte nur, sie würden keinen Gebrauch für Hüte haben. Sie dachte daran, das Päckchen aus seinem Versteck zu holen und durch das Bullauge hinauszuwerfen. Wenn es keinen Beweis für ihre Schuld gab, würden sie sie ja wohl freilassen müssen, oder?

Ob sie es nun nicht tat, weil sie ihre Mission nicht einfach aufgeben wollte, oder einfach aus dem Bedürfnis heraus, mit dem Offizier fair umzugehen, der sie so höflich behandelt hatte, auf jeden Fall versuchte sie es nicht. Sie schlüpfte schnell aus ihren Kleidern und gab sie Stück für Stück durch die Tür hinaus, bis sie nur noch in Hemd und langen Unterhosen dastand. Als sie zögerte, diese auch auszuziehen und ihm zu geben, hörte sie Stimmengemurmel. Nach ein paar Augenblicken klopfte es.

»Madam?«

»Ja, Lieutenant?«

»Ich bitte um Verzeihung, aber der Kommandant hat befohlen, daß ich eine Leibesvisitation vornehme.«

»Was!«

»Ich werde es so schnell wie möglich machen.«

Er wartete nicht auf ihre Antwort, sondern drehte den Türknopf und kam herein. Sie wich vor ihm zurück, die Arme vor den Brüsten verschränkt, die nur von dünnem Leinen bedeckt waren. Um seinen Mund lag ein grimmiger Ausdruck, und sein Gesicht war dunkelrot. Sein Blick war stetig und entschlossen, allerdings wieder auf einen Punkt dicht über ihrem Kopf konzentriert.

»Es tut mir leid, Madam, aber Befehl ist Befehl. Bitte streckt Eure Arme so aus«, sagte er und machte es ihr vor.

Die Scham des Offiziers linderte in gewisser Weise ihre eigene. Sie war sehr rot, aber ihre Augen beobachteten ihn stetig. Ein schwacher Schimmer von Schweiß erschien auf seinem Gesicht, und er schluckte, so daß sein Adamsapfel hüpfte. Dennoch kam er mit ausgestreckten Händen näher. Als er ihre Seiten berührte, schloß er die Augen. Mit einer schnellen, klopfenden Bewegung fühlte er hinauf bis unter ihre Achseln, hielt den Bruchteil einer Sekunde länger die Hände an der weichen Rundung ihrer Brüste und bewegte sie dann wieder abwärts über ihre Taille und die Wölbung ihrer Hüften. Dann kniete er sich nieder und strich mit den Händen zuerst über das eine, dann das andere Bein, richtete sich wieder auf und trat zurück, als wäre sie ein heißer Ofen.

»Jetzt muß ich Euch bitten, das Haar herunterzulassen«, sagte er.

Das hätte sie erwarten können, denn sie erinnerte sich an Charlottes Bemerkung über den Transport von Nachrichten in aufgesteckten Haaren. Offensichtlich war das eine bei Sara Morgan beliebte Methode gewesen. Sie hob die Arme, löste die Haarnadeln und ließ die glänzende Fülle über ihre Schultern fallen.

»Ist das so in Ordnung?« fragte sie mit angespannter Stimme.

»Wunderschön – ich meine, so ist es schon gut. Ich . . . wenn Ihr mir versichert, daß . . . daß eine innerliche Untersuchung unnötig ist, werde ich schwören, daß ich sie vorgenommen habe.«

Wenn es möglich war, daß die hitzige Röte auf ihrem ganzen Körper noch dunkler wurde, dann war das jetzt der Fall. »Ich kann Euch versichern, daß es nicht nötig ist.«

Er nickte, wandte sich schwungvoll um und verließ den Raum. Vor der Tür hob er ihre Kleider auf und streckte sie ihr entgegen. »Ich werde Euch alleinlassen, damit Ihr Euch anziehen könnt, solange ich dem Kommandanten Bericht erstatte. Und bitte, Miss Forrester, nehmt noch einmal meine herzlichste Entschuldigung entgegen, Madam.«

Er verließ sie, als ob er es gewesen wäre, der die Durchsuchung überstanden hätte, und nicht sie. Daß keine Wache da war und er es auch nicht für nötig gehalten hatte, eine aufzustellen, konnte man für eine Folge ihrer vermuteten weiblichen Schwäche halten oder für einen Beweis der Tatsache, daß er an ihre Unschuld glaubte. Lorna runzelte die Stirn darüber, während sie ihr Kleid und die Unterröcke, ihren Reif und das Korsett ordnete und wieder hineinstieg. Jetzt war der richtige Moment gekommen, sich des Päckchens zu entledigen, die Hutschachtel mit allem Drum und Dran aus dem Bullauge zu werfen, und sie versuchte auch, sich dazu zu überwinden, aber schaffte es einfach nicht. Statt dessen steckte sie ihr Haar wieder auf und bereitete sich darauf vor, wieder an Deck zurückzukehren.

Als es an der Tür klopfte, sah sie erschrocken auf und ging dann zur Tür. Draußen stand Lieutenant Donovan. Er betrachtete sie schnell, als wolle er feststellen, ob sie wieder angezogen war, dann richtete er seinen Blick wieder auf die Stelle über ihrem Kopf.

»Ich bin angewiesen worden, Euch zu bewachen, Miss Forrester, und Eure Unterkunft gründlich zu durchsuchen.«

Sie hätte wissen müssen, daß der Kommandant der Yankees nicht so nachlässig sein würde. Jetzt konnte sie jedoch nichts anderes tun, als einen Schritt zur Seite zu machen und ihn eintreten zu lassen. Sie ließ die Tür offen und ging zu einem der Stühle mitten im Raum, wo sie sich setzte und ihre Röcke um sich ausbreitete. Der Offizier stand zunächst unentschlossen da, trat dann zu Ramons Kiste und hob den Deckel.

Über ihren Köpfen lärmten viele Tritte von gestiefelten Füßen und schweres Rumpeln. Nachdem sie ein paar Minuten lang dem Offizier in Blau zugesehen hatte, der sorgfältig Stück für Stück Ramons Kleider herausnahm und untersuchte, sprach sie ihn an.

»Ist es erlaubt zu fragen, was jetzt geschieht?«

»Sie transportieren die Ladung nach achtern, um das Heck zu erleichtern, in der Hoffnung, daß das Schiff dann wieder rückwärts bewegt werden kann, ohne daß allzuviel über Bord geworfen werden muß.«

»Wurde es denn nicht beschädigt, als es den Grund rammte?«

»Hier und da eine offene Naht, nichts Ernstes. Es wird problemlos schwimmen, wenn es vom Grund gelöst werden kann, aber möglicherweise werden wir bis zur Flut warten müssen.«

»Also hat Euer Kommandant sich entschieden, es als sein Flaggschiff einzusetzen?«

»Jawohl, Madam. Er hat schon auf ein solches Schiff gewartet, etwas Schnelles und Wendiges, wie ein Rennpferd, mit dem er andere Blockadebrecher einholen kann. Er ist jetzt von Bord gegangen, um alles für seinen Umzug von seinem gegenwärtigen Schiff zu diesem vorzubereiten.«

»Mitten in der Nacht?«

»Im Augenblick tun wir fast alles zu dieser Tageszeit, zumindest wenn Neumond ist. Außerdem kommt vielleicht noch einer oder zwei Blockadebrecher, die wir jagen und einholen könnten. Um Himmels willen, was ist denn das?«

Er hatte das Gold gefunden. »Die, äh, . . . widerrechtlich gemachten Gewinne des Kapitäns, würdet Ihr es vermutlich nennen.«

Er pfiff leise und wog einen Sack mit schweren, klingenden Münzen in der Hand. »Ich wußte schon, daß Blockadebrechen ein einträgliches Geschäft ist, aber hieran sehe ich doch erst, wie wahr das wirklich ist.«

Daß sie hier saß und sich zwanglos mit einem Mann unterhielt, der ein Feind war, ein Yankee, und besonders einer, der sie mit seiner Durchsuchung gedemütigt hatte, schien ihr eigentlich unglaublich. Seltsame Dinge geschahen in Kriegszeiten, seltsame Neigungen, seltsame Sympathien. Sie hatte jedoch keine Zeit, genauer darüber nachzudenken. »Ich habe gehört, daß angeblich eine ganze Menge von Offizieren der Union gern einmal versuchen würden, die Blockade zu brechen, wenn die Lage anders wäre. Gefällt Euch denn diese Idee ebenfalls?«

Ein jungenhaftes Lachen erhellte sein Gesicht, und er wandte sich halb zu ihr um. »Sie sagen, es sei etwas Unvergleichliches, aufregender und eine bessere Prüfung für die Nerven als die Jagd auf Wildschweine oder Hochwild. Wenn ich mein eigenes Schiff hätte, so eines wie dieses hier, würde ich es schon ganz gern einmal versuchen.«

Die Maschine der *Lorelei* begann mit voller Kraft rückwärts zu laufen. Die Schaufelräder rauschten. Das Schiff bebte in jedem Spant, und Lorna hielt sich an dem im Boden befestigten Tisch fest, als seine Lage sich veränderte und es in einem schrägen Winkel dahing. Der Deckel der Kiste fiel zu, und der Lieutenant schaffte es gerade noch rechtzeitig, seinen Arm herauszuziehen. Er hockte sich hin und hielt sich am

Ende der Koje fest. Langsam und knirschend begann das Schiff, sich zu bewegen.

»Sie wird es schaffen«, sagte Lorna erstaunt.

»Sie hat es schon geschafft«, antwortete er, und er hatte recht. Die harte Berührung mit dem Boden war aufgehoben, und sie trieben wieder frei und gerade auf dem Wasser.

Aber eigentlich war das egal. Der Augenblick der kurzen Freude war vorbei, und ihr Wächter setzte seine Suche fort bei ihrem eigenen kleinen Koffer, den er sorgfältig untersuchte, dann stieß er die Hutschachteln beiseite und überprüfte genau den Inhalt der Koje, die er aus- und dann sehr ordentlich wieder einräumte, schaute unter den Karten und Papieren, die in einem kleinen Kasten unter dem Tisch aufbewahrt wurden, und auch bei den Büchern auf dem Bücherbrett nach. Lorna sah ihm mit wachsender Anspannung zu, es gelang ihr, weiter mit ihm zu reden, aber jedesmal, wenn er eine Hutschachtel aus seinem Weg räumte, spürte sie, wie die Spannung in ihr zunahm und auf ihren Magen drückte, bis es ihr übel war.

Der Lieutenant wandte sich von den Büchern ab und sah sich um. Seine Aufmerksamkeit fiel auf die Hutschachteln zu seinen Füßen. Er nahm eine hoch, hob den Deckel und sah hinein. Er klemmte sich den Deckel unter einen Arm und begann an dem Seidenpapier zu ziehen, ließ es schließlich auf den Boden fallen. Dann sah er auf, da die Tür aufflog und an die Wand krachte. Lorna wandte sich erschreckt um.

Ramon stand in der Tür. In seiner Hand hielt er einen Marinerevolver. Er richtete ihn nicht auf den Offizier, aber die Bedrohung war deutlich spürbar. Seine Augen, schwarz wie Obsidian, überprüften die Kajüte, ruhten einen Augenblick auf Lornas bleichem Gesicht, bemerkten die ordentlich gemachte Koje und hefteten sich schließlich auf den Mann, der vor ihm stand.

»Ihr habt die Wahl«, sagte er mit weicher Stimme. »Ihr

könnt aufgeben oder den Helden spielen. Soll ich Euch unter den gegebenen Umständen sagen, mein Freund, welche Möglichkeit mir lieber wäre?«

Der Lieutenant stellte die Hutschachtel weg und richtete sich ganz auf. Mit ausdrucksloser Stimme sagte er: »Kann ich daraus schließen, daß das Kommando des Schiffes gewechselt hat?«

»Allerdings.«

»Die Männer?«

»Ein paar haben einen gebrochenen Schädel, aber den Schmerz werden sie wohl kaum bemerken, wenn man die Mengen an Alkohol bedenkt, die sie gefunden haben, weil wir ihn so hinterließen, daß sie ihn bei ihrer Suche nach der Ladung finden mußten.«

»Seid Ihr Euch darüber im klaren, daß man Euch hiernach als Piraten verfolgen wird?«

Ramon zuckte mit den Schultern. »Was soll's? Solange man mich beschießt, kann es eigentlich auch einen guten Grund dafür geben. Aber genug. Wollt Ihr mit nach Wilmington kommen oder die Sache hier beenden?«

Die Worte, die sie einander zuwarfen, konnten nur bedeuten, daß Ramon und seine Mannschaft die *Lorelei* wieder übernommen hatten. Lorna stand auf und trat neben ihn. Sie legte zuerst ihre Hand auf einen seiner Arme und wandte sich dann dem Mann mitten im Raum zu.

»Lieutenant Donovan, könnt Ihr schwimmen?«

»Einigermaßen«, antwortete er, seine Stimme war fest, sein Gesicht wirkte plötzlich ruhig.

Sie sah Ramon wieder an. »Laß ihn gehen.«

»Was?« fuhr er sie an.

»Ich bitte dich, diesen Mann freizulassen. Er . . . er hätte diese vergangenen Stunden für mich unerträglich machen können, hat es aber nicht getan. Ich habe das Gefühl, daß ich ihm das schuldig bin.«

Er starrte sie an, erwog ihre Bitte, wandte ihr seine ganze Aufmerksamkeit zu, obwohl er mitten in einer schwierigen Situation steckte. Sie dachte, sie sähe, wie der Zorn auf seinen Zügen ein wenig nachließ, als er seinen Blick über das weiße Oval ihres Gesichts wandern ließ. Plötzlich nickte er.

Sie gingen an Deck. Das Schiff hatte Fahrt aufgenommen, fuhr gleichmäßig an dem Wrack des gesunkenen Blockadebrechers vorbei, der die Ursache für das Auflaufen gewesen war, und ins offene Wasser hinaus. Draußen auf dem Meer sahen sie das lange Boot mit dem Flottenkommandanten am Bug, der annahm, er kehre zu dem Schiff zurück, das seine Flagge tragen würde. Hinter ihnen im Ruderhaus stand Slick und neben ihm nur der Lotse. Niemand anderes war zu sehen. Sie gingen weiter achtern, weg von dem sich langsam drehenden Schaufelrad. Der Lieutenant zog seine Stiefel, seine Uniformjacke und dann noch sein Hemd aus. Er ignorierte Ramon und wandte sich Lorna zu.

Er nahm ihre Hand. »Meinen allerherzlichsten Dank, und nochmals Entschuldigung.«

»Letztere nehme ich an, aber für einen Dank gibt es keinen Grund.«

»Doch, den gibt es, das wißt Ihr, und ich werde Euch das nicht vergessen.«

Mit festem, warmem Blick sah er ihr in die Augen und hob dann ihre Hand an seine Lippen. Dann ließ er sie los und trat zurück.

»Paßt auf Euch auf«, sagte sie.

Er nickte, drehte sich um und machte einen Satz auf die Reling. Einen Augenblick stand er unbeweglich, dann sprang er und traf mit einem sauberen Klatschen auf das Wasser. Nach ein paar Sekunden sahen sie ihn im Wasser, wie er mit kräftigen Zügen auf das lange Boot zuschwamm.

»Zufrieden?« fragte Ramon mit harter Stimme.

»Ja, danke.«

»Spare dir deinen Dank, es war kein Geschenk.«

»Das verstehe ich nicht.«

»Es erfordert Bezahlung. Ich werde es in den Fahrpreis miteinbeziehen.«

Aus seinen dunklen Augen leuchtete das Versprechen einer Abrechnung, aber noch etwas anderes, ein Zweifel, der so fremd war, daß er einen dunklen Schatten über seine gebräunten Züge warf. Aber jetzt war nicht die Zeit, dem auf den Grund zu gehen.

Er wandte sich von ihr ab und dem Ruderhaus zu. Gleich darauf hörte sie seine Stimme einen Befehl erteilen, der durch das Sprechrohr zum Maschinenraum weitergeleitet wurde.

Die Schaufelräder begannen mit schnellem Schlag das Wasser zu treffen und warfen dabei Spritzer und Schaum auf das Meer hinter sich. Eine endlose Weile lang schienen die Unionsschiffe nicht zu reagieren, dann erscholl das Krachen und Pfeifen eines Geschosses. Es traf hinter ihnen auf und schickte einen hohen Spritzer in die Luft. Es explodierte, und die Erschütterung ließ das Schiff buckeln, als hätte es einen Tritt ins Hinterteil bekommen. Lorna ließ sich auf die Knie herunter und klammerte sich an die Reling, aber vorher sah sie gerade noch, wie das lange Boot, das Kapitän Winslow trug, auf den wild aufgeworfenen Wellen tanzte, so daß es beinahe gekentert wäre. Der Flottenkommandant gestikulierte im Gespräch mit einem sehr nassen Lieutenant, den er beschimpfte, während er auf einem Sitz neben ihm saß, ohne sich der Gefahr bewußt zu werden. Die nächste Kanone donnerte, und das Geschoß flog über sie hinweg, dann war Ruhe.

Die Kanonenboote hatten das Feuer auf sie eingestellt – aus Angst, ihren Kommadanten zu gefährden. Als Lorna der Grund für ihre Rücksicht klar wurde, stand sie wieder auf und trat nach vorn an den Bug. Dort hielt sie sich an der

Reling fest und wandte der Unionsflotte den Rücken zu. Sie kniff die Augen zum Schutz gegen den Wind zusammen und sah in Richtung Wilmington.

14. KAPITEL

Halb verborgen hinter dem zarten Blattgrün von Eichen und Ahorn und ab und zu einer Kiefer, lag die Stadt Wilmington an einem Hügel über dem Fluß. Hier sah man ein Dach und dort eine Mauer durch das dichte Grün, dazwischen schauten gotische Kirchtürme und viereckige Schornsteine hervor. Hoch oben am Hang gab es eine klassische Fassade mit korinthischen Säulen, von der man Lorna sagte, daß sie zum Rathaus gehöre. Am Flußufer war das flache und kleine Zollhaus, und dahinter erkannte man das mit Säulen versehene hohe Haus, das den Marktplatz der Stadt bezeichnete. Darin gebe es, so hieß es, ein richtiges Theater. Im Vergleich zu Nassau schien es ein friedlicher und ruhiger Ort zu sein, weit entfernt von den Unruhen des Krieges. Dennoch war lebhafte Bewegung in der Nähe der Hafenanlagen, wo die Blockadebrecher entladen und die Ladung in Lagerhäser transportiert wurden.

Die *Lorelei* hatte zuerst bei Fort Fisher angelegt. Dort erwartete sie bereits die *Bonny Girl*. Als Ramon und Lorna auf den Sand traten, war Peter schon dort gewesen, um sie beide zu umarmen. In seinem Schreck, daß Lorna an Bord des Schiffes gewesen war, seinem Schuldgefühl darüber, daß er der Grund für ihre Entdeckung durch die Blockadeflotte gewesen war, und seiner Erleichterung, daß sie entkommen waren, verstand er die ganze Situation nicht so recht. Die Geschichte war jedoch schnell erzählt, wobei Ramon den Grund für Lornas Anwesenheit einfach überging. Nichtsdestotrotz war Peter sein besitzergreifender Arm um ihre

Schultern nicht entgangen, auch nicht die Herausforderung in den Augen seines Freundes. Einmal hatte er Lorna angesehen und sich dann mit bleichem Gesicht abgewandt.

Zusammen mit dem Kommandanten des Forts, Colonel Lamb, tranken sie Sekt, um den glücklichen Ausgang der ganzen Sache zu feiern. Alle Offiziere und Mitglieder der Mannschaft wurden in die Trinksprüche einbezogen, besonders Cupido, der auf Ramons Befehl hin dafür gesorgt hatte, daß die Alkoholvorräte leicht zugänglich waren und so die Unionssoldaten entsprechend in Versuchung führten, einschließlich eines Rumfäßchens, das unbeaufsichtigt in der Kombüse herumstand. Nicht beteiligt wurden eben jene Marinesoldaten, die aus dem Lagerraum gebracht und in Gewahrsam von Colonel Lamb übergeben wurden.

Später war Peter wieder verschwunden, während Ramon mit Slick und Chris das Schiff auf Schäden untersuchte, die notwendigsten Reparaturen vornahm und den Rest in seinem Zustand beließ, bis sie im Hafen bessere Voraussetzungen hatten, was die Reparaturmaterialien betraf. Am Vormittag hatten sie schließlich die Untersuchung auf Gelbfieber und andere tropische Krankheiten, die eine Quarantäne nach sich gezogen hätten, hinter sich und waren wieder unterwegs mit einem einheimischen Lotsen, der sie durch das nicht mit Bojen ausgestattete Fahrwasser des Cape Fear nach Wilmington brachte. Drei Kilometer unterhalb der Stadt erreichten sie den traditionellen Trinkbaum, eine uralte Zypresse, die mit Moos behangen im Fluß stand. Im Vorbeifahren hatten sie auf ihre sichere Ankunft getrunken, eine Tradition, die nie versäumt wurde.

Es waren schon vier Blockadebrecher angekommen, zu viele, als daß sie an den beschränkten Hafenanlagen hätten entladen können. Die *Lorelei* ankerte und wartete, bis sie an der Reihe war. Lorna stand an Deck und sah den Aktivitäten am Ufer zu: dem Hin und Her der Marktstraßenfähre, eines flachen Bootes, das mit langen Rudern betrieben wurde; den Bewegungen der Leute an der Schiffswerft etwas weiter abseits, dem Vorbeifahren einer Schaluppe dann und wann, die zu einer der Pflanzungen flußabwärts gehörte, an denen sie vorbeigekommen waren. Sie hob ihr Gesicht der milden Flußbrise und der warmen Mittagssonne entgegen, lauschte den Rufen der Vögel, die die Stadt verbarg, und war sich ganz deutlich der intensiven Freude darüber bewußt, daß sie nach all den Gefahren der vergangenen Nacht noch am Leben war.

Nach einer Weile gesellten sich auch die anderen Passagiere zu ihr. Sie befanden sich gerade in einem Gespräch, in dem geklärt werden mußte, ob sie darum bitten sollten, an Land gebracht zu werden, oder ob sie warten sollten, bis das Schiff anlegte und der Laufsteg heruntergelassen werden konnte. Bei ihnen war auch der Schotte, der zwar einen Verband um den Kopf und den Arm in der Schlinge trug, der aber ebenso dringend in die Stadt kommen und dort seinen Geschäften nachgehen wollte.

Auch die *Bonny Girl* lag hier vor Anker. Lorna winkte Peter zu, als er gerade dabei war, so wie Ramon das An-Land-Gehen vorzubereiten. Er hatte als Erwiderung eine Hand gehoben und sich dann in einem plötzlichen Drang, die Wirksamkeit seiner Arbeit zu beweisen, abgewandt.

Aber die Männer waren nicht die einzigen, die etwas in der Stadt zu erledigen hatten. Der Gedanke an die Aufgabe, die sie übernommen hatte, lastete schwer auf Lorna. Je eher sie sich ihrer entledigt hatte, desto eher würde sie sich entspannen können. Und so betrachtet, würde es das beste sein, wenn sie sich, sobald sie an Land gingen, darum kümmerte, den Ort und die Person zu finden, wo sie die Depeschen abliefern sollte. Bei diesem Gedanken richtete sie sich auf. Sie murmelte eine Entschuldigung, hielt in der Brise ihr Umschlagtuch fest und ging unter Deck.

Sie schloß die Kajütentür sorgfältig hinter sich und sah sich dann um. Cupido hatte Ordnung gemacht, so schien es. Die Stühle standen an ihrem Platz am Tisch, die Lampen waren aus den Aufhängungen genommen, poliert und wieder aufgefüllt worden, die Reste ihres Frühstücks abgeräumt. Auch die Hutschachteln waren zusammengesammelt und an der Wand entlang ordentlich aufgestapelt worden. Sie ging darauf zu und versuchte zu entscheiden, in welcher die schwarze Haube war, in der sie die Depeschen versteckt hatte.

Das Wachstuchpäckchen war in der siebten Schachtel, die sie in die Hand nahm. Der Inhalt der restlichen sechs war um sie herum verstreut, und die Hüte lagen in losem Seidenpapier herum, als sie es fand. Mit dem Päckchen in einer Hand, stopfte sie die schwarze Haube wieder zurück in die Schachtel und hatte gerade angefangen, das Papier wieder darumherum hineinzustecken, als die Tür plötzlich aufging. Sie machte eine ruckartige Bewegung, als wolle sie das Päckchen außer Sichtweite werfen, blieb dann aber regungslos, als ihr klar wurde, daß es dazu zu spät war.

Ramon sagte nichts, sondern schloß die Tür hinter sich und kam auf sie zu. Sein Gesicht war leer, als er das Päckchen aus ihrer Hand nahm, das Wachspapier löste und die Papiere öffnete, die darin lagen. Er überflog den Inhalt nur kurz. Als er sprach, klangen seine Worte wie der Schlag einer Peitsche.

»Was, in Gottes Namen, hast du dir denn bei diesem Wahnsinn gedacht?«

Sie richtete sich ganz gerade auf und hob das Kinn. »Ich wollte meinem Land helfen. Was denn sonst?«

»Bist du dir klar darüber, daß du beinahe den vollen Preis dafür bezahlt hättest?«

»Ich denke schon, denn schließlich bin ich genau hier in dieser Kajüte durchsucht worden!«

»Eine Angelegenheit, die du hättest vermeiden können, wenn du schlau genug gewesen wärst, dich nicht wie die Heldin in einem Melodrama benehmen zu wollen.«

Der Sarkasmus in seiner Stimme stellte ihre Beherrschung ernsthaft auf die Probe, trotzdem blieb sie dabei. »Ich konnte es nicht ablehnen, Sara Morgans Mission für sie zu vollenden. Es ist wichtig, lebenswichtig, daß diese Depeschen Präsident Davis erreichen.«

»Irgend jemand – jeder andere – hätte sie übernehmen können. Es gab keinen Grund, warum ausgerechnet du dieses Risiko hättest eingehen sollen.«

»Es gab zahlreiche Gründe! Und warum hätte ich es nicht tun sollen? Als Frau hätte ich vor einer Durchsuchung eigentlich sicher sein müssen, und das wäre ich auch gewesen, wenn jemand nicht mein Kommen angekündigt hätte. Wie das möglich war, kann ich mir kaum vorstellen, aber –«

»In Orten wie Nassau heben die Wände Ohren, und es ist ganz einfach, den Fregatten, die an der Küste vorbeifahren, ein Signal zu übermitteln. Ein Unionsschiff mit Kurs auf Wilmington, das sich keine Gedanken darüber zu machen braucht, ob es verfolgt und beschossen wird, hätte die Blockadeflotte an der Flußmündung vor uns erreichen können. Nein, das Wie ist ganz offensichtlich, aber das Warum leuchtet mir einfach nicht ein. Du hast es für eine einfache Sache gehalten, nicht wahr? Du hast geglaubt, daß es kein Problem sein würde, mich dazu zu bekommen, daß ich dich mitnahm. Und das war es auch nicht, stimmt's? *Mon Dieu*, wie leicht habe ich es dir doch gemacht!«

»Nein, es . . . es war nicht so.«

Er achtete nicht auf ihre Worte und das Flehen in ihren geweiteten grauen Augen. »Was ich nicht verstehe, ist, warum du es nötig gefunden hast, mich glauben zu machen, du kämest meinetwegen. Du hättest mir einfach die Wahrheit sagen können und hättest dir damit eine Menge Aufwand erspart. Du hättest sogar allein schlafen können, anstatt wie eine Hure deine Gunst einzusetzen, damit ich dir gewogen blieb.«

»Man hatte mir gesagt, daß, wenn du es wüßtest, das bedeutete, daß man dich hängt, wenn die Depeschen entdeckt würden«, sagte sie mit harter Stimme, den Blick voller Wut und Leidenschaft auf sein Gesicht gerichtet.

»Wie lobenswert, so selbstlos«, höhnte er. »Glaubst du denn, sie hätten auch nur einen Augenblick lang geglaubt, daß ich nicht wußte, daß die Frau, die meine Kajüte teilte, eine Kurierin ist?«

»Es ist wahr, das sage ich dir. Und was die gemeinsame Kajüte betrifft, habe ich nicht daran gedacht, wie das aussehen würde. Ich wollte dich niemals –«

»Jetzt kommen wir der Wahrheit näher, nicht wahr? Du hattest gar nicht vor, zu mir zu kommen. Du dachtest, du könntest dich an Bord stehlen und den ganzen Weg über unentdeckt bleiben, nehme ich an?«

»Ich habe überhaupt nichts gedacht! Dazu hatte ich keine Zeit!« sagte sie, und ihre Stimme hob sich.

Er warf das Päckchen auf die Koje und griff nach ihren Armen, zog sie an sich. »Ich dachte, du wärst gekommen, weil du denselben Sog der Besessenheit gespürt hast, den ich empfinde, wenn ich dich ansehe, weil du mir einfach nicht fernbleiben konntest, genausowenig wie ich dir fernbleiben kann. Das läßt mich ganz schön dumm dastehen, nicht wahr?«

»Nein, Ramon, hör mir zu –«

»Nun, solange du lachst, kann ich auch noch dies hinzufügen«, sagte er mit harter Stimme. »Selbst jetzt, wo ich weiß, was du getan hast, habe ich im Augenblick eigentlich nur ein einziges Bedürfnis: dich in dieses Bett zu legen und zu lieben, bis du mich bittest aufzuhören.«

»Lieben?« Sie bemühte sich, ihre Stimme verächtlich klingen zu lassen – trotz des Schauders, der sie durchlief. »Du willst mich nur bestrafen.«

»Glaubst du das? Wie auch immer, ich möchte dich spüren, wie du dich nackt unter mir windest, möchte dein Gesicht sehen, wenn ich in dir bin, sehen, wie du die Kontrolle verlierst.«

Sie starrte ihn an und versuchte die Röte zu ignorieren, die bis zu ihrem Haaransatz hinaufstieg. »Was würde das bringen?«

»Nichts. Ist das nicht eine gute Sache, daß das nichts bringen würde, daß du deine Depeschen durchgebracht hast und wir sicher in Wilmington sind, daß es nicht mehr von Bedeutung ist, was ich denke oder fühle, nur was ich will?«

Sie sah ihn an wie hypnotisiert, als er, während sich seine schwarzen Augen in die ihren zu saugen schienen, seinen Kopf senkte, um ihre Lippen zu nehmen. Im letzten Augenblick wandte sie den Kopf ab. Sein Mund streifte ihre Wange und bewegte sich hinunter zu der Mulde an ihrem Hals. »Du . . . du bist mir böse«, sagte sie mit belegter Stimme, »und ich gebe dir keine Schuld dafür, aber das kannst du nicht machen.«

»Wer wird mich daran hindern?«

»Ich . . . ich werde mich wehren.«

Mit weicher Stimme, sein warmer Atem direkt neben ihrem Ohr, sagte er: »Hast du das auch getan, als du mit diesem Marinelieutenant hier unten warst?«

Sie entwand sich ihm so ruckartig, daß sie seinen Griff durchbrach, aber er war eine Sekunde später wieder bei ihr und ergriff ihre Schultern. Sie hob die Hände, um sich von ihm zu befreien, aber er drehte sie herum, so daß die Hutschachteln durch den Raum flogen, drückte sie gegen die Wand und hielt sie dort mit seinem Körper fest. Sie unterdrückte einen Aufschrei.

»Ich habe noch nie in meinem Leben eine so kalte Angst

empfunden wie in dem Augenblick, als er mit dem Befehl, den er bekommen hatte, mit dir hinuntergeschickt wurde. Er hatte freie Hand, mit dir zu tun, was er wollte, war sogar dazu ermutigt worden. Ich war nicht nah genug bei ihnen, um zu hören, was zwischen ihnen besprochen wurde, als er zum erstenmal seinem kommandierenden Offizier berichtete, aber es gelang mir, beim zweitenmal dabeizusein: *Nichts gefunden bei der Leibesvisitation und inneren Untersuchung, Sir*, lautete sein Bericht, und für diese Worte hätte er beinahe sterben müssen. Es wäre auch dazu gekommen, wenn Slick und Chris und Frazier nicht nah genug gewesen wären, um mich davon abzuhalten, ihm an die Gurgel zu springen.«

Die Bilder, die seine Worte hervorriefen, erfüllten sie mit Schmerz, aber sie wollte es sich nicht anmerken lassen. »Wie kannst du mir dafür die Schuld geben?«

»Oh, das habe ich nicht getan, nicht, bis ich herunterkam und euch beide hier in einem Schwätzchen und lächelnd vorfand, so gemütlich wie zwei alte Tanten bei ihrem Nachmittagstee.«

In den Tiefen seiner Augen sah sie goldene Blitze, und seine Wimpern waren vom Wind verwirrt. In einer plötzlichen Eingebung sagte sie: »Du warst eifersüchtig.«

»Warum nicht? Ich habe nicht die Angewohnheit, meine Frauen mit jemandem zu teilen.«

Der Hochmut in seiner Stimme und die geschickte Art, mit der er ihrer Anschuldigung ausgewichen war, ärgerte sie. »Ich bin nicht eine von deinen Frauen!«

»Jetzt bist du es, und du bleibst es auch, bis wir zurück in Nassau sind, falls du mit der *Lorelei* zurückfahren willst. Aber du hast meine Frage nicht beantwortet. Was ist zwischen dir und dem Lieutenant geschehen?«

»Nichts«, sagte sie scharf. »Weniger als das, was zwischen uns beiden geschehen ist, seit du gerade hier hereingeplatzt bist.«

»Erzähl es mir genauer.« Sein Befehl klang rauh und ließ keine Weigerung zu.

Sie gehorchte, betonte die Rücksicht des Unionsoffiziers, sein Bemühen um ihre Sittsamkeit und sein ehrenhaftes Benehmen. Seine Anspannung wurde etwas geringer, aber selbst durch ihre vollen Röcke spürte sie sein Verlangen, empfand sie die Gewalt, von der er getrieben wurde.

»Bist du sicher? Würdest du nicht die Tatsachen aus Scham oder – Angst verschweigen?«

»Das würde ich nicht! Warum sollte ich Angst vor dir haben oder mich darum kümmern, was du denkst?«

Ein grimmiges Lächeln verzog angesichts ihrer Herausforderung seinen Mund. »Es wäre das beste, wenn du dich zu beidem entschließen würdest.«

Sie würdigte diese Worte keiner Antwort. Sie starrte ihm direkt in die Augen und fragte: »Wenn du so sicher warst, daß er mich schlecht behandelt hat, warum hast du ihn dann gehen lassen?«

»Du hast mich so nett darum gebeten, und es war eine Art, ihn loszuwerden – außerdem gab es ja immer noch die Möglichkeit, daß du seine . . . Behandlung angenehm gefunden hast. Und die Wahrscheinlichkeit, daß er ertrinken würde, war relativ groß.«

Sie schnappte nach Luft, und ihre Augen blitzten silbern vor Zorn. »Nur weil du mich einst besitzen durftest, ohne daß ich schrie oder in Ohnmacht fiel, heißt das noch lange nicht, daß ich mir das von jedem anderen Mann auch gefallen lasse!«

»Nein? Warum sollte ich mich für etwas Besonderes halten?«

»Du weißt warum. Du weißt –« Sie konnte nicht mehr weitersprechen wegen der plötzlichen schmerzlichen Enge in ihrer Kehle, dem Schmerz darüber, daß er ihr mißtrauen konnte, daß es nötig war, sich gegen ihn zu verteidigen.

Sein Blick sank zu ihren Lippen, die feucht und leicht geöffnet waren und an den Seiten etwas zitterten. »Ja«, sagte er mit tiefer Stimme und etwas müde, »ja, ich weiß.«

Er senkte den Kopf und nahm ihren Mund, ließ ihn mit den festen Konturen des seinen verschmelzen, drang an ihrer Verteidigung vorbei, bis er sie tief und vollständig besaß. Seine Hand glitt abwärts und streifte die feste Rundung einer Brust unter dem Musselin ihres Mieders, umrundete sie, erprobte ihre weiche Nachgiebigkeit, bevor er seine Hand darum schloß. Der Druck seines Kusses ließ nach. Sein Mund bewegte sich auf dem ihren, fragend, sie zu einer Erwiderung drängend. Langsam und als könne sie nicht anders, gab sie sie. Sie breitete die Hände über dem rauhen Stoff seiner Uniformjacke aus, ließ sie nach oben gleiten, berührte die kräftige Säule seines Halses mit den Fingerspitzen und drückte sich an ihn.

Ein Klopfen ertönte an der Tür. Gleich darauf ertönte Chris' Stimme. »Wir können anlegen, Käpt'n!«

Ramon fluchte leise, aber lebhaft, bevor er sie losließ und zurücktrat. Er ging zur Tür. Mit der Hand auf dem Türknopf drehte er sich noch einmal um. In seinen Augen lag ein glühendes Versprechen. »Wir werden dies später fortsetzen. Denk daran.«

Wie hätte sie das vergessen können? Der Gedanke daran blieb in ihrem Kopf, als sie sich ihr goldbraunes Tageskleid anzog, das Wachstuchpäckchen in ihr Täschchen steckte und zurück an Deck ging. Er erfüllte ihre Gefühle, als sie darauf wartete, das Schiff verlassen zu können und auch als sie schließlich an Land ging. Er machte es ihr schwer, sich zu konzentrieren, als sie sich auf den Weg zur Villa von Gouverneur Dudley machte. Während der wenigen Minuten, die es erforderte, das Päckchen in sichere Hände zu übergeben, war sie frei davon, aber der Gedanke verfolgte sie erneut, als sie wieder auf der Straße war. Er war so eindringlich, daß sie kaum in der Lage war, die Erleichterung zu spüren, die sie erwartete, als sie sich ihrer Aufgabe entledigt hatte.

Sie wollte nicht zurück zum Schiff gehen. Sie wanderte durch die Straßen, während der Nachmittag verging, und sah den Menschen bei ihren ihr einst so vertraut gewesenen Tätigkeiten zu: eine Zofe, die mit entschlossenen Bewegungen eine Eingangtreppe fegte; ein Gärtner, der in einem Beet Unkraut zupfte; ein Trio von Jungen in kurzen Hosen, die ein Wagenrad die Straße hinunterrollten, verfolgt von drei Hunden unbestimmbarer Rasse. Durch eine Tür, die offen stand, um frische Luft hereinzulassen, sah sie eine eifrig beschäftigte Gruppe von Frauen, offensichtlich ein Nähklub, obwohl der Stoff, der in ihrem Schoß lag, das Grau der Uniformen der Konföderierten hatte. Außerhalb der Wohngegenden, als sie sich wieder dem Fluß näherte, blieb sie vor dem Fenster einer Bäckerei stehen, in dem Frühstücksbrötchen und Pfeilwurzelgebäck auslagen, vor einer Drogerie, die für Farbstoffe, Parfüm und Seifen warb, aber auch dafür, daß sie Rezepte von Ärzten dispensieren konnte. Sie schaute sich auch das Schaufenster eines Photographen an, wo man sich in jeder bekannten Weise porträtieren lassen konnte, was dann wunderschön in Öl, Pastell, Wasserfarben oder indischer Tinte koloriert wurde. Weiter unten wurde ihr Blick vom Fenster eines Händlers angezogen, der alle Arten von Stoffen anbot, zum Beispiel Seide, Merinowolle, Alpaka sowie französische Putzmachereien, aber auch Röcke in Balmoralkaros und Reifröcke, doppelte Röcke, Trauer- und Schmuckschleier, an denen die Preise in Gold und in Konföderiertenanleihen geschrieben standen. Sein Warenbestand schien kaum schlechter zu sein als vor dem Krieg. Entweder hatte die Blockade hier noch keinen allzu tiefen Eindruck hinterlassen, oder der Händler, ein Mr. Katz, war bevorzugter Abnehmer der Blockadebrecher.

»Was gefällt Euch am besten? Ein Ballen Seide? Ein Büschel Federn für eine Haube? Oder wie wäre es mit einem Zuchtperlenkollier, um einen faltigen Hals zu verbergen? Oh, ich bitte um Verzeihung, Madame. Das letztere war höchst unpassend!«

»Peter, Ihr seid ein Idiot!« sagte sie, und ein Lächeln stand in ihren Augen, als sie sich umdrehte. Es erstarb, als sie sich dem Engländer gegenübersah – und Ramon, der neben ihm stand.

»Es ist wahr, ich muß diese Bezeichnung annehmen«, erwiderte Peter finster, jedoch mit einem Leuchten in den Augen. »Aber selbst die Besten von uns haben derartige Ausfälle. Euer Fehler hingegen scheint die Vergeßlichkeit zu sein. Ich wünschte, Ihr hättet meinem Freund hier gesagt, wohin Ihr gehen wollt, er hat sich verdammt unbeliebt gemacht, als er bei mir hereingeplatzt ist und in meinen Taschen nach Euch gesucht hat.«

Sie warf Ramons unbeweglichen Zügen einen schnellen Blick zu. »Ja, mir scheint, das hätte ich tun sollen.«

»Ganz bestimmt. Andererseits, wenn er Wert drauf legt, Euch zu halten, sollte er entweder einen längeren Zügel verwenden oder Euch nicht immer so ängstigen, daß Ihr die Flucht ergreifen müßt.« Seine Sorge und die Bestimmtheit seiner Aussage waren trotz des lockeren Tons klar zu erkennen.

»So ist es nicht gewesen. Ich . . . ich mußte eine Nachricht übermitteln.«

»Ach so, ich verstehe. Wenn ich gewußt hätte, daß Ihr in Wilmington geschäftlich zu tun habt, hätte es mich gefreut, wenn Ihr auf der *Bonny Girl* mitgefahren wärt. Mein Schiff ist ein feines Mädchen, aber Ihr wärt ein Schmuckstück für sie gewesen.« Er machte eine winzige Pause für eine Antwort, aber als sie nicht kam, sprach er ohne Unterbrechung weiter.

»Aber wie auch immer. Ich habe erfahren, daß meine Landsleute hier ein Haus für ihren Aufenthalt in Wilmington gemietet haben, ein Haus, in dem sie heute abend ein kleines Fest veranstalten werden – nach der Aufführung der Theatergruppe im Markthaus. Ich habe mir sagen lassen, ihre Schauspielerei sei beinahe professionell, genauer gesagt so gut, daß die Offiziere der Unionsflotte damit gedroht haben, sie würden sich in die Stadt schmuggeln, um die Aufführung zu sehen. Auf dem Plakat heißt es, sie werden Shakespeares *Der Widerspenstigen Zähmung* geben. Ich erwarte mir nicht allzuviel von einer Katharina mit einem trägen Südstaatendialekt, trotzdem wird es bestimmt unterhaltsam. Werdet ihr beide uns die Ehre geben, daran teilzunehmen?«

»Ich weiß es nicht«, begann Lorna und schaute zu Ramon hinüber.

Sein dunkler Blick streifte über ihr Gesicht, bevor er seinem Freund einen Blick zuwarf. »Wir kommen gerne.«

»Gut«, sagte Peter und lächelte. »Wir werden nach dem Stück zusammen zu Abend essen, also braucht ihr euch darüber keine Gedanken zu machen. Ihr könnt zu Fuß zum Markthaus gehen und danach auch zu unserem kleinen Abendessen, aber wir können auch eine Kutsche mieten. Es gibt hier immer noch erstaunlich viele Kutschen mit gutem Pferdefleisch davor, das noch nicht von der Armee konfisziert worden ist.«

»Wir werden zu Fuß gehen – das heißt, wenn das Haus, das ihr verrückten Engländer gemietet habt, nicht allzuweit vom Theater entfernt ist«, sagte Ramon in beiläufigem Ton.

»Nur ein paar Schritte, gerade weit genug, um nach dem vielen Sitzen die Beine zu strecken.«

Er nickte, trat einen Schritt vor, um Lorna seinen Arm anzubieten, die ihn automatisch annahm. »Dann auf Wiedersehen bis heute abend.«

»Ja, bis heute abend«, wiederholte Peter, aber seine Stimme klang ausdruckslos, als er zusah, wie Ramon mit Lorna zurück in Richtung auf sein Schiff ging. Er stand da und sah hinter ihnen her, bis sie am Abhang des Hügels verschwanden.

Lorna spürte eine gewisse Enge in der Magengrube, als sie sich der *Lorelei* näherten. Sie sah auf zu dem Mann, der neben ihr ging, war sich der gespannten Muskeln seines Arms unter dem ihren und der beherrschten Kraft seiner Bewegungen bewußt. Die Frage drängte sich ihr auf, ob jetzt wohl der Zeitpunkt gekommen war, wo sie beenden würden, was sie angefangen hatten, obwohl sie sich eigentlich für den kommenden Abend würden ankleiden müssen. Wollte sie, oder wollte sie nicht? Sie konnte sich nicht entscheiden, aber sie konnte auch das Gefühl der ängstlichen Erwartung nicht verleugnen, das durch ihre Adern strömte.

An der Laufplanke sah er sie an. »Dies ist noch so eine Sache, die wir in Rechnung werden stellen müssen.«

Sie sah wenig Nutzen darin, so zu tun, als verstände sie ihn nicht. »Du weißt genau, daß ich etwas Wichtiges zu erledigen hatte. Ich habe keinen Sinn darin gesehen, eher eine gewisse Gefahr, noch jemand anderen mit hineinzuziehen.«

»Du hättest es erwähnen können.«

»Du hättest es erraten können«, konterte sie. »Es war eine Verantwortung, der ich mich persönlich stellen mußte. Hättest du mich denn allein gehen lassen?«

Er streckte den Arm aus und nahm ihre Hand, strich mit seinem Daumen über ihre Finger. Seine Stimme klang ruhig, als er sprach. »So unabhängig. Was wirst du nur machen, wenn du entdeckst, daß du in dieser Welt einen Mann brauchst?«

»Dasselbe wie andere Frauen, nehme ich an.« Sie hatte diese Entdeckung schon vor einiger Zeit gemacht, aber sie hatte nicht vor, ihm das zu zeigen.

»Du bist nicht wie andere Frauen.«

»Natürlich bin ich das«, sagte sie bissig.

»Nein.« Er ließ ihre Hand fallen und trat einen Schritt zurück. »Ich habe vor heute abend noch ein paar Dinge zu erledigen. Ich werde in nicht allzulanger Zeit zu dir kommen, damit wir ins Theater gehen können. Warte auf mich.«

Er gab ihr keine Gelegenheit zu einer Antwort, sondern drehte sich um und ging fort. Sein Verhalten war so heftig und so beunruhigend, daß Lorna ihm nicht nachsah. Sie griff nach ihren Röcken, ging an Bord und verschwand in ihrer Kajüte.

Ihr Kopf schwirrte von den Dingen, die sie hätte sagen sollen, von ärgerlichen Anschuldigungen und bitteren Feststellungen. Gleichzeitig bemerkte sie, wie sie in einer gewissen Schwebe blieb, und das Kompliment, das er ihr gemacht hatte, erfüllte ihre Gedanken. Er war ein Mann, der sie wild machte, abwechselnd heiß und kalt. Was wollte er von ihr? Er hatte ihr kein Anzeichen dafür gegeben, daß er seine Absicht in bezug auf eine dauerhafte Beziehung geändert hatte, also wollte er sie wohl als seine Geliebte. Er empfand etwas für sie, aber vielleicht reagierte er einfach nur wie ein Hund, der sich das Stück schnappt, um das die anderen streiten.

Was für ein ekelhafter Vergleich. Sie schüttelte den Kopf und warf sich auf die Koje, wo sie mit weit geöffneten Augen die Decke anstarrte. Brauchte sie einen Mann? Konnte sie möglicherweise so unabhängig sein, wie er sie genannt hatte? Es mußte eine Möglichkeit geben, mit der sie ihren eigenen Lebensunterhalt verdienen konnte, ein Dach über ihrem Kopf und etwas zu essen, ohne daß sie noch abhängig war von Ramons Wohlwollen oder dem eines anderen Mannes. Sie war eine ordentliche Schneiderin; Tante Madelyn hatte dafür gesorgt, indem sie sie beim Flicken helfen ließ und ihre Freizeit damit verplante, feine Stickereien anzufertigen. Sie sprach ganz ordentlich Französisch, aber auf Grund des Desinteresses ihrer Tante daran, daß Mädchen nach ihrem zwölften Lebensjahr noch etwas lernten, fehlte ihr in anderen Fächern die Grundlage, um eine gute Gouvernante zu werden. Sie war kräftig und hatte keine Abneigung gegen Arbeit. Sie konnte putzen, Wäsche waschen, alles.

Das Licht in der Kajüte wurde dämmrig, als der Abend näherkam. Als sie es schließlich bemerkte, sprang Lorna auf, ging zur Tür und rief nach Cupido, damit er ihr ein Bad bereitete. Und dennoch, als das Wasser gebracht worden war und sie in der kupfernen Badewanne saß, die mit Süßwasser statt mit Meerwasser gefüllt war, verließ die nagende Frage sie dennoch nicht. Was erwartete Ramon jetzt von ihr? Sollte sie sein Bett teilen, sich überhaupt nicht mehr um ihr Ansehen kümmern, sich ganz zu seiner Verfügung halten? Erwartete er, daß sie zufrieden war mit der Erfüllung ihres Verlangens, das er mit meisterhafter Beherrschung so gut im Griff hatte?

Und wenn sie einfach ihre Selbstachtung aufgab und tat, was er von ihr erwartete, was dann? Besessen hatte er sich genannt. War das wirklich so, oder hatte er sich nur deshalb in dieses Gefühl hineingesteigert, weil es von Anfang an schwierig für ihn gewesen war, sie zu besitzen, weil sie ihn zuerst abgewiesen hatte und dann in einer Weise benutzt, wie das keine andere Frau gewagt hätte? Wie lange würde sein Verlangen nach ihr andauern? Was würde aus ihr werden, wenn es nachließ?

In der strengen gesellschaftlichen Umgebung, in der sie sich ihr ganzes Leben lang bewegt hatte, war kein Platz für eine Frau, die von einem Mann ausgehalten worden war, ohne daß sie verheiratet waren. Sie würde dann also gezwungen sein, eine schlechtere Position einzunehmen, sich weiterhin den Lüsten der Männer zu widmen, eine Frau der Dunkelheit zu werden. Die Vorstellung, daß Ramon dieses Opfer so nebenbei von ihr verlangte, ließ wieder den Zorn in ihr wachsen, und nicht nur das, auch den Schmerz.

Sie hockte immer noch in der niedrigen Wanne mit dem gewölbten Rückenteil und den Messinggriffen, als er zurückkam. Er blieb in der Tür stehen, als er sie sah, trat dann langsamer in die Kajüte und schloß gelassen die Tür. Er zog eine Augenbraue hoch, und um einen Mundwinkel spielte ein Lächeln, als er zur Koje hinüberging und sich setzte.

»Bist du bald fertig?« fragte er mit sanfter Stimme. »Ich könnte auch ein kurzes Abspülen vertragen.«

»Ja, du kannst die Wanne haben, aber du mußt dir noch mehr Wasser bringen lassen.«

»Ich werde deines benutzen.«

Es war erstaunlich, welches Gefühl von Nähe seine Worte zum Ausdruck brachten. Unter gesenkten Wimpern hervor sah sie ihm zu, wie er seine Stiefel auszog und die Knöpfe seiner Jacke aufmachte. In der Zeit, seit sie Nassau verlassen hatten, war nur wenig Gelegenheit für solche Augenblicke gewesen. Nach ihrer ersten gemeinsamen Nacht war Ramon dauernd beschäftigt gewesen und hatte sich nur zwischendurch kurz zum Schlafen gelegt. Auf ihrer Fahrt von New Orleans war es auch nicht wesentlich anders gewesen, es hatte immer einen Grund zur Wachsamkeit gegeben. Wie würde es wohl sein, fragte sie sich, wenn sie ihn ganz entspannt sehen könnte? Wie würde es sein, wenn sie auf seinem Gesicht Liebe entdecken würde, statt dem dunklen Bedürfnis nach Rache oder dem Verlangen der besitzergreifenden Eifersucht?

Ihre Gedanken waren so beunruhigend, daß sie aufsprang und nach dem Handtuch griff. Es wurde ihr unter den Fingern weggezogen. Ramon, nur noch mit der Hose bekleidet, stand mit dem ausgebreiteten Handtuch bereit, um sie darin einzuhüllen. Solange sie noch bis zu den Knien in der Badewanne im Wasser stand, betrachtete er sie genüßlich, seine dunklen Augen wanderten über die feuchten Kurven ihres Körpers, ruhten auf den Schaumbläschen, die langsam mit dem Wasser, das von ihr abfloß, über die Innenseite ihrer Schenkel abwärts glitten.

»Gibst du es mir, bitte?« gelang es ihr zu fragen.

»Komm und hol es dir.«

Sie mißtraute seinem Lächeln. »Wirklich, wir haben nicht viel Zeit.«

»Ja, nicht wahr?«, stimmte er ihr freundlich zu. »Aber eigentlich glaube ich nicht, daß dies Zeitverschwendung ist.« Sein Blick richtete sich kurz auf ihr Gesicht und wanderte dann bedächtig abwärts, als bewerte er ihre Vorzüge Stück für Stück.

Ganz verwirrt von seinem Benehmen, streckte sie hastig die Hand aus, um sich das Handtuch zu schnappen. Er fing ihr Handgelenk und zog sie mit einem Ruck aus der Wanne, so daß sie stolperte und gegen ihn fiel. Er fing ihr Gewicht mit beiden Armen auf, hielt sie, wickelte das Handtuch um sie. Sie kam auf die Beine und schob sich von ihm weg, konnte aber seinem Griff nicht entkommen. Mit zärtlichen Bewegungen begann er, ihren Rücken abzutrocknen. Er ließ seine Hände über ihre Wirbelsäule auf und ab gleiten, immer etwas weiter abwärts. Als er ihre Hüften erreicht hatte und langsam über ihre Wölbung strich, wand sie sich widerstrebend in seinem Griff. Er ließ es zu, daß sie sich umdrehte, trocknete dabei ihre Seiten ab, die Unterseite ihres Arms, hinauf zu ihrem Schlüsselbein, dann wieder zärtlich abwärts über ihre Brüste. Sie versuchte, sich wieder umzudrehen, aber er ließ es nicht zu. Seine Hand sank mit massierenden Bewegungen zu ihrer Taille hinunter, strich über ihren flachen Bauch, drückte sanft ihr dreieckiges Vlies aus feinem Goldhaar, um es zu trocknen, und glitt unerwartet zwischen ihre Beine.

Sie erstarrte und hob die Wimpern, um ihn finster anzusehen. Er lächelte, seine Bewegungen wurden langsamer, unglaublich zart. Jeder plötzliche Versuch, sich zu befreien,

konnte schmerzhaft werden. Sie hielt still, ihre Muskeln lok-
kerten sich langsam, ihre Brüste hoben und senkten sich, ihre
Brustwarzen an seiner nackten Seite spannten sich.

Ganz plötzlich ließ er sie los, bückte sich und trocknete
nacheinander ihre Beine ab. Lorna schwankte, legte eine
Hand auf seine Schulter, um sich zu halten, ärgerte sich über
sich selbst, daß eine solche Schwäche sie überkam. Er erhob
sich und legte sich das große feuchte Tuch über die Schulter.
Mit einem etwas angespannten Grinsen sagte er: »Wir sollten
uns beeilen. Wir wollen die anderen nicht auf uns warten
lassen.«

Sie wandte sich von ihm ab, obwohl sie sich ziemlich
verwirrt fühlte, als sie sich anzog. Aus ihrem Koffer holte sie
ein frisches Hemdchen und zog es an. Dann nahm sie sich
die Zeit, sich ein wenig Parfüm aufzutupfen, und begann,
nach ihren langen Unterhosen zu suchen. Aber obwohl sie
den Inhalt des Koffers völlig umkehrte, konnte sie keine
finden. Sie wandte sich ab und entschloß sich, dieselben
anzuziehen, die sie gerade abgelegt hatte, da stellte sie fest,
daß Ramon schon wieder aus der Wanne gestiegen war und
sich mit raschen Bewegungen abtrocknete. Als sie sich zu
ihrer abgelegten Unterwäsche bewegte, nahm er die Unterhosen in die Hand und hielt sie ihr entgegen.

»Brauchst du diese hier?«

Als Antwort machte sie mit ausgestreckten Händen einen
Schritt auf ihn zu. Kurz bevor sie die Hosen erreicht hatte,
ließ er sie los. Sie versuchte sie zu erwischen, aber er tat das
ebenfalls, wobei er ihre Hand zur Seite stieß. Die zarten
Beinkleider fielen in die Kupferwanne und gingen in dem
seifenschaumbedeckten grauen Wasser unter.

Lorna sah einen Augenblick hinter ihnen her und hob den
Blick dann zu seinem Gesicht. »Das hast du absichtlich gemacht!«

»Wie kannst du das sagen? Es war ein Unfall.«

»Wo sind meine anderen?«

»Ich habe keine Ahnung. Vielleicht hat sich Cupido entschlossen, auch für dich zu waschen, während wir im Hafen
sind. Heute nachmittag hat er schon meine Hemden geholt.
Aber was macht das denn schon? Du brauchst doch so ein
Ding überhaupt nicht. Geh einfach ohne.«

»Das . . . das wäre unanständig.«

»Aber kühler.«

Das stimmte zumindest. »Das könnte ich nicht.«

»Keiner weiß es – nur ich.«

»Und ich!«

»Du wirst doch wohl aus einem solchen Grund das Theater nicht versäumen wollen?« Seine Stimme klang überzeugend und enthielt nur einen Hauch von Humor, aber noch
etwas anderes, das sie nicht bestimmen konnte.

»N-nein.«

»Es macht bestimmt nichts aus, glaub mir. Wer sollte das
denn schon bemerken – angesichts dieser Menge von Rök-
ken, die ihr Frauen tragt?«

Das stimmte. Langsam ließ Lorna sich überreden; trotzdem fühlte es sich seltsam an, unglaublich lasziv, ihr Mieder
und ihre Unterröcke anzuziehen, während sie unter der Taille noch immer nackt war, unter der Wölbung ihres Reifrocks
ohne irgend etwas zwischen den Beinen durch die Gegend
zu gehen. Selbst als sie in dem Kleid aus weichem, lavendel-
blauem Tüll voll bekleidet war, ihr Täschchen und den Fächer in der Hand und ihren Umhang über dem Arm hatte,
war sie sich ihrer Nacktheit darunter noch voll bewußt, so
daß sie spürte, wie die Röte in ihre Wangen stieg, als sie
Ramons prüfendem Blick begegnete, kurz bevor sie die Kajüte verließen.

Bildete sie sich das ein, oder machte ihn der Zustand ihrer
unteren Körperhälfte genauso unruhig wie sie – wenn nicht
noch mehr? Diese Frage stellte sich ihr den Rest des Abends

immer wieder. Es schien ihr, daß er keine Gelegenheit ausließ, sie zu berühren, die Wölbung ihrer Brüste mit einem Ärmel oder sogar einer Fingerspitze zu streifen, indem er vorgab, eine Mücke verjagen zu wollen, und seine Hand tief im Rücken auf ihr Kleid legte, wo der Rand ihres Mieders aufhörte, indem er doppeldeutige Bemerkungen über die Kostüme der Schauspieler machte, die zum Teil hautenge Beinkleider trugen. Auf Grund der Gefühle, die sie erfüllten, konnte sie sich kaum auf das Stück konzentrieren; sie spürte, wie ein Luftzug unter ihre Röcke wehte, wie der Stoff der Röcke sinnlich über ihre Haut strich, wie warm Ramons Atem ihr Ohr berührte.

Wenn sie ihre Aufmerksamkeit auf die Bühne richtete, wurde es nicht besser. Jedes Wort, das der Petrucchio sprach, schien voller fleischlicher Bedeutung, wenn nicht gar einfach unanständig zu sein. Er spielte seine Rolle sehr sinnlich und als intensive Werbung, die doch mit einer Spur von Verständnis getönt war. Die Kapitulation der Katharina am Schluß kam wie erwartet, wirkte aber dennoch verwirrend. Um diesen Eindruck abzuschütteln und ihren eigenen Zustand zu vergessen, während sie nach dem Stück durch die Straßen wanderten, begann Lorna eine heftige Diskussion mit Peter, Ramon und den anderen. Sie lachte darüber, als die anderen behaupteten, Katharina wäre wirklich gezähmt worden. Lorna behauptete, sie habe nur ihre Taktik geändert, indem sie sie den Bedürfnissen ihres Widersachers anpaßte, wie jede intelligente Frau das tun würde. Als sie gegen diese Behauptung protestierten, schwor sie in übermütiger Sicherheit, daß die vorher Widerspenstige dem Publikum bei ihren letzten Worten zugeblinzelt hätte, womit sie angedeutet habe, daß ihre Nachgiebigkeit nur eine andere Art des Herrschens sei.

Peters Freunde und Landsleute, eine laute Gruppe, die in jeder denkbaren Mode gekleidet war – von korrekten Fräkken über samtene Smokingjacketts bis zu Uniformröcken aus dem Krimkrieg –, begrüßten diese Theorie mit lautstarkem Unglauben. Ein Engländer würde sich nicht von so etwas überzeugen lassen, nur weil irgendeine Südstaatendame die Männer in ihrer Umgebung im Griff habe. Katharina habe genau das bekommen, was sie verdiente, was jeder Mann, der diese Bezeichnung wert war, ihr gegeben hätte.

»Ist das so?« fragte Lorna halb ernst, halb lachend. »Ich sehe eigentlich nichts besonders Ehrenwertes daran, eine Frau zur Unterwerfung zu zwingen.«

»Er hat nur versucht, ihr klarzumachen, daß sie durch seine Anstrengungen ernährt wurde«, warf Peter ein.

»Wenn es ihm beliebte! Und als Gegenleistung dafür muß sie seine Küche versorgen, seine Hemden flicken und seine Kinder bekommen. Mir scheint, sie wäre klüger gewesen, wenn sie die Ehe verhindert und versucht hätte, sich selbst zu ernähren.«

Peter schüttelte den Kopf. »Im Gegensatz zu Katharina, liebe Lorna, sind Eure Lanzen aus Stahl und nicht aus Stroh, aber trotzdem könntet Ihr niemals eine solche Widerspenstige sein.«

»Wie wenig du sie doch kennst«, sagte Ramon, der neben ihr ging. Peter warf ihm einen langen Blick zu, sagte aber nichts.

War sie widerspenstig? War es unmöglich, es ihr recht zu machen, wollte sie nur ihren eigenen Kopf durchsetzen? Den Gedanken fand sie beunruhigend, aber sie hatte keine Zeit, ihm länger nachzuhängen. Die englischen Offiziere auf halbem Sold, die zu den Inseln und dem vom Krieg zerrissenen Amerika gekommen waren, um Erfahrungen zu sammeln, die nur wirkliche Konflikte vermitteln können, hatten einfach zu gute Laune, als daß irgend jemand in ihrer Gegenwart ruhig hätte nachdenken können. Sie warfen einander freche Bemerkungen zu und gebrauchten dazu wenig schmeichelhafte Spitznamen, die weder mit ihren wirklichen Namen noch mit ihren Pseudonymen, unter denen sie zur See fuhren, irgend etwas zu tun hatten. Ihr Benehmen Lorna gegenüber war etwas herausfordernd, allerdings vorsichtig angesichts Ramons strenger Bewachung und Peters ständiger Aufmerksamkeit. Den zwei oder drei anderen Frauen gegenüber, die mit von der Partie waren, benahmen sie sich weniger förmlich und behandelten sie mit heiterer, wenn auch ziemlich zärtlicher Herablassung. Dazu gab es gute Gründe, dachte Lorna. Diese Frauen waren offensichtlich keine Damen und hatten die anstrengende Angewohnheit, zu kichern und das Gespräch auf Hauben und Seidenkleider zu lenken, die sie gern hätten, und auf den Kuchen und den Wein, auf die sie sich freuten.

Sie wurden nicht enttäuscht. In dem Haus, das die Engländer gemietet hatten, gab es ein herrliches Mahl. Es bestand aus Meeresfrüchten, Lammkeule, Roastbeef und gebratenem Huhn, Gemüse in Sahnesaucen, Kuchen und Cremetorten, gebacken mit vielen Eiern, Milch und Butter. Um das alles herunterzuspülen, gab es Sekt und Bier, und für diejenigen, die keine alkoholischen Getränke wollten, Gingerale und Sodawasser. Die Köchin, die bekannt war dafür, daß sie wunderbar leichte Kekse backen konnte, war eine freigelassene Sklavin, die man von einer Plantage weggelockt und zum Lernen in eines der besten Restaurants in Charleston geschickt hatte. Als sie alle zusammen am Tisch saßen, aßen und tranken, waren sie sich darüber einig, daß sie die Ausgabe wert gewesen war.

Ein derartiger Luxus war, so hieß es, zumindest in den Küstenstädten nichts Ungewöhnliches, denn dort konnten Leute mit Geld immer noch problemlos alles Nötige bekommen. Weiter im Landesinneren war es anders. Niemand mußte hungern, aber viele wichtige Dinge wurden von denen weggeschnappt, die zuerst kamen. An vielen Orten buken die Frauen Kuchen aus gesiebtem Maismehl, experimentierten damit, Mais, Roggen und getrocknete Okrasamen zu Kaffee-Ersatz zu verarbeiten, verwendeten getrocknete Brombeer- und Himbeerblätter als Tee, kochten alles Süße aus, um Zuckersirup daraus zu machen, ließen die Säume aus alten Kleidern, um neue daraus zu machen, und stellten Leder aus Maultier- und Schweinehäuten her, die sie mit Roteichenrinde gerbten und färbten. Medikamente waren rar, und jeder, der sich mit der alten Pflanzenheilkunde auskannte, wurde plötzlich sehr beliebt.

Während sie der Erzählung solcher Probleme zuhörte, von denen unter anderem bei den lebhaften Gesprächen am Tisch berichtet wurde, hatte Lorna beinahe ihren unbekleideten Zustand vergessen. Sie wurde wieder daran erinnert, als der Tanz begann und Ramon sie in die Arme nahm. Als sie über den Tanzboden wirbelten, hatten seine Augen einen frechen Glanz. Sie hätte sich kaum wollüstiger fühlen, ihres Daseins als Frau kaum bewußter sein können – fast als wäre sie völlig nackt gewesen. Ihre Finger bebten in seinem Griff, und sie spürte die Hitze, die durch ihre Adern strömte. Ihre grauen Augen leuchteten dunkel, während sie der lächelnden Eindringlichkeit seines Blickes standhielt, mit dem er sie zum Klang der Musik drehte.

Sie empfand sowohl Erleichterung als auch Ärger, als sie ihm von den Engländern entrissen wurde, mit wirbelnden Röcken von einem zum anderen weitergegeben wurde, bis sie atemlos war. Peter rettete sie schließlich, machte den Musikern ein Zeichen, eine langsame Gavotte zu spielen, und tanzte sie mit ihr. Sein blondes Haar glänzte im Licht der Kerzen aus den Leuchtern über ihnen, sein Lächeln war entspannt, sein Blick warm und bewundernd. Sie fragte ihn nach der Ladung, die er auf dem Rückweg nach Nassau transportieren würde, und er erzählte ihr von der Baumwolle, dem Tabak und den Gegenständen für den Schiffsbau wie

Harzen, Terpentin, Teer und Pech, um die er und Ramon im Augenblick konkurrierten.

»Ihr könntet sie doch einfach teilen«, schlug sie vor.

»Das würde keinen Spaß machen.«

»Wir haben Krieg, muß da Spaß sein?«

Er zuckte mit den Schultern, und sein Lächeln wirkte etwas müde. »Warum nicht? Es ist nicht jeder der Typ dafür, der Gefahr direkt ins Auge zu sehen. Ich mache es lieber anders und amüsiere mich, wenn ich kann. Und wenn ich Glück habe, geht die Gefahr an mir vorüber und sieht mich kein zweites Mal an.«

Er hatte das Wort Gefahr gebraucht, aber er meinte Tod. Es gelang ihr, leichthin zu lachen. »Ich denke, diese Philosophie ist genausogut wie jede andere.«

Die Musik verklang. Er verließ mit ihr die Tanzfläche. »Ihr seid bezaubernd, wißt Ihr das? Eine der natürlichsten und unaffektiertesten Frauen, die ich je das Glück hatte zu treffen. Habe ich Euch erzählt, daß –«

»Hat sie dir erzählt, daß sie trotz ihrer bezaubernden Art einem Mann den Tod gebracht hat?«

Peter sah Ramon an und runzelte die Stirn, als der Kreole sich trotz seiner schneidenden Worte mit einem freundlichen Lächeln zu ihnen gesellte. »Das glaube ich nicht.«

»Ich versichere dir, daß es stimmt, nicht wahr, Lorna?«

Das Blut war aus ihrem Gesicht gewichen, als ihr klar wurde, was er da gesagt hatte. Ihre grauen Augen wirkten etwas verwirrt, als sie in sein gebräuntes Gesicht sah. Sie hatte geglaubt, sie hätte jene furchtbare Nacht in Beau Repose hinter sich gelassen, aber jetzt hatte sie sie plötzlich wieder vor Augen, und wieder lag Franklin hingestreckt vor ihr auf dem Teppich mit dem Blumenmuster, gestorben durch ihre Hand. Schließlich sagte sie: »Ja, es ist wahr.«

»Faszinierend«, meinte Peter langgezogen, und in seinen dunkelblauen Augen lag Besorgnis, als er sie betrachtete.

»Ich hatte immer schon eine Schwäche für Abenteurerin-
nen.«

»Oh, der Mann hatte es verdient, getötet zu werden, mehr
als nur einmal, aber es war auch eine praktische Art, einen
Ehemann loszuwerden.«

Peter erstarrte, und seine Augen verengten sich, als er
Ramon ansah. »Ehemann? Das muß doch irgendwelche . . .
Auswirkungen gehabt haben.«

»Unglücklicherweise, und sie sind ihr in der Gestalt von
Nathaniel Bacon nach Nassau gefolgt, dem du ja vielleicht
begegnet bist.«

»Ich glaube, ich würde gern die ganze Geschichte hören.«

»Ich bin sicher, Lorna wird sie dir erzählen, wenn sie dich
wirklich interessiert. Aber nicht jetzt.« Er nahm ihre Hand,
legte sie sich um seinen Arm und bedeckte mit seiner Hand
ihre kalten Finger auf seinem Ärmel. »Ich glaube, *chérie,* es ist
Zeit, daß wir zum Schiff zurückgehen.«

Sie erlaubte ihm, sie aus dem Zimmer zu führen, sie in
ihren Umhang zu wickeln und aus dem Haus zu begleiten.
Sie ging neben ihm her, ohne etwas zu sagen, bis sie die
Lorelei erreicht hatten und sicher in der Kajüte angekommen
waren. Dann zog sie sich von ihm zurück bis in die Mitte des
Raums und verschränkte ihre Hände vor der Brust.

»Warum?« flüsterte sie. »Warum?«

»Ich hatte das Gefühl, als wenn es das beste wäre, wenn er
es weiß.«

»Als Warnung? Bevor er sich zu weit mit einer Mörderin
eingelassen hätte?« Sie ließ sich von ihren Gefühlen mitrei-
ßen, aber sie konnte es nicht ändern.

»Als Vorsichtsmaßnahme. Du hattest ihm offensichtlich
nichts gesagt.« Er begann, seine Jacke auszuziehen, und hatte
Schwierigkeiten mit dem obersten Knopf.

»Das ist auch kein Thema, mit dem ich gewöhnlich ein
kleines Gespräch belebe!«

»Aber es ist etwas, das ein Mann, der sich übermäßig für dich interessiert, wissen sollte.« Er zog die Jacke aus, schleuderte seine Stiefel von den Füßen und begann, sein Hemd auzuziehen.

»Du hast kein Recht, dich da einzumischen.« Sie folgte seinen Bewegungen, ohne sie wirklich wahrzunehmen, so heftig war ihr innerer Aufruhr.

»Wenn ihm wirklich etwas an dir liegt, ist es egal, und ich hatte das Gefühl, daß er dir vielleicht auch würde helfen können –«

»Helfen? Helfen wobei – mich des Mordes an Franklin zu überführen, indem ich ihn selbst eingestehe?«

»– zu verhindern, daß dir Bacon Schwierigkeiten macht, wenn ich nicht da bin, nicht da sein kann.«

Sie wandte sich von ihm ab, verschränkte die Arme fest und ging hinüber zu dem Bullauge, das offen stand, um die Brise vom Fluß hereinzulassen. Sie atmete tief, hatte ein Gefühl, als wäre sie gerannt, gejagt von einem Teufel, und hätte dann erst gemerkt, daß es nur der Überrest eines vergangenen Alptraums gewesen war. Undeutlich und wie aus großer Ferne hörte sie Ramons Hosen rascheln, als er sie auszog, und seine nackten Füße hinter sich über den Boden gehen. Er nahm den Mantel von ihren Schultern und warf ihn zur Seite, dann schloß er seine Arme um sie und legte die Hände um ihre Brüste.

»Schimpfe morgen früh mit mir«, sagte er, und seine Stimme klang rauh, während sein warmer Atem die zarte Kurve an ihrem Hals streifte. »Kratze mir morgen früh die Augen aus. Aber jetzt komm ins Bett mit mir. Ich habe dir heute abend zugesehen, daran gedacht, daß du unter deinen Röcken nackt bist, und jetzt bin ich halb wahnsinnig vor Verlangen nach dir. Dein Aussehen, dein Geruch, das Gefühl von dir sind in meinem Blut wie Wein. Je mehr Hindernisse du mir in den Weg legst, desto verrückter werde ich. Komm,

Liebste, und laß mich dich lieben, oder ich nehme dich hier auf dem Boden, mit hochgeschlagenen Röcken, und werde es nie bereuen.«

Sie drehte sich in seinem Arm um, und die Reste von Schmerz und Zorn bewölkten ihre Gedanken. Dann warf sie sich ihm entgegen, wand ihre Arme um seinen Hals, gab ihm ihren Mund mit der Leidenschaft, die in ihr aufflammte, als seine Lippen den ihren begegneten. Er preßte sie an sich in einer fast erdrückenden Umarmung und hielt den Atem an. Hart, beinahe schmerzhaft, und prüfend nährte sein triumphierender Kuß ihr Verlangen. Seine Hände glitten über sie, rissen an den Haken ihres Kleides und öffneten es schließlich, so daß es über ihren Rücken herunterfiel. Er löste die Knoten an den Bändern von Unterröcken und Mieder, zerriß die, die sich nicht lösen lassen wollten, während er versuchte, sie aus der schützenden Umhüllung ihrer Kleider zu schälen, die sie noch umfing. Sie half ihm, wand sich, schwankte, trat über den Stoffhaufen hinweg und drückte sich in ihrer ganzen Länge an ihn.

Die Festigkeit seines Körper war ein sinnlicher Genuß, die Kraft seiner Arme eine Zuflucht. Sie stand innerlich in Flammen, zitterte in der Kraft dieses rasenden Feuers. Sie wand ihre Finger in festem Griff in das Haar tief unten in seinem Nacken, knetete seine Schultern und schloß verwirrt ihre Augen, als er sie hochhob und auf die niedrige Koje legte.

Er kniete sich daneben, beugte sich über sie, seine Hände erforschten sie. Sie wölbte ihren Rücken, wandte sich ihm zu, bot ihre Brüste der Wärme seiner Lippen dar. Er nahm die eine, neckte die Spitze mit den Zähnen, schnellte seine Zunge daran, schloß seinen Mund darum. Die Muskeln an ihrem Bauch bebten, wurden ruckartig fest, als seine Hand langsam abwärts wanderte. Ihr Atem wurde rauh, und sie gab einen weichen, flehenden Laut von sich, als sein Mund folgte, an ihrem Nabel innehielt und sich dann dem sanften Hügel darunter zuwandte, wo er den empfindlichsten Punkt ihres Körpers suchte und fand.

Ihre Muskeln spannten sich. Die Wirklichkeit zog sich zurück, und sie trieb in ein Gefühl durchdringender Ekstase hinein. Durch ihre Gedanken flog das weiche, durchscheinende Bild von Ramon, der noch einmal durch die hohen Fenstertüren ihres Hotels in Nassau zu ihr kam, schweigend, göttergleich, den Genuß bringend. Sie schrie auf in unbeherrschter Lust, wand sich, zog ihn herauf zu sich auf die Koje, beugte sich über ihn, und ihr loses Haar fiel auf seine Brust. In ihrer leidenschaftlichen Dankbarkeit und der Flut des Genusses, der durch ihre Adern strömte, versuchte sie mit Lippen und Händen, ihm den gleichen Genuß zu bereiten, dasselbe wilde Verlangen in ihm zu erzeugen. Er nahm es an, seine Hände in die seidigen Strähnen ihres Haars gelegt, und versuchte, die Grenzen seiner Beherrschung zu erfahren, bis er es nicht mehr ertragen konnte.

»Oh, Himmel, mein Herz«, flüsterte er heiser, »laß mich –«

Er zog sie neben sich auf die Koje herunter und drang in sie ein, erfüllte sie ganz tief, wobei er sie an den Hüften an sich zog. Aber er war mit der Tiefe seines Eindringens nicht zufrieden, schob sich zur Seite und zog sie unter sich. Sie klammerte sich an ihn, zog ihn tiefer und tiefer zu sich, und ihr Atem schien in ihrer Kehle steckenzubleiben. Er lag einen Augenblick still, stützte sein Gewicht auf seinen Ellenbogen ab und suchte ihren Mund, trank die Süße ihrer Lippen. Dann begann er sich zu bewegen, unterwarf sie mit sanfter Beharrlichkeit seinem Rhythmus. Sie hob sich ihm entgegen, die Augen fest geschlossen, die Hände flach auf der Koje ausgebreitet. Sie stieg empor, schwerelos, ungebunden, verwandelt. Sie hatte kein Selbst und brauchte es auch nicht. Er war ein Teil von ihr und sie ein Teil von ihm, sie waren verbunden, untrennbar.

Es brach über sie herein, und die Feuchtigkeit ihres eigenen Höhepunkts vermischte sich mit der seinen. Es war ein dunkles Geheimnis, uralt und verzehrend, ein Ereignis, das Leben schuf oder zerstörte, das Übersättigung oder nagenden Hunger bewirken konnte, Zerstörung oder Freude. Es hämmerte in ihrem Blut und durchströmte bebend ihren Körper, eine gewaltige Erfüllung, die Erschöpfung hinterließ. Sie barg ihr Gesicht in Ramons Halsgrube, küßte seine feste, salzig schmeckende Haut, murmelte lautlos Worte in dem Übermaß an Liebe, das sie in diesem Augenblick empfand. Seine Arme schlossen sich um sie, und seine Lippen streiften ihre Stirn. Er hielt sie fest und starrte in die Nacht. Bevor ihr Herzschlag wieder ruhig war, schlief sie schon.

15. KAPITEL

»Ich denke«, sagte er mit einer Stimme, die warm, gelassen und zufrieden klang, »ich werde alle deine Unterhosen wegwerfen. Vielleicht auch dein Mieder. Und diese Reifröcke – ja, die ganz bestimmt.«

Sie lagen in der Koje, und das klare, goldene Licht des Morgens strömte durch die Bullaugen herein und fiel auf den leise schwankenden Boden der Kajüte. Ihre Körper lagen dicht nebeneinander unter einem Laken und einer leichten Decke, Ramon hatte sich auf seinen Ellbogen gestützt und ließ seine Lippen über die weiche Rundung ihrer Schulter und seine freie Hand über ihren Arm streichen. Lorna hatte so getan, als wäre sie noch sehr verschlafen, trotz der wachsenden Hitze, die sein Körper an ihrem nackten Rücken und seine Zärtlichkeiten in ihr bewirkten. Sie öffnete die Augen und spannte die Muskeln an.

»Du hast es getan. Ich wußte, daß du es getan hast!«

»Ich habe was getan?« fragte er, und seine Stimme war voller Unschuld.

370

»Du hast meine Unterhosen verschwinden lassen, so daß ich nichts mehr zum Anziehen hatte.«

»Ich finde, du warst ganz passend angezogen, mehr als passend.«

Sie entwand sich seinem Griff und schob sich in der Koje hoch. »Von allen niedrigen, miesen Tricks, die mir je begegnet sind, ist das der schlimmste gewesen!«

»Ich habe nicht gesagt, daß ich es war«, protestierte er und wandte seine Aufmerksamkeit ihrem schlanken, wohlgeformten Knie zu, das sie so hochgezogen hatte, daß es jetzt in seiner Reichweite war. Er legte seinen Arm über ihr Bein und begann ihre Kniescheibe mit der Zungenspitze nachzuzeichnen.

»Das brauchst du auch gar nicht, es steht ganz deutlich in deinem selbstgefälligen – hör auf damit, das kitzelt!«

Er ignorierte ihre windenden Bemühungen, seiner Zunge auszuweichen. »Und wenn es so war? Gib zu, du hast diesen ... zwanglosen Abend genossen – und alles, was danach kam.«

»Oh!« rief sie und zerrte, angetrieben von seinem Kitzeln und seiner anmaßenden Haltung, das Kopfkissen unter sich hervor, um es ihm an den Kopf zu werfen. Er duckte sich, griff danach, und sie rangen eine Weile miteinander. Sie lehnte sich über ihn, und da sie feststellte, daß sie es ihm nicht entreißen konnte, versuchte sie, es ihm aufs Gesicht zu drücken. Er richtete sich plötzlich auf und nahm das Kissen mit sich, zog ruckartig daran, sie wollte es nicht loslassen, und einen Augenblick später lag sie bäuchlings auf seinem Schoß. Er ließ das Kissen los. Sie sah nicht, sondern spürte, wie er seine Hand über die verletzliche weiße Haut ihres Hinterteils erhob. Wie ein Aal wand sie sich, drehte sich um und starrte ihn schwer atmend und wütend an.

Er grinste, und das ungehinderte Vergnügen ihres Spiels erhellte das Dunkel seines Blicks. Das weiße Strahlen seiner

Zähne leuchtete vor dem Braun seiner Haut. Er schüttelte den Kopf. »Weißt du denn nicht, *ma chérie,* daß ich nicht einmal einen Zentimeter deiner schönen Haut röten würde?«

»Woher sollte ich das wissen?« Ihre Worte klangen scharf, aber ziemlich atemlos.

»Ich möchte dir nur angenehme Gefühle bereiten.«

Er legte seine Hand um ihre Taille und schloß seine Finger darum. »Du meinst, du willst mich verrückt machen!« sagte sie bissig.

»Möglicherweise schon – auf die eine oder andere Art«, gestand er ihr zu und schürzte die Lippen, während er eine Hand nach oben streichen ließ und ihre Brust umfaßte. »Aber das scheint mir gerecht, denn du hast in den vergangenen Wochen auch nicht zu meiner Vernunft und Geistesklarheit beigetragen.«

»Du weißt –« begann sie, aber er schnitt ihr das Wort ab.

»Ja. Wollen wir das nicht vergessen und nur an das Jetzt denken? Ich möchte im Augenblick einfach nur wissen, was dir Genuß bereitet. Wenn du unzufrieden bist, mußt du mir sagen, was ich tun kann, um dich glücklich zu machen.«

»Ich – nichts.« Sie senkte die Wimpern und fühlte warme Röte in ihre Wangen steigen.

»Nichts? Gibt es nichts, was ich getan habe, das dir noch einmal gefallen würde?«

»Ich . . . ich bin nicht unzufrieden.«

»Ich auch nicht«, sagte er und ließ seine Finger in das Tal zwischen ihren Brüsten gleiten, legte sie schließlich an die Stelle, wo ihr Herzschlag den weichen, weißen Hügel erzittern ließ. »Wirklich nicht, aber du hast so völlig – wenn auch teilweise unfreiwillig – mein größtes Verlangen gestillt, daß ich das auch gern für dich tun würde. Sag mir einfach nur, was es ist.«

Seine Stimme war leise, hypnotisch überredend, seltsam klangvoll. Die Vision, die sie von ihm gehabt hatte, wie er nach seiner Serenade nachts zu ihr kam durch die Fenstertüren des Hotels, kam ihr wieder in den Sinn. Sie zögerte und schüttelte dann den Kopf.

»Es gibt doch etwas«, sagte er, und sein Griff wurde fester, sein Ton befehlend, als er wieder sagte: »Erzähle es mir.«

»Es . . . es ist dumm, und nichts, was du jetzt tun könntest, selbst wenn es nicht zu gefährlich wäre. Es war . . . es ist nur ein Gedanke, eine Art Tagtraum.«

»Aber du findest ihn aufregend«, sagte er und lächelte wieder, als er sich neben ihr ausstreckte und sie in seine Arme zog. »Jetzt muß ich es wissen. Du kannst es nicht vor mir geheimhalten, ich werde es nicht zulassen.«

Als sie es ihm sagte, lachte er nicht, wie sie befürchtet hatte, und es machte ihm auch nichts aus, daß ihre Gedanken in die Phantasie geglitten waren, während sie in seinen Armen gelegen hatte. Das Geräusch, das er tief unten in der Kehle machte, hätte Erstaunen oder Entzücken bedeuten können, und einen Augenblick später flüsterte er in ihr Ohr: »Warte nur ab, warte einfach ab.«

War es die Sinnlichkeit ihrer Gedanken oder die Tatsache, daß sie sie laut ausgesprochen hatten, daß sie mit solchem Hunger übereinander herfielen? Der Grund war bedeutungslos, es zählte nur die Wirklichkeit, die Kraft und die Wildheit ihrer Inbesitznahme, das körperliche Verlangen, das gestillt, und die menschliche Wärme, die zwischen ihren Mündern und einander umschließenden Armen ausgetauscht wurde. Und da war noch etwas anderes. Es fühlte sich an, als entstehe über der Verschmelzung ihrer Körper noch eine Verbindung zwischen ihren Gedanken, eine zarte Verbindung, die vielleicht andauern konnte oder auch in einem Augenblick zerbrechen.

Sie zogen sich später beinahe widerwillig an und machten sich fertig, um in die Stadt zu gehen. Ramon hatte geschäftlich zu tun wegen der Fracht, die am Nachmittag in das

Schiff geladen werden würde; außerdem gab es noch eine Versteigerung der Dinge, die die verschiedenen Blockadebrecher mitgebracht hatten. Er schien aber nicht die Absicht zu haben, Lorna allein an Bord zu lassen, und Lorna wollte auch nicht bleiben. Sie trug ihr Musselinkleid, dazu ein Umschlagtuch über dem Arm gegen die Frühlingskühle in diesen Breitengraden, außerdem einen Sonnenschirm gegen die Helligkeit der Sonne und verließ das Schiff an seinem Arm.

Das Geschäft wurde ohne weitere Schwierigkeiten abgeschlossen, wobei Lorna mit Tee und Gebäck bewirtet wurde. Als sie fortgingen, begegneten sie noch einmal Peter und seinen englischen Freunden. Einen Augenblick lang ärgerte es sie, als sie sich lärmend um sie scharten und sie feststellte, daß sie nur unwesentlich nüchterner waren als am vergangenen Abend. Sie warf einen schnellen Blick auf Ramon, aber er lächelte und scherzte mit Peter über die Ladung, die er ihm direkt unter der Nase weggeschnappt hatte. Die Schmeicheleien Lorna gegenüber schienen ihm jetzt nichts auszumachen. Eigentlich schien er die Ablenkung eher zu begrüßen und war sofort bereit, auf Peter und die anderen zu warten, während sie ihre Geschäfte regelten, so daß sie danach alle zusammen zum Essen gehen konnten.

Nachdem sie das Ziegelhaus in der Nähe des Flusses verlassen hatten, blieb vor dem Essen noch etwas Zeit. Ihre Suche nach einem geeigneten Restaurant führte beim Laden des Photographen vorbei. Plötzlich ging der Aufschrei durch die Menge, man müsse sich porträtieren lassen, und sie fielen wie die Heuschrecken über den hilflosen Künstler her. Er war ein kleiner, schlanker Mann mit schütterem Haar, das in einer fahlen braunen Spitze über seiner hohen Stirn endete, und er schien von so viel Arbeit kurz vor der Mittagszeit so überwältigt, daß er Namen und Beträge ständig durcheinanderwarf. Lorna kam als einzige Dame der Gruppe zuerst an die Reihe. Er werkelte an der grünen Drapierung im Hintergrund herum, ordnete ihr Kleid sorgfältig in Falten, legte ihre Hände in Position und drehte ihren Kopf in die richtige Richtung, dabei verschwand er immer wieder unter dem schwarzen Tuch, das seine Kamera auf dem Holzstativ bedeckte. Die Farbe ihres Kleides gefiel ihm nicht, denn seiner Meinung nach war es viel zu hell, ebenso wie ihr Haar. Auch ihre grauen Augen könnten ein Problem werden, braune Augen wirkten auf Photographien immer am besten, und auch dunkelblaue Augen kämen recht gut zur Geltung, aber Hellblau und Grau schienen zu verschwinden. Es würde auf jeden Fall besser werden, wenn man sie entsprechend kolorierte. Es gebe da eine Frau, die er empfehlen könne, die gute Arbeit für einen vernünftigen Preis leiste.

Ein Porträt war nicht genug. Ramon bestand darauf, daß sowohl eines für sie als auch eines für ihn gemacht werde, und Peter sagte mit einem langen Blick auf seinen Freund, er wolle auch eines haben. Um sich nicht ausstechen zu lassen oder vielleicht auch, um Ramon und Peter eins auszuwischen, verlangte eine Anzahl der anderen Engländer ebenfalls eines. Lorna saß da, lächelte steif und versuchte, nicht über die lächerlichen Ratschläge von allen Seiten zu lachen. Während ein Rahmen nach dem anderen in die Holzkiste der Kamera geschoben und wieder herausgezogen wurde, während das Pulver, das das helle Licht zum Photographieren erzeugte, immer wieder aufflammte und die Luft mit beißendem Rauch füllte, fragte sich Lorna, ob das überhaupt je ein Ende haben würde.

Als Ramon an der Reihe war, verwickelte er den Photographen in ein Gespräch über den Nutzen der Photographie beim Einsatz für die Zwecke der Kriegsberichterstattung und die Schwierigkeiten des Photographierens im Freien. Mit diesem Thema schien der Mann gut vertraut zu sein, und er wandte sich danach mit ungerührter Geduld den Possen von Peter und seinen Freunden zu, die Napoleon- und Admiral-Nelson-Posen einnahmen, um sich so für die Nachwelt verewigen zu lassen. Trotzdem schienen alle sich einig in ihrer Zufriedenheit darüber, daß Lorna der Grund für die anfängliche Fassungslosigkeit des Mannes gewesen war. Ihre ungewöhnliche Schönheit sei es gewesen, so erklärten sie, die sein Gleichgewicht so empfindlich gestört habe, und auch ihre Proteste konnten sie nicht davon abbringen.

Das Mittagessen nahmen sie auf einem von einer Ziegelmauer umfriedeten Hof im Schatten einer Eiche ein; es bestand aus Schildkrötensuppe, nur leicht angebratenem Roastbeef, frischgebackenem Brot, neuen Kartoffeln in einer Sahnesauce mit Schalotten und als Nachtisch in Wein getränktem Gebäck mit Sahne und Mandeln. Es war sehr amüsant, und die Scherze und der Wein flossen gleichermaßen reichlich. Lorna, der vor Lachen die Seiten weh taten, sah ihnen zu, wie sie alle dort an diesem Tisch saßen, die Gesichter gefleckt von dem Sonnenlicht, das durch die Blätter der Eiche fiel. Sie schwiegen niemals, waren nie unbeweglich, eine dicht verwobene Gruppe von einander kameradschaftlich verbundenen Landsleuten in einem fremden Land, die einer gefährlichen Aufgabe nachgingen. Als sie ihren Blick von einem zum anderen gehen ließ, dachte sie an die Fahrt, die sie alle vor sich hatten, den Cape Fear wieder hinunter und an den Schiffen der Blockadeflotte vorbei zurück nach Nassau. Wie viele von ihnen würden es schaffen? Wie viele würden in einem Jahr bei zunehmender Dichte der Blockade und damit wachsender Gefahr noch am Leben sein? Und wie viele würden nur als verblassende Bilder auf photographischem Papier in Erinnerung bleiben?

Eine Art abergläubisches Grauen erfaßte sie für einen Augenblick, und sie schauderte und nahm ihr Weinglas. Sie war erleichtert, als Peter nach seiner Taschenuhr griff und ankündigte, es wäre Zeit, zum Auktionshaus aufzubrechen, falls sie dem Verlauf der Auktion folgen wollten.

Lorna hatte noch nie eine Auktion besucht. Sie war faszi-
niert von der erstaunlichen Vielfalt an Waren, die in Bündeln, Kisten und Fässern an der Wand entlang aufgereiht
standen, von alkoholischen Getränken bis hin zu weichem
Leinen für Kleinkindwindeln, und auf jedem war die ent-
sprechende Ausrufnummer befestigt. Sie betrachtete mit Interesse das Podium mit den dort aufgestellten Reihen steifer,
unbequemer Stühle, die Männer und Frauen, die langsam
durch den Raum wanderten, hier und da stehenblieben, um
an einem Stück Stoff zu fühlen, an einer Probephiole Parfüm
oder einer Schachtel mit Gewürzen zu schnuppern. Es war
angesichts der Fülle der Waren und des wohlhabenden Ein-
drucks der Leute kaum vorstellbar, daß ein Krieg und eine
Blockade dieses Land bedrohten. Das änderte sich erst, als
die Gebote begannen.

Der Auktionator war stämmig und bekam eine Glatze,
ihm wurde assistiert von Männern, die darauf achteten, daß
alle Gebote berücksichtigt wurden; sie alle waren so kurz
angebunden, daß es schon an Unhöflichkeit grenzte. Der
Verkaufsvorgang begann in recht ordentlicher Manier, indem ein zu ersteigernder Gegenstand, wie zum Beispiel ein
Ballen Stoff, hochgehalten wurde, zu dem man dann in
schnellem Tempo und mit flinker Zunge die Gebote forderte.
Und während dann die Gebote höher und höher wurden, so
daß manche Bieter nicht mehr mitbieten konnten, weil es zu
teuer wurde oder die Menge es einfach übertrieben fand,
fingen Männer an zu murren, und Frauen begannen zu weinen. Ein einfach gekleideter Bauer rief laut seinen Ärger in
die Menge, eine Frau wurde ohnmächtig. Zwei Herren, die
beide von sich behaupteten, das höchste Gebot abgegeben zu
haben, gingen mit ihren Rohrstöcken aufeinander los, und
ihre Frauen kreischten und versteckten die Gesichter hinter
ihren Händen. Zwei Frauen, die beide keine Damen waren,
versuchten, einen Ballen silberdurchwirkten Tüll zu ergat-

tern. Bevor man sie trennen konnte, hatten sie einander die Hauben vom Kopf gezerrt und trampelten darauf herum, hatten sich Stücke aus dem Mieder gerissen, sich die Haare gerauft und zerkratzten sich die Gesichter. Der Auktionator klopfte mit seinem Hammer Ruhe gebietend auf den Tisch, seine Helfer schrien, und Männer mit Gewehren in den Händen kamen durch eine Hintertür hereingeströmt und stellten sich vor die Waren, als die Menge in diese Richtung drängte.

Schließlich wurde die Ordnung wiederhergestellt, aber diese unruhigen Minuten hatten deutlich gemacht, welche Angst hinter dem scheinbar normalen Verhalten der Menschen hier steckte, wie verzweifelt sie versuchten, etwas zu horten, um der ungewissen Zukunft vorzubeugen, wie sie versuchten, an Dinge zu gelangen, deren gewohnter Luxus ihnen notwendig erschien, um sich zu beweisen, daß ihre Lage nicht bedroht war, nicht bedroht sein konnte.

Lorna hatte eigentlich schon genug gesehen, wollte aber nicht sagen, daß sie gehen wollte, damit Ramon sich nicht verpflichtet fühlte, sie zu begleiten. Ihr Kopf begann zu dröhnen durch den beständigen Singsang des Auktionators, die Rufe der Männer, die ihm halfen, und die Enge des überfüllten Raums. Ein paar Stühle vor ihnen kaute ein Bauer rhythmisch auf seinem Tabak und spuckte zwischendurch geräuschvoll den Saft in den Spucknapf zwischen seinen Füßen. Der Geruch und das Geräusch aus dem fast vollen Spucknapf erfüllten sie mit Ekel. Dann kamen die Hauben aus Ramons Kajüte zur Auktion.

Sie wurden nicht einzeln verkauft, sondern als Ganzes. Mit dieser Ankündigung brach ein wahrer Höllenlärm aus. Frauen weinten und flehten, ihre Rufe erhoben sich mitleiderregend über den Lärm, als einige der Pariser Modelle ausgepackt wurden. Ein Hut war aus dunkelrosa Stroh, eingefaßt mit zartrosa Satin und Tüll und mit einem Sträußchen Seidenrosen über der Krempe. Ein anderer war aus moosgrünem Samt und so sinnreich über einem Draht geformt, daß er hinten offen war und die Frisur der Trägerin schön zur Geltung brachte, das Ganze verziert mit einem Büschel aus Pfauen- und Marabufedern. Der dritte und schönste bestand aus schwarzem Satin, umgeben von einem Schleier und besetzt mit vielen Blumen aus glitzerndem Jett, die auf feinen Drähten hinabreichten bis über die Stirn der Trägerin.

Die Gebote begannen sehr hoch und stiegen immer höher. Anfangs konkurrierten sechs oder sieben Bieter, dann waren es noch drei, und schließlich blieben zwei übrig. Die Schluchzer und Seufzer erstarben zusehends, während das Gebot in astronomische Höhen stieg. Frauen saßen wie erstarrt da, und ihre Männer sahen einander in völligem Unglauben an. Nichts, was bisher versteigert worden war, hatte derartige Summen eingebracht, weder Tee noch Schokolade, noch Mehl für Brot oder Stoffe für Sommerkleidung. Daß solche Mengen des letzten Geldes einer ersterbenden Wirtschaft für etwas so Überflüssiges ausgegeben werden sollten, war einfach abstoßend, fast hochverräterisch, und doch war nicht eine einzige Frau im Zimmer, die nicht ihre Seele für einen dieser Hüte verkauft hätte, und kein Mann, der nicht sein letztes Geld ausgegeben hätte, um ihn für sie zu erstehen.

Der Hammer fiel. Die Hüte gingen an einen selbstzufriedenen Händler, der sofort von Frauen umlagert wurde, die wissen wollten, wann er sie verkaufen würde. In dieser Verwirrung stand Lorna auf, stieg über Peters Füße hinweg, bevor er sich bewegen konnte, und ging auf die Tür zu. Ramon holte sie ein und griff fest nach ihrem Arm, so daß sie stehenbleiben mußte, während er die Tür für sie aufstieß. Als sie draußen auf dem Bürgersteig waren, drehte er sie um, damit sie ihn ansehen mußte.

»Was ist los? Ist dir schlecht?«

Mit fest aufeinandergepreßten Lippen und steinernem Blick starrte sie ihn an. »Nein.«

Sein besorgter Blick streifte über ihr Gesicht, als suche er nach Anzeichen für die Krankheit, die er befürchtete. Er hob eine Augenbraue, und seine Züge wurden hart. »Also waren es die Hüte.«

»Ja, die Hüte! Warum hast du sie hierhergebracht? Warum hast du so sinnlose Dinge als Ladung transportiert?«

»Weil sie, wie du sehen konntest, das sind, was die Frauen wollen.«

»Aber sie brauchen sie nicht! Sie werden Geld dafür ausgeben, das sie besser für Nahrung und Kleidung ausgeben sollten oder um unsere Soldaten zu versorgen.«

»Ich zwinge sie ja nicht, sie zu kaufen«, antwortete er, und aus seiner Stimme klang Zorn, den er jedoch fest im Griff behielt.

»Das vielleicht nicht, aber du hast dich entschieden, sie statt etwas Wertvollerem mitzubringen!«

Er betrachtete prüfend ihr Gesicht, und in seinen Augen stand ein düsteres Flackern. »Es ist nicht wegen der Hüte, nicht wahr? Es ist wegen des Geldes.«

»Warum sollte es nicht so sein?« sagte sie herausfordernd. »Du hast dich bereichert, indem du gebaut hast auf die Schwäche der Frauen für hübsche Dinge in einer häßlichen Zeit. Das ist ungerecht, genaugenommen sogar grausam.«

»Warum denn? Wenn die Frauen es sich leisten können und es ihnen hilft, über die dummen Streitereien der Männer hinwegzukommen? Sie können mit einer neuen Haube genausogut Hurra rufen wie ohne solche Dinge.«

»Verstehst du mich nicht«, sagte sie mit direktem Blick, »oder willst du mich nur nicht verstehen?«

Sie ging um ihn herum, zog ihre Röcke vor der Berührung mit seinen Stiefeln zurück und ging entschlossen den Bürgersteig entlang. Er stürzte hinter ihr her, holte sie mit wenigen schnellen Schritten ein und vertrat ihr den Weg.

»Ich habe niemals behauptet, ein Heiliger zu sein, der am

liebsten die Fahne schwenkt und bereit ist, ein Selbstmord-
kommando anzuführen. Das wußtest du, bevor du mit auf
diese Fahrt gekommen bist. Wenn du nicht hättest sehen
wollen, wie gewinnsüchtig ich bin, hättest du in Nassau
bleiben sollen.«

Sie starrte ihn kalt an und ging noch einmal um ihn herum.
»Ich glaube, das hätte ich wirklich tun sollen.«

»Und dazu dein altes Reitkostüm tragen, während du versuchst, deinen eigenen Lebensunterhalt zu verdienen«, rief
er mit beißendem Ton hinter ihr her.

Sie blieb einen Augenblick lang verblüfft stehen, als ihr
klarwurde, daß er sie daran erinnerte, wie er sie ernährte,
und das mit Geld, das er verdiente, indem er die Blockade
brach. Sie wirbelte herum, um ihn anzusehen, und ihre Augen waren dunkel vor Zorn und Scham. »Das läßt sich auch
einrichten.«

»Lorna –« begann er und streckte die Hand aus, während
der Ärger aus seinem Gesicht floh und Bedauern wich. Aber
sie hörte nicht auf ihn. Sie drehte sich so schnell wieder um,
daß die Reifen ihrer Krinoline schwankten, und ließ ihn vor
dem Auktionshaus stehen.

Die Fahrt zurück nach Nassau war keine Erholung für die
Nerven, verlief jedoch ohne weiteren Zwischenfall. Zwei der
wichtigsten Anforderungen an einen erfolgreichen Blockadebrecher waren Unverschämtheit und die Fähigkeit zum klug
geplanten Wagnis. Ramon besaß beides in höchstem Maß.
Um die Flotte der Union an der Mündung des Cape Fear zu
durchbrechen, hatten er und seine Mannschaft einen einfachen, aber geistreichen Plan gefaßt. Das Flaggschiff der Blok-
kadeflotte lag über Nacht vor Anker, während der Rest der
Flotte vor der Küste kreuzte. Aus diesem Grund gab es einen
kleinen Bereich in der Umgebung des Flaggschiffes, der un-
bewacht blieb. Die *Lorelei* fuhr am Nachmittag des dritten

Tages nach ihrer Ankunft den Fluß wieder hinunter und näherte sich ganz langsam der Mündung, bis sie hinter Fort Fisher verborgen anlegte. Ein Boot wurde ans Ufer geschickt, um die aktuelle Position der Schiffe in Erfahrung zu bringen, und als dann die Dunkelheit hereingebrochen war, verließen sie ihr Versteck und fuhren auf die Blockadeflotte zu.

Sie passierten das Flaggschiff in tiefster Stille, nah genug, um den Klang einer Harmonika von seinem Deck hören zu können, ließen es jedoch ohne weitere Ereignisse hinter sich. Kurze Zeit später sahen sie eine Fregatte in kriegerischer Pracht in einer Entfernung von etwa zweihundert Metern entlangfahren. Sie hielten an und ließen sie vorüber, dann fuhren sie ungehindert weiter. Gegen Tagesanbruch sahen sie Baumwollballen auf dem Wasser treiben – offensichtlich hatte irgendein unglücklicher Blockadebrecher sich gezwungen gesehen, zumindest seine Deckladung über Bord zu werfen. Jemand schlug vor, die Ballen aufzufischen, denn schließlich war jeder mehrere hundert Dollar wert, dann aber wurde beschlossen, daß einfach nicht genug Platz auf dem Schiff sei, um sie unterzubringen. Sie waren sowieso schon ungeheuer überladen, und jeder war angehalten zu beten, daß sie bis Nassau ruhiges Wetter haben würden.

Lorna hatte vorgehabt, aus Ramons Kajüte auszuziehen. Aber das erwies sich als unnötig. Er kam während der drei Tage Fahrt nicht ein einziges Mal herunter. Dauernde Wachsamkeit hieß seine Parole, während sie den Horizont nach Segeln oder Rauch absuchten und ihnen jedesmal auswichen, bis sie wieder verschwunden waren. Ramon blieb auf seinem Posten, schlief nur hier und da ein wenig und warf sich dazu auf die Baumwollballen an Deck. Lorna begegnete ihm, als sie am letzten Tag ihrer Fahrt an Deck kam, um frische Luft zu schnappen, nachdem sie die relative Sicherheit der bahamischen Gewässer erreicht hatten. Er lag auf dem Bauch auf einem Baumwollballen, erschöpft, das Gesicht zur Seite gedreht. Seine Züge waren gezeichnet von der Anstrengung der vergangenen Tage, und doch wirkten sie entspannt und fast jungenhaft im Schlaf. Der Wind bewegte das Leinen seines Hemdes, das über den Muskeln seines Rückens straff gespannt war. Er zerzauste auch sein Haar und zerrte an der Locke auf seiner Stirn. Eine seltsame Zärtlichkeit kam in ihr hoch. Sie streckte die Hand aus in dem Impuls, die Locke zurückzustreichen, wie sie es bei ihm so oft gesehen hatte.

Ihre Finger waren nur noch ein paar Zentimeter von ihm entfernt, als sie sie wegzog. Sie wurde langsam schwach. Das durfte nicht sein. Eine solche Schwäche konnte ihr nichts nützen, würde sich womöglich eher als gefährlich erweisen. Als sie zwei Meter weitergegangen war, wurden ihre Schritte langsamer, und sie sah zurück. Der Anblick seines auf dem Baumwollballen ausgestreckten Körpers erweckte flüchtige Erinnerungen an einen regendurchtränkten Nachmittag, ein flackerndes Feuer, ein feuchtes, verlassenes Haus. Hitze durchströmte ihre Adern und brachte ihre Nerven zum Beben. Mit flammendem Gesicht und leerem Blick drehte sie sich wieder um und ging weg, wobei sie krampfhaft das Bedürfnis zu rennen unterdrücken mußte.

Als sie in Nassau angekommen waren, hatte Lorna ihren Koffer fertig gepackt und war bereit, an Land zu gehen. Sie hatte nicht die Absicht, sich heimlich davonzuschleichen, aber trotzdem war sie zweifellos froh, daß niemand außer Cupido zu sehen war, als sie an Deck kam. Sie erklärte ihm, daß sie ihre Sachen abholen lassen werde, verließ das Schiff und ging in die Bay Street hinein.

Vor ihr lag der Parlamentsplatz mit den Regierungsgebäuden, die in einem zarten Lachsrosa gestrichen waren. Wenn sie über die Straße und gerade den Hügel hinauf an den Gebäuden mit den Säulen, die sie an Beau Repose erinnerten, vorbeiging, würde sie zum Royal Victoria kommen. Statt dessen blieb sie stehen und sah sich um. Es war Nachmittag, und auf den Straßen war viel los. Zwei britische Soldaten, die sich aus einer Kutsche lehnten, winkten und riefen ihr zu, ein Hund lief jaulend vor einem Karren davon. Ein Polizist kam in seiner weißen Uniform auf sie zu. Er warf einen Blick auf ihr Kleid, und als er ihr Zögern bemerkte, trat er auf die Straße hinaus und hielt seine behandschuhte Hand hoch.

Der Verkehr kam mit Rasseln und Knirschen zum Stehen. Pferde wieherten, und Fahrer fluchten. Nach dieser Höflichkeit wäre es unmöglich gewesen, nicht über die Straße zu gehen, egal, wohin sie sich danach wenden wollte. Sie bemühte sich zu lächeln, nickte dem Polizisten dankbar zu, trat in den weißen Staub der Straße und ging hinüber zur anderen Seite.

Sie glaubte sich zu erinnern, daß es irgendwo in der Nähe, vielleicht drei oder vier Häuserblocks von den Regierungsgebäuden entfernt, Zimmer zu mieten gab. Sie war fast sicher, daß einer der Männer auf der Hotelveranda einmal gesagt hatte, die Preise dort seien erschwinglicher als im Hotel. Wenn sie sich in ein solches Zimmer zurückziehen würde, konnte sie anfangen, nach einer Arbeit zu suchen, mit der sie sich ernähren konnte. Es war ohnehin bitter genug, daß sie das in den Wochen, die sie bereits in Nassau gewesen war, nicht schon getan hatte, daß sie sich den Vorwurf hatte gefallen lassen müssen, den Ramon in seinem Zorn ausgesprochen hatte. Es gab dafür keine Entschuldigung, nur sie selbst war dafür verantwortlich zu machen. Jetzt konnte sie kaum noch verstehen, warum sie es nicht getan hatte. Sie hatte doch wohl nicht von Ramon Cazenave abhängig sein wollen?

Dieser Gedanke war lächerlich. Sie war sehr betroffen gewesen von allem, was geschehen war, und nicht in der Lage, klar zu denken, das war alles. Nun ja, jetzt hatte sich das geändert. Sie richtete ihren Sonnenschirm gerade, hob ihre

Röcke und machte sich mit entschlossenen Schritten auf die Suche nach einem Zimmer.

Sie fand keines. Die Flut der konföderierten Offiziere, Zeitungskorrespondenten, Vertreter, Diplomaten, Kapitäne der britischen Armee, Zivilisten, die für die Blockadebrecher arbeiteten, Spekulanten, Spieler und Nichtstuer, die auf der Suche nach einem einfachen Leben waren, wo das Geld auf der Straße lag, hatte jede Ecke und jeden Winkel der Stadt gefüllt. Das einzige, was es noch gab, war ein Bett in einem Zimmer, in dem es intensiv nach Ratten roch und die Kakerlaken über die Wände krochen. Da die anderen vier Betten vier Männern gehörten, war dies eindeutig ungeeignet.

Es wurde langsam spät. Sie konnte nichts anderes tun, als für die Nacht ins Hotel zurückzugehen und es am nächsten Morgen noch einmal zu versuchen. Als sie das Hotel erreicht hatte, war die tropische Nacht hereingebrochen. Das Licht von Lampen schien wie Leuchtfeuer aus den Fenstertüren des Gebäudes. Die Türen des Eßzimmers standen offen für die frische Nachtluft und gaben den Blick auf die Speisenden unter den glitzernden Kronleuchtern frei, und die Terrasse davor lag kühl im Halbdunkel, nur erleuchtet von Laternen, die in den Palmen hingen. Der weiche, durchdringende Klang von Geigen traf auf Lornas Ohren. Plötzlich spürte sie, wie erschöpft sie war, und aus unerklärlichen Gründen traten Tränen in ihre Augen.

Sie wanderte über den Pfad durch den Garten bis hin zu dem großen Baum, in dem das Baumhaus mit dem Balkon daran hing. Zusammen mit dem Duft der frischen Erde, die der Gärtner umgegraben hatte, und den vielen Blumen in der Umgebung drang der Geruch einer Zigarre in ihre Nase. Er kam von dem Balkon in den unteren Zweigen, dachte sie, denn dort sah sie ein rotes Glühen zwischen den Zweigen. Als sie die Stelle erreichte, sah sie auf. Das letzte Licht vom Himmel fiel auf ihr nach oben gewandtes Gesicht.

Ein Fluch, kaum mehr als ein ungläubiges Grunzen, drang zwischen den Zweigen des Baumes hervor. Ein Mann stand dort, war aber für Lorna im Dunkel nur als Schatten zu erkennen. Lorna, die sich ebenfalls erschreckt hatte, wünschte höflich einen guten Abend. Der Mann antwortete nicht, sondern starrte hinter ihr her, als sie auf den Hoteleingang zuging. Sie war in ihrem Zimmer und bereitete sich darauf vor, sich ein Abendessen kommen zu lassen, als sie endlich die Stimme einordnen konnte. Der Mann, der so überrascht, fast schockiert gewesen war, sie zu sehen, war Nate Bacon gewesen.

Sie machte sich am nächsten Tag schon früh auf den Weg. Zuerst besuchte sie Sara Morgan, um ihr den Erfolg ihrer Mission mitzuteilen, und stellte fest, daß die Dame sich schon wieder gut genug fühlte, um nach England zurückzukehren, sobald sie eine Krankenschwester angestellt hatte, die sich auf der Reise um sie kümmern würde. Ihre Aufgabe, den Konföderierten zu helfen, konnte sie in Nassau nicht erfüllen. Lorna hatte fast den Eindruck, daß ihre Aufgabe, ein Zimmer in Nassau zu finden, genausowenig durchführbar war.

Ihre Suche führte sie mehrmals über die Bay Street. Sie sah die *Bonny Girl* ankommen und hörte von einem Stauer, daß sie von einem Unionskreuzer fast neunzig Meilen von ihrem Kurs abgebracht worden war, bevor sie wieder Richtung Heimat fahren konnte. Aus der Ferne sah sie Ramon. Es sah aus, als ob er die *Lorelei* für die nächste Fahrt bereitmachte, obwohl der Mond schon wieder zunahm. Man rechnete drei Tage, um die Ladung zu löschen und neue Ladung aufzunehmen, das bedeutete, daß er vermutlich in zwei Tagen wieder hinausfahren würde. Und daß sie dies wußte, war das einzige Ergebnis ihres Tages.

Sie traf Peter am folgenden Nachmittag. Sein Schiff hatte einen Treffer in der Nähe der Wasserlinie bekommen, der

Schwierigkeiten für die Maschine mit sich gebracht hatte. Durch die Verzögerung bei den Reparaturen würde er nicht noch einmal fahren können. Sie erwähnte ihre Suche nicht. Er hätte ihr vielleicht helfen können, aber er glaubte immer noch – oder tat der Höflichkeit halber so – an die Geschichte mit ihrem Onkel, der ihren Unterhalt bezahlte. Da sie nicht darauf vorbereitet war, sich ihm anzuvertrauen, sah sie auch keinen Anlaß dafür, Fragen aufzubringen, auf die sie keine ehrlichen Antworten würde geben können.

Sie saß am Morgen des dritten Tages allein an einem Tisch auf der Terrasse beim Frühstück, als sie Nate Bacon wiedersah. Er bemerkte sie im selben Augenblick und änderte die Richtung, blieb an ihrem Tisch stehen und legte eine Hand auf das steifgestärkte Tischtuch, während er in der anderen seinen Hut hielt und der Sonne den Rücken zukehrte.

»Ihr seht gut aus, Lorna«, sagte er mit ernster Stimme. »Habt Ihr Euch nach der Fahrt von Wilmington schon wieder erholt?«

Sie ignorierte seine Schmeichelei und griff nach dem Messer, um Butter auf ihr Brötchen zu streichen. »Woher wißt Ihr, daß ich dort war?«

»Ich denke, es gibt nur wenige Leute in Nassau, die das nicht wissen. Cazenave ist einer der Helden von Nassau, der faszinierende Blockadebrecher, dem nichts mißlingt, und die Stadt ist klein und provinziell. Man hat Euch an Bord seines Schiffes gehen sehen, und man hat gesehen, wie Ihr zurückgekommen seid. Die Frage ist nur, ob Ihr aus Liebe oder für Geld gefahren seid.«

»Ich bitte Euch!«

»Vergebt mir, ich habe das schlecht ausgedrückt«, sagte er mit ausdruckslosem Ton, obwohl der Blick in seinen blaßblauen Augen es nicht war. »Ich wollte sagen, es wurde vermutet, daß Ihr vielleicht ein geschäftliches Interesse an dieser Fahrt gehabt haben könntet, denn man weiß ja, daß

Ihr hier lebt mit der Unterstützung eines wohlhabenden Onkels.«

Damit wollte er ihr zu verstehen geben, daß er die Lügen kannte, die die Grundlage ihres Bleibens in Nassau waren. Aber konnte es möglich sein, daß seine Bemerkungen auch einen Hinweis darauf gaben, daß er den wahren Grund ihrer Reise nach Wilmington nicht kannte? Aber welchen Grund auch immer sie haben konnten, sie hatte keine Lust, irgend etwas dazu zu sagen. Seine Reaktion auf ihre Erwiderung schien jedoch darauf hinzudeuten, daß er möglicherweise wußte, woher die Unionsflotte erfahren hatte, daß sie als Kurierin unterwegs gewesen war. Sie konnte sich nur nicht vorstellen, wie es möglich sein könnte, herauszufinden, was er wirklich wußte. Also wandte sie sich wieder seiner Frage zu.

»Ich möchte so sagen: Ich ging zum Vergnügen«, meinte sie und formte ihren Mund zu einem Lächeln der genüßlichen Erinnerung.

Sein Gesicht verdunkelte sich, aber der Ober mit seiner langen Schürze kam, um ihre Kaffeetasse wieder zu füllen, und Nate konnte eine ganze Weile lang nichts erwidern. Als der Mann weg war, legte Nate plötzlich seine Hand auf die Rückenlehne des Stuhls, der ihr gegenüberstand, und fragte: »Darf ich mich zu Euch setzen?«

Sie sah den Stuhl an und hob dann den Blick zu seinem Gesicht. »Ich glaube nicht.«

»Du kleine Hure«, sagte er leise.

Es war seltsam, daß seine Grobheit sie unbewegt ließ. Vor nicht allzulanger Zeit wäre sie davon noch betroffen gewesen. Jetzt nahm sie nur ruhig ihre Kaffeetasse in die Hand. »Wenn Ihr so empfindet, erstaunt es mich, daß Ihr ein Interesse daran habt, Euch mit mir zu unterhalten.«

»Ich würde gern noch mehr als das mit dir machen.«

»Das würde hier in der Öffentlichkeit schwierig werden.

Ich schlage vor, Ihr entfernt Euch jetzt besser, bevor ich den Ober rufe und ihm sage, daß Ihr mir auf die Nerven geht.«

Er stand da und starrte auf sie herunter. In seinem Schweigen lag eine Bedrohung, die sie viel mehr beunruhigte als seine Worte. Sie wünschte, sie hätte sein Gesicht sehen können, aber das Licht der Sonne hinter ihm machte es undeutlich. Sie stellte ihre Tasse ab, wandte den Kopf und sah sich nach dem Ober um.

»Schon gut, ich gehe ja schon«, sagte Franklins Vater. »Aber das war noch nicht das letzte Mal. Ich dachte, ich könnte es schaffen, dich zu ignorieren, da du so gut bewacht warst, und wollte weiter meinen Besitz zu Gold machen und mich auf die Seite der Yankees schlagen. Es gab wichtigere Dinge als eine schöne blonde Hure, selbst angesichts der Tatsache, daß sie meinen Sohn getötet hat. Ich dachte, ich könnte dafür sorgen, daß du dafür bezahlen mußt und daß ich damit zufrieden sein würde. Aber ich habe mich getäuscht. Es gibt da noch etwas zwischen uns, das nicht zu Ende gebracht worden ist, und ich habe die Absicht, es noch zu Ende zu bringen.«

Sie lachte etwas unsicher. »Wohl gesprochen. Die Leute in Nassau haben aber nur wenig übrig für Männer, die auf Seiten der Yankees stehen. Es könnte jemanden hier geben, der sich für Eure Pläne interessiert. Ich wäre an Eurer Stelle etwas vorsichtiger.«

»Bedrohst du mich? Ich hoffe nicht. Das wäre höchst unvernünftig, wenn man deine Vergangenheit bedenkt.«

Sie ließ einen Finger über den Rand ihrer Kaffeetasse wandern. »Ich frage mich, ob sie mehr Interesse an einer Mörderin oder an einem Verräter hätten.«

»Ich bezweifle«, sagte er mit einem wilden Unterton in der Stimme, »daß wir es herausfinden werden. Andererseits kannst du sicher sein, daß ich dich eines Tages irgendwo allein erwischen werde. Und zwar bald.«

Er ging fort, trat von der Terrasse zurück ins Eßzimmer. Nach einer Weile nahm Lorna ihre Gabel wieder in die Hand und stocherte in dem Stück Ananas, das noch auf ihrem Teller lag. Sie biß in ihr Brötchen, aber es war trocken, und sie hätte sich beinahe verschluckt. Sie hob die Tasse und nahm einen Schluck. Der Kaffee schmeckte kalt und bitter.

Ihre Begegnung mit Nate hinterließ eine gewisse Unruhe in ihr. Sie konnte einfach nicht zu einem Entschluß kommen, was zu tun war. Sie blieb in ihrem Zimmer und kümmerte sich um ihre spärliche Garderobe, wusch ein paar Sachen von Hand, schickte andere in die Wäscherei. Sie starrte durch die Fenstertüren nach draußen auf den Hafen, sah die Bücher durch, die sie aus Ramons Kajüte mitgebracht hatte, und ging auf und ab. Dabei blieb sie öfter stehen – zu oft, als für ihren Seelenfrieden gut gewesen wäre –, um die Porträts von Peter und Ramon und sich selbst zu betrachten, die in Wilmington gemacht worden waren.

Es war tröstlich, daß sich Wachen auf dem Flur und am Ende des Balkons befanden, nah genug, um sie herbeirufen zu können. Sie hatte sich eigentlich vorgestellt, daß sie ihre Gegenwart unangenehm finden würde, als sie nach ihrer Rückkehr wieder erschienen waren, hatte sich versucht gefühlt, sie wegzuschicken und ihnen eine bissige Nachricht an Ramon mitzugeben. Das hatte sich geändert.

Wenn es ihr gelingen würde, ein anderes Zimmer zu finden, ob die Wachen ihr wohl dorthin folgen würden? Und Nate Bacon? Oder würde sie sicherer leben, wenn sie nicht mehr im Hotel wohnte? Sie konnte sich nicht entscheiden, also entschloß sie sich, an diesem Tag nicht weiterzusuchen. Statt dessen konzentrierte sie sich auf ihre Suche nach Arbeit. Ein Gedanke war ihr im Zusammenhang mit Peters häufigen Klagen über seinen ständig abnehmenden Bestand an Hemden gekommen. Sie würde ihn Mrs. Carstairs vortragen, um herauszufinden, was sie dazu meinte.

Es war seltsam, daß sie seit ihrer Rückkehr nichts von den Lansings gehört hatte. Doch sie hatte sowieso angenommen, Ramon hätte dafür gesorgt, daß ihr Name auf die Gästeliste kam. Wenn er nicht mehr darauf bestand, würden Charlotte und Elizabeth zweifellos froh sein, sie ignorieren zu können. Es war dumm, sich dadurch verletzt zu fühlen. Sie bedeutete den Lansings nichts, und sie ihr auch nicht. Anstatt sich über solche Dinge Gedanken zu machen, sollte sie sich lieber bemühen, etwas an ihrer Lage zu verbessern, selbst wenn es schon spät geworden war.

Mrs. Carstairs war nicht da. Die Tür ihres Ladens war mit Trauerflor behangen, und die Zofe meinte, sie sei zu einer der anderen Inseln zur Beerdingung eines Verwandten gefahren. Als sie sich abwandte, hielt eine Kutsche neben ihr.

Peter stieg aus und kam auf sie zu. »Da seid Ihr ja! Sie haben mir im Hotel gesagt, daß Ihr ausgegangen wärt, und ich habe Euch schon überall gesucht. Kommt mit, wir haben keine Zeit zu verlieren.«

»Was ist los?« fragte sie, als er ihren Arm nahm und sie zu der Kutsche drängte.

»Ein Opernensemble ist in der Stadt, das auf dem Weg nach Boston ist. Sie geben eine Vorstellung von Verdis *La Traviata*, aber eben nur die eine. Wir wollen sie nicht versäumen!«

Sie schafften es, aber Lorna warf sich auch sehr hastig in ihr Kleid, und sie aßen nur kurz im Stehen an einem Stand in der Nähe des Hafens. Die Musik war herrlich, und die Sopranistin, die die schwierige Rolle der Kameliendame sang, war phantastisch. Der Schluß ließ Lorna Tränen in die Augen steigen, obwohl sie froh war, durch diesen Abend Abstand von ihren eigenen Problemen zu bekommen. Peter nahm sein Taschentuch, schimpfte im Scherz kurz mit ihr und trocknete ihre Tränen mit zärtlicher Sorgfalt.

Als sie langsam in der Menge auf den Ausgang zuwanderten, was aufgrund der ungeheuren Rockumfänge der Damen schwierig war, sah Lorna Ramon. Er begleitete Charlotte, und vor ihnen ging Elizabeth in Begleitung eines Mannes in der extrem korrekten Abendkleidung eines Diplomaten. Edward Lansing und seine Frau folgten ihnen. Ramon starrte Lorna mit zusammengebissenen Zähnen an. Als er auf ihren Blick traf, sah er zu Peter hinüber, und der Ausdruck, der einen Moment lang in seinen Augen glühte, wirkte mörderisch.

Charlotte, die vor sich hin schwatzte, bemerkte plötzlich, daß seine Aufmerksamkeit in eine andere Richtung ging. Sie folgte seinem Blick, und ihr Gesicht bekam einen hochmütigen Ausdruck. Sie sah durch Lorna hindurch, als ob sie nicht vorhanden wäre, und klopfte dann mit einer herrischen Geste auf Ramons Arm, die ihrer üblichen Munterkeit derartig widersprach, daß sie außergewöhnlich alt wirkte. Er wandte sich ihr wieder zu und beugte seinen dunklen Kopf, während er ihr zuhörte.

Lorna spürte, wie es ihr erst heiß und dann kalt wurde. Charlotte hatte sie geschnitten, als ob sie eine gesellschaftlich geächtete Person wäre. Etwas Derartiges war ihr noch nie passiert. Sie konnte es nicht glauben. War es möglich, daß sie sich täuschte? War es möglich, daß die jüngere Lansing-Schwester verärgert war, weil sie wußte, daß sie mit Ramon in Wilmington gewesen war? Das mußte es sein.

Vielleicht war es feige, aber sie hatte keine Lust, Elizabeth und ihrer Mutter ebenfalls die Gelegenheit zu geben, sie so zu behandeln. Sie fragte sich, ob Peter es gesehen hatte. Sie betrachtete ihn unter den Wimpern hervor, als sie die Tür erreichten, und sah, daß sein langes, schmales Gesicht erfüllt war von unverhohlenem Ärger. Mit seiner üblichen schnellen Auffassungsgabe bemerkte er ihren unauffälligen Blick. Er zwang sich zu lächeln und begann, sich über die Leute zu beschweren, die überall dabeisein mußten, selbst wenn es sie

nicht wirklich interessierte, und die dann die Straßen blok-
kierten, wenn er versuchte, zu seiner Kutsche zu kommen.

Er verfiel in Schweigen, als sie zum Hotel kamen. Mit
seiner Hand unter ihrem Ellbogen gingen sie durch die Empfangshalle und an einer Seite der doppelten Treppe hinauf.
Lorna spürte auf dem ersten Treppenabsatz und dem Weg
hinauf in den zweiten Stock deutlich seine Befangenheit. Als
sie oben angekommen waren, erschien ihr das Gefühl wirklich bedrückend. Sie nickte dem uniformierten schwarzen
Wächter zu, der auf halbem Weg zwischen Treppe und Veranda im Flur stand, und wünschte ihm leise eine gute
Nacht. Er antwortete ihr sehr respektvoll. Ihr Blick ruhte
jedoch auf dem Mann neben ihr, eine Tatsache, die Peter
angesichts seines irritierten Blickes durchaus zu bemerken
schien. Bei ihrer Tür nahm er den Schlüssel, steckte ihn ins
Schloß und drehte ihn um. Mit einer Hand auf dem Türknauf, so daß sie nicht hineingehen konnte, sagte er: »Lorna,
ich muß mit Euch sprechen.«

»In Ordnung«, antwortete sie.

»Ernsthaft, meine Liebe.«

Etwas sehr Getragenes in seinem Ton brachte ihr zu Bewußtsein, daß es wirklich kein leichtes Gespräch werden
würde, selbst wenn sie deutlich den humorvollen Klang der
letzten beiden Worte hörte. »Oh.«

Er seufzte. »Eure Freude und Erwartung machen mich
schwach, aber ich werde es trotzdem tun. Würdet Ihr morgen abend mit mir essen, hier im Eßzimmer des Hotels?«

Sie sah zu ihm auf und begegnete seinen dunkelblauen
Augen mit etwas schuldbewußtem Gefühl. »Ihr wart sehr
nett zu mir, Peter, und ich habe Euch gern, aber ich hoffe, ich
habe Euch keinen Grund gegeben, anzunehmen –«

Er schüttelte den Kopf. »Nur sehr wenig. Aber ich möchte
das lieber nicht hier besprechen, während mir Euer Wach-
hund über die Schulter sieht. Essen wir zusammen?«

»Ja, ich denke schon.« Wie konnte sie eine so einfache Bitte zurückweisen? Sie hatte das Gefühl, daß sie es eigentlich hätte tun sollen, aber jetzt war es zu spät.

Er schob ihre Tür auf, nahm dann ihre Hände und drückte seine Lippen zuerst auf die eine, dann auf die andere mit einem für einen Engländer ungewöhnlichen Mangel an Befangenheit. Er ließ sie los und trat zurück. Mit leiser Stimme sagte er: »Bis dann.«

»Ja. Gute Nacht, Peter.«

Er antwortete nicht, sondern blieb stehen und sah zu, wie sie die Tür schloß. Erst einen Augenblick später hörte sie seine Schritte den Flur hinunter verklingen.

Es war eine warme Nacht, die schon ein Vorgefühl auf den kommenden Sommer gab. Lorna ging zum Waschtisch, legte ihr Täschchen darauf und begann, die Handschuhe auszuziehen. Sie warf sie hin, ging hinüber zu den Fenstertüren und öffnete sie weit, um die Nachtluft hereinzulassen, wobei sie auch die Läden offenließ, denn es wehte kaum ein Lüftchen. Sie blieb einen Moment stehen und sah auf die verstreuten Lichter der Stadt hinaus, betrachtete die schwankenden Lampen eines im Hafen vor Anker liegenden Schiffes – sie hielt es für einen Kohlenfrachter aus Newcastle, der die Tender der im Hafen liegenden Schiffe wieder auffüllen würde. Einige der Blockadebrecher würden heute nacht aufbrechen, vielleicht sogar die *Lorelei*.

Sie wandte sich von den Türen ab. Sie war unruhig, gereizt. Sie wollte nicht an Ramon und sein Schiff denken, auch nicht an Peter und das, was heute abend geschehen war, oder die unhaltbare Lage, in der sie sich im Augenblick befand. Mit plötzlicher Heftigkeit wünschte sie sich zu vergessen. Sie dachte an Laudanumtropfen, wie sie ihre Tante ihren Töchtern manchmal gegen Kopfschmerzen, Zahnschmerzen und ihre monatlichen Bauchkrämpfe gegeben hatte. Aber da sie keine besaß und es auch keine Möglichkeit gab, um diese

Tageszeit welche zu bekommen, überlegte sie sich, daß vielleicht ein Bad ihre Unruhe besänftigen und sie damit ihre Fassung zurückgewinnen würde. Auf jeden Fall würde sie sich danach frischer fühlen.

Das einzige Problem war, daß sie nach dem langen Gang in das Badezimmer und dem Bad in lauwarmem Wasser nur noch wacher war als vorher. Sie schlüpfte in ihr Nachthemd aus zartem Musselin mit den Puffärmeln und einem tief ausgeschnittenen, gerafften Mieder, das mit kleinen Perlmuttknöpfen geschlossen wurde, legte sich unter ihr Moskitonetz ins Bett und versuchte zu lesen.

Zuerst fiel es ihr schwer, aber dann begann das Buch sie zu fesseln. Die Zeit verging. Schließlich fingen ihre Augen an zu brennen. Sie legte das Buch beiseite, löschte die Lampe, legte das Laken über die untere Körperhälfte und schloß die Augen.

Wie auf ein Signal begann sie durch die offene Tür hereinzudringen – die leise und durchdringende Melodie einer Gitarre. Lorna setzte sich auf, um zuzuhören. Sie hatte sie nicht mehr gehört, seit sie von Wilmington zurückgekommen war. Zuerst hatte sie diese Serenade vermißt, aber dann nicht mehr daran gedacht. Jetzt schien die Leidenschaftlichkeit der Klänge sie im Innersten zu treffen, quälend an ihren Gefühlen zu reißen. Sie erhoben sich zu wildem Entzücken und sanken dann tief hinab zu pochenden Ängsten, beherrschten und bezauberten sie, schienen mit einer derartig durchdringenden Süße ihr Herz in Stücke zu reißen, daß Tränen in ihre Augen stiegen. Und in ihrem Innern erhob sich noch etwas anderes: das flammende Gefühl des Begehrens.

Sie warf sich wieder auf das Bett zurück, griff sich ihr Kopfkissen und drückte es sich um den Kopf, damit sie den Klang der Musik nicht mehr hörte. Aber sie kam trotzdem bis in ihr Inneres, beinahe als könne sie ihre Haut durchdringen, ließ ihre Gedanken erschauern und sickerte bis in das Mark ihrer Knochen. Sie fühlte eine Qual in ihrem Innern, war zerrissen von einem Verlangen, das sie nicht verleugnen konnte, voller Begehren nach einem Mann. Wie konnte sie nur so für ihn empfinden, wenn sie ihn nicht respektieren konnte, wenn sie seine zupackende, zynische Art verachtete? Es war entwürdigend, daß sie ihre seelischen und körperlichen Reaktionen nicht im Griff hatte. Erinnerungen drängten sich ihr auf, von Ramons Armen, die sie umgaben, seinem Mund auf dem ihren, seinen Händen . . .

Mit einem unterdrückten Stöhnen zog sie die Knie an, rollte sich zusammen, und ihre erhobenen Arme drückten das Kissen auf ihre Ohren.

Sie war nicht sicher, wann die Musik wirklich aufhörte. War sie leise verklungen oder mit einem plötzlichen Akkord zu Ende gewesen? Der Widerhall schien immer noch in ihren Ohren zu klingen, obwohl sie wußte, daß er nur aus ihrer Phantasie kam. Langsam rollte sie sich auf den Rücken. Sie lockerte den Druck auf das Kissen, starrte mit weit geöffneten Augen ins Dunkle und horchte. Nein, die Serenade war vorüber, sie konnte schlafen. Mit einem Seufzer entspannte sie sich und ließ ihre Augenlider zufallen.

Das Geräusch ertönte wenige Minuten später. Es klang nach Metall auf Holz und kam ihr irgendwie bekannt vor. Es schien von draußen zu kommen, irgendwo weiter unten auf der Veranda, vielleicht sogar von der Terrasse. Sie zog verwirrt die Augenbrauen zusammen. Sie hatte vor nicht allzulanger Zeit etwas Ähnliches gehört. Es war kein gewöhnliches Geräusch, nichts, was man jeden Tag hörte. Wo war ihr das schon einmal begegnet? Wann? Sie konnte sich nicht erinnern. Es machte sie verrückt, dieses Geräusch. In der letzten Zeit war sie hier im Hotel gewesen und natürlich an Bord der *Lorelei*. Das Quietschen, Ächzen und Knarren es Schiffes waren etwas ungewöhnlich, aber andauernd. Das Schwirren und Krachen der Geschosse war ihr neu gewesen, ganz anders als alles andere, das sie kannte.

Es konnte nicht sein. Es war unmöglich. Ihr Gedächtnis spielte ihr einen Streich. Und doch hätte sie geschworen, daß dieses kurze Klappern von Metall auf Holz genau geklungen hatte wie die Enterhaken der Unionsleute, mit denen sie ihr kleines Boot an der *Lorelei* befestigt hatten, bevor sie an Bord gekommen waren. Mit scharfem Greifen hatten die Haken sich ins Holz des Decks gebohrt, bevor die daran befestigten Seile straff gezogen worden waren.

Ihr Atem stockte. Sie setzte sich auf, schwang die Beine aus dem Bett und ging hastig auf die Fenstertüren zu. In diesem Augenblick bewegte sich ein Schatten in der Öffnung, der sich vor der Dunkelheit abhob wie gestochen. Er hatte die Größe und Gestalt eines Mannes.

Sie holte tief Luft, um zu schreien. Bei diesem ersten leisen Geräusch machte er einen schnellen Schritt auf sie zu und stürzte sich auf ihre helle Gestalt. Ein harter Arm packte sie um die Taille und drückte ihr die Rippen zusammen, während er sie hochriß und rückwärts an sich drückte. Seine Hand schloß sich über ihren Mund und unterdrückte ihren Schrei. Sie wand sich in seinen Armen, war sich schmerzlich der Tatsache bewußt, wie kraftlos sie im Vergleich zu seiner überlegenen Stärke war. Er kümmerte sich nicht um ihren Widerstand und hielt sie fest. Sie spürte, wie seine Brust von einem befriedigten Lachen erschüttert wurde. Er beugte sich vor und flüsterte in ihr Ohr:

»Begrüßt man so den Geliebten seiner Träume?«

16. KAPITEL

Sie wehrte sich nicht mehr. Ramon. Erleichterung durchströmte sie, und mit ihr zusammen kam der Zorn. Und dann wurde ihr klar, was er gesagt hatte. Diese verrückte Phantasie. Warum, um Himmels willen, hatte sie ihm nur davon erzählt?

Warum? Sie war in seinen geschickten und gefühllosen Händen zur Waffe geworden.

»So ist es besser«, murmelte er und verringerte langsam den Druck auf ihren Mund, nahm seine Hand fort.

»Was tust du hier?« fragte sie fordernd.

»Ich kam auf den speziellen Wunsch einer Dame hierher.«

Sein Atem fühlte sich heiß an ihrer Wange an, seine Stimme klang rauh. Er senkte die Hand, bis sie über der Wölbung einer ihrer Brüste lag, oberhalb des festen Griffs seines Unterarms. Durch den dünnen Stoff ihres Nachthemds spürte sie den Druck der Muskeln seiner Beine gegen die Rückseite ihrer Schenkel. Sein sauberer, männlicher Geruch drang in ihre Nase, gemischt mit dem salzigen Tangaroma des Meeres. Schwäche breitete sich verräterisch in ihr aus, als wäre ihr Verlangen eine Art von Gift. Sie versuchte, seinen Auswirkungen zu entgehen, und schüttelte den Kopf, so daß ihr loses Haar wie ein Vorhang hin- und herschwankte. »Nein.«

»Oh, aber natürlich.«

»Du irrst dich.«

»Nein. So etwas könnte ich nicht vergessen. Und wenn du behauptest, du hättest es vergessen, *chérie*, dann denke daran, daß ich deinen Herzschlag spüren kann, und wenn du lügst, merke ich das.«

Auf diese Art war ihr der Boden unter den Füßen weggezogen, noch bevor sie sich richtig hingestellt hatte, also mußte sie sich eine andere Verteidigungstaktik ausdenken. Mit kalter Stimme sagte sie: »Laß mich los.«

»Damit du dich mir dann entgegenstellst und mir üble Dinge ins Gesicht sagst? Niemals.«

Er rieb seine Wange an ihrem Haar, schob es auf diese Art zur Seite und knabberte an ihrem Ohr.

»Du glaubst wohl, daß du nur zu kommen brauchst und mich zu berühren, und schon schmilzt meine Entschlossenheit dahin und du kannst tun, was du willst.«

»Es ist nicht deine Entschlossenheit, die mich interessiert«, sagte er mit leiser, sicherer Stimme.

Ihr Körper stand in Flammen, und sie mußte sich verzweifelte Mühe geben, sich nicht an ihn zu drücken und sich ihm hinzugeben. Aus den Tiefen ihrer Beschämung rief sie: »Aber ich verachte dich!«

»Glaubst du, ich weiß das nicht?« fragte er, und seine Stimme klang rauh, als er seinen Griff noch fester anzog. »Aber es macht nichts. Ich schaffe es nicht, entschlossen zu sein, und besitze nur wenig Stolz von der Art, die mich von dir fernhalten könnte. Ich bin ein Mann, der einem Zauber verfallen ist. Das Verlangen nach dir quält mich so, daß ich es nicht ertragen kann. Es gelingt mir einfach nicht, dir fernzubleiben, obwohl ich es wirklich versucht habe.«

»O ja, du wolltest mich so sehnsüchtig treffen, daß du dich kaum dazu zwingen konntest, heute abend statt dessen mit Charlotte Lansing in die Oper zu gehen!« Jede Waffe war ihr recht, um sich in Sicherheit zu bringen.

»Warst du eifersüchtig?«

»Ich? Sei nicht albern.«

»Warum sollte es dir sonst etwas ausmachen?«

Sein Daumen strich über die Spitze ihrer Brust. Sie schauderte. Mit belegter Stimme sagte sie: »Es hat mir nichts ausgemacht! Ich . . . ich wollte damit nur sagen, daß ich nicht glaube, daß du dich in Sehnsucht nach mir verzehrst.«

»Ich war eifersüchtig«, gab er mit nachdenklicher Stimme zu. »Ich hätte zusehen können, wie Peter gestreckt und geviertelt wird, es hätte mir Vergnügen bereitet, ihn persönlich an den Rahnock zu hängen oder kielholen zu lassen.«

»Glaubst du, das interessiert mich? Ich will nichts mit dir zu tun haben. Nichts.«

»Warum schlägt dann dein Herz so wild unter meiner Hand?«

»Verschwinde«, rief sie. »Und laß mich in Ruhe!«

»Nachdem ich mir solche Mühe gegeben habe, zu dir zu kommen? Wie kannst du so etwas vorschlagen?«

Er veränderte seinen Griff, legte einen Arm unter ihre Kniekehle und hob sie hoch. Er wandte sich dem Bett zu, duckte sich unter das Moskitonetz und legte sie auf die Matratze. In dem Moment, als sie darauf lag, warf sie sich auf die andere Seite. Er sprang hinter ihr her und drückte sie mit seinem Gewicht fest aufs Bett. Mit der Wut einer in die Enge getriebenen Wildkatze schlug sie nach seinem Gesicht. Er wandte den Kopf ab, so daß ihre Finger sein dichtes Haar trafen. Sie schloß die Hand, aber er packte ihr Handgelenk und löste ihren Griff. Ihr anderer Arm lag unter ihm. Er drehte sich etwas zur Seite, so daß er sein Knie über ihre strampelnden Beine legen konnte; dann senkte er den Kopf auf der Suche nach ihrem Mund.

Sein Sieg war ihm so leichtgefallen. Schnaufend vor Anstrengung, zitternd vor Wut und noch etwas anderem, das sie nicht näher bezeichnen wollte, wartete sie, bis seine Lippen die ihren berührten, dann bohrte sie ihre Zähne in seine Unterlippe.

Er zuckte zurück, und sein Ellbogen rutschte über ihr seidiges Haar, das um sie ausgebreitet war. Er versuchte, sich zu fangen, aber seine Schulter mit seinem ganzen Gewicht drückte in ihre Brust. Sie stöhnte leise vor Schmerz.

Sofort stieß er sich ab und fluchte lautlos. Er ließ sie los und setzte sich an die Bettkante. Einen Augenblick später richtete er sich auf, ging hinüber zu den Fenstertüren und stellte sich in die Öffnung, die eine Hand auf den Rahmen gestützt, den Kopf gesenkt und schwer atmend.

Über seine Schulter hinweg sagte er: »Es tut mir leid, ich wollte dir nicht weh tun.«

Mit seinem Rückzug und ihrer plötzlichen Befreiung fühlte sie sich seltsam, fast ein wenig verlassen. Sie zog ein Knie hoch und drehte sich zur Seite, um seine hohe Gestalt anzustarren, seine breiten Schultern und seinen geneigten Kopf, die als Silhouette vor dem Nachthimmel zu erkennen waren. Als zwinge sie etwas, die Worte zu sagen, meinte sie: »Ich weiß.«

»Ich wollte es jetzt nicht und auch nicht an jenem Nachmittag in Beau Repose, und ganz besonders nicht, als ich dich nach Nassau brachte. Es war nur . . . ich hatte das Gefühl, als müßte ich es tun. Es ist dein gutes Recht, wenn du mir Vorwürfe machst, sogar wenn du mich haßt.«

Jetzt, als die körperliche Bedrohung weg war, konnte sie wieder klar denken. Sie strich sich mit der Zunge über die Lippen und sah wieder zu ihm hinüber. »Das tue ich nicht – ich meine, dich hassen.«

Er drehte sich langsam und mit gespannten Bewegungen um, so als wäge er den Klang ihrer Worte ab. »Aber du machst mir Vorwürfe.«

»Nicht nur dir.« Ihre Ehrlichkeit zwang sie zu dieser Antwort. Wenn sie an jenem Nachmittag nicht zum Reiten gegangen wäre, wenn sie das leerstehende Haus sofort verlassen hätte, als sie den Klang seiner Gitarre hörte, wenn sie ganz klargemacht hätte, daß sie keine Intimitäten wünschte, dann wäre ihre Lage jetzt vielleicht anders. Möglicherweise sogar schlimmer, genaugenommen.

»Ich begehre dich«, sagte er mit gepreßter Stimme. »Mein Verlangen nach dir ist wie Feuer in meinem Blut. Ich könnte dich zwingen, auf mich einzugehen, oder meinen Genuß haben ohne deine Zustimmung, aber das will ich nicht.«

Sie konnte nichts von dem leugnen, was er gesagt hatte. Bewies nicht das langsam verklingende Rasen ihres Herzens, daß er sie nur zu berühren brauchte, damit sie reagierte, egal, wie stark ihr Wille war? Und sie konnte nicht behaupten, daß es nur das Fehlen der körperlichen Befriedigung war, was sie antrieb. Peters Nähe hatte sie ungerührt gelassen bis auf die Wärme der Freundschaft. Trotzdem sagte sie nichts; es gab

Zeiten, wo man es auch mit der Ehrlichkeit übertreiben konnte.

Seine Kleidung raschelte, als er wieder auf sie zukam. Das Fußende des Bettes gab nach, als er ein Knie daraufsetzte. »Ich würde dich gern bitten, zu vergessen, was zwischen uns gewesen ist. Wenn du möchtest, tu einfach so, als wäre es nur ein Traum. Laß mich ein Teil davon sein, *chérie*. Laß mich deinen Traum mit dir leben, nur das, sonst nichts.«

Zweifellos meinte er jetzt in diesem Augenblick, was er sagte. Das Problem war nur, daß dieser Augenblick vorübergehen würde, und was dann? Seine Bitte, so leidenschaftlich sie auch sein mochte, hatte keinen Hinweis auf etwas Dauerhaftes gehabt, eher das Gegenteil. Und doch – die Nacht war weich und dunkel, und ihr Bedürfnis, sich darin zu verlieren, war stark. Wenn sie seine Charakterschwächen und ihre Reaktion darauf bedachte – war sie sicher, daß sie für immer mit ihm zusammensein wollte? Und wenn nicht, wie konnte sie ihm vorwerfen, ihr etwas nicht angeboten zu haben, das sie sowieso nicht haben wollte?

Während sie noch darüber nachdachte, schloß er seine warme Hand um ihren Knöchel. Er setzte sich aufs Bett, stützte sein Gewicht auf seinen Ellbogen, und sein Daumen bewegte sich in langsamen Kreisen über die empfindliche Haut ihres Fußknöchels. Es war eine seltsam tröstliche Bewegung, bestimmt anders, als hätte er sie an einer intimeren Stelle berührt. Sie lag still und horchte hinter der Kraft und dem Klang seiner Bitte her in ihr Inneres. Sie wollte sie nicht zurückweisen, aber wie sollte sie ihr zustimmen? Sie wußte nicht, ob sie nun ihn oder sich damit ablenken wollte, auf jeden Fall sagte sie schließlich:

»Es heißt, daß du noch eine Fahrt vorhast.«

»Ja.«

»Wann?«

»Heute nacht.«

»So bald schon?«

»Entweder bald oder überhaupt nicht.« Seine Stimme klang fest. Seine Finger bewegten sich ganz langsam höher hinauf, streichelten ihre Wade, umrundeten sie, und sein Griff dabei war so sicher, daß sie annahm, er würde kaum zu brechen sein. Er neigte den Kopf und drückte seine Lippen auf ihre empfindsame Fußsohle. Sie spürte das feuchte Schnellen seiner Zunge.

Sie unterdrückte ein Schaudern. »Du . . . fährst du noch einmal nach Wilmington?«

»Hm.«

Sein Atem berührte kitzelnd ihren Knöchel. Seine Zunge leckte durch die Mulde direkt darunter. Dieses Gefühl war ihr so neu, daß es einen Augenblick brauchte, bis sie merkte, daß seine Hand höher hinauf gewandert war, den Saum ihres Nachthemdes weggeschoben hatte und jetzt die Rundung ihrer Wade massierte und die Kurve unter ihrem Knie.

»Deine Ladung«, sagte sie und versuchte, sich an dem Thema festzuhalten, »ist sie wieder gefährlich?«

»Eisenwaren.«

Das klang eigentlich ganz unscheinbar, aber sie wußte, daß das in der Sprache der Blockadebrecher Waffen und Munition für die Regierung der Konföderierten bedeutete. Ihre Stimme sank fast bis auf ein Flüstern, als sie fragte: »Schießpulver?«

»Diesmal nicht. Und keine Hüte.«

Diese letzte Aussage durchdrang kaum noch die Schwere, die sich in ihr breitgemacht hatte. »Meinst du wirklich, daß es sicher genug ist? Der Mond hat fast schon das erste Viertel erreicht.«

»Warum? Machst du dir Sorgen, daß ich vielleicht in Wilmington bleiben muß bis zum nächsten Neumond?« Seine Hände waren auf ihren Schenkeln und die heiße Feuchte seiner Zunge in ihrer Kniekehle angekommen.

»Das könnte doch sein«, sagte sie, und ihre Worte waren kaum mehr als ein Flüstern, »wenn das Laden zu lange dauert.«

»Das wird es nicht. Ich werde bei Halbmond fahren müssen, aber ich werde den Hafen erreichen und auch wieder abfahren, nachdem der Mond untergegangen ist.«

»Aber das Risiko!«

»Sie werden uns nicht erwarten. Wir fahren an ihnen vorbei, wenn sie schlafen.«

»Ramon, nein, ich –« Sie wußte kaum noch, wogegen sich ihr Widerspruch richtete, daß er fuhr, wie er die Mondphasen einschätzte oder wie er nachdrücklich und erobernd seine Hand einsetzte.

»Ja, *chérie*?« spottete er zärtlich, und seine Stimme klang etwas rauchig.

Der Saum ihres Nachthemdes war hochgerutscht bis zu ihrer Taille, seine Berührung, federleicht und neckend, wanderte über ihre Hüfte, und er knabberte dabei an der weichen Haut auf der Innenseite ihres Oberschenkels. Sie stöhnte, ein leises Geräusch, das sie sofort wieder unterdrückte. Sie legte ihre Hand auf seine Schulter und versuchte, sein weiteres Vordringen zu verhindern. Er achtete nicht darauf, und einen Augenblick später breitete sie ihre Finger aus und schloß sie um die Muskeln unter ihrer Hand.

Sein Griff wurde fest, und er zog sie zu sich heran, drückte sein Gesicht in sie, suchte und fand den feuchten Einlaß zu den Tiefen ihres Körpers. Er legte seine Hände in ihre schmale Taille, umfaßte sie, knetete sie, ließ sie zärtlich über ihren Bauch gleiten. In sanfter Eroberung wanderten sie unentrinnbar zu den Hügeln ihrer Brüste, die über ihrem Herzschlag leise bebten, schlossen sich darum, neckten die Spitzen, bis sie gefangen war in einem feurigen Dreieck und ihr Puls in schmelzender Lust große Sätze machte.

Sie begehrte ihn, sie konnte einfach nicht anders. Sie wölbte sich ihm entgegen mit angespannten Beinmuskeln und keuchendem Atem. Sie zog an seinem Hemd, und mit langsamem Nachgeben ließ er sie los und zog ihr das Nachthemd über den Kopf. Sie half ihm, seine Kleider auszuziehen, und hielt inne, um in sinnlicher Bewunderung die zur Liebe bereite Männlichkeit seines Körpers zu erforschen. Dann drückte er sie an sich.

Sie nahm sein Gesicht zwischen ihre Hände, drückte hungrig ihren Mund auf den seinen, kostete mutig die festen Konturen mit ihrer Zungenspitze, drängte sie in ihn hinein. Sein Griff wurde fester, und er rollte sich mit ihr herum, so daß sie auf ihm lag. Er ließ seine Hand hinunterwandern über ihren Rücken bis zu ihren Hüften, umwand ihre Beine mit den seinen und breitete sie auseinander, als er in sie eindrang.

Ihr duftendes Haar fiel nach vorn und umgab sie. Sie bewegte sich nach eigenem Gutdünken auf ihm, wollte, brauchte jene leidenschaftliche Reibung. Der Genuß stieg bis in ihr Gehirn, berauschend, jeden Gedanken verdrängend. Er half ihr mit ermutigenden Händen, die sie noch weiter entflammten, nahm ihr ihr Gewicht ab. Sie stieg auf in zeitlosem Rhythmus, verwandelt von der rauschenden Lust in ihren Adern. Nur ihre Schwäche, ihre Unfähigkeit, die Geschwindigkeit aufrechtzuerhalten, hielten sie noch auf der Erde.

Er bewegte sich und drehte sich mit ihr so, daß sie auf der Seite lagen, entzog ihr damit sanft, aber sicher die Verantwortung für ihren Genuß und auch für seinen. Er nahm ihren Rhythmus auf, machte ihn schneller, lebhafter, so daß sie sich bewegungslos an ihn klammerte, in der Fülle schwebend, in der sie spürte, wie sich ihr Sein langsam auflöste. Die Liebe lag als Schmerz und Freude in ihrem Innern, und sie barg ihr Gesicht an seinem Hals, flüsterte seinen Namen, öffnete ihre Lippen, um seine salzige Haut zu kosten.

Mit einem rauhen Laut in der Kehle hob er sich über sie und drehte sie auf den Rücken. Sein Eindringen war tief und kraftvoll. Die Erschütterung durch seine Stöße floß in Wellen der Lust über sie. Ihre Augen öffneten sich, und sie griff nach seinen Armen, spürte, wie sie bebten, als sie sich ihm entgegenhob. Zusammen drängten sie voran mit fiebrigem Eifer und rauhen, wilden Atemzügen. Ihre Haut brannte, und Schweißtropfen ließen sie wollüstig aufeinander gleiten.

Ganz plötzlich brach es über sie herein, herrlich, ein Aufruhr der Sinne, der jede Vernunft begrub, ein feuchtes Schwelgen in körperlicher Dankbarkeit, eine so durchdringende Wonne, daß es gefährlich nah am Schmerz war, Freude am Rande der Verzweiflung.

Mit einem gepreßten Aufschrei hielt Lorna still, und ihre Finger lagen bewegungslos auf Ramons Armen. Er faßte sich und drang ganz tief ein, hielt sie fest, als die dunkle Explosion sie umfing.

Eine ganze Weile später erst schob er sich von ihr und rollte auf die Seite. Er zog sie an sich, befreite ihr Haar, strich die feuchten Strähnen von ihrem Gesicht, als ihr Kopf auf seiner Schulter lag. Sein Brust hob und senkte sich in einem Seufzer tiefster Zufriedenheit. Er bewegte sich nicht. Lornas Hand lag dicht an seine Seite gedrückt und entspannte sich schließlich. Sie schlief ein wie jemand, der der Bewußtlosigkeit nahe ist.

Es war vielleicht eine Viertelstunde, vielleicht auch schon eine Stunde später, als sie wieder erwachte. Ramon lag angespannt horchend neben ihr. Einen Augenblick später hörte sie auch, was ihn aufmerksam gemacht hatte. Es war das leise Knirschen von Schritten. Sie kamen über die Veranda hinter den offenen Fenstertüren näher. Sie hatten etwas Bestimmtes an sich, so als bewege sich jemand ganz langsam in dem Versuch, niemanden zu wecken. Bei jedem zweiten Schritt ertönte das Knarren von Schuhleder.

Ramon strich beruhigend mit einer Hand über ihre Schulter und rollte sich dann mit geschickter Grazie vom Bett. Er fand seine Hosen und schlüpfte hinein, zog dann seine Stiefel über, den Kopf aufgerichtet und horchend. Er stellte sich lautlos mit dem Rücken zur Wand zwischen die beiden Fenstertüren. Dann drehte er den Kopf und drückte sich enger an die Wand, bis er aus der linken Tür nach draußen sehen konnte.

Die Schritte kamen schleichend näher. Ramons hohe Gestalt verschwand in der unbeweglichen Dunkelheit. Die Meerbrise strich leise ins Zimmer, brachte die Kühle der Nacht herein und das Rascheln der Palmen im Garten, das ein wenig an Regen erinnerte. Mit weitgeöffneten, brennenden Augen starrte Lorna auf die Türöffnung, die Hände krampfhaft um das Kopfkissen geschlossen.

Das leise Knarren ertönte direkt vor der Tür wieder. Ein Schatten bewegte sich in bedrohlicher Größe und kam dann über die Schwelle ins Zimmer. Ramon machte einen Satz, griff sich einen Arm und drehte ihn hinter den Rücken des Mannes. Gleichzeitig legte er ihm seinen eigenen Arm um den Hals. Ein wildes Grunzen und ein Fluch ertönten, dann war alles still.

»Das Licht«, sagte Ramon.

Lorna kam hoch, fand ihr Nachthemd, zog es über, schnappte sich ihr Umschlagtuch, als sie aus dem Bett sprang und zur Gaslampe hinüberging. Mit zitternden Fingern fand sie Streichhölzer und entzündete eines, dann hob sie den Glasschirm der Lampe, hielt das Streichholz an den Brenner und drehte den Hahn auf. Erst dann wandte sie sich den beiden Männern an den Fenstertüren zu.

»Nate«, sagte sie. In dem Wort lag keine Überraschung, nur ärgerlicher Abscheu.

Im Licht der Gaslampe sah sie, daß sein Gesicht vor Wut verzerrt war, verdunkelt durch das gestaute Blut von Ramons festem Griff um seinen Hals. »Wen hast du denn erwartet, noch einen von deinen tollen Blockadekapitänen, die zu dir ins Bett steigen? Ich hätte wissen müssen, daß mir jemand zuvorgekommen war, als ich das Seil fand und der Wächter draußen weg war.«

Die Worte endeten in einem schwachen Pfeifen, als Ramons Griff seine Atmung noch weiter einschränkte. »Befleißigt Euch eines zivilisierten Tons, wenn Ihr Wert auf Euer Leben legt«, empfahl er mit rauhem Ton.

Nathaniel Bacon war durch Ramons Griff gezwungen, auf den Zehenspitzen zu stehen, doch seine Arroganz wurde dadurch kaum eingeschränkt. »Ihr werdet mir nichts tun, nicht hier. Ihr solltet mich vielleicht lieber gehen lassen, bevor ich Euch in Schwierigkeiten bringe.«

»Ihr bringt mich in Schwierigkeiten?« fragte Ramon in grimmigem Vergnügen. »Ich frage mich, wie die Polizei ihrer Majestät wohl über einen Dieb denkt, der auf den Veranden des Royal Victoria herumklettert. Glaubt Ihr nicht, daß ihnen das vielleicht etwas verdächtig vorkommt?«

»Dann würdet Ihr erklären müssen, warum Ihr hier bei unserer lieben Lorna seid. Ihr werdet die Behörden aus dem Spiel lassen.« Nate hob eine Hand zu dem Arm um seinen Hals und zerrte daran.

»Sie ist nicht unsere liebe Lorna«, korrigierte ihn Ramon völlig ruhig. »Sie gehört mir.«

»Und wem noch?«

Nate hatte seine Hand gesenkt. Noch während er hustete und wegen des verstärkten Drucks auf seine Luftröhre kaum noch atmen konnte, steckte er die Hand in die Tasche seiner Weste aus grasgrünem Brokat.

Lorna erriet seine Absicht, noch bevor sie das Glitzern von dunklem Metall sah. Sie machte einen Schritt nach vorn und rief: »Paß auf, er hat eine Waffe!«

Ramon ließ seinen Griff los und warf sich nach rechts, als

Nate sich gerade herumdrehte und am Abzug zog. Die kurzläufige Derringer ging mit krachendem Lärmen in der nächtlichen Stille los. Eine Glasscheibe fiel klirrend zu Boden.

Gleich danach stürzte sich Ramon auf Nate und drängte ihn zurück. Sie trafen mit einem Dröhnen auf dem Boden auf. Die Pistole flog aus Nates Hand und rutschte über den Boden. Lorna stürzte sich in einer Wolke von weißem Batist darauf, um sie aufzuheben, dann drückte sie sich an die Seite, während die Männer auf dem Boden rangen.

Vor dem Zimmer hörte man das Geräusch schneller Schritte, die Rufe alarmierter Hotelgäste. »Dreh das Licht herunter«, rief Ramon ihr kurz zu.

Sie gehorchte und sah noch den dunklen Zorn in seinem Gesicht, die rohe Gewalt, die er in seinen Schlag legte, mit dem er im schwindenden Licht auf Nate zielte. Der ältere Mann keuchte, dann war alles still. Sie hörte deutlich, wie er zurück auf die Fußbodenbretter fiel.

Ramon sprang auf, sah sich um und tastete nach seinem Hemd. Er wickelte es sich um den Hals und wandte sich dann wieder Nate zu. In diesem Augenblick ertönte ein hartes Klopfen an der Tür.

»Miss? Miss Forrester? Geht es Euch gut?«

Ramon beugte sich vor, griff nach Nates Rockaufschlägen, zog ihn hoch und legte ihn sich über die Schulter. Er wandte sich den Fenstertüren zu, drehte sich dann aber noch einmal um. Mit leiser Stimme sagte er: »Geh an die Tür und halte sie so lange hin, wie du kannst, aber geh kein Risiko ein.«

»Was soll ich ihnen sagen?« fragte sie verwirrt.

»Irgendwas. Denk dir etwas aus, und vergiß den Schuß nicht.« Er beugte sich vor, um sie zu küssen, ein kurzer, harter Abschiedskuß. Dann war er fort.

»Miss Forrester?« Diesmal rüttelte jemand am Türknopf.

»Ja, einen Augenblick«, antwortete sie. »Ich . . . ich bin nicht angezogen.«

Sie konnte nicht widerstehen und folgte Ramon zu den Fenstertüren, sah zu, wie er sich, einem beladenen Geist ähnlich, die Veranda entlangbewegte und in der Dunkelheit verschwand. Gerade als sie sich umdrehte, um wieder hineinzugehen, schrie eine Frau ein paar Türen weiter. Ein Mann in einem knöchellangen Nachthemd mit verschobener Nachtmütze erschien in der Tür. Er starrte wie gebannt auf die Bewegung an der Stelle, wo Ramon mit Nate über der Schulter über das Geländer stieg und an dem Seil abwärts zu klettern begann. Als der Hotelgast über die Veranda in Ramons Richtung zu laufen begann, schrie Lorna auf, rannte auf ihn zu, klammerte sich an seinen Arm und plapperte hysterisch etwas von Eindringlingen, Dieben, was ihr gerade einfiel. Aus dem Augenwinkel sah sie, wie Ramon sich von dem Seil schwang und in der Nacht verschwand.

»Hier, ich glaube, ich habe Euren Eindringling gerade dort unten gesehen«, sagte der Mann und versuchte Lornas Hand abzuschütteln. »Er entkommt! He, Ihr da!«

Er würde die Suche direkt auf Ramon lenken. Sie konnte nur eines tun, und ohne zu zögern, tat sie es. Sie stieß einen leisen Schrei aus und ließ sich mit kraftloser Eleganz in die Arme des Mannes fallen. Er hielt sie einen Augenblick des Erstaunens lang, und sein Griff wurde langsam fester, dann legte er sie vorsichtig, als wäre sie aus feinstem Porzellan, auf den Boden direkt in dem Zimmer, aus dem er gerade gekommen war.

»Also!«

Die Gattin des Mannes, eine Frau von beeindruckendem Umfang, der durch ihr weites Nachthemd noch voluminöser wirkte, erschien in der Tür. Die Fäuste auf ihre breiten Hüften gestemmt, starrte sie Lorna an, ihre sahneweißen Schultern, deren Rundung gerade noch an dem weiten Ausschnitt des Nachthemds zu erkennen war, da sich ihr Umschlagtuch beim Fallen geöffnet hatte, und ihr Haar, das in glänzender

Fülle über dem Arm ihres Mannes ausgebreitet lag, der sie noch festhielt.

»Sie ist ohnmächtig geworden, Häschen«, sagte er hilflos.

»Ach ja, wirklich?« Lorna, die die Frau unter gesenkten Lidern heraus beobachtete, sah, wie sie sich verärgert aufblies.

»Ich glaube, sie hat sich furchtbar erschreckt. Ein Mann war vor ihrem Zimmer. Könntest du vielleicht dein Riechsalz holen?«

»Manchmal reichen auch ein paar Wassertropfen, die man ins Gesicht spritzt«, erklärte die Frau in einem Ton grimmiger Autorität.

Lorna, die sah, wie sie bedächtig zu der Karaffe auf dem Nachttisch ging, ein Glas vollgoß und sich dann auf den Rückweg machte, dachte, daß es angesichts des offensichtlich boshaften Ausdrucks im Gesicht der Frau sinnvoll sein könnte, von allein wieder zu erwachen. Also ließ sie ihre Lider sich flatternd wieder öffnen und seufzte kunstvoll. Sie sah sich um und begann, eine Hand zu ihrem Gesicht zu heben, als sie bemerkte, daß sie immer noch die Derringer hielt, also ließ sie sie schnell wieder sinken. Sie gab sich ein verwirrtes Aussehen, runzelte die Stirn, schauderte sehr realistisch, und ihr Blick richtete sich auf die Frau, die jetzt über ihr stand.

»Oh, Madam«, hauchte sie, «da war ein Eindringling, bestimmt ein Mörder, der gekommen war, um uns in unseren Betten umzubringen und unseren Schmuck zu stehlen. Ich sah ihn vor meinem Fenster und habe meine kleine Waffe hier abgefeuert, aber er ist entkommen.«

»Also wart Ihr das, die diesen schrecklichen Lärm gemacht hat?« sagte die Frau und verzog ihren kleinen Mund, als äße sie etwas Saures.

»Ich habe den Mann auch noch gesehen, Martha«, sagte ihr Mann beschwichtigend. »Er sah aus, als ob er etwas tragen würde. Was habt Ihr denn gedacht, meine Lie . . . äh, Dame?«

»Ich weiß es nicht, da bin ich sicher. Ich habe nur die Augen zugemacht und abgedrückt, wie mein lieber Onkel es mir gezeigt hat, aber ich glaube nicht, daß ich ihn überhaupt getroffen habe, denn in dem Glas meiner Tür ist ein großes Loch, und ich weiß wirklich nicht, was die Hotelbesitzer zu dieser Zerstörung sagen werden.« Sie schüttelte besorgt den Kopf und ließ dann ihr Gesicht sich aufhellen. »Aber vielleicht habe ich ihn zumindest verscheucht, und das wäre ja das Wichtigste, das sagt mein Onkel wenigstens immer.«

»Ja. Ja, wirklich«, stimmte ihr der Mann zu. »Ich denke, vielleicht verdanken wir alle die Sicherheit unserer Wertgegenstände, wenn nicht gar unser Leben, Euch, meine Dame.«

»Hmmm«, sagte seine Frau, und ihr Blick lag auf Lornas Schultern, die ihr Mann immer noch hielt.

Inzwischen war die Veranda voller Leute, die alle zur gleichen Zeit redeten. Lorna, die jetzt in der Reaktion auf die ganze Aufregung zitterte, war froh, daß der Mann, in dessen Arme sie gefallen war, die Erklärungen übernahm. Sie stand mit seiner sorgfältigen Hilfe wieder auf, wandte sich von der Menge ab, trat ans Geländer und starrte besorgt hinunter, denn unten kam gerade eine Gruppe von Männern aus dem Hoteleingang, die begannen, sich umzusehen. Darunter waren der Angestellte von der Rezeption, der Nachtwächter und witzigerweise auch Lornas Wächter. Sie drehten sich um, sahen herauf und wollten wissen, ob jemand beobachtet hatte, in welche Richtung der Eindringling geflohen war. Ein Mann, der auf der Veranda unter Lorna stand, deutete in Richtung Hafen. Sie widersprach ihm sofort und sagte, sie habe eine deutliche Bewegung auf dem Weg rechts gesehen. Sie wandte sich dem Mann im Nachthemd zu und drängte ihn, ihre Aussage zu bestätigen. Erfreulicherweise tat er das auch, obwohl ihr klar war, daß er noch nicht einmal in diese

412

Richtung geschaut hatte, seit sie ihm in die Arme gefallen war. Ihre einzige Sorge war nur, daß Ramon, anstatt sich auf den Weg zum Hafen und zur *Lorelei* zu machen, wirklich in diese Richtung gegangen war.

Bis zum nächsten Morgen jedoch war klar, daß er es nicht getan hatte, denn obwohl man noch Polizeibeamte dazugerufen hatte, die bis zum Tagesanbruch die Straßen absuchten, war kein Zeichen von dem Eindringling gefunden worden. Sie hatten Nate Bacon hinter einem Grogstand am unteren Ende der Bay Street entdeckt, nach billigem Whisky stinkend und mit leeren Taschen, eine nicht überraschende Tatsache, wenn man den Ort bedachte, an dem er gefunden worden war. Die Fragen, die ihm die Polizeibeamten gestellt hatten, waren mit sicheren Erwiderungen beantwortet worden. Er konnte sich nicht erinnern, wie er an diesen Ort gekommen war, so sagte er, und er glaube nicht, daß das irgend jemanden außer ihm etwas angehe. Er ging hinunter zu den Docks, nachdem man ihn hatte laufenlassen, und dort sah man ihn auf die Stelle starren, an der in der vergangenen Nacht noch die *Lorelei* gelegen hatte.

Lorna selbst sah ihn. Nach der Unruhe der Nacht hatte sie nicht schlafen können, war früh aufgestanden, hatte sich angezogen und das Hotel verlassen. Sie war eine Weile lang spazierengegangen, hatte sich dann jedoch wie magisch angezogen dem Hafen zugewandt. Als sie Nate sah, war sie etwas zurückgeblieben, so daß er sie nicht sehen konnte, und war erst wieder weitergegangen, als er den Hügel hinauf in Richtung auf das Royal Victoria verschwunden war. Dann stand sie noch eine ganze Weile dort an einen Pfeiler gelehnt und sah hinaus in Richtung auf den Nordwestkanal, durch den Ramons Schiff im Laufe der Nacht verschwunden war. Sie sah den hinausfahrenden Fischerbooten zu, die gefolgt wurden von Wolken von Möwen, auf deren Flügeln schon das Licht der aufgehenden Sonne lag. Die veränderlichen

Farben des Wassers blieben auch noch faszinierend, nachdem die Sonne etwas kräftiger geworden war und vordrang bis weit hinein in die klaren Tiefen. Als sich der Dunst auf dem Wasser hob, wurde Hog Island klar und deutlich erkennbar, es war so nah, daß ein kräftiger Schwimmer es ohne große Mühe hätte erreichen können. Der Wind blies den Geruch von faulenden Muscheln und Früchten zum Hafen hinunter, zusammen mit dem Duft von frischem Kaffee und Gebäck. Er raschelte in den Palmen und Meerampferbäumen. Männer erwachten und streckten sich an ihren Schlafplätzen in der Nähe der Lagerhäuser. Sie riefen einander rauhe Flüche und Obszönitäten zu. Als einer von ihnen unterhalb der Stelle, an der sie stand, seine Hosen aufzuknöpfen und am Stamm einer Palme einem natürlichen Bedürfnis nachzugehen begann, wandte sie sich ab. Sie ging von der Bay Street aus in westlicher Richtung weiter und wanderte ziellos dahin.

Ramon war fort. Er hätte nicht länger warten dürfen, wenn er seiner Fahrt noch eine Chance auf Erfolg geben wollte. Sie hatte nach dem Durcheinander der vergangenen Nacht nicht angenommen, daß er bleiben würde, und trotzdem fühlte sie sich irgendwie taub, so als wäre ein Teil von ihr abgetrennt worden. Wäre es so schrecklich gewesen, wenn er sich entschieden hätte, nicht noch einmal zu fahren?

Was würde sie tun? Ihr Mangel an Beherrschung in Ramons Nähe war erniedrigend, ein schwerer Schlag für ihren Stolz. Er brauchte sie nur an irgendeiner Stelle zu berühren, und sie wurde in seinen Händen schwach und nachgiebig. Sie wollte Frieden und Ordnung und Selbstachtung. Sie wollte, daß dieses seltsam ungewisse Gefühl in ihrem Leben aufhörte. Sie wollte Sicherheit. Sie wollte Liebe.

Ramon liebte sie nicht. Er war besessen von seinem Verlangen nach ihrem Körper, von der Leidenschaft, die sie in ihm weckte. Er legte keinen Wert auf ihre Persönlichkeit und billigte nicht, was in ihren Gedanken vorging. Es interessierte ihn nicht, was sie empfand, ob sie die Stärke des Verlangens, das er in ihr entfachte, erniedrigte oder ob jedesmal, wenn er sie besaß, die Bande der Liebe stärker wurden, die sie hielten. Aber falls er ihr doch irgendwann ein zarteres Gefühl entgegenbringen würde, was dann? Er hatte ganz klar zum Ausdruck gebracht, daß in seinem Leben kein Platz für eine Frau war – außer als Freizeitbeschäftigung neben der Arbeit, die er bewältigte.

Was würde geschehen, wenn sie aufhörte, ihn zu bekämpfen, wenn sie sich dem Zauber seines Verlangens nach ihr unterwarf und nur noch dafür lebte, um bei ihm zu sein, wann immer er sie begehrte? Würde sie ein solches Leben im Schatten ertragen können, oder würde die Süße ihrer Zeit miteinander langsam der Bitterkeit der Scham weichen? Sie war sicher, daß bei ihr als Frau mit Prinzipien das eines Tages geschehen mußte, wovor sie am meisten Angst hatte, aber ach, welche Versuchung war es, die Vorsicht über Bord zu werfen und das Risiko einfach einzugehen.

»Lorna!« Sie drehte sich um, als sie jemanden ihren Namen rufen hörte, und sah Peter hastig auf sich zukommen. Sein Lächeln wirkte gezwungen, als er sie erreichte und seinen Hut abnahm, um eine kurze Verbeugung anzudeuten.

Ihr Mund zuckte an den Winkeln, als sie ein bißchen spöttisch fragte: »Seid Ihr schon wieder auf der Suche nach mir?«

»Eingebildetes Mädchen!« sagte er. »Natürlich bin ich das. Ich habe Euch gerade dreimal angerufen, aber Ihr wart so in Gedanken versunken, daß Ihr mich nicht gehört habt.«

»Das tut mir leid«, murmelte sie. Sie nahm seinen Arm, und sie gingen zusammen weiter, ließen das Geschäftsviertel hinter sich und gelangten auf die offene Straße, wo nur noch hier und da ein Haus auf der linken Seite und der glitzernde türkisblaue Ozean auf der rechten Seite zu sehen waren. Sie sprachen von den Kapitänen, die zu ihrer zweiten Fahrt aufgebrochen waren, und von den Reparaturen an seiner Maschine, die ihn davon abgehalten hatten, auch dabei zu sein – was ihn, zu seiner Freude, in die Lage versetzte, sie jetzt begleiten zu können. Er erwähnte die Oper, aber es war so viel geschehen, seit er sie am vergangenen Abend verlassen hatte, daß sie erst einen Augenblick brauchte, um sich daran zu erinnern und ein Gespräch mit ihm zu führen. Nach wenigen Minuten kamen sie zu einer Gruppe von Meerampferbäumen an einer niedrigen Mauer. Er blieb stehen, staubte mit seinem Taschentuch die Oberseite der Mauer ab und bot ihr einen Platz darauf an, dann setzte er sich neben sie.

Er zögerte kurz, so als wähle er seine Worte mit großem Bedacht. »Ich habe gehört, daß es gestern nacht etwas Unruhe im Hotel gegeben hat.«

»Ihr seid ein Meister der Untertreibung, zweifellos Euer britisches Erbe«, sagte sie und warf ihm lächelnd einen Blick zu. »Die Unruhe bestand in einem Eindringling. Ich habe auf ihn geschossen.«

»Gehe ich recht in der Annahme, daß Ihr ihn nicht getroffen habt?«

»Unglücklicherweise nein.« Sie konnte nicht sagen, ob er ihre Erklärung einfach glaubte. Sie hätte sich beinahe gewünscht, er würde es nicht tun, denn sie mißbrauchte sein Vertrauen nicht gern.

»Ich wußte nicht, daß Ihr eine Waffe besitzt. Ich wäre dann vielleicht etwas vorsichtiger in meinem Benehmen Euch gegenüber gewesen!«

Es gelang ihr, über seinen Scherz zu lachen. »Ich habe sie . . . erst seit kurzer Zeit, aber ich nehme sie nicht überallhin mit.«

Das war auf alle Fälle richtig. Sie hatte schließlich immer noch die kleine Waffe in der Schublade ihres Waschtisches. Sie war ruhiger, weil sie wußte, daß sie dort lag. Sie hatte einmal gesehen, wie ihr Onkel eine viel größere Pistole abschoß, sie lud und entlud, hatte jedoch vor der vergangenen Nacht noch nie eine in der Hand gehabt.

»Habt Ihr den Mann sehen können?« fragte er mit einem ernsten Blick in seinen dunkelblauen Augen.

Sie hatte das schon mit dem sehr korrekten Polizeiwachtmeister besprochen. Die kurze, knappe Befragung war ihr ziemlich unangenehm gewesen, und sie war sich nicht sicher, ob der Mann ihre Geschichte geglaubt hatte. Aber er hatte keine andere Wahl gehabt. Ähnliche Fragen konnten sie also nicht beunruhigen.

»Ich fürchte nicht. Es war völlig dunkel.«

»Ja«, sagte er nachdenklich. »Aber manchmal, wenn man jemanden gut kennt, kann man schon aus dem einfachen Umriß einiges sagen.«

»Es war niemand, den ich gut kenne.«

Er nickte. Kurz darauf sagte er: »Hat dieser . . . Vorfall etwas mit Eurer plötzlichen Suche nach einer neuen Unterkunft zu tun?«

»Meiner was?«

»Ich hatte eigentlich vorgehabt, bis heute abend zu warten, bis Ihr nach Essen und Trinken milde gestimmt gewesen wärt, aber ich glaube daran, daß man Gelegenheiten beim Schopf packen muß. Ihr habt doch überall in der Stadt nach einer neuen Wohnung gesucht. Ich habe mich gefragt, ob Ihr . . . ob es jemanden gegeben hat, der Euch im Royal Victoria verärgert hat.«

Das war natürlich schon der Fall, aber sie wollte nicht, daß er sich verantwortlich dafür fühlte, einen Ausweg aus ihrer Lage zu finden. Sie hatte das undeutliche Gefühl, daß es noch etwas anderes gegeben hatte, das er sie hatte fragen wollen. Hatte er vorgehabt, ihr so etwas wie einen Antrag zu machen? Sie war erleichtert, daß er es sich offensichtlich anders überlegt hatte, konnte aber im Augenblick nicht die Energie aufbringen, sich vorzustellen, welche Form das vielleicht hätte annehmen können. »Nein, nein. Es ist nur wegen der Kosten –«

Es war nicht nötig, mehr zu sagen. »Ach ja, das Geld. Alles wird im Augenblick furchtbar teuer, jetzt, wo die Leute in Nassau die neueste Art der Piraterie entdeckt haben. Ich bin sicher, Euer Onkel hatte das nicht bedacht, als er Eure Versorgung plante. Wer hätte das schon bedenken können?«

»Ja«, wiederholte sie steif, »wer hätte das bedenken können?« Wie geschmacklos doch all diese Vorspiegelungen und Lügen waren.

»Aber eigentlich verstehe ich das Problem dabei nicht so ganz. Sicher wird doch Ramon Euch etwas vorschießen können; er hat doch, weiß Gott, keine Finanzschwierigkeiten. Ihr braucht Euch nicht in seiner Schuld zu fühlen, denn Euer Onkel wird es ihm ja dann zurückzahlen.«

Sie warf ihm einen scharfen Blick zu und fürchtete sich etwas vor dem Peitschenhieb des Sarkasmus, der seinen leichten Worten vielleicht folgen würde. Doch nichts Derartiges geschah. »Möglicherweise«, stimmte sie zu, »aber ich stehe ungern in irgend jemandes Schuld. Und eigentlich ist es unnötig, am teuersten Ort der ganzen Stadt zu wohnen.«

»Dort gehört eine Frau wie Ihr aber hin«, sagte er einfach.

»Ihr wohnt auch nicht dort«, stellte sie fest.

»Ich denke daran, umzuziehen.« Er bedachte sie mit einem warmen Lächeln, das nur wenig Zweifel daran ließ, was der Grund für seine Veränderung sein würde.

Sie sagte scharf: »Aber hoffentlich nicht um meinetwillen.«

»Jetzt sagt Ihr schon wieder so etwas«, beklagte er sich. »Hat es je eine Frau gegeben, die mehr von sich selbst eingenommen war? – Habt Ihr schon gefrühstückt?«

»Nein, aber –«

»Ich habe nicht die Absicht, den Service und die Küche eines Gasthauses auszuprobieren, wenn meine Gewohnheiten dort nicht bekannt sind. Kommt mit.«

»Ich bin nicht hungrig.«

»Aber ich. Vielleicht habt Ihr die große Liebenswürdigkeit, mir zuzusehen, wie ich mich vollstopfe.«

Sie ging mit ihm, weil er es nicht anders zuließ. In derselben Art brachte er sie in den folgenden Tagen dazu, nicht nur jeden Abend mit ihm zu essen, sondern auch mittags. Sie erkundeten alle möglichen Sehenswürdigkeiten der Stadt, lachten über die Mauern von Fort Fincastle, das – natürlich nicht absichtlich – in der Form eines Blockadeschiffes gebaut war, wobei der Flaggenmast genau an der Stelle des Mastbaumes auf einem Schiff stand. Da das Fort auf dem höchsten Punkt der Insel errichtet war, konnte man von dort aus weit über das Meer hinaussehen, über den Nordwestkanal und die Riffe und Inseln, die ihn säumten. Aus diesem Grund wurde es derzeit als Signalturm verwendet.

An einem anderen Tag besuchten sie auch das Fort Charlotte am westlichen Ende der Stadt, und danach mußten sie natürlich auch noch das Fort Montagu auf der Ostseite der Insel sehen, das jedoch im Vergleich zu den beiden anderen eine Enttäuschung war, denn es bestand im wesentlichen aus einer massiven Ruine. Das beste an ihren Unternehmungen war, daß sie dafür Pferde mieten und am Strand entlang reiten konnten, so daß von den Hufen der Tiere der Sand hochflog und der Wind ihnen ins Gesicht wehte.

Aber sie verbrachte nicht ihre ganze Zeit mit Peter. Es gelang ihr schließlich doch noch, mit Mrs. Carstairs zu sprechen. Die Frau schien ihr genausowenig abzunehmen, daß sie Arbeit brauchte, wie Peter geglaubt hatte, daß sie an den Kosten ihrer Unterbringung sparen wollte. Sie hatte sich glattweg geweigert, Lorna im Laden arbeiten und Kunden bedienen zu lassen, hatte sich aber schließlich überzeugen lassen, daß die Männer in der Stadt Hemden brauchten. Wenn Lorna ein paar Muster machen wolle, würde sie ihr den Stoff zur Verfügung stellen und die Hemden dann mit

Hilfe eines Schneiders, den sie kannte, verkaufen. Es war jedoch klar, daß ihr Bedürfnis nach Arbeit aufhören würde, sobald Ramon zurückkam.

Das Nähen erwies sich als nicht weiter schwierig. Es nahm kaum Lornas halbe Aufmerksamkeit in Anspruch, allerdings viel ihrer freien Zeit. Sie machte es sich zur Gewohnheit, einen Korb mit zugeschnittenen Teilen zum Aussichtspunkt auf dem Dach des Hotels mitzunehmen, wo das Licht gut war und sie eine hervorragende Sicht auf das Meer hatte. Weil es so hoch oben war, störte sie dort selten jemand, und dann auch nicht sehr lange. Oft sah sie von ihrer Näharbeit auf und starrte hinaus über die veränderlichen Wasser des Ozeans und den Nordwestkanal in die Richtung, aus der Ramon zurückkommen mußte.

Sie hörte nichts mehr von den Lansings. Es war, als wäre sie nicht mehr am Leben, so vollständig strichen sie sie von ihrer Gästeliste. Zuerst hatte sie ja geglaubt, es liege daran, daß Ramon nicht mehr darauf bestand, sie einzubeziehen, aber mit der Zeit fragte sie sich, ob nicht vielleicht mehr als das dahintersteckte. Einmal, als sie durch die Empfangshalle des Hotels ging, sah sie die dicke Frau, bei deren Mann sie ohnmächtig geworden war. Sie sagte hinter vorgehaltener Hand etwas zu einer anderen Frau und sah mit boshaften Blicken hinter ihr her. Bei einer anderen Gelegenheit bemerkte sie, wie eine Frau hinter ihrem Rücken zu flüstern begann, als sie das Eßzimmer verließ. Mehr als einmal fiel ihr auf, daß Männer sie mit einem Blick von seltsam vertraulicher Neugierde in den Augen beobachteten.

Sie hatte jetzt keine Zeit mehr für die Versammlungen auf der großen Terrasse; es war einfach zu schwierig, sich auf ihre Arbeit zu konzentrieren, während man ihr ständig Getränke anbot oder sie zu irgend etwas eingeladen wurde. Das Seltsame daran war, daß man sie meistens zu Dingen einlud, die spät am Abend stattfanden. Mehr als einmal war sie in den späten Stunden zwischen Mitternacht und Morgengrauen wach geworden, weil draußen im Flur eine Auseinandersetzung zwischen ihrem Wächter und jemand anderem stattfand. Die Stimmen gehörten immer Männern. Trotzdem machte sie sich nicht allzu viele Sorgen darüber. Sie hatte nicht den Wusch auszugehen, außer ab und zu mit Peter, brauchte keine andere Gesellschaft oder aufregende Unternehmungen. Mrs. Carstairs war mit ihrer Arbeit zufrieden gewesen und hatte ihr noch mehr Stoff gegeben, und das war das einzige, was zählte.

Die Hauptquelle der Kriegsberichte waren in jenen Tagen Zeitungen, die die Transportschiffe aus England mitbrachten. Peter teilte sie mit ihr, wenn er neue bekam. Was sie darin über New Orleans las, erfüllte sie mit Mitleid und Zorn.

Farragut hatte die Stadt dem Armeekommandanten, General Benjamin Butler, übergeben. Er hatte als erstes einen noch nicht zwanzigjährigen Jungen hängen lassen, der in seinem ersten Zorn und enttäuschten Patriotismus gleich nach dem Fall der Stadt und noch vor der offiziellen Übergabe die Unionsflagge heruntergerissen hatte. Als zweites hatte er verlangt, daß ein Treueeid gegenüber der Union unterzeichnet werden sollte. Der Besitz derjenigen, die ihn verweigerten, war konfisziert und die Menschen selbst waren auf Wagen geladen und über die Staatsgrenze in den konföderierten Staat Mississippi transportiert worden.

Die Bedrohung war ständig vorhanden, und oft gab es dabei auch wahllose Zerstörungen. Die Habseligkeiten von Sympathisanten der Rebellen – von Silber und Geschirr bis zu Kutschen und Pferden – wurden versteigert, oft zu weniger als einem Zehntel ihres eigentlichen Wertes.

Niemand war vor Gefangennahme sicher. Mehr als sechzig Männer waren aufgegriffen und willkürlich zu Schwerarbeit in verschiedenen Unionsforts verurteilt worden. Pfarrer wurden von den Kanzeln gezerrt und vor Butler gebracht, wenn sie sich weigerten, für die Niederlage des Südens zu beten.

Eine Frau wurde festgenommen, weil sie gelacht hatte, als eine Begräbnisprozession eines Konföderierten an ihrem Haus vorbeikam, eine andere, weil sie sich geweigert hatte, unter der Unionsflagge herzugehen, und eine dritte, weil sie Bücher der Konföderierten in ihrem Schrank stehen hatte.

Aber in der britischen Presse war der Zorn über Butlers Order Nummer 28 am größten, in der es schlicht und einfach hieß, daß jede Frau, die ein Mitglied der Unionsarmee durch Wort oder Tat beleidigte, behandelt werden sollte wie eine Straßenhure in Ausübung ihres Gewerbes.

Lorna dachte oft an New Orleans und daran, wie ihr Leben in jener Stadt jetzt aussehen würde, wenn Ramon sie nicht mitgenommen hätte. Wäre es besser oder schlimmer gewesen? Natürlich konnte sie darauf keine Antwort finden.

Eines späten Abends, als sie die ziemlich steilen Stufen vom Aussichtsturm herunterkam, vertrat ihr plötzlich Nate Bacon den Weg. Sie hatte ihn nicht mehr allein gesehen seit jener Nacht in ihrem Zimmer, er hatte sich nur ab und zu von der anderen Seite des Eßzimmers aus mit giftigem Blick vor ihr verbeugt, hatte jedoch nicht versucht, sich ihr noch einmal zu nähern. Im Hafen war das Gerücht aufgekommen, er habe ein ehemaliges Handelsschiff gekauft und baue es jetzt, ohne Kosten zu scheuen, zum Blockadebrecher um. Lorna hatte das Gerücht kaum glauben können. Jetzt stand er breitbeinig da, die Hände hinter dem Rücken verschränkt, und in seinen blaßblauen Augen glitzerte ein kaltes Lächeln.

Sie versuchte, um ihn herumzugehen, und er trat zur Seite, um das zu verhindern. Mit scharfer Stimme sagte sie: »Laßt mich vorbei.«

»Nachdem ich dich endlich einmal allein erwischt habe? Sei nicht dumm, meine Liebe.«

Sein überlegener, herablassender Ton zerrte an ihren Nerven, das ließ sie sich jedoch nicht anmerken. »Ich habe Euch nichts zu sagen.«

»Aber ich habe dir eine Menge zu sagen. Ich denke, diesmal wird uns niemand unterbrechen. Dieser Ort hier ist nicht sehr bevölkert, und die meisten anderen Gäste ziehen sich zum Abendessen um.«

»Nach dem letzten Mal hätte ich gedacht, daß es Euch peinlich sein würde, mir zu begegnen.«

Wenn sie gehofft hatte, ihn durch ihre Direktheit zu beunruhigen, mußte sie sich jetzt eingestehen, daß sie keinen Erfolg hatte. »Ich gebe zu daß jene Begegnung nicht sehr . . . befriedigend gewesen ist, aber das nehme ich dir nicht übel.«

»Nein?«

»O nein. Weißt du, ich bin sicher, daß du am Schluß zu mir gekrochen kommen wirst. Dafür werde ich schon sorgen.«

Lorna sah ihn mit reiner Verachtung an. »Ich kann mir nichts Unwahrscheinlicheres vorstellen.«

»Oh, aber du wirst es bestimmt tun. Wenn du keine Spur von gutem Ruf mehr hast, wenn deine Freunde dich verlassen haben und deine Liebhaber vertrieben sind, dann werde ich da sein und warten. Ich werde dich aufnehmen und in Samt und Seide kleiden und mit Diamanten schmücken, wenn wir in der Öffentlichkeit sind. Aber zu Hause wirst du nackt sein, meiner Gnade ausgeliefert. Ich werde dir alle Hurentricks zeigen, und du wirst sie auf meinen Befehl hin ausführen. Dein Körper wird mir gehören, jede Kurve und jede Öffnung, und ich werde dich benutzen, bis ich deiner müde geworden bin.«

Keine Spur von gutem Ruf. Sie hätte es wissen müssen, daß Nate das Geflüster in Gang gebracht hatte, mit dem ihre Umgebung auf sie reagierte. Sie sah ihn kalt an.

»Und was ist mit Euch? Ändert sich denn nichts dadurch, daß ich Euren Sohn getötet habe?«

»Meinen Sohn und auch seine kranke Mutter, meine Frau, die nicht mehr ganz fünf Tage lebte, nachdem ich ihr die Nachricht von Franklins Tod gebracht hatte. Aber egal. Ich kümmere mich nicht darum, was die Leute hier von mir denken. Ich glaube, es wird eine passende Strafe für dich werden. Du wirst es mehr hassen als alles andere, was ich tun könnte. Und wenn ich manchmal an Franklin denke, kann ich dich immer noch schlagen – zumindest solange das Bedürfnis anhält und bis ein anderes an seine Stelle tritt.«

»Vergeßt Ihr dabei nicht etwas?« Die Häßlichkeit dessen, was er da sagte, ließ sie sich unsauber fühlen. Sie mußte ihn irgendwie bremsen.

»Cazenave? Für den habe ich mir auch schon etwas ausgedacht.«

»Das hattet Ihr schon einmal, wenn meine Erinnerung mich nicht täuscht, aber Ihr hattet keinen Erfolg damit.«

»Beim nächstenmal wird es keinen Fehler geben; *falls* er zurückkommt, natürlich.«

»Das wird er tun!« rief sie.

»Wer weiß? Er hat einen gefährlichen Beruf, verdammt gefährlich. Wenn er fort ist, wird niemand mehr dasein, um dich zu beschützen. Niemand, der mich davon abhält . . . dies zu tun.«

Er griff nach ihr, die sie eine Stufe über ihm stand. Sein fleischiger Arm legte sich um ihre Taille, und ihr Nähkorb fiel herunter. Aber sie hatte Angst gehabt, er könnte so etwas versuchen, und das Stück von dem Hemdkragen, an dem sie genäht hatte, behielt sie eisern in der Hand.

Seine dicken, formlosen Lippen waren feucht und heiß, als er ihren Mund suchte. Sie wandte den Kopf ab, und so glitten sie über ihre Wange, während seine kurzen Finger mit den schwarzen Haaren ihre Brüste suchten und fanden. Er drückte die eine so fest zusammen, daß sie vor Schmerz nach Luft schnappte, und er preßte sie an sich, so daß der obere

Reif ihres Rocks in seine Lenden drückte. Blind suchte sie nach einem Platz an seinem Körper, der nicht von Stoff bedeckt war. Es gab ein schmales Stück Haut zwischen seiner Weste und dem oberen Rand seiner Hose, das sie mit ihrer Hand erreichen konnte. Als sie sich ganz sicher war, hielt sie die Nadel ganz fest, die in dem Stück Kragen steckte, und rammte sie in ihn hinein.

Er keuchte, ließ sie los und stieß sie von sich, so daß sie nach hinten auf die Treppe fiel. Er wand sich und fand das Stück Stoff mit der Nadel darin. Er griff danach und riß sie sich fluchend aus dem Fleisch. Er starrte auf die Nadel und sah dann zu ihr herunter. Zuerst warf er die Nadel über das Treppengeländer, dann griff er sie sich an dem Stoff des Kleides zwischen ihren Brüsten. Er zerrte sie zu sich heran und ohrfeigte sie wütend.

»Also eine Nadel willst du in mich stechen, du Hure«, sagte er und schlug sie auch auf die andere Wange.

»Lorna!« Jemand rief nach ihr.

Nate stellte sie auf die Füße, zog dann seine Weste herunter und seine Manschetten zurecht. Er bückte sich gerade voller vorgetäuschter Höflichkeit und hob ihren Korb auf, als Peter die Treppe heraufkam.

»Ich wußte ja, daß Ihr hier oben seid, als ich dies herunterflattern sah«, fing er an, als er sie entdeckte. In seiner Hand lag das Kragenstück, in dem immer noch die blutbefleckte Nadel steckte. Sie sank an seine Seite, als sein Blick auf ihr Gesicht traf, wo die roten Abdrücke von Nates Fingern sich deutlich vor ihrer Blässe abhoben. In völlig anderem Ton fragte er: »Stimmt etwas nicht?«

»Ich bitte Euch, regt Euch nicht gleich auf«, sagte Nate, so schmeichelnd er konnte. »Wir hatten hier auf der Treppe einen kleinen Zusammenstoß. Und ich fürchte, da ich der schwerere von uns beiden bin, hat Lorna das Schlimmste abbekommen.«

»Stimmt das, Lorna?«

Was hätte sie nicht dafür gegeben, wenn sie hätte nein sagen können, wenn sie den Zorn und die Furcht hätte aussprechen können, die sie Nate Bacon gegenüber empfand. Aber wenn sie das tat, würde Peter in eine Angelegenheit hineingezogen, die nichts mit ihm zu tun hatte. Sie nickte, griff nach dem Kragen und nahm den Korb, den Nate ihr hinhielt. »Wenn die Herren mich bitte entschuldigen wollen, ich bin etwas durcheinander. Ich denke, ich werde in mein Zimmer gehen.«

»Aber ich bitte dich, Lorna, es tut mir leid«, sagte Nate. »Ich schwöre dir, daß ich nicht die Absicht hatte, dich zu verletzen. Aber ich weiß nicht, was dieser Herr von deinen Manieren denken muß. Gestattet, daß ich mich vorstelle, Sir. Ich bin Nate Bacon, der Schwiegervater der jungen Dame.«

Der Engländer bewahrte vollendet die Haltung. Kein Muskel in seinem Gesicht bewegte sich, als er den Kopf in einer so minimalen Verbeugung bewegte, daß es schon beinahe eine Beleidigung war, und dabei die Hand ignorierte, die ihm hingestreckt wurde. »Wie seltsam, daß Ihr hier seid. Ihr müßt der Vater des Mannes sein, den sie getötet hat.« Er wandte sich zu Lorna und sagte: »Ich bin gekommen, um Euch zu sagen, meine Liebe, daß eine Nachricht von Fort Fincastle eingetroffen ist. Es sind Dampfer im Nordwestkanal mit Fahrtrichtung Nassau. Die Blockadebrecher sind wieder zurück.«

17. KAPITEL

Die *Lorelei* war nicht unter den Schiffen, die langsam durch den Kanal hereinfuhren und während der Nacht im Hafen ankerten, sie kam auch nicht zusammen mit jenen, die kurz vor Tagesanbruch gesichtet wurden. Sie hatte Wilmington in der gleichen Nacht verlassen, war aber seither nicht mehr gesichtet worden. Es war eine rauhe Fahrt gewesen, kurz vor dem Golfstrom war sie in einen Sturm geraten. Die Unionskreuzer waren auch unterwegs gewesen, dicht wie die Flöhe im Pelz eines Hundes.

Die augenfällige Tatsache, daß Ramon nicht zurückgekommen war, war schon zu ahnen gewesen, als die Schiffe sich im Hafen versammelten. Die restlichen Informationen hatten am nächsten Morgen die Kapitäne mitgebracht, die sich auf der großen Terrasse versammelten. Sie warfen sich erschöpft in die Sessel und riefen mit der Dringlichkeit von Männern, die der Gefahr begegnet waren, nach Getränken. Das Geld und der Alkohol flossen reichlich, die Eingeborenenmusik spielte, und der Passatwind wehte. Niemand wollte längere Zeit an Ramon denken. Statt dessen schlugen sie vor, ein Fest zu feiern.

Die Pläne dafür wurden an Ort und Stelle geschmiedet. Sie würden einen Ball im Eßzimmer des Hotels abhalten, sobald nach dem Abendessen das Zimmer ausgeräumt werden konnte. Zum Abendessen würde man ein kaltes Buffet aufstellen, und Musiker würden besorgt werden. Alle möglichen Leute würden sich in unterschiedliche Richtungen auf den Weg machen, um Einladungen zu verteilen. Die einzige ungeklärte Frage war, ob der Sekt pur, als Cocktail oder in einer Bowle serviert werden sollte. Die Damen behaupteten immer, es sei schwierig, einen Ball zu organisieren, die Anwesenden konnten das nicht nachvollziehen. Man wollte den Hotelchef rufen und ihm die Aufträge mitteilen.

Lorna war auch dabei, weil die Kapitäne, die sie hatten vorbeigehen sehen, darauf bestanden hatten. Sie fühlte sich absolut nicht danach, kurzfristig einen Ball zu organisieren, trotzdem blieb ihr nichts anderes übrig. Bevor sie wußte, wie ihr geschah, hatte sie sich einverstanden erklärt, die Vorbereitungen zu überwachen, sich darum zu kümmern, daß

Blumen und irgend etwas Grünes gebracht wurden und daß
der Früchtepunsch für die älteren Damen gemischt und kalt-
gestellt war. Irgendwann kam ihr der Gedanke, daß sie vielleicht versuchten, sie abzulenken, damit sie nicht immer über
Ramons Abwesenheit nachgrübelte. Aber nein, sie konnten
nicht wissen, wie verstört sie war, selbst dann nicht, wenn sie
sahen, wie sie ein dutzendmal in der Stunde aufstand, zum
Geländer hinüberging und über das Meer hinaussah.

Man hatte angenommen, daß sie auch zu dem Ball kommen würde, und sie hatte nichts dagegen eingewendet. Aber
sie war entschlossen, nicht zu kommen. Ihr war nicht nach
Vergnügen zumute, und sie hatte auch keine Lust darauf,
dabeizusein, wenn der Klatsch über sie bei den Blockadekapitänen ankam. Sie würde in ihrem Zimmer bleiben und nur
für ein paar Minuten hinausgehen, um dafür zu sorgen, daß
beim Abendessen alles glattging.

Sie hatte jedoch nicht mit Peter gerechnet. Er klopfte fünf
Minuten nach Beginn des Balles bei ihr. Als sie ihm die Tür
öffnete und dem Wächter neben ihm zunickte, daß sie seine
Anwesenheit billigte, hörte sie einen Walzer durch die Fenstertüren hinter sich heraufschallen.

»Ich bin gekommen, um Euch zu begleiten«, sagte er.

Er war tadellos gekleidet in seinem Frack mit einer knall-
roten Hibiskusblüte im Knopfloch. Als er eine kurze Verbeugung andeutete und sie warm anlächelte, glänzte das Gaslicht auf seinem feinen, blonden Haar, das von seiner Stirn
zurückgekämmt war.

»Ich glaube, ich werde nicht gehen, Peter, wirklich. Ich
fühle mich nicht wohl.«

Er betrachtete sie genau. »Krank vor Angst?«

»Was meint Ihr damit?« Sie starrte ihn mit einem kalten
Blick an. Er wich ihm nicht aus. »Oh, ich denke, Ihr wißt
schon.«

»Also habt Ihr schon davon gehört«, sagte sie mit matter

Stimme, als sie sich von ihm abwandte und in die Mitte des Zimmers ging.

»Ich habe es gehört, aber Ihr vergeßt, daß ich die Wahrheit kenne.« Er machte die Tür weit auf, wie es die Sitte verlangte, und folgte ihr dann.

»Die Wahrheit? Aber an jenem Tag in Wilmington hat Ramon doch nur gesagt –«

»Er sagte, Ihr hättet Euren Ehemann getötet. Er hat mir dann später die ganze Geschichte erzählt.«

Hatte er das wirklich getan? Hatte Ramon ihm alles erzählt? Sie bezweifelte es. Und irgendwie hoffte sie, er hätte es nicht getan. Manche Dinge waren zu persönlich, um sie selbst einem guten Freund wie Peter zu erzählen.

Sie schüttelte den Kopf. »Das macht nichts. Es gibt keinen Grund, warum ich hinuntergehen und mich von ihnen anstarren lassen sollte.«

»Wäre es Euch lieber, sie dächten, Ihr versteckt Euch?«

»Natürlich nicht«, sagte sie kurz. »Aber warum sollte ihnen das auffallen?«

»Es wird ihnen auffallen«, meinte er trocken. »Den Männern, weil sie Euch vermissen, und den Frauen wegen des Verhaltens der Männer.«

»Und wenn ich gehe, werden sie mich anschauen, um herauszufinden, wie sich eine Mörderin benimmt.«

»Ihr seid keine Mörderin. Was sollten sie in Euch sehen außer Stolz und Schönheit?«

Ihr seid keine Mörderin. Ramon hatte auch schon einmal so etwas gesagt. Wo war er jetzt?

Er hätte schon vor vierundzwanzig Stunden kommen sollen. Waren er und seine Männer von einem Kreuzer gejagt und gefangengenommen worden? War sein Schiff, wie immer gefährlich überladen wie alle Blockadebrecher, im Sturm untergegangen? War es in Folge von Zerstörungen beim Beschuß auf dem Weg durch die Blockade nicht mehr seetüchtig gewesen und gesunken? Lag es jetzt mit Mann und Maus am Meeresgrund? Solche Gedanken und Bilder hatten sie schon den ganzen Tag verfolgt. Jetzt schüttelte sie den Kopf, um sie zu vertreiben, und hob die Hände zum Mund.

»Lorna?«

»Peter«, flüsterte sie. »Wo ist er?«

Mit harter Stimme fragte er: »Trauert Ihr schon um ihn? Wollt Ihr deshalb nicht mitkommen?«

Sie antwortete hastig: »Nein!«

Er stand da und sah sie an, wartete mit einem nachdenklichen Ausdruck in der Tiefe seiner blauen Augen.

»Also gut!« rief sie aus. »Wenn Ihr im Herrenzimmer wartet, komme ich, so schnell ich kann.«

Sie zog sich eilig an und gab sich nur wenig Mühe mit ihrer Erscheinung. Die Musik draußen vor ihrem Fenster zerrte an ihren Nerven. Das lavendelfarbene Tüllkleid war das einzige, das in Frage kam, also zog sie es an, dann flocht sie ihr Haar zu einer Krone. Sie biß sich auf die Lippen, damit sie etwas röter wurden, und wünschte sich, sie hätte etwas Lippenpomade. Um ihrem bleichen Gesicht etwas Farbe zu geben, gebrauchte sie großzügig von dem französischen Karneolrouge. Sie suchte Fächer und Handschuhe aus einer Schublade, nahm ihren Schlüssel und steckte ihn in das Netztäschchen, das auf dem Waschtisch lag. Sie fühlte sich wegen der Eile irgendwie nur halb angezogen, als sie die Tür hinter sich abschloß, hatte aber trotzdem fast eine Dreiviertelstunde gebraucht, seit Peter fortgegangen war.

Er sah auf, als er das seidige Rascheln ihrer Röcke auf der Treppe hörte. Er ging ihr entgegen bis in den Flur, nahm ihren Arm und ging sofort wieder auf die Treppe zu. Er lächelte auf sie herab, während sie hinuntergingen, und sagte: »Reizend wie immer.«

Und sie brauchte den Ansporn durch sein Kompliment.

Die Musik hatte gerade aufgehört, als sie in der Tür zum Eßzimmer standen, das heute Ballsaal war. Sie hatte den Eindruck, als ob jeder Kopf im Zimmer sich zu ihnen umwandte, als sie eintraten, als ob jeder Blick sie prüfend musterte. Sie ignorierte sie, so gut sie konnte, betrachtete die Topfpflanzen vor den Musikern, die weiches Licht verbreitenden Kronleuchter, die von eleganten Gipsrosetten an der Decke herabhingen, die mit rosa Tapete bedeckten Wände und die fransenbesetzten Goldsatinvorhänge neben den fünfzehn Fenstertüren, die geöffnet waren, um die Kühle der Nacht hereinzulassen.

Das war auch nötig, denn der Raum war wegen der fortgeschrittenen Jahreszeit und der vielen darin versammelten Menschen sehr warm. Die Damen, die mit ihren Tanzpartnern am Rand der gebohnerten Tanzfläche standen, wedelten sich mit ihren Fächern Luft zu, und die Gesichter der Männer waren vor Anstrengung gerötet. Lorna hatte gerade ebenfalls ihren Fächer aus Elfenbein und Spitze geöffnet, als die Musik wieder weiterging. Peter legte ihr den Arm um die Taille, schob sie auf die Tanzfläche, und der Tanz begann.

Es war mehr, aber auch weniger Anstrengung, als sie erwartet hatte. Man hatte diesmal auf die Formalität mit den Tanzkarten verzichtet. Jeder Mann mußte sehen, wie er an eine Tanzpartnerin kam, denn es waren viel mehr Männer als Frauen; also gab es auch keine Mauerblümchen. Die Blockadekapitäne drängten sich mit uneingeschränktem Enthusiasmus um Lorna, so daß sie kaum Zeit zum Verschnaufen hatte. Sie trank Bowle und tanzte Walzer, bis ihr schwindlig war. Sie hatte keine Gelegenheit, die Reaktion der Matronen an der Wand gegenüber von den Musikern zu beobachten oder mit einer der jüngeren Frauen auf der Tanzfläche zu sprechen. Die Lansing-Schwestern waren da, aber ständig von Bewunderern umgeben. Da Lorna nicht davon ausging, daß sie sie zur Kenntnis nehmen würden, war sie auch nicht enttäuscht. Trotzdem fand sie kein Vergnügen darin, in den Armen eines schwitzenden Mannes nach dem anderen herumgewirbelt zu werden. Die Anstrengung, immer zu lächeln und fröhliche Konversation zu treiben, war ermüdend, ihr Mund war etwas starr, ihr Kopf schmerzte vor Hitze und Lärm, und die Füße taten ihr weh. Ihr Herz war so bleiern, daß sie sich fühlte wie eine Porzellanpuppe.

Der letzte Tanz vor dem Abendessen gehörte Peter. Als er vorüber war und alle hinaufgingen, wo das Essen serviert wurde, zog sich Lorna zurück. Sie hatte keinen Hunger. Sie wollte nur Ruhe, Einsamkeit und frische Luft. Sie drängte Peter, zum Essen zu gehen, und erklärte ihm, sie gehe in ihr Zimmer, komme aber später zurück; schließlich war er einverstanden.

Auf dem Treppensabsatz des zweiten Stocks blieb sie kurz stehen und ging dann, ohne groß nachzudenken, weiter hinauf bis zum Aussichtsturm.

Die Glastüren waren für die Nacht geschlossen worden. Lorna ging um die Stühle herum, die an den Wänden des kleinen, achteckigen Dachaufbaus standen, machte die nächstliegende Tür weit auf und trat hinaus. Der Wind in dieser Höhe war frisch, fast kalt. Sie hob ihm ihr Gesicht entgegen, als sie dastand und über die nur hier und da von Gaslaternen erhellte Stadt hinaussah. Der Mond stand hell und fast voll über der Insel. Sein schimmerndes Licht spiegelte sich weit draußen auf dem Meer.

Lorna dachte an Ramon und seinen gefahrvollen Versuch, bei Halbmond zu fahren. Er hätte eigentlich wissen müssen, daß es Vollmond werden konnte, bis er zurückkehrte. Sie waren wahnsinnig, diese Blockadebrecher. Es war schon bei völliger Dunkelheit gefährlich genug gewesen, aber es war absoluter Wahnsinn, fahren zu wollen, wenn der Mond das Meer beleuchtete. Und warum taten sie es? Nur wegen des Goldes.

Zwischen den Glastüren des Aussichtsturms und dem Geländer des Rundgangs, der außen herumführte, war kaum genug Platz für ihre weiten Röcke. Sie drückte sie mit den Händen zusammen und ging einmal die Runde, dabei sah sie in alle Richtungen aufs Meer hinaus. Eine kleine Schaluppe kam von Osten her herein, und der Mond leuchtete auf ihrem Segel. In nördlicher Richtung war es irgendwie noch dunkler, als braue sich dort über dem Meer ein Gewitter zusammen. Doch im Nordwestkanal war nichts zu sehen, nicht mehr als beim erstenmal, als sie hinausgesehen hatte.

Hinter ihr ertönten Schritte, und sie drehte sich um. Es war nur Peter. In seiner Hand balancierte er ein Tablett mit zwei Gläsern Wasser, zwei Gläsern Sekt und einem Teller mit Essen, der von einer Serviette bedeckt war.

»Wie habt Ihr –?« fing sie an.

»Glücklich geraten, denn Ihr wart ja nicht in Eurem Zimmer.«

Er bot ihr das Tablett an, und sie nahm ein Glas Wasser. »Das hättet Ihr nicht tun sollen.«

»Service des Hauses.«

»Ihr . . . Ihr seid viel zu nett zu mir.«

»Nett genug zum Heiraten?«

Diese Worte hatte er in einem Ton gesagt, der seinen üblichen Scherzen nicht unähnlich war. Es dauerte einen Augenblick, bevor die Bedeutung bis in ihr Bewußtsein gelangte. Sie sah schnell auf, ihre Pupillen waren geweitet.

Sein Mund verzog sich zu einem schwachen Grinsen, das sie in der Dunkelheit nur halb erkennen konnte. »Das kann doch keine so große Überraschung sein. Ich bin völlig außer mir, seit ich Euch begegnet bin.«

Aber es war eine Überraschung für sie. Sie war so sehr mit ihren eigenen Schwierigkeiten beschäftigt gewesen, daß sie es nicht hatte kommen sehen. Einen ganz kleinen Augenblick lang zog sie die Möglichkeit in Betracht. Wenn sie Ramon nie begegnet wäre, wäre sie sicher glücklich, ja sogar geehrt gewesen, Peters Antrag anzunehmen. Er war ein wirklich guter Freund und ein hervorragender Gesellschafter; sie hatte in den letzten Tagen mehr mit ihm zusammen unternommen, als für sie beide klug gewesen war. Trotzdem entflammte seine Berührung sie nicht so wie die von Ramon, und wenn er nicht bei ihr war, dachte sie nie daran, wann sie ihn wohl wiedersehen würde. Sie befeuchtete mit der Zungenspitze ihre Lippen.

»Ich dachte, Ihr . . . Ihr mögt einfach gern Frauen, ich dachte, Ihr flirtet gern ein wenig.«

»So wenig war das in letzter Zeit gar nicht.«

»Das habe ich nicht gemerkt.«

»Und jetzt, wo Ihr es wißt, was denkt Ihr darüber?«

Sie legte eine Hand auf das Geländer hinter sich. Der Wind pluderte leicht ihre Röcke, hob den Tüll in kleinen, raschelnden Bewegungen. Er ließ das Halstuch aus Peters Weste flattern, wo es nicht mit der Nadel befestigt war, und zog die Serviette von dem Tablett in seiner Hand, so daß sie über das Dach hinausflog und auf den Ziegeln liegenblieb. Er beachtete das kaum.

»Warum?« fragte sie mit ruhiger Stimme.

»Weil ich Euch liebe. Weil ich für Euch sorgen möchte. Weil ich das Recht haben möchte, daß, wenn ein Mann wie Bacon Euch noch einmal berührt, ich ihm deutlich die Meinung sagen kann.«

»Seid Ihr sicher, daß der Grund nicht darin liegt, daß ich Euch . . . leid tue?«

Er drehte sich um, ging in den Aussichtsturm hinein und stellte das Tablett auf einen Stuhl, kam dann wieder zu ihr und nahm ihre Arme. »Ich sehe keinen Grund, warum Ihr mir leid tun solltet«, sagte er. »Ihr seid eine schöne Frau, die einem Mann viel zu geben hat, und ich hoffe, Ihr beschließt, daß ich dieser Mann sein kann.«

»Eure Familie –«

»– ist in England und wird sowieso nichts dazu zu sagen haben, welche Frau ich heirate.«

Es gab noch einen anderen Hinderungsgrund, den wichtigsten. Sie hatte ihn bis zum Schluß aufgehoben, da es ihr so unwahrscheinlich erschienen war, daß sie ihn noch würde erwähnen müssen, wenn sie die anderen vorher vorgebracht hatte. Jetzt tat sie es doch noch.

»Und Ramon?« Da er ihr nicht antwortete, sprach sie weiter: »Oh, Peter, könnt Ihr denn nicht verstehen, daß ich es nicht tun kann?«

Er holte tief Atem. »Weil er noch nicht wiedergekommen ist?«

»Weil . . . oh, weil –«

»Weil Ihr ihn liebt.«

»Und wenn es so wäre?« Sie entwand sich seinem Griff und drehte sich weg, weil ein so schmerzliches Gefühl sie durchströmte. Sie sah hinaus aufs Meer und sagte: »Ist das so schrecklich?«

Mit ernster Stimme sagte er: »Ich weiß es nicht. Ist es das?«

»Ihr . . . Ihr könnt es Euch nicht vorstellen.« Sie hob den Kopf in der Sorge, die Tränen, die in ihre Augen gestiegen waren, würden hervorquellen und sie verraten.

Er stellte sich neben sie und schloß seine warmen Finger um ihre Schulter. Sein Seufzen klang rauh. »Ich glaube, ich kann es schon.«

Sie antwortete nicht. Sie hob die Hand und trocknete ihre feuchten Augen, dann sah sie wieder hinaus zu der Stelle, wo der Nordwestkanal im Mondlicht lag. Sie streckte eine zitternde Hand aus. »Dort«, sagte sie mit gepreßter Stimme. »Seht Ihr das?«

Er sah in die Richtung, in die sie zeigte, und runzelte die Stirn. »Nein – doch. Ja!«

»Ist es –«

»Das kann ich nicht erkennen.«

In angespanntem Schweigen sahen sie es näher kommen, ein schwacher, grauer Punkt auf dem Meer, der sich Stück für Stück zu einem Schiff entwickelte. Es hatte keine Ladung an Deck, keine Masten, keine Reling und schien keinen Radkasten über den Schaufelrädern zu tragen. Es kam mit halber Geschwindigkeit oder noch langsamer hereingeschlichen in einer seltsam krebsartigen Bewegung – auf Grund einer schweren Schlagseite steuerbord. Der Rauch aus seinem Schornstein war schwarz und voller Funken, als würden sie Holz statt Kohle verbrennen.

»Mein Gott«, schnaufte Peter.

Die Enge der Angst in ihrer Kehle machte es schwer, die Worte herauszubekommen. »Die *Lorelei*?«

Sein Gesicht war ausdruckslos, als er antwortete: »Was von ihr übrig ist.«

Blitze flackerten, und Donner grollte über ihnen, als das Schiff im Hafen Anker warf. Aber das hielt die Gäste des Balles nicht ab, die, da sie das langsame Vorankommen des Schiffes bemerkt hatten, in Strömen zum Hafen hinuntergelaufen waren, um seine Ankunft zu beobachten, und sie begannen ein lautes Freudengeschrei, als die Ankerkette herunterrasselte. Und auch Lorna und Peter hinderte das Wetter nicht daran, in einem schnell besorgten Boot über die letzten Wellen, die die Schaufelräder erzeugt hatten, hinüberzufahren.

Lorna hatte nicht daran gedacht, sich umzuziehen. Sie war nur schnell in ihr Zimmer gegangen, um sich ein Umschlagtuch zu holen und umzuwerfen. Als sie das Landungsbrett und die Strickleiter nach oben anstarrte, wünschte sie sich, sie hätte wenigstens den Reifrock abgelegt, wenn nicht gar ihr altes Reitkostüm angezogen. Aber was getan werden mußte, würde ihr auch irgendwie gelingen, und sie war daran gewöhnt, mit der Weite ihrer Röcke umzugehen. Zumindest war es ja dunkel, so daß Peter, der die Strickleiter von unten hielt, nicht in den Genuß einer Zurschaustellung ihrer Knöchel und Unterwäsche kommen würde.

Slick und Chris standen bereit, um ihr an Bord zu helfen. Der Erste Offizier hatte mehrere Schnitte auf der rechten Seite seines Gesichts wie von fliegendem Glas, und sein rechter Arm lag in einer Schlinge. Der Zweite Offizier schien unverletzt, bis er sich umdrehte, um Peter zu helfen, da sah sie, daß er hinkte und dabei sein linkes Bein schonte. In Erwartung ihrer ersten Frage sagten sie, Ramon sei in seiner Kajüte. Er war auf den Beinen geblieben, bis sie an den Wellenbrechern an der Spitze von Hog Island vorüber waren und die Einfahrt zum Hafen erreicht hatten, dann hatte er das Bewußtsein verloren.

»Wie schwer ist er verletzt?« fragte Lorna mit bleichem Gesicht im Licht der Laterne.

»Wir haben einen Traubenschuß abbekommen, Madam, eine Kanonenladung voller kleiner Eisenteile. Von einem Kreuzer, am zweiten Tag als wir unterwegs waren«, antwortete Slick. »Ramon hat ein paar Stücke Alteisen durch den Körper geschossen bekommen, einen Bolzen und eine alte Messerschneide. Es ist kein lebenswichtiger Punkt getroffen worden, aber wir hatten ziemlich lange keine Zeit, ihn zu versorgen. Er hat sehr viel Blut verloren. Bis gestern morgen hat ihm das nicht viel ausgemacht, aber da hat dann das Fieber angefangen. Das wäre vielleicht auch noch zu bewältigen gewesen, wenn er Ruhe gehabt hätte, aber wir wurden im Sturm, in den wir gelaufen waren, um den Unionsschiffen zu entkommen, vom Kurs abgebracht, und er mußte uns ja wieder zurückbringen.«

Der Blitz flackerte über ihren Köpfen und zeigte den trostlosen Zustand des Schiffes. Jetzt sagte Peter: »Es sieht so aus, als ob das nicht so einfach gewesen wäre.«

»Kann man wohl sagen«, antwortete Chris, der gerade

angeordnet hatte, daß das Landungsbrett wieder eingeholt werden sollte. »Gestern nachmittag war die Kohle zu Ende. Wir waren so weit draußen, daß wir die gute *Lorelei* bis fast zur Wasserlinie hinunter verbrennen mußten, um Dampf zu haben. Natürlich waren durch den Beschuß die meisten Teile so zugerichtet, daß es eigentlich egal war, aber die in das Terpentin getränkte Baumwolle zu verbrennen war schon schmerzlich.«

Der Engländer nickte und sagte: »Ich glaube, ich sollte eure Aufmerksamkeit auf die Menge im Hafen lenken und euch warnen, daß ihr jeden Augenblick von Besuchern überschwemmt werden könntet.«

»Gut«, sagte Slick und warf einen kurzen Blick an Land. »Sie können dann die Pumpen bedienen. Wir sind nämlich alle ziemlich fertig, weil wir versucht haben, sie über Wasser zu halten.«

Die Angst lag wie ein Kloß in Lornas Herzen, doch um sie herum loderte wilder Zorn. Warum mußten Männer ihr Leben durch so gefährliche Unternehmungen riskieren? Es stimmte schon, ohne diese Männer wäre der Süden noch vor Ende des Jahres in die Knie gezwungen, aber eigentlich mußte es doch noch einen anderen Weg geben, um Meinungsverschiedenheiten zu regeln, als durch die Gefährdung von Menschen, die aus so verletzlichen Dingen wie Fleisch und Knochen bestanden.

»Ich würde gern Ramon sehen«, sagte sie.

»Frazier ist jetzt bei ihm und kümmert sich um ihn. Das ist vielleicht kein allzu schöner Anblick, Madam.« Die beiden Offiziere warfen sich einen Blick zu und sahen dann Peter an.

Sie schüttelte ungeduldig den Kopf. »Das ist mir egal.«

»Wenn Ihr meint.«

Slick deutete mit einer Bewegung an, daß sie vorausgehen solle, und ging dann zu der Stelle des Decks, an der sich der Eingang zur Kajütentreppe befunden hatte. Jetzt waren da nur noch die Stufen. Sie drückte mit den Händen ihre Röcke zusammen, während sie sich noch einmal wünschte, sie wäre sinnvoller gekleidet, und begann hinabzusteigen.

Ramon lag auf seiner Koje, und seine noch in den Stiefeln steckenden Füße hingen heraus. Sein Hemd hatte man ihm ausgezogen, aber er hatte die Hosen noch an. Das Licht aus der Lampe über ihm zeichnete deutlich sein eingefallenes Gesicht nach, die braune Haut war gerötet vom Fieber, und er hatte dunkle Ringe unter den Augen. An seinem Kinn glitzerte das Licht bläulich auf den Bartstoppeln, was andeutete, daß er schon seit Tagen keine Gelegenheit gehabt hatte, sich zu rasieren. Den Flecken auf den Binden über seine Brust nach zu urteilen, hatte es nicht den Anschein, als wären sie bisher schon gewechselt worden.

Frazier kniete neben der Koje, stand auf, als Lorna hereinkam, und begrüßte sie mit offensichtlicher Erleichterung. Dann nickte er Peter zu, der hinter Slick eintrat.

»Wie geht es ihm?« fragte sie.

Frazier warf einen besorgten Blick auf den Mann auf dem Bett. »Ziemlich unverändert. Ich habe ihn mit kaltem Wasser abgewaschen, aber das scheint nicht viel geholfen zu haben. Er ist nicht zu Bewußtsein gekommen, um etwas zu trinken.«

»Wie ist es mit einem Arzt?« fragte Peter.

»Jetzt, wo ihr uns ein Boot gebracht habt, können wir einen holen«, antwortete Slick. »Unseres hat sich irgendwie in Feuerholz verwandelt.«

Er drehte sich um und ging hinaus, um sich darum zu kümmern, daß ein Arzt geholt wurde. Frazier sah hinter ihm her. »Ich denke, das ist das beste, aber ich glaube, es ist nicht nötig. Der Käpt'n hat schon Schlimmeres durchgestanden. Er wird sich bestimmt wieder gut erholen, wenn er sich erst einmal etwas ausruhen kann.«

Lorna trat näher heran und ließ sich mit leise raschelnden Röcken neben der Koje nieder. »Glaubt Ihr?«

»Ich weiß es, Madam. Um ihn unterzukriegen, muß mehr als das passieren.«

»Er ist so heiß«, sagte sie, ihre Hand auf seiner Stirn.

»Das stimmt. Ich glaube, das ist ebenso natürlich wie die Schwellung, aber ich weiß es nicht genau. Traubenschüsse sind eine gemeine Sache. Sie laden die Kanonen einfach mit allem möglichen, allem, was aus Metall ist – rostigen Nägeln, Bolzen und Kettenstücken. Das sorgt für üble Wunden, die schwer heilen.«

»Es gefällt mir nicht, daß er so bewußtlos ist.«

»Ich würde sagen, er war nur einfach völlig erschöpft«, sagte der Ladungsaufseher mit einem Kopfschütteln. »Und wenn es Euch nichts ausmacht, wäre es mir schon lieber, er bleibt noch eine Weile still. Er hatte höllisch schlechte Laune, Madam, Ihr verzeiht den Ausdruck, und das kann nicht nur an seinen Wunden gelegen haben. Er war schon irgendwie seltsam, als wir auf dem Weg nach Wilmington waren, und mit seinem Auf-und-ab-Gehen hätte er beinahe eine Rinne ins Holz gelaufen, bis wir wieder beladen und auf dem Rückweg waren.«

Es schien ihr das beste, keine Antwort darauf zu geben. Sie wich Peters Blick sorgfältig aus und sagte zu Frazier: »Ich nehme an, Ihr seid auch müde. Wenn Ihr Euch hinlegen wollt, werde ich bei ihm bleiben.«

»Danke, daß Ihr daran denkt, Madam, aber ich möchte doch lieber abwarten, was der Knochenklempner sagt.«

Der Doktor kam, ein Engländer mit einem breiten Gesicht, das durch enorme Koteletten noch breiter wirkte. Er hob Ramons Augenlider, horchte an seiner Brust und fühlte an seiner Stirn. Er durchschnitt die Binden und nahm sie ab, wobei er den Schorf abriß, so daß die Wunden wieder zu bluten begannen. Dann streute er einen weißen Puder darüber und legte die Binde wieder so fest an, daß es ein Wunder schien, daß Ramon noch atmen konnte.

Lorna sah ihm zu und wäre ihm fast an die Gurgel gegangen, weil er Ramon so grob behandelte. Den Männern, die außer ihr noch im Zimmer waren, schien jedoch nichts Auffälliges an seinem Benehmen. Sie kannte sich eigentlich nicht in der Heilkunst aus, nur insoweit, als sie ihrer Tante bei der Behandlung der Sklaven geholfen hatte, und deshalb hatte sie das Gefühl, sie hätte kein Recht, die Behandlung des Doktors zu kritisieren. Also schwieg sie, konnte es jedoch kaum abwarten, daß er das Schiff wieder verließ. Ihr Zorn wurde noch größer, als er ging, ohne auch nur vorzuschlagen, wie man es dem Patienten bequemer machen solle.

In dem Augenblick, als er fort war, wies sie Frazier an, er solle ihr helfen, Ramon auszuziehen und unter die Decke zu legen. Schließlich mußten sie die Stiefel von seinen Füßen abschneiden. Er hatte sie so lange getragen, ohne sie auszuziehen, daß seine Füße geschwollen waren und das Leder kaum noch davon zu trennen.

Sie rieben ihn noch einmal von Kopf bis Fuß mit kaltem Wasser ab, und es hatte den Anschein, als würde er langsam etwas kühler. Der Doktor hatte zwar ein Pulver dagelassen, das der Kranke einnehmen sollte, aber obwohl sie sich große Mühe gaben, gelang es ihnen nicht, es ihm einzugeben. Schließlich ging Frazier. Das Boot kam zurück, das den Arzt an Land gebracht hatte. Lorna hörte Stimmen an Deck, und ein- oder zweimal kamen Männer herunter und schauten herein, aber sie nahm sie kaum wahr, während sie neben der Koje kniete und Ramons Hand hielt. Peter sprach leise mit ihnen und brachte sie dazu, wieder zu gehen. Nach einer Weile wurde es still.

»Lorna?«

Sie wandte den Kopf um und lächelte Peter kurz an, der immer noch hinter ihr an der Wand lehnte.

»Es wird spät. Glaubt Ihr nicht, Ihr solltet zum Hotel zurückgehen? Ihr könntet ja morgen früh wiederkommen.«

»Ich bin nicht müde.«

»Das müßtet Ihr aber sein.«

»Ich . . . möchte lieber hierbleiben.«

Als ob der Klang ihrer Stimmen ihn gestört hätte, drehte Ramon mit leisem Rascheln den Kopf auf dem Kissen.

Lorna wandte sich ihm sofort wieder zu. Mit leiser, aber nachdrücklicher Stimme rief sie: »Ramon?«

Seine Lider bebten und hoben sich. Er starrte sie eine ganze Weile an, und seine Augen glänzten vom Fieber, dann lächelte er langsam.

»Ramon«, flüsterte sie mit tränenerstickter Stimme.

Er befeuchtete seine Lippen mit der Zunge. Sie griff sofort nach dem Glas mit Wasser, das neben ihr auf dem Boden stand. Sie hob seinen Kopf und half ihm, die darin enthaltene Medizin zu trinken, dann gab sie ihm noch mehr Wasser. Als er sich wieder zurücklegte, blieb sein Blick auf ihrem Gesicht.

»Ich habe dich gesehen«, sagte er mit rauher Stimme.

»Psst, versuche nicht zu sprechen.«

»Ich habe es wirklich. Ich sah dein Gesicht im Sturm, und dein Haar flatterte.«

Er sprach im Fieber. Mit besorgtem Blick nahm sie seine Hand wieder in die ihre und legte einen Finger auf seine Lippen.

Er schüttelte ihn ab. »Nein. Ich habe dich wirklich gesehen. Und dann wußte ich . . . wußte ich, daß wir es schaffen.«

Die Tränen strömten aus ihren Augen und rannen langsam über ihr Gesicht. Um ihren Mund spielte ein zittriges Lächeln. Als er das sah, zuckte sein Mund ganz kurz als Erwiderung, dann schloß er langsam und wie gegen seinen Willen die Augen.

Sie neigte den Kopf und drückte die Lippen auf die harte Kante seiner Knöchel. Dann blickte sie in die Richtung, in der Peter gestanden hatte, und ihre Augen leuchteten vor Freude, daß Ramon wieder gesund werden würde. Peter stand nicht mehr an der Wand. Er war fort.

Der Regen trommelte jetzt über ihrem Kopf auf das Deck. Mit dem Geräusch eines kleinen Wasserfalls strömte das Wasser durch die Öffnung an der Kajütentreppe herunter und mischte sich mit dem stetigen dumpfen Dröhnen der Pumpen, die versuchten, sowohl das Meerwasser als auch das Süßwasser aus dem Schiff zu befördern. Ramons Atmung wurde tief und regelmäßig, während er ungestört schlief.

Lorna wurde langsam steif, wie sie dort auf dem Boden hockte. Die Stäbe ihres Korsetts schnitten ein, denn wenn sie es trug, konnte sie sich nicht richtig bücken, und der steife Tüll wurde langsam kratzig. Sie dachte daran, jemanden zu schicken, um ihr Kleider zu holen, aber es wurde ihr klar, daß das nicht ging. Die Männer der Mannschaft waren ebenso müde wie ihr Kapitän, und diejenigen, die nicht an den Pumpen arbeiteten, schliefen wahrscheinlich. Außerdem hatte Peter vermutlich das Boot mitgenommen, das im Augenblick die einzige Möglichkeit darstellte, an Land zu kommen.

Sie richtete sich auf und streckte ihre verkrampften Muskeln. Ihr Blick wanderte zu der Seemannskiste am Fuß der Koje. Sie dachte nach, zog eine Augenbraue hoch und sah an ihrem Kleid hinunter. Mit plötzlicher Entschlossenheit ging sie hinüber und hob den Deckel. Sie legte den oberen Koffereinsatz zur Seite, nahm sich ein Hemd und ein Paar Hosen heraus und hielt sie vor sich. Sie waren riesig, aber die Ärmel und Hosenbeine konnte sie ja aufkrempeln. Darin würde sie es bis zum Morgen bequemer haben, bis ihre eigenen Sachen gebracht werden konnten.

Ein paar Minuten später lagen ihr Kleid, ihr Reifrock und ihre Unterröcke wie eine riesige lavendelfarbene Blüte mitten auf dem Boden, und sie versuchte, meterweise Hemdenstoff in den ungeheuer weiten Bund der Hose zu stopfen. Sie hatte versucht, Ramons Gürtel zu nehmen, aber ihre Taille war so schmal, daß keines der Löcher paßte. Schließlich zog sie ihn aus den Gürtelschlaufen und warf ihn zur Seite. Sie nahm ihr Umschlagtuch, schlang es sich um die Taille und band die weiche Wolle zu einem großen Knoten. Die Hosen lagen in weiten Falten um sie herum, und sie grinste über den Anblick, den sie jetzt bieten mußte. Aber es war ihr egal. Es war niemand da, der sie sah, und niemand, dem es etwas ausmachte.

Mit etwas angespanntem Lächeln legte sie ihre Hand auf Ramons Stirn. Sie schien etwas kühler geworden zu sein, aber nicht allzu viel. Sie wandte sich ab, ihre Schritte waren in ihren weichen Abendschuhen fast unhörbar, als sie zum Bullauge trat und hinaussah auf die wenigen Lichter in der regengepeitschten Nacht. Das Schiff schaukelte auf den Wellen, die es selbst im Hafen gab. Wie mochte wohl diese letzte Fahrt über das Meer gewesen sein – jenseits der schützenden Riffe und vorgelagerten Inseln?

Sie war müde. Sie hatte in den Nächten, seit Ramon fort war, so wenig geschlafen, weil sie sich Sorgen um ihn machte, weil es sie beunruhigte, daß Nate Bacon seinen nächtlichen Besuch vielleicht wiederholen würde, und weil sie verwirrt war durch ihre Gedanken an die unsichere Zukunft. Es war seltsam, aber hier fühlte sie sich sicherer als in den ganzen letzten Wochen – hier auf dem verkrüppelten Schiff im Gewitter. Sie legte die Hände auf den Rahmen unter dem Glas und stützte ihre Stirn darauf.

Peter. Sie nahm an, er würde sich Sorgen machen, was aus ihr wurde. Das mußte wohl so sein, denn er hatte ihr einen Heiratsantrag gemacht. Reue erfüllte sie, als sie daran dachte, wie wenig Aufmersamkeit sie seinem Antrag geschenkt hatte, wie alles andere durch die Ankunft der *Lorelei* verdrängt worden war. Warum hatte sie sich nur nicht in Peter verliebt? Das wäre doch viel einfacher gewesen. Oder nicht? Was immer er auch sagen mochte, sie glaubte nicht, daß seine adlige Familie eine Schwiegertochter mit derart problematischem Ruf willkommen geheißen hätte. Und sie hatte wenig Hoffnung, daß ihr dieser Ruf nicht auch vorauseilen würde. Nate hatte bestimmt dafür gesorgt. Nassau war eine kleine Gemeinde, und seine Verbindungen mit England waren vielfältig.

Was machte das schon aus? Sie würde Peter nicht heiraten. Sie würde überhaupt nicht heiraten. Sie würde sich ihren eigenen Lebensunterhalt verdienen und keinem Mann verpflichtet sein.

Das Holz unter ihren Händen fühlte sich feucht an, denn die Regenluft strömte in die Kajüte und brachte etwas Kühle mit herein. Sie hob den Kopf und wandte sich der Koje zu. Das Licht aus der Lampe warf schwankende Schatten durch das Zimmer. Wie magisch angezogen ging sie zu Ramon hinüber, der bis zur Taille unter seiner Decke lag, lehnte sich vor und begann, das Laken weiter hochzuziehen.

Er erwachte in einer einzigen Bewegung, seine Hände schlossen sich fest um ihre Taille und seine Augen öffneten sich. Sein Griff war wie eine heiße Zange und drückte ihre Rippen zusammen. Der Ausdruck in seinen Augen glich dem eines jagenden Habichts, schwarz und räuberisch.

Sie gab einen kleinen erschreckten Laut von sich, und sein Blick wurde klar, konzentrierte sich auf ihr Gesicht und ihr Haar, wanderte weiter über ihre Männerkleidung und dann zurück zu ihren grauen Augen. Sein Griff lockerte sich. Sein Mund begann leise zu lächeln. Die Worte waren kaum mehr als ein Flüstern, als er sagte: »Du hättest besser Chris' Seemannskiste ausräumen sollen, er hat eher deine Größe.«

»Das hätte ihm vielleicht nicht gefallen.«

»Er wäre geehrt gewesen – wie ich auch. Wie lange bist du schon hier?«

»Noch nicht sehr lange«, brachte sie heraus.

»Komm, leg dich zu mir.«

»Das kann ich doch nicht. Deine Wunden –«

Er lächelte wieder, als wäre ihr Widerspruch dumm, und verstärkte weiter den Druck seiner Hände.

»Nein, wirklich!« protestierte sie.

»Komm schon«, murmelte er stur, bewegte sich etwas zur Seite und schnitt eine Grimasse, als er sie näher heranzog.

»Aber Ramon, ich sollte wachen –«

»Über was? Ich verspreche dir, ich werde nicht sterben.« Er warf das Laken zurück.

»Ich . . . sollte das nicht tun«, sagte sie und setzte sich auf das Bett, um seinem Drängen etwas nachzugeben.

»Aber du wirst es tun, um mir einen Gefallen zu erweisen, nicht wahr? Denn ohne dich kann ich keine Ruhe bekommen, kann ich nicht denken, könnte ich vielleicht einfach aufhören zu sein.«

Wie hätte sie einer solchen Bitte widerstehen können oder dem fiebernden Leuchten in seinen Augen, oder auch nur dem Bedürfnis ihres eigenen Körpers und Herzens? Sie legte sich vorsichtig neben ihn, um seine Wunden nicht zu berühren. Er legte einen Arm um ihre Taille und zog sie näher heran, so daß sie ihn in ganzer Länge berührte. Draußen strömte der tropische Regen, und die Lampe über ihnen schwang hin und her, bis sie gegen Morgengrauen zischend erlosch, weil das Öl ausging. Lorna bemerkte es nicht.

Ramon blieb vier Tage lang in seiner Koje. Nach den ersten achtundvierzig Stunden war er jedoch ruhelos, besonders nachdem Slick angefangen hatte, sich um die Reparaturarbeiten zu kümmern. Während dieser Zeit kam auch Edward Lansing zu ihm, um den Verlust der Ladung und die Kosten für die Reparatur mit ihm zu besprechen. Er hatte sich mit aller Autorität durchsetzen müssen, um zu verhindern, daß Charlotte und Elizabeth mit ihm kamen, solche Sorgen machten sie sich um Ramons Gesundheit. Sie hatten jedoch auch gehört, daß er von Miss Forrester gut betreut werde.

Lorna war etwas irritiert gewesen durch das Lächeln, das er ihr bei seinen letzten Worten zugeworfen hatte. Es war deutlich, daß er viel zu sehr Mann von Welt war, um an den kleinen Abenteuern seines Freundes und Partners etwas auszusetzen zu haben. Und in diesem Falle war auch nichts daran zu ändern. Es war unvermeidlich gewesen, daß ihre Abwesenheit vom Hotel aufgefallen war. Sie hatte ihr Zimmer im Royal Victoria nicht aufgegeben und war auch selbst noch einmal hingegangen, um sich die für das Leben auf dem Schiff praktischste Kleidung zu holen.

Ihr und Cupido war die Aufgabe zugefallen, den nicht allzu kooperativen Patienten zu versorgen. Sie planten Mahlzeiten zusammen, nahrhafte Rinderbouillons und Hühnereintöpfe, die ihm Appetit machen würden. Während der Wind leise zum Bullauge hereindriftete, zusammen mit dem Duft frischgesägten Holzes und dem Geräusch der Sägen und Hämmer, hatten sie Schach und Dame und Karten mit ihm gespielt. Manchmal las ihm Lorna aus Büchern vor, die andere Blockadekapitäne ihm bei ihren Besuchen mitbrachten. Nach den ersten beiden Tagen kamen nachmittags ständig Besucher, die kleine Geschenke brachten und zu einem Gespräch blieben, bis sich die Kajüte füllte. Das geschah, nachdem das Schiff am Dock festgemacht hatte und die Risse geflickt und kalfatert worden waren. Danach war langsam der Eindruck entstanden, daß es wohl doch noch gerettet werden könnte.

Am Morgen des dritten Tages weckte Ramon Lorna, indem er ihr mit einer Haarsträhne über die Lippen strich. Als sie die Lider öffnete, betrachtete er sie mit schmelzender Bewunderung in den dunklen Augen und einem sehr charmanten Lächeln um die Lippen. Sie griff ihm sofort an die Stirn. Sie war kühl.

Er beugte sich vor, um ihr einen festen und zärtlichen Kuß auf die Lippen zu drücken, dann richtete er sich wieder auf, um seine Wirkung zu betrachten. Sie lächelte, und ein Blick voller seltsamer Hoffnung trat in sein Gesicht. »Wie stehen die Chancen«, fragte er, »daß ich zum Frühstück ein Steak und Eier bekomme?«

Sie standen natürlich sehr gut. Als er gegessen hatte, strich er sich mit der Hand über den Bart und kündigte an, er wolle sich rasieren. Lorna verließ die Kajüte und ging an Deck. Sie kam genau rechtzeitig, um eine Kutsche heranfahren und halten zu sehen. Sie erkannte sie, noch bevor Charlotte und Elizabeth herausstiegen, in gelbe und blaue Seide gehüllt, zarte Spitzensonnenschirme über ihre Köpfe haltend und mit geschnitzten Elfenbeinfläschchen vor der Nase, um die Gerüche des Hafens abzuhalten. Sie wurden gefolgt von einem livrierten Bediensteten, der einen Korb mit einer Serviette darüber trug. Sie trippelten über die Laufplanke herauf und segelten zur Kajüte hinunter, ohne Lorna auch nur eines Blickes zu würdigen, die keine drei Meter abseits stand und mit Chris sprach.

Lorna drehte sich um, um ihnen zu folgen, da wurde sie durch einen Ruf aufgehalten. Es war Peter, der gerade auf das Dock zukam. Er trabte leicht die Laufplanke herauf und ging neben ihr her. »Ich sehe, Papa hat nachgegeben – oder ist geschlagen worden –, und Charlotte und Elizabeth sind zu Besuch gekommen.«

Es war, als wäre er niemals fortgegangen, ohne sich zu verabschieden, und als wäre er nicht in den vergangenen vier Tagen fortgewesen. Sie lächelte ihn an und ging auf die Kajütentreppe zu. »Ja.«

»Ramon wird überwältigt sein.« Seine Stimme klang trocken.

»Und das ganz besonders, da er sich gerade rasiert – und noch nicht angezogen ist«, sagte sie nüchtern.

»O Gott. Sollen wir hinuntergehen und ihn retten oder ihren guten Ruf, wer immer es am nötigsten hat?«

Aber keines von beiden schien gefährdet, als Peter und Lorna ankamen. Ramon mußte gehört haben, wie die Lansing-Schwestern kamen, denn er lag in der Koje, das Laken bis zur Taille hinaufgezogen, und unter einem Ohr war noch ein Flöckchen Schaum. Er gab sich die größte Mühe, wie der verwundete Held auszusehen, während er gleichzeitig den Korb betrachtete, den der Bedienstete zu seinen Füßen hingestellt hatte. Unter den Gegenständen, die man zur Wiederausrüstung des Schiffes gebaut hatte, waren auch zwei neue Stühle für die Kajüte gewesen. Charlotte und Elizabeth saßen darauf und lehnten in eleganten Posen an den unbequem steilen Rückenlehnen.

». . . es ist wirklich schrecklich, daran zu denken, daß die *Lorelei* beinahe gesunken wäre«, sagte Elizabeth gerade. »Charlotte und ich haben für Eure sichere Heimkehr gebetet und natürlich auch für die Genesung von Euren Wunden.«

Das hatte Lorna ebenfalls getan, aber im Augenblick hatte es den Anschein, als ob nur die Gebete der Lansing-Schwestern erfolgreich gewesen waren.

»Wir haben uns solche Sorgen gemacht, als wir hörten, daß Ihr verletzt seid«, sagte Charlotte mit rosigem Gesicht und glänzenden Augen, die Ramons nackte Brust betrachteten. Sie schaute zur Seite und warf einen Blick auf Lorna und Peter, dann sah sie hastig wieder Ramon an.

»Wir haben uns auch Sorgen um Eure Behandlung gemacht. Man kann eben Wunden in diesem Klima nicht vorsichtig genug behandeln.«

Ramon runzelte die Stirn, als ihm auffiel, wie bemüht die beiden Frauen darum waren, Lorna nicht zur Kenntnis zu nehmen. Seine Worte klangen hart, als er sagte: »Ich hatte eine hervorragende Krankenschwester.«

»Da bin ich sicher«, sagte Elizabeth abschließend. »Wir

wären gern schon früher gekommen, wenn Papa es nicht verboten hätte. Aber wie unsere Wünsche dazu auch aussehen mochten, es wäre doch nicht gut gewesen, wenn wir irgendeiner Art von Gerede damit Vorschub geleistet hätten.«

Ihre Worte klangen zwar unschuldig, aber der Ton ihrer Stimme mit der kühlen Abschätzigkeit war es nicht. Ramons Augen wurden schmal: »Vielleicht solltet Ihr dann auch nicht länger bleiben, im Sinne Eures ... guten Rufs.«

Elizabeth lächelte ihm zu. »Ja, aber wir sind ja jetzt nicht allein hier, wir beschützen einander und haben einen Bediensteten dabei. Außerdem ist es ja Tag. Ich denke, unser guter Ruf als unbescholtene Damen wird uns erhalten bleiben.«

Lorna wußte sehr gut, daß diese Bemerkung direkt auf sie gemünzt gewesen war. In süßestem Ton sagte sie: »Dennoch kann eine Dame nicht vorsichtig genug sein. Wenn zwei Frauen zu Ramon gehen, kann man nie wissen, von welchen Dingen die Leute reden werden, die dort möglicherweise stattgefunden haben könnten. Ihr müßt wissen, Männer haben nicht nur in der Nacht sehnsüchtige Gefühle.«

»Meine liebe Miss Forrester«, begann Elizabeth.

»Was meint Ihr denn damit?« sagte Charlotte und runzelte die Stirn, während ein interessiertes Glitzern unter ihren gesenkten Wimpern zu erkennen war. Als sie von einem zum anderen sah, bemerkte sie Peters ironischen Blick und wurde plötzlich feuerrot. Der mutwillige Glanz in Peters Augen verstärkte sich.

»Ich glaube wirklich, es wird das beste sein«, sagte Lorna, die zu zornig war, um sich daran zu erinnern, daß dies Ramons Gäste waren, »wenn Ihr jetzt Euren Korb nehmt und schnellstens verschwindet, bevor es Euch erwischt.«

»Wie könnt Ihr es wagen!« Elizabeth schaute Ramon um Unterstützung heischend an, aber er sah nur auf Lorna, und

450

in seinen Augen glitzerte ein seltsames, goldenes Licht. Die ältere Lansing-Schwester sprach weiter und zeigte auf den mitgebrachten Korb: »In diesem Korb sind ein paar besonders nahrhafte Speisen, die unter meiner persönlichen Aufsicht zubereitet worden sind. Sie müssen auf jeden Fall besser sein als alles, was er auf diesem Schiff bekommen haben kann.«

Hinter der Tür, die noch kein neues Türblatt bekommen hatte, hörte Lorna Cupidos verächtliches Schnauben. Das spornte sie noch weiter an. Sie ging um die Stühle herum zum Fuß der Koje und hob die Serviette, die den Korb bedeckte. »Speisen? Wir wollen einmal sehen, was haben wir denn da? Gelierte Consommé, scheint mir, und geschnittenes Rindfleisch.«

Sie trug den Korb zu dem offenen Bullauge hinüber, als wolle sie alles bei Licht genauer betrachten. Sie hielt das Gefäß mit der Consommé hinaus und ließ es fallen. Noch bevor das Klatschen der Landung im Wasser hörbar wurde, hatte sie die Schüssel mit dem Rindfleisch demselben Schicksal überlassen. »Mein Gott«, rief sie, »wie ungeschickt ich bin!«

Sie ging zurück zur Koje und griff nach den Teekuchen, die, in ein sauberes Tuch gewickelt, auf einem Silberteller lagen. Elizabeth sprang auf, riß den Korb unter Lornas Hand weg und drückte ihn wütend an sich. »Das wirst du nicht tun, du . . . Seemannshure!«

Lorna legte den Kopf schräg. »Wie unangenehm für Euch, daß Ihr Euch herablassen müßt, ein derartiges Wort zu verwenden. Aber andererseits muß man sich doch – angesichts der Tatsache, wie leicht es Euch über die Lippen kam – fragen, wie vertraut Euch wohl dieser Beruf sein mag.«

»Oh!« rief Elizabeth. »Wollt Ihr damit sagen, daß ich –«

»Ihr könnt nicht so mit meiner Schwester reden«, sagte Charlotte und sprang auf.

Jetzt griff Peter nach dem Arm des jungen Mädchens. »Kommt, Kätzchen, ich glaube, Ihr könnt es noch nicht mit einer Löwin aufnehmen.«

»Aber sie –«

»– hat ziemlich recht, wißt Ihr. Erlaubt mir, Euch zu Eurer Kutsche zurückzubegleiten. Elizabeth?«

Als Peter abwartend schwieg, warf Elizabeth Lorna einen giftigen Blick zu, wirbelte mit wehenden Röcken herum und verließ das Zimmer. Der Bedienstete tauschte mit unbewegtem Gesicht einen Blick mit Peter aus und verbeugte sich dann, um anzudeuten, daß er nach ihm gehen werde. Die Schritte hallten den Gang entlang und die Kajütentreppe hinauf, dann verklangen sie an Deck über ihren Köpfen.

Plötzlich wurde Lorna klar, was sie da Ungeheures getan hatte. Sie sah Ramon an. In steifem Ton sagte sie: »Es tut mir leid.«

»Komm her«, sagte er weich.

Sein Gesicht war ernst, und der Ausdruck in seinen schwarzen Augen undeutbar. Sie schluckte, weil es auf einmal eng wurde in ihrer Kehle, und ging dann hinüber an die Koje. Er nahm ihre Hand und drehte sie so, daß sein Daumen die empfindliche Handfläche streichelte.

»Sieh mich an«, befahl er, und sie hob die Lider und hielt seinem schläfrig wirkenden Blick nur mit einem ungeheuren Willensaufwand stand. Seine Stimme klang tief, als er wieder sprach: »Erzähl mir, wie das ist mit den Männern, die nicht nur nachts Sehnsüchte verspüren.«

Ihr Herz begann wild in ihrer Kehle zu schlagen. »Da kann ich nichts erzählen. Es war nur . . . um etwas zu sagen.«

»Eine hervorragende Waffe, die Erfahrung; du hast die beiden armen Mädchen damit völlig erschüttert. Aber ich bin verwirrt. Wie ist das mit dieser Erfahrung? Hast du die Liebe bei Tageslicht genossen, tust du es womöglich immer noch?« Er zog ihre Hand an seinen Mund, drückte die Handfläche

452

gegen seine Lippen und ließ seine warme Zungenspitze da-
rüberschnellen.

Was sollte sie darauf antworten? Sie konnte nicht denken
wegen all der Bilder, die seine Worte und seine Berührung in
ihr hatten aufsteigen lassen. Sie schluckte schwer. »Ich . . . ich
nehme es an.«

»Lorna, *ma chérie*«, sagte er mit einem ernsten Kopfschütteln, als er sie fest zu sich herabzog. »Wenn du das nur
annimmst, dann können wir nichts anderes tun, als es noch
einmal zu versuchen, um ganz sicher zu sein.«

18. KAPITEL

Die Tage vergingen schnell. Die Reparaturen am Schiff kamen
mit erstaunlicher Geschwindigkeit voran, denn die Schiffsoffiziere, die Mannschaft und eine ganze Truppe von Zimmer-
leuten arbeiteten gemeinsam an dem Ziel, die *Lorelei* bis zum
nächsten Neumond fertigzustellen. Ramon weigerte sich,
sich weiter zu schonen, überwachte die Arbeiten selbst und
kümmerte sich darum, daß die Materialien in ausreichendem
Maße zur Verfügung standen. Und das war keine einfache
Aufgabe. Der Bedarf an Holz und Werkzeugen war so groß,
da jeder Nagel, jedes Brett von Schiffen gebracht werden
mußte, daß ganze Lagerbestände verschwanden, wenn sie
nicht gut bewacht waren. Und, wie Slick es ausdrückte, wenn
einer seinen Hammer und einen Sack Goldstücke nebenein-
anderlegte und wegginge, dann würde der Hammer verschwunden sein, wenn er zurückkam.

Ramon schien sich tatsächlich sehr schnell von seinen Verletzungen zu erholen. Cupido behauptete, es sei nur dank
Gottes Hilfe, dank seiner Löwennatur, dank der Zufriedenheit des *capitaine* mit seiner Krankenschwester und dank des
guten Essens möglich gewesen, daß er so schnell wieder auf

die Beine gekommen sei. Daß es Ramon glücklich machte, wenn sie bei ihm war, konnte man nicht leugnen. Er behielt sie immer an seiner Seite, während er sich Maße und Mengen aufschrieb, die gebraucht wurden, besprach mit ihr die Fortschritte bei den Arbeiten, wie zum Beispiel die niedrigeren Deckaufbauten und das im Freien liegende Ruder, bei dem es keine Gefahr mehr durch fliegende Splitter und Glasscherben vom Ruderhaus gab. Nachts schlief sie dicht neben ihm – in der Zeit, die er sie schlafen ließ. Es war nicht mehr die Rede davon, daß sie zum Hotel zurückkehren solle, obwohl ihr Zimmer immer noch auf sie wartete.

Lorna war zufrieden. Sie dachte nicht an die Zukunft. Ihre Stellung als Ramons Gefährtin, als eine Witwe mit mehr als zweifelhafter Vergangenheit, hätte ihr schon Sorgen gemacht, wenn sie sich die Zeit genommen hätte, darüber nachzudenken. Sie konnte nichts dagegen unternehmen, was die Leute über sie redeten, hatte keinen wesentlichen Einfluß auf die Richtung, die ihr Leben eingeschlagen hatte. Vernunft, Stolz und die Moralbegriffe, mit denen sie aufgewachsen war, hätten vorgegeben, daß sie Ramon verlassen müßte und nie wiedersehen dürfte; aber sie wollte nicht vernünftig, stolz oder moralisch sein. Sie war dort, wo sie sein wollte, bei dem Mann, den sie liebte. Was konnte sonst schon wichtig sein?

Die Nachrichten von der Entwicklung des Krieges waren sowohl erfreulich als auch beunruhigend. In den letzten Maitagen waren den Unionstruppen an einem Ort namens Front Royal von Jackson schwere Verluste beigebracht worden, dann hatte er General Banks aus Virginia zurück über den Potomac getrieben. Es hieß, daß er jetzt sogar wieder Washington bedrohe, was große Unruhe und Bewegung von Männern und Waffen auf den Eisenbahnlinien der Nordstaaten nach sich zog. Das Ergebnis war gewesen, daß sie ihm im Tal von Shenandoah zwei Generäle auf den Hals gehetzt hatten, die versuchen sollten, ihn in die Zange zu nehmen. Was dabei herausgekommen war, war noch nicht bekannt.

Ein anderes Gesprächsthema bei den Blockadebrechern war das Gerücht, es würden spezielle Schiffe für die Marine der Konföderierten gebaut. Eines war gerade in der Nähe von Liverpool vom Stapel gelaufen und auf den Namen *Oreto* getauft worden. Es hieß, die *Oreto* werde nach Nassau gebracht, um sie dort als Kaperschiff auszurüsten, das dann gegen die Unionsflotte ausgesandt werden würde. Ein zweites Schiff wurde gerade von der Firma eines Herrn namens John Laird gebaut, der ein Gentleman mit Sitz im Unterhaus war. Es hieß einfach Schiff 290 und sollte Ende Juli fertig sein. Man sagte auch, daß Raphael Semmes, der dreißig Jahre lang in der Unionsmarine gedient und dann sein Patent zurückgegeben hatte, um den Südstaaten seine Dienste anzubieten, schon unterwegs nach England war, um das Kommando über das Schiff zu übernehmen.

Ramon hatte Semmes gekannt, hatte eine Zeitlang im Mittelmeer unter ihm gedient. Sein Respekt für diesen Mann war grenzenlos. Er war sicher, daß ein konföderierter schneller Dampfer, der gut bewaffnet war und von einem Kapitän befehligt wurde, der wußte, was er tat, die Flotte der Union ziemlich durcheinanderbringen und den Handelsschiffen der Yankees ganz schön angst machen könnte, die ja bis zu diesem Zeitpunkt vom Krieg noch unberührt geblieben waren. Und im Augenblick wurden gerade im Schiffbau ungeheure Fortschritte gemacht. Die 290 hatte angeblich eine Schraube als Antrieb, was die unhandlichen Schaufelräder überflüssig machte und die mögliche Geschwindigkeit auf zwanzig Knoten und mehr erhöhte, doppelt so schnell wie manche der Dampfer, die jetzt noch Blockadebrecher waren.

Ramons schwarze Augen leuchteten, als er davon erzählte, seine Gesten waren gelassen und zuversichtlich. Lorna, die ihm zusah, bekam kurz ein wenig Angst. Es mußte gefährlich sein, ein Kaperschiff zu kommandieren, noch gefährlicher, als durch die Blockade zu brechen, denn es war unvermeidlich, daß der Zorn der Nordstaaten sich mit ganzer Kraft gegen die Schiffe der Konföderierten richten würde. Was war jetzt mit ihrem Gerede von der Sache des Südens und den Männern, die dafür gebraucht wurden? Beschämt wurde ihr klar, daß sie lieber ihren Geliebten warm und lebendig in der Nacht an ihrer Seite haben würde, als ihn wissentlich als Patrioten für die Sache des Südens hinauszuschicken, wo er den Tod riskierte.

Schließlich war die *Lorelei* fertig, ihre neue Farbe getrocknet, und die Ladung wartete im Lagerhaus. Zur Feier des Tages und zur Entspannung mietete Ramon eine kleine Schaluppe, ließ Cupido etwas zu essen für sie einpacken und fuhr mit Lorna zum Segeln hinaus.

Es war ein herrlicher Tag. Die Sonne schien heiß, die Luft war feucht, das Wasser lag vor ihnen wie zerbrochene Stücke von einem blauen Spiegel, der die Augen blendete. Der Besitzer des Bootes war ein Fischer, der dem Boot anhaftende Geruch seines letzten Fanges erinnerte deutlich daran. Ramon setzte das Segel, und sie fuhren Richtung Osten an der Küste entlang bis an die Spitze der Insel New Providence, vorbei an Fort Montagu, und dann noch um die Spitze von Hog Island herum auf ein weiteres kleines, flaches Inselchen zu. Sie versuchten nicht, es zu erreichen, sondern warfen vorher den Anker aus. Ramon sicherte das Segel und griff dann unter die Ruderbank, um einen kleinen Holzkasten herauszuholen. Er hielt ihn hoch, damit Lorna sah, daß er offen und im Boden mit einer Glasscheibe versehen war.

»Ein Guckkasten!« rief Lorna begeistert. Sie hatte davon schon viel gehört, aber sie hatte noch keinen gesehen.

»Stimmt.« Er hielt ihn ihr hin. »*Ladies first.*«

Sie nahm den Kasten und sagte offen: »Ich bin nicht sicher, was man damit macht.«

»Setz dich auf den Boden des Bootes, so daß du dich über den Rand lehnen kannst, und halte den Kasten ins Wasser. Achte nur darauf, daß kein Wasser hineinkommt.«

Sie tat, was er gesagt hatte, und lehnte sich vor über den Rand des Bootes. Als sie den Kasten auf das Wasser setzte, schien es ihr, als habe sie plötzlich ein Fenster zum Meer. Sie sah den weißen Korallensand des Meeresbodens, die hochgereckten Korallenfinger und hier und da knallblaue und leuchtendgelbe Fische, die vorüberschossen. Sie sah auch lange Stücke von mit Korallen bewachsenen grauen Planken.

»Dort unten liegt etwas. Holz. Ist es –?«

»Das Wrack eines englischen Handelsschiffes, das vor zwanzig Jahren während eines Sturms auf das Riff gelaufen ist.«

Es war seltsam, daß das Wrack dort unten so deutlich zu erkennen war. Sie glaubte sogar runde Löcher in den Planken erkennen zu können, wo die Bullaugen gewesen waren, und auch ein Stück vom Kiel. »Ich nehme an, die Wrackplünderer haben alles Wertvolle herausgeholt.«

»Schon bevor es gesunken ist«, gab er ihr recht. »Du siehst ungefähr fünfzehn Meter tief.«

Er kam zu ihr und hockte sich neben sie, sah ihr über die Schulter und nannte ihr die Namen der Fische, die vorüberschwammen: ein dunkeltürkisblauer Papageienfisch, ein roter Schnäpper und viele andere. Er half ihr, die flachen, gewundenen Hirnkorallen zu erkennen, die schwankende, lavendelfarbene Schönheit von Seefächern und die ausgebreiteten Arme der Seesterne. Es war ein wunderbares, unvergeßliches Erlebnis. Lorna hätte stundenlang hinabsehen können, wenn nicht irgendwann die Spannung in Nacken und Schultern zu groß geworden wäre. Sie verließen das Wrack wieder und kamen an einem Mann in einem kleinen Segelboot vorbei, der die Fische putzte, die er gefangen hatte, und sein Messer im Meer abspülte. Er begrüßte sie mit erhobener Hand, als sie vorbeisegelten. Dann nahm Ramon Kurs auf ein fernes Inselchen und hielt mit knarrenden Segeln darauf zu.

Die Insel kam näher. Die Brandung ergriff sie und trug sie über das Riff hinweg. Das Boot landete auf dem Sand, und Lorna sprang in plötzlichem Übermut zu Ramon hinaus, um es mit ihm zusammen höher auf den Strand zu ziehen. Als sie ans Ufer watete, waren ihre Musselinröcke naß und klatschten beim Gehen um ihre Beine. Die Insel war unbewohnt, erzählte ihr Ramon, es werde niemanden stören, wenn sie das nasse Kleid auszog und nur in der Unterwäsche oder ganz nackt darauf wartete, bis es getrocknet war.

Es war unmöglich, dem zu widerstehen, und Lorna versuchte es auch gar nicht. Sie zog das Kleid aus und hängte es zum Trocknen an die Zweige eines Meerampferstrauchs, dann löste sie auch das Korsett und hängte es daneben. Als sie aufsah, bemerkte sie, daß Ramon Hemd und Stiefel ausgezogen und auf einen Korallenfelsen geworfen hatte. Er nahm ihre Hand und zog sie mit sich zum Strand hinunter.

»Hast du schon mal im Meer gebadet?« fragte er sie, und seine schwarzen Augen waren voller Lachen, aber auch noch erfüllt von etwas anderem, das sie atemlos machte.

»Nein«, antwortete sie und zögerte etwas, obwohl sie es schon gern versuchen wollte. Das Wasser sah so einladend aus wie flüssige Edelsteine, Aquamarin und Türkis und Amethyst, ein vielversprechendes, kostenloses Elixier.

»Dann wird es Zeit, daß du es versuchst«, sagte er und zog sie spritzend in das kühle, klare Salzwasser.

Sie sahen ihre Zehen auf dem groben Korallensand des Grundes, so klar war es, auch kleine Fische, die herumschwammen, und weiße Krebse, die hastig wegeilten, wenn sie näher kamen. Die Brandung, deren Kraft durch das Riff gebrochen wurde, war in der Nähe des Strandes flach und sanft. Sie stieß sie zärtlich gegeneinander. Ramon, mit seiner bis auf die Narben gebräunten nackten Brust, schwamm spielerisch um sie herum, entfernte sich ein paar Meter, bot ihr an, sie das Schwimmen zu lehren, und grinste, als sie das mißtrauisch ablehnte. Er kam zurück, glitt an ihr vorüber, berührte sie unter der Oberfläche in ungekünstelter, vertrauter Intimität.

Der dünne, feuchte Stoff ihres Hemdchens legte sich dicht um ihre Brüste, betonte ihre stolzen Wölbungen, schloß sich eng um die aufgerichteten Spitzen. Ihre langen Unterhosen zeigten deutlich die Form ihrer runden Hüften und Schenkel. Durch den durchsichtigen Stoff schien ihre Haut weiß und rosa, leuchtend in der Blüte ihrer Gesundheit und Freude und des bebenden Bewußtseins ihrer Weiblichkeit.

Sie sah ihn erwartungsvoll an, als Ramon sich vor sie stellte und sie an sich zog. Sein Mund schmeckte nach Salz und beherrschtem Begehren, die Oberflächen seiner Lippen waren glatt, seine Hände umfaßten und kneteten und drückten sie gegen seinen festen Körper. Sie stand auf den Zehenspitzen, legte ihre Arme um seinen Hals, preßte sich an ihn, bewegte sich mit biegsamer Anmut in dem Heben und Senken des Wassers, das um ihre Schultern schwappte.

Er knöpfte ihr Hemdchen auf, öffnete es mit gesenktem Kopf, während er genau die rosaroten Spitzen betrachtete, die das Wasser nach oben richtete. Er zog ihr das Hemd aus und warf es zum Strand, dann löste er das Band an ihren Unterhosen.

Ihre Schenkel leuchteten weiß und marmorglatt im gebrochenen Licht unter Wasser. Seine Haut wirkte dunkler, als er seine Hose zum Strand fliegen ließ. Sie strömten zueinander, so natürlich und zart wie der erste Mann und die erste Frau, die sich unter dem heidnischen Himmel paarten.

Lorna spürte in ihrem Innern seine Stärke und sein Drängen, empfand die Kraft seiner Arme, mit der er sie zu sich hob, während ihre Beine um seinen Körper geschlungen waren. Ihr Busen drückte sich in ständiger Bewegung gegen seine Brust, rieb sich an den dichten Haaren, die dort wuchsen. Ihre Münder hingen aneinander, und die Welt drehte sich langsam mit dem Horizont um sie. Das Rauschen des Meeres erfüllte ihre Ohren, sein Geschmack war in ihrem Mund, sie spürte es auf sich und in sich. Sie war ein Teil davon, es war ein Teil von ihr. Es war ein so ursprünglicher Genuß, daß ihre Hände sich um Ramons Schultern schlossen und sie leise stöhnte, so daß der Klang sich im Fließen und Saugen des Wassers verlor.

Unaufhaltsam und immer weiter verstärkte sich die Spannung, bis ihr Blut in ihren Ohren donnerte und das Wasser sich kühl anfühlte an ihrer erhitzten Haut. Sie hing hilflos in seinem Griff und dachte nicht mehr daran, wo sie war oder wer sie vielleicht sehen könnte. Mit einem Verlangen, das schon beinahe verzweifelt war, wollte sie den Mann, der sie hielt, ganz tief in sich aufnehmen und ihn dort halten, verschmolzen, untrennbar, sie beide eins mit dem Meer.

Das flüssige Strömen des Ozeans explodierte in ihr, fließend, treibend. Sie hob die Lider und starrte in die schwarzen Augen von Ramon Cazenave, ihr grauer Blick voller Liebe und Bezauberung. Seine Pupillen weiteten sich, und sein tiefer Atemzug klang rauh. Er neigte den Kopf und nahm ihren Mund, dann drückte er sie fest an sich und stürzte sich mit ihr tief in die türkisfarbenen Fluten.

Sie glitten hindurch, drehten sich in schwerelosen Wendungen, und ihre Herzen zerbarsten beinahe. Das Meer nahm sie auf, streichelte sie, wiegte sie in diesem Augenblick höchster Ekstase. Körperlos, gefangen in dem uralten Zauber des Meeres, trieben sie dahin, die Gefühle in ihnen waren stärker als der Wunsch zu leben. Dann erhob sich Ramon mit einem kraftvollen Ruck seiner Schultern wieder an die Wasseroberfläche. Während er sie an sich gedrückt hielt, stellte er seine Füße wieder auf den Grund und hob sie in seinen

Armen nach Luft schnappend und lachend empor. Ohne jeden Schatten in seinen dunklen Augen lächelte er zu ihr hinauf, hob sie noch höher und trug sie zum Strand hinaus.

Während Lornas gerettete Unterwäsche und Ramons Hosen trockneten, breiteten sie ihr Mittagessen auf einem Tischtuch über einer Decke aus, die schwach nach Fisch roch. Nackt, aber ohne es überhaupt zu bemerken, aßen sie, Lorna mußte nur ab und zu eine der seidigen Haarsträhnen zurückstreichen, die sie umflatterten, weil sie sie zum Trocknen gelöst hatte. Danach wickelten sie den Rest der Mahlzeit in ein Tuch und legten alles in den Strohkorb, in dem sie ihr Essen hierhergebracht hatten, dann schüttelten sie die Krümel von der Decke. Erfüllt, angenehm gesättigt von Meer und Sonne und Liebe, streckten sie sich für einen Schlummer im Schatten aus.

»Lorna?«

»Hm?«

»Du weißt, daß morgen Neumond ist?«

Es schien ihr nicht möglich, daß es schon soweit war, daß die Mondphasen schon wieder so viel weitergewandert waren. Mit leiser Stimme antwortete sie: »Ja.«

»Du wirst dann wieder zurück ins Hotel gehen müssen.«

Seine Worte hatten einen etwas widerwilligen Klang, als wolle er sie eigentlich nicht sagen. Das tröstete sie ein wenig. Sie befeuchtete die Lippen. »Kann ich nicht mit dir fahren?«

»Das Risiko ist zu groß. Selbst wenn die Unionsleute dich nicht als Kurierin suchen würden – es gibt im Augenblick nicht mehr viele Frauen auf den Fahrten.«

»Das ist mir egal.«

»Mir nicht. Es darf mir nicht egal sein. Wenn dir irgend etwas geschähe, wäre ich dafür verantwortlich.«

»Ich nehme dir die Verantwortung ab«, sagte sie mit vor Enttäuschung angespannter Stimme.

Er drehte sich zur Seite, um sie anzusehen, und stützte sich auf einen Ellbogen. »Das kannst du nicht. Die Möglichkeit hast du nicht.«

»Ich wünschte . . . ich wünschte, du müßtest nicht gehen.« Sie ließ die Wimpern gesenkt und starrte die schillernde Eidechse an, die sich neben der Decke zum Sonnenbaden auf einen Felsen gesetzt hatte und ihre gelbe Kehle zeigte.

»*Chérie*«, sagte er leise und mit einer seltsamen Unsicherheit in der Stimme. Er streckte eine Hand nach ihrem Gesicht aus und berührte es mit seinen kräftigen braunen Fingern. Sie sah auf und war gefangen in den dunklen Spiegeln seiner Augen, wurde sich einer plötzlichen Atemlosigkeit in der Brust bewußt.

Seine Aufmerksamkeit wandte sich einem Punkt hinter ihr zu. Plötzlich machte er einen Satz über sie hinweg, griff sich den Zipfel der Decke und zog sie als Schutz über sie. Gleichzeitig stand er auf. »Wenn du jetzt sofort aufstehst, hast du vielleicht noch genug Zeit, dich außer Sichtweite zu verstekken und dich anzuziehen, bevor er hier vorbeikommt.«

Sie wandte den Kopf und sah den Fischer in seinem kleinen Boot, an dem sie vorher vorbeigesegelt waren. Er kam gerade um eine Landzunge der Insel gefahren, und sein schmuckloses Boot mit dem viereckigen braunen Segel trug ihn gerade außerhalb des Riffs vorüber. Er war kein wagemutiger Seemann und hielt sich dicht am Land auf seiner Fahrt in Richtung auf eine Insel, nicht weit von der, an der sie angelegt hatten.

Mit der um sie gewickelten Decke kam Lorna mühsam hoch. Weil sie plötzlich ein so heftiges Gefühl von Stimmungsumschwung hatte, suchte sie nach etwas, das sie sagen konnte. »Glaubst du, daß er dort drüben lebt?«

»Wahrscheinlich. Die meisten der größeren Inseln, auf denen es auch Süßwasser gibt, sind ohne weiteres bewohnbar. Was man aus dem Meer fangen und was man an wilden Früchten ernten kann, reicht leicht als Nahrung aus, vorausgesetzt natürlich, daß man weiß, wonach man suchen muß. Aber dieser verdammte alte Wrackplünderer ist wahrscheinlich nur vorbeigekommen, um sicherzugehen, daß ich das Boot nicht aus lauter Begeisterung über meine Gefährtin auf das Riff gesetzt habe. Dann hätte er es leicht gehabt.«

Sie lachte und schüttelte ihr Haar zurück. »Da wird er aber enttäuscht sein.«

»Bei Gott«, stimmte er ihr zu, und sein Blick wirkte komisch. »Und da ist er nicht der einzige.«

Ihre Kleidung war trocken und flatterte im Wind. Die Blätter des Meerampfers raschelten einladend, und Bienen summten im dichten Unterholz dahinter. Wenn sie sich jetzt anzog, würden sie diesen schläfrig friedlichen Ort verlassen und zurück zum Lärm und der Unruhe Nassaus segeln. Sie schnupperte an der Decke, die sie umgab, und rümpfte die Nase bei dem Geruch, der von der Sonnenhitze noch stärker geworden war. Sie legte den Kopf etwas schief und fragte: »Glaubst du nicht, wir könnten uns einfach verstecken, bis er weg ist? Es wäre herrlich, wenn ich noch einmal kurz ins Wasser könnte.«

Er sah den Fischer an, dann wieder sie, und ein warmes Lächeln erfüllte seinen Blick und spielte um seine Lippen. »Ganz wie du möchtest, *chérie*, ganz wie du möchtest.«

Die Dämmerung kam bereits und lag purpurn über dem opalisierenden blauen Wasser, als sie schließlich in den langen Hafen hereinkamen. Die Palmen standen als Silhouetten gegen das weiche Dunkelblau des Himmels. Die Lichter in der Bay Street und auf den vor Anker liegenden Schiffen wirkten wie Feenlaternen: klein, verstreut und pulsierend spiegelten sie sich auf dem Wasser.

Lorna saß im Bug, das Gesicht nach vorn und der weichen Brise entgegengewandt. Sie waren nicht mehr weit von der *Lorelei* entfernt, als sie es sah. Sie betrachtete das Schiff, das Nate Bacon in den vergangenen Wochen ausgestattet hatte, ein großes Fahrzeug, aber ohne die Anmut von Ramons Schiff. Sie waren nur wenige Meter davon entfernt, als zwei Männer ihre Aufmerksamkeit erregten. Der eine war Nate selbst, unverwechselbar in seiner massigen Gestalt. Der andere war ein Mann von mittlerer Größe mit einem scharfen, spitzen Gesicht, das irgendwie seltsam fuchsartig wirkte durch die buschigen, karottenroten Koteletten, die er trug. Auf seinem Kopf saß ein kleiner, flacher Hut. Die beiden schüttelten einander fest die Hände, als würden sie einen Handel beschließen, und dann tat der Mann mit dem Fuchsgesicht etwas Seltsames. Er nahm eine Pfeife und eine Metallschachtel mit Streichhölzern aus seiner Jackentasche. Er öffnete die Schachtel, holte ein Streichholz heraus und strich es an, so daß es mit heller, schwefelgelber Flamme brannte. Anstatt jedoch die Pfeife in den Mund zu stecken und anzuzünden, stand er da und hielt das Streichholz in den Fingern, sah es abbrennen und lachte. Auch Nate Bacon lachte befriedigt. Als der Mann dann das Streichholz ausgeschüttelt hatte, gaben sie einander noch einmal die Hand.

Lorna drehte sich zu Ramon um, um zu sehen, ob es ihm aufgefallen war. Er sah nach vorn zu seinem Schiff, auf dem Chris wartend an der Landungsbrücke stand. Sie folgte seinem Blick und fragte sich, was für ein Problem wohl aufgekommen sein mochte, daß der Zweite Offizier sie erwartete, dabei vergaß sie den Vorfall.

Es war nichts Ernstes, irgendeine Schwierigkeit beim Laden, die schnell beseitigt war. Am Nachmittag des nächsten Tages lag das Schiff schon tief im Wasser, und die letzten Stauer waren verschwunden. Die Passagiere, vier Herren, waren zum Dock heruntergekommen und warteten ungeduldig mit ihren Koffern und Taschen zu Füßen auf die Meldung, an Bord gehen zu können. Lorna hatte ebenfalls ihre Sachen zusammengepackt und war bereit zum Gehen. Sie und Ramon hatten sich am vergangenen Abend vonein-

ander verabschiedet, aber jetzt blieb sie noch für das letzte
Adieu. Er war mit Edward Lansing und einem Hafenbeamten in seiner Kajüte beschäftigt, wo sie die Ladepapiere überprüften und die Dokumente zur Abfahrt unterschrieben.

Lorna ging an die Reling und strich mit den Fingern über
die glatte, frisch gestrichene Oberfläche. Sie wollte nicht gehen. Der Gedanke, ins Hotel zurückkehren zu müssen, lag
wie ein Bleigewicht auf ihr. Die Tage, die vor ihr lagen,
schienen endlos lang. Es wäre ihr viel lieber gewesen, den
Gefahren der Fahrt ins Auge zu sehen, als die vielen Stunden
zu warten, ganz zu schweigen von dem Geflüster um sie, das
sie nicht verhindern konnte.

Ihr Blick verengte sich. Einer der Passagiere unten auf dem
Dock kam ihr bekannt vor. Es war der Mann mit dem Fuchsgesicht, den sie am vergangenen Abend beobachtet hatte. Sie
täuschte sich auf keinen Fall, diese orangefarbenen Koteletten hätte sie überall wiedererkannt. Ein Schauder überlief
sie, als sie ihn anstarrte. Irgendwie gefiel ihr das nicht, es
gefiel ihr überhaupt nicht.

Sie hatte am vergangenen Abend versucht, Ramon von
dem Mann zu erzählen. Er hatte ihr zugehört und sich lustig
gemacht über ihre weibliche Eingebung und ihren Mangel
an logischem Denken angesichts ihres Mißtrauens, nur weil
sie ihn zusammen mit Nate Bacon gesehen hatte. Er war
sowieso davon überzeugt, daß ein Mann keinen wesentlichen Schaden anrichten konnte, besonders wenn er von seinen Offizieren und der Mannschaft umgeben war.

Sie überlegte sich, ob sie noch einmal mit ihm reden sollte
und vorschlagen, daß dem Mann die Mitfahrt untersagt wurde. Würde er zuhören oder nur lächeln und sie küssen, damit
sie schwieg? Sie stand stirnrunzelnd da und versuchte, sich
zu entscheiden.

Bei dem Geräusch von Schritten, die sich näherten, sah sie
auf. Es war Chris. Er blieb einen Augenblick neben ihr ste-

hen, um sich zu verabschieden, und versprach, sie würden genauso schnell zurückkehren, wie das alte Mädchen, also das Schiff, es zulassen würde. Als er weiterging, schlank und gerade in seiner Uniform, kam ihr ein undeutlicher Gedanke. Sie dachte ihn sorgfältig durch, ob er nicht irgendwelche Haken hatte, und dabei erschien ein silbriger Glanz in ihren Augen.

Sie hatte in den letzten paar Wochen erfahren, daß eine Handlung, mit der man zu lange wartete, sinnlos werden konnte. Mit schwingendem Rock drehte sie sich um und nahm ihren Strohkoffer. Damit ging sie flink wieder hinüber zur Kajütentreppe und schlüpfte hinunter.

Eine Stunde später stand sie in ihrem Hotelzimmer in einem Paar braungrün karierter Hosen, einem gestärkten weißen Hemd, einem braunseidenen Halstuch und einer tannengrünen Jacke. Ihr Haar war auf ihrem Kopf hochgesteckt und von einer weichen Wollmütze bedeckt. Wenn sie bis zum Einbruch der Dunkelheit wartete und den richtigen Augenblick wählte, würde niemand mehr die anderen Unstimmigkeiten in ihrer Erscheinung bemerken oder erkennen können, daß sie statt Stiefeln weiche Schuhe trug.

Während die Sonne langsam unterging, überprüfte sie noch einmal ihre Vorbereitungen. In ihren Strohkoffer hatte sie genügend Nahrung für die drei Tage lange Fahrt aus der Hotelküche eingepackt, dazu eine Flasche Wasser, einen Kamm, ein Musselinkleid und ihre Unterwäsche. In einer Tasche von Chris' Jacke hatte sie das letzte Geld, das Ramon ihr gegeben hatte, und in der anderen Nates Pistole, geladen mit rechtzeitig besorgtem Pulver und einer Kugel. Es fiel ihr nichts anderes ein, was sie noch gebraucht hätte.

Sie würde um die Abendessenszeit zum Schiff eilen und vor aller Augen an Bord gehen, wie ein spät ankommender Passagier. Wenn sie erst unter Deck war, würde sie sich in der Frauenkajüte verstecken, wie sie das schon einmal ge-

macht hatte. Nur daß bei dieser Gelegenheit keine Frau erwartet wurde, also gab es keinen Grund für Cupido, sich für
diese Kajüte zu interessieren. Alles, was zu ihrer weiteren
Bequemlichkeit nötig war, würde sie dort finden, und sie sah
keinen Grund, warum sie diese Gelegenheit nicht wahrneh-
men sollte. Mit etwas Glück würde nichts geschehen, was sie
dazu zwingen würde, die Kajüte vor der Einfahrt in den
Cape Fear zu verlassen.

Andererseits würde sich vielleicht herausstellen, daß auf
Grund einer Fehlinformation die Frauenkajüte benutzt wurde. Vielleicht hatten die männlichen Passagiere ihr Gepäck
darin untergebracht, da sie ja nicht bewohnt werden sollte.
In diesem Falle würde sie sich dann nach etwa einem Tag
zeigen, wenn es zu spät war, umzudrehen und sie wieder
abzusetzen.

Aber es war nicht so leicht. Die Wache an Deck war Chris.
Die anderen hätte sie möglicherweise täuschen können, aber
es war unwahrscheinlich, daß er nicht seine eigene Kleidung
erkennen würde. Sie ging vorsichtig am Hafen entlang und
hielt sich im Schatten in gutem Abstand von den vorüberge-
henden Männern. Während die Zeit verging, hatte sie Angst,
sie könne sich langsam verdächtig machen und die Aufmerksamkeit des Zweiten Offiziers auf sich lenken, nur weil
sie hier herumlungerte. Andererseits mußte sie in der Nähe
bleiben, damit sie jede Chance nutzen konnte, sich an Bord
zu schleichen.

So konnte es nicht weitergehen. Sie würden bald ablegen.
Es stieg schon hellgrauer Rauch aus dem Schornstein auf,
denn die Kessel wurden für die volle Fahrt geheizt.

Als sie mit gerunzelter Stirn das Schiff anstarrte, kam ein
schwarzer Junge von vielleicht zehn oder elf Jahren an ihr
vorbei. Er hatte große dunkle Augen und lächelte breit, als
sie ihn ansah. Er aß eine Flaschenbaumfrucht und spuckte
die Samen auf den Boden. Er trug eine ganze Reihe der

knubbeligen grünen Früchte in einem Sack über seiner Schulter.

»Kauft eine Flaschenbaumfrucht, Lady«, sagte er mit weicher Stimme und blieb stehen, um ihr seine Ware zu zeigen.

Sie hatte ihn schon öfter im Hafen spielen sehen, wobei er unterschiedliche Früchte verkaufte oder für Pennies vor den Seeleuten zu einheimischer Musik tanzte, und sie war ihm auch schon an einem der Strände westlich des Hafens begegnet, wo er mit seinen Freunden zum Schwimmen gegangen war. Die Mannschaft der *Lorelei* kannte ihn gut, bei Ramon konnte er immer sicher sein, etwas von seinen Waren zu verkaufen, also nannte er ihn einfach »den Kapitän«. Aus Gründen, die nur seine Mutter kannte, hieß er Largo. Daß er ihre Verkleidung so leicht durchschaut hatte, war beunruhigend, und doch hätte sie es zu einem anderen Zeitpunkt sicher vergnüglich gefunden, wie ungerührt er die seltsamen Einfälle der Weißen hinnehmen konnte. Doch dafür war jetzt keine Zeit.

»Wenn du mir einen Gefallen tust«, sagte sie langsam, »dann kaufe ich dir alle ab.«

Der Junge spielte seine Rolle gut, er wanderte hinaus bis zum Ende des Docks, tat so, als würde er ausrutschen, und paddelte dann um Hilfe rufend im Wasser herum. Chris rannte zu dieser Seite des Schiffes, um nachzusehen, was da los war, nahm dann seine Brille ab, zog Hemd und Stiefel aus und sprang ins Wasser.

Lorna zögerte keinen Augenblick. Sie packte fest ihren Strohkoffer, rannte auf den Laufsteg zu, eilte darüber und stürzte sich die Kajütentreppe hinunter. Einen Augenblick blieb sie unten stehen und horchte, dann ging sie leise und vorsichtig zur Frauenkajüte. Sie schaute kurz in beide Richtungen, drehte den Türknauf und verschwand.

Innen blieb sie plötzlich mit einem geflüsterten Fluch stehen, der auch Frazier oder sogar Ramon gefallen hätte. Der

Raum war gefüllt mit Kästen und Schachteln und Bündeln. Sie hatte kaum genug Platz, um sich hineinzuzwängen und die Tür zu schließen. Als sie sie geschlossen hatte, war es dunkel, und sie hatte nicht die leiseste Vorstellung, was da vor ihr lag oder was sie während der kommenden drei Tage in einem Raum voller Waren anfangen sollte.

Stehenbleiben konnte sie nicht. Das beste, was sie tun konnte, entschied sie schließlich, wäre es, zu versuchen, bis zu einer der Kojen vorzudringen. Wenn sie genug Platz finden würde, um sich hinzulegen oder zu setzen, würde es schon gehen. Also ließ sie ihren Koffer neben der Tür stehen, wo sie ihn im Dunkeln nicht verlieren konnte, und machte sich an die Arbeit.

Das war nicht leicht, denn sie hob Bündel aller möglichen seltsamen Größen und Formen und stellte sie neben sich übereinander, bis sie die niedrige Decke erreichten. Da die Bullaugen geschlossen waren und so die Hitze des Tages noch im Raum hing, fand sie es auch ziemlich stickig. Bald war sie schweißüberströmt, während sie versuchte, keine Geräusche zu machen und sich im Dunkeln zurechtzufinden. Zweifel über die Notwendigkeit ihres Vorhabens überkamen sie. Einmal hielt sie inne, um sich mit dem Ärmel das Gesicht abzuwischen, und fragte sich, warum sie nicht einfach hinausging und direkt zu Ramon marschierte. Sie konnte ihn am Kragen packen und ihm zureden, bis er ihr glauben würde. Aber nein, er würde so sehr darauf bedacht sein, sie sicher vom Schiff zu bringen, daß er nicht auf ihre Worte achten würde. Sie biß die Zähne zusammen und machte sich wieder an die Arbeit.

Als das Schiff sich schließlich zu bewegen begann, hatte sie einen kurvigen Gang freigeräumt – um schwere Stoffballen und Fässer herum, die zweifellos Blei enthielten, weil sie sie nicht von der Stelle bewegen konnte. Sie hatte auch eine Koje mit dem obligatorischen Porzellannachttopf darunter gefunden. Sie räumte die Schachteln heraus und machte sich auf den Weg zurück zur Tür, um ihren kleinen Koffer zu holen. Als sie auf dem Rückweg war, beschleunigte das Schiff deutlich. Sie spürte, wie die Bündel rechts von ihr sich bewegten, und hörte ein rumpelndes, rutschendes Geräusch. Die Ladung bewegte sich. Sie hatte die Ordnung durcheinandergebracht. Sie hob einen Arm, um ihren Kopf in Sicherheit zu bringen, und machte einen schnellen Schritt nach vorn, aber es war schon zu spät. Die Bündel und Ballen rutschten und fielen herab. Irgend etwas Schweres, Großes krachte auf sie herunter und warf sie zu Boden. Ihre Schläfe traf auf etwas Spitzes, und Schmerz explodierte in ihrem Kopf. Dann wurde es um sie dunkel. Die rutschenden, rumpelnden Geräusche hielten noch einen Augenblick an, dann war alles still.

Als sie die Augen öffnete, war es Tag, das sah sie durch die Kästen und Bündel, die über ihr angehäuft waren, hindurch. Sie stöhnte leise. Ihr Kopf schmerzte mit einem dumpfen Pochen, ihr Körper fühlte sich an wie eine einzige Prellung, und sie war so steif vom Liegen auf dem harten Boden, daß sie es für unwahrscheinlich hielt, sich je wieder bewegen zu können.

Aber schließlich tat sie es mit zusammengebissenen Zähnen, sehr langsam und vorsichtig. Zentimeterweise kam sie auf die Beine, schob eine große Menge Bonbonschachteln zur Seite, einen Ballen Samt und eine Holzkiste mit der Aufschrift »Feldstecher«. Als sie sich hinsetzte, sah sie über sich einen bedrohlichen Stapel langer Holzkisten, auf die das Wort »Eisenwaren« geschrieben stand. Der Form nach zu schließen, konnten es nur Gewehre sein, allerdings war auch eine Kiste dabei, die vielleicht sogar eine kleine Feldkanone enthielt. Wenn die auf sie heruntergefallen wären, würde sie sich jetzt doch deutlich schlechter fühlen, dachte sie.

Sie grub ihren Koffer aus, nahm ihr Wasser heraus und

trank in großen Schlucken. Dann stellte sie es zurück und zog sich über die Haufen von Waren bis zur Koje. Sie fiel darauf und wand sich mühsam aus der Jacke. Sie faltete sie zu einem Kissen, legte sich mit dem Kopf darauf und war nach wenigen Augenblicken eingeschlafen.

Als sie das nächstemal erwachte, war sie völlig ausgehungert, und es war wieder dunkel. Sie aß kaltes Hühnchen und Brot aus ihrem Koffer und dazu eine Flaschenbaumfrucht, dann spülte sie alles mit Wasser hinunter. Schließlich zweigte sie ein wenig von der wertvollen Flüssigkeit ab, befeuchtete ein Taschentuch und wischte sich damit über das Gesicht, dabei rubbelte sie an ihrer Schläfe, wo sie getrocknetes Blut spürte. Dann kam sie auf die Beine und streckte sich – was mit Schwierigkeiten verbunden war, angesichts der vielen schmerzenden Stellen an ihrem Körper. Schließlich arbeitete sie sich durch bis zum Bullauge und öffnete es.

Der Nachtwind war frisch, die Geräusche des glucksenden Meeres und des über die Schaufelräder rauschenden Wassers waren ihr sehr vertraut und willkommen. Die feuchte Luft, die hereindrang und sich auf ihre Lippen legte, schmeckte nach Salz. Sie hielt sich an der Wand fest, weil das Schiff so schaukelte, und atmete tief. Jetzt war sie also da. Niemand hatte sie entdeckt. Sie hatte es geschafft. Es würde schon gutgehen, ganz bestimmt.

Sie hatte den Eindruck, daß sie rasch vorankamen. Die Tage vergingen schnell, während sie schlief, las, aus dem Bullauge auf die Wellen hinaussah, die fliegenden Fische beobachtete – und nachdachte. Sie verbrachte viel zuviel Zeit mit Nachdenken. Die köstlichen Düfte, die zu bestimmten Zeiten aus der Kombüse herüberdrangen, quälten sie. Manchmal hörte sie die Stimmen der Männer: Ramon, Cupido, Slick und Chris und andere, die sie nicht erkannte. Es war ihr schwergefallen, nicht einfach herauszukommen, als sie merkte, daß sie die letzte Insel der Bahamas hinter sich gelas-

sen hatten. Aber sie wollte nicht, daß ihre Gegenwart, und
damit ihre Sicherheit, irgendwie die Entscheidungen beeinflußte, die Ramon würde treffen müssen, und sie wollte auch
ungern auf die Möglichkeiten verzichten, die vielleicht im
Überraschungsmoment steckten.

Die Änderung im Geräusch der Maschinen warnte sie, daß
sie sich dem Festland näherten. Die stetigen Rhythmen, die
für die Meilen auf See typisch waren, wurden langsamer. Sie
glitt aus der Koje und ging zum tausendstenmal zum Bullauge hinüber. In der Ferne konnte sie durch die Dunkelheit
gerade noch die weiße Linie der sich brechenden Wellen
sehen, die die Küste von North Carolina bezeichnete. Langsam kam sie näher. Es mußte etwa Mitternacht sein, dachte
sie. Wahrscheinlich fuhren sie jetzt gerade durch den äußeren Gürtel der Blockade und bereiteten sich darauf vor, an
der Küste entlang zurückzufahren.

Wenn sie sich nicht täuschte, würde jetzt bald der Moment
kommen, wo die Gefahr durch den Mann mit dem Fuchsgesicht am größten sein würde. Lorna wandte sich von dem
Bullauge ab. Sie nahm ihre Jacke vom Fuß der Koje, fühlte
nach der Pistole in der Tasche und bereitete sich innerlich
darauf vor, daß es jetzt ernst wurde.

Die *Lorelei* hatte gewendet und bewegte sich südwärts, als
Lorna aus der Frauenkajüte kam. Sie blieb im Gang stehen,
horchte und bemühte sich, im Dunkeln etwas zu sehen. In
ihrer Nähe war niemand. Sie zog ihre Mützer tiefer über ihr
Haar und wandte sich der Kajütentreppe zu.

Auf Deck wehte eine steife Brise. Der Geruch nach brennender Kohle und Rauch zog im Abwind um das Schiff. Eine
ganze Reihe Männer waren an Deck. Unter ihnen herrschte
angespannte Erregung. Einige standen um den Schornstein
herum. Einer oder zwei waren auf die niedrigen Deckaufbauten gestützt, andere standen neben den Schaufelrädern
und sahen mit Nachtfernrohren über das Meer hinaus. Dort,

backbord, kam ein Unionskreuzer in einiger Entfernung majestätisch vorbeigesegelt, und die Lichter hingen wie Sterne in seiner Takelage.

Lorna bemerkte, daß die Stimmung zwar angespannt war im Angesicht der Gefahr, daß aber auch die Sicherheit deutlich zu spüren war, die vom Kapitän ausging. Er strahlte sie aus durch den gemessenen Ton seiner Befehle, den ruhigen Klang seiner beherrschten Stimme. Seine Männer befolgten unverzüglich seine Anordnungen, ebensosehr weil sie ihn respektierten und gern hatten, wie deshalb, weil sie gut dabei verdienten. Sie blieb stehen und beobachtete Ramon in der Nähe des Steuers, wie er das Schiff durch die Gefahren der Nacht leitete, und ihr Herz war so voll, daß ihr die Tränen in die Augen stiegen.

Sie wandte sich hastig ab und durchsuchte das Dunkel nach dem Mann mit dem Fuchsgesicht. Schließlich erkannte sie ihn an seinen buschigen Koteletten, die im Wind zur Seite gedrückt wurden, und an der Form des kleinen, flachen Huts, den er trug. Er stand am Radkasten an Backbord und hielt sich an der Reling fest, die darüber hinwegführte. Neben ihm befand sich ein stämmiger Mann, der, seiner Sprache nach zu urteilen, ein Engländer war. Er flüsterte unruhig dem anderen etwas zu und wedelte dabei mit einer nicht angezündeten, aber deutlich angekauten Zigarre, um seine Worte zu unterstützen.

»Ich habe schon in Indien Tiger gejagt, und ein- oder zweimal bin ich bei der Kavallerie einen Angriff mitgeritten, ich bin auch schon von heidnischen Piraten durch das ägäische Meer verfolgt worden, aber so etwas Aufregendes wie dies hier ist mir noch nie passiert. Was für ein erregender Zeitvertreib!«

»Da habt Ihr recht«, stimmte ihm der Mann mit dem Fuchsgesicht säuerlich zu.

»Wer kann das schon bestreiten? Katze und Maus zu spielen mit einem guten Teil der Unionsflotte, die bis an die Zähne bewaffnet ist, während wir uns so wenig verteidigen können wie Säuglinge und dabei über einer ausreichend großen Menge an Schießpulver stehen, um uns bis zum Jüngsten Gericht zu pusten, in pechschwarzer Nacht die enge Einfahrt zu einem kleinen Fluß finden zu müssen, während das kommende Tageslicht uns verraten würde. Und das natürlich nur, wenn wir nicht auf Grund laufen, weil wir zu nah am Ufer entlangfahren. Mein Gott, denkt nur an die Verantwortung des Kapitäns für die Menschenleben hier an Bord, ganz zu schweigen für das Vermögen an Waren, das ihm anvertraut worden ist. Diesen Job möchte ich ihm nicht abnehmen, nein, Sir, auf keinen Fall, und ich möchte behaupten, daß das nur wenige Leute gern tun würden!«

Der Mann mit dem Fuchsgesicht grunzte. Als Lorna sich näherte und die Stufen langsam hinaufstieg, hörte sie deutlich seine Antwort: »Es gibt ein paar Leute, für die Geld mehr bedeutet als Leben oder Tod.«

Der Engländer wandte sich um und starrte ihn an. »Dann kann ich nur sagen, dem Himmel sei Dank für sie! Ihr wärt ganz schön in Schwierigkeiten, mein Lieber, wenn es niemanden gäbe, der die Blockade zu den konföderierten Staaten durchbricht! Und was das betrifft, kann man dasselbe auch für die Südstaaten sagen.«

Lorna, die hinter den beiden stehenblieb, fühlte eine deutliche Sympathie zu dem ziemlich gefühlsduseligen Engländer. Das änderte jedoch nichts an der Tatsache, daß der Mann mit dem Fuchsgesicht recht hatte. Sie sah ihn an, während er unruhig von einem Bein aufs andere trat, die kalte Pfeife in der einen Hand, die andere fest um die Reling geschlossen, und dabei starrte er hinter dem Kreuzer her, der jetzt in der Dunkelheit verschwand. Es war offensichtlich, daß ihn die Gegenwart des anderen ungeduldig machte, was ihr nur bewies, daß sie mit ihrer Vermutung doch recht hatte.

Sie kam langsam näher, steckte eine Hand in die Tasche und schloß sie langsam um die Pistole.

In der Ferne hörten sie Schüsse und sahen am Horizont Lichter aufblitzen. Nach einer Weile herrschte wieder Ruhe. Es wurde viel spekuliert, welcher Blockadebrecher wohl das Ziel gewesen sein mochte, aber schließlich waren alle still, und die Nacht schloß sich wieder um sie. Sie kamen Stück für Stück weiter voran, und die Schiffsoffiziere schauten oft nach Osten in der Erwartung des ersten Anzeichens für das Morgengrauen. Ganz langsam wurde der Himmel in dieser Richtung weniger dunkel, und sie hatten immer noch nicht den Hügel gesichtet, auf dem die Batterien von Fort Fisher standen und der die Einfahrt zum Cape Fear bezeichnete.

Das Schiff tauchte auf wie ein Geist. Von einem Augenblick zum nächsten lag das Flaggschiff der Unionsflotte direkt vor ihnen.

»Hart backbord!«

Die *Lorelei* reagierte sofort, und sie fuhren in östlicher Richtung wieder hinaus auf die Blockadeflotte zu. Fast im selben Augenblick sahen sie ein Kriegsschiff aus dieser Richtung genau auf sich zukommen. Wenn sie diesen Kurs beibehielten, würde es sie mittschiffs rammen. Der Befehl, nach steuerbord abzudrehen, erfolgte leise und klar, und sie beschrieben einen flachen Bogen auf einem Kurs, der sie genau zwischen den beiden Schiffen hindurchbringen würde.

Neben sich sah Lorna, wie der Mann mit dem Fuchsgesicht seine Hand in die Tasche steckte und wieder herausholte. Er steckte sich die Pfeife zwischen die Zähne und begann, seinen Kopf zu senken. Lorna war bereit. Sie zog ihre Hand aus der Tasche und schob dem Mann mit den Koteletten die Pistole in die Seite.

»Zündet dieses Streichholz an, Sir, und Ihr seid tot.«

Ein Streichholz im Dunkel. Das helle Licht würde zwar klein sein, aber wie ein Leuchtfeuer wirken und den Beschuß der Unionsschiffe auf sie ziehen. Der Mann fluchte und drehte sich um, als wolle er sie entwaffnen. Von der anderen Seite ertönte die ruhige Stimme des Zweiten Offiziers. »Das würde ich nicht empfehlen«, sagte Chris, »außer Ihr wollt mir eine Entschuldigung liefern, Euch in ein Sieb zu verwandeln.«

»Den Lärm würdet Ihr nicht riskieren«, sagte der Mann mit dem Fuchsgesicht verächtlich, bewegte sich jedoch nicht weiter, das Gesicht Lorna zugewandt und die Hände vom Körper weggestreckt.

»Das stimmt schon, aber da kann man dann eben nichts machen«, antwortete Chris. Und als nächstes hob er die Hand und schlug den Mann kräftig mit dem Kolben der Pistole hinter das Ohr. Der Mann mit dem Fuchsgesicht kippte nach vorn, und Lorna fing ihn auf, um das Geräusch seines Falls zu mildern, dabei stolperte sie etwas rückwärts.

Der Zweite Offizier machte einen Satz nach vorn, und der Engländer, der mit offenem Mund dagestanden und gestaunt hatte, faßte sich und packte einen Arm des Bewußtlosen. Zusammen legten sie ihn auf den Radkasten.

Chris starrte sie an, als sie neben der unbeweglichen Gestalt hockten, und sagte leise: »Lorna?«

»Jetzt nicht, bitte«, sagte sie genauso leise.

Die Antwort darauf gab nicht Chris. Die Stimme, die erklang, war tiefer, und obwohl sie ganz leise war, konnte man den Ärger deutlich heraushören. Ramon stand unter ihnen auf dem Deck, breitbeinig, damit er das Schwanken des Schiffes ausgleichen konnte, hatte die Hände in die Hüften gestemmt und fragte: »Was ist denn hier los?«

Lorna richtete sich langsam auf und starrte zu ihm hinunter. »Ich . . . ich wollte dich nicht ablenken.«

»Und deshalb hast du dich ausgestattet wie ein Straßenhändler beim Jahrmarkt?«

»Also bitte«, protestierte Chris, der gerade verwirrt Lornas

Kleidung gemustert und erkannt hatte. »Das ist mein bester Anzug!«

»Erinnere mich daran, dich niemals in bezug auf Kleidung um Rat zu fragen«, sagte Ramon in einer unhöflichen Nebenbemerkung, bevor er, seinen schwarzen Blick auf Lorna gerichtet, fortfuhr: »Was, in drei Teufels Namen, tust du hier?«

»Ich mußte mitfahren. Ich dachte, du hättest mir nicht zugehört, als ich dir von ihm erzählt habe.«

»Da hast du dich getäuscht.«

»Das konnte ich ja nicht wissen. Du schienst nicht sehr aufmerksam.«

»Ich bin immer aufmerksam«, sagte er in bissigem Ton.

»Käpt'n, da ist noch eins!« rief Slick leise, aber deutlich herüber. Er hatte Ramons Platz neben dem Steuermann eingenommen, und der Lotse stand an seiner Seite.

Ramon nickte, und plötzlich kam ein Feuerstrahl aus der Nacht, und Kanonen donnerten. Um sie herum ließen sich die Männer auf das Deck fallen, um sich in Deckung zu bringen. Chris und der Engländer faßten die Schultern des Bewußtlosen und zerrten ihn die Treppe vom Radkasten herunter, wobei seine Stiefel polternd auf jeder Stufe auftrafen.

Lorna holte tief Luft, als Ramon sich ihr wieder zuwandte. Bevor er etwas sagen konnte, meinte sie: »Ich denke, ich gehe jetzt besser unter Deck.«

»Ja.«

Er stand immer noch dort, als Geschosse vorbeiflogen, von denen eins ein Segel zerriß, so daß es um seine Verankerung wirbelte. Er machte eine Bewegung auf sie zu, und sie lief leichtfüßig den Radkasten hinunter, so daß sie ihm auf dem Deck begegnete, bevor sie an ihm vorbeieilte.

»Geh in meine Kajüte«, sagte er rauh. »Ich komme bald nach.«

Zwischen ihm und einem genüßlichen Schäferstündchen

lagen Meilen offenen Meeres und die Blockadeflotte der Union. Trotzdem bezweifelte Lorna nicht einen Augenblick, daß er genau das tun würde, was er gesagt hatte. Er würde kommen, und es würde wieder eine Abrechnung zwischen ihnen geben.

19. KAPITEL

Die Unionsschützen konnten diesmal den schnellfahrenden Blockadebrecher nicht erreichen. Ihr Feuer zischte um das Schiff herum, erhitzte die Luft und durchpflügte die Wellen, aber die *Lorelei* fuhr unbeeinträchtigt weiter. Innerhalb weniger Minuten donnerten die Kanonen von Fort Fisher, und die Unionsschiffe entfernten sich wieder. Die Wellen des Meeres wurden flacher, als sie in den Cape Fear einlenkten und schließlich ruhiges Wasser erreichten. Kurze Zeit später ankerten sie gegenüber von Smithville, und alles war ruhig.

Lorna erwartete, daß Ramon jeden Augenblick kommen würde. Er tat es nicht. Über ihrem Kopf war viel Bewegung, das Geräusch von Männern, die an Bord kamen, möglicherweise die Gesundheitsinspektoren für die Quarantäne. Das Licht des Morgengrauens sickerte in die Kajüte. Eine Stunde verging. Dann, als die Sonne gerade aufzugehen begann, ertönten die Pfeifen zum Maschinenraum, und sie nahmen wieder Fahrt auf.

Als es heller wurde, sah sich Lorna um. In Ramons Kajüte war nicht wesentlich mehr Platz als in der Frauenkajüte. Sie stand voller Kästen, die von Fässern gehalten wurden. Die blaue Aufschrift auf der Seite war verwischt, aber schließlich konnte sie sie doch erkennen. Die Kästen enthielten Medikamente, Morphium, Chinin, Kalomel, Karbolsäure und chirurgische Instrumente. Es waren auch Ballen von weißem Leinen dabei, um Bandagen herzustellen.

Sie stand mit gerunzelter Stirn da, die Hand auf einen Ballen gelegt, und ihre Finger strichen über die zusammengenähte Umhüllung, die verhinderte, daß das Leinen schmutzig wurde. Es war eine verantwortungsvolle Ladung, die dringend gebraucht wurde, und doch beunruhigte es sie, daß sie hier in Ramons Kajüte lagerte.

Beim Klicken des Türknaufs sah sie auf. Ramon stand in der Tür. Er blieb einen Moment stehen und sah sie an, dann trat er ein und schloß die Tür hinter sich. Mit harter Stimme sagte er: »Keine Hüte diesmal.«

»Nein«, antwortete sie, bevor sie es verhindern konnte, »etwas noch Einträglicheres.«

»Das will ich nicht bestreiten.«

»Das wäre wohl auch etwas lächerlich, nicht wahr?«

»Wenn es dich so durcheinanderbringt, verstehe ich nicht, wieso du dich an Bord schleichen mußtest, um es zu sehen.«

Sein Spott war wie eine Peitsche. »Deswegen bin ich nicht gekommen, und das weißt du genau. Ich kam, weil ich Angst vor dem hatte, was der Mann, den Nate Bacon bezahlt hat, tun würde.«

»Das wäre nicht nötig gewesen.«

»Das habe ich gesehen«, sagte sie scharf, »aber das konnte ich ja nicht ahnen.«

»Du hättest vielleicht schon einmal bemerken können, daß ich jedes Wort wichtig nehme, das du sagst, und auch manche, die du nicht sagst.« In seinen Worten lag eine Spur von Warnung, aber der Zorn war aus seinen Augen verschwunden, und sie blieben dunkel.

Unter seinem Blick wurde es ihr etwas ungemütlich. Sie wandte sich ab und hob eine Hand zu ihrem auf dem Kopf festgesteckten Haar, das durch das Abnehmen der Mütze durcheinandergeraten war. Sie steckte eine lose Strähne wieder fest. Sie hatte auch die Jacke ausgezogen. Das weiche Leinen des Hemdes, das sie trug, spannte sich über den

Wölbungen ihrer Brüste und zeigte sie in einer Weise deutlich, die sie befangen machte. Als sie hinuntersah, fiel ihr auf, daß der dünne Stoff das dunkle Rosa ihrer Brustspitzen durchscheinen ließ. Ein kurzer Blick auf Ramon zeigte ihr, daß es auch ihm aufgefallen war. Sein Blick wanderte über die Rundung ihrer Hüften und die zarten Kurven ihrer Schenkel, die in den engsitzenden Hosen deutlich zu erkennen waren. Sie wußte nicht, ob sie ihm lieber ihre Vorder- oder Rückseite zuwenden sollte, und das Problem ließ eine Welle von ärgerlicher Röte in ihre Wangen steigen.

Um ihn abzulenken, sagte sie steif: »Wenn meine Gegenwart dir ungelegen kommt, entschuldige ich mich hiermit.«

»Das nehme ich dir nicht ab, *chérie*. In Wahrheit glaubst du doch, daß ich dir gratulieren müßte.«

»Nein, gar nicht.« Es war schwierig, ihn nicht wieder anzufahren, als sie den nachgiebigen Ton des Vergnügens in seiner Stimme hörte.

»Dann müßte ich dir eben meine innige Dankbarkeit zeigen. Soll ich das tun, *chérie*?«

Er bewegte sich mit beherrschter Anmut auf sie zu. In plötzlichem Mißtrauen trat sie einen Schritt zurück. »Das ist nicht nötig.«

»Oh, aber ich bestehe darauf«, murmelte er. »Entweder tue ich das, oder ich verhaue dich, weil du aus einem so unbedeutenden Grund so viel riskiert hast.« Er streckte die Hände aus, um nach ihren Armen zu greifen. Sie stemmte die Handflächen gegen seine Brust. »Mir schien es wichtig genug.«

»Warum?« fragte er mit Nachdruck. »Was macht es dir schon aus, was aus der *Lorelei* wird?« Seine Berührung prickelte angenehm durch ihre Adern. Sie starrte zu ihm auf, schluckte, weil ihre Kehle plötzlich so trocken war, und ließ die Zunge über die Lippen streichen, um sie anzufeuchten.

»Warum?« wiederholte er, und sein Blick lag auf ihren glänzenden Lippen.

»Nun . . . deinetwegen. Ich schulde dir so viel.«

»Du schuldest mir nichts, du Hexe, die du mich wahnsinnig machst, und das weißt du ganz genau. Sag mir, warum du gekommen bist, oder ich lehne jede Verantwortung für das ab, was ich tue.«

Die Koje war direkt hinter ihr, sie spürte den Holzrand in ihren Kniekehlen. »Ich . . . ich hatte Angst.«

»Wovor? Hat Nate –?«

»Nein, nichts in dieser Richtung. Ich hatte Angst, daß du – und die anderen – getötet oder gefangengenommen werden könnten.«

Er kümmerte sich nicht darum, daß sie feige seine Mannschaft mit ins Spiel brachte. »Warum sollte dir das etwas ausmachen?«

Wie er so dastand, sein Gesicht hoch über ihr, seine Hände auf ihren Armen, wurde sie sich plötzlich seiner beherrschten Kraft bewußt, des Meeresgeruchs, der ihm anhaftete, und seines eigenen männlichen Duftes. Dieser Ansturm auf ihre Sinne, zusammen mit dem puren körperlichen Zwang, brachte ihre letzte Beherrschung zum Erliegen.

»Also gut!« rief sie, warf die Arme hoch und versuchte, seinen Griff zu durchbrechen. »Ich bin gekommen, weil ich dich liebe, weil ich mit dir zusammensein wollte, was immer auch geschehen würde.«

Er hielt sie mühelos, sah sie einen Augenblick lang an, und Licht flutete in seine dunklen Augen. Dann zog er sie in seine Arme, drückte sie mit beinahe schmerzender Kraft an sich. »Lorna«, flüsterte er, »Gott, wie habe ich mich danach gesehnt, dich das sagen zu hören.«

Dann liebte er sie, langsam und feinfühlig, und falls sie je daran gezweifelt hatte, ob sie ihm willkommen sein würde, konnte sie es jetzt nicht mehr bezweifeln. Erst später, als sie schläfrig und zufrieden nackt in der Koje lag, wo er sie zurückgelassen hatte, während er sich um das Anlegen in Wilmington kümmerte, wurde ihr klar, daß er nicht von seinen Gefühlen ihr gegenüber gesprochen hatte. Sie hatte es ihm gesagt, und sie bereute es nicht. Und dennoch wäre es doch eine wunderbare Sache gewesen, wenn sie gewußt hätte, daß er ihre Liebe erwiderte und sie nicht nur das Objekt seiner leidenschaftlichen Besessenheit verkörperte.

Die Tage im Hafen waren hektisch, während Ramon arbeitete wie wild, um das Entladen seines Schiffes voranzutreiben und sich dann um das Beladen mit Fässern voller Tabak und über siebenhundert Baumwollballen zu kümmern, damit sie rechtzeitig wieder die Rückfahrt antreten konnten. Er fand jedoch auch genug Zeit, um Lornas Garderobe wieder aufzufüllen, ließ neue Unterwäsche, ein Kleid aus graublauem Crêpe de Chine mit rosa Muster, eine Haube und ein Umschlagtuch zum Schiff bringen, während er noch in der Stadt war. Sie erwartete fast, er hätte die langen Unterhosen weggelassen, aber nein, er war sehr gründlich gewesen. Als sie das feststellte, fragte sie sich, ob sie sich darüber freuen oder es bedauern sollte.

Die Schwierigkeit, den Mann mit dem Fuchsgesicht loszuwerden, war leicht gelöst worden. Er war wieder bei Bewußtsein gewesen, als sie den Hafen erreicht hatten, war einfach aus dem Bett in der Krankenkajüte aufgestanden, in das sie ihn gelegt hatten, mit etwas unsicheren Schritten über die Laufplanke hinuntergegangen und verschwunden. Niemand bemühte sich, ihn wiederzufinden. Sie wußten, wer ihn bezahlt hatte und wofür, aber unter den gegebenen Umständen wäre es beinahe unmöglich gewesen, das zu beweisen, selbst wenn man Nate Bacon vor Gericht hätte bringen können. Sie mußten sich damit zufriedengeben, daß sie seine Pläne durchkreuzt hatten. Doch manchmal wurde der Ausdruck auf Ramons Gesicht so bedrohlich, wenn sie von Nate sprach, daß sie richtig Angst bekam.

Ob zufällig oder absichtlich, war Lorna nicht klar, aber sie

sahen diesmal kaum etwas von den anderen Blockadebrechern. Peter hatte diese Fahrt nach Charleston gemacht, behauptete wenigstens Chris, und die anderen mischten sich
nicht ein. Ramon schien damit zufrieden zu sein, während
der Abende in der Kajüte zu bleiben, wobei er ab und zu von
seinen Rechnungen aufsah, über denen er brütete, und Lorna
zulächelte, die in seiner Koje lag und las.

Die Medikamente verschwanden am zweiten Tag aus der
Kajüte. Spät an diesem Nachmittag kam Lorna herein, und
Ramon kniete vor seiner Seemannskiste, in die er die Beutel
mit Gold räumte, die zu seinen Füßen lagen. Er zögerte einen
Augenblick, als er sie in der Tür stehen sah, dann setzte er
seine Tätigkeit fort. Sie sagte nichts, kam aber herein und
nahm seine Jacke von der Stuhllehne. Sie strich den Kragen
glatt und hängte sie dann auf einen Haken neben der Tür, wo
er sie üblicherweise aufbewahrte.

Er sagte hinter ihr: »Noch eine Fahrt oder vielleicht zwei,
und dann habe ich genug.«

»Gibt es so etwas bei dir?« sagte sie mit vorsichtiger, leiser
Stimme.

»Ich bin nicht gierig«, sagte er scharf. »Ich möchte nur
zurückgewinnen, was mir gehört.«

»Und wenn Nate nicht verkaufen will?«

»Wußtest du das denn nicht? Er hat schon verkauft. Er hat
seinen Besitz in Louisiana zu Geld gemacht und seine Anlei-
hen der Konföderierten in Gold umgetauscht. Einen Teil davon hat er dafür verwendet, das Blockadebrecherschiff zu
kaufen und auszustatten, den Rest will er in einer Bank de-
ponieren, bis der Krieg vorüber ist. Er glaubt, daß er Besit-
zungen wie Beau Repose dann für ein paar Pfennige bekommen kann.«

»Das stimmt doch auch, oder?«

Seine Augenbrauen zogen sich zusammen. »Was willst du
damit sagen?«

»Du hast das selbst schon einmal gesagt, wenn ich mich
recht erinnere. Ich denke, du wirst ja wohl nicht jetzt mitten
im Krieg nach Beau Repose zurückkehren wollen. Also hast
du wohl ebenfalls vor, bis nach dem Krieg zu warten und
dann zu versuchen, dein altes Heim wieder zurückzubekom-
men.«

»Willst du damit sagen, daß ich auch nicht besser bin als
Nate?« fragte er verwirrt.

Sie sah ihn mit einem klaren Blick an. »Nicht direkt, aber
ist das Prinzip denn nicht dasselbe? Du wirst Geld haben,
und die Leute, denen es jetzt gehört, werden wahrscheinlich
keines haben. Vielleicht wirst du es zurückkaufen können,
aber was dann? Wenn der Krieg noch eine Weile so weitergeht, selbst wenn der Süden gewinnt, werden die Kosten
doch ungeheuer sein, und diese Kosten werden vom Volk
getragen werden müssen. Und wenn wir verlieren, wird das
konföderierte Geld nicht mehr wert sein als das Papier, auf
das es gedruckt ist. Die Sklaven werden sie uns wegnehmen
und freilassen, ob wir nun in sie investiert haben oder nicht.
Und dann werden die Ländereien, die für so viele Leute
Wohlstand bedeutet haben, wertlos sein.«

»Beau Repose wird mir gehören.«

»Ja, aber verstehst du denn nicht?« Sie streckte die Hand
aus in dem Versuch, ihm verständlich zu machen, was ihr so
offensichtlich erschien. »Die Männer, die sich für die Sache
zum Bettler gemacht haben, werden dich verachten. Was
wird es dir nützen, wenn du dein Erbe zurückgewinnst, du
dann aber nicht in Ehren und mit dem Respekt deiner Nachbarn dort leben kannst? Gewinn oder Verlust – nichts wird je
wieder so sein wie früher.«

Er legte das letzte Säckchen mit Gold in die Seemannskiste
und schloß den Deckel, dann setzte er sich zurück. »Aber
was soll ich tun? Mir ein Pferd kaufen, nach Richmond reiten
und Lee meine Dienste anbieten?«

»Nein! Das wäre eine schreckliche Verschwendung. Das habe ich nie gemeint.«

»Die einzige andere Möglichkeit wäre, ins Exil zu gehen.«

Es gab noch eine weitere Möglichkeit, und sie wußten es beide. Sie lag zwischen ihnen im Raum, schwierig, gefährlich, schmerzlich, offensichtlich. Lorna bewegte sich mit schnellen Schritten, kniete sich neben ihn in einer Wolke von Röcken und legte ihre Hand auf seinen Arm. »Vielleicht übertreibe ich. Wenn Jackson Washington einnehmen und Lincoln gefangennehmen könnte, käme es vielleicht zu Friedensverhandlungen. Der Besitz der Konföderierten würde dann so wenig eingeschränkt, daß niemand dein Gold bemerken oder sich Gedanken darüber machen würde.«

Ein schwaches Lächeln spielte um seinen Mund. Sein dunkler Blick fing den ihren ein und hielt ihn. »Und wenn ich sage, daß es mir völlig egal ist, was die Leute denken oder wie und wann der Krieg endet?«

»Dann wäre das nur teilweise wahr«, sagte sie mit einem kleinen Kopfschütteln.

Er machte ein Geräusch zwischen Seufzen und Lachen. »Wie kannst du da so sicher sein?«

»Du hast dein Patent nicht nur zurückgegeben wegen des Vermögens, das du als Blockadebrecher gewinnen kannst, glaube ich, sondern weil du nicht gegen deine eigenen Landsleute kämpfen wolltest. Das beweist, daß du doch für die Südstaaten empfindest und für die Leute, die dort leben.«

»Du bist entschlossen, Eigenschaften an mir zu finden, die mich entlasten, nicht wahr?«

»Da du versuchst, sie zu verstecken.«

»Vielleicht wirst du enttäuscht werden.«

»Das bezweifle ich«, sagte sie, und die Wärme der Liebe verwandelte ihre Augen in dunkles Grau.

»Wenn ich sie nicht hätte«, sagte er, »könnte ich mich für dich vielleicht entschließen, so zu tun, als ob.«

Ihr Lächeln war zögernd und auch etwas bemüht, als sie in seine Arme kam. »Ich bin nicht so sicher, ob wir das nicht alle tun.«

Als sie wieder im Hafen von Nassau anlangten, war es, als kämen sie nach Hause. Von ihrem Platz im Bug aus sah Lorna zu, wie der Kanal zwischen Hog Island und New Providence immer schmäler wurde, sah zu, wie die smaragdgrünen Palmen immer höher wuchsen und die vertrauten Häuser Gestalt annahmen.

Die *Lorelei* fuhr mit aller Pracht in den Hafen ein, ihre wenigen Segel gehißt, und mit dünnem, grauem Rauch, der durch die Geschwindigkeit rückwärts in den Himmel stieg. Auf ein Zeichen sanken die Segel, die Maschinen wurden gestoppt, und sie glitt in einer Dampfwolke bis in ihre endgültige Position. Lorna drehte sich um und lächelte Ramon zu, und er grinste triumphierend zurück. In ihrer beider Gedanken lag dieselbe Idee, das wußte sie, wie anders diese Heimkehr doch war als die vergangene. Es wurde ihr wieder einmal klar, wie so oft schon, wie stolz Ramon auf sein Schiff war und mit wieviel Gefühl er es lenkte. Die *Lorelei* war beinahe wie ein lebendes Wesen, durch dessen Holz das Pochen der Maschinen und Schaufelräder vibrierte wie ein Herzschlag. Lorna konnte es selbst auch spüren, wieviel mehr mußte es Ramon so gehen, der sie schon viel länger kannte?

Die Fahrt aus Wilmington war ohne Zwischenfall verlaufen. Dicker Nebel hatte auf dem Wasser gelegen. Zweimal hatten sie die Takelage von Unionsschiffen über dem Dunst auftauchen sehen. Trotzdem waren sie problemlos durch den ersten Blockadegürtel gekommen, indem sie nahe beim Flaggschiff vorbeifuhren, dessen Position ihnen von der Wache in Fort Fisher genau angegeben worden war. Nur einmal waren sie gesichtet worden, und das war im äußeren Blockadegürtel. Es war ein langsames Kanonenboot gewesen, kaum mehr als ein umgebauter Flußdampfer, das das Feuer auf sie eröffnet hatte. Aber die Geschosse waren nicht weit genug gegangen, und die *Lorelei* hatte den Abstand zwischen den beiden Schiffen schnell vergrößern können. Dann hatte Ramon den Befehl gegeben, im rechten Winkel zum vorherigen Kurs zu fahren. Nachdem sie ihn ein paar Minuten lang gehalten hatten, waren sie bewegungslos im Wasser liegengeblieben. Sie sahen zurück und konnten das Vorbeifahren des sie verfolgenden Kanonenbootes beobachten, dessen Geschütze donnerten und das Kalziumraketen hinaufschickte, um andere Blockadeschiffe in die Gegend zu ziehen. Es war ein Wunder gewesen, daß sie nicht die Aufmerksamkeit der ganzen Flotte mit ihrem Gelächter auf sich gezogen hatten, als das Kanonenboot sich mit voller Fahrt von ihnen entfernte und in die schwarze, vom Nebel gedämpfte Nacht ins Nichts schoß.

Lorna drehte sich um und betrachtete die anderen Schiffe, die im grünen Wasser des Hafens lagen. Nach den vergangenen Wochen brauchte sie kaum noch die Schriftzüge der Namen, um sie zu erkennen. Ein neues Kohlenschiff war gekommen, und Peters *Bonny Girl* lag neben ihm und lud Brennmaterial. Er hatte eine schnelle Fahrt hinter sich gebracht, auch wenn Charleston ein paar hundert Seemeilen näher an Nassau lag als Wilmington. Dennoch war ein Teil der Reling von Geschossen zerstört, was andeutete, daß er es auf seiner Fahrt nicht ganz leicht gehabt hatte. Aber andere Schiffe hatten noch größere Probleme. Eines schien unter der Wasserlinie getroffen worden zu sein, denn es lag fast bis zum Deck unter Wasser, und ein zweites hatte die Quarantäneflagge gehißt, die zeigte, daß es Gelbfieber an Bord hatte. Je näher die heiße, regnerische Jahreszeit kam, desto öfter würden sie das jetzt sehen.

Nate Bacons Blockadebrecher sah aus, als ob er schließlich

fertig geworden wäre. Das Schiff lag schwer von Ladung im Wasser, und aus den beiden Schornsteinen stieg Rauch auf, als wolle es nach Einbruch der Nacht in See stechen. Das war gut, und sie hoffte, Nate werde bei der Jungfernfahrt selbst dabeisein.

Ihre Befriedigung verschwand, als sie sah, daß das Schiff in ihrer Abwesenheit getauft worden war. Der Anblick des Namens, der in blutroten Buchstaben auf dem grauen Schiffskörper stand, ließ sie frösteln. Er hatte nichts Anzügliches gewählt, auch nichts Prunkvolles, sondern einen finsteren und in Lornas Augen beunruhigenden Namen. Er hatte sein Schiff *Rächer* genannt.

Sie waren später eingetroffen als die Schiffe aus Charleston, aber früher als die aus Wilmington. Also hatten sie Glück; ein Platz am Dock war frei, und nach einer kurzen Rücksprache legte Ramon dort an. Das Entladen begann sofort, allerdings in der Hitze des Tages eher in gemächlichem Tempo. Ramon war damit sehr zufrieden, denn er hatte vorgehabt, bald bereit zu sein für eine zweite Fahrt.

Sosehr sie ihn auch bat, hatte er ihr nicht erlaubt, mitzufahren, die Gefahr war einfach zu groß. Er hatte jedoch nicht versucht, ihre Entschlossenheit in Frage zu stellen, an Bord zu bleiben, solange das Schiff im Hafen lag, und erst wieder ins Hotel zurückzugehen, wenn es bereit zur nächsten Fahrt war.

Edward Lansing, der gerade im Büro in der Bay Street gewesen war, als sie einliefen, besuchte das Schiff. Während er und Ramon bei Kaffee und Brandy über Rechnungen brüteten, entschloß sich Lorna, kurz zum Hotel zu gehen, da sie ja ansonsten auf dem Schiff bleiben durfte. Sie hatte schon wieder eine unbequem lange Zeit in ein und derselben Kleidung verbracht und wollte sich gern umziehen und sich noch ein paar andere Dinge holen, die sie dortgelassen hatte.

Largo, der schwarze Junge, der ihr vor wenigen Tagen eine so große Hilfe gewesen war, wartete an der Laufplanke auf sie. Seine Augen waren groß und strahlten sie stolz an, als er sie begrüßte, den leichten Koffer nahm, den sie trug, und dann neben ihr herging. Sie gratulierte ihm zu seinem Geschick und fragte ihn, was geschehen sei, nachdem man ihn aus dem Wasser gezogen habe. Er erzählte, er habe dem Offizier gesagt, er hätte einen Magenkrampf bekommen, weil er zu viele Mangos gegessen hätte. Dann hatte er dem triefenden Mann gedankt und ihn tropfend auf dem Dock stehen lassen. Ihr Lob für seine Klugheit ließ ihn sichtlich wachsen, und er sagte ihr gern, wieviel hübscher er sie in Frauenkleidern fand als in Männerkleidern. Sie sei eine nette, sehr nette Dame, großzügig und mit großer Urteilskraft, und wenn sie ihn je wieder brauchen sollte, sei er ihr Mann.

Sie lachte über seine Komplimente, lud ihn ein, mit ihr zu kommen und ihren Koffer zu tragen, wenn sie zum Schiff zurückkehrte. Er war so vergnügt, ihr weiter zu Diensten sein zu können, daß er neben ihr hertänzelte. Es war ganz offensichtlich, daß er alles wußte, was es über sie zu wissen gab und auch über ihre Beziehung zu dem Kapitän. Er billigte ihre Wahl, stimmte aber völlig der Tatsache zu, daß der Platz einer Frau an Land war, während der Mann zur See fuhr. Eines Tages würde er selbst ein Fischerboot besitzen und mit Ladungen von Muscheln und Hummern hereinkommen, die er dann für sehr viel Geld verkaufen werde.

Sie hatte so viel Vergnügen an seiner Gesellschaft, daß sie an der Einmündung der Parliament Street auf dem Weg hügelan zum Hotel beinahe mit Nate Bacon zusammengestoßen wäre. Er hatte durchaus gemerkt, daß sie auf ihn zukam, denn er stand ihr im Weg mit seinem Stock quer vor dem Bauch. Largo sah ihn zuerst und legte eine Hand auf ihren Arm. Sie sah auf und blieb plötzlich stehen.

»Also seid Ihr wieder mit Cazenave gefahren«, sagte er

und sah mit höhnischer Herablassung von ihr zu dem Jungen an ihrer Seite.

Sie streckte das Kinn vor. »Ja, das bin ich, und wir sind auch sicher zurückgekommen. Ist das nicht erstaunlich?«

Er bemühte sich nicht, so zu tun, als wisse er nicht, was sie meinte. »Ich wäre vorsichtiger gewesen, wenn ich gewußt hätte, daß Ihr an Bord sein würdet.«

»Da der von Euch gedungene Mann Euren Plan nicht ausgeführt hat«, erwiderte sie, »kümmert mich das wenig. Aber wenn ich Ihr wäre, würde ich jetzt gut auf meine Sicherheit achten. Ramon hat Euretwegen schon eine ganze Menge ertragen müssen, aber seine Geduld ist nicht grenzenlos.«

»Er kann nichts beweisen.« Nates formlose Oberlippe hob sich zu einem höhnischen Grinsen.

»Habe ich von rechtlichen Folgen gesprochen? Ich versichere Euch, daß ich nichts Derartiges gemeint habe.«

Ein kleines Stirnrunzeln erschien auf seinem Gesicht. »Dazu ist er zu sehr Ehrenmann.«

»Das war vielleicht einmal so, aber sein Beruf trägt nicht unbedingt dazu bei, diesen Zug an ihm zu fördern. Abgesehen davon unterstützen nur wenige Ehrenmänner Verräter und Schufte, und vermutlich würden sie es auch kaum versäumen, einer Schlange den Garaus zu machen, die ihnen über den Weg kriecht.«

»Oh, du kleine –« fing er an.

Aber sie blieb nicht stehen, um ihm zuzuhören. Den Hügel herab aus der Richtung des Royal Victoria kam gerade eine Gruppe von Leuten auf ihrem Abendspaziergang, zu der auch eine ältere Dame in einem Rollstuhl gehörte. Indem sie höflich Platz machte, sorgte Lorna dafür, daß die Gruppe zwischen ihr und Nate Bacon vorbeiging. Graziös den Kopf neigend, wanderte sie entschlossenen Schrittes weiter.

»Oho«, sagte Largo und starrte sie bewundernd an, »Ihr seid auch eine sehr mutige Dame.«

Sie lächelte ihm zu, antwortete jedoch nicht. Sie fühlte sich nicht mutig. Genaugenommen bewirkte Nates lasziver Blick, daß ihr ziemlich unbehaglich zumute war.

Sie verließ das Hotel erst später in Richtung Schiff, als sie vorgehabt hatte. Da sie schon so nah bei den geräumigen Badezimmern des Hotels war, hatte sie der Versuchung nicht widerstehen können, ein Bad zu nehmen und sich ein frisches weißes Kalikokleid mit blauem Muster, Puffärmeln und viereckigem Ausschnitt anzuziehen. Ihr noch feuchtes Haar hatte sie im Nacken zu einem Knoten gebunden, um es dann später zum Trocknen herunterzulassen. Da sie schon so viel Zeit verschwendet hatte, hatte sie dann hastig gepackt. Dennoch waren genügend Dinge in ihren Strohkoffer gestopft, so daß Largo von dem Gewicht schnaufte und etwas zurückfiel, während sie eilig zum Hafen hastete. Sie gingen hügelabwärts durch die Parliament Street, und Lorna bewegte sich mit schnellen Schritten. Sie hatten ein spätes Essen geplant, und Cupido würde damit auf sie warten. Auf dieser letzten Fahrt zurück nach Nassau war ihr öfter in einer Weise übel geworden, die sie bisher nicht gekannt hatte, obwohl eigentlich ruhiger Seegang geherrscht hatte. Und außerdem war Largo zweifellos auch hungrig. Sie würde darauf bestehen, daß er mit ihnen zusammen aß, denn er hatte so geduldig auf sie gewartet und würde es sicher zu schätzen wissen.

Vor sich hörten sie in der Ferne die Musik aus den Hafenkneipen und Spelunken der unteren Bay Street. Manchmal hatte sie den Eindruck, als ob sie zu jeder Tageszeit geöffnet wären, denn selbst wenn die Blockadebrecher unterwegs waren, blieben als Kunden noch die Stauer und Büroangestellten und die Leute, die einfach nur herumlungerten. Aber jetzt kamen die Blockadebrecher gerade erst zurück, und die Mannschaften würden bald ihr Geld bekommen.

Sie betrachtete kurz die Kutsche, die neben den Regierungsgebäuden auf der Straße stand, achtete dann aber nicht weiter darauf. Als die Tür an dem Fahrzeug sich öffnete, blickte sie zurück, mehr um nachzusehen, ob Largo nicht mit dem Koffer jemanden bedrängen würde, denn aus irgendeinem anderen Grund. Als sie Nate Bacon herausspringen sah, direkt gefolgt von einem anderen Mann, war es schon zu spät.

Sie wandte sich hastig um und hob ihre Röcke, um zu laufen, da hatten sie sie schon erreicht. Harte Hände packten ihre Arme und drehten sie ihr auf den Rücken. Eine behandschuhte Hand, die einen mit einer widerlichen Flüssigkeit getränkten Lappen hielt, wurde vor ihre Nase und ihren Mund gedrückt. Sie entwand sich noch einmal dem Griff, als sie hochgehoben wurde, und rief: »Largo – der Käpt'n!«

Schon als sie das rief, hörte sie das Geräusch, mit dem er ihren Koffer fallen ließ, und das Klatschen seiner nackten Füße, die eilig davonliefen. Ein Mann fluchte. Eine grapschende Pranke fand ihre Brust und drückte sie. Das Tuch bedeckte ihr Gesicht wieder. Sie schwankte, von Schwindel erfaßt, und fiel schließlich in weitem Bogen hinein in weiche, erstickende Dunkelheit.

Sie erwachte ganz langsam wieder. Sie hörte das gleichmäßige Strömen von Wasser an der Seite eines schnell fahrenden Schiffes, das Rauschen von Schaufelrädern und das Klopfen der Maschinenkolben. Sie spürte das Heben und Senken des Schiffes auf hoher See, ein tröstlicher, vertrauter Rhythmus. Doch ihre Nase wurde von Schweißgeruch bedrängt und dem muffigen Gestank lange nicht gewechselter Bettwäsche. Sie lag mit dem Gesicht nach unten auf einer harten Koje, und die Kante drückte sich in ihre Schienbeine. Sie öffnete die Augen im Dunkeln, und aus dem glatten Stoff des Futters und dem eindeutigen Geruch schloß sie, daß ihr Kopf von einer Männerjacke bedeckt war.

Die Erinnerung kehrte in einer ihr Übelkeit bereitenden Welle zurück. Der Drang, die Jacke abzuwerfen und aufzuspringen, war beinahe überwältigend, aber das Geräusch schlurfender Schritte hielt sie bewegungslos.

Während sie dalag und horchte, entdeckte sie noch etwas. Als sie auf die Koje gelegt worden war, hatte niemand versucht, ihre Röcke zu ordnen. Der Reifen der Krinoline lag nach oben gedreht, so daß ihr Kleid und die Unterröcke jetzt um ihre Taille lagen und die Stahlringe der Reifen an ihrem Kopf, während ihr Unterleib nur mit den langen Unterhosen und ansonsten unbekleidet war.

Die Schritte näherten sich. Sie hörte das Rascheln von Kleidung. Eine Hand legte sich auf ihren Schenkel, glitt aufwärts um ihre runde Hüfte und knetete mit harten, einschneidenden Fingern ihr Fleisch.

Lorna richtete sich auf, warf die Jacke dabei von ihrem Kopf, hielt sie gleichzeitig aber fest, so daß der Ärmel Nate Bacon ins Gesicht schlug. Als sie sein überraschtes Grunzen hörte, sprang sie auf die Beine und ordnete ihren Reifrock. Ihre Sinne wirbelten wie in einem Strudel, und es wurde ihr wieder schwarz vor den Augen. Sie mußte sich am Fußende der Koje festhalten, um nicht umzufallen.

»Dachte ich mir doch«, sagte Nate mit befriedigter Stimme, »daß eine Hand auf deinem Hintern dich wieder zu Bewußtsein bringen würde.«

»Ihr . . . Ihr seid genauso bösartig wie Euer Sohn. Was habt Ihr mit mir gemacht?«

»Nichts Bemerkenswertes – noch nicht. Ich habe dich nur mit Chloroform betäubt. Die britische Königin Victoria hat seinen Nutzen für Gebärende herausgefunden, doch englische Bordellbesitzer schwören darauf als bestes Mittel, um widerwillige junge Frauen dazu zu überreden, sich von ihrer Unschuld zu trennen. Ich folge nur ihren Empfehlungen.«

»Ihr habt mich nicht –«

»– vergewaltigt? Der Gedanke ist mir zwar gekommen, und ich gestehe, daß ich mir während deiner Ohnmacht ein paar Freiheiten herausgenommen habe, aber ich ziehe es vor, daß du wach und bei vollem Bewußtsein bist, wenn ich dich nehme. Dieses Vergnügen hast du mir schon so lange vorenthalten, daß ich diese Erfahrung für dich so schmerzhaft und erniedrigend machen werde, wie ich kann.«

Ihre Brüste schmerzten, und die Spitze an ihrem Ausschnitt hing lose herunter. Sie wußte nicht, wo er sie sonst noch angefaßt haben mochte, aber bei dem Gedanken daran fühlte sie sich befleckt. Sie wandte langsam den Kopf zur Seite, um ihm einen ätzenden Blick zuzuwerfen. »Ich hätte auch nichts anderes von Euch erwartet.«

»Meine liebe Lorna, du hast nicht die leiseste Ahnung, was von mir zu erwarten ist, aber du wirst es schon noch erfahren, du wirst es erfahren.«

Die Bedrohlichkeit seiner Stimme und der Blick, mit dem er sie von oben bis unten musterte, weckten Furcht in ihr. Sie richtete sich auf und lehnte sich an die Stütze der Koje, wobei sie mühsam versuchte, ihre Gedanken zu sammeln. Die Schwäche schien sie überwältigen zu wollen, aber sie ließ es nicht zu. Sie versuchte, etwas zu sagen, irgend etwas, das ihn von seiner Absicht abbringen konnte. »Das Schiff, auf dem wir uns gerade befinden, ist das Eures?«

»So ist es.«

»Fährt es nach Charleston oder nach Wilmington?«

»Keinem von beiden.«

»Also nach Mobile.«

»Nein. Auch nicht nach Galveston.«

Sie starrte ihn kühl an. »Also fahren wir einfach zu Eurem Vergnügen hier herum. Eine teure Methode der Entführung, und außerdem ziemlich gefährlich, wenn man die Unionsfregatten bedenkt. Aber ich denke, das kommt Eurer Tendenz zum Großspurigen sehr entgegen.«

»Wieder falsch, mein liebes Mädchen«, sagte er mit breitem Grinsen.

»Wie?« Sie zog eine Augenbraue hoch. »Wollt Ihr es mir sagen, oder soll ich noch einmal raten?«

»Wir fahren nach New York.«

Sie erstarrte mit ungläubigem Gesichtsausdruck. »New York!«

»Wohin sonst gehört ein guter, treuer Unionsmann?«

»Ihr, ein treuer Unionsmann? Einer der größten Sklavenbesitzer im Staate Louisiana? Das ist ja lächerlich.«

»Aber ich bin kein Sklavenbesitzer mehr. Ich hatte aus verläßlicher Quelle erfahren, daß Lincoln in einer Proklamation die Sklaven befreien würde. Das wird natürlich völlig illegal sein, so als ob Davis verkünden würde, daß alle Eigentümer von Eisenbahnaktien der Nordstaaten ihre Aktien verbrennen müßten. Trotz des Geredes von gleichen Rechten ist seine einzige Absicht natürlich, Unfrieden im Lande zu stiften und Sklavenaufstände zu bewirken, die die Armee der Südstaaten dazu zwingen, sich ihren inneren Unruhen zuzuwenden. Das Ergebnis wird ein Chaos sein, nach dem über Nacht das Land reicher Leute nichts mehr wert sein wird. Da kann man mir doch nicht vorwerfen, daß ich meine Leute schnell verkauft habe, bevor ich von der Katastrophe betroffen bin?«

»Das stimmt, so jemandem wie Euch kann man das kaum vorwerfen.«

»Sei vorsichtig, Lorna«, sagte er in härter werdendem Ton. »Du wirst für jede Beleidigung bezahlen, die du aussprichst, das schwöre ich dir.«

Sie sah ihn mit kühlem Widerwillen an. »Ihr werdet Euch dort in New York ganz schön lächerlich fühlen, wenn der Süden gewinnt.«

Er drehte den Kopf, sah den kleinen Tisch hinter sich und lehnte sich daran, wobei er die Arme vor der Brust verschränkte. Er schüttelte in gespieltem Bedauern den Kopf. »Sie werden nicht gewinnen. Sie werden elegant kämpfen und in Scharen sterben, aber am Ende werden sie besiegt. Dann werde ich zurückkommen und den Mississippi zu meinem Gartenbach machen und Louisiana zu meiner Laube.«

»So reich seid nicht einmal Ihr«, sagte sie spottend.

»Wenn ich fertig bin, werde ich es aber sein.«

»Wie? Mit Blockadebrechen? Dieses Schiff ist so alt und langsam im Vergleich zur *Lorelei*, daß es an den Unionsschiffen niemals vorbeikommen wird, um nach New York zu gelangen, und erst recht nicht über die ganze Strecke.«

»Ich könnte dir das Gegenteil beweisen, aber dieses Vergnügen schenke ich mir. Wenn ich erst einmal dort bin, schicke ich es vielleicht zurück, um es zu verkaufen und mich auf andere Arten des Geldverdienens zu konzentrieren. Ich könnte zum Beispiel den konföderierten Truppen verdorbenes Schweinefleisch verkaufen, auf die Art haben schon ein oder zwei andere Leute ein Vermögen verdient.«

Es war in Nassau bekannt, daß viel von dem Pökelfleisch über die Zwischenstation Boston aus dem mittleren Westen gekommen war, auf manchen Fässern waren sogar noch die Stempel der Militärinspektoren der Union. »Das wäre«, sagte sie leicht, »eine Beschäftigung, die wirklich hervorragend zu Euch passen würde, da Ihr dem Objekt Eures Handels dem Wesen nach sowieso sehr ähnlich seid.«

Es dauerte einen Augenblick, bis er verstand, was sie gemeint hatte, dann richtete er sich auf und streckte die Hand aus, um sie zu schlagen, mit so viel Kraft, daß sie plötzlich den Geschmack von Blut im Mund hatte. Sie biß vor Schmerz die Zähne zusammen, wünschte sich leidenschaftlich, sie hätte die Pistole bei sich, die sie in Ramons Kajüte zurückgelassen hatte. Auch mit Nägeln und Zähnen hätte sie sich gern auf ihn gestürzt, aber sie wollte ihm keinen Grund geben, sie anzufassen.

Langsam sah sie ihn wieder an. Ihre Stimme klang weich, als sie sprach. »Beim letztenmal, als Ihr das getan habt, wenn Ihr Euch daran erinnert, habe ich eine Nadel in Euch gebohrt.«

»Diesmal werde ich etwas in dich bohren, aber bestimmt keine Nadel«, sagte er roh.

»Da Ihr ja schon so freundlich gewesen seid, mich zu warnen, werde ich das auch tun. Ich werde es Euch heimzahlen, glaubt mir.«

Er lachte kehlig. »Wenn ich mit dir fertig bin, wirst du andere Sorgen haben als irgendeine dumme Weiberrache. Ich schlage vor, du fängst gleich damit an, indem du darüber nachdenkst, was ich mit dir tun werde, wenn unsere Reise zu Ende ist.«

Sie wollte nicht daran denken, und sie versuchte es auch nicht. »Ich vermute, wenn ich geduldig bin, werdet Ihr es mir sagen.«

Er schüttelte mit obszön wohlwollendem Gesichtsausdruck den Kopf. »Nein. Du wirst entscheiden, was dann passiert. Wenn du dich . . . entgegenkommend verhältst, wenn du dich in der nächsten Woche bemühst, mir Vergnügen zu bereiten, dann werde ich dich vielleicht als meine Geliebte behalten und du kannst erfahren, wie großzügig ich sein kann. Wenn nicht, wirst du trotzdem tun müssen, wozu ich Lust habe, bis ich deiner müde geworden bin. Danach wird es passend sein, denke ich, wenn ich dich den Militärbehörden übergebe. Schließlich wirst du immer noch als Kurierin der Konföderierten gesucht.«

»Wie könnt Ihr das wissen . . . außer indem Ihr –?«

»Ganz richtig, meine Liebe. Ich habe dein charmantes Gespräch mit Sara Morgan belauscht. Und ich habe es auch den Unionsleuten mitgeteilt.«

»Aber warum?«

»Ich glaube, das habe ich dir schon gesagt. Du verdientest

eine Strafe wegen des Todes von Franklin, und der Gedanke, dich in einem Gefängnis der Nordstaaten zu wissen, gefiel mir. Gleichzeitig habe ich mir damit den Weg geebnet, in den Norden zurückzukehren. Es war zwar ein gutes Geschäft, aber eine schwere Entscheidung, denn ich hätte dich natürlich lieber selbst bestraft. Ich war erleichtert, daß du entkommen bist, denn auf diese Art hast du meinen Zweck erfüllt und bist trotzdem für meine weiteren Absichten verfügbar.«

Seine Worte kamen ihr bekannt vor. Franklin hatte in jener Nacht vor so vielen Wochen etwas von Strafe gefaselt, und in seinen Augen hatte die gleiche bösartige Vorfreude gestanden. Welche Verwirrung in den Gehirnen der beiden Männer bewirkte nur, daß sie an dieser Aussicht Vergnügen fanden? War ihnen das angeboren oder in brutalen Lehrstunden eingebleut worden?

»Euer Sohn hat versucht, mir seinen Willen aufzuzwingen, und jetzt ist er tot. Beunruhigt Euch das nicht?« Die darin angedeutete Drohung war schwach, aber die einzige Verteidigung, die ihr zur Verfügung stand. Das Erstaunliche war, daß sie jetzt zum erstenmal ohne Schuldgefühle davon sprechen konnte.

»Du meinst, ob ich nicht Angst habe, du könntest mit mir dasselbe tun? Wohl kaum. Franklin war dir außer in seiner Körperkraft in nichts gewachsen. Ich bin es aber.«

Das konnte durchaus stimmen. Er stand zwischen ihr und der Tür, beobachtete sie, parierte ihre Versuche, sein Gleichgewicht zu stören. Selbst als er sie geschlagen hatte, hatte er nicht versucht, ihr noch näher zu treten. Es war so, als spiele er mit ihr, voller Vertrauen in seine Fähigkeit, sie zu beherrschen, ohne Eile, ihre seelischen Qualen durch körperliche zu ersetzen. Inzwischen erregte ihn ihr Widerstand. Je wilder sie wurde, je komplizierter sie ihre Verteidigung aufbaute, desto mehr Genuß würde er daraus beziehen, sie schließlich zu unterwerfen.

Sie sah sich kurz in der Kajüte um. Sie ähnelte sehr der Kajüte in der *Lorelei*, allerdings war es hier enger, es gab nur einen windigen Stuhl vor dem kleinen Tisch in der Ecke hinter Nate, der Koje gegenüber. Sie war auch weniger ordentlich. Staub und eine dünne Salzschicht lagen auf jeder Oberfläche, und der Holztisch hatte Fettflecken von früheren Mahlzeiten.

In einem Versuch, sein Selbstvertrauen zu unterminieren, sah sie ihn vorwurfsvoll an. »Ihr habt schon einmal vergessen, Ramon zu berücksichtigen«, sagte sie mit scharfem Lächeln. »Es ist wirklich ein Jammer, daß Ihr denselben Fehler wieder macht.«

»Cazenaves Schiff war gerade erst eingelaufen, so daß nicht mehr viel Kohle an Bord gewesen sein kann. Selbst wenn er seinen Vorrat sofort wieder auffüllen könnte, wird die Zeit, bevor er dich vermißt, mir einen Vorsprung geben, den er nicht überwinden kann.«

»Es mag sein, daß er nur noch geringe Vorräte hatte, aber ich bezweifle nicht, daß er versuchen wird, Euch einzuholen, bevor sein Vorrat zu Ende ist.«

»Auf einem Meer voller Unionsschiffe? Das wäre Selbstmord.«

»Ich bezweifle, daß er über das Risiko allzulange nachdenken wird. Und was die Frage betrifft, wann er erfährt, daß ich entführt worden bin, wird er es ziemlich bald von Largo erfahren.«

Sein loser Mund verzog sich zu einem spöttischen Grinsen. »Dieser Junge, der fortgelaufen ist?«

»Er ist vielleicht losgerannt, um Hilfe zu holen.«

»Eine Hafenratte wie er? Der ist gelaufen, um seine Haut zu retten.«

Sie zuckte mit den Schultern. »Glaubt das ruhig, wenn Ihr Euch dann besser fühlt.«

»Du denkst, ich hätte Angst vor Cazenave?« fragte er.

»Ich würde es für sinnvoll halten. Ich denke, wenn ich Ihr wäre, würde ich an Deck bleiben und danach Ausschau halten, ob sein Schiff nicht hinter mir her wäre.«

Er lachte kurz. »Du träumst ja. Also gut, ich werde dir die Augen öffnen.«

Er griff sich mit harten, kurzen Fingern ihr Handgelenk, zerrte sie aus der Kajüte und hinaus aufs Oberdeck. Ohne auf die langen Blicke der Offiziere und der Mannschaft zu achten, zog er sie zum Heck. Lorna sah das Grinsen, das die Männer austauschten, hörte ihre rauhen Sprüche und ihr Gelächter und wußte sofort, was sie von ihr dachten. Um sie vom Gegenteil zu überzeugen, um auf ihre Hilfe rechnen zu können, würde sie mehr Zeit brauchen, als Nate Bacon ihr lassen würde.

An der Heckreling zeigte er ihr nicht das Wasser, sondern einen grau verhüllten Gegenstand, der auf dem hinteren Deck lag. »Sieh dir das an!« sagte er. »Und ich sage dir, ich wäre beinahe froh, wenn Cazenave dich suchen käme wie der Hund seine Hündin. Diese Schöne hier würde ihn an deiner Stelle warm willkommen heißen.« Er stieß mit der Hand gegen den eisernen Lauf eines Geschützes. Lorna hatte noch nie etwas Derartiges gesehen, erkannte es jedoch nach den Beschreibungen, die sie gehört hatte. Es war ein Parrott-Geschütz mit großer Reichweite. Im allgemeinen wurde es von Unionsjägern als Buggeschütz eingesetzt, traf mit tödlicher Präzision und war bei den Blockadebrechern gefürchteter als eine Breitseite aus Kanonen.

»Aber auf diese Weise werdet Ihr zum Piraten«, sagte Lorna und hob den Blick zu seinem grinsenden Gesicht.

»In den Augen mancher Leute vielleicht. Ich betrachtete es als Sicherheit, als ich das Schiff plante.« Er hob eine massige Schulter. »Ich habe mich noch nie von Vorschriften allzusehr beirren lassen, wenn ich etwas erreichen wollte. Und in diesem Falle heißt das: Gold.«

»Aber Eure Männer werden ebenfalls die Höchststrafe erleiden, wenn das Schiff aufgebracht wird.«

»Niemand hat sie gezwungen, hier anzuheuern. Und außerdem habe ich natürlich nicht die Absicht, selbst auf den Fahrten des Schiffes dabeizusein. So dumm bin ich nicht.«

Im Vergleich zu diesem Mann war Ramon wirklich die Ehre in Person. Sie hatte ihn ungerechterweise so hart beurteilt. Zumindest hatte er seinen Gewinn für einen bestimmten Zweck gebrauchen wollen, um sein Erbe zurückzugewinnen, ein Unrecht aus der Welt zu räumen, nicht nur für die Macht des Reichtums. »Ihr könntet Schwierigkeiten bekommen, es loszuwerden, wenn Ihr Euer Schiff verkaufen wollt.«

»Das bezweifle ich. Die Nordstaaten haben keinen derartigen Überfluß an Waffen, daß sie ein so wirkungsvolles Geschütz ablehnen würden. Ich würde mich nicht wundern, wenn ich sie sogar mit Profit verkaufen könnte.«

»Ihr würdet es verkaufen, um es gegen die Blockadebrecher eingesetzt zu sehen? Was für ein widerlicher Kerl Ihr doch seid!«

»Und was für eine scharfzüngige Hure du doch bist. Ich glaube, dafür werde ich dich auf die Knie gehen lassen und . . .«, und er erzählte ihr dann in allen Einzelheiten, welche Strafe er ihr hierfür zugedacht hatte. Ihr wurde es elend bis ins Innerste, und sie sah zur Seite, in Richtung auf das sich langsam ausbreitende Kielwasser des Schiffes und auf das Meer dahinter. Er hörte mit seiner Erzählung auf, riß sie herum und wies in die Richtung, wo die Inseln schon in der Ferne hinter ihnen verschwanden. »Bereite ich dir Übelkeit? Sehnst du dich nach Rettung? Dann geh und sieh nach. Sieh genau nach. Kannst du irgendein Anzeichen eines Schiffes erkennen? Kannst du deinen Geliebten sehen, der kommt, um dich zu retten?«

Vielleicht waren ihre Augen es eher gewohnt, den Horizont nach Schiffen der Union abzusuchen, wenn wie jetzt die Worte »Segel achtern!« aus dem Mastkorb herunterklangen. An Bord der *Lorelei*, wo es fünfzig Dollar für denjenigen bedeutete, der ein anderes Schiff sichtete, hatte sie damit ihre Zeit verbracht, zu versuchen, ob sie die Männer nicht würde übertreffen können. Jetzt wanderte ihr Blick über den Horizont zur untergehenden Sonne. Plötzlich sah sie es. Ihr Griff um die Reling wurde fester.

»Ja«, flüsterte sie, dann sagte sie lauter: »Ja!«

Nate schien anzuschwellen. Er stieß sie von sich, so daß sie sich an der Reling festklammern mußte, um nicht zu fallen. Mit kriegerisch zusammengebissenen Zähnen griff er ebenfalls nach der Reling und stand breitbeinig da, während er fürchterlich fluchte. Schließlich grunzte er als letztes Wort: »Wo?«

Sie zeigte in schweigendem Triumph in die bewußte Richtung, dann stand sie da und sah zu, wie das Segel langsam näher kam, sich in erstaunlicher Geschwindigkeit zu einem Schiff entwickelte, dessen Schaufelräder sich in schneller Verfolgung drehten. Sie dachte unpassenderweise, Largo würde eine Belohnung verdienen und bekommen, falls sie je nach Nassau zurückkehrte.

Nate drehte sich um und rief dem Kapitän zu, er solle mehr Dampf machen, verfluchte ihn, weil er so trödelte, und wandte sich schließlich wieder um, um dem Verfolger böse Blicke zuzuwerfen.

Während Lorna nach vorn starrte, wurde es ihr zusehends unbehaglicher. Minute um Minute wurde sie unsicherer. Betroffenheit kam über sie, und ihre Schultern sanken herab. Das Schiff war nicht die *Lorelei*.

Sie blieb dennoch fest stehen und sah, wie es sich in den Wellen hob und senkte. Daß es ein grau gestrichener Blockadebrecher war, ging deutlich daraus hervor, daß es im wechselnden Licht des Sonnenuntergangs immer wieder unsichtbar wurde, aber es war nicht Ramons Schiff. Sie hatte Angst, was wohl geschehen würde, wenn Nate das bemerkte, und was für Folgen das dann haben könnte. Sie starrte das immer näher kommende Schiff an, und ihre Gedanken waren leer vor Enttäuschung und Furcht. Dann hellte sich ihr Blick plötzlich auf. Sie kannte das Schiff. Es war erstaunlich, daß sie es nicht sofort erkannt hatte. Es war die *Bonny Girl*.

Ob Ramon Peters Schiff kommandierte? Oder war Peter vielleicht gerade dortgewesen, als Largo bei Ramon ankam? Eine andere Möglichkeit, die ihr in den Sinn kam, verbannte sie sofort aus ihren Gedanken. Sie wollte nicht daran denken, daß es vielleicht einfach Zufall war, daß Peter hinter ihnen herfuhr, daß er vielleicht nur auf dem Weg zu einer weiteren Fahrt war. Aber er hätte doch sicher gewartet bis zum Einbruch der Nacht, um den sicheren Schutz der Inseln zu verlassen? Aber die Dunkelheit war ja auch schon ganz nah.

Aus dem Augenwinkel sah sie ein orangefarbenes Aufleuchten. Sie drehte den Kopf und starrte in die bewußte Richtung. Und als dann das Heck des *Rächers* auf einer Welle höher hinaufstieg, erkannte sie es deutlicher: Es war ein zweites Schiff, auf dessen Segeln sich das letzte Sonnenlicht fing. Nate hatte es nicht gesehen, weil er sich umgedreht hatte, um wieder die Besatzung zu beschimpfen. Es entwickelte sich zu einem Schiff, hellgrau und schnell, das sich jedoch nicht so zügig näherte wie die *Bonny Girl*, da der *Rächer* inzwischen mit größerer Geschwindigkeit vorankam.

Nate warf dem ersten Schiff einen bösen Blick zu, drehte sich dann auf dem Absatz um und ging zum Ruderhaus, wo er sich mit dem Kapitän besprach. Ein Befehl wurde über das Schiff weitergegeben, und hinter Lorna kamen Männer in schnellem Trab näher. Sie machten sich mit schweren Lasten in ihrer Nähe zu schaffen. Als sie sich umsah, bekam sie eine Gänsehaut. Sie bereiteten sich darauf vor, das Parrott-Geschütz abzufeuern.

Der zuständige Offizier trat vor sie hin und deutete kurz eine Verbeugung an. »Dürften wir Euch bitten, zur Seite zu treten?«

Lorna bemerkte kaum, daß er eine höfliche Anrede gebrauchte. Sie stolperte etwas, als sie an der Reling zur Seite trat. Die *Bonny Girl* kam mit rauchendem Schornstein immer näher, ohne sich der drohenden Gefahr bewußt zu sein. Bald würde sie in Reichweite sein. Peter konnte nicht ahnen, daß das Schiff, dem er folgte, bewaffnet war. Wenn sie ihn nur irgendwie hätte warnen können.

»Achtung!« hörte sie die Stimme des Offiziers. »Wartet, bis es zu nah herangekommen ist, um es verfehlen zu können.«

Lorna zitterte, ihre Fingerspitzen waren weiß, weil sie sich so sehr an der Reling festklammerte. Zum erstenmal seit ein paar Minuten sah sie hinter Peters Schiff auf das zweite, das langsam größer wurde. Ein kleiner Schrei entfuhr ihr, jedoch mehr aus Verzweiflung denn aus Freude. Das zweite Schiff, das mit schwarzem Rauch aus dem Schornstein näher kam – was darauf hinwies, daß nicht nur Kohle als Brennmaterial verwendet wurde, sondern vielleicht in Terpentin getränkte Baumwolle –, war jetzt so nah, daß sie es erkennen konnte. Stolz und graziös fuhr es durch das Kielwasser der *Bonny Girl* – die *Lorelei.*

»Schiff voraus!«

Lornas Kopf fuhr herum bei dem Ruf. Sie sah den Mann im Mastkorb nach Westen zeigen. Sie drehte sich in die Richtung, blinzelte genau in das strahlende letzte Sonnenlicht und sah das neue Schiff. Mit dem blutroten Licht hinter sich und leuchtenden Segeln kam es direkt aus dem Sonnenuntergang. Riesig, bis an die Zähne bewaffnet, direkt auf dem Weg zu ihnen: eine Fregatte der Union.

Es war, als wären alle Männer der drei Blockadebrecher blind gegen die drohende Gefahr. Keines der Schiffe änderte den Kurs, um der Bedrohung auszuweichen. Sie fuhren unbeirrt weiter mit wirbelnden Schaufelrädern. Lornas Herz schlug heftig. Sie konnte kaum atmen. Die Spannung, die immer größer wurde, weckte in ihr das Bedürfnis zu schreien, zu weinen, irgend etwas zu tun, um sich von ihr zu befreien. Sie ballte eine Faust und drückte sie sich auf die Magengrube.

Nate kam jetzt schweigend und grimmig heran und stellte sich neben sie. Sie lehnten unendlich lange Minuten an der Reling und beobachteten die anderen Schiffe. Die *Bonny Girl* kam immer näher und noch näher. Schließlich hörte sie Nate fast unverständlich brummen: »Jetzt, verdammt noch mal, jetzt!«

Das Parrott-Geschütz donnerte los. Das Geschoß explodierte über dem anderen Schiff. Lorna schrie auf, als sie die Splitter vom Deck fliegen sah und einen Mann beobachtete, der von einer Seite des Schiffs zur anderen flog, als wiege er nicht mehr als ein Spielzeug. Rauch umgab das Schiff. Die Männer, die das Geschütz bedienten, handelten schnell nach den Befehlen, die ihnen gegeben wurden, und noch einmal krachte ein Schuß. Er ging zu weit und rutschte über das Wasser wie ein Stein auf einem Mühlteich. Erstickender Rauch quoll über das Deck. Der nächste Befehl erscholl. Und das Parrott-Geschütz, das auf diese Entfernung sehr präzise war, spuckte Feuer und Rauch und ein Geschoß aus.

Der Schuß traf die *Bonny Girl* fast mittschiffs. Ein riesiges Loch entstand in ihrer Seite. Rauch stieg auf, Flammen züngelten, und bis zu ihr war das Geschrei der Verwundeten zu hören. Dann ertönte ein Rollen wie von einem Donner. Es wurde lauter, breitete sich aus, kam über das Wasser heran. Plötzlich explodierte das getroffene Schiff, das Deck wurde hochgerissen, Splitter flogen in die Luft, als es auseinanderbrach. Rauch stieg kochend, schwarz und beißend hinauf in den Himmel, durchsetzt von züngelnden Flammen.

Schießpulver. Peter hatte schon wieder für seine nächste

Fahrt geladen gehabt, und seine Ladung waren Fässer mit Schießpulver gewesen. Noch während der *Rächer* abdrehte, spürten sie die Hitze der Flammen und schaukelten heftig auf den Wellen, die die Explosion verursacht hatte. Versteinert, zu erschüttert, um sich zu bewegen oder ein Geräusch von sich zu geben, sah Lorna, wie das Schiff Schlagseite bekam, sich durch das große Loch in der Seite mit Wasser füllte und zu sinken begann. Hinter der *Bonny Girl* sah sie Ramons Schiff langsamer werden und eine Kreisbewegung um das dem Untergang geweihte Schiff beschreiben, wobei die Männer schon beschäftigt waren, die Boote zu Wasser zu lassen.

Die *Lorelei* gab die Verfolgung auf. Jetzt waren Männer im Wasser, verletzte Männer, die sonst ertrinken würden. Ramon kam ihnen zu Hilfe. Und er konnte auch nichts anderes tun.

20. KAPITEL

Der letzte orangerote Rest der Sonne versank im Meer, und das plötzliche Dunkel der tropischen Nacht brach an. Das brennende Schiff wurde kleiner und fiel hinter ihnen zurück. Nate und sein Kapitän besprachen sich und starrten besorgt in die Nacht, während der *Rächer* über die Wellen dahineilte. Doch im letzten Licht des Tages hatten sie den Unionskreuzer auf das sinkende Schiff und den dort zurückbleibenden Blockadebrecher zusteuern sehen.

Nates Besorgnis war durchaus begründet, dachte Lorna, als sie es sich überlegte. Trotz all seines Geredes über seine Zusammenarbeit mit den Unionsleuten war sein Schiff doch ganz offensichtlich als Blockadebrecher ausgerüstet – und dazu auch noch bewaffnet. Es war wahrscheinlich, daß ein Kapitän der Unionsflotte ihn bei Gelegenheit vom Meer pusten würde, ohne ihm Zeit zu geben, seinen Willen zur Zusammenarbeit darlegen zu können. Die Mannschaft stand natürlich schon bereit, die Flagge der Vereinigten Staaten zu hissen, aber ob ein Kreuzer sich die Mühe machen würde, im Dunkeln darauf zu achten?

Mit solchen Gedanken beschäftigte sie sich, damit sie nicht darüber nachdenken mußte, was vielleicht mit den Schiffen geschehen würde, die sie in dem ganzen Chaos hinter sich gelassen hatten. Dort draußen in der Nacht starben Männer in den salzigen Wellen, Männer, die sie gekannt hatte, mit denen sie gesprochen, gelacht, getanzt hatte. War einer von ihnen auch Peter? Waren sein schneller Witz und sein Charme so schnell auzulöschen? Sie kannte die Antwort. Man mußte sie sich jedesmal vor Augen halten, wenn eine Zeitung mit der Liste der Verluste erschien.

Über das Lärmen der Schaufelräder hinweg horchte sie nach weiteren Schüssen. Sie suchte den Himmel nach dem Aufblitzen der Geschütze ab. Jeder Augenblick, der in Stille und Dunkelheit verging, war ein Segen, für dessen Fortdauern sie verzweifelt betete.

Als Nate seine Finger in ihren Arm krallte, um sie von ihrem Platz an der Reling wegzuziehen, wehrte sie sich. Es war Blasphemie, eine seltsame Art von Hochmut, aber sie hatte das Gefühl, als würde sie die Männer dort, die ihr gefolgt waren, ungeschützt und dem sicheren Tod ausgeliefert zurücklassen, wenn sie ihre Aufmerksamkeit etwas anderem zuwandte.

Nate kümmerte sich nicht um ihren Widerstand, sondern zerrte sie wieder in seine Kajüte. Er stieß sie hinein und schlug dann die Tür hinter ihr zu. Sie stürzte sich darauf, hämmerte mit den Fäusten gegen das dicke Holz, schluchzte vor Zorn und Verzweiflung. Auf der anderen Seite hörte sie wie der Schlüssel im Schloß umgedreht wurde, so daß sie im Dunkeln zurückblieb.

Dieses kleine Geräusch ließ wieder etwas Vernunft in ihre Gedanken einkehren, und damit auch die Beherrschung. Sie trat zurück, wandte sich um, ging eilig zum Bullauge und öffnete es, damit sie etwas sehen und hören konnte.

Einige Zeit später stand sie immer noch dort, als der Schlüssel sich wieder im Schloß drehte und ankündigte, daß Nate zurückkam. Er blieb mit einem Tablett in der Hand in der Tür stehen, wobei er vorsichtig mit Hilfe des Lichts einer Laterne aus dem Gang nach ihrem Standpunkt Ausschau hielt. Dann stellte er das Tablett, auf dem Schinken und Eier lagen, auf den Tisch in der Ecke, griff hinauf zu der Lampe, die darüber schaukelte, zündete sie an und schloß dann die Tür wieder von innen ab.

Lorna rührte sich nicht, bis er auf sie zukam. Wozu auch, hier draußen auf dem Schiff, umgeben von seinen Männern? Sie trat zur Seite und hielt ihre Röcke von ihm fern, doch er schloß nur das Bullauge und zog die kurzen, schwarzen Vorhänge davor, um das Licht nicht nach außen dringen zu lassen.

»Setz dich hin und iß«, sagte er in autoritärem Ton. »Du wirst deine Kraft brauchen.«

»Das kann ich nicht.«

»Wie du willst.«

Er wandte sich dem Tisch zu und setzte sich, dann zog er das Tablett zu sich heran. Lorna sah zu, wie er eine Gabel mit Schinken in seinen Mund schaufelte und in das Spiegelei schnitt, das auf einem Teller lag. Das Eigelb floß goldgelb heraus, strömte über das Fett des Schinkens, und sie wandte sich schnell ab, weil ihr übel wurde.

Sie spürte seinen Blick in scharfer Beobachtung auf sich ruhen, wobei seine Gelüste vermutlich angeregt waren durch das Blutbad, das er gesehen hatte, und die Gefahr, in der sie sich befunden hatten. Sie sah sich mit einem schnellen Blick in der Kajüte um, entdeckte jedoch nichts, was sie als

Waffe oder auch nur als Barrikade gegen ihn hätte verwenden können. Sie dachte an Ramon und versuchte dann mühsam, an etwas anderes zu denken. Sie konnte nichts von ihm erwarten. Sie konnte jetzt von niemandem etwas erwarten – außer von sich selbst.

Einen kurzen Moment lang überlegte sie, ob sie einfach aufgeben sollte. Das würde weniger gefährlich sein. In den letzten Tagen hatte sie zu vermuten begonnen, daß sie einen besonderen Grund hatte, vorsichtig zu sein. Es wurde ihr so oft übel, wie gerade eben erst, und es gab andere Anzeichen. Und unter den gegebenen Umständen wäre es ja auch ganz natürlich. Sie hatte es bis jetzt immer geschafft, diesem Gedanken auszuweichen, es als eine Komplikation zu betrachten, der sie besser nicht zuviel Raum beimaß, bis es absolut nötig war. Jetzt war es nötig.

Aber würde sie es ertragen können? Würde sie daliegen können und zulassen, daß Nate Bacon sie berührte, wie Ramon es getan hatte? Er würde sie nicht zärtlich umwerben, das war ihr klar. Würde sie ihre Abneigung gegen seine grausamen Zuwendungen verbergen können? Würde sie es ertragen können, daß er in ihren Körper eindrang, ohne dabei vor Abscheu verrückt zu werden?

»Grübelst du über Cazenave nach? Er ist höchstwahrscheinlich in Stücke gerissen worden. Die Haie werden sich freuen. Du mußt wissen, daß es oft in diesen Gewässern welche gibt, und der Geruch von Blut lockt sie an wie Parfüm die Männer.«

Haie. An die hatte sie nicht gedacht. Einen Augenblick später wurde ihr auch der Rest seiner Worte klar.

»Ihr scheint Euch da in einem Irrtum zu befinden«, sagte sie und drehte sich in ihren weiten Röcken langsam um, damit sie ihm ihr schiefes Lächeln zeigen konnte. »Das Schiff, das Ihr gerade versenkt habt, war nicht die *Lorelei*.«

Er nickte und grunzte. »Oh, das wußte ich schon, meine

Liebe, denn mein Kapitän hat es mir gesagt, aber ich war nicht sicher, ob du es auch wußtest.«

»Doch, ich wußte es«, sagte sie unbewegt.

»Ja. Und du weißt auch, daß dein Geliebter jetzt von einem Unionskreuzer übers Meer gejagt wird, wobei er Kohle verbrennt, von der er nur wenig hat, und sich dabei immer weiter von deiner Rettung entfernt.«

»Auf jeden Fall hofft Ihr das, nicht wahr?« gab sie zurück, und ihre Stimme klang herausfordernd als Verteidigung gegen den Schmerz des Bildes, das er da heraufbeschwor.

Er zeigte mit seiner Gabel auf sie und sagte scharf: »Ich habe dir schon einmal gesagt, daß ich keine Angst vor Cazenave habe.«

»Nein? Ich bin sicher, ich hätte an Eurer Stelle Angst. Ihr habt seinen Vater in einem gezinkten Kartenspiel betrogen, um an Beau Repose zu kommen, dann habt Ihr noch gedungene Männer als Diebe auf M'sieur Cazenave angesetzt, als er auf dem Weg war, Euch seine Schulden zurückzubezahlen. Und als es so aussah, als könne er trotzdem noch die Mittel aufbringen, das Erbe seines Sohnes zu retten, habt Ihr den Damm gesprengt, so daß seine Felder ruiniert wurden und er mit ihnen, was dann auch zu seinem Tod geführt hat. Das weiß Ramon, und eines Tages wird er dafür sorgen, daß Ihr dafür bezahlt.«

Das Blut stieg purpurn in sein Gesicht, als er sprach. »Hat er dir das erzählt?«

»Ja.« Ramon hatte keine Drohungen ausgesprochen, aber es würde nichts ausmachen, wenn Nate glaubte, daß es so war.

»Und du glaubst ihm?«

»Warum sollte ich das nicht tun? Es scheint mir sogar ziemlich überzeugend, denn Ihr habt ja einen ähnlichen Trick gebraucht, um die Zustimmung meines Onkels zu meiner Ehe mit Eurem Sohn zu erzwingen. Ich glaube kaum, daß

Onkel Sylvester einverstanden gewesen wäre, wenn er nicht
in Eurer Schuld gestanden hätte und wenn das Lagerhaus
mit der Baumwolle nicht gebrannt hätte, mit deren Erlös er
seine Schulden zurückbezahlen wollte.«

»Ein unglücklicher Zwischenfall«, höhnte Nate. »Ich hatte
ihm vorgeschlagen, seine Ernte versichern zu lassen.«

Sie betrachtete ihn. »Das habt Ihr sicher getan. Und vermutlich in einer Weise, die es als völlig verrückt und dem
Mut eines Mannes aus den Südstaaten nicht ebenbürtig hätte
aussehen lassen, wenn er dem Vorschlag gefolgt wäre. Ihr
müßt wissen, daß ich ihn einmal mit Tante Madelyn darüber
habe reden hören.«

»Du schätzt mich zu hart ein«, sagte er und wischte sich
mit dem Taschentuch aus seiner Jacke Eigelb vom Mund.

»Was habt Ihr erwartet? Ich weiß auch: Von all den Dingen, die Ihr verbrochen habt, war keines so abscheulich wie
das, was Ihr Franklin angetan habt. Er glaubte, Ihr würdet
ihm eine Frau beschaffen, dabei wolltet Ihr nur eine Mätresse
für Euch selbst. Franklin, Euren eigenen Sohn, habt ihr am
schlimmsten betrogen.«

»Das ist nicht wahr! Ich wollte dich ihm geben!«

Er warf das Taschentuch auf den Tisch, als hätten ihre
Worte ihn zum erstenmal getroffen. Seine blaßblauen Augen
wirkten hart wie Murmeln. Sein pomadeschweres Haar war
vom Wind aus der sorgfältigen Frisur gelöst worden und
hing über seine Ohren herab.

Sie lachte bissig. »Das hättet Ihr beinahe getan. Hätte ich so
dankbar sein sollen, wenn Ihr mich ihm dann wieder abgenommen hättet, daß ich dafür in Eure Arme gesunken wäre?
Eure Haltung mir gegenüber änderte sich doch etwas, als Ihr
mich mit Ramon gefunden hattet, nicht wahr? Ihr wärt nicht
damit zufrieden gewesen, wirklich so lange warten zu müssen. Wie froh bin ich, daß ich an jenem Tag zum Reiten ging,
daß ich Ramon Cazenave begegnet bin und erlebt habe, wie

511

die Liebe zwischen einem Mann und einer Frau sein kann! Sonst hätte ich es niemals erfahren.«

Er stieß sein halb gegessenes Mahl zurück und stand langsam auf. »Ich hätte es dir gezeigt, dich mit Juwelen überschüttet, mit Seide, mit allem, was du dir nur hättest wünschen können. Ich war verrückt vor Verlangen nach dir.«

»Besessen, genauso, wie Ihr es in Eurem Verlangen wart, Beau Repose zu besitzen. Wie ein Dieb habt Ihr beides in der einzigen Art verfolgt, zu der Ihr je fähig wart, ohne auch nur einen Gedanken an den Schmerz zu verschwenden, den Ihr damit verursachen würdet.«

»Und ich habe sie bekommen. Ich hatte Beau Repose, solange ich es besitzen wollte, und jetzt, wo ich dich endlich habe, werde ich dich in der gleichen Weise besitzen.«

Er kam mit einem zufriedenen Grinsen auf dem Gesicht auf sie zu, als erwarte er, sie stünde verzaubert still und lasse ihn tun, wozu er Lust habe. Sie wich nach hinten aus.

»So leicht werdet Ihr mich nicht bekommen, und selbst wenn es Euch gelingt, werdet Ihr es bereuen, dafür werde ich sorgen. Ich habe noch eine Rechnung mit Euch offen, weil Ihr Euch in mein Leben und in das der Besatzung der *Lorelei* eingemischt habt. Ich habe es nicht vergessen, und ich werde es auch nicht vergessen.«

Er lachte rauh und folgte ihr. »Ich zittere vor Angst.«

»Jetzt seid Ihr vielleicht stärker, aber Ihr werdet schlafen müssen, das solltet Ihr nicht vergessen.«

»Versuche irgendwelche Tricks, und du wirst es bereuen.«

»Nicht, wenn Ihr tot seid.«

»Glaubst du, ich weiß nicht, daß Franklins Tod ein Unfall war? Du könntest es nicht noch einmal tun, nicht mit kalter Berechnung.«

Sie lächelte ihn eisig an. »Diese falsche Vermutung könntet Ihr mit dem Leben bezahlen.«

»Aber ich weiß genau, wie man Huren wie dich behandelt.« Er machte einen Satz und packte ihren Arm, dann riß er sie nach vorn, so daß sie gegen ihn fiel. Sie drehte ihre Schulter, um eine Hand freizubekommen. Dann schlug sie sofort nach seinen Augen und krallte ihre Nägel in sein Gesicht, als er den Kopf zurückzog. Sie zerkratzten seine Haut bis hinunter zum Hals. Er schlug sie mit einem gemeinen Schlag, und sie ballte die Faust und schlug sie ihm mit aller Kraft gegen den Mund. Sie sah mit Vergnügen, wie seine Lippe aufplatzte, bevor er sie von sich stieß. Ihr Ellbogen rammte das Fußende der Koje, und ihr rechter Arm wurde taub bis hinunter zu den Fingerspitzen, als sie über die Matratze fiel.

Er stürzte sich auf sie. Sie kam hoch, zerrte mit der linken Hand am Kopfkissen, warf es ihm ins Gesicht. Er stieß es zur Seite und warf sich gegen sie. Seine Finger schlossen sich um den Puffärmel ihres Kleides und trennten ihn mit einem Ruck ab. Sie riß sich los, entkam ihm und rieb sich den Arm. Sie streifte die Wand neben der Tür, griff nach Nates zweitem Rock, der dort hing, und schleuderte ihn, während sie sich hastig an der Wand entlangdrückte. Er zog sich den Stoff vom Kopf und stürzte hinter ihr her. Seine Hände griffen nach ihrer Taille, dann verfluchte er ihr Korsett, das ihm keinen Halt an ihren Rippen bot, so daß seine Finger über ihren Bauch abrutschten.

Das Tablett auf dem Tisch drehte sich ein Stück, als sie es mit dem Rock streifte. Sie griff sofort danach und warf es nach ihm. Er fluchte wieder und riß einen Arm hoch. Der Teller traf sein Handgelenk, wirbelte durch die Luft und bekleckerte sein Gesicht mit Eigelb. Er wischte ungläubig darüber und stürzte sich dann mit einem Brüllen auf sie.

Sie packte die Rückenlehne des Stuhls und warf ihn ihm in den Weg. Als er versuchte, ihm auszuweichen, und fluchte, weil ein Bein sein Schienbein traf, kippte sie ihm den Tisch vor die Füße. Er sprang darüber, und sie bemühte sich, ihm zu entkommen, aber der Tisch und sein massiger Körper machten das unmöglich. Er schlang einen Arm um ihre Taille, drückte sie nach hinten, und schon war sie in der Ecke gefangen.

Sie wand und drehte sich in seinem Griff. Er fing ihr freies Handgelenk und drehte es so um, daß sie voller Schmerz zusammenzuckte. Ihr nur lose im Nacken festgestecktes Haar löste sich, und die Nadeln regneten zu Boden. Sie trat nach ihm, und er drückte sie mit seinem ganzen Gewicht gegen die Wand, so daß die Lampe über ihnen wackelte und schwankende Schatten über die Wand der Kajüte warf. Die Luft wurde aus ihren Lungen getrieben, und mit einem scharfen, ächzenden Schrei hielt sie still.

Er nutzte diesen schwachen Augenblick sofort aus, packte den Ausschnitt ihres Kleides und zog ihn von ihren Schultern, zerrte weiter daran, bis er ihre Brüste ganz freigelegt hatte. Dann beugte er den Kopf hinunter, um seinen Mund um die eine Brustwarze zu schließen, und senkte seine Zähne in ihr weiches Fleisch. Ihr Schmerzensschrei und die Art, wie sie den Rücken durchbog, um ihm auszuweichen, schienen ihn nur noch mehr zu erregen. Er drängte sich noch näher an sie, so daß sie deutlich seine harte Männlichkeit spüren konnte, selbst durch die vielen Schichten Stoff zwischen ihnen.

»Ich werde dich gleich hier nehmen, wie eine Straßenhure, die du ja auch bist«, murmelte er.

Er beugte sich nach unten, um ihre Röcke hochzuziehen, und hob den unteren Reif ihrer Krinoline bis zu ihrer Taille, so daß ihre Unterröcke sich aufbauschten; dann suchte er darunter nach dem Band ihrer Unterhosen. Sie versuchte, ihn von sich zu schieben, aber sein Gewicht hielt sie eisern fest. Auf ihren Brüsten war ein Blutfleck von seiner aufgeplatzten Lippe, und der Anblick ließ einen Schauder des Ekels über ihren Körper wandern. Dann schauderte sie noch einmal und noch einmal. Sie drückte fester gegen ihn, und er rammte ihr eine Schulter in die Brust. Wieder wackelte die Lampe über ihnen.

Mit vor Wut verdunkelten Augen sah sie auf. Wenn sie die rechte Hand ausstreckte, würde sie den Boden der Lampe erreichen können. Sie war aus Messing und schwer, und Lorna war nicht sicher, ob sie sie mit ihren tauben Fingern würde halten können, aber sie mußte es versuchen. Er zerrte am Bund ihrer Unterhosen, zerkratzte die weiche Haut ihres Bauches, während er daranging, die Bänder zu zerreißen, so daß sie in ihr Fleisch schnitten. Bald würden sie reißen, und dann . . . Sie griff nach oben und berührte den Boden der Lampe. Sie wackelte in dem Doppelring, in dem sie lose hing. Sie stieß die Hand hinauf und versuchte, das glatte Metall zu fassen zu bekommen. Die Lampe kippte und brannte heller hinter dem Glasschirm. Sie drückte noch einmal dagegen, streckte sich danach, während sie kurz einen Blick auf Nate warf, der grunzte und an ihrem Kleid zerrte.

Die Lampe kam heraus. Sie versuchte, sie zu fassen, schaffte es aber nicht. Sie drehte sich in der Luft, und heißes Öl strömte heraus, während sie fiel. Lorna wandte schnell den Kopf ab und wich etwas zur Seite aus. Das Öl spritzte herunter, traf Nates Schulter und drang in seine Jacke ein. Er zuckte mit einem unterdrückten Schrei zurück. Sein Ellbogen traf die Lampe und lenkte ihren Fall ab. Sie beschrieb einen Bogen in der Luft, wobei sie Öl verströmte, und traf mit einem Krachen und dem Klirren von splitterndem Glas die Kante der Koje. Öl spritzte über die Laken, bevor die Lampe auf dem Boden auftraf. Einen Augenblick lang lag sie mit flakkerndem Docht in den Scherben, gerade lange genug, daß Nate sich umdrehen konnte. Dann stand plötzlich mit einer Welle heißer Luft der Raum in Flammen.

Nate taumelte zurück und schlug auf die Schulter seiner Jacke, auf der blaue Flammen tanzten. Das nützte nichts, also riß er sie herunter und warf sie von sich. Mit vorstehenden Augen rannte er los, um das Kopfkissen vom Boden aufzuheben, und begann, auf die züngelnden Flammen einzuschlagen, die die Kajüte zu verzehren drohten.

Lorna riß ihr Kleid hoch, um sich vor den Flammen in Sicherheit zu bringen, und stürzte sich dann auf die brennende Jacke auf dem Boden. Sie hustete von dem Rauch, der sie umgab, während sie nach den Flammen schlug und ihre Hand erst in die erste, dann die nächste Jackentasche schob. Schließlich hatte sie gefunden, was sie suchte: den Schlüssel. Sie kam stolpernd hoch, machte einen großen Schritt zur Tür, versuchte, den Schlüssel ins Schloß zu stecken. Ihre Hände zitterten so sehr, daß es ihr erst nicht gelang, dann steckte er und drehte sich im Schloß. Sie riß die schwere Tür auf und fiel fast in den Gang hinaus.

Erst jetzt bemerkte sie, wie wenig Luft schon nach dieser kurzen Zeit noch in der Kajüte gewesen war. Hinter ihr brannte das Feuer durch die frische Luft plötzlich heller und höher. Ein Mann erschien an der Kajütentreppe vor ihr, sah kurz auf und begann zu schreien.

Eine ganze Abteilung der Mannschaft des *Rächers* strömte von oben herunter und rannte an ihr vorbei. Sie drückte sich im Gang an die Wand, während sie in die Kajüte drängten. Dann hob sie ihre Röcke und ging auf die Kajütentreppe zu.

An Deck war der Wind kühl und die Nacht offen und dunkel. Sie stand an der Reling, atmete tief und versuchte, das Zittern zu überwinden, das sie schüttelte. Sie schaffte es nicht. Von weitem hörte sie die Rufe der Männer im Kampf gegen das Feuer. Das Schiff war alt und sein Holz trocken. Scheinbar hatten die Flammen mehr ergriffen, als sie für möglich gehalten hatte. Rauch stieg aus der Kajütentreppe auf, und in ihrer Nähe kam aus dem Bullauge der Kajüte ein rotes Leuchten. Als sie in die Richtung starrte, züngelten Flammen aus dem Bullauge zum Deck herauf.

Der Kapitän lief mit gerunzelter Stirn auf dem Weg nach unten an ihr vorbei. Kurze Zeit später kam Nate heraufgestolpert, er hustete, sein Gesicht war schwarz und seine Haare auf einer Seite versengt. Er lehnte sich an die Reling und bückte sich gleich darauf mit einem gegrunzten Fluch, um ein großes Stück Glas aus der weichen Lederseite seines Stiefels zu ziehen. Inzwischen strömte der Rauch in dichten Wolken über das Deck, und die Flammen leckten orange und gelb über die Reling. Lorna entfernte sich etwas weiter von ihnen, so daß auch mehr Abstand zwischen ihr und Nate war.

Die Männer der Mannschaft kamen mit Rufen, Husten und Würgen die Kajütentreppe heraufgerannt, ihre Augen tränten vor Rauch, so daß nasse Spuren sich in dem Ruß auf ihren Gesichtern bildeten. Ihnen folgte der Kapitän, der mit einem Taschentuch vor dem Gesicht an Deck stürzte und sich nach Nate umsah. Als er ihn an der Reling stehen sah, ging er zu ihm hinüber.

»Wir bekommen das Feuer nicht unter Kontrolle. Wir müssen das Schiff verlassen.«

Nate drehte sich zu ihm um. »Unfähiger Bastard! Warum versucht Ihr nicht, es zu retten?«

»Es ist unmöglich, das Schiff ist alt, trocken wie Zunder, und darauf neuer Teer, der Feuer fängt wie Petroleum. In einer halben Stunde ist es weg.« Das Gesicht des Kapitäns war ernst, und es war deutlich, daß er den Mann, der sein Gehalt bezahlte, jetzt nicht gebrauchen konnte. »Aber wenn Ihr es natürlich versuchen wollt –«

Nate fluchte noch einmal und wandte sich dann Lorna zu. Er stieß sich von der Reling ab und fiel dann über sie her: »Du bist schuld, du Hure! Du hast das Feuer gelegt.«

Der Kapitän faßte ihn an der Schulter. »Dafür ist jetzt keine Zeit. Wir müssen die Boote zu Wasser lassen.«

»Dann tut das, verdammt noch mal!« Nate schüttelte den

Griff des Mannes ab, wandte dabei aber keinen Augenblick seine blassen, rotgeränderten Augen von Lorna ab.

Sie sah, wie er auf sie zukam, und wußte, daß in dieser Bewegung jetzt mehr war als Begehren und das Bedürfnis, sie seine Macht über sie spüren zu lassen. Er war vor Zorn außer sich, daß sie es nicht nur gewagt hatte, ihn abzuweisen, sondern daß es ihr gelungen war, ihm Schmerzen zu verursachen und die Verachtung seines Kapitäns und seiner Mannschaft einzutragen, ganz zu schweigen von seiner Investition in Gold, die jetzt mit dem Schiff in Rauch aufging. Jedes Bedürfnis nach Rache, das er gehabt hatte, war jetzt noch um ein Vielfaches verstärkt, und das wollte er sie spüren lassen.

»Du Hure. Du schöne, zweimal verdammte Hure«, sagte er mit scharfer Bitterkeit.

Sie würde nicht vor ihm weglaufen, sie würde auch nicht einen Schritt zurückweichen. Sie starrte ihn an, der rote Feuerschimmer lag auf ihrem bleichen Gesicht, und der Wind zerrte an ihrem langen Haar. Ihre grauen Augen waren ruhig, und das Zittern ihrer Hände war vergangen. Sie rührte sich nicht, zeigte keine Angst, selbst als sie die Glasscherbe sah, die er immer noch in der Hand hielt, ein geschwärztes Stück von der Lampe.

Hinter ihm, an der anderen Seite des Schiffes, ertönten Rufe und das vertraute Klappern von Metall auf Holz. Sie ließen die Rettungsboote zu Wasser, die Zeit wurde knapp. Das Feuer prasselte. Nate schien das nicht zu bemerken. Er kam näher, seine formlosen Lippen wurden dünner, verzogen sich zu einem Lächeln, als sein Blick auf ihre glatte Wange gerichtet war. Er drehte die Scherbe in seiner Hand so, daß ein rasiermesserscharfes Stück herausstand.

In der rußigen Schwärze seines Gesichts sah sie die dunkelroten Streifen, die ihre Nägel hinterlassen hatten, und seine aufgeplatzte Lippe. Sein Hemd war versengt und zerrissen, wo seine Jacke gebrannt hatte, und durch den Riß waren deutlich Verbrennungen auf seiner Haut zu erkennen. Dies war für ihn kein unblutiger Sieg. Und wenn er sie nicht tötete, würde sie dafür sorgen, daß er noch mehr leiden mußte. Sie würde sich nicht unterkriegen, sich von der Furcht nicht beherrschen lassen, bestimmt nicht.

Sie hob in schweigendem Widerstand das Kinn. Seine Augen verengten sich. Hinter ihnen ertönten Rufe und Schreie. Gefesselt in ihr eigenes Drama, bemerkten sie es nicht.

Durch die Luft kam zischend ein Seil herangeflogen, ein loses Stück von der Takelage. Der Schatten eines Mannes huschte über das Deck, eingehüllt in Wolken von Rauch, von roten Flammen getönt. Die Luft neben Lorna bewegte sich, und Ramon ließ das Seil los, das ihn herübergetragen hatte, landete locker vor ihr an Deck.

Doch Nate hatte im letzten Augenblick aufgesehen, Lorna um die Taille gepackt und sie an sich gerissen. Jetzt stand er da und hielt die scharfe Glasscherbe an ihren Puls in der Kehle.

Ramon balancierte mit ausgestreckten Händen und rührte sich nicht mehr. Er trug kein Hemd, das seine Bewegungen behindert hätte, nur seine Uniformhosen, die er in die Stiefel gesteckt hatte, dazu die Schärpe mit den goldenen Fransen, in die die Pistole geschoben war, und den Degen, der an seiner Seite hing. Sein Gesicht war ernst, und seine dunklen Augen stählern, als er einen kurzen, verstehenden Blick über Lorna schweifen ließ. Dann wandte er seine Konzentration dem Mann zu, der sie festhielt.

»Eine Bewegung«, sagte Nate, »und ich schlitze ihr die Kehle auf.«

»Wenn Ihr ihr auch nur einen Kratzer beibringt, werdet Ihr nicht mehr einen einzigen Atemzug tun«, antwortete Ramon mit weicher Stimme. Hinter ihm war seine Mannschaft von der *Lorelei* an Bord gekommen, die mit Enterhaken am *Rächer* festgemacht war. Sie trafen allerdings nicht auf Widerstand, sondern wurden als Retter begrüßt.

»Oh, später werde ich mehr als nur das mit ihr machen, aber zuerst will ich diese Pistole von Euch.«

»Nein«, flüsterte Lorna und spürte, wie das Glas an ihren Hals gedrückt wurde, obwohl es noch nicht die Haut verletzte.

»Halt den Mund, Hure.«

Ramons Gesicht wurde hart. »Mir gefällt Euer Ton nicht, und auch nicht die Wortwahl.«

Zu einer anderen Zeit wäre das vielleicht lächerlich gewesen. Ramon konnte bei entsprechenden Gelegenheiten ungeheuer fluchen, allerdings war er dabei nie so ordinär wie Nate Bacon. Aber im Zusammenhang mit Lorna war es ihm zuwider. Doch vielleicht wollte er auch nur Zeit gewinnen.

»Tja, das tut mir aber wirklich sehr leid«, höhnte Nate und genoß es, die Oberhand zu haben.

»Ja, wirklich?« Ramon richtete sich langsam auf und nahm die Pistole aus der Schärpe.

»Umdrehen«, fuhr ihn Nate an.

Ramon gehorchte und hielt jetzt den Lauf der Pistole in der Hand.

Nate konnte nicht gleichzeitig die Glasscherbe halten und nach der Pistole greifen. Das begriff er im selben Moment wie Lorna. Er zögerte. Sie spannte sich. Er ließ die Scherbe fallen und grapschte nach der Pistole, und in diesem Augenblick stieß sie sich seitlich von ihm weg. Gleichzeitig ließ Ramon absichtlich die Pistole fallen.

Nate stieß Lorna weg und stürzte sich auf die Waffe. Ramon bemühte sich nicht, sie aufzuheben. Statt dessen hörte man, wie er zischend den Degen aus der Scheide zog. Dabei stellte er sich vor Lorna, die durch den Stoß an der Reling auf die Knie gefallen war.

Nate griff nach der Pistole. Seine blassen Augen weiteten

520

sich, als er den Degen sah, aber er konnte nicht mehr vernünftig denken oder handeln. Er entsicherte und feuerte sofort. Der Schuß ging mit lautem Krachen los, ohne daß er wirklich gezielt hatte. Lorna schrie. Ramon sprang zur Seite und stand schon in Kampfhaltung. Aber er wartete nicht länger. Mit unbeweglich grimmiger Miene trat er einen Schritt vor und stieß Nate den Degen tief in die Brust.

Nates Hände griffen nach der Klinge. Dann hustete er, und roter Schaum kam aus seinem Mund. Als Ramon die Klinge zurückzog, fiel er nach hinten. Das Schiff sank hinab in ein Wellental, kam dann steil wieder hoch, als schüttle es sich, und Salzwasser strömte zischend über die Flammen, die seine Eingeweide verzehrten. Nate rollte unter der Reling hindurch. Ramon griff noch nach ihm, aber er kippte über den Rand und fiel schlaff und tot ins Meer.

Lorna atmete mit einem Schluchzen ein. Ramon steckte den Degen in die Scheide und drehte sich zu ihr um, zog sie hoch, preßte sie fest an seine Brust und drückte ihr Gesicht an seine Schulter.

»Es tut mir leid, daß du das sehen mußtest«, sagte er leise.

Sie schüttelte den Kopf. »Nein«, und dann sagte sie nachdrücklicher: »Nein!« Sie war froh, daß sie es gesehen hatte, froh, daß sie jetzt endgültig sicher war, daß die Angelegenheit zwischen ihr und Nate Bacon wirklich vorüber war.

Seine Arme hielten sie fest und sicher an sich gedrückt, umgaben sie unendlich tröstend. Einen Augenblick später fragte er sie unruhig: »Geht es dir gut, *chérie*?«

Sie richtete sich auf, nickte etwas und lächelte noch ein wenig zitternd. »Ja, jetzt geht es mir wieder gut.«

»Wir haben den Kreuzer der Union hinter uns gelassen, aber das Feuer wird meilenweit zu erkennen sein wie ein Leuchtturm und ihn genauso anziehen wie uns, obwohl wir mit Gottes Gnade und Fraziers richtiger Vermutung näher waren. Wir müssen gehen.«

»Ja, natürlich.«

Er schaute noch einmal zu ihr herab, als wolle er ganz sicher sein, daß es ihr auch wirklich gut ginge. Dann zog ein Lächeln über seine festen Lippen und erhellte das Dunkel in seinen Augen. Er neigte den Kopf in einer Bewegung, die Bewunderung zum Ausdruck brachte, nahm ihre Hand und wandte sich mit ihr der *Lorelei* zu.

Aber er hatte recht. Noch bevor sie allzuweit von dem sinkenden Schiff entfernt waren, tauchte aus dem Westen der Kreuzer auf, und seine Lichter tanzten auf dem Wasser. Ramon hatte sich mit Frazier besprochen, und sie fuhren in südsüdwestlicher Richtung, um möglichst bald wieder in die sicheren neutralen Gewässer der Inseln zu gelangen. Der Kapitän des Unionskreuzers konnte sie im Licht des brennenden Schiffes deutlich erkennen und schwenkte nach Süden, um ihnen den Weg abzuschneiden.

Ramon und Slick, die am Ruder standen, sahen den Kreuzer manövrieren. »Wir könnten nach Norden abdrehen, sobald wir außer Sicht sind«, sagte der schlaksige Mann aus Nordlouisiana.

»Wie steht es mit der Kohle?«

Chris, der mit Lorna und Frazier an der anderen Seites des Steuermannes stand, antwortete: »Die Heizer kratzen schon den Boden ab, und wir haben vielleicht noch ein paar hundert Baumwollballen. Sie stehen schon mit den Äxten bereit, um wieder mit dem Holz weiterzumachen.«

Das bedeutete, sie hatten jetzt schon fast hunderttausend Dollar in Baumwolle durch den Schornstein gejagt, und es würde noch mehr werden. Ob Ramon sich über die Kosten Gedanken gemacht hatte, war nicht zu erkennen.

Ramon schüttelte den Kopf, seine Augen wirkten dunkel, während er rechnete. »Wir können es nicht riskieren.«

»Wir können schneller sein als sie und einen der Häfen im Norden der Inseln ansteuern«, schlug Frazier vor.

»Es wird noch nicht hell sein, wenn wir dort ankommen«, sagte Ramon, und daraus wurde klar, daß er daran auch schon gedacht hatte. »Kannst du den Weg durch das Riff finden?«

»Ich kann einen Platz finden, wo wir um Mitternacht im Orkan ankern können, wenn wir so weit kommen.«

Ramon nickte. »Also gut, dann volle Kraft voraus.«

Während der Befehl durch das Rohr nach unten weitergegeben wurde, hörte Lorna Slick fast lautlos sagen: »Und den letzten beißen die Hunde.«

Doch nichts hielt das Vorankommen des Unionskreuzers auf. Er näherte sich immer mehr. Schließlich kam ein Augenblick, wo der Kapitän es sogar für möglich hielt, sie treffen zu können, also drehte der Kreuzer bei, um eine Breitseite auf sie abzugeben. Die Kanonen donnerten, und grelles Feuer schoß aus der Seite des Schiffes, doch die Kugeln landeten in ihrem Kielwasser. Die Zeit, die der Kreuzer verlor, um wieder den Kurs einzuschlagen, war ein Vorteil für sie, den sie sich nicht entgehen ließen. Mit voller Kraft fuhren sie in die Nacht.

Aber die Jagd ging weiter. Es war, als hätte der Kapitän des Unionskreuzers ihre Absicht erraten, denn obwohl er sie nicht sehen konnte, verfolgte er sie wie der Terrier die Ratte. Das immer wieder in Sicht kommende Licht seiner Lampen war wie eine höhnische Drohung. Und der kräftige Rauch aus seinem Schornstein bewies, daß er auch genug Brennmaterial zur Verfügung hatte.

Es war die kürzeste Nacht, die sie je erlebt hatten, und das klarste Morgengrauen. Kein einziges Wölkchen hing am Himmel, und die Wasseroberfläche glitzerte, so völlig frei von Dunst war das Meer, so daß die Sicht uneingeschränkt bis zum Horizont ging. Nur die Insel war nicht zu sehen.

Lorna stand auf dem überfüllten Deck und starrte im schwachen Licht des frühen Morgens nach vorn. Einige der

Männer der anderen Schiffe lagen in Decken gerollt oder saßen da, doch die meisten standen und starrten nach Westen. Daß die Freiheit eines jeden an Bord auf dem Spiel stand, wußten alle. Außerdem würden sie schwere Verluste erleiden, wenn sie von dem Kreuzer beschossen und getroffen wurden.

Während der Nacht hatte Lorna mit Chris die Verletzten versorgt, Verbrennungen und Schnitte verbunden, Splitter entfernt und beim Anlegen schwierigerer Verbände geholfen. Dabei hatte sie die Überlebenden der *Bonny Girl* immmer wieder nach Peter gefragt, aber keiner hatte ihn gesehen oder erinnerte sich, wo er gewesen war, als das Schießpulver explodierte. Aber es war eben nur wenig Zeit zum Suchen gewesen, obwohl diejenigen, die sich bemerkbar machen konnten, an Bord genommen worden waren. Die Sicherheit von Ramons eigenen Leuten hatte ihn dann gezwungen, weiterzufahren, bevor der Kreuzer näher kam. Nur eines war ganz sicher: Peter war nicht an Bord der *Lorelei.*

Sie versuchte, sich nicht allzu viele Gedanken darüber zu machen, aber immer wieder stand das Bild vor ihren Augen, wie die *Bonny Girl* von der Explosion zerrissen worden war.

»Land in Sicht! Land drei Strich backbord!«

Lorna wurde aus ihren Gedanken gerissen und ging hinüber zum Steuer. Ramon hatte in der Nacht ein Hemd angezogen und den Degen abgelegt, so daß er jetzt wieder mehr wie ein Kapitän aussah statt wie ein Pirat. Er und Slick unterhielten sich leise und warfen dann und wann einen Blick auf den Kreuzer, der ihnen immer noch folgte. Als sie das ebenfalls tat, runzelte sie die Stirn. Der Verfolger schien näher gekommen zu sein. Bei genauerer Betrachtung bemerkte sie, daß er mehr Segel gesetzt hatte, um die auffrischende Brise des Morgengrauens auszunutzen. Da er sein Ziel jetzt deutlich gesichtet hatte, konnte der Unionskreuzer wieder genau auf sie zuhalten.

Lorna drehte sich um, als Chris mit eiligen Bewegungen an Deck kam und mit einem kurzen Gruß vor Ramon trat.

»Und, wie sieht es aus?«

»Sie haben mit einer Pinzette den Rest von den Kohlen aufgehoben und den Staub mit einer Pfanne zusammengeschaufelt. Die Baumwolle ist weg, der Tabak auch. Ebenso die Stühle, Tische, Radkästen und der größte Teil der Deckaufbauten. Es stellt sich also die Frage: Wollt Ihr die Masten kappen oder Segel daran setzen?«

Wenn sie die Masten verfeuerten, konnten sie noch etwas länger mit Maschinenkraft fahren, wenn sie Segel setzten, konnten sie etwa einen Knoten schneller fahren, als es mit den Maschinen allein möglich war. Doch die Segel, die an den kurzen Masten gehißt werden konnten, hielten dem Vergleich mit dem Kreuzer nicht stand. Es war eine schwere Entscheidung.

»Frazier«, sagte Ramon und wandte sich dem Inselbewohner zu. »Wie weit noch?«

»Eine Stunde zum Riff, zwei Stunden zum nächsten Hafen«, lautete die lakonische Antwort.

Er sah Slick an. »Geschwindigkeit?«

»Beim letzten Auswerfen der Leinen elf Knoten. Nicht schlecht, wenn man bedenkt, was wir da verfeuern. Ich schätze, die da hinten machen dreizehn. Und sie sind noch sechs oder sieben Meilen hinter uns, würde ich sagen.«

»Wenn wir leichter –« begann Frazier und verstummte dann plötzlich. Die Ladung an Baumwolle, Tabak und Terpentin, die sie transportiert hatten, war zu Brennmaterial geworden, und sie waren gerade dabei, auch das Schiff selbst zu verfeuern. Das einzige, was sie noch hätten über Bord werfen können, war die menschliche Ladung, die zusätzlichen Männer von den beiden anderen Schiffen, die sie aus dem Wasser geholt hatten, und das war eindeutig unmöglich. Der Inselbewohner verzog das Gesicht. »Wenn wir nur etwas mehr Kohle hätten, könnten wir nach Westen abdrehen, dann würde dem Kreuzer zumindest der Wind aus den Segeln genommen.«

»Ja, wenn«, sagte Slick. »Trotzdem würden sie uns auf der Spur bleiben bis zur Küste von Florida.«

Chris räusperte sich. »Wenn wir während der letzten Stunde ganz dicht am Ufer bleiben, können sie uns nicht folgen.«

Das war vernünftig, dachte Lorna. Der Kreuzer hatte mehr Tiefgang und würde ihnen in das flache Uferwasser nicht folgen können. Doch noch bevor Chris den Satz zu Ende gesprochen hatte, schüttelte Slick den Kopf. »Wenn sie uns einholen, können sie weiter draußen bleiben und uns bequem beschießen.«

Es war klar, daß Ramon das alles sofort in Betracht gezogen hatte, denn er schien kaum zuzuhören. Sein Gesicht war unbeweglich, als er den Unionskreuzer ansah. Schließlich wandte er sich ab. Mit einem kurzen Blick auf Slick sagte er: »Segel setzen.«

Der Erste Offizier sah Chris an und tauschte dann einen Blick mit Frazier aus. Der Mann am Steuer starrte Ramon überrascht an. Das war nicht der Befehl, den sie erwartet hatten. Es würde ein knappes Rennen werden, aber bei der Geschwindigkeit, mit der sie jetzt fuhren, würde der Kreuzer etwa drei Stunden brauchen, um sie zu überholen, und sie mußten versuchen, den Hafen zu erreichen. Wenn sie andererseits schon vor dem Hafen kein Brennmaterial mehr hatten, würde das Unionsschiff sie bequem einholen können.

Chris verstand es zuerst. »Ach so. Wir gewinnen einen oder zwei Knoten an Zeit, denn der Kreuzer braucht ja nicht direkt an unserem Heck zu sein, um zu feuern.«

Nichts von alldem war von Belang, weder ihre Überlegungen und Bedenken noch die paar Segel, die sie an Haupt-Fock- und Besanmast hißten, um den Wind auszunutzen. Eine halbe Stunde später kam ein Ruf aus dem Maschinenraum. Die Kessel waren überhitzt, denn die Röhren steckten voller Ruß und Baumwollflusen. Wenn sie nicht zur Reinigung etwas Dampf abließen, würden sie explodieren.

Das Pfeifen des entweichenden Dampfes, die weiße Wolke, die in den Himmel hinaufschoß, während das Unionsschiff immer näher kam, erschütterte auch den stärksten Mann. Doch zumindest brauchten sie sich jetzt keine Gedanken über den Lärm zu machen. Als die Ventile dann einigermaßen gereinigt waren und sie wieder Fahrt aufnehmen konnten, war der Kreuzer schon so nah, daß sie mit bloßem Auge sehen konnten, wie Vorbereitungen zum Feuern getroffen wurden.

Sie fuhren so schnell wie möglich weiter. Der Schaum flog empor von den nun unbedeckten Schaufelrädern und spritzte an Deck. Der Rest des Deckaufbaus wurde abgehackt und hinuntergetragen. Die Mannschaft mit den Äxten machte sich an die schützende Reling, und die Männer an Deck diskutierten, ob es günstiger war, daß keine Splitter mehr flogen, oder gefährlicher, weil sie jetzt keinen Schutz mehr vor Traubenschüssen hatten. Wahrscheinlich würden sie es bald herausfinden, denn der Kreuzer kam immer näher.

Vor ihnen wurde das Wasser aquamarinblau, durchsetzt mit weißem Schaum, der das Riff dicht unter der Oberfläche markierte. Sie fuhren immer dichter ans Land, kamen so nah heran, daß sie schon die Palmen, die kurzen Kiefern und die Korallenfelsen am Strand sehen konnten. Links von ihnen lag eine Insel jetzt ganz nah, neutrales Gebiet, Sicherheit, und doch war es nicht nützlicher, als wenn es tausend Meilen entfernt gewesen wäre, denn es gab keinen Kanal durch das Riff, um es zu erreichen, und keinen Hafen.

Mit zusammengekniffenen Augen beobachtete Ramon den Kreuzer, drehte sich dann um und sah nach vorn und über die Sandstrände jenseits des Riffs. Er stand ganz gerade, etwas breitbeinig, die Hände auf die Hüften gestützt, und glich locker die Bewegungen des Schiffes aus. Der Wind wühlte in seinem dunklen Haar und ließ sein weites Hemd flattern. Dann sah er noch einmal nach dem Kreuzer und zu der Stelle am Horizont, wo gerade die Sonne aufging. Es dauerte eine ganze Weile, bis er handelte, dann trat er zum Steuermann.

»Ich übernehme sie«, sagte er.

Der Seemann trat zur Seite und gab seinen Posten auf. Ramon legte seine kräftigen Hände um die Speichen des Steuers, hielt sie mit Sorgfalt wie die Hände einer Frau. Seine Brust hob sich, dann entspannte er sich und atmete langsam aus. Er wandte den Kopf, nahm seine linke Hand vom Steuer und streckte sie Lorna entgegen, die ihm zusah. Sie lächelte mit einem etwas verwirrten Ausdruck in den Augen, ging jedoch zu ihm. Er legte seinen Arm um ihre Taille und lächelte zu ihr herab. Dann biß er die Zähne zusammen und drehte das Steuer kräftig herum, so daß der Bug der *Lorelei* direkt auf den Strand zeigte, der dort im Licht der aufgehenden Sonne leuchtete, aber auch auf die gefletschten Zähne des Riffs. Die Segel über ihnen hatten keinen Wind mehr und flatterten schlaff, während die Mannschaft sich daranmachte, sie einzuholen.

»Käpt'n!« rief Slick mit scharfer Stimme. »Was tut Ihr da?«

»Bereitet die Rettungsboote vor«, antwortete er.

Der Erste Offizier versuchte es noch einmal. »Käpt'n –«

»Das Risiko ist zu groß. Das da draußen ist kein Kanonenboot, es ist ein richtiges Kriegsschiff, zweitausend Tonnen, bis an die Zähne bewaffnet und bemannt mit den besten Schützen der Marine der Vereinigten Staaten. Sie werden uns in Stücke reißen, wenn wir uns nicht auf Befehl ergeben, und es sieht aus, als würden sie das sehr wahrscheinlich in der nächsten halben Stunde tun. Wenn wir uns ergeben, bedeutet das Gefängnis, vielleicht Hängen für uns alle, aber besonders für Lorna. Uns beschießen zu lassen wäre Selbstmord. Der einzig sichere Ort ist auf dem Boden der Bahamas, und dazu müssen wir über das Riff.«

»Es wird der *Lorelei* den Boden aufreißen.«

Ramons Stimme klang ruhig und endgültig, als er sagte: »Glaubt Ihr, ich wüßte das nicht?«

Lorna stand da, von seinem Arm umgeben, ihr Körper war angespannt vor Verzweiflung, als ihr klar wurde, welches Opfer er da brachte. Sie wandte sich um und sah zu ihm auf. »Ramon, nein! Nicht für mich!«

Seine Augen waren dunkel, unergründlich, als er antwortete: »Für niemand anderen auf der Welt.«

»Das kannst du nicht«, flüsterte sie.

»Es ist das einzige, was ich tun kann.«

Das war der Grund, warum Frauen nicht zur See fahren sollten, nicht weil sie nutzlos waren oder im Weg, sondern einfach nur, weil ihre Gegenwart, ohne daß sie das wollten, die Entscheidungen beeinflußte, die die Männer treffen mußten. Wenn sie nicht dagewesen wäre, das wußte sie sofort, wäre Ramon das Risiko eingegangen und hätte sein Leben und das der Männer eingesetzt in der Hoffnung, einen sicheren Hafen erreichen zu können. Wenn sie nicht gewesen wäre, gäbe es die *Bonny Girl* noch und Peter und all die anderen Männer wären noch am Leben. Wenn sie nicht gewesen wäre, wären Ramon und die *Lorelei* noch in Nassau. Oder nicht? Es war schwierig, das zu entscheiden. Sie konnte nichts dafür, daß sie hier war, diesmal war sie gegen ihren Willen aufs Meer gebracht worden. Trotzdem war es vielleicht etwas an ihr, das Nate Bacon dazu gebracht hatte, sie so sehr zu begehren, daß er sie entführte.

Jetzt hörten sie schon das Rauschen der Wellen, sahen vor sich ihr schäumendes Weiß. Um sie herum riefen und schrien die Männer, während sie dabei waren, die Boote aus ihren Aufhängungen zu lösen, damit sie sie zu Wasser lassen konnten, sobald das Schiff auf Grund lief. Unbewußt stellte sich Lorna näher zu Ramon, der seinen Arm fest um ihre Taille gelegt hatte. Hinter ihnen ertönte das Krachen einer einzelnen Salve von dem Kreuzer. Sie ging harmlos hinter ihnen vorbei, als wäre sie nur eine Warnung gewesen.

Die *Lorelei* fuhr weiter, tauchte ihren Bug immer wieder in die Wellen, so daß die salzige Gischt aufspritzte. Verstümmelt, aber unbeeinträchtigt fuhr sie dahin, und Ramon hielt das Ruder fest. Die Rufe verstummten. Die Männer rührten sich nicht mehr. Die Maschine klopfte gleichmäßig wie ein riesiges Herz, und das rauschende Klatschen von den Schaufelrädern war ihr Puls. Das Wasser vor ihnen wurde erst hellblau, dann grün, dann ganz aquamarinblau. Sie sahen das Riff unter den Wellen wie alte Knochen.

Die *Lorelei* traf es mit einem rauhen Schrei der reißenden Eisenplatten und brechenden Hölzer am Kiel. Knirschend blieb sie stehen. Lorna hatte sich festgehalten, denn sie wußte ja, was kommen würde, dennoch wurde sie nach vorn gegen das sich wild drehende Steuer geschleudert, das Ramon losgelassen hatte, um sie aufzufangen. Die feste Kraft seiner Arme umgab sie für einen Augenblick, dann wurde sie aus seinem Griff gerissen und in eines der Boote gesetzt, das zu Wasser gelassen worden war. Während es sich vom Schiff entfernte, sah sie zurück, strich sich das Haar aus den Augen und sah das auf Grund gelaufene Schiff an, das deutlich Schlagseite hatte.

Die nächsten Augenblicke waren ein Gewirr von Ereignissen. Das Boot, in dem sie saß, landete am Ufer und fuhr sofort wieder zurück, um noch mehr Männer an Land zu bringen. Der Unionskreuzer kam immer näher und eröffnete schließlich das Feuer, als wolle er das verkrüppelte Schiff noch in Stücke reißen. Als dann wieder ein Boot mit Männern zum Strand losfuhr, beschossen sie es mit Traubengeschossen. Als sie die Männer fallen und den Rauch über das Wasser quellen sah, die Schreie und das Stöhnen hörte, und das, wo sie wußte, daß Ramon noch an Bord war und das Schiff nicht verlassen würde, bevor alle Männer fort waren, drehte Lorna durch. Sie stand am Strand, und die Morgensonne glänzte auf ihrem hellen Haar, das um sie herumflatterte. Mit vom Wind geblähten Röcken schüttelte sie dem Kreuzer ihre Faust entgegen und schrie zornig in seine Richtung.

Der Kreuzer stellte das Feuer ein und kam noch näher heran, bis die Offiziere zu erkennen waren, die an der Reling standen und miteinander redeten, auf das sinkende Schiff zeigten, als wären sie in einer Theaterloge. Nur der Kapitän stand mit in der Sonne glitzernden Epauletten und Abzeichen auf der Mütze allein abseits. Er nahm die Mütze zum Gruß ab und schwenkte sie über seinem Kopf.

Es war Lieutenant Donovan – oder vielleicht jetzt Kapitän Donovan? –, der Marineoffizier, der sie an Bord der *Lorelei* vor so vielen Wochen durchsucht hatte und den freizulassen sie Ramon überredet hatte. Wie seltsam doch das Kriegsschicksal spielte, daß er gerade jetzt dort den Befehl hatte. Sie hatte ihn vor dem Kriegsgefängnis bewahrt, und jetzt erwiderte er den Gefallen, den sie ihm erwiesen hatte, indem er das Feuer einstellte. Er hatte es nicht vergessen.

Lorna hob langsam und zögernd die Hand, um seinen Gruß zu erwidern. Er drehte sich um und rief einen Befehl, und seine Stimme klang klar über das Wasser herüber. Der Unionskreuzer begann abzudrehen. Donovan blickte zurück, winkte noch einmal und wandte sich dann mit großer Disziplin ab.

Noch bevor der Kreuzer eine halbe Meile auf See hinausgefahren war, erschien eine Segelschaluppe um die Insel herum wie aus dem Nichts. Sie bewegte sich still und ohne weiteres Ziel auf das Schiff vor dem Riff zu.

»Wrackplünderer«, sagte ein Mann mit von Abscheu erfülltem Ton irgendwo hinter ihr.

»Wrackplünderer«, sagte Frazier, der neben sie trat, und seine Stimme war voller Interesse und Neugierde.

Sie hatten beide recht, und Lorna konnte noch vor Ablauf einer Stunde froh darüber sein. Die Wrackplünderer brachten die letzten Männer vom Schiff an den Strand, bevor sie zurückfuhren, um zu sehen, was noch zu retten war. Unter ihnen war auch Ramon, der gerade und aufrecht stand und sich lachend mit einem etwa gleichgroßen, blonden Mann unterhielt, der eine wild aussehende Bandage um den Kopf gewickelt hatte. Sie ging auf sie zu, und Tränen traten in ihre Augen. Als sie sie weggewischt hatte, waren die beiden immer noch da. Ramon und Peter; sie kamen, einen Arm um die Schulter des anderen gelegt, auf sie zu.

Der Engländer nahm sie wie ein Bär in die Arme und wirbelte sie herum, während sie lachte und weinte und ihn fragte, wo und wie er gerettet worden war. Die Wrackplünderer hatten es sich in letzter Zeit angewöhnt, in der Nähe der Einfahrt zum Nordwestkanal zu warten, denn dort lagen oft die Unionsschiffe und lauerten auf die Schiffe, die in Richtung auf die Ostküste der Vereinigten Staaten dort vorbeifahren mußten. Sie hatten die *Bonny Girl* brennen sehen und waren hinausgefahren, um nachzusehen, als die Aufregung sich gelegt hatte. Sie hatten ihn bewußtlos gefunden, mit dem Gürtel an eine Deckklappe gebunden. Er konnte sich nur noch erinnern, daß er sich daran festgemacht hatte, bevor er ohnmächtig geworden war, aber an seine Rettung erinnerte er sich überhaupt nicht. Seine Kopfverletzung war nicht der Rede wert, er würde weiterleben und einer gewissen Lansing-Schwester beim Erwachsenwerden zusehen, vielleicht auch das eine oder andere dazu beitragen. Er freute sich schon auf das Ergebnis und auch auf den Weg dorthin, obwohl er bei der gegenwärtigen Lage der Dinge nichts überstürzen wollte.

Sicherheit.

Früher, endlose Zeiten bevor sie New Orleans verlassen hatte, war das ein Gedanke gewesen, jetzt war es bedeutungsschwere Wirklichkeit. Lorna saß auf einem Felsen im Schatten eines Meerampferbaums und ließ den Frieden des Wortes in sich eindringen. Von ihrer Warte aus konnte sie sehen, wie die sonnengebräunten Inselbewohner alles Wertvolle vom Schiff holten und an Land brachten. Sie arbeiteten schnell, denn Meter für Meter ging der Rest des schönen Blockadebrechers unter. Wie die letzten Atemzüge eines Sterbenden stieg die Luft aus den zerborstenen Bullaugen auf. Das Wasser erreichte die heißen Kessel, und Dampf blubberte empor. Männer schrien und sprangen ins Wasser, als schließlich das Wrack kippte und das Deck unter Wasser sank, hinab in das warme, türkisfarbene Meer. Lorna schloß fest die Augen, denn sie wollte nicht sehen, wie der Rest der Masten im Wasser verschwand. Als sie sie wieder öffnete, war die Wasseroberfläche leer und glatt. Die *Lorelei* war fort, aber sie waren alle in Sicherheit.

Peter setzte sich für eine Weile neben sie auf einen der Korallenfelsen, den Unterarm auf einen Schenkel gestützt. Er war als schweigender Gefährte auch dabei, als das Schiff unterging. Sie sahen wortlos zu, wie Ramon, der am Strand gestanden hatte, sich dann umdrehte und am Ufer entlang fortging.

»Was werdet Ihr jetzt tun?« fragte Lorna, um sich und ihn etwas abzulenken.

»Weitermachen, denke ich.«

»Werdet Ihr ein neues Schiff finden?«

»Die Firma wird mir eines zur Verfügung stellen.«

»Was ist mit . . . Ramon?«

Er schüttelte den Kopf. »Wer weiß? Ihr müßt ihn schon selbst fragen, aber ich glaube, er war schon seit einiger Zeit nicht mehr glücklich mit dem Blockadebrechen.«

Sie sagte nichts dazu, hob einen Zweig auf und zeichnete

damit Linien in den Sand. »Ist schon beschlossen worden, wie wir zurück nach Nassau kommen?«

»Die Wrackplünderer haben sich damit einverstanden erklärt, uns für einen guten Preis in den nächsten Hafen zu bringen. Ich werde mich dort darum kümmern, wie ich meine Mannschaft transportieren kann. Ich nehme an, Ramon wird das auch so machen und Euch mitnehmen. Es ist genug Nahrung und Wasser hier, so daß die Männer es einen oder zwei Tage aushalten können, länger werde ich wohl nicht brauchen, um sie zu holen.«

Ein langes Schweigen entstand. Er sah vom Strand, wo die Wrackplünderer Dinge verstauten, zu ihr herüber, und sein Blick ruhte auf dem glatten Oval ihres Gesichts. Als sie ihn ansah, trübten sich seine dunkelblauen Augen.

»Seid Ihr glücklich, Lorna?«

Erstaunlicherweise und trotz all der herrschenden Unsicherheiten, auch was die Zukunft betraf, war sie es. Sie sagte es ihm.

»Das freut mich. Es hilft mir.«

»Aber . . . was ist mit Charlotte?« Sie mußte das einfach fragen. Es war nicht nur simple Neugierde, die sie bewegte, oder ein Versuch, seine Gefühle zu testen, sondern mehr das Bedürfnis, zu erfahren, ob sie ihn verletzt hatte.

»Sie ist verzogen und eigensinnig, aber unter der Oberfläche steckt ein guter Kern. Ich mag die Art, wie sie sagt, was sie denkt, und auch wie sich ihr Aussehen entwickelt, und . . . ich gebe mir Mühe.«

»Das tut mir leid.«

»Das braucht es nicht«, sagte er mit einem etwas schiefen Lächeln, während er auf das Wasser hinaussah. »Ich habe im Laufe der Zeit einige Herzen gebrochen, und ich denke, ich verdiene es, zu erfahren, wie sich das anfühlt. Zweifellos wird mir das ganz guttun. Ich bin sicher, Charlotte würde das auch sagen, wenn sie es wüßte.«

»Glaubt Ihr, daß sie es nicht weiß?«

Er zuckte ein wenig mit den Schultern. »Wahrscheinlich. Wenn nicht, werde ich es ihr wohl eines Tages sagen; mal sehen, was sie dazu meint, ob sie Mitleid haben oder vielleicht sogar eifersüchtig sein kann. Das müßte interessant werden.«

»Ihr dürft nicht mit ihr herumexperimentieren«, sagte sie ernst. »Dazu ist sie noch zu jung.«

Er sah sie mit einem amüsierten Blick an, der jedoch langsam verblaßte, während er sie betrachtete. »Liebe Lorna, Ihr würdet es mir sagen, wenn Ihr nicht wirklich glücklich wärt, nicht wahr?« Er runzelte die Stirn und sagte dann: »Nein, antwortet nicht.«

Er verließ sie kurze Zeit später, und sie sah, wie er mit dem Kapitän der Wrackplünderer sprach. Noch vor Ablauf einer Stunde war er an Bord gegangen und verschwunden.

Ramon ging nicht. Er hatte Peter eine Nachricht für Edward Lansing gegeben und blieb bei seiner Mannschaft, und Lorna mit ihm. Er verbrachte den Rest des Tages damit, mit seinen Männern aus Palmblättern und Stöcken Unterstände zu bauen, eine Latrine auszuheben, Holz für Feuer zu sammeln und einen Suchtrupp nach Süßwasser, wilden Früchten und wilden Schweinen auszuschicken, deren Vorfahren vielleicht vor hundertfünfzig Jahren von Piraten hier zurückgelassen worden waren. Er hatte die Zeit, die er im waldigen Innern der kleinen Insel verbracht hatte, gut genutzt, denn er kannte ihre Größe und wußte, wo sie eine Chance haben könnten, die Dinge zu finden, die sie brauchten.

Er hatte auch eine kleine Höhle etwas abseits von den anderen gefunden. Sie war trocken, sauber, und direkt davor kam aus dem Sandstein eine kleine Quelle. Er zeigte Lorna diese Entdeckung am frühen Nachmittag. Sie freute sich, daß er so aufmerksam war und daß sie auf diese Art etwas Abstand von den vielen Männern hatte. Gegen Abend ging sie mit ein paar Decken, einem Blechbecher zum Trinken und einem Handtuch aus den ans Ufer gebrachten Vorräten wieder an den Strand. Dann verbrachte sie eine Stunde damit, so gut sie konnte für ihrer beider Bequemlichkeit zu sorgen.

Der Tag endete. Sie genossen gebratenes Schweinefleisch, Bohnen, Mangos und als Getränk Limonade, die durch einen ordentlichen Schluck Rum verbessert worden war. Cupido servierte ihnen das alles im goldenen Licht des Sonnenuntergangs. Ramon und Lorna aßen mit den anderen, aber als die Gespräche lauter und rauher wurden, nahm er seine Gitarre, die aus seiner Kajüte mit an Land gebracht worden war, und sie gingen hinüber zu ihrem mit Decken ausgelegten Unterschlupf. In der kleinen Höhle konnte man nicht stehen, und sie setzten sich an den Eingang, wo sie sich an die Seiten der Öffnung lehnten. Ein halber Mond hing am Himmel, und sein Licht glänzte auf dem Meer, so daß ihre Gesichter bleich wirkten. Ramons Gitarre lag in seinem Schoß, und er strich mit dem Daumen über die Saiten, spielte schließlich eine leise Melodie, während sie auf das Wasser hinaussahen.

Es war das erstemal, daß sie allein hatten miteinander reden können, seit sie aus Nassau entführt worden war. Lorna wollte so viel sagen und fragen, aber sie fand nichts, womit sie hätte anfangen können. Sie drehte sich zur Seite und sah ihn an.

»Hast du es bequem?« fragte er mit warmer Stimme.

»Ja, sehr. Ich . . . habe mich nur gefragt, ob du angesichts der Tatsache, daß du deine Gitarre gerettet hast, auch dein Gold retten konntest.«

»Einen Teil davon. Es war in meiner Schiffskiste, und ich bin dortgeblieben, um sie mit der Pistole in der Hand zu beschützen, sonst hätten die Wrackplünderer sie sich geholt. Da ich aber ohne ihre Hilfe nicht ans Ufer hätte gelangen können, habe ich mit ihnen geteilt, damit sie sie für mich hereinbrachten.«

»Ich vermute, Nates Schätze liegen jetzt am Grund des Meeres.«

Ein Zucken in seiner Augenbraue wies darauf hin, daß er sich das jetzt zum erstenmal überlegte. »Ich nehme es an.«

Sie atmete tief. »Es tut mir leid um die *Lorelei*.«

Er lächelte sie kurz an. »Nach den alten Legenden war die Lorelei eine Frau, die auf einem Felsen sang und damit die Männer auf den Schiffen in den Untergang lockte. Vielleicht ist sie jetzt erst dort, wo sie wirklich hingehört.«

Sein Ton war leicht, nicht dazu angetan, allzu ernst genommen zu werden; sie vermutete, er bemühe sich so vielleicht, seinen Verlust zu überwinden. »Du kannst sie ersetzen.«

»Das ist nicht nötig. Ich werde nicht mehr als Blockadebrecher fahren.«

Sie drehte schnell den Kopf, um seinen Gesichtsausdruck zu sehen. »Was?«

»Ich denke, ich werde mich bei der Marine der Konföderierten um ein Kapitänspatent bewerben. Ich habe schon seit längerer Zeit das Bedürfnis, auf die Yankees zu schießen, anstatt mich immer nur von ihnen beschießen zu lassen. Auf diese Art ist meine Entscheidung beschleunigt worden.«

»Du meinst . . . du willst dich um eine Stelle als Kapitän eines Kaperschiffes bemühen?« Ihre Stimme klang matt. Es war keine Frage.

»Ich dachte, du würdest dich darüber freuen«, sagte er nachdenklich.

»Aber das ist so gefährlich.« Sie wandte sich wieder dem Meer zu und sah hinaus, auf das Meer, das ihr Ramon wieder nehmen würde.

»Aber es ist etwas, was wert ist, getan zu werden.«

»Du wirst fortgehen aus Nassau.«

»Aber bei der gegenwärtigen Lage der Dinge werde ich oft den Hafen anlaufen können.«

»Eigentlich wäre es mir beinahe lieber, wenn du dein Schiff ersetzen würdest.«

»Aber warum, *chérie*? Du bist meine Lorelei.« Als sie sich umwandte und ihn anstarrte, sprach er hastig weiter. »Nein, nein, sieh mich nicht so an. Ich spreche nicht von Zerstörung, sondern vom Leben. Ich habe nur gemeint, daß du ein Teil von mir bist, das Echo meines Herzschlags, der Atem, den ich brauche, das leise Lied, das mich in meine Träume verfolgt, meine Gefährtin, die ich unendlich viel mehr liebe als jedes seelenlose Schiff, das ich je unter meinen Händen hatte.«

Einen Augenblick lang konnte sie nicht sprechen, dann flüsterte sie: »Du liebst mich?«

Er legte die Gitarre zur Seite und kniete sich neben sie, nahm ihre Unterarme in seinen starken Griff. »Wie konntest du daran zweifeln, wo ich es dir doch schon hundertmal auf hundert verschiedene Arten gezeigt habe?«

»Du hast gesagt, du wärst von mir besessen, du hast nie von Liebe gesprochen.«

»Dann spreche ich jetzt davon. Du bist für mich der Kompaß, der mir den Weg weist, und die Sterne, die mir den Heimweg zeigen. Ich sehe dein Gesicht im Sturm und höre deine Stimme im Wind. Die Liebe, die ich für dich empfinde, ist größer als die kleinen Streitigkeiten der Menschen und wird länger dauern – bis in eine endlose Zukunft hinein. Ich möchte, daß du meine Frau wirst, möchte sicher sein, daß du auf mich wartest, wissen, daß ich süßes Vergessen in deinen Armen finden kann, daß ich dir die Freude, die ich von dir empfange, zurückgeben kann, und auch die Liebe, für immer.«

»Oh, Ramon«, flüsterte sie.

Dann lag sie in seinen Armen, und ihre Lippen waren eng aufeinandergedrückt, suchten blind nach jener menschlichen Nähe, die die Schrecken des Krieges verbannen kann; sie versuchten, obwohl sie wußten, daß es unmöglich war, das Morgen zu verbannen, eine Bestätigung des Lebens zu finden in der Wärme des Begehrens, das durch ihre Adern strömte. Sie sagte noch einmal und mit lachender Hingabe in der Stimme: »Oh, Ramon.«

»Du wirst es doch, nicht wahr, ich meine: mich heiraten?«

Er liebte sie wirklich. Hatte er es nicht bewiesen, indem er ihr gefolgt war bis in den Griff der Nordstaatenmarine hinein, indem er sein Schiff für ihre Sicherheit zerstört hatte? »Wenn du mich willst.«

»Ja, ich will dich«, sagte er mit einem Beben in der tiefen Stimme. »Und du wirst in dem Haus bleiben, das ich in Nassau für dich bauen werde, und auf mich warten?«

»Bis der Krieg vorüber ist?«

»Bis der Krieg vorüber ist«, gab er ihr recht. »Wir werden genug Gold haben, um den Haushalt zu führen, und den Rest werde ich auf deinen Namen anlegen, falls –«

Sie berührte schnell seine Lippen mit ihren Fingern. »Nein, sag es nicht.«

»Nein. Also, ich werde das Gold für dich anlegen, und du kannst damit tun, was du möchtest, die Südstaaten unterstützen oder nicht.«

»Ich werde es für dich verwalten. Für Beau Repose. Für später.«

Sein Griff wurde fester. »Wir werden dorthin zurückkehren. Da Bacon nicht mehr da ist, wird niemand mehr die Sache mit dem Mord weiter verfolgen wollen. Jeder wird dir glauben, daß es ein Unfall war, wenn wir Zeugen finden, die Aussagen zu Franklins Geisteszustand machen. Das heißt, falls es überhaupt noch jemanden geben wird, den die Angelegenheit interessiert, wenn ein oder vielleicht sogar zwei Jahre vergangen sind – und all das, was bis dahin noch geschehen wird.«

»Glaubst du, daß das möglich ist?« fragte sie leise.

»Ich bin sicher. Wir werden in Beau Repose in dem alten Haus leben, und ich werde dich am Kopf meines Tisches sitzen sehen, in Seide gekleidet, Kamelien im Haar, und unsere Kinder werden an der Längsseite des Tisches zwischen uns sitzen. Später werden wir uns in unser Schlafzimmer zurückziehen, und ich werde dich lieben auf einem Ballen Baumwolle , die wir selbst angebaut haben –«

Sie biß sich auf die Lippe, wandte mühsam ihre Gedanken ab von dem schönen Zukunftsbild, das er da entworfen hatte, und sagte ruhig: »Vielleicht wirst du schon früher ein Kind von uns sehen, während wir noch in Nassau sind.«

»Was? *Chérie*!«

Sie hörte den Schrecken und dann den glücklichen Triumph in seiner Stimme, und sie seufzte, lehnte die Stirn an sein Kinn und bemerkte, wie eine Angst tief in ihrem Innern verschwand.

»Lorna?« fragte er besorgt. »Geht es dir wirklich gut? Ist dir letzte Nacht nichts passiert? Ich könnte Bacon dafür mit meinen bloßen Händen ermorden, daß er dich in diese Gefahr gebracht hat!«

»Das hast du ja auch getan – beinahe.«

»Ja«, antwortete er mit einer harten Zufriedenheit in der Stimme. »Ja. Komm jetzt, leg dich hin. Du mußt doch völlig erschöpft sein. Du solltest dich ausruhen.«

Sie ließ es zu, daß er sie neben sich auf die Decken hinunterzog, ihren Kopf legte sie auf seine breite Schulter. Still lagen sie da. Sie spürte den stetigen und kräftigen Schlag seines Herzens, die zarte Berührung seiner Finger, mit der er das Haar aus ihrem Gesicht strich.

Alles würde gut werden. Sie würden ihr Leben miteinander teilen, sie und Ramon. Er würde sich um sie kümmern und sie sich um ihn. Sie würde sich auf ihn verlassen und er sich auf sie. Sie würde auch weiterhin ihre Hemden nähen, vielleicht würde sie in seiner Abwesenheit diese Tätigkeit auch noch ausweiten. Er würde nichts dagegen haben, dachte sie, und sie könnte sich damit unabhängig genug fühlen. In allen anderen Dingen wollte sie ein Teil von ihm sein, sollte er ein Teil von ihr werden.

In der süßen Stille ihrer Zufriedenheit kam ihr ein Gedanke.

»Ramon?«

»Ja, *mon amour*?«

»Du warst das doch, der im Garten für mich gespielt hat, oder?«

»War ich das?«

In seiner Stimme klang ein Vergnügen, mit dem er sie neckte, das eigenartige Schwingungen durch ihr Rückgrat schickte und strahlend die Mitte ihres Körper erfüllte. »Ich weiß, daß du es warst.«

»Ja, wirklich?« Er spielte mit einer ihrer seidigen Haarsträhnen, ließ sie von seinen Fingern auf ihre Brust fallen und folgte den weichen Rundungen, als er darüberstrich.

»Ich weiß, daß du es warst«, sagte sie, und ihre Stimme klang belegt.

»Soll ich für dich spielen, *chérie*, so daß du es hörst?«

»Nein«, flüsterte sie, hob ihre Hand zu seinem Gesicht, drehte es zu sich um und zog seine Lippen herab auf ihren leicht geöffneten Mund. »Nicht . . . nicht jetzt.«

NACHWORT DER AUTORIN

Die Schwierigkeiten und Gefahren, denen die Blockade-brecher während der ersten Jahre des amerikanischen Bür-gerkrieges ausgesetzt waren, werden in diesem Buch so wirklichkeitsgetreu dargestellt, wie die Quellenmaterialien, die einhundertundzwanzig Jahre später noch verfügbar sind, es zulassen. Die Sitten und Gebräuche und die At-mosphäre sind so korrekt, wie es mir möglich war, wiederge-geben. Alle Figuren des Buches sind frei erfunden, bis auf jene berühmten Personen, die im Laufe der Handlung er-scheinen und vielen bekannt sind: der Kapitän und spätere Admiral David Farragut, der Eroberer von New Orleans; die Spionin für die Konföderierten, Elizabeth Greenhow; der Ge-neral der Konföderierten, Jackson, und andere. Viele der er-fundenen Figuren basieren jedoch auf der Wirklichkeit. Es gab zum Beispiel eine relativ große Anzahl von Marineoffi-zieren aus den Südstaaten, die auf der Marineakademie ge-wesen waren und in ähnlicher Weise gedient hatten wie Ramon, die dann ihre Patente zurückgaben und Blockade-brecher und später Kapitäne von Kaperschiffen für die Mari-ne der Konföderierten wurden. Mehrere englische Marineof-fiziere auf Urlaub fuhren, wie Peter, als Blockadebrecher zur See, um Erfahrungen unter Kampfbedingungen zu sam-meln, und gelangten dann später im Dienste Englands zu Rang und Ehren. Die Inselbewohner der Bahamas, die als Vorlage für die Person des Frazier dienten, waren hervorra-gende Seeleute, die die Verhältnisse der Durchfahrten und Riffe genau kannten und den Konföderierten während dieser Zeit sehr halfen. Elizabeth Greenhow machte nach ihrer Freilassung aus dem Gefängnis im Jahre 1863 eine sehr erfolgreiche Reise als Diplomatin nach London und Paris, so wie es hier Sara Morgan zugeschrieben wird, allerdings kam sie auf der Rückfahrt, bei der sie mit Depeschen für Präsident Davis durch die Blockade fahren wollte, ums Leben, als der Blockadebrecher, auf dem sie unterwegs war, auf Grund lief.

Das Royal Victoria hat es tatsächlich gegeben, und es hat auch die ihm zugeschriebene Rolle gespielt. Obwohl es damals wohl ein herrliches Gebäude gewesen ist, verfällt es zur Zeit langsam; die Veranden sind fort, der Stuck bröckelt ab, die Fenster sind mit Brettern vernagelt, und in den Zimmern, die voller heruntergefallener Putzteile liegen, riecht es stark nach streunenden Katzen. Angesichts des Platzes, den es in der Geschichte Nassaus einnimmt, würde es eigentlich verdienen, restauriert zu werden, bevor es zu spät ist. Aber die Gärten sind immer noch unverändert schön, die alten Bäume, die beinahe von Efeu erdrückt werden, sind ungeheuer groß, und tropische Früchte liegen reif auf dem Boden. Es gibt dort auch noch das Baumhaus, es hat jetzt jedoch ein Geländer aus Gußeisen.

Ich möchte meine große Dankbarkeit für die Hilfe bei der Vorbereitung zu diesem Buch den Mitarbeitern der Jackson Paris Bibliothek in Jonesboro, Louisiana, zum Ausdruck bringen, die aus vielen verstreuten Quellen Informationen für mich zusammengetragen haben und viel Geduld mit mir hatten. Ich danke auch John MacPherson von der J. B. Armstrong-Nachrichtenagentur in Winston-Salem, North Carolina, daß er alte Karten von Wilmington und Informationen über die Stadt und den Cape Fear für mich besorgt hat. Mein Dank geht auch an Joy Dean von der öffentlichen Bibliothek in Nassau, Bahamas, die an einem drückend schwülen Augustnachmittag so freundlich und zuversichtlich Dinge für mich herausgesucht hat.

Ich habe eine Menge historischer Bücher über die Blockadebrecher, die Zeit des Bürgerkrieges und die damalige Situation der Schauplätze zu Rate gezogen, auch Bücher über
Flora und Fauna und die Mode der damaligen Zeit. Ich
möchte hier auch Donald Cartwright dafür danken, daß er
seine Arbeit als Architekt unterbrochen hat, um mir einige
schwierige Fragen zu beantworten. Ihm möchte ich auch
meine Anerkennung dafür zum Ausdruck bringen, daß er
sich mit anderen darum bemüht hat, das Royal Victoria Hotel zu erhalten, so daß ich mich darin umsehen konnte.

Schließlich möchte ich meine liebevolle Anerkennung für
meinen Ehemann Jerry zum Ausdruck bringen, der mich auf
meinen Fahrten begleitet hat, meine Handtasche, Führer und
Päckchen gehalten hat, während ich fotografierte und mir
Notizen machte, der geduldig in der Hitze im Garten eines
verfallenden Hotels auf mich gewartet hat, während ich versuchte, Eindrücke zu sammeln, der es hingenommen hat,
daß es nur flüchtige Mahlzeiten bei uns gab, der mir dabei
geholfen hat, die Fachsprache der Dampfschiffer und Segler
zu verstehen, und der mit mir so schwierige Probleme gelöst
hat wie die Frage, ob ein Schiff, das in einem gewissen Abstand hinter einem anderen herfährt, möglicherweise in der
Lage sein könnte, das andere auf einer vorgegebenen Strecke
bis zum Hafen zu überholen – und vor allem für die Ermutigung und das Verständnis, das ihn als Vorbild für meine
Romane ausweist: als wahren Gentleman der Südstaaten.

Jennifer Blake
Sweet Brier
Quitman, Louisiana